Stories

Erzähler aus aller Welt

Herausgegeben von
Daniel Keel
und Daniel Kampa

Diogenes

Nach- und Hinweise
am Schluß des Bandes
Mitarbeit Nachweis: Lisa Jordi
Umschlagillustration: Edward Hopper,
›Hotel Room‹, 1931 (Ausschnitt),
Sammlung Thyssen-Bornemisza, Madrid

Originalausgabe

www.diogenes.ch
600/06/44/1
ISBN 13: 978 3 257 23572 2
ISBN 10: 3 257 23572 0

Diogenes Taschenbuch 23572

de
te
be

»Ich schäme mich nicht, ›nur ein Geschichtenerzähler‹ genannt zu werden. Im Gegenteil, ich bin stolz auf diese Beschreibung meiner Tätigkeit. Das Ziel der Kunst ist, zu gefallen, und ich sehe keinen Sinn darin, zu schreiben, wenn einen keiner liest.

W. Somerset Maugham

»Ich erzähle eine Geschichte. Und das ist alles!«

Georges Simenon

»Es ist Schwerarbeit, leicht lesbare Bücher zu schreiben.«

John Irving

»Erzählen ist das einzige Spiel, das zu spielen sich lohnt. Eigentlich bin ich optimistisch, denn schließlich wird der große Mythos von dem Menschen, der einem anderen eine Geschichte erzählt, nicht so schnell verschwinden. Immer wieder wird jemand das Bedürfnis haben, einem Freund eine seiner Ideen, einen seiner Träume zu erzählen.«

Federico Fellini

Zu diesem Buch

»Wer aber nicht eine Million Leser erwartet, sollte keine Zeile schreiben«, so Goethe. Die Diogenes Taschenbücher haben sogar noch mehr Leserinnen und Leser gefunden: In 35 Jahren wurden 100 Millionen detebe verkauft. Anstatt auszurechnen, ob 100 Millionen gestapelte Taschenbücher bis zum Mond reichen würden, haben wir lieber gelesen.

Gemäß unseren Verlags-Devisen »Erzählen ist das einzige Spiel, das zu spielen sich lohnt« (Fellini) und »Jede Art zu schreiben ist erlaubt, nur die langweilige nicht« (Voltaire) haben wir das Beste von Diogenes zusammengestellt (mit der Hilfe von Marion Hertle und Margaux de Weck, denen wir nicht genug danken können). Neben unseren Programmschwerpunkten – zeitgenössische deutschsprachige und internationale Literatur, Kriminalliteratur und Klassiker – gehören dazu auch Themen, die man beim ›Belletristen‹ Diogenes weniger vermutet, die aber seit Jahren ebenfalls wichtiger Bestandteil des Programms sind: Biographisches, Philosophisches und Satirisches. So sind sieben prallgefüllte Reader entstanden, zum Entdecken oder Wiederentdecken, für alle, die sich fragen: Was lese ich als nächstes? Und die nicht etwa mit Karl Kraus antworten: »Wo nehme ich nur all die Zeit her, so viel *nicht* zu lesen?«

Die Herausgeber

Inhalt

Ring Lardner
Wie man Geschichten schreibt

Ein Blick in die Anzeigenspalten unserer führenden Zeitschriften zeigt, daß es in diesem Lande vielleicht an einigem mangelt, aber bestimmt nicht an Fernschulen, die einem die Kunst des Geschichtenschreibens beibringen wollen. Die wohl bekannteste dieser Schulen brüstet sich, einer ihrer Schüler hätte glatte 5000 Dollar eingestrichen, indem er Geschichten nach dem dort gelehrten System schrieb; allerdings wird nicht mitgeteilt, ob diese Summe in einem Jahr oder in fünfzig Jahren abgesahnt wurde.

Wie dem auch sei, wenn man die Seiten der besten Magazine durchstöbert, findet man sie nicht gerade gespickt mit erstklassigen Geschichten von aufstrebenden jungen Männern oder Mädchen, die ihren Dietrich zu dieser schönen Kunst an so einem Geschichten-Schreib-College erworben hätten. In Wirklichkeit sind die Schreiber von Kurzprosa, die heutzutage Erfolg haben, überhaupt in keinem College gewesen, oder wenn, dann haben sie Klavierstimmen oder Friseur studiert. Mit dem, was ich das literarische Glücksspiel nenne, wären sie genauso weit gekommen, wenn sie diese vier Jahre zu Hause geblieben wären und Muttern geholfen hätten, die leeren Flaschen zurückzutragen.

Tatsache ist doch, daß man bis heute keine funktionierende Schule, weder eine allgemeine noch eine Fachschule für Geschichtenschreiber findet, die aus einem geborenen Drogisten einen Autor machen könnte.

Trotzdem, ein paar tiefsichtigere Zeitgenossen haben gemeint, daß besagte junge Männer und Mädchen, die lebenslänglich schreiben möchten, vielleicht davon profitieren könnten, wenn eine Persönlichkeit wie ich ihnen ein paar diesbezügliche Tips geben würde: zur Technik der Kurzgeschichte, wie man sie anlegt und schreibt, wann und wo man den Liebesknoten schürzt, wo der Höhepunkt sein soll und schließlich, wie man das fertige Produkt vermarktet, ohne einen schlechten Geschmack im Mund zurückzubehalten.

Also, um solche Tips auszuteilen, ist es wohl die beste Methode, wenn ich mein eigenes Vorgehen zu beschreiben versuche, von meiner Inspiration angefangen bis zu dem Zeitpunkt, wo ich mit dem Manuskript hausieren gehe – oder es in den Papierkorb werfe.

Als erstes versuche ich gewöhnlich, einen packenden Titel zu finden; so was wie ›Basil Hargraves Wurmmittel‹ zum Beispiel oder ›Spaß im Krematorium‹. Dann setze ich mich an ein Pult oder irgendeinen flachen Tisch, breite drei oder vier Blatt Papier und ebenso viele verschiedene Buntstifte vor mir aus und mustere sie mit schräggelegtem Kopf ein paar Augenblicke, ehe ich meine Wahl treffe.

Wie beginnen? – oder, wie wir Profis sagen, »wie den richtigen Ansatz finden?« – ist die nächste Frage. Zugegeben, das »Wie« des Ansatzes (»L'approchement«) ist selbst bei den erstklassigen Geschichtenschreibern ganz verschieden. Blasco Ibañez zum Beispiel beginnt seine Geschichten gewöhnlich mit einem spanischen Wort, Jack

Dempsey mit einem »Ich« und Charley Peterson mit zwei einfachen Ist-Sätzen über seine Hauptperson, wie etwa »Hazel Gooftree war gerade mah-jongg geworden. Sie fühlte sich matt.«

Ich persönlich habe festgestellt, daß die Leserschaft kurze Dialoge jeder andern Art Schreibe vorzieht, und deshalb sehe ich immer zu, daß meine Geschichten mit zwei oder drei Zeilen Unterhaltung zwischen jenen Personen (ich nenne sie meine Marionetten) anfangen, die eine wichtige Rolle zu spielen haben. Dabei habe ich oft gefunden, daß meine Handlung durch irgendeine Äußerung, durch Worte, die ich ihr oder ihm vielleicht unbewußt in den Mund gelegt habe, in tiefere Gewässer gesteuert wurde, als ich vorhatte, und daß sich der ganze Sinn meiner Geschichte zum Besseren hin veränderte.

Um das zu illustrieren, wollen wir mal annehmen, ich hätte folgende Handlung angelegt: Zwei Mädchen, Dorothy Abbott und Edith Quaver, verbringen die heiße Jahreszeit in einem berühmten Badeort. Der Prince of Wales besucht diesen Badeort, fährt aber mit dem nächsten Zug wieder ab. Ein oder zwei Tage später wird ein Mexikaner dorthin verschlagen, er sucht eine Unterkunft, kann aber partout kein Zimmer ohne Bad finden. Die beiden Mädchen begegnen ihm an der öffentlichen Tankstelle und bitten ihn um ein Autogramm fürs Poesie-Album. Zu ihrer Verblüffung stößt er einen schrecklichen Fluch aus, spuckt ungefähr in ihre Richtung und verläßt die Stadt in größter Eile. Erst etliche Jahre später erfahren die beiden Mädchen, daß er ein berüchtigter Fälscher ist, und jetzt wird ihnen klar, wieviel Glück sie eigentlich gehabt haben.

Nehmen wir also an, dies wäre die ursprüngliche Handlung. Dann wollen wir aufs Geratewohl anfangen, einen Dialog zu schreiben, und sehen, wo uns das hinführt:

»Wo warst du denn?« fragte Edith Quaver.

»Beim Tierausstopfer«, antwortete Dorothy Abbott.

Die beiden Mädchen verbrachten die heiße Jahreszeit in einem berühmten Seebad. Sie waren gerade schwimmen gewesen und nun damit beschäftigt, Zahnseide zu sortieren.

»Dieses Kaff hängt mir langsam zum Hals raus«, fuhr Miss Quaver fort.

»Ganz meinerseits«, erklärte Miss Abbott und schleuderte einen Kürbis nach einem vorbeigehenden Tapezierer.

In diesem Augenblick klopfte es an die Tür, und die Stimme des Zimmermädchens verkündete, daß die beiden unten erwartet würden. Die zwei Mädchen gingen nach unten und betraten das Musikzimmer. Garnett Whaledriver saß am Flügel, und die Mädchen gingen auf Zehenspitzen an ihm vorbei zur Hotelhalle.

Der nordische Riese, der ihre Anwesenheit nicht bemerkte, ließ seine Finger unheimliche, phantastische Mollakkorde anschlagen, ehe sie unbewußt in die ersten Töne von Chopins 121. Fuge für Kesselpauke glitten.

Aus diesem Anfang könnte ein geschickter Schriftsteller so gut wie alles machen; aber ich würde doch dazu neigen, diese drei Protagonisten fallenzulassen und mich mit dem Leben eines Maultiers am Grand Canyon zu befassen. Das Maultier beobachtet die Züge, die von Osten einfahren, und es beobachtet die Züge, die von Westen einfahren, und es fragt sich, wer es wohl reiten wird. Doch das erfährt es nie.

Die Liebesgeschichte und der Höhepunkt kämen dann, wenn ein Mann und eine Dame, beide einander fremd, in dem Zug, der nach Osten zurückfährt, ins Gespräch kommen.

»Na«, meinte Mrs. Croot, denn um diese handelt es sich, »wie finden Sie den Canyon?«

»Ziemlich große Höhle«, antwortete ihr Begleiter.

»Was für 'ne ulkige Bezeichnung!« erwiderte Mrs. Croot. »Und jetzt spielen Sie mir was vor!«

Wortlos setzte sich Warren auf den Klavierstuhl und ließ seine Finger zunächst unheimliche, phantastische Akkorde auf den schwarzen Tasten anschlagen. Plötzlich aber und scheinbar ohne es zu wollen, war er mitten im zweiten Satz von Chopins 12. Sonate für Flöte und Spucknapf. Mrs. Groot wurde schwach.

Obiges dürfte angehenden Schriftstellern eine Vorstellung davon geben, daß eine scheinbar so triviale Sache wie so ein bißchen Dialog eine ganze Handlung auf den Kopf stellen und den Autor weit von der Bahn, die er eingeschlagen hat, abbringen kann. Stil und Technik können hier auch als Vorlage für Anfänger dienen. Ich will meine Leser nicht beleidigen und mit dem offensichtlichen Schluß dieser Geschichte langweilen. Diese simple Aufgabe können sie ganz allein lösen, und außerdem ist es eine gute Übung für sie.

Soviel über das Entwerfen und Schreiben. Jetzt zum Verkauf des vollendeten Werkes. Viele junge Schreiber machen den Fehler, daß sie ein frankiertes Kuvert mit Rückadresse beilegen, das in der Größe genau zum Manuskript paßt. Das ist einfach eine zu große Versuchung für den Redakteur.

Nach meiner persönlichen Erfahrung ist es ein guter Trick, wenn man nicht mal den eigenen Namen auf die Geschichte schreibt; und wenn ich den Umschlag mit dem Manuskript darin zugeklebt, frankiert und adressiert habe, fahre ich damit in einen Ort, wo ich gar nicht wohne, und werfe ihn dort in den Briefkasten. Der Redakteur hat nicht die geringste Ahnung, wer die Geschichte geschrieben hat – wem soll er sie also zurückschicken? Er sitzt in der Zwickmühle.

Zum Schluß möchte ich noch meine Schüler davor warnen, ihre Geschichten – oder wie wir Profis das nennen, ihr ›gesponnenes Garn‹ – auf schon beschriebenes Papier zu schreiben. Und auch niemals auf eine Postkarte! Und sie niemals telegraphisch durchgeben (morsen)!

Geschichten wie die folgenden werden Ihnen vielleicht schlecht und recht veranschaulichen, worauf ich hinauswollte.

Ford Madox Ford
Die allertraurigste Geschichte

Dies ist die traurigste Geschichte, die ich je gehört habe. Neun Jahre hindurch hatten wir während der Kursaison in Bad Nauheim mit den Ashburnhams in der größten Vertrautheit verkehrt – oder vielmehr in einem Verhältnis zu ihnen gestanden, das so lose und unbeschwert und doch so eng war wie das eines guten Handschuhs mit Ihrer Hand. Meine Frau und ich kannten Hauptmann und Mrs. Ashburnham so gut, wie man jemanden nur kennen kann, und doch wußten wir andererseits auch wieder gar nichts von ihnen. Das ist, glaube ich, ein Zustand, wie er nur bei Engländern möglich ist, die mir bis zum heutigen Tag, da ich mich hinsetze, um herauszutüfteln, was ich von dieser traurigen Affäre weiß, völlig fremd sind. Bis vor sechs Monaten war ich nie in England gewesen, und natürlich hatte ich nie die Tiefen eines englischen Herzens ausgelotet. Ich kannte nur seine Untiefen.

Ich will nicht sagen, wir hätten nicht mit vielen Engländern Bekanntschaft gemacht. Da wir nun einmal notgedrungen in Europa lebten und notgedrungen unbeschäftigte Amerikaner, also unamerikanisch waren, wurden wir sehr viel in die Gesellschaft feinerer Engländer gezogen. Paris, wissen Sie, war unser Wohnsitz. Ein Ort irgendwo zwischen Nizza und Bordighera bot uns jährlich Winterquartier, und Nauheim sah uns immer von Juli bis September. Sie werden hieraus entnehmen, daß einer von uns, wie man so sagt, es am Herzen hatte, und aus der weiteren Angabe, daß meine Frau tot ist, schließen, daß sie die Leidende war.

Hauptmann Ashburnham hatte es ebenfalls am Herzen. Aber während ihn ungefähr ein Monat in Nauheim jeden Sommer für den Rest des Jahres genau auf die richtige Tonhöhe stimmte, reichten die zwei Monate, die wir dort verbrachten, gerade nur aus, um die arme Florence von Jahr zu Jahr am Leben zu erhalten. Daß er sein Herz spürte, lag vermutlich am Polo oder an viel zu hartem Sport in seiner Jugend. An den verwüsteten Jahren der armen Florence war ein Sturm auf unserer ersten Überfahrt nach Europa schuld, und die unmittelbaren Gründe für unsere Gefangenschaft auf diesem Kontinent waren die Anordnungen der Ärzte. Sie sagten, schon die kurze Fahrt über den Kanal könnte das arme Ding das Leben kosten.

Als wir uns zum erstenmal begegneten, war Hauptmann Ashburnham, der auf Erholungsurlaub von Indien gekommen war, wohin er nie wieder zurückkehren sollte, dreiunddreißig Jahre alt; Mrs. Ashburnham – Leonora – war einunddreißig. Ich war sechsunddreißig und die arme Florence dreißig. Heute wäre Florence also neununddreißig Jahre alt und Hauptmann Ashburnham zweiundvierzig; während ich fünfundvierzig bin und Leonora vierzig. Sie sehen also, unsere Freundschaft war eine Angelegenheit des jungen mittleren Alters, denn wir waren alle von recht beschaulicher Gemütsart, die Ashburnhams insonderheit waren das, was man in England gewöhnlich ›ganz ordentliche Leute‹ nennt.

Sie stammten, wie Sie wahrscheinlich erwartet haben,

von den Ashburnhams ab, die Karl I. auf das Schafott begleiteten, und wie Sie ebenfalls bei dieser Klasse Engländer erwarten müssen, hätten Sie ihnen das nie angemerkt. Mrs. Ashburnham war eine Powys; Florence war eine Hurlbird aus Stamford, Connecticut, wo sie, wie Sie wissen, altmodischer sind, als selbst die Einwohner von Cranford in England es je sein könnten. Ich selbst bin ein Dowell aus Philadelphia, Pennsylvanien, wo es, wie historisch verbürgt ist, mehr alte englische Familien gibt, als man in sechs englischen Grafschaften zusammengenommen finden würde. Tatsächlich trage ich – als wäre dies das einzige Ding, das mich unsichtbar an irgendeinen Punkt des Erdballs festkettet – die Besitzurkunden meiner Farm bei mir, die früher einmal einige Blocks zwischen Chestnut Street und Walnut Street umfaßte. Diese Besitzurkunden sind aus Wampum und das Geschenk eines indianischen Häuptlings an den ersten Dowell, der von Farnham in Surrey als Begleiter William Penns aufbrach. Florences Familie, wie das so oft bei den Einwohnern von Connecticut der Fall ist, stammte aus der Nachbarschaft von Fordingbridge, wo auch der Besitz der Ashburnhams liegt. Und von hier aus schreibe ich gegenwärtig.

Sie mögen wohl fragen, warum ich schreibe. Und doch habe ich recht viele Gründe hierfür. Denn es ist nichts Ungewöhnliches, daß Menschen, die der Plünderung einer Stadt beiwohnten oder dem Verfall eines Volkes, das Bedürfnis haben, niederzuschreiben, was sie erlebten – zum Nutzen unbekannter Erben und unendlich ferner Generationen; oder, wenn Sie wollen, einfach um das Bild aus dem Kopf loszuwerden.

Irgend jemand hat gesagt, der Krebstod einer Maus sei ein Ereignis von der Größe der Plünderung Roms durch die Vandalen, und ich schwöre Ihnen, der Zusammenbruch unseres kleinen Viereckverhältnisses war ein ebenso unausdenkbares Ereignis. Angenommen, Sie wären uns begegnet, wie wir an einem der kleinen Tische vor dem Klubhaus, sagen wir, in Bad Homburg, bei unserem Nachmittagstee saßen und dem Miniaturgolf zusahen, dann hätten Sie gesagt, allem menschlichen Dafürhalten nach wären wir eine außerordentlich feste Burg. Wir waren, wenn Sie wollen, eines jener mächtigen Schiffe mit weißen Segeln auf blauer See, eines der Dinge, die uns als die stolzesten und sichersten all der schönen und sicheren Dinge erscheinen, die Gott den Menschengeist ersinnen ließ. Wo hätte man besser Zuflucht finden können? Wo besser?

Dauer? Beständigkeit? Ich kann nicht glauben, daß sie dahin ist. Ich kann nicht glauben, daß jenes lange, friedliche Leben, das sich wie die Figuren eines Menuetts bewegte, nach neun Jahren und sechs Wochen innerhalb von vier zerschmetternden Tagen verschwunden sein soll. Ja, mein Wort, unser vertrauter Umgang glich einem Menuett, einfach weil wir bei jeder Gelegenheit und unter allen Umständen wußten, wohin wir gehen, wo wir sitzen, welchen Tisch wir in Einmütigkeit wählen würden; und wir konnten uns alle vier erheben und weitergehen, ohne daß einer von uns ein Zeichen dazu gegeben hätte, immer nach der Musik des Kurorchesters, immer in dem milden Sonnenschein oder, wenn es regnete, im Schutz der Wandelgänge. Nein, wahrlich, es kann nicht dahin sein. Man kann ein *menuet de la cœur* nicht töten. Man kann das Notenbuch zuschlagen, das Klavizimbel schließen; in Kleiderschrank und Wäschebord mögen Ratten die weißen Atlasschleifen zerfressen. Der Pöbel mag Versailles plündern, das Trianon mag fallen, das Menuett aber – das Menuett aber tanzt sich allein weiter bis zu den fernsten Sternen, und so wird auch unser Menuett aus den hessischen Bädern seine Figuren immer noch weiterschreiten. Gibt es keinen Himmel, in dem alte schöne Tänze, alte schöne Vertrautheit fortdauern? Gibt es nicht irgendein Nirwana, das erfüllt ist von dem leisen Rauschen der Instrumente, die in den Staub der Bitternis gesunken sind, aber doch von zarten, bebenden, unsterblichen Seelen bewohnt waren?

Nein, bei Gott, es ist falsch! Es war kein Menuett, das wir tanzten; es war ein Gefängnis – ein Gefängnis voll schreiender Hysterien, die geknebelt lagen, damit sie nicht das Räderrollen unserer Kaleschen auf den schattigen Alleen des Taunus übertönten.

Und doch schwöre ich beim heiligen Namen meines Schöpfers, es war die Wahrheit. Es war wahrer Sonnenschein, wahre Musik, und wahr auch das Plätschern der Fontänen aus dem Mund der steinernen Delphine. Denn wenn wir in meinen Augen vier Leute mit demselben Geschmack, mit denselben Wünschen waren, Leute, die einmütig handelten – oder nein, nicht handelten –, die einmütig hier und dort beisammensaßen, so soll das nicht die Wahrheit sein? Wenn ich neun Jahre lang einen schönen Apfel habe, der im Innern faul ist, und seine Fäulnis erst nach neun Jahren und sechs Monaten weniger vier Tage entdecke, darf ich dann nicht sagen, ich hätte neun Jahre lang einen schönen Apfel gehabt? So mag es sich wohl auch mit Edward Ashburnham verhalten, mit Leonora, seiner Frau, und der armen lieben Florence. Und ist es nicht, wenn man darüber nachdenkt, ein wenig sonderbar, daß ich die physische Morschheit wenigstens zweier Säulen unseres viereckigen Hauses niemals als eine Bedrohung seiner Sicherheit empfand? Auch jetzt empfinde ich es nicht so, obwohl die beiden doch tot sind. Ich weiß nicht…

W. Somerset Maugham
Der verkaufte Brief

Vor einigen Wochen erzählte mir jemand eine Begebenheit und schlug mir vor, daß ich eine Erzählung daraus machen sollte; seither habe ich darüber nachgedacht. Ich weiß nicht, was ich damit anfangen soll. Die Begebenheit ist folgende: Zwei junge Männer arbeiteten auf einer Teeplantage; die Post mußte von ziemlich weit her geholt werden, so daß nur in beträchtlichen Zeitabständen Briefe eintrafen. Der eine von den beiden, nennen wir ihn A., bekam mit jeder Post viele Briefe, oft zehn oder zwölf und oft auch mehr, während der andere, B., immer leer ausging. Er pflegte neidisch zuzusehen, wenn A. sein Briefbündel nahm und zu lesen begann; er wünschte sich sehnlichst, ebenfalls einen Brief, nur einen einzigen Brief zu bekommen, und daher sagte er eines Tages vor dem Eintreffen der Post zu A.: »Hör einmal, du hast immer einen ganzen Stoß Briefe und ich überhaupt keinen. Ich gebe dir fünf Pfund, wenn du mir einen abgibst.« »Schön«, antwortete A., und als die Post kam, hielt er B. seine sämtlichen Briefe hin und sagte: »Nimm dir irgendeinen.« B. händigte ihm eine Fünfpfundnote aus, überflog die Handschriften, wählte einen Brief und gab die anderen zurück. Als sie nach dem Abendessen Whisky und Soda tranken, fragte A. nebenbei: »Was hat übrigens in dem Brief gestanden?« »Das sage ich dir nicht«, antwortete B. Etwas erstaunt fragte A.:

»Ja, von wem war er denn?« »Das geht dich nichts an«, erwiderte B. Sie stritten eine Weile hin und her, aber B. beharrte auf seinem Recht und verweigerte jede Auskunft über den gekauften Brief. A. wurde unruhig und versuchte B. während der nächsten Wochen auf alle möglichen Weisen zu überreden, daß er ihm den Brief zeigen möge. B. blieb unerbittlich. Schließlich nahm die Sorge und die Neugier in A. derartig zu, daß er es nicht mehr ertragen zu können glaubte; er ging zu B. und sagte: »Hör einmal, hier sind deine fünf Pfund, gib mir dafür den Brief zurück.« »Nicht für dein Leben«, antwortete B. »Ich habe ihn gekauft und bezahlt, der Brief gehört mir, und ich gebe ihn nicht mehr her.«

Das ist alles. Wenn ich einer der modernen Erzähler wäre, würde ich diese Geschichte vermutlich so aufschreiben, wie sie ist, und es dabei bewenden lassen. Aber mir widerstrebt ein solches Vorgehen. Ich lege Wert auf Form, und meines Erachtens ist eine Form nur zu erreichen, wenn man der Geschichte einen Abschluß geben kann, der keine berechtigten Fragen mehr offenläßt. Selbst wenn man es über sich bringen könnte, den Leser in der Luft hängen zu lassen, möchte man doch wenigstens als Erzählender nicht mit ihm zusammen in der Luft hängen.

D. H. Lawrence
Zwei blaue Vögel

Es war einmal eine Frau, die liebte ihren Mann, aber sie konnte nicht mit ihm leben. Der Mann wiederum hing aufrichtig an seiner Frau, doch er konnte nicht mit ihr leben. Beide waren noch nicht vierzig, beide waren hübsch und anziehend. Sie hegten die aufrichtigste Achtung voreinander und glaubten sich seltsamerweise auf ewig verbunden. Sie kannten sich intimer, als sie sonst irgend jemanden kannten, und sie fühlten sich vom andern besser verstanden als von sonst irgend jemandem.

Und doch konnten sie nicht miteinander leben. Meistens wahrten sie einen Abstand von tausend Meilen – im geographischen Sinne. Doch wenn er in Englands Nebellandschaft saß, war er sich im Hintergrund seines Denkens stets mit einer gewissen grimmigen Treue seiner Frau bewußt, seiner Frau und ihrer seltsamen Begier, treu und anhänglich zu sein, und dabei hatte sie irgendwo im Süden, in der Sonne, ihre galanten Freunde. Und wenn sie auf der Terrasse über dem Meer saß, ihren Cocktail trank und ihre grauen, spöttischen Augen auf das kräftige, dunkle Gesicht ihres Verehrers richtete, den sie eigentlich sehr gern mochte, dann kreisten ihre Gedanken um die scharf geschnittenen Gesichtszüge ihres hübschen jungen Gatten, und wie er wohl gerade seine Sekretärin bat, etwas für ihn zu erledigen – es mit der gutgelaunten, zuversichtlichen

Stimme eines Mannes erbat, der genau weiß, daß seine Bitte nur zu gern erfüllt wird.

Die Sekretärin betete ihn natürlich an. Sie war äußerst tüchtig und sehr jung, und sie sah recht gut aus. Sie betete ihn an. Doch das taten schließlich all seine Angestellten, besonders die weiblichen. Seine männlichen Bedienten beschwindelten ihn wahrscheinlich.

Wenn ein Mann eine Sekretärin hat, die ihn anbetet, und wenn man die Frau dieses Mannes ist – was soll man dann tun? Nicht etwa, daß es zwischen ihnen nicht ganz sauber zuginge, falls ihr wißt, was ich meine! Da war nichts, was man als Ehebruch bezeichnen konnte, um es beim rechten Namen zu nennen. Nein, nein! Sie waren einfach der junge Hausherr und seine Sekretärin. Er diktierte ihr, sie rackerte sich für ihn ab und betete ihn an, und alles ging reibungslos.

Er ›betete‹ sie nicht an. Ein Mann braucht seine Sekretärin nicht anzubeten. Aber er verließ sich auf sie. »Auf Miss Wrexall kann ich eben bauen!« Und auf seine Frau konnte er niemals bauen. Bis er dann endlich begriffen hatte, daß es auch gar nicht in ihrer Absicht lag, man solle auf sie bauen.

Daher blieben sie Freunde – in jener grauenhaften, unausgesprochenen Vertrautheit ehemals miteinander verheiratet gewesener Menschen.

Für gewöhnlich gingen sie jedes Jahr zusammen in Urlaub, und wären sie nicht Mann und Frau gewesen, hätten sie viel Spaß und Anregung aneinander gefunden. Die Tatsache, daß sie verheiratet waren und während der letzten drei oder vier Jahre nicht miteinander hatten leben können, verdarb ihnen das Vergnügen am andern. Jeder nährte insgeheim bittere Gefühle über den Partner.

Immerhin waren beide furchtbar nett. Er war ein Muster an Großzügigkeit und empfand eine wirklich zärtliche Achtung vor ihr, einerlei, wie viele galante Freundschaften sie hatte. Ihre galanten Freundschaften waren einfach eine Seite ihrer modernen Lebensbedürfnisse. »Schließlich muß ich doch *leben*! Ich kann mich nicht innerhalb von fünf Minuten in eine Salzsäule verwandeln, nur weil du und ich nicht miteinander leben können! Eine Frau wie ich braucht Jahre, um sich in eine Salzsäule zu verwandeln! Wenigstens hoffe ich es!«

»Sehr richtig!« erwiderte er. »Sehr richtig! Du mußt sie unbedingt in Essig konservieren, mach nur Essiggurken daraus, ehe du anfängst, Kristalle anzusetzen! Das empfehle ich dir!«

So war er immer: so gräßlich gescheit und rätselhaft! Die Idee mit den eingelegten Essiggurken konnte sie noch halbwegs begreifen, aber das Kristalle-Ansetzen – was mochte das bloß bedeuten?

Oder wollte er ihr damit zu verstehen geben, daß er selber wohlkonserviert war und daß für ihn ein weiteres Einlegen in Essig unterbleiben müsse, weil es nur sein Aroma verderben könnte? Hatte er etwa das gemeint? Und sie selber – wäre sie demnach die Salzlake und das Tränental?

Man wußte ja nie, wie falsch ein Mensch sein konnte, wenn er wirklich gescheit und unergründlich war, und daneben ein bißchen spitzbübisch. Er war so reizend spitzbübisch, wenn er den ausdrucksvollen, eitlen Mund mit der langen Oberlippe verzog, die all seine Eitelkeit verriet!

Denn schließlich – ein hübscher junger Mann mit gut geschnittenem Schauspielergesicht – mußte der nicht eitel werden? Die Frauen machten ihn ja so!

Ach, die Frauen! Wie nett wären die Männer, wenn es keine andern Frauen gäbe!

Und wie nett wären die Frauen, wenn es keine andern Männer gäbe! Das ist das beste an einer Sekretärin: sie hat vielleicht einen Ehemann, aber ein Ehemann ist der reinste Niemand, verglichen mit dem Chef, dem Boss, dem Mann, der einem diktiert und dessen Worte man getreulich im Stenogramm aufnimmt und dann ins reine schreibt. Stellt euch eine Ehefrau vor, die alles getreulich festhielte, was ihr Mann sagt! Dagegen eine Sekretärin! Jedes seiner *und* und *aber* bewahrt sie für alle Ewigkeit auf. Was sind – im Vergleich dazu – kandierte Veilchen?

Nun ist es aber so eine Sache, in der Sonne des Südens galante Freundschaften zu haben, wenn man weiß, daß irgendwo hoch oben im Norden in dem Haus, das man als sein Heim betrachten sollte, ein Gatte lebt, den man liebt und der einer Sekretärin diktiert, die man zu verächtlich findet, um sie zu hassen, die man jedoch immerhin verachtet, obwohl man zugibt, daß sie ihre guten Seiten hat. Eine galante Freundschaft nützt einem nicht viel, wenn man ein Staubkorn im Auge hat. Oder irgendwo in einem Herzwinkel.

Was kann man da tun? Der Gatte schickt seine Frau natürlich nicht fort.

»Du hast deine Arbeit und deine Sekretärin«, sagt sie. »Für mich ist kein Platz da!«

»Ein Wohnzimmer und ein Schlafzimmer sind ganz für

dich allein da«, erwidert er. »Und ein Garten und ein halbes Auto! Aber tu ganz, was dir beliebt! Tu das, was dir am meisten Freude macht!«

»In dem Falle«, sagt sie, »geh ich über den Winter in den Süden!«

»Ja, tu das!« erwidert er. »Du genießt es immer so.«

»Ja, ich genieße es immer«, wiederholt sie.

Sie trennten sich mit einer gewissen Unnachgiebigkeit, hinter der ein Anflug wehmütiger Sentimentalität steckte. Sie begab sich zu ihren galanten Freundschaften, die, wie das Ei des Pfarrers, nur teilweise schmackhaft waren. Und er klemmte sich hinter die Arbeit. Wie er sagte, haßte er es zu arbeiten, doch tat er nie etwas anderes. Zehn oder elf Stunden täglich. Das nennt man dann: sein eigener Herr sein!

Der Winter verging also, und der Frühling kam – der Frühling, wenn die Schwalben heimwärts ziehn, oder gen Norden, in unserm Falle. Dieser letzte Winter – einer in einer Reihe ähnlicher Winter – war ziemlich schwer zu überstehen gewesen. Das bißchen Staub im Auge der galanten Dame hatte sich tiefer eingefressen, je mehr sie zwinkerte. Sonngebräunte Gesichter mögen noch so braun sein, und eisgekühlte Cocktails mögen Glanzlichter aufsetzen: sie mochte nach Kräften zwinkern, um das kleine Staubkorn loszuwerden, aber umsonst! Unter den duftenden Perlchen der Mimosen dachte sie an ihren Gatten, der zu Hause in seiner Bibliothek saß, oder an seine ordentliche, tüchtige, aber so *gewöhnliche* Sekretärin, die unentwegt niederschrieb, was er sagte!

›Wie ein Mann so was nur *aushalten* kann? Wie *sie* so

was aushalten kann, selbst wenn sie noch so gewöhnlich ist – das ist mir ein Rätsel!‹ klagte die Frau vor sich hin.

Sie meinte die ganze Diktiererei, das tägliche, zehn Stunden währende Beisammensein *à deux* – und nichts, das sie verband, nichts als ein Bleistift und ein Schwall von Worten.

Was kann man da tun? Die Situation hatte sich verschlimmert, anstatt besser zu werden. Die kleine Sekretärin hatte ihre Mutter und ihre Schwester ins Haus geholt. Die Mutter war eine Art Haushälterin, die auch kochte, und die Schwester war eine Art Zimmermädchen: sie besorgte die feine Wäsche, kümmerte sich um seine Anzüge und war der beste Diener. Es war wohl eine glänzende Lösung. Die alte Mutter war eine ausgezeichnete Köchin, die Schwester war alles, was man von einem Diener, einer Feinwäscherin, einem Zimmermädchen und einem Tischkellner erwarten konnte. Und bei alledem war es noch recht vorteilhaft. Sie kannten seine Verhältnisse in- und auswendig. Die Sekretärin eilte in die Stadt, wenn ein Gläubiger gefährlich wurde, und *stets* konnte sie die finanzielle Krise überbrücken.

Natürlich hatte ›er‹ Schulden, und er arbeitete, um sie abzutragen. Und wenn er ein Märchenprinz gewesen wäre, der die Ameisen zu Hilfe rufen konnte, dann hätte er nicht größere Wunder verrichten können, als indem er sich diese Sekretärin und ihre Familie sicherte. Die Entschädigung, die sie erhielten, war nicht der Rede wert. Und sie schienen tagtäglich das Wunder der Speisung der Viertausend zu wiederholen.

›Sie‹ war natürlich die Frau, die ihren Gatten liebte, ihn jedoch in weitere Schulden stürzte, und sie war und blieb ein kostspieliger Posten. Doch wenn sie in ihrem ›Heim‹ erschien, empfing die Sekretärfamilie sie mit ausgesuchtester Ehrerbietung. Der von den Kreuzzügen heimkehrende Ritter konnte keine größere Geschäftigkeit verursachen. Sie kam sich wie die Königin Elizabeth in Kenilworth vor, eine Herrscherin, die ihre getreuen Untertanen mit einem Besuch beehrt. Aber vielleicht drohte schon von jeher das Haar in der Suppe: ob sie sich nicht freuen, wenn sie mich wieder los sind? Doch sie widersprachen: Nein! Nein! Sie hatten gewartet und gehofft und gebetet, daß sie käme und die Verantwortung übernähme: sie, die Herrin, ›seine‹ Frau! Ah, ›seine‹ Frau!

›Seine‹ Frau. Sein Heiligenschein war ihr wie ein Kübel über den Kopf gestülpt. Die Köchin-Mutter stammte ›aus dem Volk‹, daher kam die Zimmermädchen-Tochter und erkundigte sich nach ihren Wünschen.

»Was wünschen Sie morgen zum Mittagessen und zum Abendbrot, Mrs. Gee?«

»Was haben Sie denn meistens?«

»Oh, wir möchten, daß *Sie* es bestimmen!«

»Aber was haben Sie denn *meistens*?«

»Ach, nichts Bestimmtes. Mutter geht und besorgt das Beste, was sie finden kann – alles, was frisch und gut ist. Ich dachte nur, Sie könnten ihr jetzt sagen, was sie besorgen soll!«

»Oh, das weiß ich nicht! Ich verstehe mich nicht so darauf! Sagen Sie ihr nur, sie möchte einfach wie bisher weitermachen; ich bin überzeugt, daß sie's am besten versteht!«

»Vielleicht möchten Sie gern eine Süßspeise vorschlagen?«

»Nein, ich mache mir nichts aus Süßspeisen, und Mr. Gee auch nicht, wie Sie wohl wissen. Also keine Süßspeise für mich.«

Es war nicht zu glauben! Das Haus war blitzsauber, und alles lief wie am Schnürchen; wie konnte da eine unpraktische und verschwenderische Gattin es wagen, sich angesichts von soviel erstaunlicher und fast begeisterter Fürsorge noch einzumischen? Und dabei führten sie den ganzen Haushalt fast für umsonst! Einfach prachtvolle Menschen! Und wie sie ihr schmeichelten!

Doch dabei kam sie sich höchstens lächerlich vor.

»Findest du nicht, daß die Familie den Haushalt sehr gut führt?« ließ er einen Versuchsballon steigen.

»Unglaublich gut! Beinahe phantastisch gut!« antwortete sie. »Und du bist wohl restlos glücklich?«

»Ich fühle mich äußerst wohl dabei«, erwiderte er.

»Das sieht man dir an«, entgegnete sie. »Erstaunlich! Soviel Wohlbehagen ist mir ganz unheimlich! Bist du sicher, daß es dir nicht schadet?«

Sie warf einen verstohlenen Blick auf ihn. Er sah sehr gut und – auf seine romantische Art – unwahrscheinlich hübsch aus. Er war verblüffend gut angezogen und gepflegt. Und er hatte das elegante Auftreten und die glänzende Laune, die einem Mann so gut stehen und die sich nur dann einstellen, wenn er der Hahn im Korb ist und von seinen Hennen vergöttert wird.

»Ja«, sagte er, nahm die Pfeife aus dem Munde und warf ihr einen spitzbübischen Blick zu. »Seh ich etwa so aus, als schadet es mir?«

»Nein, bestimmt nicht«, entgegnete sie sofort und

dachte logischerweise – wie man es heutzutage von einer Frau erwartet – an seine Gesundheit und an seine Bequemlichkeit, die offenbar die Grundlage allen Glücks sind.

Doch dann wurde sie natürlich in die Gegenströmung hineingerissen:

»Aber für deine Arbeit ist es vielleicht nicht so gut wie für dich persönlich«, sagte sie mit betont zaghafter Stimme. Sie wußte, daß er es nicht ertragen konnte, wenn sie sich auch nur eine Sekunde lang über seine Arbeit lustig machte. Und er kannte diese betont zaghafte Stimme.

»Inwiefern?« fragte er, und alle seine Stacheln sträubten sich.

»Oh, ich weiß nicht«, antwortete sie nachlässig. »Vielleicht ist es nicht gut für die Arbeit eines Mannes, wenn er es zu behaglich hat!«

»Das möchte ich sehr bezweifeln«, sagte er, stolzierte selbstbewußt durch die Bibliothek und sog an seiner Pfeife. »Wenn man in Betracht zieht, daß ich buchstäblich zwölf Stunden täglich arbeite und, selbst wenn ich mir einen kurzen Tag mache, noch zehn Stunden schaffe, dann kannst du wohl kaum behaupten, daß ich vor lauter Wohlbehagen verkomme!«

»Nein, eigentlich nicht«, gab sie zu.

Aber sie glaubte es doch. Seine Behaglichkeit bestand nicht so sehr in gutem Essen und einem weichen Bett als vielmehr darin, daß keiner, einfach gar keiner, ihm jemals widersprach. ›Ich freue mich so in Gedanken, daß ihm jeder Ärger aus dem Wege geräumt wird‹, hatte die Sekretärin zu seiner Frau gesagt.

›Daß ihm jeder Ärger aus dem Weg geräumt wird!‹

Was für eine Situation für einen Mann! Verhätschelt von Frauen, die darauf achten, daß ihm jeder Ärger aus dem Weg geräumt wird! Wenn überhaupt etwas seine gekränkte Eitelkeit ärger machen konnte, dann doch wohl das!

Seine Frau jedenfalls glaubte es. Aber was konnte man da tun? In der mitternächtigen Stille hörte sie in der Ferne seine diktierende Stimme, wie die Stimme Gottes, die an Samuel erging, eintönig und allein, und im Geist sah sie die kleine Sekretärin, die emsig an ihrem Stenogramm kritzelte. In den sonnigen Morgenstunden dann, wenn er noch im Bett lag – er stand nie vor dem Mittagessen auf –, ertönte aus einer andern Richtung das scharfe Insektengezirp der Schreibmaschine – einem riesigen Heupferdchen gleich, zirpend und scheppernd. Es war das arme Geschöpf, die Sekretärin, die sein Diktat ins reine tippte.

Diese Sekretärin – sie war erst achtundzwanzig – schuftete sich wirklich ab, bis sie nur noch Haut und Knochen war. Sie war klein und gepflegt, aber sie war buchstäblich verbraucht. Sie leistete viel mehr Arbeit als er, denn sie mußte nicht nur alle Worte aufnehmen, die er äußerte, sondern sie auch tippen und drei Durchschläge anfertigen, während er sich noch ausruhte.

›Was sie bloß davon hat‹, dachte die Gattin, ›kann ich mir einfach nicht vorstellen. Sie arbeitet sich halbtot, und für ein erbärmlich niedriges Gehalt, und er hat sie nie geküßt und wird's auch nie tun, wie ich ihn kenne – oder ich müßte mich sehr täuschen.‹

Ob es dadurch schlimmer oder besser wurde, daß er sie nie geküßt hatte (die Sekretärin nämlich), das machte sich die

Gattin nicht klar. Er küßte nie jemanden. Ob sie (die Gattin nämlich) von ihm geküßt werden wollte – auch darüber war sie sich nicht im klaren. Wohl lieber nicht, meinte sie.

Was, um Himmels willen, wollte sie denn dann? Sie war seine Gattin. Was, um Himmels willen, wollte sie von ihm?

Bestimmt wollte sie nicht Stenogramm aufnehmen und dann all seine Worte tippen. Und sie wollte eigentlich auch nicht, daß er sie küßte; sie kannte ihn zu gut. Ja, sie kannte ihn zu gut. Wenn man einen Menschen zu gut kennt, möchte man sich nicht von ihm küssen lassen.

Was also dann? Was wollte sie? Warum hatte sie seinetwegen einen so unerhörten Katzenjammer? Nur weil sie seine Frau war? Warum ›genoß‹ sie (und sie war, was Genuß betraf, sehr kritisch) das Zusammensein mit andern Männern, ohne sie je ernst zu nehmen? Und warum mußte sie *ihn* so verdammt ernst nehmen, obwohl sie das Zusammensein mit ihm doch nie richtig ›genoß‹?

Natürlich hatte sie es früher mal *nett* mit ihm gehabt – früher, bevor – ach, bevor sich tausenderlei Kleinigkeiten ereigneten, die im Grunde belanglos waren. Und jetzt genoß sie ihn nicht mehr. Sie genoß es nicht einmal, mit ihm zusammenzusein. Eine ewige, unausgesprochene Spannung bestand zwischen ihnen, die nie nachließ, selbst wenn sie tausend Meilen voneinander getrennt waren.

Scheußlich! So was nannte man Verheiratetsein! Was konnte man nur tun? Lächerlich, so gut im Bilde zu sein und gar nichts unternehmen zu können!

Wieder einmal kehrte sie zurück, wieder einmal war sie in ihrem eigenen Haus eine Art Super-Gast – sogar für ihn. Und die Sekretärsfamilie opferte sich für ihn auf.

Sie opferten sich für ihn auf! Buchstäblich! Drei Frauen opferten ihm Tag und Nacht ihr ganzes Leben. Und was erhielten sie dafür als Entgelt? Keinen einzigen Kuß! Sehr wenig Geld, denn seine Schulden waren ihnen ja bekannt, und sie hatten es sich zur Lebensaufgabe gemacht, sie abzutragen. Keine Hoffnungen! Täglich zwölf Stunden Arbeit! Isolierung von der Umwelt, denn er empfing keinen Menschen.

Und außerdem? Nichts! Vielleicht ein erhebendes Gefühl der Wichtigkeit, wenn sie manchmal seinen Namen und sein Bild in einer Zeitung sahen. Aber konnte man sich vorstellen, daß ihnen so etwas genügte?

Und doch genossen sie es. Sie schienen eine tiefe Genugtuung daraus zu ziehen – wie etwa Leute mit einer geheimen Mission. Unerhört!

Aber gut – mochten sie nur! Es waren natürlich ziemlich einfache Leute aus dem Volk – vielleicht waren sie von solchem Glanz betört?

Doch ihm schadete es. Daran war nicht zu zweifeln. Er wurde weitschweifig in seinen Ausführungen und verlor an Qualität, was kein Wunder war. Sein ganzer Stil wurde platter, gewöhnlicher... Natürlich schadete es ihm!

Da sie seine Gattin war, fand sie, daß sie etwas tun müsse, um ihn zu retten. Aber wie konnte sie das tun? Wie konnte sie auf die so durch und durch ergebene, wunderbare Sekretärsfamilie einen Vorstoß unternehmen? Und doch hätte sie gar zu gern alle zum Teufel gejagt! Natürlich schadeten sie ihm; sie ruinierten sein Werk, seinen Ruf als Schriftsteller, sein Leben. Sie ruinierten ihn mit ihren sklavenhaften Diensten.

Natürlich sollte sie einen Sturmangriff gegen sie unternehmen. Aber wie konnte sie? Angesichts von so viel Aufopferung! Und was hatte sie an deren Statt zu bieten? Bestimmt keine sklavenhafte Aufopferung – weder ihm noch seinem Wortschwall gegenüber! Bestimmt nicht!

Sie malte sich's aus – er entblößt, seiner Sekretärin und seiner Sekretärsfamilie beraubt – und schauderte. Das hieße ja, ein nacktes Baby in eine Mülltonne werfen! So was tat man nicht!

Und doch mußte etwas getan werden! Sie spürte es. Es juckte sie, noch weitere tausend Pfund Schulden zu machen und wie bisher die Rechnung zu schicken – oder sie ihm schicken zu lassen. Aber nein! Es mußte drastischer sein!

Drastischer – oder vielleicht sanfter. Sie schwankte zwischen dem einen und dem andern. Und weil sie schwankte, tat sie zunächst gar nichts, kam zu keinem Entschluß, trödelte müßig von Tag zu Tag und wartete auf genügend Energie, um wieder Abschied zu nehmen.

Es war Frühling. Wie dumm sie gewesen war, im Frühling herzukommen! Und sie war vierzig! Was für ein Kamel war sie doch, schon vierzig zu werden!

An einem Nachmittag ging sie durch den Garten, als die Vögel laut in ihrem Laubversteck zwitscherten und der Himmel schwer und warm war und sie nichts zu tun hatte. Der Garten war voller Blumen: er liebte sie, weil sie sich so romantisch zur Schau stellten: Flieder und Schneeball und Goldregen und Rotdorn, Tulpen und Anemonen und rosige Gänseblümchen. Eine Fülle von Blumen. Ganze Beete voller Vergißmeinnicht. Blauäuglein. Was für verrückte Namen manche Blumen hatten! Sie hatte sie einfach blaue

Knöpfe und gelbe Kleckse und weiße Rüschen genannt. Bitte ein bißchen weniger sentimental, ja?

Der Frühling hatte immer etwas Albernes an sich, all das Zurschaustellen, all das Gepränge mit seinen sprießenden Blättern und Ballettröckchen-Blumen – es sei denn, man hätte etwas Entsprechendes im eigenen Herzen. Hatte sie aber nicht.

Ach du liebe Güte! Hinter der Hecke hörte sie eine Stimme, eine gleichmäßige, ziemlich theatralische Stimme. Ach du liebe Güte! Er diktierte seiner Sekretärin im Garten! Lieber Himmel, war man denn nirgends davor sicher?

Sie blickte sich um: es gab allerdings noch viele Zufluchtswinkel. Aber was nützte es, dorthin zu flüchten? Er würde ewig so weitermachen. Sie trat leise an die Hecke und hörte zu.

Er diktierte einen Artikel über den modernen Roman – für eine Zeitschrift. »Was dem modernen Roman fehlt, ist Architektonik.« Lieber Himmel: Architektonik! Ebensogut könnte er sagen: was dem modernen Roman fehlt, ist Fischbein – oder ein Teelöffel – oder ein plombierter Zahn.

Doch die Sekretärin nahm alles auf, nahm alles auf, nahm alles auf. Nein, das durfte nicht so weitergehen! Es war mehr, als Fleisch und Blut ertragen konnten!

Sie ging leise die Hecke entlang. Es lag etwas Wölfisches in der Art, wie sie sich näher schlich, die breite, kräftige Frau in dem teuren senfgelben Seidenpullover und dem sahneweißen Faltenrock. Ihre Beine waren lang und schön, und ihre Schuhe waren kostbar.

Mit einer merkwürdig wölfischen Heimlichkeit ging sie um die Ecke herum und blickte auf den schmalen, schattigen Rasen, wo sich die Gänseblümchen in unverschämter Fülle breitmachten. Unter der rotblühenden Roßkastanie saß ›er‹: halb zurückgelehnt in einem bunten Liegestuhl, in weißen Wollstoff gekleidet, dazu trug er ein feines gelbes Leinenhemd. Seine elegante Hand hing lose über die Armlehne und schlug gewissermaßen den Takt zu seinen Worten. An einem kleinen grünen Korbtisch neigte die kleine Sekretärin in einem grünen Jerseykleid den dunklen Kopf über ihren Stenoblock und schrieb fleißig all die abscheulichen Kurzschrift-Krakel hin. Es war nicht schwierig, seinem Diktat zu folgen, denn er sprach langsam und wahrte eine Art Rhythmus, zu dem die herunterbaumelnde Hand den Takt schlug.

»Jeder Roman muß einen klar herausgestellten Helden haben, womit wir sympathisieren – mit dem wir sympathisieren – selbst wenn wir erkennen – auch wenn wir uns seiner menschlichen Schwächen durchaus bewußt sind …«

›Jeder sein eigener Held‹, dachte die Gattin ergrimmt und vergaß dabei ganz, wie sehr jede Frau ihre eigene Heldin ist.

Aber was sie dann erschreckte, war ein blauer Vogel, der dicht vor den Füßen der konzentriert ihr Stenogramm kritzelnden kleinen Sekretärin herumhüpfte. Es war zwar bloß eine Blaumeise, blau mit grau und ein wenig gelb. Doch der Gattin kam sie im saftstrotzenden Frühling und an diesem schimmernden Nachmittag rein blau vor. Der blaue Vogel umflatterte die netten, aber ziemlich *gewöhnlichen* Füße der kleinen Sekretärin.

›Der blaue Vogel! Der blaue Glücksvogel! Oh, ich habe Glück, ich habe Glück‹, dachte die Gattin.

Und da sie Glück hatte, erschien noch ein zweiter blauer Vogel, das heißt noch eine Blaumeise, und begann sich mit der ersten Blaumeise zu streiten. Ein Paar blaue Glücksvögel, die sich stritten! ›Oh, ich habe wirklich Glück!‹

Sie stand nicht gerade in der Blickrichtung des in die Arbeit versunkenen Menschenpaars. Doch ›ihn‹ störten die kämpfenden blauen Vögel, deren kleine Federn herumzustieben begannen.

»Geht weg!« sagte er milde und verscheuchte sie mit seinem dunkelgelben Taschentuch. »Tragt euren kleinen Streit anderswo aus, ihr lieben kleinen Kampfhähne, und bringt eure Privatangelegenheiten nicht gerade hier in Ordnung!«

Die kleine Sekretärin blickte rasch auf, denn sie hatte schon angefangen, es niederzuschreiben. Er bedachte sie mit seinem schiefen, kapriziösen Lächeln.

»Nein, das müssen Sie nicht schreiben«, sagte er freundlich. »Haben Sie die beiden Meisen gesehen, wie sie aufeinander losgingen?«

»Nein«, antwortete die kleine Sekretärin und blickte sich strahlend um – mit Augen, die von der Arbeit noch halb blind waren.

Was sie jedoch sah, war die eigenartige, kraftvolle, elegante Wolfsgestalt der Gattin, und ihre Augen weiteten sich entsetzt.

»Aber *ich* hab sie gesehen!« sagte die Gattin und trat mit den schön geformten, seltsam wölfischen Beinen näher, die unter dem sehr kurzen Rock hervorschauten.

»Sind es nicht erstaunlich boshafte kleine Biester?« sagte er.

»Ja, erstaunlich«, wiederholte sie, bückte sich und hob

eine kleine Brustfeder auf. »Erstaunlich! Da sieh, wie die Federn fliegen!«

Und sie nahm die Feder zwischen die Fingerspitzen und betrachtete sie. Dann blickte sie die Sekretärin an, und dann blickte sie ihn an. Zwischen ihren Augenbrauen stand ein sonderbarer, werwolfartiger Ausdruck.

»Ich finde«, begann er jetzt, »das sind die herrlichsten Nachmittage, wenn kein direktes Sonnenlicht da ist, jedoch alle Töne und Farben und Gerüche in der Luft verschmelzen, verstehst du, wenn die ganze Geschichte vom Frühling durchtränkt ist. Dann ist's, als wäre man innen drin, du weißt wohl, wie ich's meine, wie innen im Ei, und bereit, die Schale aufzupicken.«

»Ja, genau so«, pflichtete sie ihm bei, ohne davon überzeugt zu sein.

Eine kleine Pause entstand. Die Sekretärin sagte nichts. Sie wartete darauf, daß die Gattin wieder gehen sollte.

»Vermutlich bist du furchtbar beschäftigt«, sagte sie, »wie meistens?«

»Fast so«, erwiderte er und verzog abweisend den Mund.

Wieder eine inhaltlose Pause, in der er nur darauf wartete, daß sie gehen sollte.

»Ich weiß, daß ich dich gestört habe«, sagte sie.

»Eigentlich«, erwiderte er, »hatte ich gerade die beiden Blaumeisen beobachtet.«

»Zwei kleine Teufelchen!« sagte die Frau und blies die gelbe Feder von ihrer Fingerspitze fort.

»Richtig!« sagte er.

»Aber dann will ich lieber gehen, damit du mit deiner Arbeit vorankommst«, meinte sie.

»Es eilt nicht«, entgegnete er mit wohlwollend nachlässigem Tonfall. »Ich glaube eigentlich nicht, daß es sehr fördernd ist, im Freien zu arbeiten!«

»Warum hast du's denn getan?« fragte die Gattin. »Du weißt doch, daß du's nie konntest!«

»Miss Wrexall schlug es vor, weil sie meinte, es könnte anregend sein. Aber ich glaube nicht, daß es irgendwie förderlich ist, nicht wahr, Miss Wrexall?«

»Es tut mir sehr leid!« flüsterte die kleine Sekretärin.

»Warum soll es *Ihnen* leid tun?« fragte die Gattin und blickte beinah gütig auf sie herab, wie etwa ein Wolf auf einen kleinen schwarzbraunen Straßenköter. »Sie haben es sicher nur zu seinem Besten vorgeschlagen.«

»Ich dachte, die frische Luft könnte ihm guttun«, gab die kleine Sekretärin zu.

»Warum denken Menschen wie Sie niemals an sich selber?« fragte die Gattin.

Die Sekretärin blickte sie scharf an.

»Das tun wir, glaube ich, doch – wenn auch auf andere Art«, erwiderte sie.

»Auf *sehr* andere Art!« bemerkte die Gattin ironisch. »Warum bringen Sie ihn nicht dahin, daß er an *Sie* denkt?« fuhr sie langsam und mit schleppender Stimme fort. »An einem so milden Frühlingsnachmittag sollten Sie ihn dahin bringen, Ihnen an Sie gerichtete Gedichte zu diktieren, die von den blauen Glücksvögeln handeln, wie sie Ihre zierlichen kleinen Füßchen umflattern! Ich würde das bestimmt tun, wenn ich seine Sekretärin wäre.«

Eine drückende Pause folgte. Die Gattin stand unbeweglich wie eine Statue in einer Haltung da, die bezeichnend für sie war: halb hatte sie sich der kleinen Sekretärin zugewandt, halb kehrte sie ihr den Rücken. So machte sie es immer: kehrte allem ein wenig den Rücken. Die Sekretärin blickte ihn an.

»Ich schrieb nämlich gerade einen Aufsatz über die Zukunft des Romans«, sagte er.

»Ich weiß, ich weiß!« sagte die Gattin. »Das macht es ja so schlimm! Warum nicht etwas Lebendiges aus dem Leben eines Romanschriftstellers?«

Diesmal entstand ein längeres Schweigen, während sich ein leidender und irgendwie abwesender, statuenhafter Ausdruck bei ihm zeigte. Die kleine Sekretärin ließ den Kopf hängen. Die Gattin schlenderte gemächlich von dannen.

»Wo waren wir stehengeblieben, Miss Wrexall?« ließ sich seine Stimme vernehmen.

Die kleine Sekretärin zuckte zusammen. Sie war zutiefst empört! Ihre wunderschöne Beziehung – die zwischen ihm und ihr – so zu verderben!

Doch bald lavierte sie auf dem Gefälle seiner Worte wieder stromabwärts und war zu emsig bei der Sache, um irgendwelche Gefühle zu haben, ausgenommen das einer großen Emsigkeit.

Die Teestunde war da; ihre Schwester trug das Teebrett in den Garten hinaus. Und sofort erschien auch die Gattin. Sie hatte sich umgezogen und trug jetzt ein Kleid aus zichorienblauem, feinem Tuch. Die kleine Sekretärin raffte ihre Papiere zusammen und wollte auf ihren ziemlich hochhackigen Schuhen davonstöckeln.

»Gehen Sie nicht, Miss Wrexall!« sagte die Gattin.

Die kleine Sekretärin blieb augenblicklich stehen und zauderte dann. »Meine Mutter erwartet mich«, wandte sie ein.

»Erklären Sie ihr, Sie kämen nicht. Und bitten Sie Ihre Schwester, noch eine Tasse Tee zu bringen. Ich möchte, daß Sie mit uns Tee trinken.«

Miss Wrexall warf einen Blick auf den Mann, der sich im Liegestuhl auf den einen Ellbogen stützte und eine rätselhafte Hamlet-Miene aufgesetzt hatte.

Er warf ihr einen raschen Blick zu und verzog dann, gleichgültig wie ein Knabe, seinen Mund.

»Ja, bleiben Sie doch einmal, um mit uns Tee zu trinken«, sagte er. »Ich sehe Erdbeeren und weiß, daß Sie gern davon picken würden!«

Sie blickte ihn an, lächelte gezwungen und eilte dann fort, um ihrer Mutter Bescheid zu geben. Sie blieb sogar lange genug weg, um sich ein anderes Kleid überzuwerfen.

»Oh, wie elegant Sie sind!« rief die Frau, als die kleine Sekretärin in ihrer zichorienblauen Seide auf dem Rasen erschien.

»Ach, es lohnt sich nicht, mein Kleid anzusehen – neben Ihrem!« entgegnete Miss Wrexall. Die beiden Kleider waren tatsächlich von der gleichen Farbe.

»Wenigstens haben Sie sich Ihres verdient, und das ist mehr, als ich von meinem behaupten kann«, sagte die Gattin, während sie den Tee eingoß. »Trinken Sie ihn stark?«

Sie blickte aus ihren schweren Augen auf das kleine, überarbeitete junge Ding, ein blaugekleidetes Vögelchen, und ihre Augen sprachen Bände – so dunkel und rätselhaft blickten sie.

»Ach, danke, einfach, wie es kommt!« antwortete Miss Wrexall und beugte sich nervös vor.

»Er ist sehr stark – falls Sie Ihre Gesundheit ruinieren wollen?«

»Oh, dann möchte ich ihn mit etwas Wasser.«

»Finde ich auch.«

Während sie Tee tranken und die beiden Frauen gegenseitig ihre blauen Kleider betrachteten, fragte die Gattin: »Wie ging's mit der Arbeit – gut?«

»Ach«, erwiderte er, »nicht besser, als zu erwarten war! Nichts als Geschwafel! Aber gerade das wollen sie haben. Ein furchtbarer Blödsinn, nicht wahr, Miss Wrexall?«

Miss Wrexall rückte unbehaglich auf ihrem Stuhl hin und her. »Es hat mich interessiert«, sagte sie, »wenn auch nicht so sehr wie der Roman.«

»Der Roman? Welcher Roman?« fragte die Gattin. »Ein neuer?« Miss Wrexall blickte ihn an. Nicht um die Welt würde sie etwas aus seinem dichterischen Schaffen verraten.

»Ach, ich hatte Miss Wrexall nur erst den Gedankengang skizziert«, erklärte er.

»Erzähl mal!« rief die Gattin. »Miss Wrexall, erzählen Sie uns mal, um was es geht!« Sie drehte sich auf ihrem Stuhl ein wenig um und fixierte die kleine Sekretärin.

Miss Wrexall wand sich verlegen: »Oh, ich hab's leider nicht sehr gut begriffen!«

»Ach was, nur zu! Dann erzählen Sie uns eben das, was Sie begriffen haben.«

Miss Wrexall saß stumm und verärgert da. Sie spürte, daß ihr eine Falle gestellt wurde. Sie blickte auf die blauen Falten ihres Rockes.

»Ich fürchte, ich kann es nicht«, erklärte sie.

»Warum befürchten Sie es denn? Sie sind so *überaus* tüchtig. Bestimmt können Sie alles nur so aus dem Ärmel schütteln. Ich vermute sogar, daß Sie einen großen Teil von Mr. Gees Büchern für ihn schreiben! Er skizziert die Umrisse, und Sie füllen alles aus. So haben Sie es doch gemacht, nicht wahr?« Sie sprach lustig und als wollte sie ein Kind necken. Und dann blickte sie auf die feinen Falten in ihrem eigenen blauen Kleid, das so vornehm und so kostbar war.

»Sie können unmöglich im Ernst sprechen!« entgegnete Miss Wrexall nun ganz erbittert.

»Doch, natürlich. Ich habe es längst vermutet, das heißt seit einiger Zeit schon, daß Sie einen großen Teil von Mr. Gees Büchern für ihn schreiben – seinen Anweisungen folgend!«

Es wurde in spöttischem Ton geäußert, doch die Worte waren brutal.

»Ich würde mich sehr geschmeichelt fühlen«, entgegnete Miss Wrexall und richtete sich auf, »wenn ich nicht wüßte, daß Sie mich nur demütigen wollen.«

»Sie demütigen? Aber nein, mein liebes Kind – nichts könnte mir ferner liegen! Sie sind doppelt so gescheit wie ich und millionenmal klüger! Nein, mein liebes Kind, ich hege die größte Bewunderung für Sie! Ich möchte nicht tun, was Sie tun – nicht für alle Schätze Arabiens! Ich könnt's auch gar nicht …«

Miss Wrexall verkapselte sich und schwieg.

»Willst du etwa sagen, meine Bücher läsen sich, als hätte …«, begann er mit zermarterter Stimme und richtete sich auf.

»Ja, sicher«, erwiderte die Gattin. »*Genau so* sind sie, als hätte Miss Wrexall sie nach deinen Anweisungen geschrieben! Ich habe es *allen Ernstes* geglaubt, daß sie es tut – vielleicht, wenn du zu beschäftigt bist...«

»Wie gescheit von dir«, sagte er.

»Sehr«, erwiderte sie. »Besonders, falls ich mich getäuscht habe!«

»Das hast du!« sagte er.

»Wie äußerst seltsam!« rief sie. »Dann hätte ich mich also wieder einmal getäuscht!«

Eine völlige Stille trat ein.

Sie wurde von Miss Wrexall unterbrochen, die nervös an ihren Fingern zupfte. »Sie wollen verderben, was zwischen mir und ihm ist, das ist mir ganz klar«, sagte sie bitter.

»Aber liebes Kind, was *ist* denn zwischen Ihnen und ihm?« fragte die Gattin.

»Ich war *glücklich,* mit ihm zu arbeiten und für ihn zu arbeiten! Ich war *glücklich,* für ihn zu arbeiten!« rief Miss Wrexall, und vor Kummer und zorniger Empörung stiegen ihr die Tränen in die Augen.

»Mein liebes Kind!« rief die Gattin mit geheuchelter Begeisterung. »Sie müssen weiterhin glücklich sein, für ihn zu arbeiten, Sie müssen glücklich sein, solange Sie's können! Wenn es Sie glücklich macht – oh, dann genießen Sie es! Natürlich! Glauben Sie, ich wäre so grausam und wollte es Ihnen nehmen? Daß Sie mit ihm arbeiten? Ich kann weder stenographieren noch tippen noch doppelte Buchführung oder wie man das nennt. Ich versichere Ihnen, daß ich durch und durch unfähig bin. Ich habe noch nie Geld verdient. Ich bin der Schmarotzer auf der britischen Eiche –

wie die Mistel. Der graue Glücksvogel flattert nicht um *meine* Füße. Wahrscheinlich sind es zu große Treter.«

Sie blickte auf ihre teuren Schuhe. »Wenn ich überhaupt ein kritisches Wort zu äußern hätte«, sagte sie und wandte sich an ihren Mann, »dann beträfe es dich, Cameron, weil du soviel von ihr entgegennimmst und ihr nichts gibst!«

»Aber er gibt mir alles, alles!« rief Miss Wrexall. »Er gibt mir alles!«

»Was meinen Sie mit ›alles‹?« fragte die Gattin und blickte sie streng an.

Miss Wrexall zügelte sich sofort. Irgend etwas peitschte durch die Luft, und die Stromrichtung wechselte.

»Ich meine damit nichts, um das *Sie* mich beneiden müßten!« erklärte die kleine Sekretärin ziemlich hochmütig. »Ich habe mich noch nie billig gemacht!«

Ein verblüfftes Schweigen folgte.

»Mein Gott!« rief die Gattin dann. »Wenn Sie das nicht billig nennen? Ich muß wirklich feststellen, daß Sie überhaupt nichts von ihm bekommen, sondern nur immer geben! Und wenn Sie das nicht ›Sich-billig-Machen‹ nennen – mein Gott!«

»Wir sehen eben die Dinge von ganz verschiedenen Standpunkten aus«, erklärte die Sekretärin.

»Allerdings tun wir das – Gott sei Dank!« sagte die Gattin.

»Wem zuliebe dankst du Gott?« fragte er sarkastisch.

»Jedermann zuliebe, scheint mir! Deinetwegen, weil du alles ohne Gegenleistung erhältst, und Miss Wrexalls wegen, weil ihr das ja offenbar gefällt, und meinetwegen, weil ich mir das alles als ein Außenseiter ansehen kann!«

»Sie *brauchten* kein Außenseiter zu sein«, rief Miss Wrexall großmütig, »wenn Sie sich nicht selber zum Außenseiter gemacht hätten!«

»Besten Dank, mein liebes Kind, für Ihr Entgegenkommen«, sagte die Gattin und erhob sich, »aber ich fürchte, kein Mann kann erwarten, daß zwei blaue Glücksvögel um seine Füße flattern und sich gegenseitig die kleinen Federn ausreißen!«

Und damit ging sie weg.

Nach einer verkrampften und verzweifelten Stille rief Miss Wrexall:

»Auf mich braucht doch wirklich keine Frau eifersüchtig zu sein?«

»Stimmt!« sagte er.

Und das war alles, was er sagte.

F. Scott Fitzgerald
Drei Stunden zwischen zwei Flügen

Er mußte es einfach auf gut Glück versuchen – Donald, gesund und gelangweilt, hatte das befriedigende Gefühl, eine lästige Pflicht erfüllt zu haben, und war entsprechend in Stimmung. Jetzt würde er sich belohnen. Vielleicht.

Nach der Landung trat er in die Sommernacht des Mittelwestens hinaus und steuerte den einsamen ländlichen Flughafen an, der wie ein altes rotes Bahnhofsgebäude aussah. Er wußte nicht, ob sie noch lebte, ob sie noch in dieser Stadt wohnte oder wie sie jetzt hieß. Mit wachsender Erregung suchte er im Telefonbuch nach ihrem Vater, der womöglich inzwischen auch gestorben war, es war schließlich zwanzig Jahre her. – Nein. Richter Harmon Holmes – Hillside 3194.

Eine belustigte Frauenstimme beantwortete seine Frage nach Miss Nancy Holmes.

»Nancy ist jetzt Mrs. Walter Gifford. Wer spricht denn da?«

Aber Donald legte auf, ohne zu antworten. Er hatte erfahren, was er hatte wissen wollen, und er hatte nur drei Stunden zur Verfügung. An einen Walter Gifford konnte er sich nicht erinnern, und einen Augenblick war noch einmal alles in der Schwebe, als er erneut das Telefonbuch durchsuchte. Möglich, daß sie nach der Heirat weggezogen war.

Nein. Walter Gifford – Hillside 1191. Das Blut kehrte in seine Fingerspitzen zurück.

»Hallo?«

»Hallo. Ist Mrs. Gifford da? Hier spricht ein alter Freund von ihr.«

»Hier ist Mrs. Gifford.«

Da war der seltsame Zauber in der Stimme, an den er sich erinnerte oder zu erinnern meinte.

»Hier Donald Plant. Ich hab dich zuletzt gesehen, als ich zwölf war.«

»Oh-h-h-h.« Das klang äußerst überrascht und sehr höflich, aber er konnte darin weder Freude ausmachen noch erkennen, ob sie ihn überhaupt noch einzuordnen wußte.

»...Donald«, fügte die Stimme an. Diesmal schwang mehr darin als mühsames Erinnern.

»Seit wann bist du zurück?« Und ausgesprochen herzlich: »Wo bist du überhaupt?«

»Am Flughafen. Nur für ein paar Stunden.«

»Dann komm doch bei mir vorbei.«

»Wenn du nicht gerade ins Bett gehen wolltest?«

»Du lieber Himmel, nein!« beteuerte sie. »Ich sitze hier allein vor einem Highball. Sag dem Taxifahrer...«

Auf der Fahrt ging Donald das Gespräch noch mal durch. Sein »am Flughafen« signalisierte, daß er seine Position im oberen Mittelstand hatte halten können. Daß Nancy allein war, konnte bedeuten, daß sie eine unattraktive Frau ohne Freunde und Bekannte geworden war. Ihr Mann war möglicherweise entweder außer Haus oder im Bett. Und weil sie in seinen Träumen immer noch zehn

Jahre alt war, schockierte ihn der Highball. Aber er besann sich mit einem Lächeln: Sie war fast dreißig.

Am Ende einer geschwungenen Auffahrt sah er eine dunkelhaarige kleine Schönheit – ein Glas in der Hand – im Licht stehen, das durch die geöffnete Haustür fiel. Leicht verunsichert, da er sie nun leibhaftig vor sich sah, stieg Donald aus und fragte: »Mrs. Gifford?«

Sie schaltete die Verandabeleuchtung ein und sah ihn unentschlossen mit großen Augen an. Ein Lächeln durchbrach die Ratlosigkeit.

»Donald… du bist das… wir haben uns alle so verändert. Also das ist wirklich erstaunlich.«

Als sie das Haus betraten, redeten beide davon, »wie doch die Zeit vergeht…«, und Donald hatte plötzlich ein flaues Gefühl im Magen. Ein Grund dafür war das Bild von ihrer letzten Begegnung, das ihm vor Augen stand – als sie auf einem Fahrrad an ihm vorbeigefahren war und ihn wie Luft behandelt hatte –, andererseits befürchtete er, sie könnten sich nichts zu sagen haben. Es war wie bei einem Klassentreffen, dort aber wurde die Unmöglichkeit, die Vergangenheit wiederzufinden, durch Hast und Ausgelassenheit überdeckt. Erschrocken begriff er, daß er womöglich eine lange, leere Stunde vor sich hatte. Mit dem Mut der Verzweiflung stürzte er sich hinein.

»Hübsch warst du schon immer. Aber daß du so eine Schönheit geworden bist, wirft mich fast um.«

Es funktionierte. Durch die prompte Anerkennung ihrer veränderten Umstände und das gewagte Kompliment waren aus verlegenen Jugendfreunden interessante Fremde geworden.

»Einen Highball?« fragte sie. »Nein? Bitte denk nicht, daß ich zur heimlichen Trinkerin geworden bin, ich war heute abend nur ein bißchen down. Eigentlich hatte ich meinen Mann erwartet, aber er hat telegraphiert, daß er erst in zwei Tagen kommt. Er ist sehr nett, Donald, und sieht gut aus. Ähnlich wie du, auch die Haarfarbe.« Sie zögerte. »...und ich glaube, es gibt da jemanden in New York, aber ich weiß es nicht.«

»Wenn ich dich so sehe, halte ich das für unwahrscheinlich«, beteuerte er. »Ich war sechs Jahre verheiratet, und eine Weile habe ich mich so gequält wie du. Eines Tages habe ich dann die Eifersucht für immer aus meinem Leben verbannt. Nach dem Tod meiner Frau war ich sehr froh darüber. Dadurch blieb eine sehr erfüllte Erinnerung, da gab es nichts, was getrübt oder verpatzt war, nichts, woran man ungern zurückgedacht hätte.«

Sie betrachtete ihn aufmerksam und mit zunehmender Anteilnahme.

»Es tut mir sehr leid«, sagte sie, und nach einer angemessenen Pause: »Du hast dich sehr verändert. Dreh mal den Kopf. Ich weiß noch, daß Vater sagte: ›Der Junge hat Hirn.‹«

»Da hast du vermutlich widersprochen.«

»Es hat mir imponiert. Bis dahin hatte ich gedacht, daß jeder Mensch ein Hirn hat. Deshalb ist es mir in Erinnerung geblieben.«

»Was ist dir noch in Erinnerung geblieben?« fragte er lächelnd.

Nancy stand unvermittelt auf und tat ein paar rasche Schritte von ihm weg.

»Das ist nicht fair«, sagte sie vorwurfsvoll. »Das klingt, als ob ich ein schlimmes Mädchen gewesen wäre.«

»Warst du nicht«, widersprach er entschieden. »Und jetzt würde ich doch gern was trinken.«

Während sie, immer noch mit abgewandtem Gesicht, den Drink einschenkte, fuhr er fort:

»Bildest du dir ein, daß du das einzige kleine Mädchen warst, das je einen Kuß bekommen hat?«

»Du kommst wohl von dem Thema nicht los.« Dann schmolz der momentane Ärger dahin, und sie sagte: »Ach, was soll's! Wir haben wirklich Spaß gehabt. Wie in dem Song.«

»Beim Schlittenfahren.«

»Genau. Und bei dem Picknick von... ja, von Trudy James. Und in Frontenac, in jenem – jedem Sommer damals.«

An die Schlittenfahrt erinnerte er sich am deutlichsten – wie er im Stroh, in einer Ecke, ihre kühlen Wangen geküßt hatte, während sie lachend zu den kalten weißen Sternen hochgesehen hatte. Das Pärchen neben ihnen hatte ihnen den Rücken zugewandt, und er hatte ihren kleinen Hals und ihre Ohren geküßt, aber nicht die Lippen.

»Und bei der Party von den Macks, als sie Post gespielt haben und ich nicht hingehen konnte, weil ich Mumps hatte«, sagte er.

»Das weiß ich nicht mehr.«

»Du warst aber da. Und du bist geküßt worden, und ich war so rasend eifersüchtig, wie ich es seitdem nie mehr gewesen bin.«

»Komisch, daß ich das nicht mehr weiß. Vielleicht wollte ich es vergessen.«

»Aber warum?« fragte er belustigt. »Wir waren doch zwei unschuldige Kinder. Wenn ich mit meiner Frau über die Vergangenheit sprach, habe ich ihr immer gesagt, daß ich dich fast sosehr geliebt habe wie sie. Aber ich glaube, ich habe dich genausosehr geliebt. Als wir wegzogen, hab ich dich wie eine Kanonenkugel im Bauch gehabt.«

»Warst du so … aufgewühlt?«

»Mein Gott, natürlich …« Er merkte plötzlich, daß kaum ein halber Meter sie trennte, daß er redete, als liebte er sie jetzt, daß sie ihn mit halbgeöffneten Lippen und verschleiertem Blick betrachtete.

»Sprich weiter«, sagte sie. »Ich muß gestehen, daß ich das gern höre. Daß dich das so mitgenommen hat, wußte ich nicht. Ich dachte immer, daß nur ich darunter gelitten hätte.«

»Du!« stieß er hervor. »Weißt du nicht, wie du mich im Drugstore hast abblitzen lassen?« Er lachte. »Die Zunge hast du mir rausgestreckt.«

»Das weiß ich nicht mehr. Ich hatte den Eindruck, daß du mich hast abblitzen lassen.« Ihre Hand legte sich leicht, fast tröstend auf seinen Arm. »Ich hab oben ein Fotoalbum, das ich seit Jahren nicht mehr angeschaut habe, das kram ich mal raus.«

In den folgenden fünf Minuten beschäftigte Donald, während er dasaß und wartete, zum einen die absolute Unmöglichkeit, die Erinnerungen zweier Menschen an denselben Abend in Einklang zu bringen, und zum anderen die erschreckende Tatsache, daß Nancy ihn als Frau so anrührte, wie sie es als Kind getan hatte. Binnen einer halben Stunde hatte sich ein Gefühl entwickelt, das er seit dem Tod seiner Frau nicht mehr kannte und das er gehofft hatte, ein für allemal los zu sein.

Sie setzten sich nebeneinander auf die Couch und schlugen das Album auf. Nancy sah ihn glücklich lächelnd an.

»Wie schön das ist«, sagte sie. »Wie schön, daß du so nett bist, daß du so – so liebe Erinnerungen an mich hast. Ich wünschte, das hätte ich damals gewußt. Als du fort warst, habe ich dich gehaßt.«

»Ein Jammer«, sagte er sanft.

»Aber jetzt nicht«, versicherte sie, und dann platzte sie heraus: »Gib mir einen Kuß. Zur Versöhnung.«

»Eine gute Ehefrau macht so was nicht«, sagte sie nach einer Minute. »Ich glaube, seit meiner Heirat habe ich keine zwei Männer mehr geküßt.«

Er war erregt, vor allem aber verwirrt. Wen hatte er geküßt? Nancy? Oder eine Erinnerung? Oder diese bildhübsche bebende Fremde, die rasch wegsah und eine Albumseite umblätterte?

»Warte«, sagte er. »Ich könnte im Moment kein Foto erkennen.«

»Wir tun das nicht noch mal. Ich bin auch nicht gerade die Ruhe selbst.«

Donald machte eine dieser trivialen Bemerkungen, die so weitreichende Folgen haben können.

»Wäre es nicht schrecklich, wenn wir uns wieder ineinander verlieben würden?«

»Hör auf!« Sie lachte atemlos. »Das ist vorbei. Es war ein Augenblick. Ein Augenblick, den ich werde vergessen müssen.«

»Sag deinem Mann nichts.«

»Warum nicht? Ich sage ihm sonst alles.«

»Es wird ihm weh tun. Du darfst einem Mann nie solche Sachen sagen.«

»Gut, ich sag's ihm nicht.«

»Küß mich noch einmal«, sagte er gegen die Abmachung, aber Nancy hatte weitergeblättert und zeigte eifrig auf ein Bild.

»Da bist du«, rief sie. »Wie du leibst und lebst.«

Er sah hin. Ein kleiner Junge in Shorts stand auf einem Pier, im Hintergrund war ein Segelboot.

»Ich weiß noch ganz genau, an welchem Tag das entstanden ist«, lachte sie triumphierend. »Kitty hat es gemacht, und ich hab es ihr stibitzt.«

Zunächst konnte Donald sich auf dem Foto nicht erkennen. Er beugte sich tiefer herunter und erkannte sich überhaupt nicht mehr.

»Das bin nicht ich«, sagte er.

»Doch. Es war in Frontenac. In dem Sommer, als wir ... als wir immer in die Höhle gegangen sind.«

»Was für eine Höhle? Ich war nur drei Tage in Frontenac.« Wieder bemühte er sich, das leicht vergilbte Foto zu erkennen. »Das bin ich nicht. Das ist Donald *Bowers.* Wir sahen uns wirklich ziemlich ähnlich.«

Jetzt sah sie ihn mit großen Augen an, rückte von ihm weg, schien fast abzuheben.

»Aber du bist doch Donald Bowers!« Ihre Stimme war lauter geworden. »Oder – nein: Du bist Donald *Plant.*«

»Das habe ich dir doch schon am Telefon gesagt.«

Sie war aufgesprungen und machte ein ziemlich entsetztes Gesicht.

»Plant! Bowers! Ich muß verrückt geworden sein. Oder ist es der Whiskey? Ich war ein bißchen daneben, als ich dich vorhin gesehen habe. Hör mal, was hab ich dir erzählt?«

Er rang um mönchische Ruhe, während er weiter in dem Album blätterte.

»Überhaupt nichts«, sagte er. Fotos, auf denen nicht er zu sehen war, zogen an ihm vorbei – Frontenac – eine Höhle – Donald Bowers – »Du hast *mich* abblitzen lassen!«

»Du wirst diese Geschichte niemandem erzählen«, sagte sie vom anderen Ende des Zimmers her. »So was spricht sich sonst herum.«

»Geschichte? Was für eine Geschichte?« sagte er zögernd. Aber dann dachte er: Sie war also wirklich ein schlimmes kleines Mädchen.

Und jäh erfüllte ihn rasende Eifersucht auf den kleinen Donald Bowers – ihn, der die Eifersucht für immer aus seinem Leben verbannt hatte. Mit den fünf Schritten, die er durchs Zimmer tat, zertrat er zwanzig Jahre und die Existenz von Walter Gifford.

»Küß mich noch einmal, Nancy.« Er ließ sich vor ihrem Sessel auf ein Knie nieder und legte seine Hand auf ihre Schulter. Aber Nancy machte sich los.

»Du hast gesagt, daß du das Flugzeug kriegen mußt.«

»Kein Problem. Den Flug kann ich sausen lassen, das spielt keine Rolle.«

»Bitte geh«, sagte sie frostig. »Und versuch dir bitte vorzustellen, wie mir zumute ist.«

»Aber du tust ja, als würdest du dich nicht an mich erinnern«, empörte er sich. »Als würdest du dich nicht an Donald *Plant* erinnern.«

»Doch, an dich erinnere ich mich auch. Aber das ist alles so lange her.« Und wieder ganz sachlich: »Die Taxinummer ist Crestwood 8484.«

Auf dem Weg zum Flughafen kam Donald aus dem Kopfschütteln nicht heraus. Er hatte sich inzwischen wieder gefangen, verdaut hatte er das Erlebnis aber noch lange nicht. Erst als die Maschine sich donnernd in den dunklen Himmel erhob und die Passagiere eine von der festgefügten Welt dort unten getrennte Einheit bildeten, zog er Parallelen zu ihrem Flug. Fünf funkelnde Minuten lang hatte er wie ein Irrer in zwei Welten zugleich gelebt, waren der zwölfjährige Junge und der zweiunddreißigjährige Mann untrennbar und hoffnungslos miteinander verquickt gewesen.

In diesen Stunden zwischen den Flügen hatte Donald viel verloren – aber da die zweite Lebenshälfte ohnehin ein langer Prozeß des Loslassens ist, war das für ihn wahrscheinlich gar nicht weiter von Belang.

William Faulkner
Brandstifter

Der Laden, in dem der Friedensrichter die Verhandlung leitete, roch nach Käse. Der Junge, der im Hintergrund des überfüllten Lokals auf dem Nagelfäßchen kauerte, wußte, daß er Käse roch, und mehr noch: von dort, wo er saß, konnte er die aufgereihten Regale sehen, die vollgestopft waren mit den schweren, plumpen, wuchtigen Formen der Konservenbüchsen, deren Schildchen sein Magen lesen konnte – nicht die Buchstaben, die seinem Verstand nichts sagten, sondern die scharlachroten Gewürze und die Silberbögen der Fische; und beide – der Käse, den er tatsächlich roch, und das luftdicht abgeschlossene Fleisch, das seine Eingeweide zu riechen glaubten – mengten sich flüchtig und kurz, in unregelmäßigem Schwall, zwischen das andere, ständige: das Gespür und die Empfindung von zwar nur ein klein wenig Angst, vor allem jedoch von Verzweiflung und Kummer, der alten, wilden Stimme seines Blutes. Er konnte den Tisch nicht sehen, wo der Friedensrichter saß und vor dem sein Vater und seines Vaters Feind standen (*unser Feind,* dachte er in seiner Verzweiflung; *unsrer, meiner und seiner, beides zusammen! Er's mein Vater*!), doch er konnte sie hören, das heißt, ihrer zwei, denn sein Vater hatte bis jetzt noch kein Wort gesagt:

»Aber was für Beweise haben Sie, Mr. Harris?«

»Hab's Ihnen ja erzählt! Das Schwein ist in meinem Mais gewesen. Ich hab's eingefangen und wieder zu ihm geschickt. Er hat aber keinen guten Zaun, hinter dem's bleiben konnte. Ich hab's ihm gesagt, hab ihn gewarnt. Das nächste Mal hab ich das Schwein in meinen Pferch gesperrt. Als er kam und sich's holen wollte, hab ich ihm genug Draht geschenkt, mit dem er seinen Pferch hätt ausbessern können. Das nächste Mal hab ich sein Schwein eingesperrt und behalten. Bin zu seinem Haus rübergeritten und sah den Draht, den ich ihm gegeben hatte, noch immer aufgewickelt auf der Rolle in seinem Hof liegen. Ich hab ihm gesagt, er könnte sein Schwein haben, wenn er mir einen Dollar Stallgebühr zahlt. Am Abend kam ein Nigger mit dem einen Dollar und holte das Schwein ab. Es war ein fremder Nigger. Er sagte: ›Ich soll Ihn' ausrichten, Holz un' Heu könn' brennen!‹ – ›Was!‹ rief ich. – ›Das soll'ch Ihn' ausrichten‹, wiederholte der Nigger. ›Holz un' Heu könn' brennen!‹

In der Nacht brannte mein Stall ab. Ich hab das Vieh retten können, aber den Stall hab ich eingebüßt.«

»Wo ist der Nigger? Haben Sie ihn erwischt?«

»Es war ein fremder Nigger, wie ich Ihnen sagte. Ich weiß nicht, was aus ihm geworden ist.«

»Aber das ist kein Beweis! Begreifen Sie nicht, daß es kein Beweis ist?«

»Holen Sie sich den Jungen! Der weiß es!« Einen Augenblick dachte auch der Junge, der Mann meinte seinen älteren Bruder, bis dann Harris sagte: »Nicht den! Den kleinen! Den Jungen.« Geduckt und klein für sein Alter, klein und zäh wie sein Vater, in einer geflickten und verblichenen Drellhose, die selbst ihm zu klein war, mit strähnigem, ungekämmtem braunen Haar und Augen, die grau und wild wie Gewitterwolken waren, sah er, wie die Männer zwischen ihm und dem Tisch auseinanderwichen und eine Gasse ergrimmter Gesichter bildeten, an deren Ende er den Richter erblickte, einen ärmlich gekleideten, etwas angegrauten Mann ohne Kragen, aber mit Brille, der ihn zu sich heranwinkte. Er fühlte keinen Fußboden unter seinen nackten Füßen; er schien unter der spürbaren Last der grimmig ihm zugewandten Gesichter voranzugehen. Sein Vater steckte in seinem feierlichen schwarzen Sonntagsrock, den er aber nicht für die Verhandlung, sondern wegen des Umzugs angelegt hatte, und er sah ihn nicht einmal an. *Er will, daß ich lüge,* dachte er, wieder mit dem alten Kummer, der wilden Verzweiflung. *Und ich muß es tun.*

»Wie heißt du, Junge?« fragte der Richter.

»Colonel Sartoris Snopes«, flüsterte der Junge.

»Heh!« rief der Richter. »Sprich lauter! Colonel Sartoris? Ich nehme an, wenn sich in diesem Lande jemand nach dem Oberst Sartoris nennen läßt, dann muß er wohl unweigerlich die Wahrheit sagen, wie?« Der Junge sagte nichts. *Feind! Feind!* dachte er; einen kurzen Augenblick konnte er nicht einmal sehen, konnte nicht sehen, wie freundlich das Gesicht des Richters war, und merkte auch nicht, wie besorgt seine Stimme klang, als er sich an den Mann Harris wandte: »Wollen Sie, daß ich den Jungen da verhöre?« Aber hören konnte er, und während der nun folgenden trägen Sekunden, in denen kein andrer Laut in dem überfüllten Lokal zu vernehmen war als ein stilles und gespanntes Atmen, schien es ihm, wie wenn er sich am Ende einer Liane über einen Abgrund geschwungen hätte und mitten im Schwung, in einem endlosen Moment erstarrter Schwerkraft, angehalten worden wäre – schwerelos in der Zeit.

»Nein!« rief Harris heftig aufbrausend. »Nein, zum Teufel! Schicken Sie ihn hier raus!« Nun rauschte die Zeit, rauschte die veränderliche Welt wieder unter ihm dahin, Stimmen drangen durch den Geruch von Käse und Fleischkonserven und durch seine Angst und Verzweiflung und den alten Kummer seines Blutes bis zu ihm vor:

»Der Fall ist abgeschlossen. Ich kann Sie nicht für schuldig erklären, Snopes, aber ich kann Ihnen einen Rat geben. Verlassen Sie das Land hier, und kommen Sie nie wieder her!«

Sein Vater sprach zum erstenmal, und seine Stimme war kalt und rauh, unbewegt und ohne Nachdruck: »Das hab ich auch im Sinn! Habe nicht die Absicht, bei Menschen zu bleiben, die...« Er sagte etwas Anstößiges und Schmutziges, ohne jemand dabei anzusehen.

»Genug!« sagte der Richter. »Nehmen Sie Ihren Wagen, und verlassen Sie noch vor Dunkelwerden das Land! Der Fall ist erledigt!«

Sein Vater drehte sich um, und er folgte dem feierlichen schwarzen Rock, der zähen Gestalt, die ein bißchen steifbeinig ging (vor dreißig Jahren hatte ihn, als er auf einem gestohlenen Pferd saß, die Musketenkugel eines konföderierten Feldgendarmen in die Ferse getroffen), folgte jetzt den zwei Rücken, denn irgendwo aus der Menge war auch sein älterer Bruder aufgetaucht, der nicht größer, aber untersetzter als sein Vater war und der unentwegt Tabak kaute; folgte ihnen zwischen den beiden Reihen ergrimmter Männer, zum Laden hinaus und über die abgewetzte Veranda und die durchgesackten Stufen hinunter und zwischen die Hunde und die halbwüchsigen Jungen im sanften Maiendunst, wo ihm, als er vorbeiging, eine Stimme nachzischte:

»Brandstifter!«

Wieder konnte er nichts sehen, als er herumwirbelte: ein Gesicht war da im roten Dunstschleier, wie ein Mond, größer als der Vollmond, und der, dem es gehörte, noch um die Hälfte größer als er, und er sprang im roten Dunstschleier auf das Gesicht zu, spürte den Hieb nicht, spürte keinen Aufprall, als sein Kopf auf die Erde aufschlug, rappelte sich hoch und sprang wieder, spürte auch diesmal den Hieb nicht und schmeckte kein Blut, rappelte sich hoch und sah den andern Jungen in wilder Flucht, er selbst schon sprungbereit zur Verfolgung – als seines Vaters Hand ihn zurückriß und die schroffe, kalte Stimme über ihm sagte:

»Los, steig auf den Wagen!«

Er stand in einem Akazien- und Maulbeerwäldchen jenseits der Straße. Seine beiden unförmigen Schwestern in ihren Sonntagskleidern und seine Mutter und deren Schwester in Kattunkleidern und Sonnenhauben waren schon da, saßen auf und zwischen den kläglichen Überbleibseln von einem Dutzend und noch mehr Umzügen, an die alle sich sogar der Junge erinnern konnte – dem eingebeulten Herd, den wackligen Betten und Stühlen, der mit Perlmutt eingelegten Uhr, die nicht mehr ging, sondern vierzehn Minuten nach zwei zu irgendeiner längst vergessenen Zeit und Stunde stehengeblieben war – eine Mitgift seiner Mutter. Sie weinte, doch als sie ihn sah, wischte sie sich mit dem Ärmel übers Gesicht und wollte vom Wagen klettern. »Steig wieder auf!« sagte der Vater.

»Er hat eine Wunde! Ich hol Wasser und wasche sie.«

»Geh wieder auf den Wagen!« sagte sein Vater. Der Junge stieg auch auf, über den Rücktritt. Sein Vater stieg auf den Bock, auf dem der ältere Bruder bereits saß, und zog den hageren Maultieren zwei grausame Hiebe mit der geschälten Weidengerte über, jedoch ohne Wut. Es war nicht einmal sadistisch; es war genau der gleiche Charakterzug, der in späteren Jahren seine Nachkommen dazu brachte, den Motor aufheulen zu lassen, ehe sie mit ihrem Auto losfuhren: mit ein und derselben Bewegung anpeitschend und zügelnd. Der Wagen fuhr ab, der Laden mit seiner stummen Schar ergrimmt zuschauender Männer blieb zurück, verschwand hinter einer Biegung der Straße. *Auf immer,* dachte er. *Vielleicht ist er jetzt endlich zufrieden, jetzt nachdem…* er brach ab, um es nicht einmal vor sich selbst in Worte zu fassen. Seine Mutter legte ihm die Hand auf die Schulter.

»Tut es weh?« fragte sie.

»Ach wo«, sagte er. »'s tut nicht weh. Laß mich in Ruh!«

»Kannst du nicht 'n bißchen Blut abwischen, eh es eintrocknet?«

»Ich wasch mich ja heut abend«, erwiderte er. »Laß mich jetzt in Ruhe, sag ich dir!«

Der Wagen fuhr weiter. Er wußte nicht, wohin sie fuhren. Keiner von ihnen wußte es je, fragte es je, denn irgendwohin ging es stets, immer wartete irgendein Haus auf sie – ein oder zwei oder sogar drei Tage weit weg. Wahrscheinlich hatte sein Vater schon abgemacht, auf einer anderen Farm bis zur Ernte zu bleiben, ehe er wieder… Er mußte sich abermals unterbrechen. Er (sein Vater) machte es stets so. In seinem wölfischen Unabhängigkeitsdrang, ja sogar Mut, wenn der Vorteil zumindest unbestimmt war, lag etwas, das auf Fremde Eindruck machte – wie wenn sie von seiner verborgenen raubgierigen Wildheit nicht so sehr ein Gefühl seiner Zuverlässigkeit empfingen, als vielmehr die Überzeugung, daß sein eigener grimmiger Glauben an die Richtigkeit seiner Taten von Vorteil für all jene sei, deren Interessen sich mit den seinen vereinten.

Die Nacht verbrachten sie in einem Wäldchen aus Eichen und Buchen, durch das ein Bach floß. Die Nächte waren noch kühl, deshalb hatten sie mit einem Querbalken, den sie von einem nahen Zaun stibitzt und in Stücke gehackt hatten, ein Feuerchen gemacht, ein kleines, ordentliches, fast knauseriges Feuer, ein mit Überlegung gebautes Feuer; so war es von jeher bei seinem Vater Brauch und Gewohnheit gewesen, sogar bei Frost. Wäre der Junge älter gewesen, hätte er vielleicht bemerkt und sich gewundert, weshalb sie kein großes Feuer hatten; warum sollte ein Mann, der nicht nur die Zerstörung und Vergeudung eines Krieges mit angesehen hatte, sondern dem eine angeborene, unersättliche Verschwendungssucht mit ihm nicht gehörenden Dingen im Blute steckte, nicht alles ringsum Erreichbare verbrennen? Dann wäre er vielleicht noch einen Schritt weitergegangen und hätte gedacht, daß dies der Grund sei: daß die karge Flamme die lebendige Frucht aller Nächte war, die er mit seiner Koppel Pferde (›Beutepferde‹ nannte er sie) in jenen vier Jahren, versteckt vor allen Männern, ob blau oder grau uniformiert, in den Wäldern zugebracht hatte. Und wäre er noch älter gewesen, hätte er vielleicht den wahren Grund erraten: daß das Element eine verborgene Haupttriebfeder in seines Vaters Wesen anrührte (wie das Element Stahl oder Pulver andere Männer ansprach), als die einzige Waffe zum Schutz des Ureigensten, andernfalls wäre der Atem nicht des Atmens wert, und deshalb mußte es mit Respekt betrachtet und mit Überlegung benutzt werden.

Doch jetzt dachte er das nicht, und die gleichen knauserigen Feuerchen hatte er schon sein Leben lang gesehen. Er saß bloß davor, aß sein Abendbrot und war schon halb über seinem Blechteller eingeschlafen, als sein Vater ihn rief, und wiederum folgte er dem steifen Rücken, dem steifbeinigen und erbarmungslosen Hinken, den Hang hinauf und weiter zur sternhellen Landstraße, wo er seinen Vater, als er sich umdrehte, gegen die Sterne sehen konnte, jedoch ohne Gesicht oder Tiefe, eine schwarze Gestalt, platt und blutleer und in den eisenstarren Falten des Gehrocks (der nicht für ihn geschneidert worden war) wie aus Blech gestanzt, die Stimme hart wie Blech, und ohne Wärme – wie Blech.

»Du wolltest es ihnen sagen! Du hättest es ihm gesagt!« Er antwortete nicht. Sein Vater schlug ihm mit der Hand um die Ohren, hart, aber ohne Wut, genauso, wie er die beiden Maultiere vor dem Laden geschlagen hatte, genauso, wie er sie oder ihn mit irgendeinem Stock schlagen würde, um eine Pferdebremse zu töten, die Stimme noch ohne Wut oder Ärger: »Du wirst jetzt ein Mann. Du mußt lernen. Du mußt lernen, zu deinem eigenen Blut zu halten, sonst bleibt dir keiner, der zu dir hält. Glaubst du, einer von denen heute früh, irgendeiner nur, würde es tun? Weißt du nicht, daß sie nur eine Gelegenheit wollten, über mich herzufallen, weil sie wußten, ich hatte sie besiegt? Heh?« Später einmal, zwanzig Jahre später, hätte er bei sich gedacht: ›Wenn ich ihm erwidert hätte, daß sie nur die Wahrheit, die Gerechtigkeit wollten, hätte er nochmal zugeschlagen.‹ Doch jetzt sagte er nichts. Er weinte nicht. Er stand einfach da. »Antworte!« sagte sein Vater.

»Ja«, flüsterte er. Sein Vater drehte sich um.

«Geh schlafen! Morgen sind wir da!«

Sie waren am nächsten Tag da. Am frühen Vormittag hielt der Wagen vor einem ungestrichenen, zweiräumigen Bretterhaus, das fast haargenau dem Dutzend anderer Häuser glich, vor denen sie bereits innerhalb der zehn Jahre gehalten hatten, die der Junge alt war, und wieder, wie bei dem Dutzend anderer Anlässe, stiegen seine Mutter und seine Tante aus und begannen, den Wagen abzuladen, obwohl seine beiden Schwestern und sein Vater und sein Bruder sich noch nicht gerührt hatten.

»Bestimmt ist's nicht mal für Schweine recht«, sagte die eine Schwester.

»Trotzdem wird's recht sein, und ihr werdet euch dreinschicken und zufrieden sein«, entgegnete der Vater. »Runter da von euren Plätzen, und helft eurer Ma beim Abladen!«

Die beiden Schwestern stiegen ab, dick wie Kühe, von billigen Bändern umflattert; die eine zog aus dem vollgepfropften Wagenkasten eine zerbeulte Laterne, die andere einen abgewetzten Besen. Sein Vater gab dem älteren Sohn die Zügel und kletterte steifbeinig über das Rad. »Wenn abgeladen ist, führ das Gespann in den Stall und füttere sie!« Dann sagte er, und der Junge glaubte zuerst, er spräche noch mit seinem Bruder: »Komm mit!«

»Ich?« fragte er.

»Ja«, sagte sein Vater. »Du!«

»Abner!« sagte seine Mutter. Sein Vater blieb stehen und warf einen Blick über die Schulter: einen harten, undurchdringlichen Blick unter struppigen, angegrauten, reizbaren Brauen hervor.

»Mir scheint, ich muß mit dem Mann, der mich ab morgen für die nächsten acht Monate mit Leib und Seele besitzen will, noch ein Wörtchen reden!«

Sie kehrten auf die Landstraße zurück. Vor einer Woche noch – oder vielmehr vor der letzten Nacht – hätte er sicher gefragt, wohin sie gingen; doch nicht heute. Sein Vater hatte ihn auch vor der letzten Nacht schon geschlagen, doch sonst hatte er sich nie hinterher die Zeit genommen und ihm erklärt, warum; es war, als hallte die Ohrfeige und die ihr folgende ruhige, gekränkte Stimme noch wie ein Echo nach und verriete nichts außer dem schrecklichen Nachteil, jung zu sein: das Federgewicht seiner paar Jahre war gerade so schwer, um seinen ihm vorbestimmten Aufschwung über die Welt hinaus zu verhindern, jedoch nicht schwer genug, um ihn in der Welt Fuß fassen zu lassen, ihr Widerstand zu leisten und zu versuchen, den Lauf der Ereignisse zu ändern.

Bald konnte er den Park mit den Eichen und Zedern und blühenden Blumen und Büschen sehen, in dem wohl das

Haus lag, aber noch nicht das Haus selber. Sie gingen an einem Zaun entlang, der von Geißblatt und weißen Rosen überwuchert war, und kamen zu einem Tor, das zwischen zwei Backsteinpfeilern aufpendelte, und jetzt, hinter einer halbkreisförmigen Auffahrt, sah er zum erstenmal das Haus, und im gleichen Augenblick vergaß er seinen Vater und auch Entsetzen und Verzweiflung, und selbst als er sich seines Vaters (der nicht stehengeblieben war) wieder erinnerte, kehrten Entsetzen und Verzweiflung nicht zurück. Denn trotz all der zwölf Umzüge hatten sie sich bisher in einem armen Land aufgehalten, in einem Land mit kleinen Farmen und Äckern und Häusern, und nie zuvor hatte er ein Haus wie das hier gesehen. *'s ist so groß wie ein Gerichtsgebäude,* dachte er still, in einer Aufwallung von Frieden und Freude, deren Ursache er nicht hätte in Worte fassen können, weil er zu jung dafür war: *Die sind sicher vor ihm. Leute, deren Leben ein Teil dieses Friedens und dieser Würde ist, bleiben ihm unerreichbar, und er bedeutet ihnen nicht mehr als eine sirrende Wespe, die einen kleinen Augenblick fähig ist zu stechen, aber das ist auch alles; der Zauber dieses Friedens und dieser Würde macht sogar die Ställe und Scheunen und Hürden, die dazugehören, unangreifbar für die schwächliche Flamme, die er vielleicht zustandebringt...* und beides, Frieden und Freude, erlosch für einen Augenblick, als er wieder auf den steifen schwarzen Rücken blickte, auf das steife und unerbittliche Hinken der Gestalt, die vor dem Haus nicht kleiner wurde, und zwar deshalb nicht, weil sie nie und nirgends groß gewirkt hatte, und die jetzt, vor dem heiteren Säulenhintergrund, mehr denn je so undurchdringlich wie etwas grausam aus

Blech Geschnittenes aussah, ohne Tiefe, als würde sie keinen Schatten werfen, wenn man sie seitlich zur Sonne aufstellte. Während er ihn beobachtete, bemerkte der Junge, daß sein Vater völlig unbeirrbar die Richtung beibehielt, die er eingeschlagen hatte, und er sah den lahmen Fuß mitten in einen Haufen frischen Mists treten, der von einem wartenden Pferd dort in der Auffahrt liegengeblieben war und den sein Vater durch einen einfachen Schrittwechsel hätte vermeiden können. Doch das Gefühl erlosch nur für einen Augenblick – obwohl er auch das nicht hätte in Worte fassen können, als er beim bezaubernden Anblick des Hauses weiterging, das er sogar begehren konnte, jedoch ohne Neid, ohne Bedauern, und bestimmt nie mit der raubgierigen und eifersüchtigen Wut, die – ohne daß er es ahnte – in dem blechernen schwarzen Rock vor ihm einherschritt: *Vielleicht wird er's auch spüren. Vielleicht wird es ihn jetzt sogar abbringen von dem, was er vielleicht gegen seinen Willen sein muß.*

Sie schritten durch den Säulenvorbau. Jetzt konnte er seines Vaters steifen Fuß hören, als er mit der Endgültigkeit einer schlagenden Uhr über die Dielen hämmerte – ein Geräusch, das in keinem Verhältnis zu dem Umfang des Körpers stand, den er weitertrug, und das auch angesichts der weißen Tür nicht schwächer wurde, als hätte er eine Art böswilliges und räuberisches Minimum erreicht, das sich durch nichts schwächen ließ – der flache, breite schwarze Hut, der feierliche Tuchrock, der ehemals schwarz gewesen war, jetzt jedoch den blankpolierten grünlichen Schimmer alter Stubenfliegen aufwies, der erhobene Ärmel, der zu lang war, und die erhobene Hand, die einer gekrümmten

Klaue glich. Die Tür tat sich so unverzüglich auf, daß der Junge begriff, der Neger müsse sie die ganze Zeit beobachtet haben – ein alter Mann mit kurzem grauem Kraushaar in einer Leinenjacke, der mit seinem Körper den Eingang versperrte und sagte: »Wisch dir die Füße ab, weißer Mann, eh du hier reinkommst. Der Major's nich da!«

»Geh mir aus dem Weg, Nigger!« sagte sein Vater – auch das ohne Erregung –, schleuderte die Tür und den Neger beiseite und trat ein, den Hut noch immer auf dem Kopf. Und jetzt sah der Junge die Fußspuren des lahmen Beins auf der Türschwelle und sah sie dann auf dem hellen Teppich sich abzeichnen, immer hinter dem mit maschinenhafter Präzision auftretenden Fuß, der das Gewicht des Körpers doppelt zu tragen oder zu übermitteln schien. Irgendwo hinter ihnen rief der Neger: »Miss Lula! Miss Lula!«, und dann hörte der Junge – den eine schöngeschwungene, teppichbelegte Treppe und der Glitzerbehang der Kristalleuchter und ein matter Glanz goldener Bilderrahmen wie eine warme Woge überfluteten – den flinken Schritt und sah sie auch, eine Dame (vielleicht hatte er ihresgleichen nie zuvor gesehen) in einem grauen, fließenden Gewand mit Spitzen am Halsausschnitt und einer um die Taille gebundenen Schürze und umgekrempelten Ärmeln, die sich mit einem Tuch etwas Kuchen- oder Brötchenteig von den Händen wischte, während sie durch die Halle kam, aber überhaupt nicht seinen Vater anblickte, sondern – mit dem Ausdruck ungläubiger Bestürzung – die Fußspuren auf dem sahnefarbenen Teppich.

»Ich wollt's nich«, rief der Neger, »hab ihm gesagt…«

»Gehen Sie sofort hinaus!« rief sie mit bebender Stimme. »Major de Spain ist nicht zu Hause. Gehen Sie sofort hinaus!«

Und wieder hatte sein Vater noch nichts gesagt. Er sprach auch nicht mehr. Er blickte sie nicht einmal an. Er stand einfach und mitten auf dem Teppich, den Hut auf dem Kopf, und die struppigen eisengrauen Brauen über den kieselfarbenen Augen zuckten leicht, während er das Haus mit kurzen, entschlossenen Blicken abzutaxieren schien. Dann wandte er sich mit der gleichen Entschlossenheit um; der Junge sah mit an, wie der steife Fuß den Halbkreis der Drehung langsam nachzeichnete und einen langen, allmählich schwächer werdenden Schmutzstreifen hinterließ. Sein Vater blickte nicht hinunter, blickte nicht ein einziges Mal auf den Teppich. Der Neger hielt die Türe auf. Sie schloß sich zwischen ihnen und dem hysterischen und nicht mehr unterscheidbaren Frauengejammer. Sein Vater blieb oben auf der Freitreppe stehen und kratzte sich am Rand der obersten Stufe den Mist vom Stiefel. Am Tor blieb er abermals stehen. Er stand einen Augenblick da, steif auf den steifen Fuß gepflanzt, und blickte zum Haus zurück. »Hübsch weiß, was?« sagte er. »Das ist Schweiß. Niggerschweiß. Vielleicht ist's ihm noch nicht weiß genug. Vielleicht möcht er auch noch weißen Schweiß reinmischen.«

Zwei Stunden später hackte der Junge Holz hinter dem Haus, in dem seine Mutter und die Tante und die beiden Schwestern (nein, nur seine Mutter und die Tante, nicht die Schwestern, wie er merkte: selbst auf die Entfernung hin und gedämpft durch die Wände strömten die faden, lauten Stimmen der beiden Mädchen eine unausrottbare, träge

Faulheit aus) den Herd aufstellten, um Essen zu kochen, als er den Hufschlag hörte und den in Leinen gekleideten Mann auf der schönen Fuchsstute erblickte, den er erkannte, noch ehe er den zusammengerollten Teppich auf dem Sattel des Negerjungen sah, der ihm auf einem dicken braunen Ackergaul folgte – ein zorngerötetes Gesicht, das, noch immer in vollem Galopp, hinter der Hausecke verschwand, wo sein Vater und sein Bruder auf den beiden hintenüber gekippten Stühlen saßen; und einen Augenblick darauf, beinahe ehe er das Beil hinlegen konnte, hörte er wieder den Hufschlag und sah, wie die Fuchsstute, schon wieder galoppierend, den Hof verließ. Dann rief sein Vater den Namen der einen Schwester, die bald danach rückwärtsgehend in der Hoftür auftauchte und den zusammengerollten Teppich an dem einen Ende über den Boden schleifte, während die andere Schwester hinterherging.

»Wenn du'n schon nich tragen willst, dann setz wenigstens den Waschkessel auf!« schalt die erste.

»Heh, Sarty!« rief die zweite. »Setz mal den Waschkessel auf!« Sein Vater erschien in der Tür, eingerahmt von ihrer Armseligkeit, wie ihn vorher die andere Tür in ihrer freundlichen Makellosigkeit eingerahmt hatte, doch für beide unzugänglich. Hinter seiner Schulter das besorgte Gesicht der Mutter.

»Los!« sagte der Vater. »Hebt ihn auf!« Die zwei Schwestern bückten sich plump und teilnahmslos; beim Bücken bauschte sich eine unglaubliche Fülle verblaßten Stoffs und flatternder grellbunter Bänder.

»Wenn ich'n Teppich so liebe, daß ich'n mir extra aus Frankreich kommen lasse, dann würd ich'n nich ausgerechnet an'n Eingang hinlegen, wo alle Leute drübertrampeln«, sagte die erste. Sie hoben den Teppich hoch.

»Abner!« sagte die Mutter. »Laß mich's machen!«

»Geh du und mach's Essen«, gebot der Vater. »Um das hier will ich mich kümmern.«

Während des restlichen Nachmittags beobachtete der Junge sie von seinem Holzstoß aus: der Teppich lag flach ausgebreitet im Staub vor dem brodelnden Waschkessel, die Schwestern mit ihrem maßlosen und trägen Widerwillen kauerten darüber, und der Vater stand unerbittlich und grimmig bald neben der einen, bald neben der andern und trieb sie zur Arbeit an, aber ohne je die Stimme zu erheben. Der Junge konnte die scharfe, selbstgemachte Lauge riechen, die sie benutzten; er sah, wie seine Mutter einmal in die Tür trat und mit einem Ausdruck zu ihnen hinüberblickte, der jetzt nicht mehr besorgt, sondern schon eher verzweifelt war; er sah, wie sein Vater sich umwandte, hob schleunigst wieder das Beil und sah aus dem Augenwinkel, wie sein Vater ein zackiges Stückchen Feldstein vom Boden aufhob und prüfte und damit zum Waschkessel zurückkehrte, und diesmal sprach seine Mutter sogar. »Abner, Abner! Bitte tu's nicht, Abner! Bitte, Abner!«

Dann war auch er fertig. Es dämmerte. Die Nachtschwalben hatten schon zu rufen begonnen. Kaffeegeruch kam aus dem einen Raum, in dem sie nun bald die kalten Reste essen würden, die von der Nachmittagsmahlzeit übriggeblieben waren; doch als er ins Haus trat, merkte er, daß sie wahrscheinlich deshalb wieder Kaffee tranken, weil ein Feuer im Kamin brannte, vor dem jetzt der Teppich über zwei Stuhllehnen ausgebreitet hing. Die Spuren von seines Vaters Tritten waren verschwunden; an ihrer Stelle waren jetzt lange, wolkige Schlieren, die von dem irren Kurs einer Liliputaner-Mähmaschine herzurühren schienen.

Der Teppich hing noch immer dort, als sie die kalten Reste aßen und sich dann schlafen legten, ohne Ordnung oder Anspruch irgendwie auf die zwei Räume verteilt, seine Mutter in dem einen Bett, in dem später auch sein Vater liegen würde, und der ältere Bruder in dem andern; er, die Tante und die beiden Schwestern auf Strohsäcken auf dem Fußboden. Doch sein Vater war noch nicht zu Bett gegangen. Das letzte, woran der Junge sich erinnerte, war die platte, scharfgeschnittene Silhouette von Hut und Gehrock, die sich über den Teppich beugte, und ihm schien es, daß er noch nicht einmal die Augen geschlossen hatte, als die Silhouette schon über ihm stand und der lahme Fuß ihn wachstieß. Dahinter das erloschene Feuer. »Hol das Maultier!« sagte sein Vater.

Als er mit dem Maultier zurückkam, stand sein Vater in der schwarzen Türöffnung und hatte sich den zusammengerollten Teppich über die Schulter gehängt. »Willst du nicht reiten?«

»Nein. Gib den Fuß her!«

Er stemmte das Knie in die Hand seines Vaters, und die zähe, überraschende Kraft setzte gleichmäßig an und hob sich, und er mit ihr, bis auf den ungesattelten Rücken des Maultiers (früher hatten sie einen Sattel besessen, der Junge konnte sich daran erinnern, jedoch nicht, wann oder wo), und ebenso mühelos warf sein Vater den Teppich hinauf und vor ihn hin. Jetzt im Sternenschimmer folgten sie wieder dem Weg, den sie schon am Nachmittag zurückgelegt hatten: die staubige Landstraße entlang, die schwer war vom Duft des Geißblatts, durch das Tor und den finsteren Tunnel der Auffahrt hinauf bis zum lichtlosen Haus; dort spürte er, auf dem Maultier sitzend, wie das rauhe Gewebe des Teppichs an seinen Schenkeln entlangglitt und verschwand.

»Soll ich dir nicht helfen?« flüsterte er. Sein Vater gab keine Antwort, und nun hörte er wieder, wie der lahme Fuß mit der gleichen uhrschlagartigen Entschlossenheit hölzern durch den leeren Säulenvorbau lärmte – das Gewicht, das er trug, unverschämt übertreibend. Der Teppich, der von seines Vaters Schulter sackte (und nicht etwa geworfen wurde – das konnte der Junge sogar im Dunkeln feststellen), polterte mit einem unvorstellbar lauten, donnernden Getöse in den Winkel zwischen Wand und Fußboden; und dann wieder der Fuß: ohne Eile, ungeheuerlich; im Haus flammte ein Licht auf, und der Junge saß aufmerksam da, atmete gleichmäßig und ruhig und nur ein klein wenig schneller, obwohl der Fuß seinen Takt nicht im geringsten beschleunigte und nun die Stufen herunterkam. Nun konnte der Junge ihn sehen.

»Willst du nicht jetzt reiten?« flüsterte er. »Wir können jetzt beide aufsitzen«, und das Licht im Haus veränderte sich jetzt, flackerte auf und wurde schwächer. *Jetzt kommt er die Treppe herunter,* dachte er. Er hatte das Maultier schon an den Aufsteigeblock herangeritten, und sofort saß sein Vater hinter ihm auf, und er zog die Zügel an und hieb dem Maultier über den Hals, doch bevor das Maultier in Trab fallen konnte, griff der harte, magere Arm an ihm vorbei, und die harte, knorrige Hand riß das Maultier in einen sachten Schritt zurück.

Bei den ersten roten Strahlen der Morgensonne waren sie auf dem Hof und schirrten die Maultiere vor den Pflug. Diesmal war die Fuchsstute auf dem Hof, ehe er sie überhaupt hören konnte, ihr Reiter ohne Kragen und sogar barhäuptig und zitternd: er sprach mit der gleichen schwankenden Stimme wie die Frau im Hause. Sein Vater blickte bloß einmal auf, ehe er sich wieder über das Kummet beugte, das er gerade festschnallte, so daß der Mann auf der Stute zu dem gebeugten Rücken hinuntersprach:

»Sie sind sich wohl im klaren, daß Sie den Teppich ruiniert haben. War denn kein Mensch da, niemand von ihren Frauensleuten...« Er brach ab und zitterte, und der Junge beobachtete ihn. Der ältere Bruder lehnte jetzt in der Stalltür, kaute langsam und unaufhörlich und blinzelte scheinbar ins Leere. »Er hat hundert Dollar gekostet. Aber Sie hatten ja niemals hundert Dollar und werden sie auch nie haben. Deshalb ziehe ich Ihnen zwanzig Scheffel Korn von Ihrer Ernte ab. Ich schreib's zusätzlich in Ihren Vertrag, und wenn Sie mal in den Laden kommen, können Sie's unterschreiben. Damit habe ich zwar noch nicht Mrs. de Spain beruhigt, aber vielleicht ist Ihnen das eine Lehre, sich vorher die Füße abzutreten, ehe Sie in ihr Haus gehen.«

Und damit verschwand er. Der Junge sah seinen Vater an, der noch immer nicht gesprochen oder auch nur aufgeblickt hatte – undurchdringlich das Gesicht, die struppigen Brauen, unter denen die grauen Augen kalt glitzerten. Plötzlich lief der Junge auf ihn zu – rasch – und blieb ebenso plötzlich stehen. »Du hast's doch so gut gemacht, wie du konntest!« rief er. »Wenn er's anders haben wollte, warum hat er dann nicht gewartet und dir gesagt, wie? Er bekommt die zwanzig Scheffel nicht! Er bekommt gar nichts! Wir wollen's ernten und verstecken! Ich kann aufpassen!«

»Hast du das Hobelmesser wieder ins Gehäuse gesteckt, wie ich's dir gesagt habe?«

»Nein, sir«, antwortete er.

»Dann tu's jetzt!«

Das war am Mittwoch. Bis zum Ende der Woche arbeitet er fleißig an allem, was zu seinen Aufgaben gehörte, und an manchem, was darüber hinausging, und zwar mit einem Eifer, der nicht angespornt werden und dem man auch nichts zweimal sagen mußte; das hatte er von seiner Mutter, mit dem Unterschied, daß er wenigstens einiges von dem, was er tun sollte, wirklich gern tat, wie etwa das Holzspalten mit dem kleinen Beil, für das seine Mutter und seine Tante irgendwie Geld zusammengespart oder verdient hatten, um es ihm zu Weihnachten zu schenken. Gemeinsam mit den beiden älteren Frauen (und eines Nachmittags sogar mit einer Schwester) baute er Hürden für die Ferkel und die Kuh (die zum Vertrag zwischen dem Gutsherrn und seinem Vater gehörten), und eines Nachmittags, als sein Vater abwesend war, auf einem Maultier fortgeritten war, ging er auch aufs Feld hinaus.

Sie arbeiteten jetzt mit einem Streichblechpflug; sein Bruder führte den Pflug, und er hielt die Zügel, und während er neben den ziehenden Maultieren einherlief, klatschte ihm die schwere schwarze Erde kühl und feucht gegen die nackten Knöchel, und er dachte: *Damit ist's vielleicht zu Ende. Vielleicht sind sogar die zwanzig Scheffel, die bloß für'n Teppich sehr teuer erscheinen, doch noch ein billiger Preis, wenn er dadurch auf immer und ewig aufhört, das zu sein, was er bisher war;* und denkt jetzt, träumt jetzt weiter, so daß sein Bruder ihn scharf ermahnen mußte, auf die Maultiere achtzugeben: *Vielleicht erntet er ja die zwanzig Scheffel überhaupt nicht. Vielleicht summiert sich's und gleicht sich aus und verschwindet – Korn, Teppich und Feuer; das Entsetzen und der Kummer, und das Hin- und Hergerissenwerden wie zwischen zwei verschiedenen Gespannen – alles vorbei und erledigt auf immer und ewig.*

Dann war es Samstag; er blickte auf, unter dem Maultier hervor, das er anschirrte, und sah seinen Vater in dem schwarzen Rock und Hut. »Nicht das«, sagte sein Vater. »Das Wagengeschirr!« Und als er dann zwei Stunden später im Wagenkasten saß, hinter seinem Vater und Bruder auf dem Bock, und als der Wagen die letzte Biegung nahm, da erblickte er den vom Wetter mitgenommenen, unangestrichenen Laden mit seinen zerfetzten Reklame-Plakaten für Tabak und Patentmedizinen, und unten vor der Veranda die angepflockten Gespanne und Reittiere. Hinter seinem Vater und seinem Bruder ging er die ausgetretenen Stufen hinauf, und wieder öffnete sich die Gasse ruhiger, aufmerksamer Gesichter, um die drei hindurchzulassen. Er sah den Mann mit der Brille hinter dem Brettertisch sitzen, und man brauchte ihm nicht zu sagen, daß es der Friedensrichter war. Einen Blick voll wilden, überheblichen, herausfordernden Partisanentrotzes warf er dem jetzt mit Kragen und Krawatte geschmückten Mann zu, den er nur zweimal in seinem Leben gesehen hatte und dem jetzt ein andrer Ausdruck im Gesicht stand: nicht etwa Zorn, sondern verblüffter Unglauben ob der unerhörten Tatsache, daß einer seiner Pächter ihn verklagt hatte (was der Junge nicht ahnen konnte). Und trat vor und stellte sich neben seinen Vater und schrie den Richter an: »Er hat's nicht getan! Er hat'n nicht angezündet…«

»Geh wieder zum Wagen!« sagte sein Vater.

»Angezündet?« fragte der Richter. »Soll das heißen, daß der Teppich auch verbrannt wurde?«

»Behauptet das jemand hier?« sagte sein Vater. »Geh wieder zum Wagen!« Aber er ging nicht – er zog sich einfach in den Hintergrund des Ladens zurück, der ebenso überfüllt war wie jener andre, doch nicht, um sich diesmal hinzusetzen, sondern statt dessen drängelte er sich zwischen die bewegungslos dastehenden Männer und hörte sich mit an, was die Stimmen sagten:

»Und Sie behaupten, zwanzig Scheffel Korn sind zuviel für den Schaden, den Sie angerichtet haben?«

»Er hat mir den Teppich gebracht und gesagt, ich soll die Fußspuren auswaschen. Das hab ich getan und ihm den Teppich wieder hingebracht.«

»Aber Sie haben ihm den Teppich nicht im gleichen Zustand zurückgebracht, in dem er war, ehe Sie die Fußspuren darauf hinterließen.«

Sein Vater gab keine Antwort, und nun war vielleicht eine Minute lang kein Laut zu hören, ausgenommen das Atmen, das schwache, gleichmäßige Atemholen bei ausschließlichem, gespanntem Lauschen.

»Verweigern Sie die Antwort, Mr. Snopes?« Wieder gab

sein Vater keine Antwort. »Dann muß ich gegen Sie befinden, Mr. Snopes. Ich erkenne Sie für verantwortlich an dem Schaden an Major de Spains Teppich und mache Sie dafür haftbar. Aber daß ein Mann in Ihren Verhältnissen zwanzig Scheffel Korn dafür zahlen soll, scheint mir ein wenig zu hoch. Major de Spain behauptet, der Teppich habe hundert Dollar gekostet. Das Oktober-Korn wird ungefähr fünfzig Cents gelten. Ich glaube, wenn Major de Spain einen Fünfundneunzig-Dollar-Schaden für etwas tragen kann, das er mit barem Geld bezahlt hat, dann können Sie einen Fünf-Dollar-Verlust an etwas tragen, das Sie noch nicht geerntet haben. Ich verurteile Sie zu einem Schadenersatz von zehn Scheffeln Korn, zahlbar über Ihren Vertrag hinaus aus den Erträgnissen Ihrer Ernte. Die Sitzung ist geschlossen.«

Es hatte kaum Zeit in Anspruch genommen, der Morgen war erst zur Hälfte verstrichen. Er glaubte, sie würden nach Hause zurückkehren und vielleicht aufs Feld gehen, denn sie waren mit den Feldarbeiten im Rückstand, weit mehr als alle andern Farmer. Statt dessen ging sein Vater hinter dem Wagen weiter, gab dem älteren Bruder nur ein Zeichen mit der Hand, er solle ihm folgen, und ging quer über die Straße zum Schmied; und er drängte hinter seinem Vater her, holte ihn ein und sprach und tuschelte zu dem harten, ruhigen Gesicht unter dem verschossenen Hut: »Die zehn Scheffel bekommt er auch nicht! Nicht einen Scheffel bekommt er! Wir wollen…«, bis sein Vater einen Augenblick auf ihn heruntersah, das Gesicht vollkommen ruhig, die grauen Augenbrauen ein Dickicht über den kalten Augen, und die Stimme beinahe freundlich, beinahe sanft:

»Meinst du? Jedenfalls wolln wir bis zum Oktober warten.«

Die Sache mit dem Wagen – das Einsetzen von ein paar Speichen und das Anziehen der Reifen – nahm auch nicht viel Zeit in Anspruch: die Reifen wurden dadurch in Ordnung gebracht, daß man den Wagen in den Graben hinter der Werkstatt führte und darin stehenließ; die Maultiere schlabberten von Zeit zu Zeit etwas Wasser auf, und der Junge auf dem Bock ließ die Zügel hängen und blickte den Hang hinan oder durch den verrußten Tunnel der Schmiede, aus dem der langsame Hammerschlag klang und wo sein Vater ungezwungen auf einem umgekehrten Zypressenstumpf saß und entweder plauderte oder zuhörte; er saß noch immer dort, als der Junge den tropfenden Wagen aus dem Graben fuhr und vor der Türe hielt.

»Fahr sie in den Schatten und mach sie fest!« sagte sein Vater. Er tat es und kehrte zurück. Sein Vater und der Schmied und ein dritter Mann, der bei der Tür auf den Fersen hockte, unterhielten sich über den Ernte-Ertrag und das Vieh; der Junge hockte sich ebenfalls in den nach Harn stinkenden Staub, in dem Abfälle von Pferdehufen und Rostplättchen herumlagen; er hörte, wie sein Vater in aller Ruhe eine lange Geschichte noch aus der Zeit vor der Geburt seines älteren Bruders erzählte, als er von Beruf Pferdehändler gewesen war. Und dann kam sein Vater auf ihn zu. Er stand gerade auf der andern Seite des Ladens vor einem zerfetzten vorjährigen Zirkusplakat und starrte hingerissen und stumm auf die scharlachroten Pferde, die unglaublichen Tüllwolken und Trikotverrenkungen und das geschminkte Grinsen der Clowns, und sein Vater sagte: »Wolln essen!«

Jedoch nicht zu Hause. Während er neben seinem Bruder vor der Ladenfront hockte, sah er, wie sein Vater aus dem Laden kam und aus einer Tüte ein Stück Käse nahm und es sorgfältig und bedächtig mit seinem Taschenmesser in drei Teile zerlegte und aus der gleichen Tüte auch Salzzwieback holte. Alle drei hockten sie auf der Veranda und aßen langsam und ohne zu sprechen; dann gingen sie wieder in den Laden, tranken aus einer Blechkelle lauwarmes Wasser, das nach dem Zedernholzeimer und frischen Buchen schmeckte. Und sie kehrten noch immer nicht heim. Diesmal ging's zu einer Pferdekoppel mit einem hohen Lattenzaun, auf dem und vor dem Männer saßen und standen, und ein Pferd nach dem andern wurde hervorgeholt, um im Schritt und im Trab vorgeführt zu werden und dann auf der Straße auf und ab zu galoppieren, und all die Zeit wurde gefeilscht und gekauft, und die Sonne begann sich schon gen Westen zu neigen, während sie – alle drei – zuschauten und zuhörten: der ältere Bruder mit seinen stumpfen Augen und dem ewigen, unvermeidlichen Kautabak, und der Vater, der dann und wann über einzelne Tiere sein Urteil abgab, ohne sich damit an jemand zu wenden.

Die Sonne war schon untergegangen, als sie nach Hause kamen. Sie aßen bei Lampenlicht Abendbrot, und während sie nachher auf der Vordertreppe saßen und der Junge beobachtete, wie die Nacht vollends hereinbrach, und den Nachtschwalben und den Fröschen lauschte, hörte er plötzlich die Stimme seiner Mutter: »Abner! Nein, nein! O Gott! O Gott! Abner!«, und er stand auf, flog herum und sah durch die offene Tür die veränderte Beleuchtung: auf dem Tisch brannte jetzt in einem Flaschenhals ein Kerzenstummel, und sein Vater, noch immer in Rock und Hut, gleichzeitig förmlich und grotesk, als hätte er sich für eine armselige und feierliche Gewalttat sorgfältig angekleidet, leerte den Behälter der Lampe in den Fünf-Gallonen-Kanister mit dem Petroleum, aus dem sie erst gefüllt worden war, während die Mutter ihn am Arm zog, bis er die Lampe in die andre Hand nahm und sie wegstieß, nicht wütend oder gemein, sondern einfach heftig gegen die Wand stieß; sie warf die Hände hoch, um sich an der Wand zu halten, ihr Mund stand offen, und in ihrem Gesicht lag die gleiche hoffnungslose Verzweiflung wie vorher schon in ihrer Stimme. Dann sah sein Vater ihn in der Tür stehen.

»Geh in den Stall und hol die Kanne mit dem Schmieröl, das wir für den Wagen gebraucht haben«, sagte er. Der Junge rührte sich nicht. Dann konnte er sprechen.

»Was ...«, rief er. »Was willst du ...«

»Geh und hol das Öl!« sagte sein Vater. »Geh!«

Dann rührte er sich, rannte aus dem Haus und zum Stall: es war die alte Gewohnheit, das ererbte Blut, das er sich nicht selber hatte wählen dürfen, das ihm wohl oder übel vermacht worden war und das schon so lange floß (und weiß der Himmel wo, auf welcherlei Wut und Grausamkeit und Lust schmarotzend), ehe es zu ihm gekommen war. *Ich könnte so weitermachen*, dachte er. *Ich könnte laufen und laufen und mich nie mehr umsehn und brauchte nie mehr sein Gesicht sehn. Nur kann ich's nicht. Ich kann's nicht*, und in der Hand jetzt die verrostete Kanne, darin die Flüssigkeit hin und her schwappte, lief er zum Haus zurück und hinein ins Haus, hinein in seiner Mutter Weinen im Nebenzimmer, und händigte dem Vater die Kanne aus.

»Willst du nicht mal ’n Nigger hinschicken?« rief er. »Letztes Mal hast du wenigstens ’n Nigger hingeschickt!«

Diesmal schlug sein Vater ihn nicht. Die Hand flog schneller als ein Schlag, die gleiche Hand, die mit fast qualvoller Behutsamkeit die Kanne auf den Tisch gestellt hatte, flog von der Kanne zu ihm, jedoch zu blitzschnell für ihn, als daß er ihr hätte folgen können, packte ihn hinten am Hemd und riß ihn auf die Zehenspitzen, noch ehe er gesehen hatte, daß sie die Kanne losließ; das Gesicht beugte sich in atemloser, starrer Wildheit über ihn, und die kalte, tote Stimme sprach über ihn hinweg mit dem älteren Bruder, der sich gegen den Tisch lehnte und mit der seltsam seitlichen Kieferbewegung wiederkäuender Kühe vor sich hin malmte.

»Schütte die Kanne in den Kanister und geh los! Ich hol dich ein.«

»Bind ihn lieber am Bett fest!« sagte der Bruder.

»Tu, was ich dir gesagt habe!« entgegnete der Vater. Dann wurde der Junge in seinem zusammengewurstelten Hemd – die harte Hand zwischen den Schulterblättern – auf Zehen, die kaum den Fußboden berührten, quer durchs Zimmer befördert und weiter ins nächste, an den Schwestern vorbei, die mit gespreizten, schweren Schenkeln auf den beiden Stühlen vor dem kalten Kamin saßen, und zu seiner Mutter und Tante hinüber, die beide nebeneinander auf dem Bett kauerten, wo die Tante ihren Arm um die Schultern der Mutter gelegt hatte.

»Halt ihn fest!« sagte der Vater. Die Tante fuhr erschrocken auf. »Du nicht!« sagte der Vater. »Lennie! Halt ihn gut fest! Ich will sehen, wie du’s machst!« Seine Mutter faßte ihn beim Handgelenk. »Du mußt ihn noch fester halten! Wenn er sich losreißt – weißt du nicht, was er dann macht? Dann läuft er zu denen da drüben!« Sein Kopf deutete zur Landstraße hin. »Vielleicht bind ich ihn lieber an!«

»Ich halt ihn schon«, flüsterte die Mutter.

»Dann mach's auch richtig!« Dann ging sein Vater weg; der steife Fuß pochte seinen schweren Takt auf die Dielen und verhallte schließlich.

Dann begann er sich zu wehren. Seine Mutter hielt ihn mit beiden Armen umklammert, und er stieß und wand sich. Zu guter Letzt würde er doch der Stärkere sein, das wußte er. Aber er hatte keine Zeit, so lange zu warten. »Laß mich los!« schrie er. »Ich möchte dich doch nicht schlagen!«

»Laß ihn los!« riet die Tante. »Wenn er nicht geht, dann geh ich, bei Gott, selber hin!«

»Begreifst du's denn nicht, daß ich's nicht kann?« rief seine Mutter. »Sarty, Sarty! Nicht, nicht! Hilf mir, Lizzie!«

Dann war er frei. Die Tante haschte nach ihm, doch es war zu spät. Er flog herum und lief, und seine Mutter torkelte hinter ihm auf die Knie und rief der zunächstsitzenden Schwester zu: »Halt ihn, Net! Halt ihn!« Aber auch das war zu spät; die Schwester (es waren Zwillinge, zur gleichen Stunde geboren, und doch erweckte jede von ihnen den Eindruck, als stelle sie ebensoviel Fleisch und Umfang und Lebendgewicht dar wie zwei Familienmitglieder zusammengenommen), die Schwester hatte sich noch gar nicht vom Stuhl erhoben, einzig ihr Kopf, ihr Gesicht nur drehte sich um und zeigte ihm in dem flüchtigen Augenblick ein erstaunliches Bild junger weiblicher Gesichtszüge, auf denen sich nicht einmal eine Überraschung abzeichnete, sondern nur das leise Interesse einer Kuh. Dann war er aus dem Zimmer gerannt, zum Haus hinaus, in den milden Dunst der sternhellen Straße und in die vom Geißblatt geschwängerte Luft: mit entsetzlicher Langsamkeit spulte sich das bleiche Band unter seinen rennenden Füßen ab, dann endlich erreichte er das Tor und bog ein und rannte, Herz und Lunge dröhnten, die Auffahrt hinauf zum erhellten Haus, zur erhellten Tür. Er klopfte nicht an, er platzte hinein, schluchzend vor Atemlosigkeit, im Augenblick unfähig zu sprechen; er sah das erstaunte Gesicht des Negers in der Leinenjacke, ohne zu wissen, wann der Neger erschienen war.

»De Spain!« schrie er keuchend. »Wo's ...«, dann sah er auch den weißen Mann aus einer weißen Tür hinten in der Halle auftauchen. »Der Stall!« schrie er. »Der Stall!«

»Was?« rief der Weiße. »Der Stall?«

»Ja«, schrie der Junge, »der Stall!«

»Halt ihn!« schrie der Weiße.

Aber auch diesmal war es dafür zu spät. Der Neger erwischte sein Hemd, doch nur ein ganzer Ärmel, der vom häufigen Waschen morsch war, löste sich, und er war auch hier aus der Tür hinaus und wieder in der Auffahrt, ja, er hatte eigentlich gar nicht zu rennen aufgehört, selbst während er dem weißen Mann ins Gesicht schrie.

Hinter ihm brüllte der Weiße: »Mein Pferd! Hol mein Pferd!«, und er dachte einen kleinen Augenblick daran, lieber eine Abkürzung durch den Park zu nehmen und dann über den Zaun an der Straße zu klettern, doch er kannte den Park nicht und wußte auch nicht, wie hoch der von Ranken überwucherte Zaun war, und wagte es nicht. Deshalb rannte er die Auffahrt entlang, und Blut und Atem tobten; bald war er wieder auf der Straße, obwohl er sie nicht sehen konnte. Und auch hören konnte er nicht: die galoppierende Stute hatte ihn fast eingeholt, ehe er sie hörte, und selbst dann hielt er die Richtung bei, als müsse die Gewalt seines wilden Kummers und seiner Not ihm im nächsten Augenblick Flügel verleihen, und wartete bis zur allerletzten Sekunde, ehe er sich beiseite warf, in den von Unkraut ausgefüllten Straßengraben, und das Pferd an ihm vorbei- und weiterpreschte – einen Moment lang als wilde Silhouette vor den Sternen, vor dem ruhigen Frühsommer-Nachthimmel, der sich, noch ehe die Umrisse von Pferd und Reiter verschwanden, plötzlich verfärbte und heftig aufflammte: ein lang anhaltender, wirbelnder Ausbruch, unglaublich und lautlos, der die Sterne auslöschte; und der Junge sprang hoch und wieder auf die Straße, rannte wieder, wußte, daß es zu spät war, rannte trotzdem noch, sogar, nachdem er den Schuß und, einen Augenblick später, zwei Schüsse hörte, blieb jetzt stehen, ohne zu wissen, daß er zu laufen aufgehört hatte, rief: »Pap! Pap!«, rannte wieder, ehe er wußte, daß er zu rennen begonnen hatte, stolperte, fiel über etwas, rappelte sich wieder auf, ohne im Laufen innezuhalten, blickte im Aufstehen über die Schulter zurück und auf den Schein, rannte zwischen den unsichtbaren Bäumen weiter, keuchte, schluchzte: »Vater! Vater!«

Um Mitternacht saß er auf der Kuppe eines Hügels. Er wußte nicht, daß es Mitternacht war, und er wußte nicht, wie weit er gelaufen war; doch hinter ihm war jetzt kein Lichtschein mehr; er saß jetzt und hatte den Rücken dem zugekehrt, was er, wenigstens vier Tage lang, sein Zuhause genannt hatte, und sein Gesicht war dem dunklen Wald zugewandt, in dem er untertauchen wollte, wenn sein Atem wieder stark war; saß klein und unaufhörlich zitternd in der kühlen Finsternis, schmiegte sich in den Rest seines dünnen, zerschlissenen Hemdes, und Kummer und Verzweiflung waren jetzt nicht länger Entsetzen und Angst, sondern nur noch Kummer und Verzweiflung. *Vater. Mein Vater,* dachte er. »Er war tapfer!« weinte er plötzlich auf, laut, aber nicht schreiend, nicht viel lauter als ein Murmeln: »Das war er! Er war im Krieg! Er war in Oberst Sartoris' Kavallerie!«, ohne zu wissen, daß sein Vater als Gemeiner im guten alten europäischen Sinn in den Krieg gezogen war, ohne Uniform, weder einem Vorgesetzten noch einem Heer noch einer Fahne Autorität zugestehend oder Treue haltend, war in den Krieg gezogen wie Marlbrouck: um Beute zu machen – und es bedeutete ihm nichts und weniger als nichts, ob es feindliche Beute oder die eigene war.

Die Sternbilder kreisten langsam weiter. Der Morgen würde grauen, und nach einer Weile würde die Sonne aufgehen, und er würde hungrig sein. Doch das wäre dann morgen, und jetzt fror ihn nur, und dem konnte er durch Laufen abhelfen. Das Atmen fiel ihm jetzt leichter, und er beschloß, bald aufzustehen und weiterzugehen, und dann entdeckte er, daß er geschlafen hatte, denn das Morgengrauen war beinah da, wie er wußte, und die Nacht war beinah vergangen. Er merkte es an den Nachtschwalben. Sie riefen jetzt überall in den dunklen Bäumen unter ihm, in unaufhörlichen, endlosen Abwandlungen, und schließlich war überhaupt keine Pause mehr, je näher der Augenblick rückte, da sie den Tagvögeln weichen mußten. Er stand auf. Er war ein wenig steif, doch auch dem konnte er durch Laufen abhelfen, ebenso wie dem Frieren, und bald würde die Sonne aufgehen. Er stieg den Hügel hinab, dem dunklen Wald entgegen, in dem die quecksilbrigen Stimmen der Vögel unaufhörlich riefen – im schnellen und drängenden Takt des drängenden und singenden Herzens dieser späten Frühlingsnacht. Er blickte nicht zurück.

Sean O'Faolain
Gottlos leben und beinah sterben

Jacky Cardew ist einer von jenen Klubgängern und Junggesellen, die immer so gut gepflegt, konserviert und pomadisiert, wohlverarztet und betuntelt aussehen, daß ihr Alter unbestimmbar ist – wie eine Art Inventarstück, von dem seine Kameraden, wenn's ihn mit achtzig Jahren doch mal erwischt, sagen: »Nein, so etwas! Daß der arme Jack auch so unerwartet schnell dran glauben mußte!«

Dreißig Jahre lang hatte er in Hotelpensionen gewohnt, die sich Familienheim zubenennen. Letzten Winter aber sagte er zu seinen Freunden: »Diese verdammten Buden sind weder ›Hotel‹ noch ›Heim‹ – darum nehme ich mir jetzt eine Wohnung!« Was er schließlich fand, war eine Art Notbehelf, den man in irischen Städten Etagenwohnung nennt: zwei Zimmer, das heißt eins in zweie unterteilt, das WC im Erdgeschoß und das Badezimmer unterm Dach; und hier im Bad ein scheußlicher, unappetitlicher Gasbadeofen – ein Modell, wie es Prinz Albert vielleicht 1851 bei der großen Ausstellung im Kristall-Palast enthüllt hat.

Aber Jacky war hin. Endlich hatte er ein ›Heim‹. Außer ihm und der Besitzerin wohnte niemand im Hause. Im Erdgeschoß hatte ein Klempner seinen Laden – (das war ziemlich unruhig und roch ein bißchen nach Lötkolben); im ersten Stock waren Anwaltsbüros; die alte Frau wohnte unterm Dach, über Jackys Etage, und er sah sie fast nie, außer, wenn er seine Miete bezahlte.

Eines Nachts im Februar so gegen zwei Uhr morgens – es war häßliches Wetter draußen – hatte sich Jacky mit seinen Freunden gerade zum vierten Mal ›für das letzte Spielchen‹ zurechtgesetzt, als es ihnen so langsam auffiel, daß im Stockwerk über ihnen ein Hund dauernd mit dem Schwanz auf den Boden schlug. Eine Weile war nichts anderes zu hören als das Niederklatschen der Karten auf den Tisch, der Sprühregen auf den Scheiben und die halblauten Ausrufe der Spielenden. Dann hörte man das Klopfen von neuem.

»Wir müssen leiser sein, Kinder«, sagte einer von ihnen, der gerade ausspielte, »unseretwegen kann die alte Dame oben nicht einschlafen.« Sie spielten eifrig weiter. Dann hörten sie es wieder klopfen, diesmal dringlicher und lauter. Jacky blickte um sich, sah die hochgezogenen Augenbrauen, sah auf seine Uhr, auf das verlöschende Kaminfeuer, auf die Regentropfen an der Fensterscheibe, die im Laternenlicht des Squares unten glitzerten, und ging mit einem Stirnrunzeln fort, wie es sonst wohl ein Stift im Büro zu sehen bekam, der nicht genug ›kroch‹. Er zündete ein Streichholz an und stieg die Treppe hinauf. Die Nägel der ausgetretenen Stufen leuchteten auf. Als sie ihn stolpern und fluchen hörte, rief sie; er ging der Stimme nach, duckte sich vor den dicken Dachsparren und schob Wäsche, die sie dort zum Trocknen aufgehängt hatte, mit dem Ellbogen beiseite, so daß ihm die Kälte um den Schädel strich. Endlich fand er ihr Zimmer, eine kahle Dachstube; sie erschien ihm haarsträubend armselig, kalt und ungelüftet. Über das schräge Mansardenfenster liefen die Lichter der Stadt wie Tränen.

Beim Schein des Zündhölzchens sah er, wie sie ihn vom Kopfkissen mit matten Augen entsetzt anblickte; er sah die eingefallenen Wangen, den weißen Bart auf ihrem Kinn und die zwei Zöpfchen, die mit roten Wollresten zugebunden waren. Das Streichholz verbrannte ihm die Finger. Im Dunkeln hörte er sie flüstern: »Mr. Cardew, ich muß sterben!«

Er war so erschrocken, daß er sofort ein neues Streichholz ansteckte. Aber noch mehr erschrak er über die Antwort, die sie ihm auf seine Frage, ob er nicht ihre Freunde rufen könne, gab:

»Gott steh mir bei!« keuchte sie. »Grüß Gott, Freunde! – hab keinen Freund, der mir zu trinken gibt, keinen einzigen in der ganzen Welt!«

Er stürzte die Treppe hinunter. Einer seiner Kameraden war Arzt; der ging nach oben und untersuchte sie, redete ihr gut zu, kam wieder nach unten und sagte, es sei nicht besonders schlimm, es sei nur ihr Alter und vielleicht eine Magenverstimmung. Er verordnete ihr zwei Aspirin und eine Wärmflasche auf den Magen. Sie machten ihr's für die Nacht bequem, und dann gingen alle durch den strömenden Regen mit in die Schultern gezogenem Kopf nach Hause; sie konnten sich nicht genug tun vor Mitleid.

Jacky kehrte in sein unordentliches Zimmer zurück und setzte sich vor den kalten Kamin. Vom Rathaus hörte er die Viertelstunden schlagen, manchmal frisch und klar, manchmal schwach und traurig, so wie der Winterwind gerade gelaunt war. Plötzlich fiel's ihm ein, daß seine eigene

Mutter auch in solch einer Nacht gestorben war. Er dachte, wer sich wohl um die alte Frau kümmern würde, wenn sie sterben sollte, und zum erstenmal bemerkte er die Familienbilder, die an den Wänden hingen, meistens junge Männer und Frauen, und Säuglinge mit leeren Gesichtern und offenen Mündern. Eine große, dunkle Vergrößerung hing da: ein Mann mit grauem Schnurrbart und kahlem Kopf.

Er erinnerte ihn an den alten Cassidy, seinen letzten Direktor, der jetzt regelmäßig jeden Dienstag mit einem anderen ehemaligen Bankier namens Enright zu Abend aß. Während Jacky in der toten Asche herumstocherte, fiel es ihm ein, daß Cassidy vielleicht keinen andern Freund in der ganzen Welt hatte – und überhaupt, wenn man erst mal fünfzig ist, was ist's dann noch groß anders als ein verdammter Galopp bergab?

Um halb vier ging er nach oben, um wieder nach ihr zu sehen. Sie schlief und atmete schwer. Er versuchte ihr den Puls zu fühlen, konnte sich aber nicht erinnern, wie viele Schläge normal sind, und bemerkte bloß, daß der ihre so schleppte wie ein Trauermarsch.

Er ging wieder in sein kaltes Zimmer. Es regnete immer weiter. Der Square glänzte hell. Er spürte dumpfe Schmerzen in der Leistengegend und dachte, ob es wohl eine Blinddarm-Entzündung sei. Dann fiel ihm ein, daß er ihr den Priester hätte schicken sollen, und er rechnete nach, wann er selbst das letzte Mal zur Beichte gegangen war. Um halb fünf schaute er wieder nach; sie atmete leichter, so daß er beruhigt war. Als er in seinen Pyjama stieg, warf er einen strafenden Blick auf sein Embonpoint.

Er wurde wie üblich von der alten Frau, bei der er

wohnte, geweckt, als sie ihm eine heiße Tasse Tee mit Toast brachte. Unter dem Arm hatte sie das Gesangbuch; sie war zum Ausgehen angekleidet.

»Mein Gott«, würgte er entsetzt, »ich dachte, Sie liegen im...«

Sie mußte so lachen, daß ihr langer, dünner Körper wie ein Schilf im Wind hin und her schwankte:

»Mr. Cardew, Sie wissen doch, Unkraut vergeht nicht! s'ist noch nicht so weit mit meinem warmen Plätzchen im Fegefeuer! Ich hab mir's gleich gedacht, daß ich für die Wagenladung Kohl mit Speck, die ich gestern gegessen habe, würde büßen müssen.« Dabei machte sie eine so deutliche Handbewegung vom Magen zur Kehle, daß er schnell sein Toastbrot weglegte. »Den ganzen Tag war ich wie aufgedunsen davon!«

Jacky zog sich an und fluchte lästerlich. Ehe er ging, wollte er mit der Frau ein ernstes Wort reden. Sie war wieder zurück von der Kirche, saß in ihrer Küche und löffelte einen großen Teller Suppe leer.

»Hören Sie mal, Mrs. Canty«, sagte er ernst, »stimmt das wirklich, daß Sie überhaupt keine Freunde haben?«

»Eine Menge Freunde habe ich, Mr. Cardew!« strahlte sie ihn an. »Die besten Freunde, die sich eine Frau nur wünschen kann.« Sie legte ihre knochigen Hände auf einen Stoß Gebetbücher – es waren sicher zwölf, der Stoß war fast einen halben Meter hoch, und alle waren in glänzend schwarzes Leinen eingebunden. »All die Seelen, die im Fegefeuer leiden! Und Sankt Antonius!« Unwillkürlich folgte sein Blick dem ihren zur Anrichte, wo eine große, gelbbraune Statue stand. »Und dann das Herz Jesu!« Er musterte die rotgoldene Figur über dem Spülstein, die noch mit welken Palmzweigen vom letzten Osterfest geschmückt war. »Sehen Sie doch, wie mir die ›Kleine Blume‹ zulächelt! Und dann noch Sankt Joseph und die heilige Monika!«

Jackys Kopf fuhr herum wie ein Wetterhahn. »Und habe ich nicht gerade eben erst zur ›Linken Schulter‹ gebetet? Wenn Sie *das* nicht Freunde nennen, Mr. Cardew!«

Sie lächelte mitleidig. Er ging schnell fort, sonst wäre er noch herausgeplatzt: warum, zum Teufel, haben Sie dann heute nacht nicht Ihre Freunde gerufen, anstatt mich nach oben zu trommeln? – So mußte es seine Sekretärin in der Bank entgelten.

»Der reinste elende Aberglauben, und weiter nichts! Tags den Schnabel aufreißen und nachts wehklagen. Das übliche irische Jammerlied! Und alles nur wegen der Angst vor Hölle und Verdammnis. Da muß man ja Atheist werden!«

Die Sekretärin widersprach. Fast hätten sie sich gestritten. Sie sagte, daß er sich schämen solle, ja sogar, daß ›sein Stündlein‹ schon noch kommen würde. Schließlich machte sie ihn ganz rasend, weil sie ›für ihn beten wollte‹.

Beim Mittagessen verwickelte er sich in eine heftige Diskussion über Religion und gebrauchte dabei dauernd das Wort ›Obskuranten‹. Abends im Klub war er immer noch nicht zur Ruhe gekommen, aber dort mußte er vorsichtig sein, denn die meisten Mitglieder waren Ritter des heiligen Columban, und Geschäft ist Geschäft. Er schlug den Mittelweg ein:

»Übersehen Sie eins nicht: für echte Religion habe ich volles Verständnis. Und ich selbst bin ja kein Heiliger, das gebe ich ganz offen zu. Obgleich ich glaube, daß ich nicht schlimmer bin als andere, vielleicht sogar ein bißchen besser, wenn man's bei Licht besieht. Und eins will ich gern zugeben: im Alter ist die Religion ein großer Tröster. Aber wenn Religion und Charakter nicht Hand in Hand gehen, und zwar der Charakter zuerst – dann zerfällt alles in Formelkram.«

Hierin konnten sie ihm alle unbedenklich recht geben. Er musterte zufrieden seine Karten. »Sie spielen aus, Maguire!«

Nachher ging er zufällig mit Maguire nach Hause. Nach dem langen Regen war die Nacht weich, und ein leises Frühlingsahnen hing in der Luft.

»Vor Ostern wissen wir nicht, woran wir sind«, sagte Maguire und lachte verlegen.

»Warum lachen Sie?«

»Ach, als Sie sich vorhin im Klub über Religion ausließen, dachte ich bloß ... herrje, es ist ein Jahr her, seit ich zuletzt zur Beichte war. Und jetzt, wo Ostern näherrückt, werden wir wohl das Kochgeschirr wieder blankputzen müssen ... Osterpflicht, nicht wahr? Wohin gehen Sie? Ich gehe immer nach Rathfarnham zu den Jesuitenpatern. Das sind Leute von Welt. Unübertrefflich!«

»Ich gehe meistens auch zu ihnen«, log Jacky. »Die lassen wenigstens mit sich reden.«

Und er fragte sich, ob er dieses Jahr wohl auf einen Sprung hingehen würde.

Am Gründonnerstag, kurz nach Mitternacht, waren Jacky und seine Freunde gerade in einem hitzigen Kartenspiel, als ein leises Klopfen durch die Stubendecke drang.

»Immer ruhig Blut!« knurrte Jacky. »Gebranntes Kind scheut das Feuer! Schon wieder Narrenpossen!«

Sie nahmen die ausgeteilten Karten auf und fingen an zu spielen. Zwischen dem Niederklatschen der Karten konnten sie wieder das Klopfen hören, aber schon schwächer.

»Das hier...«, sagte Jacky, »du spielst aus, Jim. Das hier... Gott, hast du bloß das As? Das hier ist ein typisches Beispiel einer modernen irischen Maulheldin. Ihr könnt's mir glauben, hinter all der Frömmigkeit... Wer sagt denn, daß ich passe? Wovon sprecht ihr denn? Ich habe doch Redmonds Zwei mit meiner Sieben gestochen! Hinter all dieser sogenannten Frömmigkeit steckt nichts als kindische Angst vor dem Dunkel!«

Maguire lachte ihn aus:

»Also, Jacky, es ist wirklich kein Grund, daß ausgerechnet du dich aufs hohe Roß setzt. Die Kirche hat dich doch im Sack. Sie hat uns alle. Sie hat dich seit dem Tage, wo du geboren wurdest, und früher oder später wird sie dich erwischen, darum kannst du ebensogut jetzt schon klein beigeben und hast deine Ruhe. Denk an meine Worte! Ich werd's noch erleben, daß dein Schlafzimmer über und über mit Heiligenbildern behängt ist. Sie hat dich schon, die Kirche!«

Jacky brauste auf. Dieser elende Kerl, der höchstens einmal im Jahr zur Beichte ging, sprach hier, als ob er ein perfekter Heiliger wäre!

»Hör mal auf, mir bange zu machen, ja? Und überhaupt, du mit all deinem Dicketun, wann warst du denn zum letztenmal beichten?«

Maguire lachte selbstzufrieden:

»Es macht mir gar nichts aus, dir das zu verraten. Ich war vor drei Tagen da. Bei einem famosen alten Priester.« Er schnippte mit den Fingern und schaute sie alle an. »Er hat mich im Handumdrehen entlassen. Ich glaube, wenn ich ihm gebeichtet haben würde, daß ich einen Mord begangen hätte, würde er auch bloß gesagt haben: ›Hast du sonst noch irgendeine Kleinigkeit auf dem Herzen, mein Kind?‹«

Sie lachten Beifall.

»Ja, es geht nichts über einen Jesuitenpater«, fuhr Maguire fort. »Kennt ihr eigentlich die Geschichte von dem Burschen, der während der Unruhen zur Konfession ging und sagte: ›Vater, ich habe einen von den *Black and Tans* erschossen!‹ – Wißt ihr, was der Priester sagte? ›Mein Kind‹, sagte er, ›läßliche Sünden brauchst du nicht zu erwähnen!‹ Wahrhaftiger Gott, ich glaube wirklich, daß es genau so passiert ist!«

Sie lachten alle, obwohl sie die Anekdote schon oft gehört hatten. Es ist eine Geschichte, wie sie jeder verstockte Sünder gerne hört. Während sie noch lachten, klopfte es wieder.

»Ich glaube, Jacky«, sagte einer von ihnen, ein Kaufmann namens Sullivan, »du wirst doch noch mal nach dem alten Weibsbild sehen müssen.«

Fluchend warf Jacky seine Karten hin. Er stieg in die Mansarde hinauf, zündete ein Streichholz an und sah auf den ersten Blick, daß es übel stand. Ihre Stirn war voller Schweißtropfen. Die Brust hob und senkte sich schnell. »Mr. Cardew, mit mir ist's aus! Holen Sie um Gottes willen den Priester!«

»Natürlich, sofort! Und den Doktor auch!«

Er stürzte die Treppe hinunter und platzte ins Zimmer: »Himmel noch mal, Kinder, diesmal ist's kein Spaß! Sie muß dran glauben. Ich weiß es, man sieht's sofort. Maguire, sei so gut und hole schnell den Priester. Sullivan, am Kiosk ist ein Telefon, ruf einen Doktor – Cantillon, Hanley, Casey oder irgendeinen. Schnell, nur schnell!«

Er brachte ihr einen starken Whisky, aber sie war zu matt, um zu trinken. Der Priester kam; es war ein junger Mensch, der traurige Augen hatte und den Kopf senkte wie der heilige Franziskus. Die Spielbrüder drängten sich vor der Tür auf dem Dachboden. Durch die Dachluke sahen sie in den hellen Ostermond. Sie waren alle im besten Alter, jünger als Jacky, aber sonst einer wie der andere.

»Ja, ja«, flüsterte Maguire, »es ist wahr! Gerade wie's der alte Priester sagte. Tag und Stunde kennen wir nicht.«

»Es war ein schrecklicher Winter«, flüsterte Sullivan. »Ich hab's noch nie erlebt, daß so viele abkratzten. Gestern erst der alte Sir John Philpott.«

»Was? Nicht möglich!« rief Jacky und war ganz erschrocken über die Nachricht. »Du meinst doch nicht Philpott von Potter und Philpotts? Ich habe vor drei Tagen noch mit ihm im Klub gesprochen!« Er redete, als ob er beleidigt wäre, weil Sir John ihm nicht Bescheid gegeben hatte. »Aber er war doch verhältnismäßig jung? War er schon zweiundsechzig?«

»Das Herz!« flüsterte Wilson. »Es ging ganz plötzlich zu Ende mit ihm.«

Maguire seufzte: »Heute rot, morgen tot!«

»Das ist noch das beste«, brummte Sullivan. »Für niemand unangenehm!«

»Ja«, flüsterte Maguire, »vorausgesetzt, unsere Fahrkarte ist in Ordnung« – und er deutete respektvoll gen Himmel. »Ein Priester hat mir mal gesagt, daß er einen Mann gekannt hat, der seit zwanzig Jahren zum ersten Mal wieder zur Beichte ging. Gerade hatte der Priester den Finger erhoben und ›Absolvo te‹ gesagt« – Maguire hob auch den Finger auf – »da fiel ihm der Mann in seinem Beichtstuhl tot vor die Füße. Das hatte wirklich an einem Fädchen gehangen!«

Jacky machte eine mißmutige Bewegung: er wußte, daß es bloß eine Priestergeschichte war, aber er wollte jetzt nichts weiter dagegen sagen.

»Der schönste Tod«, murmelte Sullivan, »ist der Soldatentod. Ich glaube, vor der Schlacht kann der Priester einem ganzen Regiment Generalabsolution erteilen, und wenn einer fällt, kommt er direkt in den Himmel!«

»Gut im Angriff, schlecht in der Verteidigung«, bemerkte Jacky weise.

»Ja, eben deshalb«, sagte Sullivan. »Und außerdem kann ich mir sehr gut denken, daß das auch der Grund ist, warum die Engländer besser in der Verteidigung als im Angriff sind. Es kämpft doch jeder wie ein Löwe, wenn er weiß, was hinterher kommt. Da hat der Tod keine Schrekken mehr.«

Sie verstummten. Ein Wölkchen verdunkelte den Mond. Dann wurden alle Gesichter wieder hell, und die Dächer der Stadt glänzten. Man hörte das leise Murmeln der Stimme des jungen Priesters.

»Er macht lange«, sagte Jacky. »Und dabei hat sie wahrhaftig nicht viel zu bekennen!« flüsterte er und wollte einen Scherz machen. »*Die* hat's gut!«

»Und dazu noch am Karfreitag!« sagte Maguire fromm. »Was für ein schöner Tod!«

»Ja«, flüsterte Wilson, »am Karfreitag!«

Sie seufzten alle tief. Der Priester kam, bückte sich wegen der Dachbalken, nahm seine Stola ab und küßte sie. Maguire fragte:

»Wird sie durchhalten, Vater?«

»Eine Heilige!« seufzte der Priester, als dächte er gleichzeitig an alle Sünder der ganzen Welt. Jacky brachte ihn bis an die Haustür, und als der Priester gegangen war, kam gerade der Arzt herunter. Jacky machte die Wagentür hinter ihm zu und streckte besorgt den Kopf durchs Fenster: »Steht's schlecht, Herr Doktor?«

»Wir können doch nicht ewig leben! Es will nichts mehr funktionieren, gerade wie bei einem alten Auto. In dem Alter muß man eben erwarten, daß man abberufen wird«, und er hob den Finger. Jacky zog schnell den Kopf zurück. Die Scheinwerfer schwenkten herum, der Wagen brauste fort und über den leeren Square, als ob das rote Schlußlicht mit jemandem durchginge.

Jacky blieb allein in seinem Zimmer zurück. Er sank in einen Sessel am offenen Fenster. Die Frühlingsnacht war milde. Lebendiges Leben pulste überall. Sogar die drei alten Platanen in der Mitte des Squares erbebten ein wenig, und der Ostermond hoch am Himmel war durchsichtig zart wie die ewige Jugend. Er sprang auf und lief in seinem Zimmer umher. Sein Blick fiel wieder über die glänzenden Dächer und blanken Schornsteine, und einen Augenblick war es, als flattere ein Vorhang auf: er sah sein Leben in all seiner ätzenden Leere und Einsamkeit – und er sah, wie es im Laufe der Jahre noch leerer und einsamer werden würde. Und nach seinem Tode würden der Mond und die alten Bäume noch immer da sein und noch immer erzittern vor Leben. Ein Wind fegte hastig durch den Staub auf den Square. Er blickte auf die Karaffe: Ebbe! wie sein eigenes Leben. Wenigstens würde er sich morgen ausruhen können. Er blieb vor der schwarzen Vergrößerung stehen. Karfreitagmorgen. Nur noch ein Tag bis Ostern. Aus dem Spiegel sah ihn ein rotes, aderndurchzogenes Gesicht mit blauer Nase, dünnem, wirrem Haar und Säcken unter den Augen an. Er fuhr sich mit der Zunge über die Lippen, hatte auf einmal einen scheußlichen Geschmack im Mund und fühlte sein Herz unregelmäßig klopfen.

Schwerfällig setzte er sich ans offene Fenster, schaute den Mond und seine kalte Schönheit an und begann, mit der Vergangenheit abzurechnen. Es waren da ein paar unangenehme Sachen, die man nicht auf die leichte Schulter nehmen konnte.

»Zwar«, brüstete er sich gegenüber dem menschenleeren Platz, »zwar werde ich mich keinesfalls irgendeinem Dorfpriester ausliefern. Man muß sich seine Leute aussuchen… Leider, Vater«, memorierte er, schnippte dabei etwas Asche von der Hose und rieb sich das Ohr, »leider, hm, habe ich mehr zu beichten als nur ein paar harmlose häßliche Sünden. Wir sind alle Menschen, Vater. Adamssöhne – nicht wahr, Vater?« Und dann war er im richtigen Fahrwasser. Frei und offen! Ein Weltmann zum andern! »Natürlich auch ein Tröpfchen Alkohol, Vater. Und dann, hm… dann noch, hm…« Jacky hustete und fuhr sich mit dem Finger hinter den Kragenrand. *So* leicht würde die Sache denn doch nicht gehen! Er schloß die Augen und dachte an all die Nächte, die ihm so amüsant vorgekommen waren – damals!

Als er die Augen wieder öffnete, schien ihm die Sonne warm ins Gesicht. Der Square erstrahlte im Sonnenschein, und jemand schüttelte ihn an der Schulter. Es war seine Hauswirtin, die ihm lächelnd Tee und Toast brachte.

»Was sagen Sie dazu, Mr. Cardew?« krähte sie. »Wo's mich letzte Nacht nicht erwischt hat, werde ich bestimmt hundert Jahre alt!«

Jacky blinzelte aus verquollenen Augen auf die drei Platanen, und das ganze Elend der letzten Nacht überfiel ihn. Er warf ihr einen wütenden Blick zu, stieß die Tasse auf den Tisch und wollte ihr gerade den Standpunkt klarmachen, da fuhr ihm ein verteufelter Schmerz wie von tausend glühenden Nadeln ins Kreuz.

»Oh, Mr. Cardew, warum haben Sie denn nur am offenen Fenster gesessen?«

Aber schon zuckte der Schmerz auch durch seinen Nacken, und es blieb ihm nichts weiter übrig, als sich mit einer Hand im Kreuz und der andern auf dem Nacken stöhnend und fluchend ins Bett zu schleppen.

Während er die Feiertage über so dalag, wurde er verwöhnt und verhätschelt wie nie in seinem Leben. Sie rieb ihm den Rücken und die Brust ein, brachte ihm heißen Punsch und fütterte ihn mit Osterleckereien, bis er schließlich, wenn auch widerstrebend, einsah, daß es verrückt wäre, sich eine andere Hauswirtin zu suchen. Aber als ihm am Ostersonntagmorgen die Sonne warm über die Brust glitt und er, die Hände hinterm Kopf und die Sonntagszeitung auf den Knien, seine Frühstückszigarette rauchte und dem silbernen Geläut der Kirchenglocken in der Stadt zuhörte, konnte er ein Gefühl leichten Unbehagens nicht ganz verjagen: es war nicht sehr stark, nur wie ein schlafender Schatten in einem Winkel seiner Seele – nur so ein Anflug von Besorgnis. Vorsichtig drehte er seine steifen Schultern herum, um auf den Kaminsims zu schauen: da hatte sie in einer Vase einen kleinen Palmzweig aufgestellt, und daneben stand eine Glasschale mit Weihwasser. Er brummte vor sich hin und machte sich seine Gedanken darüber. Wenn er erst wieder auf war, würde er all das Zeug schon aus dem Weg räumen. Doch da fiel ihm Maguire ein, und wie er immer gesagt hatte: »Sie hat dich schon, die Kirche!«

Er verzog den Mund: »Na gut!« und stäubte die Asche auf den Teppich. Eines Tages schon, zweifellos. Eines Tages schon.

Wie herrlich die Sonne war! Und wie schön es war, all die Füße unten auf dem Square zu hören, die zur Messe gingen. Ihre Schattenbilder huschten sachte über die Decke, und silberhell mahnten die Glocken: ›Seid fröhlich! Christ ist erstanden!‹

Er nahm die Zeitung wieder auf und vertiefte sich in den Bericht über die Pferderennen.

Nathanael West
Miss Lonelyhearts, hilf mir, hilf mir

Miss Lonelyhearts, der Briefkastenonkel des New-Yorker *Post-Dispatch* (Haben Sie Sorgen? – Brauchen Sie Rat? – Schreiben Sie Miss Lonelyhearts, sie wird Ihnen helfen), saß an seinem Schreibtisch und starrte auf einen weißen Pappdeckel, auf den Shrike, der Redakteur, mit Großbuchstaben geschrieben hatte:

Seele der Miss L, verkläre mich.
Leib der Miss L, speise mich.
Blut der Miss L, berausche mich.
Tränen der Miss L, wascht mich.
O gute Miss L, verzeih meine Bitte,
Birg mich in Deinem Herzen
Und schütze mich vor meinen Feinden.
Hilf mir, Miss L, hilf mir, hilf mir.
In sæcula sæculorem. Amen.

Obwohl in knapp einer Viertelstunde Redaktionsschluß war, arbeitete er immer noch an seinem Artikel. »Das Leben ist lebenswert«, hatte er zuletzt geschrieben, »ist es doch voller Träume und Stille, voller Zärtlichkeit und Verzückung, und voll des Glaubens, der wie eine helle Flamme auf einem dunkeln Altare brennt.« Aber er kam einfach nicht weiter. Die Briefe waren nicht mehr lustig. Er konnte doch nicht monatelang denselben Witz dreißigmal täglich lustig finden. Und meistens erhielt er im Tag mehr als dreißig Briefe, alle gleicherweise mit einer Herzform aus dem Teig des Leidens ausgestochen.

Liebe Miss Lonelyhearts,

ich habe solche Schmerzen, ich weiß nicht mehr aus noch ein, manchmal glaube ich, ich muß mir das Leben nehmen, meine Nieren tun mir so weh. Mein Mann findet, eine gute Katholikin muß Kinder haben, Schmerzen hin oder her. Wir wurden Kirchlich getraut, aber ich hatte keine Ahnung, was es heißt, verheiratet zu sein, da ich nie über das Eheleben aufgeklärt worden bin. Meine Großmutter hat mir nie etwas davon gesagt, und sie war die einzige Mutter die ich je hatte, aber sie machte einen großen Fehler, mich nicht aufzuklären, da Unschuld sich nicht lohnt und nur eine große Enttäuschung ist. Ich habe 7 Kinder in 12 Jahren und seit den letzten 2 bin ich ständig krank. Zweimal bin ich opperiert worden und mein Mann versprach mir nie keine Kinder mehr auf Rat des Arztes, da er sagte ich könnte daran sterben, aber als ich vom Spital zurückkam, brach er sein Versprechen und jetzt erwarte ich ein Kind und ich halte es einfach nicht mehr aus, meine Nieren schmerzen so. Mir ist angst und bang, weil ich keine Abtreibung haben kann, wo ich doch katholisch bin und mein Mann so Kirchlich. Ich weine die ganze Zeit, es tut so weh, und ich weiß nicht was ich machen soll.

Hochachtungsvoll

KANN-NICHT-MEHR

Miss Lonelyhearts warf den Brief in eine offene Schublade und steckte sich eine Zigarette an.

Liebe Miss Lonelyhearts,

ich bin jetzt sechzehn Jahre alt und weiß nicht was ich machen soll und wäre froh, wenn Sie mir sagen könnten was ich machen soll. Als ich noch klein war, da ging's noch, weil ich mich daran gewöhnte, daß die Nachbarskinder sich über mich lustig machten, aber jetzt möchte ich Freunde haben wie die andern Mädchen auch und am Samstagabend ausgehen, aber keiner will mit mir gehen, da ich von Geburt an keine Nase habe – dabei tanze ich gut, bin gut gewachsen und mein Vater kauft mir hübsche Kleider.

Ich sitze den ganzen Tag da, schaue mich an und weine. Mitten im Gesicht habe ich ein großes Loch, das die Leute abschreckt, sogar mich selber, man kann es den Jungen nicht verdenken, wenn sie nicht mit mir ausgehen wollen. Meine Mutter hat mich gern, aber sie weint furchtbar, wenn sie mich anschaut.

Womit habe ich nur dieses furchtbare Schicksal verdient? Selbst wenn ich manchmal schlecht war, dann jedenfalls nicht bevor ich ein Jahr alt war und ich bin so geboren. Ich habe Papa gefragt und er sagt, er weiß es nicht. Er meint, vielleicht habe ich in der andern Welt etwas getan, ehe ich geboren wurde, oder vielleicht werde ich für seine Sünden bestraft. Das glaube ich nicht, er ist nämlich sehr nett. Soll ich Selbstmord begehen?

Mit bestem Gruß

VERZWEIFELT

Mit der Zigarette stimmte etwas nicht; sie wollte nicht recht ziehen. Miss Lonelyhearts nahm sie aus dem Mund und besah sie sich verärgert. Schließlich schluckte er seinen Ärger hinunter und zündete sich eine andere an.

Liebe Miss Lonelyhearts,

ich schreibe Ihnen wegen meiner Schwester Gracie, weil ihr etwas schreckliches passiert ist und ich mich nicht getraue, es der Mutter zu sagen. Ich bin 15 Jahre alt und Gracie ist 13 und wir wohnen in Brooklyn. Gracie ist taubstumm und größer als ich aber nicht sehr schlau, weil sie doch taubstumm ist. Sie spielt zuhause auf der Dachzinne und muß nicht zur Schule, außer in die Taubstummenschule zweimal die Woche am Dienstag und Donnerstag. Die Mutter schickt sie aufs Dach zum spielen, damit sie nicht überfahren wird, weil sie nicht sehr schlau ist.

Letzte Woche kam einer aufs Dach und hat Verfehlungen an ihr vorgenommen. Sie hat es mir erzählt und ich weiß nicht was ich machen soll, da ich mich nicht getraue, der Mutter etwas davon zu sagen, sonst setzt es Hiebe für Gracie. Ich fürchte Gracie kriegt ein Kind und gestern abend habe ich lange an ihrem Bauch gehorcht, konnte aber von dem Kind nichts hören.

Wenn ich der Mutter etwas davon sage, wird sie Gracie fürchterlich schlagen, ich bin nämlich der einzige der Gracie gern hat, und das letztemal als sie sich das Kleid zerriß, wurde sie zwei Tage lang eingesperrt, und wenn die Jungen aus der Nachbarschaft davon erfahren, dann reden sie unflätig von ihr wie damals von Peewee Conors Schwester, als man sie im Schrebergarten erwischte. Bitte, was würden Sie tun, wenn in Ihrer Familie so etwas vorkäme?

Hochachtungsvoll
HAROLD S.

Er hörte auf zu lesen. Christus war die Antwort, aber an das mit Christus durfte er jetzt gar nicht denken, wenn er nicht wollte, daß ihm übel wurde. Außerdem war Christus einer von Shrikes Lieblingswitzen. »Seele der Miss L, verkläre mich. Leib der Miss L, rette mich, Blut der ...« Er wandte sich wieder zur Schreibmaschine.

Trotz seinem allzu eleganten, wenn auch billigen Anzug sah er immer noch aus wie der Sohn eines Baptistenpredigers. Ein Bart würde ihm gut anstehen, würde sein alttestamentliches Aussehen betonen. Allein, auch ohne Bart war der Puritaner aus Neuengland nicht zu verkennen. Seine Stirn war hoch und schmal, die Nase lang und hager, das knochige Kinn gespalten wie ein Huf. Bei ihrer ersten Begegnung hatte Shrike mit einem Lächeln gesagt: »Die Susan Chesters, die Beatrice Fairfaxes und die Miss Lonelyhearts sind heute die Seelsorger Amerikas.«

Ein Laufbursche trat heran, um ihm mitzuteilen, Shrike wolle wissen, ob das Zeug fertig sei. Er beugte sich über die Schreibmaschine und begann, auf die Tasten loszuhämmern.

Doch ehe er noch ein Dutzend Wörter geschrieben hatte, schaute ihm Shrike über die Schulter. »Derselbe alte Käse«, sagte Shrike. »Hast du denn nichts Neues und Erbauliches zu bieten? Wie wär's mit der Kunst? Wart mal, ich diktier's dir:

Die Kunst als Ausweg.

Laß dich vom Leben nicht kleinkriegen. Wenn die alten Pfade mit den Trümmern des Mißerfolges verstopft sind, sieh dich nach neuen, frischeren Pfaden um. Ein solcher Pfad ist die Kunst. Kunst ist dem Leid abgepreßt. Wie Polnikoff in seinen schönen russischen Bart murmelte, als er mit sechsundachtzig Jahren sein Geschäft aufgab, um Chinesisch zu lernen: ›Wir stehen erst am Anfang …‹

Die Kunst gehört zu den reichsten Gaben des Lebens.

Wer nicht selber schöpferisch begabt ist, dem bleibt doch der Kunstgenuß. Wer aber …

Und so weiter. Laß dir was einfallen.«

Frank O’Connor
Und freitags Fisch

Ned MacCarthy, Schulmeister in einem kleinen Dorf namens Abbeyduff in Südirland, wurde eines Morgens von seiner Schwägerin geweckt. Sie stand vor ihm und rief ihm barsch zu:

»Wach auf! Es hat angefangen!«

»Was hat angefangen, Sue?« fragte Ned mit ängstlicher Miene und sprang aus dem Bett.

»Was denn wohl?« sagte sie trocken. »Zieh dich lieber schnell an und hole den Doktor!«

»Oh, der Doktor!« seufzte Ned, denn sofort fiel ihm ein, weshalb er allein in dem kleinen Hofzimmer schlief und weshalb dieses unfreundliche, geschlechtslose Wesen, das so offensichtlich gegen ihn war, bei ihnen wohnte.

Er kleidete sich hastig an, rief Kitty, seiner Frau, ein paar beruhigende Worte zu, und dann, nachdem er eine Tasse Tee hinuntergeschüttet hatte, holte er den alten Wagen heraus. Ned war ein schmächtiger, melancholisch aussehender Mann in den Vierzigern mit blondem Haar und blassen grauen Augen. Er war beliebt, weil er ziemlich friedfertig und ruhig war, doch er hatte sein Päckchen Sorgen zu tragen. Da war zum Beispiel das Haus. Es war ein schönes Haus, ein ehemaliges Jagdhäuschen, das zwei Acker von der Landstraße entfernt lag und auf der Vorderseite eine Rasenfläche aufwies, die zum Flußufer hinunterführte.

Dahinter kletterten von Wäldern beschützte Gärten steil hügelan. Es war wirklich ein Traumhaus, von der Art, wie er sich's immer erträumt hatte: wo Kitty ein paar Hühner halten und er selbst im Garten graben oder lange Spaziergänge über Land machen konnte. Doch kaum waren sie eingezogen, da merkte er schon, daß er sich gewaltig getäuscht hatte. Die Einsamkeit an den langen Abenden, wenn sich die Dämmerung auf das Tal niedersenkte, war etwas, das er nicht in Betracht gezogen hatte.

Er hatte sich bitterlich bei Kitty darüber beklagt, und sie hatte vorgeschlagen, daß er den Wagen kaufen sollte, doch auch das hatte seine zwei Seiten, denn er war ein nervöser Fahrer, und der alte Klapperkasten verlangte soviel Wartung wie ein Baby. Wenn er allein drinsaß, redete er ihm liebevoll zu; wenn er stehenblieb, weil er vergessen hatte, Benzin zu kaufen, dann stieß er mit dem Fuß nach ihm, und die Dörfler behaupteten sogar, sie hätten gesehen, wie er den Wagen mit Steinen bombardiert habe. Dies und die wohlbekannte Tatsache, daß er Selbstgespräche führte, wenn er durch den Wald zur Schule ging, hatte zu dem Gerücht Anlaß gegeben, bei ihm sei eine Schraube locker.

Er fuhr den Feldweg entlang und über die Brücke auf die Hauptstraße; dann hielt er vor dem kleinen Wirtshaus an der Ecke, dessen Besitzer, Tom Hurley, ein alter Freund von ihm war.

»Brauchst du irgendwas aus der Stadt, Tom?« rief er.

»Was ist denn los, Ned?« schrie drinnen eine Stimme, und Tom Hurley erschien persönlich, ein winziges Männlein, kugelrund und mit rotem Gesicht. Er schmunzelte mit allen Runzeln und Fältchen.

»Ich fahre in die Stadt und dachte, ob ich dir vielleicht etwas besorgen könnte.«

»Ich glaube nicht, danke, Ned. Wir brauchten heute nichts weiter als Fisch, und den bringen uns schon die Jordans mit.«

»Um so besser«, erwiderte Ned grinsend. »Nicht gerade das, was man gern in seinem Wagen verstaut.«

»Ja, hast recht, zum Kuckuck!« rief Tom mit allen Zeichen größten Widerwillens. »Hab mir nie was aus dem verdammten Zeug gemacht. Du glaubst nicht, wie der ganze Laden danach stinkt! Aber was soll man denn sonst am Freitag kochen! – Kutschierst du bloß so zum Vergnügen hin?«

»Nein«, erwiderte Ned. »Es ist wegen Kitty. Ich muß den Doktor holen!«

»Aha!« sagte Tom und strahlte. »Ach du liebes Gottchen, hoffentlich läuft alles gut ab! Komm doch rein und nimm einen Schluck!«

»Nein, danke Tom! Ich glaube, ich fahre lieber weiter.«

»Ach, zum Teufel, du alter Sünder! Aus dem Wagen mit dir! Hab's schwer genug gehabt, dich abzulenken, als dein Erster geboren wurde!«

»Stimmt, Mann Gottes!« rief Ned überrascht und sprang hinter dem Wirt in die Gaststube. »Das hab ich ja ganz vergessen! Mit wem saßen wir doch damals zusammen?«

»Hoho, das waren Jack Martin und Owen Hennessey und der Freund von dir, der Kneipenbesitzer aus der Stadt, Cronin, ja, Cronin heißt er. Ja, ein gutes Dutzend wart ihr mir! Und hattet nicht mal die Tür abgeschlossen, ihr Teufelsburschen! ’s hätt mich die Lizenz kosten können! Der Milchmann hat euch am nächsten Morgen entdeckt, wie ihr kreuz und quer auf dem Fußboden lagt.«

»Denk mal, Tom, das ist mir vollkommen entfallen! Mein Gedächtnis ist auch nicht mehr, was es war. ’s kommt wahrscheinlich vom Alter!«

»Aber«, sagte der Wirt weise, »nach dem Ersten ist’s nicht mehr das gleiche. Ist doch merkwürdig, wie einen das Erstgeborene um- und umkrempelt, was, Ned? Mein Gott, da denkt man, jetzt geht das Leben richtig an! Doch wenn das Zweite erscheint, bekommt man’s schon mit der Angst, ob denn der Zauber nie aufhört. Gott verzeih mir, daß ich so rede«, flüsterte er und blickte über die Schulter, »meine Alte würde schön böse werden, wenn sie’s hörte.«

»Trotzdem hast du recht, Tom«, meinte Ned und war erleichtert, weil er jetzt die Schwermut verstand, die sich in den letzten Wochen auf ihn gesenkt hatte – und dabei waren’s noch Ferien! »’s ist nicht mehr das gleiche wie beim Ersten – und selbst bei dem ist’s Einbildung. Es ist gerade so, wie wenn man sich verliebt und denkt, man hat die schönste Frau von der Welt erobert. Auch bloß einer von den netten Tricks unserer alten Mutter Natur: wir sollen glauben, daß wir tun, was uns Spaß macht, und in Wirklichkeit tun wir bloß, was *sie* will!«

»Hm, es heißt ja, wenn man erst Großvater ist, wird man für alles entschädigt.«

»Der Glaube macht selig«, erwiderte Ned und blies spöttisch durch die Nase, da er Mitleid mit sich selbst empfand, sobald er nur an sein Haus dachte, das seine Schwägerin, die üble Person, auf den Kopf stellte. Und wo sollte er nur wieder Geld herschaffen? Als ob nicht Haus und Wagen schon genug kosteten!

»Ach, es geht alles vorüber«, tröstete Tom. »Eines Morgens wachst du auf, und dein Erstgeborener bringt dir einen Enkel. Bin selbst auf dem besten Wege, zum Kuckuck!«

Ned trank aus, stieg in den Wagen und fuhr los. Seine Stimmung war noch trüber. Die Strecke zwischen seinem Haus und der Stadt war sehr hübsch: zu seiner Linken schimmerte unten der Fluß, und zu beiden Seiten stiegen in frischem Grün die Berge auf. Einerlei, ob er fuhr oder zu Fuß ging, für ihn war es immer eine Freude, weil die Stadt winkte. Es war nur eine kleine Stadt, aber sie hatte Geschäfte und Wirtshäuser und Villen mit elektrischer Beleuchtung und eine Wasserversorgung, die nicht im Mai regelmäßig versiegte, und allerlei nette Freunde, vom Pfarrer bis zum Polizeiinspektor. Aber heute wollte sich die Vorfreude gar nicht einstellen. Er begriff, daß die Begeisterung, Vater zu werden, ein einmaliges Erlebnis ist – und was sollte er sich jetzt schon aufs Großvaterwerden freuen? Es war ihm ohnehin sterbenstraurig zumute.

Gleichzeitig plagte ihn die Erinnerung an Tage, da er sorglos und froh gewesen war, ohne sich dessen ganz bewußt zu sein. Er war Freiwilliger gewesen und hatte mit einer Patrouille die Berge durchstreift und nicht gewußt, wo er die nächste Nacht schlafen würde. Damals war ihm das lästig erschienen, und vielleicht war es ja auch nur eine illusorische Freiheit gewesen, genauso illusorisch wie die Begeisterung, wenn man zum erstenmal Vater wird. Immerhin – *mal* hatte er so empfunden und jetzt nicht mehr. Sein Denken war irgendwie mit Bergen und Höhen und freier Weite verknüpft, und jetzt schien sein ganzes Leben ins Tal gesunken zu sein. Auf dem braven Wege der Pflichterfüllung war er ins Tal gestiegen, hatte Verantwortung gesucht, war Schatzmeister im Hurling Club, Schatzmeister der republikanischen Partei, Sekretär von drei anderen Organisationen…

Er schüttelte trübselig den Kopf, während er auf die Bäume, den Fluß und die in den Hecken sich tummelnden Vögel schaute, und dachte: So ist sie, die alte Mutter Natur! Spiegelt uns vor, wir seien frei, und dabei biegt sie uns für ihre eigenen Zwecke zurecht, als ob wir Kühe oder Bäume wären. Ach je, was für ein Leben!

Es war ihm auch zuwider, mit dem Wagen durch die Stadt zu fahren: das machte ihn nervös, und dann sah er nicht, wer gerade unterwegs war. Deshalb parkte er den Wagen draußen vor der Stadt, vor Larry Cronins Wirtshaus, und ging nachher zu Fuß. Larry Cronin war ein alter Freund aus der Revolutionszeit; er hatte in die Kneipe eingeheiratet.

»Ich lass' den Klapperkasten ein halbes Stündchen hier stehen, Larry«, rief er auch diesmal wieder, und es war bewunderungswürdig, wie seine Stimme gleichzeitig Kummer ausdrückte, Larry belästigen zu müssen, und selbst ein schwergeplagter Mann zu sein.

»Komm doch her, Junge, komm doch her!« rief Larry, ein großer, herzlicher Mensch mit hübschem Gesicht und breitem Lachen, das sehr aufrichtig war, wenn Larry jemand gern hatte, und verdammt heuchlerisch, wenn das

Gegenteil der Fall war. »Was, zum Teufel, hat dich so früh aus den Federn getrieben?«

»Mutter Natur, wie üblich«, seufzte Ned.

»Was heißt Mutter Natur?« fragte Larry, der die Bildersprache studierter Leute nicht verstand, aber schätzte.

»Ich meine Kitty. Muß den Doktor für sie holen. Hab dir doch gesagt, daß sie was erwartet.«

»Oh, alles Gute dann, mein Junge!« rief Larry. »Daraufhin mußt du einen Schluck nehmen. 's ist gut für die Nerven, mein ich. Oje, was für eine Nacht das war, als dein Junge ankam!«

»Tja, was?« strahlte Ned. »Hab gerade mit Tom Hurley drüber gesprochen.«

»Weißt du noch – Jack Martin hat uns was vorgespielt –, den ganzen ersten Akt von Tosca, hol's der Teufel, mit Orchester und allem Drum und Dran!« Jack Martin war Musiklehrer. »Hast ihn wohl noch nicht gesehen, seit er wieder hier ist?«

»Nein, wo war er denn?« fragte Ned und sah von seinem Drink auf.

»In Paris, mein Sohn! Der redet dir was zusammen! Laß ihn bloß von Paris erzählen! Er kann Gott danken, wenn's der Priester nicht hört. Martin soll sich lieber in acht nehmen.«

»Martin braucht sich nicht in acht zu nehmen«, sagte Ned plötzlich verbittert – nicht so sehr wegen Jack Martin als wegen des Schicksals, das so ungerecht zu gewissenhaften Menschen wie ihm selber war. »Der Priester ist nett genug zu ihm.«

»Weiß Gott noch eins, Ned, du hast recht!« rief Larry.

»Du oder ich, wir dürften uns das nicht erlauben. – Sag mal, du machst dir doch keine Gedanken wegen Kitty?« fragte er freundlich.

»Ach nein, Larry«, sagte Ned und fuhr sich über die Stirn. »Das ist es nicht. Es ist bloß, weil ein Mann sich in solchen Zeiten nur wie ein Rädchen in der Maschine vorkommt. Nichts als ein Botenjunge! Da sinken wir alle in die gleiche Bedeutungslosigkeit!«

»Haha, weshalb denn nicht? Oder willst du etwa das verdammte Baby selbst in die Welt setzen?«

»Ach, 's ist nicht bloß das. Aber man fängt einfach an zu grübeln.«

»Ja, tatsächlich, da hast du recht«, erwiderte Larry, der auf Grund seiner Erfahrungen in der Kneipe zu einer recht trübseligen Lebensphilosophie gekommen war. »Ja, in solchen Zeiten fängt man an zu grübeln: Menschen kommen, Menschen gehen, wie die Blumen auf der Wiese.«

Aber das war es erst recht nicht, was Ned meinte. Er dachte voller Schwermut an die verlorene Jugend und was es wohl gewesen war, das sie so köstlich erscheinen ließ, und was nur seither mit ihm geschehen war.

»Och, das ist's auch nicht, Larry. 's ist bloß, daß man sich wundert, was mit einem geschehen ist. Man denkt an die Dinge, die man hat tun wollen im Leben und doch nie getan hat, und wenn man sie getan hätte, wäre einem anders zumute. Und da ist man nun über Vierzig, und das Leben ist vorbei, und 's ist gerade, als ob man mit der Heirat alle Unabhängigkeit verliert.« – »Wenn schon!« Larry hatte mit seiner angeheirateten Kneipe ein behagliches Nest gefunden und die Abenteuerlust verloren.

»Das ist der Köder«, sagte Ned trübe – »so erwischt einen eben die Natur!«

»Als dein Erstes geboren werden sollte, bist du vor Freude wie närrisch durch die Stadt gelaufen und hast Menschen gesucht, mit denen du feiern konntest«, sagte Larry, »und jetzt suchst du wohl jemand, der dich bemitleidet? Was zum Kuckuck hast du bloß gegen die Natur? Ist's denn nicht großartig, jemand um sich zu haben, mit dem man seine Sorgen teilen kann? Selbst wenn ›sie‹ dir hin und wieder mal einen Teller an den Kopf wirft? Kommt doch nicht so sehr aufs Porzellan an!«

»Du sehnst dich wohl nie nach den alten Tagen bei den Freiwilligen?«

»Ach, das war was andres«, sagte Larry. »Damals war alles anders. Weiß auch nicht, was zum Henker über unser Land gekommen ist.«

»Das gleiche, was über uns gekommen ist: das Alter! Aber schön war's damals!«

»Weiß Gott!« gab Larry zu.

»Wir konnten in einen Wagen springen und einfach vierzehn Tage wegbleiben, wenn wir Lust hatten. Das dürfen wir jetzt nicht.«

»Ach, wir waren eben wilde Füllen.«

»Wir waren nicht wild«, erwiderte Ned. »Wir waren frei! Jetzt wird unser Leben von Frauen dirigiert, genau wie früher, als wir kleine Jungen waren. Heute ist Freitag, und was bedeutet das? Tom Hurley draußen vor der Stadt wartet auf den Fisch. Du wartest auf den Fisch. Und ich geh heim und bekomme auch Fisch vorgesetzt, ob ich will oder nicht. Ein paar Wörtchen vor dem Altar, und für den Rest deines schönen jungen Lebens heißt es: freitags Fisch!«

»Aber Ned, was gibt's denn Besseres als frischen Fisch?« rief Larry und beugte sich über die Theke. »*Falls* er frisch ist, versteht sich! Man bekommt ihn nicht immer frisch. Lieber Himmel, vorige Woche in Kilkenny hab ich gebratene Scholle gegessen, die hat mich fast umgebracht. Sechsmal mußte ich aus dem Wagen, und das letztemal hab ich gezittert wie Espenlaub!«

»Und ich weiß noch, wie du in Tramore getan hast, als wärst du Protestant, und wie du Eier mit Speck bestellt hast.«

»Haha«, rief Larry, »es hat mich einfach wild gemacht, den Protestanten zuzusehen, wie die sich das Fleisch reinschaufelten! Und weißt du noch die Kellnerin? Die mir nicht glauben wollte, bis ich ihr das Vaterunser von rückwärts vorbetete?«

»Ja, die Frauen«, sagte Ned bitter, »die tun einfach alles, um einen Mann zum Fischessen zu zwingen. Und du hast dich ja vielleicht damit ausgesöhnt, Larry, aber ich nicht. Ich esse ihn, weil ich solch verdammtes Pflichtgefühl mitbekommen habe und weil ich Kitty keine Schwierigkeiten machen will. Doch jedesmal, wenn es Fisch gibt, fragt mich meine innere Stimme: Ned MacCarthy, bist du ein Mann oder eine Möwe?«

»Ja, ja«, seufzte Larry, »schön ist die Jugendzeit, alles, was recht ist!... Komme schon, Hanna, komme schon!« rief er nach oben und zwinkerte Ned zu, um anzudeuten, daß es ihm Spaß mache. Aber Ned, der seinen Drink austrank, wußte ganz genau, daß Larrys Frau, die kleine

Angsthäsin, bloß wissen wollte, was ihr Mann da gesagt hatte und ob er sich wirklich mal als Protestant ausgegeben und ein Ketzergebet gesprochen hätte, und dann würde sie es beichten und dem Priester alles erzählen...

Nein, es war kein Leben, dachte Ned, als er fortging und den Hügel hinter der Kirche hinunterschlenderte, wobei er sich Schaufenster und Leute ansah, an denen er vorbeikam. Trotz seiner Niedergeschlagenheit empfand er es als schön, nach der Einsamkeit der Waldwege wieder einmal in der Stadt zu sein.

Plötzlich, als er an einem Wirtshaus vorüberging, klopfte ihm jemand auf die Schulter. Es war Jack Martin, ein kleiner, rundlicher, hitziger Mensch mit rosiger Babyhaut, einem schmucken grauen Schnurrbart und blauen unschuldigen Augen. Neds blasses Gesicht leuchtete vor Freude: von all seinen Jugendfreunden mochte er Jack Martin am besten leiden. Jack war ein begabter Mensch und besaß eine gute Bariton-Stimme. Seine Frau war einige Jahre nach der Heirat gestorben und hatte ihm zwei Kinder hinterlassen, aber er hatte nicht wieder geheiratet, sondern war ein treusorgender Vater. Doch ein- oder zweimal im Jahr, vor allem am Sterbetag seiner Frau, wurde es ihm zuviel, und er ging auf eine Kneipen-Tour, die stets sagenhafte Gerüchte im Gefolge hatte. Einmal hatte er einem Strolch, der in der Hauptstraße die Jahrmarktsflöte blies, Musikunterricht erteilt, und ein andermal, als seine Haushälterin ihm die Hose versteckt hatte, rutschte er die Regenrinne hinunter und erschien mitten in der Stadt in seinem Schlafanzug.

»MacCarthy, du alter Halunke!« rief Martin mit seiner schrillen Stimme begeistert. »Du wolltest dich verdrücken!

Komm hier in die Bar, ich muß dir was erzählen. Mein Jesus, du wirst staunen!«

»Wenn du zehn Minuten warten kannst, dann bin ich wieder da«, sagte Ned eifrig. »Ich muß bloß eine Kleinigkeit besorgen, und dann kann ich tun, was ich will.«

»Ach, verfluchte Geschichte! Bist du denn neuerdings zum Botenjungen geworden? Komm jetzt sofort, sag ich dir. Einen Drink mußt du haben, und dann überlasse ich dich deinem Schicksal. Du kannst's nie erraten, wo ich war. Wart nur, bis ich's dir erzähle!«

Ned meinte, daß fünf Minuten in der Bar leichter als zehn Minuten auf dem Bürgersteig seien, und ließ sich zu einem Tisch führen. Man sah es, daß Martin in Schwung war. Mit fieberhafter Vitalität sprang er an die Theke und suchte in seinen Taschen nach Kleingeld. Ned strahlte, als er ihm gegenüber Platz nahm. Er mochte Martin sehr gern, und draußen auf dem Lande war er so einsam, ganz ohne jemand, mit dem er sich unterhalten konnte. Da war es herrlich, einen Freund zu treffen, der vor Eifer platzte, von seinen Erlebnissen zu erzählen.

»Ned, du darfst dreimal raten, wo ich war!« begann er.

»Hm«, sagte Ned und tat nachdenklich, »es wird doch wohl nicht Paris gewesen sein?«

»Himmel, man kann doch in diesem Nest nichts tun, und schon wissen's alle. Nächstens wirst du mir die Damen beschreiben, die ich dort kennengelernt habe! Aber im Ernst, Ned, in der vergangenen Woche wurde mir etwas klar, was ich vorher nicht so scharf erkannt hatte: Menschen wie du und ich, wir vergeuden in diesem Lande nur unsere Zeit!«

»Und was könnte man sonst mit der Zeit anfangen?« fragte Ned plötzlich ernst.

»Ach, sprich nicht schon am Vormittag so verdammt philosophisch. So meinte ich es gar nicht.«

»Ich weiß, was du meinst«, sagte Ned selbstgefällig. »Es sind keine fünf Minuten her, daß ich mit Larry Cronin über das gleiche sprach und ihn an die Tage erinnerte, als wir alle zusammen im Wagen nach Tramore zu fahren pflegten.«

»Ach, das war auch Zeitvergeudung, Mann«, rief Martin ungeduldig. »In Landkneipen schlechten Porter trinken und Carmody zuhören, wie er die ›Rose von Tralee‹ singt! Das ist doch kein Leben! Wonach wir hätten trachten sollen, das ist Sonnenschein – Sonnenschein und Frauen und Wein und italienische Musik!«

»Und selbst wenn wir die gehabt hätten, wär's dann nicht immer noch das gleiche gewesen?«

»Rede doch nicht wie ein Pfarrer daher!« tadelte Martin. »Das Schlimme an dir und an mir ist, daß wir nie richtig gelebt haben!«

Nun hatte Ned zwar Jack Martin sehr gern und bewunderte ihn wegen seiner Vitalität, mit der er trotz seiner vierzig Jahre noch Idealen nachjagte, aber das durfte er ihm doch nicht durchgehen lassen, daß es im Grunde nur eine geographische Frage war.

»So ist es eben im Leben. Man denkt, man hat's, und dabei stellt sich's heraus, daß es gerade woanders ist. Genau wie mit den Frauen: das Mädchen, das man *nicht* heiratet, ist die ideale Ehefrau. Ich könnte mir vorstellen, daß es Leute gibt, die ihre Jugend in Paris verlebt haben und wünschen, sie hätten sie in einem Ort wie unserm hier verbracht. Nein, Jack, wir sollten uns an den Gedanken gewöhnen, daß das Leben nicht dort war, wo wir's suchten – einerlei, wo's gesteckt hat.«

»Aber um Gottes willen, Menschenskind, rede doch nicht, als ob wir fünfundneunzig wären«, protestierte Martin.

»Ich bin zweiundvierzig«, sagte Ned ruhig und bestimmt, »und ich habe keine Illusionen. Laß nur, ich bewundere dich schon«, fuhr er mit echter Begeisterung fort. »Du bist keine Kämpfernatur wie Larry und ich, und dabei hast du dich besser gewehrt als wir. Aber die Natur hat dich doch in den Klauen. Jetzt bist du obenauf, aber wie wird's nächste Woche sein? Ist alles bloß Mutter Natur, die aus dir spricht. Mich erwischt sie ebenfalls, wenn auch wieder anders. Ich fühle mich so untauglich fürs Leben. Hast ja selbst gesagt, ich sei bloß ein Botenjunge, und dabei bin ich noch nicht mal ein tüchtiger. Hier diskutiere ich mit dir in einer Kneipe herum, anstatt zu tun, was mir aufgetragen worden ist. Was es auch gewesen sein mag ...!« fügte er lauter hinzu und lachte herzhaft, als ihm klar wurde, daß er im Moment – natürlich nur im Moment – seinen Auftrag komplett vergessen hatte. »Da hast du's«, fuhr er eifrig fort, »da haben wir das beste Beispiel! Ich hab vergessen, weshalb ich in die Stadt kam. Ist doch nicht zu glauben!«

»Ach was, du hast's bloß vergessen, weil es nicht wichtig war, Mann«, sagte Martin, der nun gerne endlich von Paris erzählen wollte und die Abschweifungen nicht länger aushalten konnte.

»Da hast du wieder unrecht«, sagte Ned und erwärmte sich allmählich für das Problem. »Für dich und mich war's nicht wichtig, aber für die Natur war es wichtig. *Wir* sind unwichtig! Was war's denn nur für ein verdammter Kram? Einen Moment! Muß nur mal die Augen schließen und meinen Kopf ganz leer machen. Meine Methode, wenn ich mich auf etwas besinnen will!«

Er schloß die Augen und lehnte sich entspannt in den Stuhl zurück, konnte aber trotz seiner selbstgewollten Trance sehr gut hören, wie Martin ungeduldig gegen sein Glas klopfte.

»Zwecklos«, sagte er. »Ist doch ganz erstaunlich, wie so was verschwinden kann, als hätte sich der Erdboden aufgetan und es verschluckt. Und es gibt rein nichts in der Welt, womit man's zurückholen könnte, und dann, urplötzlich und ohne den leisesten Grund, ist's wieder da. Ich las neulich einen Aufsatz von einem deutschen Arzt, der behauptet, man vergißt manche Dinge, weil es uns unangenehm ist, daran zu denken.«

»War es vielleicht wegen des Haareschneidens?« fragte Martin und blickte sich Neds Haare an. »Auf Haareschneiden sind sie ganz versessen.«

Ned griff sich flüchtig ins Haar und schüttelte den Kopf. Er war ein ordentlicher Mensch und ließ sein Haar nie zu lang werden.

»Oder wegen eines Anzugs?« forschte Martin weiter. »Anzüge nehmen sie auch furchtbar wichtig. Meine Haushälterin liegt mir dauernd damit in den Ohren, ich müßte einen neuen Anzug haben.«

»Nein«, sagte Ned und zog die Brauen zusammen. »Ich

glaube nicht, daß es etwas war, was meine eigene Person betraf.«

»Oder für deinen Jungen? Schuhe oder dergleichen?«

»Da – eben fuhr mir etwas durch den Kopf!« Ned schloß wieder die Augen.

»Wenn es das auch nicht ist, sind's bestimmt Lebensmittel.«

»Ausgeschlossen«, erwiderte Ned. »Williams schickt sie jeden Freitag ins Haus.«

»Aber wenn es sich weder um Haareschneiden noch um Anzüge handelt, dann muß es etwas Eßbares sein«, meinte Martin. »Etwas vergessen sie nämlich immer: Brot oder Butter oder Milch.«

»Das könnte ja sein«, erwiderte Ned unsicher, »aber irgendwie klingt es doch verkehrt. Und überhaupt: falls der deutsche Arzt recht hat – was wäre da wohl Unangenehmes dran?«

»Ich hab's!« rief Martin triumphierend. »Fisch!«

»Fisch?« wiederholte Ned, und es schien ihm, als bewege man sich auf vertrauten Pfaden.

»Freitags Fisch! Das muß es sein!«

»Das könnte es wohl sein«, sagte Ned verblüfft. »Und ich habe tatsächlich mit Tom Hurley und Larry Cronin über Fisch gesprochen und gesagt, daß ich ihn nicht gern habe.«

»Gern essen? Kann das verdammte Zeug nicht ausstehen! Aber die Haushälterin muß Fisch kaufen, wegen der Kinder!«

»Ja, Fisch, das muß es wohl gewesen sein«, sagte Ned, obschon er noch immer nicht ganz überzeugt war. »Mir ist, als müsse es mit Fisch zu tun haben... etwas Unangenehmes. Es handelte sich nicht direkt um Fisch, aber um etwas sehr Ähnliches. Ich will jetzt lieber gehen und ihn besorgen, solange ich noch dran denke, sonst vergesse ich's wieder.«

»Und auf jeden Fall, ob's nun stimmt oder nicht, wird sie es als gutgemeint auffassen«, beruhigte ihn Martin. »So wie bei Blumen.«

»Ist doch erstaunlich«, sagte Ned und schüttelte wieder den Kopf. »Wir haben ein Gehirn, über das wir weniger Kontrolle als über unsern Wagen haben. Sollte man nicht meinen, die moderne Wissenschaft mit all ihren Hilfsmitteln könnte etwas herausfinden, um ein schlechtes Gedächtnis zu kurieren?«

Die beiden Freunde gingen die Straße bergab und kauften den Fisch; dann kehrten sie in die Kneipe zurück und nahmen ihre Unterhaltung wieder auf. Ned hatte es inzwischen aufgegeben, noch länger daran herumzutüfteln, weshalb er eigentlich in die Stadt gefahren war. Er wußte, daß es ihm wieder einfallen würde, wenn er am wenigsten darauf gefaßt war, und er hoffte, daß es der Fisch war. Eine ganze Stunde lang hörte er sich Martins Abenteuer an und bedauerte von neuem, daß sein überfeines Pflichtgefühl es ihm unmöglich machte, derartige Abenteuer zu erleben.

Als sie gingen, rief ihnen der Barmann etwas nach. »Mr. MacCarthy«, rief er, »Sie haben Ihr Päckchen vergessen!«

Ned lachte triumphierend. »Siehst du wohl? Der deutsche Arzt hat recht! Wir vergessen etwas, weil wir's vergessen *wollen*! Es muß tatsächlich Fisch gewesen sein.«

George Orwell
Einen Elefanten schießen

In Moulmein (Nieder-Burma) verfolgte mich fast die gesamte Bevölkerung mit ihrem Haß, etwas, wofür ich nur dies eine Mal im Leben genügend Bedeutung besessen habe. Ich bekleidete damals die Stellung eines Polizeioffiziers in einem der Stadtbezirke, und in seiner ziellosen, engstirnigen Art war dieser Haß gegen die Europäer auf die Dauer schwer erträglich. Den Mut, sich offen aufzulehnen, hatte keiner, aber wenn eine Europäerin allein über den Basar ging, konnte man sicher sein, daß irgend jemand ihr seinen Betelsaft aufs Kleid spuckte. Als Polizeioffizier war ich natürlich ein besonders lohnendes Objekt. Bei dieser Gelegenheit wurde ich angepöbelt, wenn keine Gefahr damit verbunden war. Stellte mir zum Beispiel einer der kleinen, behenden Burmesen auf dem Fußballplatz ein Bein, während der Schiedsrichter (gleichfalls ein Burmese) zufällig gerade in die entgegengesetzte Richtung sah, brach die Menge vor Vergnügen in ein widerlich johlendes Gelächter aus. Dergleichen ereignete sich in einem fort. Am Ende gingen mir die grinsenden gelben Fratzen der Halbwüchsigen und die Schimpfworte, die sie mir aus sicherer Entfernung nachriefen, furchtbar auf die Nerven. Am schlimmsten waren die jungen Buddhistenpriester, von denen es einige Tausend in der Stadt gab, und keiner von ihnen schien etwas anderes zu tun zu haben, als an den

Straßenecken zu stehen und hinter jedem Europäer herzufeixen.

Das Ganze war unangenehm und entnervend. Zu jener Zeit war ich mir bereits im klaren darüber, was für eine schmutzige Sache der Imperialismus ist und daß es für mich das beste wäre, so schnell wie möglich den Dienst zu quittieren und meine Koffer zu packen. Theoretisch – und im geheimen, natürlich – stand ich auf seiten der Burmesen und war in jeder Hinsicht gegen ihre Unterdrücker, die Engländer. Meinen Dienst haßte ich mehr, als ich zu sagen vermag. In einer solchen Stellung lernt man die häßliche Kehrseite des Empire aus nächster Nähe kennen. Das Elend der Gefangenen, die in stinkenden Käfigen zusammengepfercht hocken, die grauen, ausgemergelten Gesichter der zu langen Freiheitsstrafen Verurteilten, die blutunterlaufenen Hintern derer, die mit Bambusstöcken gezüchtigt worden waren – das alles belastete mich mit einem unerträglichen Gefühl von Mitleid. Ich konnte zu nichts in ein richtiges Verhältnis kommen. Ich war jung, hatte keine gute Erziehung genossen und mußte mit allen meinen Problemen allein fertig werden, gebunden an die Schweigepflicht, die jedem Engländer im Osten auferlegt ist. Ich wußte nicht einmal, daß das britische Imperium bereits in Auflösung begriffen war, und noch weniger, daß es um vieles besser war als die neuen Staatsgebilde, die nach ihm kamen. Das einzige, was ich wußte, war, daß ich hin- und hergerissen wurde zwischen dem Haß auf das Empire, dem ich diente, und dem Haß auf das bösartige kleine Gesindel, das sich alle Mühe gab, mir meine Aufgabe unmöglich zu machen. Einerseits erschien mir die Tyrannei der englischen Radschahs als ein nicht abzuschüttelndes Joch, das den unterworfenen Völkern *in saecula saeculorum* auferlegt war, andrerseits hätte es für mich nichts Schöneres geben können, als einem Buddhistenpriester ein Bajonett in den Bauch zu rennen. Solche Gefühle sind normale Nebenerscheinungen des Imperialismus. Man braucht nur irgendeinen anglo-indischen Beamten zu fragen, wenn man außerhalb seines Dienstes unter vier Augen mit ihm reden kann.

Eines Tages ereignete sich ein Vorfall, der im ganzen höchst aufschlußreich für mich war. An sich hatte er keine große Bedeutung, aber er verschaffte mir eine tiefere Einsicht in die wahre Natur des Imperialismus, als ich bisher gehabt hatte – in die wirklichen Motive, nach denen despotische Regierungen handeln. Eines Tages rief mich der Unterinspektor einer Polizeistation am andern Ende der Stadt frühmorgens an und sagte, ein Elefant sei im Begriff, den Basar zu verwüsten. Ob ich nicht hingehen und etwas dagegen unternehmen könnte? Ich wußte zwar nicht, was ich dagegen unternehmen sollte, aber ich wollte sehen, was los war, und so nahm ich mir ein Pony und ritt los. Ich hatte mein Gewehr bei mir, eine alte Winchester 44, die viel zu schwach war, um damit etwas gegen einen Elefanten auszurichten, aber ich dachte, der Knall würde ihn vielleicht einschüchtern. Auf dem Weg zum Basar hielten mich mehrere Burmesen an, um mir zu berichten, was der Elefant trieb. Es war natürlich kein wilder, sondern ein zahmer Elefant, der brünstig geworden war. Er war, wie alle zahmen Elefanten in diesem Zustand, die Nacht vorher an die Kette gelegt worden, hatte sich jedoch losgerissen und war ausgerückt. Sein Mahoud, der einzige, der imstande war, unter diesen Umständen mit ihm fertig zu werden, hatte sich sofort an seine Verfolgung gemacht, aber die falsche Richtung eingeschlagen, und mußte im Augenblick so weit fort sein, daß er vor zwölf Stunden nicht wieder zurückerwartet werden konnte. Der Elefant war bei Tagesanbruch unvermutet wieder in der Stadt aufgetaucht. Die Burmesen hatten keine Waffen und waren gegen das Tier vollkommen machtlos. Es hatte bereits mehrere Bambushütten umgerissen, eine Kuh getötet und verschiedene Obststände überfallen und niedergetrampelt. Dann war er auf den Wagen der städtischen Müllabfuhr losgegangen und hatte ihn, nachdem der Fahrer abgesprungen war und sich aus dem Staub gemacht hatte, umgeworfen und schwer beschädigt.

Der burmesische Unterinspektor und mehrere indische Polizisten warteten auf mich in dem Viertel, in dem der Elefant zuletzt gesehen worden war. Es war ein ärmliches Viertel, ein Labyrinth elender, mit Palmblättern gedeckter Bambushütten, die sich an einem steilen Hang hinzogen. Ich erinnere mich, daß es ein trüber, erstickend heißer Tag zu Beginn der Regenzeit war. Wir fragten zunächst die Bewohner, wohin sich der Elefant gewandt hätte, bekamen aber wie gewöhnlich keine Auskunft. Im Osten ist das nie anders. Aus der Entfernung erscheint ein Vorfall immer völlig klar. Je näher man aber dem Schauplatz kommt, desto verworrener werden die Angaben. Die einen behaupteten, der Elefant sei in diese, die andern, er sei in die entgegengesetzte Richtung gelaufen. Wieder andere erklärten, sie hätten überhaupt nichts von einem Elefanten gehört. Ich war schon beinahe geneigt zu glauben, das Ganze sei ein einziger Schwindel, als wir aus geringer Entfernung schreien hörten. Es war ein lauter, empörter Schrei: »Weg da, Kinder! Wollt ihr wohl sofort da weggehen!«, und eine alte Frau kam hinter einer Hütte zum Vorschein, eine Schar nackter Kinder mit einer Art Besen vor sich her treibend. Schwatzend und schreiend folgten ihr andere Frauen. Offenbar gab es da etwas, das die Kinder nicht sehen sollten. Ich lief um die Hütte und erblickte am Boden die Leiche eines Mannes. Es war ein Inder, ein schwarzer Drawidischer Kuli, fast nackt, und er konnte erst wenige Minuten tot sein. Die Leute erzählten, der Elefant sei plötzlich hinter einer Hütte hervorgebrochen, habe den Mann angefallen, ihn mit dem Rüssel gepackt, zu Boden geschleudert und dann totgetrampelt. Es war Regenzeit, die Erde aufgeweicht, und der Kopf des Mannes hatte eine fußtiefe Spur von einigen Yards Länge hinterlassen. Er lag auf dem Bauch, beide Arme weit ausgebreitet, mit seitlich scharf abgeknicktem Kopf. Das Gesicht war schlammbedeckt, die Augen offen, die Zähne entblößt, grinsend mit einem Ausdruck unbeschreiblicher Angst. (Nebenbei: niemand soll mir erzählen, daß Tote friedlich aussehen. Die meisten, die ich gesehen habe, sahen teuflisch aus.) Der Elefant hatte ihm mit seinem Riesenfuß die ganze Haut vom Rücken gerissen. Man hätte ein Kaninchen nicht sauberer abziehen können. Als ich den Toten gesehen hatte, schickte ich einen Polizisten zu einem in der Nähe wohnenden Freund mit der Bitte, mir seine Elefantenbüchse zu leihen. Das Pony hatte ich bereits zurückgeschickt, weil ich fürchtete, es könnte wild werden, wenn es den Elefanten witterte, und mich abwerfen.

Kurze Zeit später erschien der Polizist mit der Büchse

und fünf Patronen. Von einigen Burmesen hatte ich inzwischen erfahren, daß der Elefant am Fuße des Abhangs in einem Reisfeld war, nur ein paar hundert Yards entfernt. Als ich mich auf den Weg machte, hatten fast die gesamten Bewohner des Viertels ihre Hütten verlassen und folgten mir. Sie hatten die Elefantenbüchse bemerkt und schrien aufgeregt durcheinander, daß ich den Elefanten erschießen wollte. Solang er nur ihre Hütten verwüstet hatte, hatten sie sich nicht weiter um ihn gekümmert. Jetzt, wo er erschossen werden sollte, sah es anders aus. Jetzt war es für sie eine Belustigung, wie es das auch für eine Volksmenge in England gewesen wäre. Außerdem wollten sie das Fleisch haben. Mir war äußerst unbehaglich zumute. Ich hatte gar nicht die Absicht, den Elefanten zu töten – nach dem Gewehr hatte ich nur geschickt, um mich notfalls verteidigen zu können –, und es machte mich nervös, daß die Menschenmenge mir folgte. Ich ging den Hügel hinunter, sah wie ein Narr aus und fühlte mich auch so, mit meinem Gewehr über der Schulter und einer ständig wachsenden Armee von Leuten an meinen Fersen. Hinter den letzten Hütten führte eine geschotterte Straße am Fuß des Abhangs entlang. Jenseits der Straße dehnte sich verschlammtes Ackerland, ein noch unbebautes Reisfeld voller Unkraut, etwa tausend Yards im Quadrat, dessen Boden durch die ersten Regenfälle völlig aufgeweicht war. Der Elefant stand achtzig Yards unterhalb der Straße und kehrte uns seine linke Flanke zu. Von der herannahenden Menschenmenge nahm er auch nicht die geringste Notiz. Mit dem Rüssel riß er Grasbüschel aus, schlug sie gegen seine Knie, um sie von Erde zu säubern, und stopfte sie sich ins Maul.

Auf der Straße machte ich halt. Sobald ich den Elefanten erblickt hatte, wußte ich mit absoluter Gewißheit, daß ich ihn nicht zu töten brauchte. Es ist eine ernste Sache, einen Arbeitselefanten zu töten – vergleichbar etwa mit der Zerstörung einer großen, wertvollen Maschine. Wenn es sich irgendwie vermeiden ließ, verzichtete man besser darauf. Aus der Nähe sah der friedlich grasende Elefant nicht gefährlicher aus als eine Kuh. Ich war überzeugt – und glaube es auch heute noch –, daß sich seine Brunst gelegt hatte. Dann würde er höchstens noch eine Weile umherwandern, ohne Schaden anzurichten, bis sein Mahoud zurückkam und ihn wieder einfing. Ich hatte nicht die geringste Lust, ihn zu erschießen. Ich beschloß, ihn noch eine Weile zu beobachten, um sicher zu sein, daß er kein weiteres Unheil anrichtete, und dann nach Hause zurückzukehren.

Aber in diesem Augenblick fiel mein Blick auf die Menge, die mir gefolgt war. Sie war unheimlich angewachsen, bis auf ungefähr zweitausend Menschen, und nahm noch immer mit jeder Minute zu. So weit man sehen konnte, war die Straße nach beiden Seiten versperrt. Ich blickte auf dieses Meer von gelben Gesichtern über grellbunten Kleidern, alle freudig erregt, glücklich über die willkommene kleine Belustigung. Keiner zweifelte daran, daß ich den Elefanten erschießen würde. Sie sahen mir zu wie einem Zauberkünstler, der im Begriffe ist, einen schwierigen Trick vorzuführen. Sie mochten mich nicht, aber in diesem Augenblick, mit dem magischen Gewehr in der Hand, lohnte es sich, mir zuzusehen. Mit einem Schlage wurde mir klar, daß ich trotz aller Bedenken den Elefanten würde erschießen müssen. Die Menge erwartete es von mir, mir blieb gar keine andere Wahl. Ich fühlte den Willen der Zweitausend, der mich dazu antrieb, förmlich unwiderstehlich. Genau in dieser Minute, als ich mit der Büchse in der Hand dastand, wurde mir zum erstenmal die ganze Brüchigkeit und Hohlheit der Herrschaft des weißen Mannes im Osten bewußt. Hier stand ich, der weiße Mann mit seinem Gewehr, einer Masse unbewaffneter Eingeborener gegenüber, scheinbar der Held des Stückes, in Wirklichkeit eine Marionette, deren Bewegungen vom Willen der Gelbgesichter hinter mir bestimmt wurden. In dieser Minute wurde mir klar, daß der weiße Mann, wenn er zum Tyrannen wird, seine eigene Freiheit zerstört. Er wird zu einer hohlen, posierenden Puppe, zur konventionellen Figur des »Sahib«. Das Gesetz, nach dem er angetreten ist, zwingt ihn, sein Leben lang Eindruck auf die Eingeborenen zu machen, und in jeder kritischen Lage muß er das tun, was die Eingeborenen von ihm erwarten. Er trägt eine Maske, und sein Gesicht paßt sich ihr an. Ich mußte den Elefanten erschießen, ich hatte mich dazu verpflichtet, als ich nach dem Gewehr schickte. Ein Sahib hat die Pflicht, wie ein Sahib zu handeln. Er muß entschlossen erscheinen, er muß wissen, was er will, und dementsprechend vorgehen. Den ganzen langen Weg machen, ein Gewehr in der Hand und zweitausend Leute an den Fersen, und sich dann drücken, ohne etwas unternommen zu haben – nein, das war unmöglich. Die Menge hätte mich einfach ausgelacht wo mein Leben und das jedes Weißen im Osten nichts anderes war als ein dauernder Kampf, nicht ausgelacht zu werden.

Aber ich wollte den Elefanten nicht erschießen. Ich sah ihm zu, wie er die Grasbüschel an seinem Knie ausklopfte, auf die bedächtige, großmütterliche Art, die Elefanten eigen ist. Ich wußte, daß es reiner Mord war, ihn abzuschießen. In meinem damaligen Alter machte ich mir kein Gewissen daraus, ein Tier zu töten, aber ich hatte noch nie einen Elefanten erlegt und auch nie den Wunsch gehabt. (Irgendwie kommt es einem ja immer verwerflicher vor, ein *großes* Tier zu töten.) Nebenbei mußte man auch den Eigentümer des Tieres in Betracht ziehen. Lebend war der Elefant wenigstens hundert Pfund wert, tot höchstens so viel wie die Stoßzähne, das heißt, vielleicht fünf Pfund. Aber ich mußte schnell handeln. Ich wandte mich an ein paar Burmesen, die einen erfahrenen Eindruck machten. Sie waren schon am Platz gewesen, als wir ankamen. Ich fragte sie, wie sich der Elefant die ganze Zeit über verhalten habe. Sie meinten übereinstimmend, daß er sich um niemanden kümmern würde, solange man ihn in Ruhe ließe, aber zum Angriff übergehen könnte, wenn man ihm zu nahe käme.

Mir war völlig klar, was ich hätte tun müssen – auf ihn zugehen bis auf, sagen wir, fünfundzwanzig Yards, um zu sehen, was er machen würde. Griff er mich an, mußte ich schießen, nahm er keine Notiz von mir, war es das beste, ihn sich selbst zu überlassen, bis der Mahoud zurückkommen würde. Gleichzeitig wußte ich, daß ich das nicht tun würde. Ich war ein schlechter Gewehrschütze, und der Boden so schlammig, daß ich bei jedem Schritt einsinken würde. Falls er mich angriff und ich ihn verfehlte, hatte ich soviel Aussicht, lebend davonzukommen, wie eine Kröte unter einer Dampfwalze. Dabei war es nicht einmal so sehr die Sorge um meine eigene Haut, die mich beunruhigte, als die erwartungsvollen gelben Gesichter hinter mir. Sonderbarerweise hatte ich mit der Menge in meinem Rücken weniger Angst, als wenn ich allein gewesen wäre. Ein Weißer darf »Eingeborenen« gegenüber keine Angst haben, und infolgedessen hat er im allgemeinen auch keine. Mein einziger Gedanke war, wenn etwas schiefging, würde ich vor den Augen dieser zweitausend Burmesen von dem Elefanten angegriffen, gepackt, zertreten und in einen grinsenden Leichnam verwandelt, wie jener Inder oben am Hügel. Einige würden, falls es dazu kommen sollte, wahrscheinlich in Lachen ausbrechen. Das durfte nie und nimmer geschehen. Also blieb nur der andere Weg. Ich schob die Patronen in das Magazin und legte mich der Länge nach auf die Straße, um zielsicher schießen zu können.

Mit einem Schlag wurde die Menge totenstill, nur ein tiefes, erleichtertes, befriedigtes Aufseufzen kam aus unzähligen Kehlen, wie im Theater, wenn endlich der Vorhang aufgeht. Sie würden also zum Schluß ihren Spaß bekommen. Die Büchse war eine wundervolle deutsche Waffe mit einem Fadenkreuz im Zielfernrohr. Ich wußte damals noch nicht, daß man sich eine Linie von einem Ohrloch zum andern denken und darauf halten muß, um einen Elefanten tödlich zu treffen. Da das Tier mir die Flanke zuwandte, hätte ich also genau auf das Ohrloch zielen müssen. Statt dessen zielte ich auf eine Stelle mehrere Inches weiter vorn, weil ich annahm, daß sich ungefähr dort das Gehirn befinden müsse.

Als ich abzog, hörte ich, wie immer, wenn ein Schuß sitzt, weder den Knall, noch spürte ich den Rückschlag. Dagegen hörte ich den diabolischen Jubelschrei der Menge.

Fast in der gleichen Sekunde oder doch so kurz danach, daß man sich kaum vorstellen konnte, daß die Kugel bereits ihr Ziel erreicht hatte, ging eine schreckliche, geradezu unheimliche Veränderung mit dem Elefanten vor. Er fiel nicht, er schwankte nicht einmal, aber die ganzen Konturen seines Leibes hatten sich verändert. Er sah plötzlich verfallen aus, in sich zusammengesunken, uralt, als habe der furchtbare Einschlag der Kugel ihn gelähmt, ohne ihn niederzuwerfen. Nach einer Zeit, die mir unendlich lang vorkam – in Wirklichkeit mögen es nur ein paar Sekunden gewesen sein –, sackte er schlapp in die Knie. Aus dem Maul troff schleimiger Speichel. Eine grenzenlose Schwäche schien ihn befallen zu haben. Man hätte glauben können, er sei tausend Jahre alt. Ich feuerte einen weiteren Schuß auf die gleiche Stelle ab. Auch nach dem zweiten Schuß brach er nicht zusammen, im Gegenteil, er erhob sich mit entsetzlicher Langsamkeit und kam wieder auf die Beine. Aber sie zitterten, und er ließ den Kopf sinken. Ich schoß ein drittes Mal. Diesmal war es das Ende. Man sah, wie der Todeskampf den ganzen Körper schüttelte, der letzte, klägliche Rest von Kraft schwand aus seinen Beinen. Noch im Fallen schien er sich für einen Moment zu erheben: während die Hinterbeine unter ihm nachgaben, bäumte er sich auf wie ein riesiger stürzender Felsblock, der aufschnellt. Sein Rüssel reckte sich wie ein Baum zum Himmel. Zum ersten- und einzigenmal stieß er ein lautes Trompeten aus. Dann fiel er um, mir den Bauch zukehrend, mit einem Aufprall, der den Boden bis zu der Stelle, an der ich lag, beben ließ.

Ich stand auf. Die Burmesen rannten bereits an mir vorbei über das Schlammfeld. Es war offensichtlich, daß sich der Elefant nicht wieder erheben würde, aber er war noch nicht tot. Er atmete stöhnend, in langen, regelmäßigen Abständen, die eine Flanke seines Riesenleibes hob und senkte sich mühsam und qualvoll. Das Maul stand weit offen, so daß ich tief in die Höhlung seines blaß-rosa Schlundes sehen konnte. Ich wartete lange, in der Hoffnung, er würde sterben, aber das regelmäßige Atmen hielt an. Schließlich feuerte ich meine beiden letzten Patronen auf eine Stelle ab, wo ich das Herz vermutete. Ein dicker Blutstrahl, rot wie purpurner Samt, schoß aus der Wunde, aber er war noch immer nicht tot. Sein Leib zuckte nicht einmal unter den Schüssen zusammen, ohne Unterbrechung dauerte das qualvolle Atmen an. Er lag im Sterben, aber es ging sehr langsam, der Todeskampf schien sich in einer andern Welt, weitab von der unseren, abzuspielen, in der ihm nicht einmal meine Schüsse etwas anhaben konnten. Ich fühlte, daß ich diesem entsetzlichen Stöhnen ein Ende machen mußte. Es war mir furchtbar, das gewaltige Tier hilflos daliegen zu sehen, unfähig, sich zu rühren, und unfähig zu sterben. Ich ließ mir mein kleines Gewehr geben und feuerte Schuß auf Schuß auf sein Herz und in seinen Rachen. Sie schienen ihn nicht zu beeindrucken. Das qualvolle Keuchen ging weiter, regelmäßig wie das Ticken einer Uhr.

Ich hielt es schließlich nicht länger aus und ging. Später hörte ich, daß es noch eine halbe Stunde gedauert hatte, bis der Elefant starb. Noch bevor ich verschwunden war, rückten die Burmesen mit Beilen und Buschmessern an. Bis zum Nachmittag hatten sie, wie man mir erzählte, das Tier bis auf die Knochen ausgeweidet.

Später gab es natürlich endlose Debatten über den Abschuß des Elefanten. Der Eigentümer war außer sich vor Wut, aber er war nur ein Inder und konnte nichts tun. Nach den gesetzlichen Bestimmungen hatte ich richtig gehandelt, denn ein wild gewordener Elefant muß wie ein tollwütiger Hund erschossen werden, wenn der Eigentümer ihn nicht unter Kontrolle hat. Unter den Europäern waren die Meinungen geteilt. Die Älteren vertraten die Ansicht, ich hätte richtig gehandelt, die Jüngeren sagten, es sei eine verdammte Schande, einen Arbeitselefanten zu erschießen, nur weil er einen von diesen verdammten Goringhee-Kulis getötet hatte, der nicht soviel wert war wie ein Elefant. Nachträglich war ich ganz froh, daß er den Kuli getötet hatte; das lieferte mir die gesetzliche Rechtfertigung und einen hinreichenden Vorwand dafür, den Elefanten umgebracht zu haben. Ich habe mich oft gewundert, daß keiner den eigentlichen Grund erriet, warum ich es getan hatte – nämlich aus Angst, mich lächerlich zu machen.

Georges Simenon
Die Frau des Lotsen

Man sagt, man tue dieses oder jenes, und dabei ist nichts dahinter. Die meiste Zeit tut man nichts, und wenn man zufällig etwas tut, ist man verblüfft, denn es ist ganz das Gegenteil von dem, was man gerade tun wollte. Man versteht es nicht, die anderen verstehen es noch weniger, und so bleibt jeder am Ende mit seinem Stückchen Wahrheit allein. Ein Beispiel: Für Madame Dutrillaut, deren Leben sich im Kreis einer kranken Familie in einer feuchten Küche abspielte und die Wunder darin vollbrachte, mit einem knapp bemessenen Haushaltsgeld für Nahrung zu sorgen, gab es nichts Traurigeres auf der Welt als das Schicksal ihres Untermieters. Und das nicht, weil er allein lebte (es wurde vermutet, er sei Witwer), sondern weil ihn seine Arbeit zwang, bald tags und bald nachts zu schlafen. Um zwei Uhr morgens fuhr sie aus dem Schlaf, wenn sie seine schweren Schritte auf der Treppe hörte, dann die Stiefel, wie einer nach dem anderen auf den Fußboden fiel, und sie hauchte ihrem schlafenden Gatten zu:

»Da kommt Monsieur Porel nach Haus …«

Untertags, wenn die Kinder das Unglück hatten, lauter zu werden, flüsterte sie sogleich:

»Scht! Vergeßt nicht, daß Monsieur Porel schläft…«

Zur Stunde, zu der der Gemüsekarren immer vorbeikam, sagte ihr einmal eine Nachbarin ins Ohr:

»Trinkt Ihr Mieter vielleicht? Es gibt Tage, da treten ihm die Augen aus dem Kopf…«

Sie erwiderte beleidigt:

»Sie vergessen, daß er öfter in der Nacht arbeitet als am Tag!«

An jenem Abend saß sie in der Küche und stopfte einen schwarzen Wollstrumpf – einen Wollstrumpf ihres Untermieters. Ihr Mann las Zeitung und rauchte seine Pfeife. Die Kinder waren schon zu Bett gebracht worden. Man konnte hören, wie Monsieur Porel in seinem Zimmer auf und ab ging und sich dann auf den Bettrand setzte, um seine Stiefel anzuziehen – sie hatte ihn gebeten, sich nicht auf den Bettrand zu setzen, weil das eine Delle in die Matratze machte, aber er dachte nie daran.

Madame Dutrillaut sah auf den Wecker, dann auf den Kalender.

»Wir haben den 29.«, verkündete sie mit trauriger Stimme.

Ihr Mann rührte sich nicht, und es war ihr ein Bedürfnis, hinzuzufügen:

»Jetzt fängt er wieder mit seiner Novene an…«

Monsieur Porel verließ das Haus, wobei er die Tür ins Schloß fallen ließ. Das war noch einer seiner Fehler. Das ganze Haus zitterte. Die Straßen waren dunkel und glänzten vom Regen. Die Hände in den Taschen, durchquerte er die alten Viertel, dann stieß er hundert Meter vom Hafen die Tür einer Kneipe auf.

Er trug einen schwarzen Ölmantel und eine blaue Seemannsmütze. Er war kurz und breit und hatte einen hellen normannischen Teint mit einer leisen Andeutung von Kupferausschlag.

pinga wohnt in Delfzijl, im Norden von Holland. Die Stadt liegt offenbar unter dem Meeresspiegel, man hat Deiche um sie herumbauen müssen…«

»Ich bring euch mal Bilder mit…«, versprach Popinga.

»Komm und setz dich zu mir, mein Kätzchen… ist sie nicht wunderhübsch?«

Er streckte sich zufrieden aus, ein glücklicher Eigentümer, und seine Hand liebkoste die Schulter seiner Frau.

Bis zu dem Tag, als er sie mit Popinga überraschte. Alle drei waren sehr verlegen gewesen, zumindest die beiden Männer. Madeleine war ungerührt geblieben.

»Verdammt! Da werd ich mich wohl verziehen müssen… Na, so was Dummes…!«

Popinga wiederholte etwas blöde:

»Entschuldigen Sie…«

Porel war nichts anderes eingefallen, als seiner Frau die Sachen ins Treppenhaus nachzuwerfen und hinterherzuheulen:

»Hau ab! Hau ab, du Nutte!«

Sie hatten sich scheiden lassen. Er glaubte, er hätte seine Ruhe wieder. Er hatte sich eine Familienpension gesucht und war bei den Dutrillauts eingezogen. Die waren ihm gerade recht gewesen.

Er führte wieder das ruhige Leben eines Junggesellen, und er nahm Gewohnheiten an, die langsam sein Leben ausfüllten.

Sein Zimmer… das Café Louis… das Lotsenhäuschen… die Schiffe und die Gezeiten…

Dann, am 29. jeden Monats, Ankunft und Abfahrt der »Ada« und die Fotografie in der Kajüte des Kapitäns.

Hatte Popinga es absichtlich getan? Wahrscheinlich nicht. Vielleicht hatte er nicht daran gedacht, daß Porel immer noch sein Schiff die Seine hinunterlotsen würde? Porel hätte sich durch einen Kollegen ersetzen lassen können, aber das hatte er nicht gewollt.

Nun konnte er nichts machen! Da war das Foto. Ein sehr hübsches Haus mit einem sehr hohen Dach, mit eigenartigen Fenstern, einem gut gepflegten Gärtchen, und an einem Zaun Madeleine in einem weißen Kleid und mit einem kleinen Strohhut aus Italien, neben sich einen weißen Hund.

Rechts neben dem Haus war ein Kanal, ein kleiner Teil einer Schleuse war zu sehen.

Jeden Monat am 29. ging Porel an Bord. Jeden Monat, kurz nach der Bake von Criquebœuf, drehte er sich um, um das Foto anzusehen. Dann griff er nach dem Krug mit Wacholderschnaps, und wenn das Schiff vor Tancarville beidrehte, um den Lotsen zu wechseln, wenn Porel auf die Strickleiter stieg, um ins Boot hinunterzuspringen, war er schwerfälliger und ungelenker als sonst.

Die Tage darauf war Madame Dutrillaut traurig, vor allem wenn sie das Zimmer in Ordnung brachte, in dem es nach Alkohol roch.

Und nun war die Fotografie nicht mehr da!

»Rechts … noch weiter rechts …«

Vor der »Ada« lag ein Tankschiff. Es fuhr nicht weiter, gab aber auch nicht die Durchfahrt frei. Porel streckte die Hand nach einem Hebel aus und gab die vorschriftsmäßigen Sirenensignale: »Steuerbord Durchfahrt freigeben …«

Dreimal, viermal. Der idiotische Tanker rührte sich nicht von der Stelle, wie ein Felsblock, und die Kuh auf der Brücke, durch die Sirene aufgeschreckt, begann zu muhen.

Sie fuhren haarscharf vorbei. Bake von La Vaquerie. Etwas weiter, auf der Höhe von Vieux-Port, unebener Grund. Nach links halten...

»Nun?« ertönte plötzlich Porels Stimme.

Er schien heiser zu sein. Seine Stimme, das simple Wörtchen, in die Stille hineingesprochen, die seit Rouen herrschte, nahm plötzlich eine unerhörte Bedeutung an.

Kapitän Popinga zog an seiner Zigarre, bevor er antwortete. Dann hustete er. Er drehte sich zum Steuermann um, wie um herauszufinden, ob er zuhörte, und sagte: »Fort...«

Selbst wenn Madame Dutrillaut dabeigewesen wäre, sie hätte nicht verstanden. Das Foto von Madeleine war nicht mehr an seinem Platz. Von den beiden Männern war fast nichts zu sehen, außer Popingas Zigarre und, wenn er sie in einem bestimmten Winkel hob, die Hand von Porel, die dem Steuermann Anweisungen gab.

Und dennoch war in der feuchten Kabine eine geheimnisvolle Gegenwart zu spüren, etwas wie ein leiser weiblicher Geruch, Sommersprossen in einem übermütigen Gesicht, ein etwas vulgäres Lachen, ein weißes Kleid, mehr noch, der Schimmer von hellem Fleisch, das spitze Kichern, das die beiden Männer so gut kannten, ein leichter Achselgeruch, scharfe Zähne, die sich plötzlich in den rosa Rand der Lippen graben konnten...

»Mit wem?«

Popinga zuckte wohl mit den Schultern, und die Stille dauerte von einer Bake bis zur nächsten.

»Wo ist sie?«

»In Antwerpen.«

Porel trank ein Glas und stopfte sich die Pfeife. Ein Regenschwall rauschte über die Scheiben, und sie ließen links ein englisches Kohlenschiff vorbei, das nach Rouen unterwegs war.

Dann nichts mehr. Hatte Popinga, als er eines Tages heimkam, seine Frau so vorgefunden, wie Porel sie vorgefunden hatte?

War sie fortgegangen, ohne ein Wort zu sagen, hatte einen Zettel hinterlassen?

Welche Bilder bewegten sich vor Porels innerem Auge, während er mechanisch auf seine Baken blickte? Er kannte Antwerpen. Er kannte vor allem die kleinen Kneipen, in denen sich dicke Kellnerinnen zu den Seeleuten an den Tisch setzten und einfältig kicherten.

Hatte Madeleine...

Rechts eine ganze Reihe von Baken, wie auf einer Straße in einer Großstadt: der Kanal von Tancarville. Eine stärkere Drift. Ein Leuchtkäfer tanzte auf den Wellen. Rufe ertönten.

Schließlich ein Schlag gegen den eisernen Schiffsrumpf. Ein kleines Boot legte an, und ein Mann im Ölmantel, wie Porel, kam die Strickleiter hoch. Die »Ada« wechselte den Lotsen, bevor sie in die Flußmündung hinausfuhr.

Der neue Lotse kam mit schweren Schritten über die Brücke.

»Haben Sie ihre Adresse?«

Man hätte meinen können, daß Popinga darauf gewartet hatte. Jedenfalls nahm er lediglich ein Stück Papier aus der

Tasche, und das feuchte und lauwarme Stückchen Papier wechselte von der einen Hand in die andere.

Wonach sich Porel, bevor er ging, noch eines anderen besann und den Krug leerte.

In dieser Nacht fuhr kein Schiff nach Rouen zurück. Er schlief also im Lotsenhäuschen und nahm bei Tagesanbruch den Zug. Es war ein schmutziger, regnerischer Tag. Während er auf den Zug wartete, nahm er noch schnell einen Kaffee und einen Calvados.

Monsieur Dutrillaut setzte sich genau um neun Uhr vor seinen Schreibtisch und öffnete sein Tintenfaß.

Madame Dutrillaut schimpfte an diesem Tag mehr mit den Kleinen als gewöhnlich.

»Ruhe! Wenn ich euch sage, daß Monsieur Porel krank ist...«

Krank? Vielleicht sogar. Er wußte es nicht. Er blieb im Bett und wälzte seltsame Gedanken.

Madame Madeleine Popinga
bei Mme Smeets, 27, rue van Artevelde
Antwerpen (Belgien)

Die »Ada« ist gestern vorbeigekommen. Ich weiß Bescheid. Wenn Du nach Rouen zurückkehren möchtest, werde ich Dir keine Vorwürfe machen. Benachrichtige mich, ich wohne in Untermiete. Falls Du kein Geld für die Reise hast, schicke ich Dir welches.

Schreib schnell. *Julien*

Monsieur Julien Porel, Seine-Lotse
bei Mme Dutrillaut, 13, rue aux Ours
Rouen (Frankreich)

Ich habe sehr geweint, als ich Deinen Brief gelesen habe. Ich schwöre Dir, ich habe mich wirklich geändert, und ich habe vieles begriffen. Mir ist klargeworden, welches Unrecht ich einem Mann wie Dir angetan habe.

Ich schäme mich, dir sagen zu müssen, daß ich hier ohne Geld bin. Madame Smeets, bei der ich wohne, hat mir etwas geliehen, bis ich Arbeit finde. Ich habe versucht, etwas in der Fabrik zu finden, Du weißt ja, daß ich nicht sauber nähen kann. Ich schulde ihr schon zweihundert Francs. Ich weiß nicht, wieviel der Zug kostet, aber wenn Du mir eine Überweisung von fünfhundert Francs postlagernd schickst (Madame Smeets geht es nichts an), wird es wohl reichen.

Ich habe dich nie vergessen. *Madeleine*

Die Uhrzeit, zu der immer der Gemüsehändler kam. Madame Dutrillaut, auf der Türschwelle, und die unverschämte Nachbarin. Ein Taxi entfernt sich mit Monsieur Porel und seinem Gepäck.

»Hat er sich bei Ihnen nicht mehr wohl gefühlt? Oder haben Sie ihn vor die Tür gesetzt? Ich habe immer zu meinem Mann gesagt, ein Mann, der trinkt...«

»Er hat nicht getrunken... Wenn er hier weggeht, dann, weil er heiratet...«

»Ich dachte, er ist Witwer...«

»Na und? Was hindert einen Witwer daran zu heiraten?«

»Wenn er es nur gut getroffen hat...«

Porel hatte sich zwanzig, dreißig Häuser angesehen, die zu mieten waren. Alle waren alt und grau, mit traurigen Küchen und düsteren Tapeten an den Wänden.

Da war er lieber drei Kilometer weitergefahren. Es würde sich lohnen, ein Fahrrad zu kaufen. Die Stiefel würde er im Lotsenhäuschen lassen; mit Seemannsstiefeln kann man nicht gut Rad fahren.

Das Haus war heiter, ganz neu, fast dasselbe wie das auf dem Foto. Porel hatte zweiundvierzigtausend Francs gespart. Er opferte zehn, um modernes Mobiliar zu erstehen.

Ich komme um elf Uhr vormittag. Danke. Küsse.
Madeleine

Es schien keine Sonne. Das wäre zuviel verlangt gewesen. Aber es regnete auch nicht. Der Himmel war von einem ziemlich hellen Grau, und hinter diesem Schleier war bisweilen etwas wie ein gelblicher Lichtfleck zu erkennen.

Porel war nervös, weil die Bahnhofsuhr so langsam ging, und lief zweimal in aller Eile in den Erfrischungsraum, um etwas zur Beruhigung seiner Nerven hinunterzugießen.

Der Zug lief ein. Er war sicher, daß Madeleine nicht kommen würde, vor allem, als sich schon die Hälfte der Reisenden auf dem Bahnsteig befand.

Dann stieg sie aber aus dem letzten Wagen. Sie war so haargenau dieselbe wie vor drei Jahren, daß es einer Sinnestäuschung gleichkam. Mit linkischen Schritten ging er auf sie zu. Er hatte sich gefragt, was er sagen, was er tun würde. Sie stand zwischen den verschiedensten Gepäckstücken.

Schließlich kam sie ihm entgegen, die Augen voller Goldsprenkel und darunter ihre Sommersprossen.

»Julien!«

Sie küßte ihn. Sie fiel ihm um den Hals. Sie lachte ein bißchen nervös.

»Mein Julien! Ich hab immer gewußt, daß du nicht ein Mann bist wie die andern... Wenn du wüßtest, wie ich mich nach dir gesehnt habe...«

Breit und schwer bemächtigte er sich der Pakete und schob sich durch die Schlange der Reisenden.

»Es ist seltsam, nach so langer Zeit wieder daheim zu sein...«

Auf dem Platz draußen betrachtete sie die Trambahnen, die Taxis, die Häuser.

»Es hat sich nichts geändert... Ist es wahr, daß du mich sehr vermißt hast?«

Die Leute kamen und gingen, rempelten sie an, ohne hinzusehen. Sie waren nur ein gewöhnliches Paar, ein etwas gedrungener Mann mittleren Alters und eine um zehn Jahre jüngere Frau, die auf hohen Absätzen daherstelzte.

Der Schutzmann hob seinen Stab, um sie über die Straße zu lassen.

Im Taxi redete und redete Madeleine, nicht ohne immer wieder aus dem Fenster zu schauen.

»Wo wohnst du jetzt?... Du hast mir geschrieben, daß du in Untermiete wohnst. Bringst du mich dahin?... Sagen sie nichts, wenn du mit einer Frau zurückkommst?... Mein Schatz! Ist es wahr, daß du nie daran gedacht hast, mich durch eine andere zu ersetzen?... Ich war abscheulich, nicht wahr?... Sieh mal! Da ist eine neue Bäckerei an der

Straßenecke... Ich hab dir ein Geschenk mitgebracht, gleich wirst du's sehen... Wo fahren wir hin?... Aus der Stadt?«

Wer hätte sagen können, was er dachte? Wußte er es selbst? Sie legte die Beine übereinander und entblößte die Knie, und er wurde fast rot, als er hinsah. Er roch wieder ihren Duft. Auch das irritierte ihn.

»Glaubst du wirklich, du kannst mir verzeihen?... Wenn ich dran denke, wie... Ist es hier?... Ist das dein Haus?... Hast du es für mich gemietet?«

Ein richtiger Überfall. Sie lief herum, sie öffnete die Türen und Schränke.

»Du hast sogar eingekauft! Ich hätte nie gedacht, daß ein Mann so lieb und aufmerksam sein kann... Brot, Butter, Eier, Schinken... Und Orangen! Du hast dich erinnert, daß ich so schrecklich gern Orangen esse!... Ist das das Eßzimmer?... Sag mal, könnten wir nicht Hühner halten?...«

Sie lachte und plapperte, und manchmal blieb sie stehen, kaum den Bruchteil einer Sekunde, um ihn anzusehen.

»Ist es oben?«

Sie lief auf die Treppe zu und drehte sich um, wie um sich zu vergewissern, daß er ihr folgte.

»Eine Couch! Ich habe immer davon geträumt, eine Couch zu haben statt einem Bett... Darf ich dich küssen? ...Oh! Julien... Wenn du wüßtest...«

Er war in seinem ganzen Leben noch nie so linkisch gewesen. Hätte die Nachbarin von Madame Dutrillaut seine großen Augen gesehen, sie hätte wieder angenommen, daß er betrunken sei. Und dabei hatte er fast nichts getrunken.

Madeleine zögerte. Sie wußte noch nicht, wie weit sie gehen konnte. Sie spähte nach ihm und lächelte, mit ihrem verschwommenen Lächeln, und legte ihre Hand auf ihre Bluse.

War es…

»Ich muß mich umziehen…«, brachte sie schließlich heraus, »meine Kleider riechen sicher nach Zug… Du erlaubst doch…?«

Sie drehte sich nicht zu ihm, sondern zum Spiegel. Sie machte an den Haken herum, sie hob die nackten Arme, um ihre Haare in Ordnung zu bringen.

»Mach wenigstens die Tür zu… Ach ja! Ich vergesse, wir sind ja allein im Haus…«

Was wußten wohl die Nachbarn? Ein pensionierter Postbeamter arbeitete in seinem Garten.

»Gestern sind die Möbel gebracht worden, mit einem gelben Möbelwagen von der Umzugsfirma Réunis… Die Nacht hat er nicht in dem Haus verbracht… Aber früh am Morgen ist er gekommen, mit dem Rad… Dann ist er wieder weggefahren… Kurz vor Mittag ist er mit ihr zurückgekommen… Und dann…«

Der Mann mit dem aschblonden Kinnbart hielt es für angebracht, seinen Gedanken mit einem Augenzwinkern zu Ende zu führen.

Und dann? Alles das war völlig richtig. Nur war der alte Pensionär offenbar weit davon entfernt, sich die Heftigkeit von Porels Leidenschaften vorzustellen.

Madeleine war ganz da, ganz und gar sie selbst, mehr denn je, mit ihren Augen, ihrem Körper, ihren aufgeworfenen Lippen, ihren Sommersprossen und ihrem Lachen…

War es Berechnung von ihrer Seite? War es ernst? Niemand hätte es sagen können. Aber nie war sie so aufgeblüht. Kindliches und Weibliches war in ihr, spontane Freude und Schelmisches. Raserei und Angst.

Als sie sagte:

»Mein Schatz...«

Und als sich ihre Augenlider senkten...

»Der Mann, ich will sagen, Monsieur Porel, ist irgendwann heruntergekommen... Durch das Treppenhausfenster hindurch konnte man ihn sehen... Er hatte nur sein weißes Hemd und seine Hose an... Seine Haare waren wirr, wie wenn einer gerade aus dem Bett steigt... Und dann, aber ich verstehe nicht...«

Es stimmte immer noch genau. Madeleine hatte ausgestreckt und zufrieden dagelegen und mit geschlossenen Augen geflüstert:

»Hast du nicht Hunger?... Ich hab danach immer Hunger... Erinnerst du dich?«

Und der Nachbar mit dem dünnen Kinnbart fuhr fort:

»Ich hab ihn in der Küche herumgehen hören... Wenig später ist er mit einem Tablett wieder hinaufgegangen... Ich hab gesehen, denn ich habe ihn von hinten gesehen, daß seine Hosenträger über die Hüften herunterhingen...«

Auf dem Tablett war Brot, Butter, Schinken und eine Flasche weißer Bordeaux.

»Gleich nachher, als meine Frau kam, um die Hühner zu füttern, und als wir zum Haus hinüberschauten – man will ja doch immer wissen, was man für Nachbarn hat...«

Auf dem Treppenabsatz angelangt, war Porels Blick zuerst auf Madeleine gefallen. Nicht direkt, sondern im Spiegel. Sie hatte die Augen geschlossen, die Lippen lächelten halb geöffnet, ein Lächeln, an das er sich erinnert hatte, das er während der letzten drei Jahre tausend- und abertausendmal in seinen Träumen gesehen hatte.

Eine Hand hing auf den Boden, die Beine waren leicht angewinkelt. Ihre Brust hob und senkte sich regelmäßig.

Er blieb einen Augenblick mit seinem Tablett in der Hand unbeweglich stehen und suchte eine Stelle, wo er es hinstellen konnte. Schließlich stellte er es auf einen Stuhl.

»Madeleine…«, hatte er halblaut gerufen.

Seine Stimme war in ihre Schläfrigkeit gedrungen, aber von weit her, wie im Traum. Die Lippen hatten sich etwas weiter geöffnet. Ein tiefer Seufzer hatte die sehr hohen Brüste gehoben, dann hatte sich der Körper langsam entspannt.

Von noch weiter weg hatte sie gehaucht:

»Mein Schatz…«

»Gleichzeitig mit dem Lärm von zerschlagenem Geschirr war ein schrecklicher Schrei zu hören, ein Schrei, mit Verlaub, Herr Richter, wie wenn man ein Vieh abwürgt…«

Porel saß zusammengesunken und gleichgültig auf der Bank, dem Richter gegenüber, und starrte auf den schmutzigen Fußboden und das häßliche Stück roten Teppich. Er wiederholte:

»Ich wollte sie wiederhaben… Ich hatte alles vorbereitet… Aber wie ich sie so gesehen habe… Ich kann es Ihnen nicht erklären… Ich glaube, sie hat die Augen geöffnet, und sie hat Angst gehabt... Trotzdem... Also, ich weiß nicht... Ich habe sie erwürgt... Ich bitte Sie um Verzeihung, Herr Richter...«

Lydia Tschukowskaja
Sofja Petrowna

Heute habe ich noch einen Brief bekommen«, erzählte Sofja Petrowna am nächsten Morgen in der Küche. »Stellen Sie sich vor, der Direktor der Fabrik hat meinen Sohn zu seinem Stellvertreter gemacht, zu seiner rechten Hand. Das Gewerkschaftskomitee hat ihm eine Freifahrt mit Kuraufenthalt auf der Krim erwirkt – die Natur ist dort herrlich, ich war in meiner Jugend öfter da. Und wenn er zurückkommt, dann wird er ein junges Mädchen heiraten, eine Jungkommunistin, Ljudmila heißt sie – ist das nicht ein schöner Name? Ich werde sie Milotschka nennen. Sie hat ein ganzes langes Jahr auf ihn gewartet, obwohl sie viele andere Heiratsanträge bekommen hat. Sie hat nie etwas Schlechtes von Kolja geglaubt.« Sofja Petrowna warf einen triumphierenden Blick auf die Frau des Buchhalters, die neben ihrem Primuskocher stand. »Und jetzt wird er sie heiraten, gleich wenn er von der Krim zurückkommt.«

»Dann werden Sie also Ihre Enkelkinder betreuen«, bemerkte die Frau des Polizisten, über das ganze Gesicht schmunzelnd. Die Krankenschwester verzog keine Miene. Aber als Sofja Petrowna, die aus ihrem Zimmer Salz geholt hatte, einen Augenblick später wieder in die Küche trat, grüßte die Krankenschwester sie mit »Guten Tag«, so als sähe sie sie heute zum ersten Mal. Das war das einzige »Guten Tag« in einem langen Jahr.

Sofja Petrowna hatte ihren freien Tag und beschloß, ihr Zimmer aufzuräumen. ›Wenn Kolja auch noch nicht in Freiheit ist, so muß man ihn doch jeden Augenblick auf freien Fuß setzen. Und dann wird er bei seiner Ankunft dieses Durcheinander im Zimmer vorfinden.‹

Als sie sich flüchtig im Spiegel betrachtete, fand sie, daß sie sich unbedingt wieder die Haare eindrehen müßte – sonst hingen die grauen Strähnen ungepflegt herunter.

Sie zog die Kisten unter ihrem Bett hervor und heizte damit den Ofen an. Das Sperrholz brannte ausgezeichnet, mit fröhlichem Prasseln. Sofja Petrowna überlegte, wo sie die Konserven verstauen sollte, damit sie nicht auf dem Fensterbrett herumlagen. Und wozu denn so viele Büchsen? Im Bedarfsfall kann man immer noch welche im Geschäft kaufen.

Sie beschloß, die Fenster zu putzen und den Fußboden sauberzumachen. Wie so häufig, taten ihr die Beine weh, auch das Kreuz schmerzte, aber was konnte man schon tun, man mußte es eben ertragen. Die Säcke zerriß sie in Fetzen. Bis das Wasser heiß war, könnte sie den Bettvorleger ausschütteln. Sie zog ihn auf den Treppenabsatz hinaus. Da, in der Spalte des Briefkastens, zeichnete sich etwas ab. Sofja Petrowna ging mit schweren Schritten den Schlüssel holen.

Im Briefkasten lag ein Brief. Der rauhe Umschlag war rosafarben. ›*An Sofja Petrowna Lipatowa*‹, las sie. Ihr Name war mit einer ihr unbekannten Handschrift geschrieben. Der Umschlag trug weder Adresse noch Poststempel – nichts außer ihrem Namen.

Den Bettvorleger auf dem Treppenabsatz vergessend, stürzte Sofja Petrowna in ihr Zimmer. Sie setzte sich ans Fenster und öffnete den Umschlag. ›Von wem könnte er sein?‹

»Meine liebe Mami!« stand in dem Brief, von Koljas Hand geschrieben, und geblendet von dieser Handschrift ließ Sofja Petrowna das Blatt plötzlich auf die Knie sinken. *»Meine liebe Mami! Ich bin am Leben, und es hat sich ein guter Mensch gefunden, der Dir diesen Brief zustellen wird. Wie geht es Dir wohl? Wo sind Alik und Natalja Sergejewna? Die ganze Zeit denke ich an Euch, meine Lieben. Der Gedanke ist mir schrecklich, daß Du vielleicht nicht mehr zu Hause leben kannst, sondern irgendwo an einem fremden Ort sein mußt. Mami, auf Dich setze ich meine ganze Hoffnung. Meine Verurteilung beruht auf Aussagen von Saschka Jarzew – erinnerst Du Dich, ein Junge dieses Namens war mit mir in der Klasse –, Saschka Jarzew hat ausgesagt, daß er mich in eine terroristische Organisation hineingezogen habe. Und ich wurde gezwungen, ein Geständnis abzulegen. Aber das ist nicht wahr, es gab bei uns überhaupt keine derartige Organisation. Mami, der Untersuchungsrichter Erschow hat mich geschlagen und mit Füßen getreten, und jetzt höre ich auf einem Ohr schlecht. Ich habe von hier aus viele Gesuche geschrieben, aber alle ohne Erfolg. Schreibe Du als meine alte Mutter und lege in einem Brief die Tatsachen dar. Dir ist doch bekannt, daß ich Saschka Jarzew seit Beendigung meiner Schulzeit nicht ein einziges Mal gesehen habe, da er an einer anderen Universität studierte, und in der Schule war ich niemals mit ihm befreundet. Ihn hat man wahrscheinlich auch schrecklich*

geschlagen. Ich küsse Dich innig. Grüße an Alik und Natalja Sergejewna. Mami, handle so schnell wie möglich, denn hier kann man nicht überleben. Ich küsse dich herzlich.

Dein Sohn Kolja«

Sofja Petrowna warf den Mantel über, drückte den Hut tief ins Gesicht und lief, noch mit dem schmutzigen Wischlappen in der Hand, zu Frau Kiparissowa. Sie fürchtete, daß sie deren Wohnungsnummer vergessen haben könnte und sie daher nicht finden würde. Den Brief hielt sie krampfhaft in ihrer Manteltasche. Sie hatte ihren Stock nicht mitgenommen, und trotzdem eilte sie, sich an den Hauswänden entlangtastend. Fast versagten ihr die Beine den Dienst, und wie sehr sie auch hastete, zu Frau Kiparissowa war es immer noch weit.

Endlich war sie da, trat in das Vorderhaus und stieg mit letzter Kraft die Treppe zum zweiten Stock hinauf. Hier mußte es wohl sein. Ja, hier: Kiparissowa N.W. Einmal klingeln.

Ein junges Mädchen öffnete und lief sofort weg. Als Sofja Petrowna sich in dem dunklen Korridor an den Schränken vorbeigedrängt hatte, trat sie aufs Geratewohl durch eine Tür ein.

Frau Kiparissowa saß im Mantel, mit ihrem Stock in der Hand, mitten im Zimmer auf einem Koffer. Das Zimmer war völlig leer. Kein Stuhl, kein Tisch, kein Bett, keine Vorhänge, nur ein Telefon auf dem Fußboden in der Nähe des Fensters. Sofja Petrowna ließ sich auf dem Koffer neben der alten Frau nieder.

»Sie deportieren mich«, erklärte Frau Kiparissowa, ohne über Sofja Petrownas Erscheinen verwundert zu sein und ohne sie zu grüßen. »Morgen früh fahre ich. Ich habe alles bis auf das letzte Stück verkauft, und morgen fahre ich. Meinen Mann haben sie schon deportiert, auf fünfzehn Jahre. Sehen Sie, ich habe schon gepackt. Ich habe kein Bett mehr, es ist nichts da, worauf man schlafen kann: ich werde die Nacht über auf dem Koffer sitzen.«

Sofja Petrowna streckte ihr Koljas Brief entgegen.

Frau Kiparissowa las lange, dann faltete sie den Brief zusammen und schob ihn in Sofja Petrownas Manteltasche.

»Lassen Sie uns ins Badezimmer gehen, hier ist ein Telefon«, flüsterte sie. »Wo ein Telefon steht, darf man sich über nichts unterhalten. Sie haben da so eine besondere Scheibe eingesetzt, und jetzt darf man sich über nichts unterhalten – jedes Wort ist in der Zentrale zu hören.«

Frau Kiparissowa führte Sofja Petrowna ins Bad, hakte die Tür ein und setzte sich auf den Rand der Badewanne; Sofja Petrowna setzte sich neben sie.

»Haben Sie das Gesuch schon geschrieben?«

»Nein.«

»Schreiben Sie es nicht!« flüsterte Frau Kiparissowa, indem sie ihre großen gelbumränderten Augen Sofja Petrownas Gesicht näherte. »Schreiben Sie nicht, um Ihres Sohnes willen. Auf ein derartiges Gesuch hin wird man weder Ihnen noch Ihrem Sohn Entgegenkommen zeigen. Sie können doch nicht schreiben, daß der Untersuchungsrichter ihn geschlagen hat. So etwas darf man nicht einmal denken, geschweige denn schreiben. Man hat übersehen, Sie zu deportieren, aber wenn Sie ein Gesuch machen, dann wird man das feststellen. Und auch Ihren Sohn wird man noch weiter fortschaffen... Durch wen ist dieser Brief an Sie gelangt? Wo sind die Zeugen?... Und wie soll man es beweisen?...« Mit gehetzten Blicken streifte sie das Badezimmer. »Nein, wirklich, schreiben Sie überhaupt nichts, um Gottes willen.«

Sofja Petrowna befreite ihre Hand aus Frau Kiparissowas Griff, öffnete die Tür und ging hinaus.

Sie hastete fast kraftlos nach Hause. Sie mußte sich einschließen, sich setzen und nachdenken. Sollte sie zum Staatsanwalt Zwetkow gehen? Nein. Zu einem Rechtsanwalt? Nein.

Sie nahm den Brief aus der Tasche und warf ihn auf den Tisch; dann zog sie sich aus und setzte sich ans Fenster. Es dämmerte, und hinter dem Fenster durchbrachen schon die ersten Lichter die klare Dunkelheit. ›Der Frühling kommt, wie spät es erst zu dunkeln beginnt.‹

Sie mußte einen Entschluß fassen, alles genau überdenken; aber Sofja Petrowna saß am Fenster und dachte an gar nichts.

»Mami, der Untersuchungsrichter Erschow hat mich geschlagen...«

›Kolja schreibt wie früher das ›d‹ mit der Schleife nach oben.‹ Er hat es immer so gemacht, obwohl sie ihm, als er noch klein war, beigebracht hatte, es unbedingt mit der Schleife nach unten zu schreiben. Sie hatte ihn selbst im Schreiben unterrichtet, in Heften mit schrägen Linien.

Es war nun gänzlich dunkel geworden. Sofja Petrowna erhob sich, um Licht zu machen, aber sie konnte den Schalter nicht finden.

Wo war nur in diesem Zimmer der Schalter? Sie tastete die Wände ab, wobei sie an die Möbel stieß, die sie zum Saubermachen abgerückt hatte.

Endlich fand sie den Schalter, und als erstes fiel ihr Blick wieder auf den Brief, der zerdrückt und zerknittert auf dem Tisch lag.

Sofja Petrowna nahm Streichhölzer aus einer Schublade. Sie entzündete eines und hielt die Flamme an die untere Ecke des Briefes.

Das Blatt brannte, langsam wölbte sich die Ecke und rollte sich zu einer Röhre zusammen.

Sie hielt sie so lange, bis die Hitze ihre Finger verbrannte.

Sofja Pewtrowna ließ die Flamme zu Boden fallen und trat sie mit dem Fuße aus.

Eric Ambler
Arthur Abdel Simpson

Ich heiße Arthur Simpson.

Nein! Ich hatte vor, offen und ehrlich zu sein, und dabei will ich bleiben. Mein korrekter, vollständiger Name lautet Arthur Abdel Simpson. Den Abdel verdanke ich meiner ägyptischen Mutter. Ich bin in Kairo geboren. Aber mein Vater war britischer Offizier, und ich bin Brite bis ins Mark. Selbst mein Werdegang ist typisch britisch.

Mein Vater diente von der Pike auf. Er war Feldwebel beim East-Kent-Infanterieregiment, als ich geboren wurde. 1916 wurde er zum Quartiermeister des Army-Service-Corps im Leutnantsrang befördert. Wir wohnten in der Offizierssiedlung für Verheiratete in Ismailia. Ein Jahr später kam er ums Leben. Ich war damals noch zu klein, als daß man mir die Einzelheiten erzählt hätte. Ich glaubte natürlich, die Türken hätten ihn umgebracht; aber meine Mutter erzählte mir später die Wahrheit. Er war von einem Lastwagen überfahren worden, als er eines Nachts aus der Offiziersmesse nach Hause ging.

Mutter bekam zwar ihre Pension, aber irgend jemand sagte ihr, sie solle an das Wohlfahrtsamt der Armee für die Söhne gefallener Offiziere schreiben, und die schickten mich dann in die Britische Schule nach Kairo. Als ich neun war, sagten sie, wenn ich Verwandte hätte, bei denen ich in England leben könnte, würden sie meine Erziehung dort finanzieren. Eine verheiratete Schwester meines Vaters lebte in Hither Green im Südosten von London. Nachdem das Wohlfahrtsamt zusagte, für meinen Unterhalt zu bezahlen, war sie bereit, mich aufzunehmen. Das war eine große Erleichterung für Mutter, denn nun konnte sie Mr. Hafiz heiraten, der mich nicht ausstehen konnte seit dem Tag, als ich sie miteinander im Bett erwischt und es dem Imam gesagt hatte. Mr. Hafiz war in der Gastronomie tätig und fett wie ein Schwein. Es war ekelhaft, daß ein Mann in seinem Alter mit meiner Mutter im Bett lag.

An Bord eines Truppentransporters fuhr ich in der Obhut der Sanitätsschwester nach England. Ich war froh, daß ich wegkam. Ich bin nie gern irgendwo gewesen, wo ich nicht erwünscht war. Die meisten Männer auf dem Schiff waren geschlechtskrank. Ich schnappte bei ihren Gesprächen eine Menge Nützliches und Wissenswertes auf, ehe die Schwester, eine alte Hexe, dahinterkam und mich für den Rest der Überfahrt dem Sportlehrer übergab. Meine Tante in Hither Green war auch eine Hexe, aber dort war ich willkommen. Sie war mit einem Buchhalter verheiratet, der meistens arbeitslos war. Die knapp zwölfeinhalb Schilling je Woche waren für sie ein Geschenk Gottes. Sie war korrekt, denn ein Mann vom Wohlfahrtsamt kam regelmäßig vorbei, um sich zu überzeugen, wie es mir ginge. Wenn ich etwas erzählt hätte, hätten sie mich weggenommen. Ich hatte es faustdick hinter den Ohren, wie wohl die meisten Jungen in diesem Alter.

Die Schule war in Lewisham bei Blackheath. Eine große Tafel mit goldenen Buchstaben hing über dem Eingang:

CORAM'S GRAMMAR SCHOOL
Für die Söhne von Gentlemen
Gegründet 1781

Über der Tafel hing das Schulwappen mit dem Motto: *Mens aequa arduis.* Der Lateinlehrer sagte, es stamme von Horaz; aber der Englischlehrer übersetzte es gern mit Kiplings Worten: »Wenn du dir einen kühlen Kopf bewahrst, wenn alle anderen ihn verlieren... dann erst bist du ein Mann, mein Sohn.«

Es war nicht gerade eine Schule wie Eton – es gab keine Internatsschüler, wir waren alle nur tagsüber dort –, aber sie wurde nach denselben Richtlinien geführt. Die Eltern oder, wie in meinem Fall, der Vormund mußten Schulgeld bezahlen. Es gab ein paar Jungen mit einem Stipendium – ich glaube, eine Auflage für den Zuschuß vom Erziehungsministerium –, aber es waren insgesamt nie mehr als zwanzig. 1920 wurde ein neuer Direktor ernannt. Sein Name war Brush, und wir tauften ihn »Die Borste«. Er war Lehrer in einem großen Internat gewesen, und er führte eine Menge Neuerungen ein. Nachdem er eingezogen war, spielten wir Rugby statt Fußball, absolvierten nicht mehr Klassen, sondern Semester und wurden angehalten, uns wie Gentlemen auszudrücken. Ein, zwei von den älteren Lehrern wurden an die Luft gesetzt, was nur gut war. Außerdem ließ »Die Borste« alle Lehrer in ihren Talaren zum Morgengebet antreten. Coram's war, wie er betonte, eine Schule mit alter Tradition, und wenn wir auch nicht ganz so alt waren wie Eton und Winchester, waren wir doch ein gut Teil älter als Brighton oder Clifton. Alle Paukerei nützte nichts, wenn man nicht Charakter und Tradition hatte.

Wie gesagt, ich erinnere mich kaum an meinen Vater; aber ein paar von seinen Lieblingsaussprüchen sind mir in Erinnerung geblieben. Vielleicht weil er sie so oft wiederholt hatte. Einer hieß, wie ich mich erinnere: »Melde dich niemals freiwillig.« Ein anderer lautete: »Schaumschlägerei geht über Verstand.«

Wohl kaum die richtige Devise für einen Offizier und Gentleman, meinen Sie? Ich bin da nicht so sicher, aber ich will mich nicht streiten. Ich kann nur sagen, daß es die Devise eines praktisch denkenden Berufssoldaten war und daß sie in Coram's funktionierte.

Ich entdeckte zum Beispiel sehr bald, daß die Lehrer nichts mehr ärgerte als eine unordentliche Handschrift. Bei einigen war es tatsächlich so, daß die falsche Antwort, wenn sie nur fein säuberlich geschrieben war, beinahe gleich gut bewertet wurde wie die richtige Antwort in schlechter Schrift oder mit Klecksen und Flecken. So habe ich immer sehr sauber geschrieben. Oder wenn ein Lehrer etwas fragte und dann sagte: »Hand hoch, wer weiß es«, konnte man, auch wenn man es nicht wußte, ruhig die Hand heben, wenn man die Übereifrigen zuerst die Hand heben ließ und wenn man nur dabei lächelte. Lächeln – nicht grinsen oder feixen – war immer und zu allen Zeiten wichtig. Die Lehrer machten sich nicht allzu viele Gedanken um einen, wenn man aussah, als hätte man ein gutes Gewissen.

Mit den anderen Jungen kam ich ganz gut zurecht. Weil ich in Ägypten geboren bin, nannten sie mich natürlich

»Kameltreiber«, aber da ich wie mein Vater helle Haare hatte, machte mir das nichts aus. Ich bekam sehr früh den Stimmbruch, mit zwölf. Einige Zeit später unternahm ich mit einem Fünftkläßler namens Jones IV nächtliche Streifzüge in die Felder. Wir lasen Mädchen auf, »Hasenjagd«, um es mit einem militärischen Ausdruck zu bezeichnen. Ich entdeckte bald, daß es manchen Mädchen nichts ausmachte, wenn man ihnen unter den Rock faßte oder sogar noch ein bißchen weiter ging. Manchmal kamen wir sehr spät nach Hause. Das hieß, daß ich am nächsten Morgen früh aufstehen mußte, um meine Hausaufgaben zu machen, oder aber meine Tante dazu bringen mußte, mir eine Entschuldigung zu schreiben. Wenn alles schiefging, konnte ich immer noch von einem Jungen namens Reese abschreiben und die schriftliche Hausarbeit auf dem Klo erledigen. Er litt schrecklich unter Akne und hatte nichts dagegen, daß man von ihm abschrieb; ich glaube, es gefiel ihm sogar. Aber man mußte vorsichtig sein. Er war ein Bücherwurm und hatte gewöhnlich alles richtig. Wenn man wortwörtlich von ihm abschrieb, riskierte man ein »Sehr gut«. In meinem Fall würde das den Lehrer mißtrauisch machen. Ich schaffte einmal bei einer Chemiearbeit zehn von zehn möglichen Punkten, und dafür verprügelte mich der Lehrer, wegen Betrugs. Ich hatte den Mann von Anfang an nicht leiden können. Ich rächte mich, indem ich ihm ein Reagenzglas mit Schwefelsäure über seinen Fahrradsattel leerte, aber ich habe nie die Lehre vergessen, die ich aus dieser Geschichte zog. »Versuch dich nie besser zu machen, als du bist.« Ich glaube, ich habe mich so ziemlich daran gehalten.

Eine englische Privatschulerziehung verfolgt hauptsächlich den Zweck, den Charakter zu formen, dem Schüler ein Gefühl für *fair play* und höhere Werte zu geben und ihn zu lehren, sich in allen Lebenslagen wie ein Gentleman zu benehmen. Das zumindest verdanke ich Coram's.

Rückblickend meine ich, daß ich trotz allem dankbar sein sollte. Ich kann zwar nicht behaupten, daß mir die Sache Spaß machte. Zum Beispiel Raufen: Das hielt man für sehr männlich. Sowie einer nicht sehr begeistert dabei war, wurde er »feiger Pudding« genannt. Wieso eigentlich – ich war nie scharf auf Faustschläge und eine blutige Nase. Das Elend war, daß ich mir immer den Daumen verstauchte oder die Knöchel aufschlug, wenn ich mich wehrte. Schließlich kam ich darauf, daß man sich am wirksamsten mit einer Schulmappe wehren konnte, besonders wenn man eine Feder oder die scharfe Kante eines Lineals herausstehen ließ; trotzdem war mir jede Art von Gewaltanwendung stets unsympathisch.

Fast so sehr, wie mir Ungerechtigkeit verhaßt ist. Mein letztes Jahr in Coram's, das eigentlich ein Vergnügen hätte sein können, weil es wirklich das letzte war, wurde mir vollkommen verdorben.

Daran war Jones IV schuld. Er war von der Schule abgegangen und arbeitete bei seinem Vater in der Werkstatt. Ich zog mit ihm immer noch manchmal in die Felder. Eines Abends zeigte er mir ein langes, vierseitiges Gedicht. Ein Kunde hatte es ihm gegeben. Es hieß »Die Verzauberung« und sollte angeblich von Lord Byron stammen. Es begann:

An einem dunkel-trüben Tag
Als ich in meiner Kammer lag
Bin ich aus tiefen Traumes Nacht
Durch helles Silberlachen aufgewacht.

Es stellte sich heraus, daß das Lachen durch ein Astloch in der Wand hinter seinem Bett drang, und er spähte durch das Loch.

Ein Jüngling und ein Mädchen fein
Die kosten in dem Kämmerlein.

Dann wurde beschrieben, was der Jüngling und das Mädchen in der nächsten halben Stunde taten – sehr poetisch, aber auch in allen Einzelheiten. Mit einem Wort: hochexplosiv.

Ich fertigte Abschriften an und ließ sie ein paar Schulkameraden lesen. Dann durften sie das Gedicht für vier Pence pro Mann abschreiben. Ich war recht gut am Verdienen, als ein Viertkläßler eine Kopie in der Tasche seines Cricket-Blazers steckenließ, die seine Mutter fand. Ihr Mann schickte das Gedicht, zusammen mit einem Beschwerdebrief, an »Die Borste«. Er verhörte jeden einzelnen Schüler, um herauszubekommen, wer das Ding in Umlauf gesetzt hatte, und landete folgerichtig bei mir. Ich sagte, ich hätte es von einem Jungen bekommen, der vergangenes Jahr von der Schule abgegangen sei – ihm konnte er nichts mehr anhaben –, aber er glaubte mir wohl nicht. Er saß an seinem Pult, trommelte mit seinem Bleistift vor sich hin und sagte ein ums andere Mal: »Elender Schmutz.« Er war knallrot im Gesicht, fast als wäre es ihm peinlich. Ich weiß noch, daß ich mich fragte, ob er womöglich ein bißchen »komisch« war. Schließlich meinte er, da es mein letztes Jahr sei, würde er mich nicht von der Schule verweisen, aber mit den jüngeren Schülern zu verkehren wurde mir für den Rest meiner Schulzeit streng verboten. Er verprügelte mich nicht und schrieb auch nicht ans Wohlfahrtsamt, worüber ich sehr erleichtert war. Trotzdem war es eine üble Sache, die mich sehr mitnahm. Ich glaube sogar, daß das der eigentliche Grund war, weshalb ich meine Abschlußprüfung nicht bestand. Um diese Abschlußprüfung woben sie in Coram's eine wahre Gloriole. Ohne sie konnte man anscheinend in keiner Bank oder Versicherungsgesellschaft einen anständigen Job bekommen. Ich wollte keinen Job in einer Bank oder Versicherungsgesellschaft. Mr. Hafiz war gestorben, und Mutter wollte, daß ich zurückkam und das Gastronomiegewerbe erlernte – aber ein Schlag war es trotzdem. Ich bin davon überzeugt, wäre »Die Borste« etwas toleranter und verständnisvoller gewesen und hätte mich nicht behandelt, als hätte ich ein Verbrechen begangen, dann wäre alles anders gelaufen. Ich war ein sensibler Junge und hatte das Gefühl, daß ich in Coram's irgendwie verkannt worden war. Deshalb bewarb ich mich auch nie um Aufnahme in den Club der Ehemaligen.

Jetzt kann ich natürlich lächelnd auf die ganze Geschichte zurückblicken. Aber ich möchte zum Ausdruck bringen, daß Leute in verantwortlicher Stellung – wie Schuldirektoren, Polizeibeamte – einfach dadurch viel Schaden anrichten können, daß sie sich nicht die Mühe geben, den Standpunkt des anderen zu verstehen.

Margaret Millar
Eine wunderschöne Vorstellung

Miss Porter bildete sich ein paar merkwürdige Dinge ein. Viele von uns tun das – die Vorstellungen tauchen in unseren Köpfen auf und verschwinden wieder, ohne einen besonderen Eindruck zu hinterlassen. Bei Miss Porter war das anders, ihre Einbildungen waren zählebiger und weder durch die Zeit noch durch vernünftige Überlegung zu erschüttern. Sie war zum Beispiel davon überzeugt, daß ein gewisser Blauhäher, der zu dem Futterplatz hinter ihrem Stadthaus zu kommen pflegte, ihr überallhin folgte, wenn sie das Haus verließ, ob sie nun einkaufen fuhr, zum Arzt, zur Bank oder zur Bücherei. Er warte, so behauptete sie, auf der Dachbrüstung der Bücherei, auf dem Telefonmast vor der Arztpraxis, auf dem Brunnen mit den Nixen vor der Bank oder oben auf der Eiche, die man in der Mitte des Parkplatzes vom Supermarkt gepflanzt hatte. Wenn Miss Porter zu ihrem alten Lincoln zurückkehrte, dann schnalzte sie immer mit den Fingern, um den Vogel auf ihren Aufbruch aufmerksam zu machen, und nahm stets den gleichen Weg nach Hause.

Es überraschte nicht, daß der Häher und auch sonst jeder ihr Auto wiedererkennen konnte. Der Lincoln war nicht nur wegen seines Alters und seiner Größe unverwechselbar, sondern auch wegen seines weiß angestrichenen Daches, das die Sonnenstrahlen reflektieren und das Wageninnere kühl halten sollte. Von Klimaanlagen hielt Miss Porter nämlich nichts. Zusätzlich zu seinem verwegenen Dach zeigte der Lincoln eine indianische Kühlerfigur, wie man sie früher auf den Pontiacs fand. Es hatte Miss Porter einige Mühe gekostet, an diese indianische Verzierung heranzukommen. So hatte sie mit der Hauptverwaltung von Pontiac in Michigan korrespondiert und auf deren Rat hin die verschiedensten Gebrauchtwagenhändler und Schrottplätze abgeklappert. Schließlich hatte sie das Gesuchte für fünfzig Dollar auf einer Tauschbörse erworben, wobei sie dem Besitzer erklärte, sie müsse es unbedingt haben, weil sie zu einem Neuntel indianischer Abstammung sei. Wie sie zu dieser unwahrscheinlichen Zahl gekommen war, wußte keiner zu sagen, aber um ihr einige Glaubwürdigkeit zu verleihen, trug sie ihr Haar lang und schwarz und glatt. Alles andere an Miss Porter mußte von den restlichen acht Neunteln ihrer Abstammung herrühren. Sie war nämlich klein, mollig und rosig.

Über die sehr Reichen sind immer Gerüchte im Umlauf. Viele davon beginnen mit einem Körnchen Wahrheit, das aufgeht und dann ungezügelt in alle möglichen Richtungen weiterwächst, nur nicht geradeaus. Eines dieser Gerüchte rankte sich darum, wie Miss Porter im Alter von fünfzehn Jahren mit einem mexikanischen Gärtner durchgebrannt war. Drei Wochen später war sie nach Hause zurückgekehrt, begleitet von zwei stämmigen Männern, die man angeheuert hatte, um sie zu suchen. Das Schicksal ihres Liebhabers blieb ungewiß. Es gab da mehrere Versionen: er hatte sich bestechen lassen und aus dem Staub gemacht; er war von einem der beiden stämmigen Männer umgebracht worden; er war nach einer Schlägerei in einer Kneipe in Ensenada verhaftet worden. Miss Porter erzählte eine ganz andere Geschichte. Sie hatte sie, ohne jemals ein einziges Detail zu verändern, allen Leuten erzählt, die sie kannte, wobei sie jedem Stillschweigen auferlegte. Ihr Liebhaber Ramon habe sich mit gebrochenem Herzen von einem Felsen ins Meer gestürzt und sei ertrunken.

»Er war mir ergeben«, sagte Miss Porter. Und ich war wider Willen irgendwie gerührt, obwohl es lange her war und weit weg von hier und sich vielleicht niemals zugetragen hatte.

Der Blauhäher war ihr auch ergeben, oder es sah jedenfalls so aus. Es gab zahlreiche Blauhäher in der Gegend, alle von der gleichen Größe, Gestalt und Farbe, von der gleichen Unverfrorenheit und mit der gleichen lauten Stimme. Ich konnte nicht sagen, ob es derselbe Vogel war, der täglich auf das Geländer von Miss Porters Dachterrasse geflogen kam und mit den hin und her pendelnden, auf und ab schnellenden Bewegungen eines Boxers auf sie wartete. Auf seine heiseren, fordernden Rufe hin kam Miss Porter mit einer Handvoll Erdnüsse aus der Hintertür geeilt. Sie sprach mit dem Vogel. Wenn es windstill war und ich meine Fenster offen hatte, konnte ich gelegentlich einen Satz hören.

»Aber, aber, wer wird denn so gierig sein? Gehört sich das? Und deine Stimme. Die weckt ja die Toten auf und bringt die Lebenden um. Meine Güte, was für ein hungriger Bursche du bist.«

Manchmal wurde einer ihrer Sätze von einem kleinen Schmerzensschrei unterbrochen, wenn nämlich der scharfe Schnabel des Vogels in ihr Fleisch fuhr, statt nach einer Erdnuß zu stoßen.

Sie nahm es mit Humor.

»Bloß eine kleine Blutvergiftung«, sagte sie, als ich sie eines Tages in der Bücherei traf und mich nach ihrer verbundenen Hand erkundigte. »Mein Vögelchen hat vor lauter Liebe nach mir gehackt.«

»Wahrscheinlich war es unbeabsichtigt.«

»Mein liebes Kind, Sie verstehen nicht viel davon«, sagte sie mit einem kleinen Lachen. »Das ist nie unbeabsichtigt.«

Ungefähr drei Monate, nachdem ich aus Chicago fortgezogen und Miss Porters Nachbarin geworden war, lud sie mich ein, mit ihr über den Paß ins Santa-Ynez-Tal zu fahren, um dort Olalliebeeren zu pflücken. Ich hatte noch nie von Olalliebeeren gehört, aber es war ein schöner Tag für einen Ausflug, und ich hatte nichts Besseres vor. Meistens sehen kleine, ältliche Frauen hinter dem Lenkrad eines riesigen Wagens überwältigt aus, aber Miss Porter schien sich ganz zu Hause und Herrin der Lage zu fühlen. Sie nahm geschickt die steilen Serpentinen den Berg hinauf, hielt nur hin und wieder an, um durch das Fernglas, das sie neben sich auf dem Sitz liegen hatte, zu einem Baum oder Busch hinüberzublicken.

»O je«, sagte sie schließlich, »ich habe befürchtet, daß das passieren würde, ich habe es wirklich befürchtet. Aber ich hätte es durch nichts verhindern können.«

»Was verhindern?«

»Blue Boy folgt uns.«

Und er tat es wirklich, oder es sah zumindest so aus. Jedesmal, wenn Miss Porter anhielt und auf einen Toyon, eine Manzanita oder eine Zwergeiche zeigte, saß ein Blauhäher auf der Spitze.

»Er wird hinterher erschöpft sein«, sagte sie. »Es ist viel zu weit für ihn.«

Es war ein regnerisches Frühjahr gewesen, das Tal lag in üppigem Grün, und der See war häherblau. Wir bogen von der Straße in einen Weg ein, auf den ein handgeschriebenes Schild aufmerksam machte: *Olalliebeeren zum Selberpflükken, $4 pro Eimer.* Beim Farmhaus wurden wir mit einem Plastikgürtel versehen, an dem ein Eimer befestigt war.

»Wir werden uns einfach Zeit lassen«, sagte Miss Porter. »Das gibt Blue Boy die Möglichkeit, sich für den Heimweg auszuruhen.«

Bis Mittag war es heiß geworden, und die Sonne brannte erbarmungslos. Mein Kopf fühlte sich an, als habe man ihn in den Backofen gesteckt und halb gar wieder herausgezogen. Miss Porter hatte ihren Eimer voll, ehe ich meinen auch nur zur Hälfte gefüllt hatte. Meine Finger waren purpurrot gefärbt und voller schmerzhafter kleiner Kratzer. Wir bezahlten die Olalliebeeren, die daraufhin in Plastiktüten umgefüllt wurden. Auf dem Weg zurück zum Auto blieb Miss Porter plötzlich stehen.

»Wo ist Blue Boy? Ich kann ihn nicht hören. Sie?«

»Nein.«

»Ich muß ihn suchen und ihm sagen, daß wir aufbrechen.«

Sie stürzte sich in das wilde blaue Blütenmeer, das uns umgab, und lief zu dem Telefonmast, auf dem wir Blue Boy zuletzt gesehen hatten. Er lag fast genau darunter in einem Gewirr von Klee.

Miss Porter wandte sich ab und bedeckte die Augen mit der Hand. »Ist er tot?«

»Ja.«

»Es war zu anstrengend für ihn«, sagte sie. »Zuviel für sein tapferes kleines Herz. Er hat mich genug geliebt, um für mich zu sterben. Er war mir so ergeben, daß er gestorben ist.«

Ich wies sie nicht auf die beiden kleinen, runden Löcher in der Brust des Vogels hin, und ich machte sie auch nicht auf die Jungs mit den Luftgewehren aufmerksam, an denen wir auf der Straße vorbeifuhren.

»Es wird andere Vögel geben«, sagte ich.

»Nein. Nicht für mich. Als Ramon starb, sagten die Leute, es werde andere Männer geben. Es hat sie niemals gegeben.«

»Vögel sind leichter zu ersetzen.«

Natürlich gab es andere Vögel, während des ganzen Heimwegs gab es sie, und viele von ihnen waren Häher, die auf Zwergeiche, Toyon und Manzanita saßen – alle genau gleich, die gleiche Farbe, Größe und Gestalt, das gleiche unverfrorene Benehmen und die gleiche heisere Stimme. Miss Porter schenkte ihnen keine Beachtung.

Als wir zu Hause ankamen, übergab sie mir schweigend beide Plastiktüten mit einem so angewiderten Gesichtsausdruck, als seien die Olalliebeeren schlecht geworden und sie wolle sie loswerden.

So behielt ich sie während meines einmonatigen Aufenthaltes in Chicago, wo ich mich um Familienangelegenheiten zu kümmern hatte, in Erinnerung. Als ich nach Hause zurückkehrte, war es wie gewöhnlich mein erstes, die Lebensmittelvorräte aufzufüllen. Ich sah Miss Porter am anderen Ende des Delikatessentresens. Sie winkte mir fröhlich mit der rechten Hand zu. Die linke war dick bandagiert und ruhte in einer aus einem Seidenschal verfertigten Schlinge.

»Wieder einmal aus Liebe zugehackt«, sagte sie munter. »Ob Sie's glauben oder nicht.«

Ich sagte, ich glaube es.

»Das war vielleicht eine Überraschung, als ich auf die Dachterrasse hinaustrat und Blue Boy dort auf mich wartete. Er war doch nicht tot gewesen. Er war nur vor Erschöpfung ohnmächtig geworden. Als er wieder zu sich kam, waren wir fort, und er brauchte mehrere Tage, um ohne mein Auto, das ihm den Weg wies, nach Hause zu finden. Aber siehe da, er hatte es geschafft und war so gut wie neu.« Sie kam einen Schritt näher und senkte die Stimme. »Und jetzt mache ich mir so meine Gedanken über Ramon.«

»Inwiefern?«

»Vielleicht ist er gar nicht wirklich gestorben, als er von jenem Felsen sprang. Vielleicht arbeitet er gerade in diesem Augenblick bei irgend jemandem im Garten. Natürlich dürfte er sich inzwischen erheblich verändert haben, aber ich würde ihn immer noch wiedererkennen – so wie ich Blue Boy wiedererkannt habe.« Sie schüttelte den Kopf, als ob sie versuche, einen Gedanken loszuwerden. »Natürlich ist es nicht wahrscheinlich, daß wir uns wiedersehen. Aber es ist doch eine wunderschöne Vorstellung, nicht wahr?«

Ich mußte ihr zustimmen. Es war eine wunderschöne Vorstellung.

Carson McCullers
Ein Baum, ein Felsen, eine Wolke

Es regnete an jenem Morgen, und es war noch sehr dunkel. Als der Junge beim Tram-Café ankam, hatte er seine Tour fast beendet, und er ging hinein, um eine Tasse Kaffee zu trinken. Es war ein die ganze Nacht hindurch geöffnetes Café, das einem verbitterten und geizigen alten Mann namens Leo gehörte. Nach der naßkalten, leeren Straße erschien das Café freundlich und hell. An der Bar waren einige Soldaten und drei Arbeiter von der Baumwollspinnerei, und an der Ecke saß vornübergebeugt ein Mann und ließ die Nase und das halbe Gesicht in sein Bierseidel hängen. Der Junge trug einen Sturzhelm, wie ihn Flugpiloten tragen. Als er das Café betrat, schnallte er den Kinnriemen ab und schlug die rechte Klappe über seinem kleinen rosa Ohr in die Höhe. Meistens, wenn er hier seinen Kaffee trank, redete der eine oder andere nett mit ihm. Aber heute früh blickte ihn Leo nicht an, und von den Männern sprach keiner. Er zahlte und wollte schon das Café verlassen, als ihm eine Stimme nachrief: »Son! Heda, Son!«

Er wandte sich um, und der Mann an der Ecke hatte den Zeigefinger gekrümmt und nickte ihm zu. Er hatte das Gesicht aus dem Bierseidel gehoben und sah plötzlich sehr glücklich aus. Der Mann war groß und bleich und hatte eine lange Nase und ausgeblichenes, apfelsinenfarbenes Haar.

»Heda, Son!«

Der Junge ging zu ihm. Er war etwa zwölf Jahre alt, aber im Wachstum zurückgeblieben, und wegen der Last seiner Zeitungstasche war die eine Schulter hinaufgezogen. Sein Gesicht war platt und von Sommersprossen übersät; seine Augen waren runde Kinderaugen.

»Ja, Mister?«

Der Mann legte die eine Hand auf die Schulter des Zeitungsjungen, faßte ihm dann unters Kinn und drehte sein Gesicht langsam von einer Seite auf die andre. Der Junge zuckte verlegen zurück: »Heh! Was woll'n Sie denn von mir?«

Die Stimme des Jungen war schrill; es wurde auf einmal ganz still im Café.

Der Mann sagte langsam: »Ich liebe dich!«

Alle Männer an der Bar lachten los. Der Junge, der ihm mit finsterem Gesicht ausgewichen war, wußte nicht, was er tun sollte. Er blickte über die Bartheke hinweg zu Leo, und Leo beobachtete ihn mit einem verdrossenen, brüchigen Grinsen. Der Junge versuchte, auch zu lachen. Aber der Mann sah ernst und traurig aus.

»Ich wollte dich nicht foppen, Son«, sagte er. »Setz dich und trink ein Bier mit mir. Ich muß dir was erklären!«

Vorsichtig und mit einem Seitenblick versuchte der Junge, die Männer an der Bar zu mustern, um herauszufinden, was er tun solle. Aber sie hatten sich wieder ihrem Bier oder ihrem Frühstück zugewandt und kümmerten sich nicht um ihn. Leo stellte eine Tasse Kaffee und ein Kännchen Sahne auf die Bartheke.

»Er ist minderjährig«, sagte er.

Der Zeitungsjunge zog sich auf den Barschemel. Sein Ohr unter der hochgestellten Ohrenklappe war sehr klein und rot. Der Mann nickte ihm ernst zu. »Es ist etwas Wichtiges«, sagte er. Dann faßte er in die hintere Hosentasche und zog etwas heraus; er hielt es dem Jungen zum Betrachten hin.

»Schau es dir genau an!« sagte er. Der Junge blickte hin, konnte aber nichts entdecken, was man genau anschauen müßte. Der Mann hielt eine Fotografie in seiner großen, schmuddligen Handfläche. Es war das Gesicht einer Frau, aber verschwommen, so daß nur ihr Hut und das Kleid, das sie trug, scharf hervortraten.

»Siehst du's?« fragte der Mann.

Der Junge nickte, und der Mann steckte sich eine andere Fotografie in die Handfläche. Hier stand die Frau in einem Badeanzug am Strand. Durch den Badeanzug zeichnete sich der Bauch sehr ab, und das war das einzige, was einem auffiel.

»Hast du's genau angeschaut?« Er beugte sich vor und fragte schließlich: »Hast du sie schon mal gesehen?«

Der Junge saß still und rührte sich nicht, sondern blickte nur schräg aus den Augenwinkeln auf den Mann: »Ich glaube nicht.«

»Aha!« Der Mann blies auf die Fotos und steckte sie wieder in die Tasche. »Das war meine Frau.«

»Ist sie tot?« fragte der Junge.

Der Mann schüttelte langsam den Kopf. Er spitzte den Mund, als ob er pfeifen wollte, und antwortete mit einem langgedehnten: »Naaa-ain! Ich werd's dir erklären.«

Das Bier in dem großen braunen Seidel stand vor dem

Mann auf der Bartheke. Er hob es nicht auf, als er trinken wollte. Statt dessen beugte er sich herunter, legte das Gesicht auf den Rand und ließ es dort, wie um auszuruhen. Dann kippte er das Seidel mit beiden Händen ein wenig vor und schlürfte.

»Eines schönen Abends wirst du mit deiner großen Nase im Seidel einschlafen und versaufen«, sagte Leo. »Berühmter Durchreisender ertrinkt im Bier. Das wäre ein flotter Tod!«

Der Zeitungsjunge versuchte, Leo ein Zeichen zu machen. Während der Mann nicht hinsah, verzog er das Gesicht, bewegte stumm die Lippen und fragte: »Besoffen?« Aber Leo zog nur die Augenbrauen in die Höhe, drehte sich um und legte ein paar rosa Speckstreifen auf den Grill. Der Mann schob das Seidel weg, richtete sich auf und faltete seine schlaffen, verkrümmten Hände auf der Bartheke. Sein Gesicht war traurig, als er den Zeitungsjungen ansah. Die Lider zwinkerten nicht, aber von Zeit zu Zeit schlossen sie sich zart und schwer über den blaßgrünen Augen. Draußen graute der Morgen, und der Junge verschob das Gewicht seiner Zeitungstasche.

»Ich will von der Liebe sprechen«, sagte der Mann. »Bei mir ist sie ein System.«

Der Junge rutschte halb vom Barschemel herunter. Aber der Mann hob den Zeigefinger, und er hatte etwas an sich, das den Jungen festhielt, so daß er nicht fortgehen konnte.

»Vor zwölf Jahren habe ich mich mit der Frau auf der Fotografie verheiratet. Ein Jahr, neun Monate, drei Tage und zwei Nächte war sie meine Frau. Ich habe sie geliebt. Ja...« Er straffte seine undeutliche, schwankende Stimme und wiederholte: »Ich habe sie geliebt. Und ich glaubte, daß sie mich auch liebte. Sie hatte ein behagliches, schönes Heim. Nie kam mir der Gedanke, sie könne nicht zufrieden sein. Aber weißt du, was dann geschah?«

»Miiiiiau!« machte Leo.

Der Mann wandte die Augen nicht vom Gesicht des Jungen ab. »Sie hat mich verlassen. Eines Abends kam ich heim, und das Haus war leer, und sie war fort. Sie hat mich verlassen.«

»Mit einem andern?« fragte der Junge.

Der Mann legte seine Handfläche sachte auf die Bartheke. »Das ist wohl selbstverständlich, Son! Frauen laufen nie alleine fort.«

Das Café war still, und draußen auf der Straße fiel dunkel und unaufhörlich der sanfte Regen. Leo drückte den brutzelnden Speck mit den Zinken seiner langen Gabel herunter: »Und seit elf Jahren jagen Sie also dem Weibsbild nach, Sie abgeklapperter alter Knabe!«

Der Mann blickte zum erstenmal auf Leo: »Bitte nicht so ordinär! Außerdem habe ich gar nicht mit Ihnen gesprochen.« Er wandte sich wieder an den Jungen und sagte vertraulich und mit heimlicher, gedämpfter Stimme: »Um den kümmern wir uns gar nicht! Einverstanden?«

Der Zeitungsjunge nickte unsicher.

»Es war nämlich so«, fuhr der Mann fort. »Ich bin ein sehr gefühlvoller Mensch. Mein Leben lang hat immer irgend etwas großen Eindruck auf mich gemacht: Mondschein – ein schönes Mädchenbein – immer eins nach dem andern. Aber der Witz ist nun der: wenn ich irgend etwas genossen hatte, dann überkam mich ein merkwürdiges Gefühl, als ob es lose in mir herumliege. Nichts schien sich bis zu Ende abzurollen, nichts schien zu den andern Dingen zu passen. Frauen? Von denen hatte ich mein Teil. Es war das gleiche. Hinterher lagen sie lose in mir herum. Ich war ein Mensch, der nie geliebt hatte.«

Sehr langsam schloß er die Augenlider, und es war, wie wenn sich im Theater am Schluß eines Auftritts der Vorhang senkt. Als er wieder sprach, war seine Stimme erregt, und die Worte überstürzten sich, und an seinen großen, schlaffen Ohren zitterten die Ohrläppchen.

»Dann begegnete ich jener Frau. Ich war einundfünfzig, und sie war dreißig, wie sie sagte. Ich traf sie an einer Tankstelle, und nach drei Tagen waren wir verheiratet. Und weißt du, wie das war? Ich kann's dir gar nicht beschreiben. Alles, was ich je empfunden hatte, sammelte sich um jene Frau. Nichts lag mehr lose in mir herum: durch sie kam alles in Ordnung.«

Der Mann brach plötzlich ab und rieb sich die lange Nase. Seine Stimme klang leiser und gleichmäßig vorwurfsvoll. »Ich erkläre es nicht ganz richtig. Es war vielmehr so. Die schönen Gefühle und die kleinen Freuden lagen lose in mir herum. Und die Frau war für meine Seele so etwas wie ein laufendes Band. Ich ließ die losen Teilchen meines Selbst durch sie hindurchlaufen, und heraus kam ich als Ganzes. Verstehst du mich jetzt?«

»Wie hieß sie?« fragte der Junge.

»Oh«, sagte er, »ich nannte sie Dodo. Aber das gehört nicht hierher.«

»Haben Sie versucht, sie zurückzuholen?«

Der Mann schien nicht hinzuhören. »Unter solchen

Umständen kannst du dir wohl vorstellen, wie mir zumute war, als sie mich verließ.«

Leo nahm den Speck vom Grill und legte zwei Streifen zwischen ein Brötchen. Er hatte ein graues Gesicht mit Schlitzaugen und einer mickrigen Nase, in deren Buchten bläuliche Schatten saßen. Einer von den Arbeitern verlangte nochmals Kaffee, und Leo schenkte ihm ein. Er goß nie umsonst nach. Die Spinnereiarbeiter nahmen jeden Morgen ihr Frühstück bei ihm ein, aber je besser Leo seine Kunden kannte, um so geiziger behandelte er sie. An seinem eigenen Brötchen knabberte er auch herum, als ob er sich's nicht einmal selber gönnte.

»Und Sie haben sie nie wieder erwischt?«

Der Junge wußte nicht, was er von dem Mann halten sollte, und in seinem Kindergesicht stritten sich Neugier und Zweifel. Er war noch ein Neuling auf seiner Zeitungsrunde, und er fand es immer noch seltsam, in der merkwürdigen, dunklen Morgenfrühe unterwegs zu sein.

»Nein«, sagte der Mann. »Ich unternahm allerhand Schritte, um sie wiederzubekommen. Ich reiste umher und versuchte, sie aufzustöbern. Ich fuhr nach Tulsa, wo sie Verwandte hatte. Und nach Mobile. Ich reiste in jede Stadt, die sie je erwähnt hatte, und ich spürte jedem Mann nach, mit dem sie früher bekannt war. Tulsa, Atlanta, Chicago, Cheehaw, Memphis … Fast zwei Jahre lang jagte ich im Land umher und versuchte, sie zu erwischen.«

»Aber das Pärchen war vom Erdboden verschwunden«, sagte Leo.

»Höre nicht auf ihn«, sagte der Mann vertraulich. »Und denk auch nicht mehr an die zwei Jahre. Sie waren nicht wichtig. Wichtig ist, daß mir im dritten Jahr etwas Sonderbares widerfuhr.«

»Was denn?« fragte der Junge.

Der Mann beugte sich vor und kippte das Seidel etwas schräg, um einen Schluck Bier zu schlürfen. Aber seine Nasenflügel zitterten leise, als er an dem schalen Bier roch, und er trank nicht. »Jedenfalls ist die Liebe etwas sehr Sonderbares. Zuerst dachte ich nur daran, sie wiederzubekommen. Es war wie eine Zwangsvorstellung. Und dann versuchte ich allmählich, mich an sie zu erinnern. Aber kannst du dir vorstellen, was mir passierte?«

»Nein«, antwortete der Junge.

»Wenn ich mich aufs Bett legte und versuchte, an sie zu denken, dann war mein Kopf plötzlich vollkommen leer. Ich konnte sie nicht sehen. Ich holte ihre Bilder hervor und betrachtete sie. Es nützte nichts. Es war ganz vergebens. Völlige Leere. Kannst du dir so was vorstellen?«

»Heda, Mac!« rief Leo einem Mann weiter unten an der Bar zu. »Kannst du dir so was vorstellen? Der Dummbart hat nichts im Kopf!«

Langsam, als verscheuche er eine Fliege, fuhr die Hand des Mannes durch die Luft. Seine grünen Augen hefteten sich gespannt auf das platte kleine Gesicht des Zeitungsjungen.

»Doch plötzlich bei einer Glasscherbe auf dem Bürgersteig – oder bei einem Schlager aus einem Musikautomaten – oder bei einem Schatten des Nachts auf der Mauer: da konnte ich mich an sie erinnern. Vielleicht geschah's auf der Straße; dann weinte ich oder schlug mit dem Kopf gegen einen Laternenpfahl. Verstehst du das?«

»Bei einem Stück Glas...?« fragte der Junge.

»Bei allem möglichen. Ich schlenderte umher, und es stand nicht in meiner Macht, wann und wie ich mich an sie erinnerte. Du meinst sicher, man könnte sich mit einer Art Schild dagegen schützen. Aber die Erinnerung kommt nie von vorne auf einen zu – sie kommt seitlich um die Ecke. Allem, was ich sah und hörte, war ich gewissermaßen ausgeliefert. Anstatt daß ich die Gegend nach ihr abjagte, begann *sie* mich plötzlich in meiner Seele herumzujagen. *Sie* jagte *mich*, denk bloß an! Und in meiner Seele.«

Schließlich fragte der Junge: »In welchem Staat waren Sie damals?«

»Ach«, ächzte der Mann, »ich war richtig krank. Als hätt ich die Windpocken. Ich muß gestehen, Son, daß ich zu saufen anfing. Und herumhurte. Ich beging jede Sünde, die mir in den Sinn kam. Es widert mich an, das zu gestehen, aber ich tu's trotzdem. Wenn ich mich an jene Zeit erinnere, stockt mir das Denken – es war so furchtbar!«

Der Mann beugte den Kopf vornüber und schlug mit der Stirn auf die Bartheke. Ein paar Sekunden lang blieb er so: der Nacken seines sehnigen Halses war mit apfelsinenfarbenen Stoppeln bedeckt, und die Hände mit den langen, verkrümmten Fingern hielt er Handfläche gegen Handfläche, wie im Gebet. Dann richtete der Mann sich wieder auf; er lächelte, und plötzlich war sein Gesicht hell und erregt und alt.

»Im fünften Jahr war's, daß es mir widerfuhr«, sagte er. »Und damit begann mein System.«

Leos Mund sprang in flüchtigem, blassem Grinsen auf.

»Keiner von uns wird jünger«, sagte er. Dann zerknüllte er in jähem Ärger ein Geschirrtuch und schleuderte es auf den Fußboden. »Sie liederlicher alter Schürzenjäger!«

»Was kam dann?« fragte der Junge.

Die Stimme des alten Mannes war hell und klar. »Der Frieden«, antwortete er.

»Hm?«

»Es ist nicht so leicht, dir das wissenschaftlich zu erklären, Son«, sagte er. »Ich vermute, logisch läßt es sich einfach so erklären, daß sie und ich so lange voreinander fortrannten, bis wir schließlich ganz verstrickt waren und uns hinlegten und es aufgaben. Frieden. Eine sonderbare und schöne Leere. In Portland war es Frühling, und es regnete jeden Nachmittag. Den ganzen Abend blieb ich im Dunkeln auf meinem Bett liegen. Und so erwarb ich mir mein System.«

Die Fenster draußen spiegelten das blaßblaue Licht. Die beiden Soldaten bezahlten ihr Bier und öffneten die Tür; der eine kämmte sich das Haar und wischte sich den Schmutz von den Wickelgamaschen, ehe er nach draußen ging. Die drei Spinnereiarbeiter beugten sich stumm über ihr Frühstück. An der Wand tickte Leos Uhr.

»Es ist so. Und hör jetzt gut zu! Ich hab über die Liebe meditiert und es alles herausgefunden. Ich hab begriffen, was wir falsch machen. Ein Mann verliebt sich zum erstenmal. Und in was verliebt er sich?«

Der weiche Mund des kleinen Jungen stand etwas offen; er gab keine Antwort.

»In eine Frau«, sagte der alte Mann. »Ohne System, ohne die geringste Anleitung wagt sich der Mann an das gefährlichste und heiligste Erlebnis auf Gottes Erde. Er verliebt sich in eine Frau. Hab ich recht, Son?«

»Ja«, sagte der Junge leise.

»Aber sie fangen die Liebe am falschen Ende an. Sie fangen beim Höhepunkt an. Kann man sich da wundern, daß es unglücklich ausgeht? Weißt du, wie die Menschen lieben sollten?«

Der alte Mann packte den Zeitungsjungen beim Kragen seiner Lederjacke und schüttelte ihn ganz sachte, während seine grünen Augen ernst und ohne zu zwinkern auf ihn niederschauten.

»Son, weißt du, wie Liebe anfangen sollte?«

Der Junge saß ganz klein und still da und hörte zu. Er schüttelte langsam den Kopf. Der alte Mann beugte sich näher heran und flüsterte:

»Ein Baum. Ein Felsen. Eine Wolke.«

Auf der Straße draußen regnete es immer noch. Ein milder, grauer, unaufhörlicher Regen. Die Fabriksirene pfiff zum Schichtwechsel, und die drei Spinnereiarbeiter zahlten und gingen. Nun war niemand mehr im Café außer Leo, dem alten Mann und dem kleinen Zeitungsjungen.

»In Portland war das Wetter so wie heute«, erzählte der alte Mann. »Damals fing ich mit meinem System an. Ich meditierte, und ich ging ganz behutsam vor. Ich brachte irgend etwas von der Straße mit nach Hause. Ich kaufte einen Goldfisch und konzentrierte mich auf den Goldfisch und liebte ihn. Und so stieg ich von einer Stufe zur nächsten. Tag für Tag habe ich mich darin geübt. Auf dem Wege von Portland nach San Diego...«

»Ach, hör schon auf!« schrie Leo plötzlich. »Hör auf! Hör schon auf!«

Der alte Mann hielt den Jungen noch immer beim Jackenkragen gepackt. Er zitterte, und sein Gesicht war ernst und leuchtete wild. »Sechs Jahre bin ich nun ganz allein herumgezogen und hab mein System. Und jetzt bin ich darin ein Meister geworden, Son! Ich kann alles lieben. Ich brauche nicht mal mehr darüber nachzudenken. Ich sehe eine Straße mit vielen Menschen, und ein schönes Licht erfüllt mich. Ich beobachte einen Vogel in den Lüften. Oder ich begegne einem Wanderer auf der Landstraße – einerlei, was, Son, und einerlei, wer es ist. Alles ist fremd, und alles liebe ich. Begreifst du, was ein System wie meins bedeuten kann?«

Der Junge saß steif da. Die Hände hatte er um den Rand der Bartheke geklammert. Schließlich fragte er: »Haben Sie die Dame noch gefunden?«

»Wie? Was hast du gesagt, Son?«

»Ich meinte«, sagte der Junge schüchtern, »ob Sie sich wieder in eine Frau verliebt haben?«

Der alte Mann ließ den Kragen des Jungen los. Er wandte sich ab, und zum erstenmal stand in seinen grünen Augen ein unsicherer und wirrer Ausdruck. Er hob das Seidel von der Theke und kippte das gelbe Bier hinunter. Er schüttelte sehr langsam den Kopf. Dann endlich antwortete er: »Nein, Son! Das wäre nämlich der letzte Schritt in meinem System. Ich gehe aber behutsam vor. Und so weit bin ich noch nicht.«

»Sowas!« sagte Leo. »Sowas! Sowas!«

Der alte Mann stand in der offenen Tür. »Vergiß es nicht«, sagte er. Im feuchten, grauen Licht der ersten Morgenfrühe sah er eingeschrumpft und schäbig und gebrechlich aus. Aber sein Lächeln war strahlend. »Vergiß es nicht, daß ich dich liebe«, sagte er und nickte noch ein letztes Mal. Und die Tür fiel leise hinter ihm ins Schloß.

Lange Zeit sagte der Junge kein Wort. Er zupfte an den Haarsträhnen, die ihm in die Stirn hingen, und fuhr mit dem schmutzigen kleinen Zeigefinger um den Rand seiner leeren Tasse. Dann fragte er endlich, ohne Leo anzusehen: »War er betrunken?«

»Nein«, antwortete Leo knapp.

Der Junge hob die Stimme: »Dann war er wohl einer, der Rauschgift nimmt?«

»Nein.«

Der Junge blickte zu Leo auf, und sein plattes Gesichtchen war ratlos, und die Stimme war hartnäckig und schrill: »War er denn verrückt? Glauben Sie, daß er wahnsinnig ist?« Und in jähem Zweifel ließ der Zeitungsjunge die Stimme sinken: »Leo? Oder was sonst?«

Aber Leo antwortete ihm nicht. Vierzehn Jahre lang hatte er das kleine Nachtcafé gehabt, und er war überzeugt, daß er sich auskannte, was Verrücktheit betraf. Aus der Stadt kamen sie, oder auch Durchreisende, die nachts hier auftauchten. Er kannte den Wahn jedes einzelnen von ihnen. Aber die Fragen des wartenden Kindes wollte er nicht beantworten. Er verkniff sein bleiches Gesicht und schwieg.

Der Junge zog die rechte Ohrenklappe seines Sturzhelms herunter, und als er sich zum Gehen wandte, machte er eine Bemerkung – die einzige, die ihm geheuer schien, die einzige, derentwegen ihn keiner auslachen und verachten konnte: »Bestimmt ist er weit herumgekommen.«

Muriel Spark
Die Blütezeit der Miss Jean Brodie

Vor sechs Jahren hatte Miss Brodie ihre neue Klasse in den Garten geführt, um unter der großen Ulme eine Geschichtsstunde abzuhalten. Auf dem Weg durch die Schulkorridore kamen sie an dem Arbeitszimmer der Direktorin vorbei. Die Tür stand weit offen, der Raum war leer.

»Kommt her, Kinder«, sagte Miss Brodie, »und seht euch dies an.«

Sie drängten sich um die offene Tür, und Miss Brodie deutete auf ein großes Plakat, das mit Reißnägeln an die gegenüberliegende Wand des Zimmers geheftet war. Es zeigte groß das Gesicht eines Mannes, und darunter standen die Worte ›Sicherheit geht vor‹.

»Das ist Stanley Baldwin, der bei der letzten Wahl Premierminister wurde und schon nach kurzer Zeit wieder zurücktreten mußte«, sagte Miss Brodie. »Miss Mackay läßt ihn an der Wand hängen, weil sie an das Schlagwort ›Sicherheit geht vor‹ glaubt. Aber Sicherheit geht nicht vor. Güte, Wahrheit und Schönheit sind wichtiger. Folgt mir.«

Für die Mädchen war dies die erste Andeutung eines gespannten Verhältnisses zwischen Miss Brodie und der übrigen Lehrerschaft. Einige von ihnen erkannten in der Tat zum ersten Mal, daß Erwachsene, die in verantwortungsvoller Stellung zusammengekittet waren, überhaupt

Meinungsverschiedenheiten haben konnten. Mit dem erregenden Gefühl, Zaungäste eines keimenden Streites zu sein, ohne dabei selbst einer Gefahr ausgesetzt zu werden, nahmen sie diese Eindrücke fest in sich auf – und folgten der gefährlichen Miss Brodie in den sicheren Schatten der Ulme.

Sooft es das Wetter in jenem sonnigen Herbst erlaubte, erhielten die kleinen Mädchen ihren Unterricht auf drei um die Ulme gruppierten Bänken.

»Haltet eure Bücher hoch«, sagte Miss Brodie damals recht oft, »nehmt sie aufgeschlagen in die Hand, falls ungebetene Gäste kommen. Sollten wir also Besuch erhalten, haben wir gerade Geschichtsunterricht…, Literaturstunde…, englische Grammatik.«

Die kleinen Mädchen hielten ihre Bücher hoch, sahen aber nicht auf die Seiten, sondern zu Miss Brodie hin.

»Inzwischen werde ich euch von meinen Sommerferien in Ägypten berichten… ich werde euch etwas über die Gesichts- und Handpflege erzählen… von dem Franzosen, den ich im Zug nach Biarritz traf… und auch von den italienischen Gemälden, die ich gesehen habe, muß ich euch noch erzählen. Wer ist der größte italienische Maler?«

»Leonardo da Vinci, Miss Brodie.«

»Das stimmt nicht. Die Antwort lautet: Giotto; ich ziehe ihn allen anderen vor.«

An manchen Tagen schien es Sandy, daß Miss Brodies Brust flach war, ohne jede Wölbung und gerade wie ihr Rücken. An anderen Tagen war ihre Brust füllig und auffällig büstenförmig, so daß Sandys winzige Äuglein etwas zu gucken hatten; an einem dieser Tage stand Miss Brodie sehr aufrecht, wie Johanna von Orleans, an einem Klassenfenster und sah hinaus, während Sandy dasaß und sie beobachtete.

»Ich habe euch schon häufig erzählt«, sagte sie gerade, »und die soeben vergangenen Ferien haben mich endgültig davon überzeugt, daß ich die Höhe meiner Lebenskraft erreicht habe. Oft trügt einen dieses Gefühl. Ihr kleinen Mädchen, wenn ihr erwachsen sein werdet, müßt ihr stets wachsam sein, daß ihr eure Blütezeit erkennt, wann auch immer in eurem Leben sie beginnen mag. Dann müßt ihr sie voll ausschöpfen. Mary, was hast du unter dem Tisch, was siehst du dir da an?«

Mary saß da wie ein Häufchen Unglück, zu dumm, sich etwas auszudenken. Sie war zu einfältig, jemals eine Lüge auszusprechen; sie wußte nicht, wie sie etwas vertuschen sollte.

»Einen Comic, Miss Brodie«, sagte sie.

»Meinst du einen Komiker, einen Hanswurst?«

Alle kicherten.

»Einen Comic strip«, sagte Mary.

»Einen Comic strip, fürwahr! Wie alt bist du?«

»Zehn, Miss Brodie.«

»Mit zehn Jahren bist du zu alt für Comic strips. Gib mir das Heft.«

Miss Brodie blickte auf die bunten Blätter. *»Tiger Tim,* fürwahr«, sagte sie und warf das Heft in den Papierkorb. Als sie merkte, wie alle Augen sich darauf richteten, nahm sie es noch einmal heraus, zerriß es bis zur Unkenntlichkeit und warf es wieder hinein.

»Hört mir gut zu, Kinder. Die Blüte des Lebens ist die

Zeit, für die man geboren wird. Jetzt, da meine Blütezeit begonnen hat – Sandy, deine Aufmerksamkeit läßt zu wünschen übrig. Wovon habe ich gesprochen?«

»Über Ihre Blütezeit, Miss Brodie.«

»Wenn uns jemand im Laufe der nächsten Stunde besuchen sollte«, sagte Miss Brodie, »denkt daran, daß wir in dieser Stunde englischen Grammatikunterricht haben. Unterdessen will ich euch ein wenig aus meinem Leben erzählen, als ich noch jünger war als heute, wenn auch sechs Jahre älter als der Mann.«

Sie lehnte sich gegen die Ulme. Es war einer der letzten Herbsttage, und die Blätter rieselten bereits in kleinen Schauern. Sie schwebten herab auf die Kinder, die für den willkommenen Grund, sich bewegen und die Blätter von Haar und Schoß streifen zu dürfen, dankbar waren.

»Die Jahreszeit der Nebel und der Fruchtreife. Ich war zu Beginn des Krieges mit einem jungen Mann verlobt, doch er fiel auf dem Feld von Flandern«, sagte Miss Brodie. »Sandy, hast du vor, den ganzen Tag Wäsche zu waschen?«

»Nein, Miss Brodie.«

»Warum hast du dann deine Ärmel hochgerollt? Ich will nichts mit Mädchen zu schaffen haben, die ihre Blusenärmel aufrollen, mag das Wetter auch noch so schön sein. Roll sie sofort herunter, wir sind zivilisierte Wesen. Er fiel eine Woche, bevor der Waffenstillstand ausgerufen wurde. Er fiel wie ein Blatt im Herbst, obwohl er erst zweiundzwanzig Jahre alt war. Wenn wir hineingehen, wollen wir uns die Karte von Flandern ansehen, und ich werde euch die Stelle zeigen, wo mein Liebster sterben mußte, bevor ihr geboren wurdet. Er war arm. Er kam aus Ayrshire, ein Landmann, aber ein kluger, hart an sich arbeitender und gebildeter Mensch. Als er mich bat, ihn zu heiraten, sagte er: ›Wir werden Wasser trinken und kurztreten müssen.‹ Das war Hughs ländliche Art auszudrücken, daß wir ein bescheidenes Leben führen müßten. Wir werden Wasser trinken und kurztreten müssen. Was hat dieser Ausspruch zu bedeuten, Rose?«

»Daß Sie ein bescheidenes Leben führen müßten, Miss Brodie«, antwortete Rose Stanley, die sechs Jahre später in dem bedeutenden Ruf stehen sollte, Sex-Appeal zu besitzen.

Die Geschichte von Miss Brodies gefallenem Verlobten strebte ihrem Höhepunkt zu, als man Miss Mackay, die Direktorin, über den Rasen herankommen sah. Tränen hatten bereits aus Sandys kleinen Schweinsäuglein zu tropfen begonnen, und Sandys Tränen steckten ihre Freundin Jenny an, die später eine Schulberühmtheit wegen ihrer Schönheit war; Jenny seufzte auf und suchte im Bein ihrer knielangen Schlüpfer nach ihrem Taschentuch. »Hugh wurde eine Woche vor dem Waffenstillstand getötet«, sagte Miss Brodie. »Bald darauf fanden allgemeine Wahlen statt, und die Leute riefen ›Hängt den Kaiser!‹ Hugh war wie eine Blume des Waldes, wie er in seinem Grabe lag.« Rose Stanley hatte jetzt auch zu weinen begonnen. Sandy blickte mit nassen Augen zur Seite und beobachtete, wie Miss Mackay, Kopf und Schultern vorgereckt, über den Rasen herankam.

»Ich komme nur, um einmal nach euch zu sehen, und muß gleich wieder weiter«, sagte sie. »Warum weint ihr kleinen Mädchen denn?«

»Sie sind ergriffen von einer Geschichte, die ich ihnen erzählt habe«, sagte Miss Brodie. »Wir haben gerade Geschichtsunterricht.« Während sie sprach, fing sie mit geschickter Hand ein fallendes Blatt in der Luft.

»Wie kann man mit zehn Jahren über eine Geschichte weinen!« sagte Miss Mackay zu den Mädchen, die sich unbeholfen von ihren Bänken erhoben hatten, noch ganz bestürzt über das Schicksal von Hugh, dem Krieger. »Ich bin nur gekommen, um einmal nach euch zu sehen, und ich muß gleich weiter. Also, Kinder, das neue Schuljahr hat begonnen. Ich hoffe, ihr habt alle schöne Sommerferien verlebt, und ich bin gespannt auf eure blendenden Aufsätze, in denen ihr sie schildert. Ihr solltet mit zehn Jahren nicht mehr über Geschichten aus der Geschichte weinen. Wirklich nicht!«

»Ihr habt gut daran getan«, wandte sich Miss Brodie an die Klasse, als Miss Mackay gegangen war, »nicht auf die euch gestellte Frage zu antworten. Wenn man sich in Schwierigkeiten befindet, ist es besser, überhaupt nichts zu sagen, weder schwarz noch weiß. Reden ist Silber, Schweigen ist Gold. Mary, hörst du zu? Was habe ich gesagt?«

Mary MacGregor, schwerfällig und mit Nase, Mund und Augen wie ein Schneemann – Mary, die später für ihre Einfältigkeit bekannt war und dafür, daß man ihr jede Schuld in die Schuhe schieben konnte, Mary, die mit dreiundzwanzig Jahren in einem Hotelbrand umkommen sollte – antwortete aufs Geratewohl: »Gold.«

»Und was, sagte ich, ist Gold?«

Mary ließ ihre Blicke hilfesuchend in die Runde und nach oben schweifen. Sandy wisperte: »Die fallenden Blätter.«

»Die fallenden Blätter«, sagte Mary.

»Offensichtlich hast du nicht aufgepaßt«, sagte Miss Brodie. »Wenn ihr Mädchen mir nur zuhören wolltet, ich würde euch zur *crème de la crème* machen.«

»Oh«, sagte er und hielt inne. »Stimmt. Na gut – und wie kommt Willa Cather da rüber?«

»Die hab ich vor zwölf Jahren von dir zum Geburtstag bekommen.«

»Ich scheine dich ganz schön verwöhnt zu haben.«

»Das kann man wohl sagen, aber es ist lange her. Wenn du mich immer noch so verwöhnen würdest, säßen wir vielleicht jetzt nicht hier, um die verflixten Bücher aufzuteilen.«

Er wurde rot, wandte sich ab und begann, ganz ruhig und vorsichtig, mit der Schuhspitze gegen die Stapel zu stoßen.

»Karen Horney, gut, die hat mich eh nur gelangweilt. Jung, der gefällt mir besser, hat mir schon immer besser gefallen, aber du kannst ihn behalten.«

»Tausend Dank.«

»Für dich war der Verstand ja immer wichtiger als das Gefühl.«

»Einer, der für alle Fälle immer eine Matratze mit sich rumschleppt, sollte besser nicht von Verstand und Gefühlen reden. Einer, der ständig Knutschflecken am Hals hat –«

»Das haben wir doch alles schon x-mal durchgekaut.« Er kniete erneut nieder und ließ die Hände über die Stapel gleiten. »Hier das *Narrenschiff* von Katherine Anne Porter, wie um alles in der Welt hast du's bloß geschafft, dich da durchzukämpfen? Das gehört *dir.* John Colliers Erzählungen! Du weißt, an denen hänge ich! Die kommen auf meinen Haufen!«

»Moment!« rief sie.

»Auf *meinen.*« Er zog das Buch heraus und schleuderte es über den Boden.

»Nicht! Du machst es kaputt.«

»Es gehört jetzt mir.« Er gab ihm noch einen Stoß.

»Nur gut, daß du nicht die Stadtbibliothek leitest«, sagte sie.

»Da ist Gogol, langweilig, Saul Bellow, langweilig, John Updike, ganz netter Stil, aber einfallslos. Langweilig, Frank O'Connor? Okay, aber du kannst ihn behalten. Henry James? Langweilig, Tolstoi, bin nie mit den Namen klargekommen, nicht langweilig, nur verwirrend, behalt ihn. Aldous Huxley? Moment mal! Du weißt genau, seine Essays gefallen mir besser als seine Romane!«

»Du kannst die Kassette doch nicht auseinanderreißen!«

»Und ob ich das kann! Wir werden das Kind genau in der Mitte teilen. Du kriegst seine Romane, ich seine Gedanken.«

Er packte drei der Bücher und ruckte sie über den Teppich.

Sie ging hinüber und begann die Stapel durchzusehen, die sie für ihn zusammengestellt hatte.

»Was machst du da?« wollte er wissen.

»Ich schau nur nochmal nach, ob ich dir auch die richtigen gegeben hab. Hier, John Cheever, den nehm ich mir zurück.«

»Mein Gott! Was soll denn das? Ich nehme *dies,* du schnappst dir *das*? Leg den Cheever zurück. Hier ist Puškin. Langweilig, Robbe-Grillet, dasselbe auf französisch. Knut Hamsun? Skandinavischer Langweiler.«

»Die Kritiken kannst du dir sparen. Ich komme mir ja vor, als wär ich gerade in Literatur durchs Examen gefallen. Du meinst also, du könntest dir alle guten Bücher nehmen und mir den Blödsinn lassen?«

»Mag sein. Diese ganzen modernen Schreiberlinge, die einer beim anderen Nabelschau halten, sich die Fifth Avenue entlanglobhudeln und unterwegs die ganze Zeit Platzpatronen verschießen!«

»Charlie Dickens hältst du ja wohl nicht für 'n Blindgänger?«

»Dickens!? Einen wie den hatten wir in diesem *Jahrhundert* noch nicht!«

»Na, Gott sei Dank! Du wirst feststellen, daß ich dir sämtliche Romane von Thomas Love Peacock gegeben hab. Asimovs Science fiction. Kafka? Nicht der Rede wert.«

»So, wer von uns ist nun der Bücherverbrenner?« Er beugte sich wild entschlossen hinab, untersuchte zuerst ihre, dann seine Stöße. »Peacock ist, bei Gott, einer der größten Humoristen aller Zeiten. Kafka? Hat Tiefgang. Verrückt, brillant. Asimov? Ein Genie!«

»Hört! Hört! Mein Gott.« Sie setzte sich, legte die Hände in den Schoß, beugte sich vor und nickte den Literaturbergen zu. »Ich glaube, mir wird jetzt allmählich klar, wo alles anfing in die Brüche zu gehen. Die Bücher, die du liest, sind für mich nichts als Schrott. Die Bücher, die ich lese, für dich nur Plunder. Alles Müll. Warum haben wir das nicht schon vor zehn Jahren erkannt?«

»Man erkennt vieles nicht, wenn man –«, er zögerte, »– einander liebt.«

Nun war es ausgesprochen. Sie rutschte unbehaglich in ihrem Sessel nach hinten, faltete die Hände und stellte die Füße ordentlich nebeneinander. Als sie ihn ansah, war in ihren Augen ein merkwürdiges Leuchten.

Er blickte zur Seite und begann im Zimmer umherzuschleichen. »Ach, verflucht noch mal«, brummte er, während er den Fuß in den einen Haufen stieß, und dann hinüberging, um dasselbe beim anderen zu tun, ganz ruhig, ganz gelassen. »Es ist mir doch scheißegal, was auf meinem Stoß und was auf deinem liegt, das interessiert mich doch überhaupt nicht, Hauptsache –«

»Kriegst du die, bis auf 'n paar vielleicht, in deinem Auto unter?« fragte sie, ganz ruhig und sah ihn dabei immer noch an.

»Ich denke schon.«

»Soll ich dir beim Raustragen helfen?«

»Nein.« Und wieder Schweigen, eine ganze Weile. »Ich schaff's schon.«

»Bist du sicher?«

»Völlig.«

Nach einem tiefen Seufzer trug er ein paar Bücher hinüber zur Tür.

»Ich hab ein paar Kisten im Auto. Die bring ich hoch.«

»Willst du nicht erst noch den Rest durchsehen, damit du sicher bist, daß es die richtigen sind?«

»Ach was«, meinte er. »Du kennst meinen Geschmack. Sieht so aus, als hättest du's schon richtig gemacht. Es ist, als hätte man zwei Blatt Papier fein säuberlich voneinander gelöst, und da sind sie nun, ich kann es nicht glauben.«

Er hörte auf damit, die Bücher neben der Tür zu stapeln, blieb einfach stehen und schaute erst auf die Bücherfestung auf der einen Seite, dann auf die Literaturburgen und -türme gegenüber, und dann auf seine Frau, die da festgeklemmt in dem Tal dazwischen saß. Es schien ein ganzes Stück Wegs zu sein, das Tal hinab, quer durchs Zimmer, bis zu ihr.

In diesem Augenblick kamen zwei Katzen, beide schwarz, die eine groß, die andere klein, aus der Küche hereingehüpft, prallten von den Möbeln zurück und flitzten, ohne das geringste Geräusch zu verursachen, wieder hinaus.

Ihm zuckte die Hand. Sein rechter Fuß wandte sich in Richtung Tür.

»O nein, das wirst du nicht tun!« rief sie sofort energisch. »Du läßt die Finger von den Katzen. Maude und Maudlin bleiben bei mir.«

»Aber –«, setzte er an.

»Nichts da«, sagte sie.

Es folgte ein langes Schweigen. Schließlich ließ er die Schultern sinken.

»Verdammt noch mal«, sagte er, ganz ruhig. »Ich will überhaupt keines von den blöden Büchern. Du kannst sie alle behalten.«

»Und in ein paar Tagen überlegst du's dir anders und kommst sie holen.«

»Ich will die Bücher nicht. Ich will nur dich.«

»Das ist das Schreckliche an der ganzen Sache«, sagte sie, ohne sich von der Stelle zu rühren. »Ich weiß es, aber es ist unmöglich.«

»Natürlich. Ich bin gleich wieder da. Ich hol die Kisten hoch.« Er öffnete die Tür und starrte wieder das neue Schloß an, als könne er's nicht glauben. Er zog den alten Schlüssel aus der Tasche und legte ihn auf den Beistelltisch neben der Tür. »Den werd ich nicht mehr brauchen.«

»Nicht mehr, nein«, bestätigte sie so leise, daß er es kaum hören konnte.

»Wenn ich zurück bin, klopfe ich.« Er ging los und

wandte sich noch einmal um. »Du weißt ja, über das eigentliche Problem müssen wir auch noch reden, das haben wir bis jetzt mit keinem Wort berührt.«

»Was meinst du?« Sie blickte auf.

Er zögerte, trat über die Schwelle und sagte: »Wer bekommt die Kinder?«

Ehe sie etwas erwidern konnte, hatte sich die Tür hinter ihm geschlossen.

Federico Fellini
Mein Rimini

Vor allem, wenn ich in den Röntgensaal gebracht werde, komme ich mir vor wie ein Gegenstand, wie ein Ding. Der Saal mit seiner kalten Beleuchtung erinnert an Mauthausen oder an einen Montageraum. Man läßt mich halbnackt auf dem fahrbaren Bett liegen, und jenseits der Scheiben reden Ärzte in weißen Mänteln über mich, mit Gesten, die ich sehe, und Worten, die ich nicht höre. Die Verwandten der andern Kranken gehen im Korridor an mir vorbei; sie sehen mich halbnackt, einen Gegenstand. Oder ich liege am Morgen im Bett mit den Kanülen in der Nase, die Angestellten, die das Zimmer reinigen, die eine links, die andere rechts von meinem Bett, reden über mich hinweg. Eine sagt: »Du mußt nach San Giovanni gehen, links nach dem Torbogen. Du sparst 500 Lire.« Die andere sagt: »Aus Rindsleder.« – »Nein, aus Wildleder. Erinnerst du dich noch an die Schuhe, die meine Schwester bei der Hochzeit trug?« – »Die waren aus Rindsleder.« – »Nein, aus Wildleder.«

Nachts sind die Korridore ein Blumenmeer: alles Blumen, die man aus den Krankenzimmern trägt; es ist wie auf einem Friedhof. Schwache Nachtbeleuchtung: wenn man die Augen öffnet, sieht man von unten erhellt einen Kopf in der Luft schwimmen. Es sind Nonnen oder Krankenschwestern, die mit einer Taschenlampe die Thermometer beleuchten.

Die schwimmenden Gesichter gleiten leise durch die Korridore und verschwinden. Manchmal machen die Nonnen die Injektionen, ohne einen zu wecken, wie die Meuchelmörder von Cesare Borgia; man sieht sie nur noch von hinten, wenn sie im Dunkel enteilen.

Hier und da überfallen mich Bilder wie Blitze. Plötzliche Visionen, die wer weiß woher kommen. Ich habe ein kleines Ei gesehen, das auf einem Stück Tüll lag, wie im Schaufenster einer Konditorei: ein Glückwunsch-Ei für irgendeine Zeremonie. Dieses Ei rollte auf einer tiefschwarzen, höckrigen, atmenden Oberfläche. Dann verschwand es. Ich suchte das kleine Ei, aber es rollte vor meinen Augen eine schwarze Wand hinunter, die aussah wie der Schlund eines Ungetüms. Man hatte aber nicht den Eindruck, es würde zermalmt, weil die Wand weich und schleimig war.

Immer denke ich an den Film, den ich machen muß [*Il viaggio di G. Mastorna*]. Vielleicht braucht er eine neue Inkubationszeit.

Eines Tages saß ich im Büro an der Vasca Navale auf einem alten Sofa und ruhte mich aus. Plötzlich, blitzartig, stürzte, ein Millimeter vor meiner Nase, eine Tonne Steine nieder: die Fassade des Mailänder oder des Kölner Doms. Ich spürte den Luftstoß des Sturzes, dann den schrecklich dumpfen Aufschlag, ein Millimeter vor meinen Füßen. Ich machte einen Akrobatensprung. Eine Wand, so hoch wie der Montblanc, bedeckte alles: den ganzen Himmel, den ganzen Raum, die ganze Luft. Ich war eine Ameise. Da habe ich gedacht, daß die Schwierigkeit, mit dem Film vorwärtszukommen, aus einer Hemmung kommt, die tief in mir verborgen ist. Ich war ein wenig erschrocken, aber die

Lust, den Film zu machen, nahm zu, die Lust eines Don Quijote. Wenn es jenseits der mächtigen Wand einen Himmel und freie Luft gab, so war das der richtige Raum.

In jenen Tagen war ich überzeugt, ich könnte an einem Herzinfarkt sterben, weil ich fürchtete, das Unternehmen übersteige meine Kräfte. »Den Menschen von der Todesangst befreien.« Wie der Zauberlehrling, der die Sphinx, den Abgrund des Meeres herausfordert und untergeht. Ich dachte: mein Film wird mich töten.

In den vergangenen Tagen, als ich zu sterben glaubte, sah ich die Gegenstände nicht mehr vermenschlicht. Das Telefon, das wie ein umgestülpter Tintenfisch ausgesehen hatte, war nur noch ein Telefon. Das Sofa, das vorher ein großes, viereckiges Gesicht war, wie eine Zeichnung von Rubino, mit Metallknöpfen als boshaften Äuglein: es war nur noch ein schäbiges, altes Sofa. In diesem Augenblick rücken die Gegenstände von einem ab; man verunreinigt nicht mehr alles mit der eigenen Person. Die Gegenstände werden unschuldig, weil man sich selber aus dem Weg geschafft hat; die Erfahrung wird jungfräulich; so hat der erste Mensch Täler und Wiesen erblickt. Man fühlt sich einer geordneten Welt zurückgegeben: das dort ist eine Türe und funktioniert als Türe, und jenes Weiß ist nichts anderes als weiß. Man ist selig: die Symbolik der Bedeutungen ist verschwunden. Die Dinge trösten einen, weil sie grundlos sind; plötzlich stürzt man aber in den Abgrund der Angst, weil im Augenblick, da der Hocker seine Bedeutung verliert, die Wirklichkeit zum Schrecken wird. Alles ist nur noch ein unfaßbares Ungetüm. Die Erinnerung an eine Vermittlung durch Begriffe ist ausgelöscht.

In der Klinik bin ich von seltsamen Nonnen umgeben. Eine kommt zur Tür herein und sagt: »Immer schreiben Sie, immer schreiben Sie. Sie sind ein Philosoph«. Ich lese das, was ich geschrieben habe, durch und schäme mich, weil ein Philosoph ein besseres Niveau haben müßte. Eine andere bringt mir jeden Abend ein Glas Wasser von Lourdes. Sie zeigt darauf und sagt: »Sie müssen!« Vor ein paar Tagen hat sie mir gesagt: »Jetzt, wo Ihr Brustfell gereinigt ist, müssen Sie auch Ihr Herz reinigen.« Ich fürchtete, daß sie damit auf neue Injektionen anspielte. »Ja, ja, Ihr Herz ist sehr verdorben.« – »Wann soll es denn geschehen?« – »Wann Sie wollen, jederzeit.« Das Mißverständnis zog sich weiter, bis ich begriff, daß sie wünschte, ich solle beichten. Darum schickt sie mir zusammen mit dem Wasser von Lourdes jeden Tag einen amerikanischen Priester, der aussieht wie De Sica. Der Priester tritt in mein Zimmer: »Wie geht's? Brustfellentzündung? Ein häßliches Tierchen!«

Morgens um fünf, wenn es noch dunkel ist, kommt Schwester Burgunda: eine Nonne mit einem schwarzen Schleier wie Fledermausflügel, ein Gummiröhrchen zwischen den Zähnen und einen großen Korb voll Reagenzgläsern am Arm. Wie ein danubischer Vampir sagt sie: »Kann ich ein wenig Blut von Ihnen haben, Herr Fellini?«

Schwester Raffaella dagegen ist Kolumbierin. »Wie es geht Ihnen heute? *Mejor*?« Dann bleibt sie mitten im Zimmer stehen und verkündet: »Der Sonne und die Mond sind da und der Sonne sagt zur Mond: ›Schämst du dich nicht, du bist groß und dick geworden und darfst nachts immer noch nicht ausgehen.‹« Weil ihr das gefällt, wiederholt sie es jeden Morgen.

Abends um neun Uhr, wenn ich einschlafen sollte, kommt eine Krankenschwester, die Sara heißt. Sie nähert sich mir. Sie hat einen braunen Flaum auf der Oberlippe. Sie kommt von Faenza. Sie erinnert mich an die schnurrbärtigen Frauen der Romagna in der Paolotti-Kirche in Rimini. Ich rufe sie in der Nacht, unzählige Male. Sie ist freundlich: »Soll ich Ihnen noch einen Kamillentee bringen?« Sie erzählt, daß ihr Vater, bis er sechzig war, Mätressen hatte, die er im Hühnerstall versteckte. Mit sechzig verlobte er sich mit allen, sagte jedoch: ›Meine Eltern sind einverstanden, ich bin mehr als einverstanden, aber meine Frau will nicht.‹ Sie fand ihn geistreich.

Nach den ersten Tagen (nach dem Kollaps fühlte ich mich dank der Baralgin-Injektionen wie ein Stein in der Schleuder, im Augenblick, da er wegfliegt: das heißt, ich hatte das Gefühl, mit gewaltigem Zischen in eine andere Dimension außerhalb der Klinik zu sausen) kamen nach und nach alle mich besuchen. An der Türe sah ich Gruppen von Kleindarstellern, wie Bilder des Douanier. Ich hörte Gewimmer, die Nonnen drängten sie zurück. Ich segnete, streichelte Köpfe, wie ein Ostergeläute. Von da an war meine Krankheit ein Fest. Titta und Montanari sind von Rimini gekommen. Titta begann schon an der Tür Grimassen zu schneiden. Man wollte ihn nicht hereinlassen, und es fehlte nicht viel, so hätte er eine Schlägerei mit Nonnen und Krankenschwestern begonnen: »Verdammte Arschlöcher, ich will Federico sehen.«

Auf den Tischen liegen die Telegramme. Ich lasse mir die himbeerroten vorlesen, die von den Ministern. Ich komme mir vor wie im Paradies. Gestern morgen erschienen Rosensträuße in der Türe, wie in einem Bild von Botticelli: Rosen, die versuchten, hereinzukommen, bebende, zitternde Röschen in den Händen von zwei Nönnchen, die vor Freude strahlten. Es waren die Rosen von Rizzoli, der mir nach dem Krach verziehen hatte. Ich habe Rizzoli sogleich angerufen: »Dein Kärtchen hat mir besser getan als die Antibiotika.« Eine andere Stimme tönte aus dem Apparat und verkündete triumphierend: »Fellini, der Commendatore weint!« Es war wie im Finale des ›Schwarzen Korsaren‹. Dann fuhr Rizzoli mit von Tränen erstickter Stimme weiter: »Die Augen sind mir feucht geworden. Du hast mir etwas sehr Liebes gesagt.«

Später kam er mich besuchen: »Ich hoffe, daß diese Krankheit dir auch den Kopf wieder in Ordnung gebracht hat. Jetzt darfst du nicht mehr Filme wie früher machen, sonst überanstrengst du dein Gehirn. Jetzt mußt du auf mich hören und die Filme machen, die ich dir sage.«

An einem Morgen habe ich im Korridor ungefähr zehn Personen gesehen, die griechisch sprachen und eine Menge wurst- und drachenförmiger Luftballone bei sich hatten. Sie kamen nicht zu mir. Sie besuchten einen Verwandten, der einen Herzinfarkt überstanden hatte. Ich sah den Kranken bleich im Bett liegen, die gelben und roten Luftballone über ihm an der Decke. Warum Luftballone? Sie wußten nicht, was mitbringen: Orangen, Kuchen? Sie waren einem Luftballonverkäufer begegnet und hatten Luftballone mitgebracht.

Patricia Highsmith
Der Mann, der Bücher im Kopf schrieb

Everett Taylor Cheever schrieb seine Bücher im Kopf, nie auf Papier. Als er starb, mit zweiundsechzig, hatte er vierzehn Romane geschrieben und einhundertsiebenundzwanzig Charaktere geschaffen, an die wenigstens er sich deutlich erinnerte.

Das war so gekommen: Mit dreiundzwanzig schrieb Cheever einen Roman, den er *Die ewige Herausforderung* nannte und der von vier Londoner Verlagen abgelehnt wurde. Cheever, damals Redakteur bei einer Zeitung in Brighton, zeigte sein Manuskript drei oder vier befreundeten Journalisten und Kritikern, und alle, fand Cheever, äußerten sich ebenso brüsk wie die Londoner Verleger in ihren Briefen. »Charaktere sitzen nicht… gekünstelter Dialog… Thematik verschwommen… Du wolltest ja eine offene Antwort: Also ich glaube nicht, daß dies eine Chance hat, veröffentlicht zu werden, selbst wenn du noch mal drübergehst… am besten vergißt du's und schreibst was Neues…« Zwei Jahre lang hatte Cheever seine ganze freie Zeit für den Roman aufgewendet und dabei das Mädchen, das er heiraten wollte, Louise Welldon, beinahe verloren, weil er sich kaum noch um sie gekümmert hatte. Dennoch heiratete er Louise wenige Wochen nach der Flut von Ablehnungen seines Romans. So blieb wenig übrig von der Aura des Triumphs, von der umgeben er die

Braut heimzuholen und den Weg zur Ehe zu beschreiten gedacht hatte.

Cheever hatte ein kleines Privateinkommen, und Louise hatte noch mehr. Cheever brauchte keinen Job. Er hatte sich vorgestellt, den Job bei der Zeitung aufzugeben (nachdem sein erstes Buch erschienen war), weitere Bücher zu schreiben und Buchkritiken und vielleicht eine Bücherspalte in der Brightoner Zeitung und später dann bei der *Times* und beim *Guardian.* Er versuchte, als Rezensent beim *Beacon* in Brighton anzukommen, aber von irgendwelchen festen Abmachungen war keine Rede. Außerdem wollte Louise in London wohnen.

Sie kauften ein Haus in Cheyne Walk und schmückten es mit Möbeln und Teppichen, die ihre Angehörigen ihnen geschenkt hatten. Cheever plante mittlerweile ein neues Buch, es sollte bis in alle Einzelheiten richtig und fertig sein, noch bevor er das erste Wort zu Papier brachte. Er behielt alles für sich, sagte Louise nie etwas über Titel oder Thematik und sprach mit ihr auch nie über die Charaktere – dabei hatte Cheever seine Charaktere klar vor sich, samt Hintergrund, Motivation, Geschmack und Aussehen bis zur Farbe ihrer Augen. Sein nächstes Buch würde eine eindeutig bestimmte Thematik haben, Charaktere mit Fleisch und knappe, treffende Dialoge.

Stundenlang saß er jeweils in seinem Arbeitszimmer im Haus in Cheyne Walk: gleich nach dem Frühstück ging er hinauf und blieb dort bis Mittag, kam nach dem Essen zurück und saß wieder bis zum Tee oder Abendessen am Schreibtisch, wie jeder andere Schriftsteller. Er schrieb aber kaum etwas, nur ein gelegentliches »1877 + 53« und

»1939–83«, um das Alter oder das Geburtsjahr bestimmter Figuren festzuhalten. Beim Nachdenken summte er gerne vor sich hin. Das Buch hieß *Der Spielverderber* (kein anderer Mensch auf der Welt kannte den Titel), und er brauchte vierzehn Monate, bis es ausgedacht und im Geist geschrieben war. Inzwischen war Everett junior geboren worden. Cheever wußte genau, wie er das Buch anlegen wollte, die ganze erste Seite war seinem Gedächtnis so eingeprägt, als sehe er sie gedruckt. Er wußte, es würde zwölf Kapitel haben, und er wußte, was drinstand. Er memorierte ganze Dialogfolgen und konnte sie jederzeit abrufen. Cheever meinte, er würde kaum vier Wochen brauchen, um das Buch zu tippen. Er hatte eine neue Schreibmaschine, ein Geschenk von Louise zu seinem letzten Geburtstag.

»Ich bin soweit – endlich«, sagte Cheever eines Morgens mit ungewohnter Fröhlichkeit.

»Oh, Lieber, wie schön!« sagte Louise. Sie war taktvoll und fragte ihn nie, wie er mit der Arbeit vorankam, sie spürte, daß er das nicht mochte. Während Cheever die *Times* durchblätterte und die erste Pfeife stopfte, bevor er nach oben verschwinden würde, ging Louise in den Garten und schnitt drei gelbe Rosen, die sie in eine Vase stellte und in sein Zimmer brachte. Dann zog sie sich still zurück.

Cheevers Arbeitszimmer war freundlich und bequem, mit einem großzügigen Schreibtisch, guter Beleuchtung, Nachschlagewerken und Wörterbüchern in Griffnähe und einem grünen Ledersofa, auf dem er, wenn er Lust hatte, zwischendurch ein Schläfchen machen konnte. Das Fenster ging auf den Garten hinaus. Cheever bemerkte die Rosen auf dem kleinen Rolltisch neben dem Schreibtisch und lächelte anerkennend. *Seite eins, Erstes Kapitel,* dachte Cheever. Das Buch sollte Louise gewidmet sein. *Meiner Frau Louise.* Klar und simpel. *Es war an einem grauen Dezembermorgen, als Leonard...*

Er hielt inne und zündete sich eine neue Pfeife an. Ein Bogen war in die Schreibmaschine eingespannt, aber zuerst kam die Titelseite, und er hatte noch nichts geschrieben. Ganz plötzlich, um 10.15 Uhr, verspürte er Langeweile – bedrückende, lähmende Langeweile. Er kannte das Buch auswendig, es stand im Geist fertig vor ihm, wozu es da noch schreiben?

Die Vorstellung, jetzt wochenlang auf die Tasten einzuhämmern, längst vertraute Worte auf zweihundertzweiundneunzig Seiten (das war seine Schätzung) festzuhalten, erfüllte ihn mit Schrecken. Er fiel auf das grüne Sofa und nickte ein. Um elf wachte er auf, erfrischt und anderen Sinnes: das Buch war schließlich fertig, und nicht nur fertig, sondern ausgefeilt und poliert. Warum nicht statt dessen was Neues anfangen?

Die Idee zu einem Roman über einen Waisenjungen auf der Suche nach seinen Eltern hatte Cheever schon bald vier Monate mit sich herumgetragen. Er begann, sich drum herum einen Roman vorzustellen. Er blieb den ganzen Tag am Schreibtisch sitzen, summte vor sich hin, starrte auf die Zettel, die fast alle leer waren, und tippte mit dem Radiergummiende des gelben Bleistifts auf die Tischplatte. Er war mitten im Schöpfungsprozeß.

Als er den Waisenjungen-Roman, der umfangreich geworden war, zu Ende gedacht und abgeschlossen hatte, war sein Sohn fünf Jahre alt.

»*Schreiben* kann ich die Bücher immer noch«, sagte Cheever zu Louise. »Das Wichtigste ist die Gedankenarbeit.«

Louise war enttäuscht, aber sie zeigte es nicht. »Dein Vater ist *Schriftsteller*«, sagte sie zu Everett junior. »Er schreibt Romane. Schriftsteller brauchen nicht zur Arbeit zu gehen wie andere Leute. Sie können zu Hause arbeiten.«

Der kleine Everett war jetzt im Kindergarten, und die Kinder hatten ihn gefragt, was sein Vater machte. Als Everett dann zwölf war, verstand er die Situation und fand sie ausgesprochen lächerlich, besonders als seine Mutter erzählte, der Vater habe sechs Bücher geschrieben. Unsichtbare Bücher. Damals begann Louise ihre Haltung Cheever gegenüber zu ändern: aus Toleranz und Laisser-faire wurden Respekt und Bewunderung. Sie tat das bewußt, und zwar hauptsächlich, um Everett ein Beispiel zu geben. Es gab Konventionen, an denen sie festhielt, und wenn ein Sohn den Respekt vor seinem Vater verlor, dann – glaubte sie – würde der Charakter des Sohns, ja der ganze Haushalt zerfallen.

Als Everett fünfzehn war, amüsierte ihn die Arbeit seines Vaters nicht länger, er war verlegen und peinlich berührt, wenn ihn Freunde besuchten.

»Romane? Sind sie gut? Kann ich mal einen sehen?« fragte Ronnie Phelps, ebenfalls fünfzehn und Everetts bewundertes Vorbild. Everett hatte es geschafft, ihn für die Weihnachtsferien zu sich einzuladen, und damit einen irren Coup gelandet, nun lag ihm daran, daß alles glattging.

»Ach weißt du, er zeigt sie nicht gern – er behält sie alle bei sich, in seinem Zimmer«, sagte Everett.

»Sieben Romane. Komisch – ich hab noch nie von ihm gehört. Bei welchem Verlag ist er denn?«

Everett war die ganze Zeit so angespannt, daß auch Ronnie sich nicht wohl fühlte und nach drei Tagen zu seinen Eltern nach Kent fuhr. Everett aß nichts mehr und blieb in seinem Zimmer hocken, wo seine Mutter ihn zweimal in Tränen fand. Cheever wußte nichts von alledem. Louise schirmte ihn ab gegen jede häusliche Unruhe und Störung. Aber die Ferien dauerten noch fast vier Wochen, und Everett war so deprimiert, daß Louise ihrem Mann eine Schiffsreise vorschlug, vielleicht zu den Kanarischen Inseln.

Zunächst war Cheever entsetzt. Er mochte keine Ferien, brauchte keine, das behauptete er immer wieder. Aber nach vierundzwanzig Stunden fand er, eine Kreuzfahrt sei eine gute Idee. »Ich kann ja trotzdem arbeiten«, meinte er.

An Bord lag Cheever stundenlang im Liegestuhl, manchmal mit Bleistift, manchmal ohne, und arbeitete an seinem achten Roman. Während zwölf Tagen machte er freilich keinerlei Notizen. Louise lag neben ihm; wenn er seufzte und die Augen schloß, wußte sie, daß er sich eine Atempause gönnte. Gegen Ende des Tages schien er manchmal ein Buch in der Hand zu halten und durchzublättern, dann – wußte sie – schmökerte er in seinen früheren Werken, die er alle auswendig kannte.

»Ha-ha«, lachte Cheever vor sich hin, wenn ihn eine Passage amüsierte. Dann kam er zur nächsten Stelle, schien zu lesen und murmelte: »Mm-hm, nicht schlecht, nicht schlecht.«

Everett, dessen Liegestuhl an der anderen Seite seiner

Mutter stand, riß sich jeweils hoch und stapfte mit grimmiger Miene davon, wenn er seinen Vater so zufrieden grunzen hörte. Für Everett war die Kreuzfahrt überhaupt ein mäßiger Erfolg, es gab niemanden in seinem Alter außer einem Mädchen, und Everett erklärte seinen Eltern und dem freundlichen Decksteward ausdrücklich, er habe nicht den Wunsch, es kennenzulernen.

Die Lage besserte sich, als Everett nach Oxford ging. Jedenfalls nahm er seinem Vater gegenüber wieder eine amüsierte Haltung ein. Dank dem Vater sei er in Oxford ziemlich populär, meinte Everett. »Nicht jeder hat einen lebenden Limerick zum Vater«, sagte er seiner Mutter. »Soll ich dir einmal einen aufsa–«

»Everett, bitte«, sagte seine Mutter kalt, und das Grinsen verschwand von seinem Gesicht.

Als Cheever Ende Fünfzig war, zeigten sich die ersten Anzeichen des Herzleidens, an dem er sterben sollte. Er schrieb fleißig weiter in seinem Kopf, doch der Arzt riet ihm, die Arbeitszeit einzuschränken und jeden Tag zweimal richtig auszuspannen. Es war ein neuer Arzt, ein Herzspezialist, und Louise hatte ihm erklärt, worin die Arbeit ihres Mannes bestand.

»Er denkt sich einen Roman aus«, sagte Louise. »Das kann selbstverständlich genauso anstrengend sein wie das Schreiben.«

»Selbstverständlich«, stimmte der Arzt zu.

Als für Cheever das Ende kam, war Everett achtunddreißig und hatte selbst zwei Kinder im Teenager-Alter. Everett war Zoologe geworden. Everett, seine Mutter und fünf, sechs Verwandte standen im Krankenzimmer versammelt, wo Cheever unter dem Sauerstoffzelt lag. Cheever murmelte etwas, und Louise beugte sich zu ihm.

»... Asche zu Asche«, hörte sie Cheever sagen. »Zurücktreten ... keine Fotografen, bitte ... ›Neben Tennyson‹?« (dies mit leiser, hoher Stimme) »... der menschlichen Phantasie als Denkmal ...«

Everett hörte auch zu. Nun schien sein Vater eine vorbereitete Rede zu halten. *Eine Laudatio*, dachte Everett.

»... kleinen Winkel, wo ein dankbares Volk seiner gedenken ... Rums! ... Vorsicht!«

Everett krümmte sich plötzlich, von einem Lachkrampf geschüttelt. »Sein Begräbnis – er begräbt sich selbst in der *Westminster Abbey*!«

»Everett!« sagte seine Mutter. »Ruhe!«

»Ha-ha-ha!« Everetts Spannung brach aus in wieherndes Gelächter, er taumelte aus dem Zimmer, und im vergeblichen Versuch, die Lippen zusammenzupressen und sich zu beherrschen, sank er auf eine Bank in der Halle. Was die Sache noch komischer machte, war der Umstand, daß, mit Ausnahme seiner Mutter, keiner im Raum die Situation verstehen konnte. Sie wußten, daß sein Vater Bücher im Kopf schrieb, aber die Sache mit dem Dichterwinkel in der Westminster Abbey hatten sie nicht mitgekriegt.

Kurz danach hatte Everett sich gefaßt und ging ins Krankenzimmer zurück. Sein Vater summte vor sich hin, wie er es oft beim Arbeiten getan hatte. War er immer noch bei der Arbeit? Everett sah, wie sich die Mutter tief hinunterbeugte und lauschte. Irrte er sich, oder war es wirklich ein Hauch von *Land of Hope and Glory*, der da aus dem Sauerstoffzelt drang?

Es war vorüber. Als sie, einer nach dem andern, das Zimmer verließen, war es Everett, als müßten sie sich jetzt gleich zur Leichenfeier im Haus seiner Eltern versammeln – aber nein, die Beisetzung hatte doch noch gar nicht stattgefunden. Die Suggestionskraft seines Vaters war wirklich erstaunlich.

Etwa acht Jahre später war Louise an Grippe mit nachfolgender Lungenentzündung erkrankt und lag im Sterben. Everett war bei ihr, in ihrem Schlafzimmer in Cheyne Walk. Sie sprach von seinem Vater und daß ihm nie der Ruhm und Respekt zuteil geworden waren, die ihm gebührten.

»... erst ganz zuletzt«, sagte Louise. »Er ist im Dichterwinkel begraben, Everett... das darf man nicht vergessen...«

»Ja, Mutter«, sagte Everett, beeindruckt, nahe daran, es zu glauben.

»Für die Frauen ist dort natürlich kein Platz – sonst könnte ich zu ihm«, hauchte sie.

Und Everett verschwieg ihr, daß sie zu ihm kommen würde, im Familiengrab in Brighton. Aber stimmte das auch? Konnte man nicht noch eine Nische finden, im Dichterwinkel? *Brighton*, sagte Everett zu sich, als die Wirklichkeit zu bröckeln begann. *Brighton*, Everett nahm sich zusammen. »Ich bin mir nicht so sicher, Mami«, sagte er. »Vielleicht läßt es sich einrichten – wir wollen sehen.«

Sie schloß die Augen, und auf ihren Lippen setzte sich ein sanftes Lächeln fest, das gleiche zufriedene Lächeln, das Everett gesehen hatte, als sein Vater unter dem Sauerstoffzelt lag.

Brian Moore
Judith Hearne

Blankgewichste Schuhe, sauberes weißes Hemd, Windsorknoten, frisch gebügelter Anzug – so ging James Patrick Madden in fröhlicher Stimmung hinunter zum Frühstück. Seine gute Laune schwand, als er die anderen sah. Blickten nicht einmal auf, nur die Neue, Miss Hearne. Sie sagte guten Morgen. Er schenkte ihr sein altes Portierslächeln mit der Andeutung eines Zwinkerns darin.

»Wie geht es Ihnen heute?«

»Oh, sehr gut, danke.«

Von den andern – kein Ton. May – das Gesicht in der Zeitung. Und diese Miss Friel, die glaubt wohl, ich bin ein Trinker oder so etwas. Lenehan – ein Nichtswisser, der sich für einen Alleswisser hält.

Seine Schwester schenkte Tee ein. Tee betrachtete Mr. Madden eher als Weibergesöff. Eine gute Tasse Kaffee, ja, das wäre etwas anderes.

»Oh, Mr. Madden!« (Sie wirkte ganz aufgeregt.) »Ich war gestern zufällig in der Bibliothek, und da habe ich einen Bildband über New York gesehen. Da mußte ich an unser Gespräch denken. Daß New York eine so herrliche Stadt ist, meine ich.«

Er lächelte sie an. Eine freundliche Person. Und gebildet. Diese Ringe und diese goldene Armbanduhr. Die sind echt, das steht fest. Schade, daß sie nicht besser aussieht.

»Das ist nett«, sagte er. »Schon eine Stadt, nicht? War auch ein Bild von der Brooklyn Bridge dabei?«

»O ja!«

Erfreut lächelte Mr. Madden noch einmal. In den vier Monaten, seit er in Irland war, hatte hier kaum jemand Interesse für die Staaten an den Tag gelegt. Die meisten Iren schienen sich über Vergleiche mit Amerika zu ärgern. Sich mit einer intelligenten Frau wie Miss Hearne zu unterhalten war ein Vergnügen.

»Und die George Washington«, sagte er. »Das ist auch eine feine Brücke. Wir haben viele Brücken in New York. Da ist die Triborough...«

»Wir haben auch in Irland viele Brücken, aber wir reden nicht dauernd davon«, warf Lenehan säuerlich ein.

Wer hat ihn denn nach seiner Meinung gefragt. »Brükken nennen Sie die? Hören Sie, Lenehan, ich spreche von richtigen Brücken. Großen Brücken.«

»Ach, kommen Sie schon«, sagte Lenehan. »Das ist alles, was ihr Yankees im Kopf habt. Angeben – alles ist in den Staaten größer und schöner. Was sollen wir denn mit einer Riesenbrücke über den Lagan oder den Liffey? Hm? Und wenn wir schon von Brücken reden, wir haben hier in Irland Brücken gebaut, als noch kein Mensch an Amerika dachte.«

Warum drückt sich der Kerl noch hier herum, anstatt seiner Arbeit nachzugehen? Aber da fiel ihm ein, daß Samstag war, und samstags hatte Lenehan so viel Zeit, wie er wollte. Hat keinen Sinn, das Gespräch weiterzuführen, sagte er sich resigniert. Der würde doch nur dazwischenfunken. Ich spreche später mit ihr, wenn wir allein sind. Vielleicht lade ich sie zu einem Spaziergang oder so ein.

»Guten Morgen allerseits«, sagte eine sanfte Stimme, und sie blickten alle zur Tür. Bernard, im nachschleifenden Morgenrock, den plumpen Körper in einen seidenen Schlafanzug gehüllt. Mrs. Henry Rice lächelte ihren Jungen liebevoll an.

»Komm und setz dich, Bernie. Trink eine Tasse Tee mit uns.«

»Ich habe zweimal geläutet, und dieses Mädchen rührt sich nicht«, sagte Bernard. »Wahrscheinlich hat sie die ganze Nacht mit irgendeinem Soldaten herumpoussiert. Und ich liege da oben und kann verhungern.«

»Ein paar Eier mit Speck?« sagte Mrs. Henry Rice schmeichelnd.

Miss Friel, Mr. Lenehan, Miss Hearne und Mr. Madden blickten auf, und Zorn stand ihnen so deutlich wie Hunger im Gesicht geschrieben.

»Bernie hat eine sehr zarte Konstitution«, erklärte Mrs. Rice, wobei sie sich an niemanden im besonderen wandte. »Der Arzt sagt, er muß kräftig essen, damit er bei Kräften bleibt.«

Bernard setzte sich und schien an Essen zu denken. Dann gab er, voller Wonne die Hausgäste beobachtend, seine Bestellung auf.

»Zwei Eier, Mama, vier Scheiben Speck. Und Mary könnte mir dazu gleich etwas Brot in der Pfanne mitbakken.«

Unterwürfig läutete Mrs. Henry Rice die Glocke. Mary erschien an der Tür und erhielt ihre Anweisungen. Vereint in ihrem Haß warfen die Hausgäste einander Blicke zu. Miss Friel griff mit der Miene einer Frau, die auf die Barrikaden steigt, ein Stück Toast und strich zweimal Butter darauf, so daß die Schicht Butter schließlich fast so dick war wie die Brotscheibe. So, schien sie zu sagen, wenn ihr Krieg haben wollt, bitte – von mir aus.

Mrs. Henry Rice ignorierte die Butterverschwendung. Sie hatte nur Augen für ihren Liebling, der gerade Tee schlürfte.

»Nun«, sagte Bernard freundlich, »wovon sprachen wir doch gerade, als ich hereinkam? Von den Herrlichkeiten Amerikas, wie?«

Mr. Madden biß zornig in ein hartes Stück Toast. Er kriegt Speck und Eier, und was kriege ich, ihr Bruder?

Miss Hearne, die ihn beobachtete, sah, daß er zornig war. Kein Wunder. Wirklich, das war etwas stark, diesen Taugenichts mit Leckerbissen zu füttern, während die Hausgäste, ganz zu schweigen von ihrem Bruder, nichts davon bekamen. Trotzdem – es war besser, darüber hinwegzugehen. Hitzige Laune, hitziges Blut, wie Tante D'Arcy zu sagen pflegte.

»Ja, wir sprachen von Amerika«, sagte Miss Hearne. »Und davon, wie wundervoll es dort sein muß.«

»Und Irland – ist Irland vielleicht gar nichts?« wollte Mr. Lenehan wissen.

»Oh, ich glaube, es gibt letztlich kein schöneres Land als Irland«, lenkte Miss Hearne ein. »Ich weiß das. Die meisten meiner Bekannten haben den Kontinent bereist, und was die alles erzählen – ich sage Ihnen. Rückständig – Sie glauben nicht, wie rückständig zum Beispiel die Italiener sind.«

Mr. Madden räusperte sich. »Entschuldigen Sie, Miss

Hearne, aber an den Staaten ist nichts rückständig. Dort ist man Europa auf den meisten Gebieten sogar hundert Jahre voraus. Und auch Irland voraus. Gott, Irland ist rückständig, verdammt rückständig.« Er hielt verwirrt inne. »Wenn Sie wissen, was ich meine«, schloß er unsicher.

»Amerika verkauft Kühlschränke als Kultur«, sagte Bernard. »Sie kommen nach Europa, wenn sie Ideen brauchen.«

»Kultur! Was soll das heißen, Kultur? Wir haben die besten Museen der Welt in New York City. Eine großartige Oper, die Metropolitan, am Broadway ein Dutzend Theater, die interessantesten Filme. Was man sich nur denken kann – New York hat's!«

»Bitte, James –« sagte Mrs. Henry Rice. »Nicht so laut.«

Mr. Madden lächelte zornig. »Was habe ich denn hier in puncto Unterhaltung?« fragte er Bernard. »Ein paar Kinos – *britische* Kinos. Und ein paar alte drittklassige Filme. Keine Clubs und ein, zwei Theater, die anderswo gleich nach der Premiere zumachen müßten. Was habt ihr denn eigentlich, hm?«

»Darum geht es nicht«, sagte Bernard. »Ich spreche nicht von Belfast.«

»Wovon sprichst du dann? Was weißt du denn schon, ein Junge in deinem Alter, der die Welt nur bis Dublin kennt?«

Bernard sah Lenehan an und grinste. »Die Atombombe, Mr. Lenehan. Das ist der amerikanische Beitrag zur Kultur. Hab ich recht?«

»Allerdings«, sagte Lenehan. »Und die haben sie nicht mal selbst erfunden. Die Europäer haben das alles für sie ausgetüftelt. Die hatten das alles auf dem Papier, und dann haben sie die Amerikaner das Ding bauen lassen.«

»Wer hätte es denn sonst bauen können?« rief Mr. Madden.

»Wer mußte es denn sonst unbedingt bauen?« konterte Bernard. »Ohne die Bombe hätten sie die Japaner nie geschlagen. Und jetzt wollen sie sie bei den Russen ausprobieren und Europa dabei kaputtmachen. Und da spricht er von Kultur.«

»Aber jemand muß den Russen doch entgegentreten!« sagte Miss Hearne entrüstet. »Gottlose Atheisten sind das, jawohl. Schlimmer als Hitler, viel schlimmer.«

»Nicht schlimmer als die Protestanten und Freimaurer, die in dieser Stadt hier zu bestimmen haben«, rief Mrs. Henry Rice. »Hitler war auch nicht schlimmer als die Engländer.«

Mr. Madden schlug mit der Faust auf den Tisch, daß seine Tasse umfiel. »Okay! Okay! Jetzt sagt nur noch, die Russen sind nette Kerle. Aber kommt dann auch nicht gelaufen, wenn die Kommunisten hier durch die Straßen spazieren und rufen ›Schickt uns eure Frauen raus!‹«

Schon bei dem Gedanken daran überlief es Miss Hearne. »Ganz recht, Mr. Madden. Der Papst selbst hat sie angeprangert. Zu einem heiligen Kreuzzug müssen wir aufbrechen, und Amerika wird mit dabei sein.«

»Ja, und zwar in vorderster Front«, sagte Mr. Madden. »Wir haben mit Europas Kriegen nichts zu tun haben wollen. Wir hatten nicht den Ehrgeiz, sie für euch zu gewinnen. Aber ihr habt ja so laut um Hilfe gebrüllt, daß wir gerannt gekommen sind, als es bei euch schiefging.«

»Du bist in Irland, Onkel James, vergiß das nicht«, sagte Bernard mit seiner sanften, zwingenden Stimme. »Irland bleibt in den Streitigkeiten der anderen neutral. Also komm mir nicht mit Intervention. Was bist du überhaupt, Amerikaner oder Ire? Als du herüberkamst, hast du kein gutes Haar an Amerika gelassen, und jetzt gehst du gleich hoch, wenn einer nur ein Wort dagegen sagt.«

»Ja, das möchte ich auch wissen«, sagte Lenehan, seinen Vogelkopf zur Seite neigend. »Das möchte ich auch wissen. Wenn es in Amerika so kolossal war, warum sind Sie dann überhaupt zurückgekommen? Und warum schwärmen all diese Yankees jeden Sommer hier durch die Gegend und erzählen uns, wie wunderbar Irland ist?«

Mr. Madden keuchte wie ein großer, auf dem Trockenen liegender Fisch. Aber er sagte nichts. Miss Friel, die während der Diskussion ununterbrochen weitergelesen hatte, schlug ihr Buch zu und erhob sich. »Die Uhr geht genau?«

»Nach dem Radio. Ich habe sie um acht Uhr gestellt«, sagte Mrs. Henry Rice.

»Dann muß ich mich beeilen«, kündete Miss Friel den anderen an.

Die schienen ihren Aufbruch nicht zu bemerken. Bernard nahm aus den Händen des Hausmädchens sein opulentes Frühstück in Empfang und machte sich darüber her. Mr. Lenehan schlürfte seinen Tee und beobachtete Mr. Madden über den Rand seiner Tasse hinweg. Mr. Madden musterte die Szene und stand dann auf. Betont aufmerksam nickte er Miss Hearne zu. »Auf Wiedersehen.«

»Oh, Sie gehen schon?«

»Ich habe etwas Besseres zu tun als hier herumzusitzen und zwei irischen Abrufkriegern zuzuhören.«

Lenehan stellte scheppernd seine Tasse hin. »Bezieht

sich das etwa auf mich? Und was ist überhaupt ein Abrufkrieger?«

»Das sind Burschen, die in New York Flugblätter verteilen. Irisch-amerikanische Patrioten nennen sie sich. Komische Käuze.«

Lenehan schob den Kopf vor wie ein angriffslustiger Hahn. »Sie sagten etwas von ›irisch‹. Wie meinen Sie das? Wollen Sie damit behaupten ...«

Mr. Madden lachte kichernd. »Wir haben alle möglichen komischen Käuze in New York. Aber diese Burschen da, die sind wie die Leute in Belfast. Worum es auch gerade geht, immer bringen sie Irland mit hinein. Immer verteilen sie Flugblätter gegen die Briten. Herrgott noch mal, in New York oder sonstwo ist es den Leuten doch verdammt egal – ich bitte um Entschuldigung, die Damen –, völlig egal, was mit den sechs nordirischen Grafschaften passiert.«

»Meinen Sie?« rief Lenehan. »Nun, den Briten ist es nicht egal. Und ...«

»Man kann sich über die ganze Welt aufregen, also warum gerade über Irland?« sagte Mr. Madden. »Die Iren. Ich will Ihnen sagen, was mit den Iren los ist. Sie sind Provinzler.«

»Hört, hört, Sie waren selbst mal einer.«

»Provinzler«, wiederholte Mr. Madden, zufrieden lächelnd. »Sie glauben, alle interessieren sich für ihre Probleme. Aber keiner interessiert sich dafür, kein Mensch. Irland – eine kleine Insel, die man in Texas verstecken könnte, ohne daß es auffallen würde. Die übrige Welt hat den Namen noch nie gehört.«

»Meinen Sie?« rief Lenehan. »Und Sie nennen sich einen

Iren. Ein Orangist sind Sie. Aber lassen Sie sich sagen, mein verehrter Yankee, aus Irland stammen mehr berühmte Männer als aus Amerika. Und lassen Sie sich auch sagen, daß es in den Staaten viele Iren gibt, die bessere Iren sind als Sie, Gott sei Dank. Und außerdem...«

Mr. Maddens alkoholgerötetes Gesicht strahlte jetzt. »So?« sagte er. »Ja, das glauben Sie.« Und er kehrte dem aufgebrachten Lenehan den Rücken zu und schritt langsam aus dem Zimmer, wobei er das linke Bein ein wenig nachzog.

In der Diele brach er in Lachen aus. Dem hab ich's aber gezeigt. Wie er langsam rot wurde, als ich das mit dem Abrufkrieger sagte. Die zwei haben doch noch nie über ihren eigenen Hinterhof hinausgesehen. Miss Hearne wußte, worum es mir ging. Eine gebildete Frau.

Alison Lurie
Zwei Welten

Seit fast vierzig Jahren leidet Vinnie unter den Nachteilen der ohne körperliche Reize geborenen Frau. Schon als Kind hatte sie ein Allerweltsgesicht, das irgendwie an ein kleines Nagetier erinnerte: schmale, spitze Nase, runde, ziemlich eng beieinanderstehende Augen, ein Knabberschlitz als Mund. In ihren ersten elf Lebensjahren machte sich allerdings noch niemand Gedanken über ihr Aussehen. Erst als sie langsam in die Pubertät kam, versuchten zuerst ihre plötzlich besorgte Mutter und dann sie selbst, den mageren Gaben der Natur etwas nachzuhelfen. Getreulich befolgten sie die wechselnden Ratschläge von Bekannten und aus den Medien, doch ohne jeden Erfolg. Die in Vinnies später Kinderzeit so beliebten Löckchen und Rüschen standen ihr nicht; die strenge, eckige Mode des Zweiten Weltkriegs betonte ihre pubertäre Schlaksigkeit; der New Look ertränkte sie in zuviel Textil – und so ging es im Wechsel der Mode immer weiter. Über Vinnies spätere Bemühungen um Chic und Charme sollte man besser überhaupt den Schleier der Nächstenliebe decken: die orangeroten ledernen Miniröcke über den knochigen Beinen der Vierzigjährigen, die toupierte Hochfrisur über dem kleinen Mausgesicht, das hinter einer überdimensionalen verspiegelten Fliegersonnenbrille hervorlugte.

Als sie fünfzig wurde, gab Vinnie diese Bemühungen

dann schließlich auf. Sie tönte sich nicht mehr die Haare in unnatürlich jugendlichem Kastanienbraun und ließ sie in ihrem naturgegebenen, hellen Grau auswachsen; sie verschenkte ihre halbe Garderobe und warf die meisten Kosmetika fort. Man muß den Tatsachen ins Gesicht sehen, sagte sie sich; sie war eben von der Natur benachteiligt, als Frau jetzt doppelt benachteiligt durch Alter; einer Frau wie ihr liefen die Männer nun einmal nicht nach wie die Stiere, da konnte sie sich noch soviel bunten Firlefanz umhängen, um sie auf sich aufmerksam zu machen. Wenigstens konnte sie es so vermeiden, zum Gespött zu werden. Wenn sie schon keine schöne Frau sein durfte, dann wenigstens eine Lady.

Aber gerade als Vinnie sich in die totale Niederlage zu schicken begann, wendete das Blatt sich zu ihren Gunsten. In den letzten paar Jahren hat sie mit einigen ihrer besser bedienten Altersgenossinnen gewissermaßen gleichgezogen, sie sogar überholt. Vergleiche zwischen ihrem und dem Aussehen anderer Frauen ihres Alters sind keine unversiegbare Quelle der Demütigung mehr. Sie sieht zwar jetzt auch nicht besser aus als früher, aber die andern haben an Boden verloren. Ihre schlanke, bescheiden proportionierte Figur ist nicht unförmig und wabblig geworden vom Kinderkriegen und dauerndem Zu- und Abnehmen; ihre kleinen, aber recht hübschen Brüste (cremeweiß mit rosa Knospen) sind straff geblieben. Ihr Gesicht hat nicht den gekränkten, angestrengten Ausdruck der Exschönheit, und sie versucht nicht mit Schmuck und Schminke, mit Kichern und Gurren das ihr vermeintlich zustehende männliche Interesse verzweifelt zu erzwingen. Sie verzehrt sich nicht vor Wut und Gram über das Ausbleiben von Hofierungen, die ihr sowieso nur unregelmäßig und in bescheidenem Umfang zuteil wurden.

Die Folge ist, daß Männer – auch solche, mit denen sie intim war – sie jetzt nicht voll Bestürzung ansehen wie eine durch Feuer, Flut oder Überbauung verschandelte, ehemals geliebte Landschaft. Daß Vinnie Miner alt geworden ist, stört sie nicht, denn ein besonderer Anblick war sie ja noch nie. Sie haben auch nicht aus romantischer Leidenschaft mit ihr geschlafen, sondern aus einem Gefühl der Kameradschaft und zeitweiligem beidseitigem Bedürfnis – oft geradezu gedankenabwesend, um die Sehnsucht nach irgendeiner berauschenderen Schönheit zu lindern. Es war nicht ungewöhnlich, daß ein Mann, der gerade mit Vinnie geschlafen hatte, anschließend nackt im Bett saß, sich eine Zigarette anzündete und ihr von den Höhen und Tiefen seiner momentanen Romanze mit einer launischen Schönen erzählte – um ihr zwischendurch immer wieder einmal zu sagen, wie herrlich es sei, einen Kumpel wie sie zu haben.

Daß Professor Miners Leben auch diese Seite kennt, mag manche überraschen. Aber es ist eine irrige Annahme, daß unscheinbare Frauen mehr oder weniger zölibatär lebten. Der Irrtum ist verbreitet, weil im Bewußtsein der Allgemeinheit – vor allem in den Medien – Sex immer mit Schönheit verknüpft ist. Daher kommt es zum Teil wohl auch, daß Männer sich ihrer Affären mit weniger attraktiven Frauen nicht gern rühmen oder sich in der Öffentlichkeit dazu bekennen. Auf der andern Seite haben die Frauen oft aus schmerzlicher Erfahrung oder natürlichem Selbsterhaltungstrieb gelernt, solche Beziehungen, in denen sie selten den Status einer Geliebten, öfter den der guten Freundin haben, nicht an die große Glocke zu hängen.

Wie schon oft festgestellt wurde, kann nahezu jede Frau einen Mann fürs Bett finden, wenn sie ihre Ansprüche nur tief genug senkt. Was sie senken muß, sind aber nicht unbedingt ihre Ansprüche an Charakter, Intelligenz, Potenz, gutes Aussehen und Erfolg im Leben. Viel eher und öfter muß sie ihr Bedürfnis nach Bindung, Treue und Romantik zurückschrauben; die Hoffnung auf Liebeserklärungen, bewundernde Blicke, geistreiche Telegramme, blumige Briefe und Geburtstagskarten, Geschenke, Pralinen und Blumen sollte sie aufgeben. Nein, auch unscheinbare Frauen haben oft ein Sexualleben. Was sie nicht haben, ist ein Liebesleben.

Alexander Sinowjew
Ich

Zweimal umsteigen! Ich bin schließlich nicht irgendwer, sondern der Leiter der Abteilung für Theoretische Probleme der Methodologie des Wissenschaftlichen Kommunismus, das heißt Leiter einer Abteilung des Instituts, dessen Direktor zur Zeit immer noch Kanarejkin ist.

Ich bin Doktor der Philosophie, Professor, gehöre zum Redaktionskollegium einer führenden philosophischen Zeitschrift, bin Mitglied zahlreicher wissenschaftlicher Räte, Komitees, Kommissionen, Gesellschaften, Autor von sechs Monographien und Hunderten von Artikeln. Mein Lehrbuch ist in alle halbwestlichen Sprachen übersetzt – ins Polnische, Bulgarische, Tschechische, Deutsche, Ungarische. Sogar eine Übersetzung ins Rumänische wird vorbereitet.

Allgemein wird damit gerechnet, daß ich bei den nächsten Wahlen zum Korrespondierenden Mitglied der Akademie ernannt werde. Sogar Waskin, dieses Schwein von der Parteihochschule (PHS), hat sich mit dieser für ihn unangenehmen Tatsache abfinden müssen.

Und jetzt – zweimal umsteigen! Wenn ich das einem erzähle, glaubt er's nicht. Natürlich könnte man ein Taxi nehmen. Aber für ein Taxi reicht's nicht. Und die Preise steigen jeden Tag. Außerdem muß man dem Taxifahrer ein

Trinkgeld geben, was ausgesprochen erniedrigend ist. Uns gibt doch auch niemand ein Trinkgeld! Man könnte auch zu Fuß gehen. Es ist nicht sehr weit. Aber das geht aus Prinzip nicht. Ein Professor, fast Korrespondierendes Mitglied, zu Fuß! Das läßt meine Stellung nicht zu.

Joan Aiken
Die jüngste Miss Ward

Henry Ward, Herr über das Anwesen Bythorn Lodge in der Grafschaft Huntingdon, empfand es als äußerst bitter, daß er angesichts seiner prekären Vermögensverhältnisse nur eine Mitgift von siebentausend Pfund aufbringen konnte, als seine Tochter Maria das Glück hatte, die Zuneigung von Sir Thomas Bertram zu gewinnen, der als Baronet einen stattlichen Besitz in der Grafschaft Northamptonshire sein eigen nannte. Mr. Wards anderen Töchtern sollte es später noch schlechter ergehen. Da sich bis dahin das Vermögen ihres Vaters weiter dezimiert hatte, sollte Agnes, die älteste Miss Ward, nur zweitausend Pfund erhalten, als sie sechs Jahre nach der Hochzeit ihrer Schwester eine achtbare, wenn auch keineswegs blendende Verbindung mit Mr. Norris einging, einem von ihrem Schwager protegierten Geistlichen in mittleren Jahren. Frances, die dritte Schwester, brannte dann in einer für die Familie besonders aufreibenden und kummervollen Zeit mit einem Marineleutnant aus Portsmouth durch und hieß von da an bei den Schwestern – insbesondere bei Mrs. Norris – halb herablassend, halb mißbilligend nur noch die »arme Fanny«. Harriet aber, die jüngste Miss Ward, setzte allem die Krone auf: Ihr Leben nahm einen so unerhörten, ja geradezu empörenden Verlauf, daß die Familie (natürlich bis auf Mrs. Norris) nicht einmal mehr ihren Namen in den Mund nahm.

Ihr Schicksal mit all seinen Widrigkeiten ist es, das hier geschildert wird, wobei mit falschen Anschuldigungen und Verleumdungen ein für allemal aufgeräumt werden soll.

Der jüngsten Miss Ward, Harriet – oder Hatty, wie sie meist gerufen wurde – hätte im Alter von zwölf Jahren, zu dem Zeitpunkt, da dieser Bericht beginnt, niemand ein Leben in Unehre vorausgesagt. Sie war von jeher der Liebling ihrer Mutter, die drei Jahre nach Hattys Geburt bettlägerig geworden war, und verbrachte viel Zeit in Mrs. Wards Zimmer, las mit ihr Bibeltexte, Erzählungen und Gedichte oder sang ihr mit zarter, aber reiner Stimme etwas vor.

Was das Äußere betraf, hatte das Schicksal die Ward-Schwestern sehr ungleichmäßig bedacht. Zwei von ihnen, Maria und Frances, sahen ihrem gutaussehenden Vater ähnlich. Sie konnten sich über einen strahlend klaren Teint, große blaue Augen, einen hohen schlanken Wuchs und gefällige Formen freuen, und man war sich darüber einig, daß sie zu den hübschesten Frauen der Grafschaft zählten.

Die anderen beiden Schwestern, Agnes und Hatty, schlugen ihrer Mutter nach, die in die Familie Lebensart, aber weder Geld noch Schönheit eingebracht hatte. Die geborene Isabel Wisbech, entfernt mit dem Herzog von Dungeness verwandt, war eine gescheite, gutherzige und vornehme Frau, aber klein von Wuchs, schmal und unauffällig. Sie hatte dunkle Augen, einen blassen Teint und ein wenig ausgeprägtes Selbstbewußtsein. Da sie zudem sehr still und in sich gekehrt war, nährte das in der Grafschaft Gerüchte, ihre Ehe sei nicht eben glücklich.

Agnes und Hatty hatten beide den kleinen Wuchs und

die dunklen Haare und Augen ihrer Mutter geerbt, nicht aber ihr passives Wesen. Hatty besaß Mrs. Wards Anmut und einen Liebreiz der Züge, durch den sie sich Fremden, die genauer hinzusehen verstanden, sofort empfahl. Agnes, die Älteste, war ein scharfzüngiges, übereifriges und herrisches Geschöpf, während Hatty Witz und Schlagfertigkeit und die Fähigkeit zu eigenständigem Denken besaß. Da zwei ihrer älteren Schwestern zu schwerfällig waren, um ihre Scherze und Einfälle zu würdigen, die dritte hingegen zu hitzig, hatte Hatty sich schon immer auf eigene Faust vergnügen müssen.

Mr. Ward war in diesem Weiberhaushalt zu einem vergrämten Mann geworden. Zeitlebens war es sein größter Wunsch, Master of Foxhounds, also oberster Jagdleiter, zu werden, denn er war ein leidenschaftlicher Waidmann, der am liebsten tagtäglich auf die Jagd gegangen wäre und den größten Teil seines Vermögens auf edle Reitpferde verwendet hatte. Zum Zeitpunkt seiner Eheschließung hatte er gehofft, verwandtschaftliche Bande mit Oberst Frederick Wisbech, einem Vetter zweiten Grades seiner Frau und jüngerem Sohn des Herzogs von Dungeness, welcher zudem in dem Ruf stand, sein Geld überaus geschickt in der City von London anzulegen, könnten ihm gesellschaftliche und finanzielle Vorteile bringen, doch war er weder in der einen noch in der anderen Hinsicht in den Genuß der ersehnten Wohltaten gekommen. Oberst Wisbech betrachtete Mr. Ward als einen Langweiler erster Güte und hielt sich tunlichst von ihm fern, während der Herzog seine Jagdmeute weiter in der recht nachlässigen Obhut seines Schwagers beließ.

Die Enttäuschung aber, die am heftigsten an Henry Ward nagte, betraf seinen Besitz, der nur in männlicher Linie vererbt werden konnte und in Ermangelung eines Erben an einen der Söhne seines Bruders fallen würde. Philip Ward war Advokat in Portsmouth und in den Augen von Henry Ward gesellschaftlich ohne jede Bedeutung. Die beiden Brüder schrieben sich nur selten und waren im Lauf von achtzehn Jahren nur einmal zusammengekommen. Für Mr. Ward war es ein ständiges Ärgernis, daß diese unerhebliche Familie aufgrund lächerlicher juristischer Federfuchsereien das Recht haben sollte, seinen Besitz zu übernehmen. Das Leben war für einen Mann wie ihn, der zwar in eine vornehme Verwandtschaft eingeheiratet hatte, aber auf Grund seiner ungenügenden Mittel niemals mit ihr von gleich zu gleich verkehren konnte, nicht eben einfach.

Vier Töchter hatte die unglückliche Mrs. Ward bis zu ihrem einunddreißigsten Lebensjahr zur Welt gebracht, und nach der Geburt der vierten erklärte ihr Hausarzt, daß ein fünftes Kind ihr sicherer Tod wäre, was Mr. Ward in helle Empörung versetzte. Von den ersten drei Töchtern hatte er kaum Notiz genommen, die vierte ignorierte er völlig. Nach Hattys Geburt hatte Mrs. Ward ein schweres Kindbettfieber bekommen, danach ging es mit ihrer Gesundheit stetig bergab, und als Miss Marias Hochzeit näher rückte, war sie schon seit acht oder neun Jahren ans Bett gefesselt.

Daß die Vorbereitungen für die einer künftigen Lady Bertram angemessenen Feierlichkeiten ihre Kräfte bei weitem übersteigen würden, war allen Beteiligten bewußt.

»Könnten wir nicht meine Base Ursula Fowldes um

Hilfe bitten?« fragte sie eines Tages zaudernd ihren Mann. »Ich denke, daß sie zu bewegen wäre, ein paar Tage vor der Hochzeit zu kommen und sich um alle Einzelheiten zu kümmern. In diesen Dingen dürfte niemand kenntnisreicher und tauglicher sein als sie. Du weißt, daß zwei ihrer Schwestern bereits verheiratet sind, so daß sie reichlich Erfahrungen sammeln konnte. Und bei der Hochzeit unserer lieben Maria mit Sir Thomas Bertram wollen wir uns doch keine Fehler oder Nachlässigkeiten leisten.«

Mr. Ward nahm diesen Vorschlag sehr wohlwollend auf. Lady Ursula Fowldes, die älteste Tochter des fuchsjagdbesessenen Grafen von Elstow, des Herzogs Schwager, hatte mitgeholfen, zwei ihrer jüngeren Schwestern, Lady Mary und Lady Anne, durchaus angemessen unter die Haube zu bringen, weshalb zu vermuten stand, daß sie mit Prozedur und Etikette bis ins kleinste vertraut war. (Über die Frage, warum Lady Ursula nicht geheiratet hatte, wurde in der Nachbarschaft viel getuschelt und gerätselt, man sprach von einer romantischen Liebe, die vor einigen Jahren zerbrochen war.) Mittlerweile war sie siebenundzwanzig Jahre alt, und mit der Möglichkeit, sie könne doch noch in den Stand der Ehe treten, rechnete aus allerlei Gründen inzwischen langst niemand mehr.

»Ich glaube, daß Base Ursula bereit wäre, herzukommen und uns mit Rat und Tat zur Seite zu stehen«, wiederholte Mrs. Ward, »auch wenn ich sie lange nicht mehr gesehen habe. In jüngeren Jahren waren wir einander sehr zugetan. Wenn du mir Papier und Feder bringst, Hatty, will ich gleich an sie schreiben.«

Hatty gehorchte; allerdings konnte sie, als sie der Mutter

die Schreibutensilien brachte, einen leisen Seufzer nicht unterdrücken. Bei den Töchtern der Wards war Lady Ursula recht unbeliebt, denn sie bildete sich auf ihre gesellschaftliche Stellung nicht wenig ein und gab sich (vielleicht als Folge jener legendären Romanze) stets säuerlich-formell und überheblich. Ihre stocksteife Haltung versetzte jedem geselligen Beisammensein, an dem sie teilnahm, einen betrüblichen Dämpfer. Nase, Kinn und Augenbrauen strebten ständig in verwunderter Mißbilligung nach oben. Niemand verstand es so gut wie Lady Ursula, gemeine Anmaßung niederzuhalten oder kurzen Prozeß mit parvenühafter Unverfrorenheit zu machen.

»Ja gewiß, deine Cousine Ursula ist bestimmt die geeignetste Person, um die Vorbereitungen für Marias großen Tag zu beaufsichtigen«, bestätigte Mr. Ward in ausnahmsweise hochzufriedenem Ton.

Zu jener Zeit sah Mr. Ward, nachdem Maria eine so überaus willkommene Verbindung mit Sir Thomas Bertram eingegangen war, seine Aussichten für die Zukunft noch in leidlich rosigem Licht. Es stand zu hoffen, daß Maria dank ihrer künftigen angeheirateten Verwandten auch den jüngeren Töchtern akzeptable Partien würde vermitteln können. Der Plan, Lady Ursula zu einem Besuch in seinem bescheidenen Heim zu überreden, kam ihm sehr entgegen, denn bislang hatten sich trotz der verwandtschaftlichen Verbindungen kaum Kontakte zwischen den Wards und der Familie von Lord Elstow in Underwood Priors ergeben. »Unsere Verwandten, die Fowldes … unsere Cousine, Lady Ursula …«, hörte Mr. Ward sich im Geiste bereits sagen. Bei den bevorstehenden Hochzeitsfeierlichkeiten würde das ein sehr erwünschtes Gegengewicht zu den adligen Verwandten des Bräutigams sein.

Mr. Ward war bereit und willens, für die Dauer der Hochzeitsfeierlichkeiten den abschätzigen, um nicht zu sagen rüden Ton abzulegen, den er gewöhnlich der Weiblichkeit gegenüber anschlug, und Lady Ursula mit Ehrerbietung, Liebenswürdigkeit, ja nachgerade Galanterie zu begegnen, worüber sich seine Töchter später nicht genug wundern konnten.

Doch galt es vor dem Eintreffen der Hochzeitsgäste noch verschiedene häusliche Hürden zu überwinden. Auch eine alte Tante von Mr. Ward, Mrs. Winchilsea aus Somerset, war eingeladen, und Bythorn Lodge verfügte nur über ein Gästezimmer. Eine der vier Töchter würde deshalb ihr Zimmer an Lady Ursula abtreten müssen. Daß Maria, die Braut, nicht aus ihrem Zimmer vertrieben werden konnte, lag auf der Hand. Naheliegend wäre es gewesen, eines der beiden jüngeren Mädchen, Hatty oder Frances, auszuquartieren, deren Räume aber nicht so ansprechend waren.

»Agnes muß ein Opfer bringen«, entschied Mr. Ward, als ihm die Sache zur Beurteilung vorgelegt wurde. »Sie hat das größte Zimmer mit einer schönen Aussicht auf die Trift. Es ist die am besten geeignete und einzig angemessene Unterkunft für Lady Ursula, die ja schließlich Zeit und Mühe auf unsere Angelegenheiten verwendet. Was für ihre Bequemlichkeit getan werden kann, soll geschehen. Agnes muß dann eben zu Frances ziehen.«

Der ältesten Miss Ward mißfiel diese Entscheidung sehr. Sie war ohnedies gekränkt, weil Maria als Begleiterin für die Hochzeitsreise nach Bath und Wells nicht die ältere

Schwester ausersehen hatte. Nicht Agnes, sondern Frances sollte ihre Reisegefährtin sein. Der Familie kam die Wahl nicht unerwartet, denn Frances und Maria, die sich vom Wesen und vom Aussehen her so ähnlich waren, standen sich seit jeher sehr nah, während Agnes, die Älteste, und Hatty, die Jüngste, getrennt durch dreizehn Jahre und in jeder Beziehung denkbar gegensätzlich, mehr schlecht als recht miteinander zurechtkamen.

Die Zurücksetzung hatte Agnes tief getroffen. Es lag in ihrer Natur, sich über jeden Tort, den man ihr antat, auch wenn er nur in ihrer Einbildung bestand, heftig zu kränken, und die Sache wurde nicht besser dadurch, daß die künftige Lady Bertram in ihrem ruhig-schleppenden Ton bemerkte: »Es ist eindeutig deine Pflicht, daheim zu bleiben und dich um Mama zu kümmern, während Frances und ich mit Sir Thomas auf Reisen sind. Wie oft habe ich dich sagen hören, daß allein du dich auf die Pflege unserer Mutter verstehst, daß man Fanny mit ihrem Spatzenhirn unmöglich den Haushalt anvertrauen kann und Hatty natürlich noch zu jung ist. Wenn wir es so regeln, ist allen geholfen. Ich denke, du wirst gut daran tun, in Hattys Zimmer zu ziehen, denn bei Fanny wird es durch das Kofferpacken und die übrigen Reisevorbereitungen ein großes Durcheinander geben. Fanny ist so fahrig. Wenn wir fort sind, hast du dann, falls Lady Ursula länger bleibt, die Wahl zwischen meinem und Fannys Zimmer, denn ich denke doch, daß Fanny, wenn wir uns in Mansfield Park, dem Besitz von Sir Thomas, eingerichtet haben, noch etliche Monate bei uns bleiben wird.«

Agnes mit ihrem reizbaren Temperament schmeckten

diese Ausführungen gallebitter, zumal ihnen durchaus vernünftige Argumente und unwiderlegbare Fakten zugrunde lagen. Das Ende vom Lied war, daß Agnes sich zu Hattys großem Kummer tatsächlich dafür entschied, zu der jüngeren Schwester zu ziehen. Zwei Gründe gaben den Ausschlag. Erstens war das Zimmer näher an ihrem eigenen, und zweitens konnte sie Hatty, als die Jüngste, am besten herumkommandieren und mit Kleiderbündeln und anderen Dingen von einem Raum zum anderen schicken.

Dieser kleine häusliche Umzug war der Anlaß für ein Mißgeschick, dessen Auswirkungen noch über viele Jahre spürbar bleiben sollten.

Marias Hochzeit sollte im Juni gefeiert werden. Der Frühsommer jenes Jahres war ausnehmend schwül und gewittrig, und die Sonne ließ sich nur selten blicken. Die kränkelnde Mrs. Ward, die unter der stickigen Wärme besonders litt, hatte gebeten, möglichst viele Türen und Fenster zu öffnen. Und deshalb stand die Haustür von Bythorn Lodge sperrangelweit offen, als der Vierspänner aus Underwood Priors mit Lady Ursula eintraf, was mehrere Stunden früher als vorgesehen geschah. Es war bekannt, daß diese bei ihren Reisen sich nicht um die Bequemlichkeit ihrer Mitmenschen scherte, und da sie ihren Besuch als außerordentlichen Gunstbeweis betrachtete, hatte sie nicht die mindesten Bedenken gehabt, ihre Ankunft um einen halben Tag vorzuverlegen.

Durch die Hochzeitsvorbereitungen und die Zurichtungen für einen weiteren Gast befand sich der Haushalt bereits in einiger Unordnung, und deshalb war kein Diener zur Stelle, als die hochgewachsene Lady Ursula mit düstermißbilligender Miene durch die offenstehende Haustür die Eingangshalle betrat. Sie stieß kräftig mit ihrem Stock auf die Steinplatten, sah sich um und rief mit ihrer hohen, gebieterischen Stimme: »Heda! Ist hier niemand?«

Fanny Ward, die gerade mit einem Bündel Bettwäsche die Treppe herunterkam, war beim Anblick der furchterregenden Erscheinung wie vom Donner gerührt.

»O Himmel! Tante Ursula! Ich… Ich w-wußte ja nicht, daß man dich schon so früh erwartet. Papa ist drüben bei den Ställen…«

Mr. Ward war tagsüber unweigerlich in den Ställen zu finden, sofern er sich nicht seinem geliebten Waidwerk widmen konnte.

»Besten Dank, aber mit ihm habe ich im Augenblick nichts zu schaffen«, sagte Lady Ursula frostig. »Frances, wenn ich nicht irre? Du wirst mich zu deiner Mutter führen, wenn ich bitten darf.«

»Ja… ja, natürlich.« In ihrer Verzweiflung zog Fanny an der Klingelschnur und gab, als die sichtlich nervöse Haushälterin erschien, ebenso nervös ihre Anweisungen.

»Sag Jenny und meiner Schwester Hatty, sie sollen unverzüglich Lady Ursulas Zimmer richten.«

»Führe mich zu deiner Mutter, wenn ich bitten darf«, wiederholte Lady Ursula merklich lauter. Sie war es offenbar nicht gewohnt, eine Aufforderung wiederholen zu müssen.

»Gewiß doch, Tante Ursula. Bitte hier entlang… Ich weiß nicht recht, ob Mama… aber wenn du mir folgen würdest… und wenn du nur eben…«

Lady Ursulas Miene machte deutlich, daß sie nicht gewillt war, wartend in einem Gang herumzustehen. Auf der kleinen Galerie im Obergeschoß führte eine Glastür zu einem Balkon, aber Fannys hoffnungsvolle Geste in Richtung des dort plazierten Sessels verfehlte ihre Wirkung auf Lady Ursula, die der verstörten Nichte ungerührt folgte.

Die Tür zu Mrs. Wards Schlafzimmer war ebenso weit geöffnet wie die Haustür und bot ein Bild, das die meisten Betrachter anrührend, ja bewegend gefunden hätten.

Um sich in der drückenden Schwüle möglichst viel Erleichterung zu verschaffen, hatte die Kranke im Bett, durch einen Berg von Kissen gestützt, eine halb liegende, halb sitzende Stellung eingenommen und war in leichteste Gaze- und Batiststoffe gehüllt. Schon in gesunden Tagen schmal und dünn, wirkte sie jetzt spinnwebleicht, fast körperlos. Das dunkle Haar war der Hitze wegen hochgesteckt und mit einem Spitzentüchlein bedeckt. Das schmale, heute nur ausnahmsweise nicht von Schmerz gezeichnete Antlitz, das Lady Ursula jetzt einigermaßen bestürzt betrachtete, schien sich in den letzten zwölf Jahren kaum verändert zu haben. Das kleine Mädchen, das es sich mit einem Buch in der Hand auf einem kleinen Polstersessel neben dem Bett bequem gemacht hatte, wies eine frappierende Ähnlichkeit mit der Mutter auf, aber im Ausdruck unterschieden sich die beiden Gesichter erheblich. Das des Kindes verriet Erschrecken, die Miene der Frau erhellte sich in freudigem Erkennen.

»Ursie! Liebste Ursie! Welche Freude! Wir hatten dich erst gegen Abend erwartet.«

»Ja, das habe ich an den unzulänglichen Vorbereitungen gemerkt«, gab die Besucherin bissig zurück, nahm aber der

Kritik die Spitze, indem sie näher trat und ihre Wange kurz an die der Kranken legte. Das Kind hatte sich indessen wie ein scheues kleines Tier ängstlich vom Bett entfernt.

Lady Ursula gönnte der Kleinen kaum einen Blick, aber Mrs. Ward sagte leise, indem sie eine abgezehrte Hand ausstreckte: »Wir lesen unseren Shakespeare später weiter, Liebes. Bald, das verspreche ich dir. Wir waren gerade an einer so spannenden Stelle angekommen. Du kannst dir vorstellen, daß Cousine Ursula und ich im Gespräch viel nachzuholen haben. Sei ein liebes Mädchen und hilf Fanny, die Zimmer für Ursula und Tante Winchilsea herzurichten. Pflücke beiden ein Wickensträußchen im Garten. Hattys Sträuße sind die schönsten«, fügte Mrs. Ward, zu der Freundin gewandt, hinzu und deutete mit einem matten, hoffnungsvollen Lächeln auf das zierliche Gebinde aus Lavendel, Eberraute und Storchenschnabel, während die Kleine wieder näher kam und mit der Wange die ausgestreckte Hand streifte.

Doch Lady Ursula sah auch jetzt die jüngere Nichte kaum an. »Lauf, Kind«, sagte sie schroff. »Du wirst hier nicht gebraucht. Deine Mutter und ich haben vertrauliche Dinge zu bereden. Jetzt geh schon, spute dich. Und mach die Tür hinter dir zu.«

Mrs. Ward öffnete den Mund zu einem Protest und schloß ihn wieder. Dann sagte sie sanft: »Setz dich, meine liebe Ursie. Such dir einen bequemen Sessel. Es tut gut, dich nach so langer Zeit wiederzusehen. Du mußt mir ausführlich von der Hochzeit deiner Schwestern erzählen. Und von deiner Mutter. Und wie geht es deinem Papa, meinem Onkel Owen?«

»Schlecht«, erwiderte Lady Ursula kurz angebunden. »Zu Hause ist er öfter betrunken als nüchtern. Und wenn er sich in London aufhält – was meist der Fall ist –, zieht es meine Mutter vor, sich nicht allzu genau nach seinem Tun und Treiben zu erkundigen. Sie selbst lebt meist in ihrer eigenen Welt. Sprechen wir nicht von ihnen. Es wäre Zeitverschwendung.«

Angewidert schob sie den kleinen Polstersessel vom Bett weg, sah sich suchend um und wählte eine Sitzgelegenheit, die ihrer geraden Haltung mehr entgegenkam. Als sie Platz genommen hatte, musterte sie ihre Gastgeberin mit gerunzelter Stirn. »Du dürftest nicht zulassen, daß dieses Kind dich derart ermüdet. Soll doch eine ihrer Schwestern sie beim Lernen beaufsichtigen.«

»Aber wir haben es so schön miteinander, liebste Ursie. Hatty ist jetzt meine einzige – ist eine meiner größten Freuden. Bitte schilt nicht mit mir. Ich hoffe, du bist nicht zum Schelten gekommen. Ich habe mich so nach dir gesehnt.«

Mrs. Ward griff liebevoll nach der Hand der Freundin.

»Komm, laß uns so tun, als säßen wir wieder in der Schulstube von Underwood. Wie geht es Barbara und Drusilla? Und meinem Vetter Fred Wisbech? Und meinem Onkel, dem Herzog? Und – und meinem Vetter Harry?«

»Ich habe keine Ahnung«, erwiderte Lady Ursula kalt und abweisend. »Unsere Wege kreuzen sich nie. Zum Glück, möchte ich sagen.«

»Ach Ursie…« In Mrs. Wards Stimme, die kaum lauter als ein Seufzer war, lag alle Betrübnis, alles Mitgefühl dieser Welt. Jetzt hatte sie die Hand der Freundin mit beiden

Händen umfaßt und streichelte sie sanft und tröstend. »Meine liebe, liebe Ursie. Warum hast du mich nie besucht?«

»Zu welchem Anlaß?« fragte Lady Ursula kalt, aber sie ließ ihre Hand, wo sie war. Unbeweglich saß sie da, einer gewaltigen Fregatte gleich, die nur noch eine schwache Verankerung im Hafen hält.

Lu Wenfu
Der Gourmet

Gourmet – wie schön klingt dieses Wort, selbst schon eine Delikatesse, die auf der Zunge zergeht! Und doch bedeutet es etwas ganz Profanes: ein Mensch, der über die Maßen gern ißt.

Daß jemand es damit zum anerkannten Experten bringen kann, hätte ich nie für möglich gehalten. Aber wie so oft trat gerade dies ein, während anderes, Erwartetes, ausblieb. Ausgerechnet solch ein Mann begleitete mich vierzig Jahre lang auf meinem Lebensweg wie ein geisterhafter Schatten. Sosehr ich ihn verachtete, verabscheute, bekämpfte – am Ende war ich es, der überhaupt nichts vorzuweisen hatte, während er dank seiner sublimen Eßlust zur Autorität in kulinarischen Dingen aufstieg.

Vorausgeschickt sei, daß ich keineswegs ein pauschaler Gegner von Essen und Trinken bin – es nie sein konnte, denn sonst hätte ich wohl schon sehr bald nach meiner Geburt das Zeitliche gesegnet. Nur haben wir in China traditionell großen Wert auf Fleiß, Genügsamkeit und Sparsamkeit gelegt, Völlerei dagegen stets abgelehnt, zum Beispiel auch in der Kindererziehung. Allerdings sah diese »Erziehung« stets so aus, daß Mütter ihre Kinder schalten: »Du kleiner Freßteufel, aus dir kann ja nichts werden!« Wer gern aß, war also ein Teufel, und weit bringen konnte er es auch nicht... »Freßsack, Lumpenpack! Freßsack,

Lumpenpack!« – mit solchen Schmähworten ätschten sich schon die Kinder gegenseitig aus, so daß die Mädchen, wenn sie schüchtern waren, lieber gleich darauf verzichteten, Kuchen oder Ölstriezel auf der Straße zu knabbern, wie ja auch auf der Opernbühne eine junge Dame ihr Gläschen nur hinter dem Vorhang ihres schamhaft hochgehaltenen Ärmelvolants zu leeren pflegt. Von klein auf in diesem Sinne erzogen, habe ich die Sybariten seit jeher ein wenig verachtet. Wenn ich auf einen stoße, reagiere ich allergisch, als wäre mir Essig in die Nase gestiegen, zumal seit jener Zhu Ziye meinen Weg kreuzte, der schon als Kind so vernascht war und dann zum »Experten« aufstieg.

Zhu Ziye war ein Kapitalist, ein waschechter Kapitalist – bei dem konnte keine Rede von falscher Einstufung in diese Klasse sein. Man hört mitunter, Kapitalisten seien immerhin besser als Grundbesitzer, weil sie gebildet sind und etwas von Technik, von Wirtschaftsführung und Verwaltung verstehen. Auch ich will das nicht bestreiten, nur war dieser Zhu Ziye insofern eine Ausnahme unter den Kapitalisten, als ihm keine Fabriken, sondern Häuser gehörten, fast alle Häuser in unserer Gasse. Um andere auszubeuten, brauchte er nur die Worte »Die Miete ist fällig!« auszusprechen, und selbst diese konnte er sich sparen, denn die Miete trieb sein Verwalter ohnehin ein. Immobilienhaie verstehen ja wohl meistens etwas von Bauplanung und -ausführung, was letzten Endes von Nutzen für die Gesellschaft ist. Nicht so unser Herr Zhu. Er hätte nicht einmal genau zu sagen gewußt, wie viele Häuser er überhaupt besaß und wo sie lagen. Sein Vater war ein geschäftstüchtiger Immobilienhändler in Shanghai gewesen, der vor dem

Krieg gegen die Japaner dort eine Immobilienbörse ins Leben gerufen, sein eigenes – beträchtliches – Vermögen jedoch in Suzhou angelegt hatte. Kurz nach Kriegsbeginn wurde sein Shanghaier Wohnhaus von einer Bombe getroffen. Dabei kam die ganze Familie um, ausgenommen Zhu Ziye, der im Hause seiner Großmutter in Suzhou an einem Hochzeitsbankett teilnahm. Seine Freude an Essen und Trinken hatte ihn gerettet, denn sonst wäre auch er ums Leben gekommen.

Als ich ihn kennenlernte, ging er auf die Dreißig zu. Er war zu jener Zeit gertenschlank – Leute, die gern essen, müssen nämlich nicht unbedingt Fettwänste sein! Vielleicht hielt er sich selbst für allzu mager und hatte eben deshalb ständig das Gefühl, nicht genug zu kriegen – jemand, der so fett ist, daß er sich kaum noch rühren kann, wagt ja gar nicht, viel zu essen. Wie sagt man so treffend? »Der Vielfraß denkt nur an sein Mahl, sein Aussehen ist ihm ganz egal.« Zhu Ziye hatte zwar genug Geld, um für beides zu sorgen, aber sein Äußeres interessierte ihn überhaupt nicht. Das ganze Jahr über lief er in einem nicht mehr ganz neuen Gewand herum – je nach Saison gefüttert oder ungefüttert –, das er beim Altkleiderhändler erstand, sofort anzog und erst wieder ablegte, wenn es schmutzig war. Dann »vergaß« er es im Badehaus. Es hieß, er sei auch einmal verheiratet gewesen, aber man sah ihn nie mit Kindern oder einer Frau. Oder doch: Einmal hatte man beobachtet, wie er auf der Straße zum Tigerhügel mit einer reichlich aufgedonnerten Dame zusammen in einer Fahrradrikscha fuhr. Nur stellte sich später heraus, sie hatte keine freie Rikscha gefunden und Zhu gebeten, sie mitzunehmen, was er auch tat, allerdings nicht ohne sie ungalanterweise die Hälfte des Fahrpreises bezahlen zu lassen.

Nach dem Tode meines Vaters kurz vor dem Ende des Widerstandskrieges gegen Japan zogen wir nach Suzhou. Meine Tante mütterlicherseits und Zhu Ziyes Tante väterlicherseits waren nämlich Kusinen. Wir wohnten mietfrei, sollten aber für Zhu den Pförtnerdienst übernehmen und – was meine Mutter betraf – ihm im Haushalt helfen, beides keine anspruchsvollen Aufgaben, denn er ging früh aus dem Haus und kam erst spätabends wieder, so daß im Grunde gar keine Arbeit anfiel. Meiner Mutter gab er nie irgendwelche Aufträge. Im Gegenteil: Wenn sie die Unordnung gar nicht mehr mit ansehen konnte und ihm anbot, etwa sein gestepptes Bettzeug einmal aufzutrennen und zu reinigen oder das Haus auszufegen und durchzulüften, so hielt er das für völlig überflüssig, ja empfand es geradezu als unerwünschte Belästigung. Für ihn war sein Zuhause nichts als ein Bett, in das er sich nach einer üppigen Mahlzeit zurückzog, um sogleich loszuschnarchen, sobald sein Kopf das Kissen berührte.

Zhy Ziye war Frühaufsteher. Er hätte auch gar nicht bis in die Puppen schlafen können, denn pünktlich wie ein Wecker forderte der Magen gebieterisch sein Recht, wenn es Zeit zum Aufstehen war. Beim Erwachen war sein erster Gedanke: Auf zu Zhu Hongxing, sonst kriege ich nichts von den ersten frischen Nudeln des Tages ab!

Für Zhu Ziye war das eigentlich Wichtige: daß man ihm die ersten Nudeln servierte. Alle Nudeln, die die Gäste den Tag über bestellten, wurden nämlich in demselben Kessel gegart, so daß das Kochwasser allmählich immer breiiger und die Nudeln pappig und muffig wurden. Wenn Zhu an seinen Nudeln einmal diesen Kochwassergeruch wahrnahm, betrachtete er das geradezu als persönlichen Affront und war den ganzen Tag schlecht gelaunt. Deshalb also konnte er nicht wie weiland Oblomow bis in den hellen Morgen hinein schlafen, sondern stand vor Tau und Tag auf und wusch sich in aller Eile, um nur ja zu seinen frischen Nudeln bei Zhu Hongxing zurechtzukommen. Wie bei anderen Künsten kommt es eben auch bei der Kunst des Essens auf das richtige Timing an.

Wenn Zhu Ziye, sich den Schlaf aus den Augen reibend, vors Tor trat, stand A Er, der Rikschamann, den er stets gleich für einen ganzen Monat engagierte, dort schon mit seinem Gefährt bereit. Gravitätisch setzte Zhu sich zurecht, gab mit der Fußklingel das Zeichen zum Aufbruch, und auf ging's zum Restaurant Zhu Hongxing und den ersten frischen Nudeln. Anschließend brachte A Er ihn dann zu einem Teehaus in der Changmenshi-Straße.

Teehäuser fand man in Suzhou an jeder Ecke – warum mußte es also gerade dieses sein? Ganz einfach: In dem großen Etablissement gab es ein paar Extrazimmer, die mit Mahagonitischen und bequemen Korbstühlen ausgestattet waren. In diesem Refugium brühte man den Tee – er wurde direkt von den Plantagen am Dongting-See bezogen – in Kännchen aus braunviolettem Yixing-Steinzeug, und zwar mit Regenwasser, das über einem Feuer aus Kiefernzweigen in irdenen Gefäßen erhitzt wurde. Ja, ja, Essen und Trinken sind nicht voneinander zu trennen, und wahre Gourmets – jeder einzelne ein Jünger von Lu Yu und Du Kang, den legendären Schutzheiligen der Tee- und Weintrinker – verstehen auch etwas von Tee und alkoholischen Getränken.

Allmählich fanden sich die anderen Ritter von Zhu Ziyes Tafelrunde ebenfalls im Teehaus ein. Außer beim Frühstück wird man einen Gourmet nämlich niemals allein antreffen. Vier Esser sind das Minimum; mehr als acht sollten es wiederum auch nicht sein. Eine Mahlzeit besteht ja in Suzhou aus einer Folge verschiedener Speisen, und um ein komplettes Menu genießen zu können – beispielsweise eine kalte Platte als Hors d'œuvre, dann ein Sautée, gefolgt von Süßigkeiten, danach das Hauptgericht und diverse Kleinigkeiten, salzig oder süß, abschließend zur Abrundung des Ganzen eine gehaltvolle Suppe –, müssen sich mehrere Gourmets zusammenfinden, denn sonst geht es einem wie dem Theaterbesucher, der nur einen Akt sieht und auf diese Art gar nicht mitbekommt, worin es in dem ganzen Stück eigentlich geht.

Zunächst drehte sich die Unterhaltung zwischen Zhu und seinen Freunden im Teehaus um die Gaumenfreuden des vergangenen Tages, wurden Meinungen über Gelungenes oder auch weniger Gelungenes ausgetauscht, ehe man sich schließlich mit gebührendem Ernst und in aller gebotenen Ausführlichkeit der schwerwiegenden Frage zuwandte: Wo werden wir heute speisen? Im »Gasthaus des neu versammelten Überflusses«, im »Restaurant zur gerechten Glückseligkeit« oder im »Haus zu den Kiefern und Kranichen«? Waren sie all dieser Etablissements in der Stadt überdrüssig, mieteten sie sich jeder eine Rikscha oder vier zusammen eine Pferdekutsche, und ab ging's in geschlossener Formation nach Mudu ins Gasthaus Shi (berühmt für seine »Fischlungensuppe«), zum Nudelschmaus nach Fengqiao oder nach Changshu, wo das »Huhn nach Bettlerart« lockte. Ich muß es mir leider versagen, detailliert auf die kulinarischen Spezialitäten von Suzhou und Umgebung einzugehen, sonst kommen noch mehr Leute als bisher schon auf den Gedanken, hier eine Tagung abzuhalten – so eine Erzählung hat manchmal die merkwürdigsten Nebenwirkungen...

Luciano De Crescenzo
Anwalt Tanucci

»Kopf hoch, Armando, der Prozeß ist schon gewonnen, die anderen haben auf Porzio gesetzt, deine Mamma setzt auf Marciano.« So schreit in einem Gedicht Rocco Galdieris eine neapolitanische Mutter, während sie hinter dem Gefangenenwagen herrennt. Giovanni Porzio und Gennaro Marciano waren in der ersten Hälfte dieses Jahrhunderts die berühmtesten Vertreter der Gerichtswelt Neapels. Damals wurden alle Strafprozesse mit lebhaftestem Interesse verfolgt. Das Volk fand sich mit derselben Pünktlichkeit im Schwurgericht ein, mit der es sich heute die Fortsetzungen von *Dallas* und *Denver* ansieht. Es brauchte nur einer anzukündigen: »Der Porzio redet!«, und alle lauschten andachtsvoll.

Als der Prozeß gegen die ›Schöne Venezianerin‹ stattfand, schwärmte ganz Neapel für die Angeklagte. Es ging um ein klassisches Ehrendelikt: Antonietta Catullo, ledige Mutter, hatte ihren Verführer im Stadtpark getötet. Verteidiger war Rechtsanwalt Alfredo Catapano, der sein Plädoyer mit diesen Worten schloß: »Sprecht sie frei im Namen aller Frauen, denen je Gewalt angetan wurde, die getäuscht und betrogen worden sind; aller Frauen, die, weil sie Liebe brauchten, an das Gute und an falsche Versprechungen geglaubt haben, aller Frauen, die dem Laster, dem Elend, dem Hunger ausgesetzt waren, weil sie aber ein Kind liebten und zu beschützen hatten, die Kraft fanden, sich wieder aufzurichten und in Würde weiterzuleben.« Die schöne Venezianerin wurde freigesprochen, und Neapel schnappte über vor Freude. Hunderte von Frauen trugen den Rechtsanwalt Catapano im Triumph durch die Straßen und sangen im Chor:

Du hast den Prozeß gewonnen
Alfredo Catapano
und jetzt klatschen die Leute
dir alle Beifall.

Die Gerichte Neapels haben ihren Sitz in einer berüchtigten alten Burg, dem Castel Capuano, erbaut um das Jahr 1000 von Wilhelm II. Ursprünglich Festung, wurde es später Königshof, dann Privatwohngebäude und schließlich, unter dem Vizekönig Don Pedro von Toledo, Gefängnis und Gerichtshof.

Wenn man sich die Autos wegdenkt, hat sich die Umgebung des alten Kastells seit den Zeiten der spanischen Vizekönige wohl kaum sehr verändert. Das finstere Gebäude prägt nach wie vor die ganze Gegend. In den Gassen und Cafés des Stadtviertels wimmelt es von Winkeladvokaten, Straßenhändlern, Streunern, Vorbestraften in vorläufiger Haftentlassung, Leuten, die auf den Zellenwagen mit einem ihrer Angehörigen warten, Flittchen auf der Suche nach dem geeigneten Subjekt, das auf ihre Reize hereinfällt. Etwa in der Mitte zwischen den Gassen des Duchesca-Viertels, wo die Waren so billig verramscht werden, daß sie kein Geschäft mehr sein können, und der im Autolärm erstickenden Porta Capuana gelegen, verschluckt das Gerichtsgebäude pausenlos eine bunte Menschenmenge und spuckt eine andere wieder aus, die das Gesetz resigniert erträgt wie eine Naturkatastrophe.

Natürlich sind nicht alle Anwälte, die den riesigen Hof des Castel Capuano bevölkern, Stars; ihr Stand läßt sich grob in fünf Kategorien einteilen: da sind die Anwälte von Ruf, die gewöhnlichen Anwälte, die Winkeladvokaten, die Rechtsverschlepper und die Kanzleigehilfen.

Gaetano Manfredi, ein großer neapolitanischer Strafverteidiger, schloß einmal sein Plädoyer in einem vielleicht allzu emphatischen Ton: »Im gemeinen Volk heißt es, meine Sache sei verloren. Nun gut, so werde ich stürzen, aber stürzen wie ein verwundeter Adler, mit ausgebreiteten Schwingen und das Auge zur Sonne erhoben.« Sein Gegner Carlo Fiorante, genannt ›der Ätzende‹, antwortete ihm schlagfertig: »Uns kommt es nur darauf an, daß Sie stürzen; in welcher Haltung, das entscheiden Sie ruhig selbst.«

Die Rechtsverschlepper, teils mit, teils ohne akademischen Grad, sind Freischaffende, die sich so ziemlich um alles kümmern: um Gerichtsakten, Pässe, Lizenzen, Geldstrafen usw., wenn sie es einmal geschafft haben, einen guten Klienten zu kapern, tun sie alles, um die Abwicklung seiner Angelegenheit möglichst lange hinauszuziehen, weil sie auf diese Weise immer wieder kleine Geldbeträge kassieren können.

Die Kanzleigehilfen sind im allgemeinen bejahrte Mitarbeiter der Rechtsanwälte, die schon ein paar Jahrzehnte Gerichtserfahrung auf dem Buckel haben. Obwohl sie keine Akademiker sind, kennen sie die Gesetze oft besser als ihre Chefs.

Die Figur des Winkeladvokaten, in Neapel *paglietta* genannt, gehört zur Geschichte der Stadt.

Wir haben einen von ihnen kennengelernt, er heißt Annibale Tanucci. Sein Motto lautet: »Die Gerechtigkeit ist wie ein zu enger Schuh. Man braucht immer einen Schuhlöffel, um hineinzukommen.« Am besten lassen wir ihn mit einem seiner Plädoyers selber zu Wort kommen:

»Hohes Gericht, wir haben hier die Ehre des Herrn Alessandro Esposito, genannt der Rinascente, gegen die Anklage des Betruges und der Fälschung eines Markenzeichens zu verteidigen.

Wir haben die Absicht, den Beweis zu erbringen, daß es sich im ersten Punkt der Anklage nicht um Betrug handelt und daß die Fälschung des Markenzeichens nicht strafbar ist.

Nach dieser Erklärung hier nun die Fakten:

Am Sonntag, dem 27. März, Palmsonntag, an einem schönen sonnigen Morgen, als alles darauf hindeutete, daß die Herzen der Menschen vom Wunsch nach Frieden erfüllt sein würden, erlegte der Schutzmann Michele Abbondanza meinem Klienten Alessandro Esposito eine Geldstrafe auf, weil er auf dem Bürgersteig vor der Kirche Santa Caterina a Chiaia kleine und große Taschen verschiedener Formen ohne Lizenz verkauft hatte. Ein Lokaltermin, der am nächsten Tag von Zollbeamten im Erdgeschoß des Vico Sergente Maggiore Nr. 25 einberaumt wurde, wo mein Klient wohnhaft ist, führte zur Entdeckung einer bescheidenen Montagekette für die genannten Taschen, an der ausschließlich Mitglieder der Familie Esposito arbeiteten, sowie von 28 perfekt gehenden Uhren, Nachbildungen der folgenden Marken: Rolex, Cartier, Porsche und Piaget.

Um zum Kern der Anklage zu kommen, muß ausgeführt werden, daß das von Esposito käuflich erworbene und nicht selber hergestellte Plastikmaterial zur Anfertigung der Taschen in waagrechter und senkrechter Folge eine Reihe von Buchstaben ›L‹ und ›V‹ aufgeprägt trug, die in Art eines Monogramms ineinander verschlungen und durch Blümchen voneinander getrennt waren. Diese Buchstaben sollen die Initialen eines gewissen Louis Vuitton sein, der französischer Staatsbürger und hier im Saal nicht anwesend ist und den wir nicht das Vergnügen haben zu kennen.

Für den Fall, daß das Hohe Gericht nicht über die von der Firma Louis Vuitton aus Paris praktizierten Preise auf dem laufenden sein sollte, beehren wir uns, ihm mitzuteilen, daß eine Tasche mittlerer Größe, hergestellt aus bestem französischem Plastik zu einem Preis von ungefähr 400 000 Lire verkauft wird, während die von meinem Klienten produzierte italienische Imitation nur 25 000 Lire kostet, ja, in Ausnahmefällen, wenn die Einnahmen am Ende des Tages bescheiden geblieben sind, sogar nur 20 000 Lire. Als wesentliches Detail ist zu beachten, daß über der ganzen Ware ein Schild mit der Aufschrift hing:

ECHTE LOUIS-VUITTON-TASCHEN

PERFEKT IMITIERT

Und hier stellt sich nun die Frage: Hat Alessandro Esposito sich eines Betruges schuldig gemacht? Aber was ist das überhaupt, ein ›Betrug‹? Befragen wir das Gesetz. Also... Paragraph 640... ›Wer in der Absicht, sich einen rechtswidrigen Vermögensvorteil zu verschaffen... durch Vorspiegelung falscher oder durch Entstellung oder Unterdrückung wahrer Tatsachen einen Irrtum erregt... wird mit einer Gefängnisstrafe zwischen drei Monaten und drei Jahren und einer Geldstrafe zwischen 40 000 und 400 000 Lire bestraft.‹ Woraus sich ergibt: wenn es sich hier um Betrug handeln soll, muß es ja vor allem eine beleidigte Person geben, die getäuscht worden ist; und wer sollte diese beleidigte Person sein? Der Kunde auf der Straße? O nein, Hohes Gericht, denn da kann es nur zwei Fälle geben: entweder hat der Kunde auf der Straße das Schild ganz gelesen, und dann war ihm bekannt, daß es sich um einfache Imitationen handelte, oder aber, er hat aus Unaufmerksamkeit nur gelesen ›Echte Louis-Vuitton-Taschen‹, und dann ist der wahre Betrüger nämlich er, weil er für nur 25 000 Lire einen Gegenstand an sich reißen wollte, der auf dem Markt fast eine halbe Million wert ist! Und weiter frage ich Sie, welches wäre denn eigentlich der unrechtmäßige Profit? Vielleicht die neun- oder zehntausend Lire pro Tasche, die Esposito seinen wartenden arbeitenden Angehörigen nach Hause brachte? Nein, Hohes Gericht, die Verteidigung bestreitet entschieden, daß ein Betrug vorliegt, schon deshalb, weil es ja gar keine Betrogenen gibt.

Und damit kommen wir zum zweiten Anklagepunkt, zur Fälschung des Markenzeichens. Die großen Meister der Malerei, Giotto, Cimabue, Masaccio, signierten ihre Meisterwerke nie, weil sie nämlich ganz zu recht der Meinung waren, daß die Kunstwerke wegen ihres inneren Wertes geschätzt werden sollten und nicht, weil ein X oder ein Y sie signiert hatte. Die Sucht nach firmierten Waren ist doch in Wirklichkeit nichts anderes als eine konsumistische Entgleisung unseres Jahrhunderts. Das saudumme Volk, entschuldigen Sie den groben Ausdruck, kauft doch heute den letzten Dreck, wenn er nur den passenden Namenszug trägt.

In den fünfziger Jahren führte der Maler Piero Manzoni ein bewußt provozierendes Experiment durch; es gelang ihm, seinen eigenen Kot zu verkaufen, nachdem er ihn (hoffentlich) hermetisch in einer Dose mit der Aufschrift ›Künstlerscheiße‹ verschlossen hatte. Ja, und auf die gleiche Weise hat sich Herr Louis Vuitton aus Paris gedacht: ›Ich stelle jetzt Tausende von Plastiktaschen her, schreibe meine Initialen darauf, und dann verkaufe ich sie zum zehnfachen Preis, wollen doch einmal sehen, wie viele Trottel die kaufen werden?‹ Ich spreche hier von Vuitton, aber das gleiche gilt natürlich für alle anderen Hersteller von firmierten Waren genauso: Gucci, Fendi, Armani, Rolex usw. usw. Es gibt keine Grenzen mehr, auch wenn man auf dem Klo sitzt, kann man Spaß daran haben, von Kacheln umgeben zu sein, die Valentino entworfen hat!

Da könnte nun jemand einwenden: ›Louis Vuitton zwingt doch niemanden, seine Taschen zu kaufen. Warum versucht denn dein Klient nicht, statt anderen die Marke zu stehlen, ein eigenes Produkt auf den Markt zu werfen?‹ Ja, die Dame möchte ich doch einmal sehen, die zu ihrer Freundin sagt: ›Gestern habe ich mir eine Esposito gekauft, wenn du wüßtest, wie gut die mir steht!‹

Und da frage ich mich nun, gibt es ein Gesetz, das dem Profit eines einzelnen Grenzen setzt? Und wie es das gibt, aber es ist das allgemeine Marktgesetz. Wenn eine Firma allzu hohe Preise verlangt, wird sie ihr Produkt wegen der Konkurrenz nicht los. Wenn diese Firma aber ihre Kunden hörig macht und sie davon überzeugt, daß die Ware ganz besonders gut ist, auch wenn sie nur aus synthetischem Material hergestellt ist? Und da habe ich dich, mein lieber Vuitton! Paragraph 603: ›Wer widerrechtlich einen anderen Menschen des Gebrauchs der persönlichen Freiheit beraubt, wird mit 3 bis 15 Jahren Gefängnis bestraft.‹ Und ich behaupte nun, wenn es einem Individuum gelungen ist, Tausende von Personen zu überzeugen, daß eine Plastiktasche, auch wenn sie mit Monogrammen verziert ist, besser ist als eine Ledertasche, dann heißt das, daß er seine Kunden in totaler Abhängigkeit hält, und infolgedessen klage ich Herrn Louis Vuitton aus Paris der Freiheitsberaubung an. Ebenso klage ich alle anderen Händler mit Markenzeichen, die nur Wind machen, und zwar Ausländer wie Italiener, an, unsere Ehefrauen und unsere Kinder hörig und von ihrer Macht abhängig zu machen. Ich klage Zeitschriften wie ›Capital‹ an, falsche Idole eines neuen Fetischismus zu verbreiten. Ich klage die Massenmedien, die Werbefirmen, die Händler und alle ihre Komplizen des ungesetzlichen Profiterwerbs an. Hohes Gericht, Sie haben jetzt die Aufgabe, Recht zu sprechen: auf der einen Waagschale haben Sie Louis Vuitton, einen großen internationalen Gauner, und auf der anderen Alessandro Esposito, einen kleinen neapolitanischen Gauner, der in flagranti dabei erwischt wurde, wie er sich einen Brosamen vom Tisch des Großen Fressers klauen wollte!«

Alan Sillitoe
Die Einsamkeit des Langstreckenläufers

Sobald ich in die Jugendstrafanstalt Borstal kam, machten sie mich zum Langstreckengeländeläufer. Sie dachten vermutlich, ich sei dazu gerade richtig gebaut, denn ich war hager und lang für mein Alter (und bin immer noch so), und jedenfalls hatte ich nicht viel dagegen, wenn ich ehrlich sein soll, denn Laufen ist bei uns zu Hause immer großgeschrieben worden, besonders das Weglaufen vor der Polizei. Ich bin schon immer ein guter Läufer gewesen, mit einem langen Schritt und auch schnell, das einzige Dumme war nur, egal wie schnell ich gerannt bin – und ich hatte einen ziemlichen Zahn drauf, das muß ich selber zugeben –, es hat mich nicht gebremst, mich nach dem Ding in der Bäckerei von den Bullen kriegen zu lassen.

Es könnte euch ein bißchen komisch vorkommen, daß sie in Borstal Langstreckengeländeläufer haben, weil ihr vielleicht denkt, das erste, was ein Langstreckengeländeläufer macht, wenn sie ihn raus auf die Felder und in die Wälder lassen, ist abhauen, so weit, wie er mit dem Borstal-Fraß im Bauch nur kommt – aber da habt ihr euch geschnitten, und ich will euch auch verraten, wieso. Erstens sind die Drecksäcke, die über uns stehn, nicht so blöd, wie sie die meiste Zeit aussehn, und dann bin ich auch nicht so blöd, wie ich aussähe, wenn ich beim Langstreckenlauf versuchen würde abzuhauen, denn durchbrennen und sich wieder schnappen lassen, auf das Spiel fallen nur Dumme rein. Schlau muß man sein im Leben, und selbst die Schlauheit muß man ganz gerissen anbringen; ich sage euch klipp und klar: Die sind schlau, und ich bin schlau. Wenn die und wir dieselben Ideen hätten, kämen wir glänzend miteinander aus, aber die stimmen nicht mit uns überein, und wir stimmen nicht mit ihnen überein, so ist es nun mal, und so wird's auch immer bleiben. Eins steht fest: Wir sind alle schlau, und deshalb können wir einander nicht leiden. Daher kommt's, daß die wissen, ich werde nicht versuchen, von ihnen wegzukommen: Die sitzen wie die Spinnen in dem bröckeligen Herrenhaus, hocken wie aufgescheuchte Dohlen auf dem Dach und spähen über die Wege und Felder wie deutsche Generäle vom Turm ihrer Tanks. Und selbst wenn ich hinterm Wald weitertrabe und sie mich nicht mehr sehn können, wissen sie doch, daß mein Bürstenschnitt binnen einer Stunde hinter der Hecke langgetanzt kommt und daß ich mich bei dem Kerl am Tor melde. Denn wenn ich an einem naßkalten, frostigen Morgen um fünf aufsteh und mir auf dem Steinfußboden bald einen abzittere, wo die andern alle noch eine Stunde pennen können, bis es läutet, und runterschleiche durch die ganzen Korridore zur großen Eingangstür, den Läuferpassierschein in der Faust, da fühl ich mich nämlich wie der erste und zugleich der letzte Mensch auf der Welt, falls ihr eine Vorstellung habt, was ich damit meine. Ich fühle mich wie der erste Mensch, weil ich kaum einen Faden am Leibe habe und in ärmellosem Hemd und kurzer Hose auf die frostigen Felder rausgeschickt werde, wo sogar der erste arme Schlucker, der mitten im Winter auf die Erde geschneit kam, sich aus Blättern einen Anzug gemacht und der Flugeidechse die Haut abgezogen hat für einen Überrock. Aber da steh ich nun, steif und starr und mit nichts, das mich warm machen kann, außer einem zweistündigen Langstreckenlauf vor dem Frühstück, nicht mal mit einem Stück Brot mit Hammelfett. Die trainieren mich ganz hübsch für das große Sportfest, wo all die sülzfratzigen rotnäsigen Herzöge und feinen Damen ankommen – die nicht mal zwei und zwei zusammenzählen können und bei denen es wie bei Schwachmatikern ziemlich durcheinandergehn würde, wenn sie keine Hauskulis hätten, denen sie nur winken oder klingeln brauchen –, und die halten uns dann Reden darüber, daß der Sport genau das Richtige ist, was uns dahin bringt, ein ehrenhaftes Leben zu führen, und was unsere juckenden Fingerspitzen von den Ladenschlössern und Sicherheitsanlagen und Haarklemmen fernhält, mit denen man das Geld aus dem Gaszähler holen kann. Ein Stück blaues Band und einen Pokal geben sie uns als Preis, nachdem wir uns beim Rennen und Springen abgestrampelt haben wie die Rennpferde, bloß daß wir nicht so gut behandelt werden wie Rennpferde, das ist das einzige.

Also da steh ich nun in ärmellosem Hemd und kurzer Hose am Tor, nicht mal eine trockene Kruste im Bauch und vor mir frostige Blumen am Boden. Wahrscheinlich denkt ihr, da muß mir ja zum Heulen sein? Wohl kaum. Daß ich mich wie der erste Mensch auf der Welt fühle, bringt mich noch nicht zum Wimmern. Ich fühl mich dabei fünfzigmal besser, als wenn ich mit dreihundert andren in diesem Schlafsaal eingepfercht bin. Nein, nur manchmal, wenn ich mir wie der *letzte M*ensch auf der Welt vorkomme, da fühl ich mich nicht so gut. Ich komme mir wie der letzte Mensch auf der Welt vor, weil mir so ist, als wären die ganzen dreihundert Schläfer hinter mir tot. Die schlafen so fest, daß ich denke, alle Lauseköppe sind letzte Nacht abgekratzt und ich bin als einziger übrig, und wenn ich so auf die Büsche und zugefrorenen Teiche schaue, hab ich das Gefühl, daß es immer kälter wird, bis alles, was ich seh, und da meine ich auch meine roten Arme, von tausend Meilen dickem Eis bedeckt ist, die ganze Erde bis rauf zum Himmel und jedes Stückchen Land und Meer. Da versuch ich dann, dieses Gefühl zu verscheuchen und so zu tun, als sei ich der erste Mensch auf der Welt. Und da wird mir wohler, so daß ich, wie ich nur Dampf genug aufgedreht hab, um dieses Gefühl in mir zu spüren, einen weiten Satz aus dem Tor mache und lostrabe.

Andrzej Szczypiorski
Geschichte aus Wilna

A. erzählte eine traurige und bewegende Geschichte. Vor einigen Monaten machten er und Irena auf einer Autoreise Halt in Wilna. Sie waren nie dagewesen, die Stadt verführte sie. Ziellos liefen sie den ganzen Nachmittag durch die Straßen. Als sie abends auf das Hotel für Ausländer zugingen, nähert sich ihnen ein armseliges Menschlein über Sechzig, unrasiert, tränende Augen, das rechte Bein verkrüppelt. Er nähert sich mit entschlossenen Schritten, das Bein nachziehend, und als sie sich auf dem Bürgersteig begegnen, sagte der Vagabund leise: »Sind Sie Deutscher?« A. konnte noch ein kurzes »Nein« herausbringen, da war er schon weg.

Sie blieben stehen. Der Vagabund schlug einen Kreis, ging auf die andere Straßenseite, kehrte dann zurück, nähert sich wieder. Er blickt wie in Gedanken versunken auf seine Füße. A.s Schulter streifend, fragt er flüsternd: »Oder Österreicher?« A. nickt bejahend. Aber jener geht wieder fort.

Schon wollen sie das Hotel betreten, da erscheint er zum dritten Mal. Er beugt sich vor, als wollte er seine Schnürsenkel richten, und sagt: »Geht mir nach in den Park. Ich bitte sehr darum.«

Irena war davon nicht begeistert, doch A., von dem Abenteuer erregt, entschließt sich. Also gehen sie. Der Vagabund humpelt voran, die beiden folgen ihm in erheblichem Abstand. Schließlich gelangten sie in einen Park. Leere, Dämmerung. Sie setzten sich auf eine Bank. Erst lief der verkrüppelte Mensch in der Nähe herum und redete, dann setzte er sich mit wachsamem Blick ans andere Ende der Bank.

»Sind Sie aus Wien? Ja? Gott sei Dank! Ich war dort. Ich habe zwei Jahre als Dolmetscher gearbeitet. Wie Sie hören, spreche ich bis heute fließend Deutsch. Ich habe dort ein Mädchen kennengelernt, sie heißt so und so … Bitte notieren Sie nicht, bitte nichts notieren. Sie müssen das auswendig lernen. Die Anschrift lautet …«

Er beschrieb das Haus. Mit den kleinsten Einzelheiten. Er beschrieb das Treppenhaus, die Wohnung, die Möbel, das Tapetenmuster im kleinen Salon, die Farbe der Vorhänge, die Bilder an den Wänden. Fast vierzig Jahre waren vergangen, und er hatte jede Einzelheit behalten.

»Sie hieß Mathilde Mettenmeier. Blonde Haare, blaue Augen, zarte Haut. Immer trug sie helle Kleider und Pullover. Wir liebten uns. Wir wollten heiraten. Wir waren sehr glücklich.«

Er sprach voller Zärtlichkeit von dieser Mathilde, seine Augen glänzten vor Rührung.

»Grüßen Sie sie, teilen Sie ihr mit, daß bei mir alles in Ordnung ist. Ich denke immer an sie. Das Leben hat's nicht gut mit uns gemeint.«

Er war sehr bewegt. Seine Hände zitterten. Irena fühlte sich von diesem Gefühlsausbruch geniert, vielleicht sogar erschreckt. A., wie üblich nüchtern und beherrscht, sagte in einem bestimmten Augenblick, es seien doch fast vierzig

Jahre vergangen, womöglich wohne Mathilde gar nicht mehr in diesem Haus, soviel Wasser sei die Flüsse der Welt hinuntergeflossen. Jener widersprach heftig.

»Was soll sich in Wien verändert haben, bitte schön? Warum soll sich etwas verändert haben?«

Erst da empfand A., ein gebürtiger Wiener, das Tragische dieses Gesprächs. Was konnte sich in Wien schon verändert haben? Tatsächlich. Im Vergleich mit dem Leben dieses verkrüppelten Mannes konnte sich in Wien nichts verändert haben. Eine statische, unbewegte, herrliche Welt irgendwo am Rande des Planeten.

»Wie soll ich Ihnen die Antwort übermitteln?« fragte A.

»Es bedarf keiner Antwort. Das ist unmöglich. Grüßen Sie sie, erzählen Sie ihr von meinem Leben.«

Von einem Tag zum anderen hatte er damals Wien verlassen. Er hatte schwere Zeiten durchgemacht. Viele Jahre verbrachte er in der Verbannung weit hinten in Asien. Am Ende hatte er als Krankenpfleger in Wilna Fuß gefaßt. Er lebte allein. Damals war es ihm nicht gelungen, ihnen beiden war es nicht gelungen, so etwas kommt vor in der Welt.

Als der Mann in der Dämmerung zwischen den Parkbäumen verschwand, glaubte A., das ganze Gespräch sei Einbildung gewesen. Irena schrieb gleich nach der Rückkehr ins Hotel entgegen den Bitten des Vagabunden Mathildes Adresse auf. Irena war an Computer, Tonbänder, Kassetten gewöhnt, an die leichte Gewißheit, die die moderne, immer griffbereite Technik dem Menschen gibt. Sie beide, Irena und A., trauen ihrem Gedächtnis nicht mehr.

Aber sie sind redliche Österreicher. Einige Tage später kehrten sie nach Wien zurück. Sofort suchte A. diese Mathilde im Telefonbuch, fand sie jedoch nicht. So fuhr er zu der genannten Adresse. Was konnte sich in Wien verändert haben, bitte sehr? Das Haus steht, wie es gestanden hat. Genau dasselbe. Dieselben kleinen Balkons, die Apotheke an der Ecke, daneben der Posamentenladen. Er betrat das Treppenhaus. Das dunkle, glänzende Geländer aus der Erzählung des Vagabunden begrüßte ihn und auf dem Treppenabsatz die Figur der griechischen Göttin. Die Türklingel in Form eines Löwenrachens. Was konnte sich in Wien verändert haben?

Auf der Schwelle das Zimmermädchen.

»Frau Mathilde Mettenmeier? Ach, die Dame ist vor einem Jahr gestorben.«

A. war bewegt. Schon wollte er gehen, als das Zimmermädchen hinzufügte, die Dame sei jahrelang krank gewesen, doch dürfe man sich darüber nicht wundern bei einem so hohen Alter.

»In welchem Alter ist sie denn gestorben?«

»Sie war fast neunzig.«

»Unmöglich. Gab es in diesem Haus keine jüngere Mathilde Mettenmeier?«

»Aber ja doch. Sie meinen sicher Frau Holtze, geborene Mettenmeier?«

Frau Holtze war nicht zu Hause, also kam A. am nächsten Tag wieder. Eine elegante Dame begrüßte ihn, doch er bemerkte, daß ihr Haar gefärbt war. Feine Fältchen um die Augen, die Haut jung und frisch.

»Sie muß ein ›Lifting‹ hinter sich haben«, erzählte A. »Dazu eine prächtige Figur. Ihr Holtze ist Textilfabrikant.«

Sie erinnerte sich an nichts. Weder an den Namen noch an das Gesicht noch an das Ereignis selbst. Erst nach einer gewissen Zeit, als A. hartnäckig die Geschichte des Vagabunden wiederholte, als er die Spaziergänge auf dem Ring beschrieb, die Weinstube in Grinzing, wo sie einander ihre Liebe gestanden hatten, die Eskapade nach Baden – erst da erwachte etwas in ihr. Sorglos lachte sie auf.

»Es gab einen Moment, da wollte ich sie ins Gesicht schlagen«, sagte A.

»Ach, ich erinnere mich«, rief Frau Holtze. »Ein hübscher Bub. So schlank und immer ein wenig befangen. Und was macht er jetzt?«

»Ich wollte ihr von diesem unglücklichen Vagabunden erzählen, in dessen Leben sie unberührt geblieben war, ein kostbares Kleinod. Aber ich sagte ihr, o ja, er fühle sich gut, er habe eine Frau und drei Kinder, er sei ein beliebter Arzt, er sei mehrfach in Wien gewesen, doch die knappe Zeit habe ihm einen Besuch nicht erlaubt, in Kürze würde er wiederkommen, vielleicht würde er dann …«

»Aber ja doch«, sagte Mathilde. »Es wird uns sehr angenehm sein.«

Als sie ihm zum Abschied die Hand reichte, klimperten die Armreifen an ihrem Handgelenk.

A. ging hinaus, stand lange auf dem Bürgersteig vor dem Mietshaus mit den kleinen Balkons, der Apotheke und dem Posamentenladen und ging dann fort, um sich zu betrinken.

Als er heimkam, behauptete er Irena gegenüber, Frauen seien Ungeheuer.

»Glaubst du wirklich, dort steckt der Schlüssel zur Seele

der Frau?« sagte sie. »Wenn ja, dann verstehst du nichts. Dieser Schlüssel paßt zu einer ganz anderen Tür.«

Selbstverständlich hatte Irena recht.

Harold Brodkey
Die dunkle Frau aus den Sonetten

Laura Andrews war eine von diesen großen, junonischen jungen Frauen, die so ausgeglichen wirken. Wegen der Stellung ihrer Augen, tiefliegende Augen unter energischen Brauen, und wegen ihres ruhigen Glanzes wäre man schwerlich auf die Idee gekommen, sie für launenhaft oder furchtsam oder etwas anderes dieser Art zu halten, nur für warmherzig und vernünftig. Außerdem hatte sie eine gewisse komische Ausstrahlung, welche die Menschen reizte, über sie zu lachen, selbst wenn sie Kummer hatte. Und wenn sie lachten, geriet sie außer sich, weil sie glaubte, kein Mensch würde sie je verstehen. Dann kniff sie ihre Augen zusammen und setzte alles daran, zu beweisen, wie verzweifelt sie war. Nicht bewußt natürlich, sondern, könnte man sagen, von der Vorstellung getrieben, daß niemand ihren Kummer ernst nahm.

Es war sechs Uhr dreißig am Abend eines heißen Augusttages, der für Laura nicht sehr gut verlaufen war. Sie pusselte in der Küche herum und warf gelegentlich einen Blick aus dem rückwärtigen Fenster auf ihre vierjährige Tochter Faith, die im Sandkasten spielte. Als sie das dritte Mal hinausschaute, schien ihr, daß überall Insekten in der Luft herumschwirrten. Eine Flasche mit einem Insektenvertilgungsmittel in der Hand, rannte sie hinaus und hüllte Faith in eine dicke ölige Wolke.

»Mammi, ich kann das Zeug nicht leiden!« schrie Faith.

»Es tut dir gut«, sagte Laura geistesabwesend. Aber danach konnte Faith nicht mehr im Sand spielen, weil er an ihr kleben blieb und sie juckte, und sie begann ihrer Mutter in der Küche nachzulaufen, indem sie sich an ihren Rock klammerte und wimmernde Laute von sich gab.

So ähnliche Dinge waren den ganzen Tag passiert. Laura trug es mit Fassung. Sie war im dritten Monat schwanger, und sie hatte sich gesagt, daß sie aufpassen müsse, Faith nicht zu kränken, weil Faith ja jetzt bald aus ihrer Stellung verdrängt würde. Faith war ganz verstört durch diese plötzliche Laxheit in der Luft und geriet immer mehr außer sich, bis sie schließlich mitten in der Küche in Tränen ausbrach. In ihrer Verzweiflung gab Laura ihr einen Orangenlutschbonbon, obwohl sie genau wußte, daß er ihrem Kinde den Appetit für das Abendessen verdarb.

Um sieben kam Martin Andrews vorn den Weg zu ihrem zweistöckigen Garten-Apartment herauf. Im Augenblick, als er das Haus betrat, wußte er, daß etwas nicht in Ordnung war. Er war ein großer, gutgewachsener junger Mann mit einem energischen und unternehmungslustigen Gesicht; aber plötzlich sah er mutlos aus. Durch die Küchentür sah er Laura neben dem Küchentisch auf dem Boden hocken und Faith, deren Gesicht rot und tränenüberströmt war, den Lutschbonbon hinhalten. Der Staubsauger lag mitten im Wohnzimmer. Leise legte er seine Aktentasche hin. »*Hello*, ihr beiden!« rief er.

»Oh, *hello*, Liebster!« rief Laura. Sie erhob sich und wollte ihm entgegengehen, um ihn zu küssen, aber Martin machte die Haustüre auf und zu, um festzustellen, warum sie manchmal klemmte und sich dann wieder ganz leicht öffnen ließ. »Diese modernen Häuser sind mit Kaugummi zusammengeklebt«, sagte er. »Ich habe einen scheußlichen Tag gehabt.« Sein Blick war auf die Tür gerichtet, die er langsam und sehr sorgfältig zudrückte und dabei aufmerksam beobachtete. »Aha«, sagte er. »Jetzt sehe ich, wo sie klemmt.«

Er sah hohlwangig und jämmerlich aus, als er vornüber geneigt an der Tür stand.

»Mein Gott, es ist ja einfach ekelhaft, auf welche Weise Männer sich selbst bemitleiden«, schimpfte Laura.

Danach lehnte Martin es ab, mit ihr zu reden oder ihr zu erzählen, was im Büro schiefgegangen war. In strafendem Schweigen ging er nach oben, zog sich aus und die Badehosen an. Dann spielten er und Faith hinten im Garten mit dem Gartenschlauch, bespritzten sich gegenseitig und sprangen laut lachend im Gras umher, während Laura grollend Schweinskoteletts zum Abendbrot zubereitete und kurzerhand aus ihrem Gehirn verdrängte, daß sie immer behauptet hatte, Schweinskoteletts seien bei heißer Witterung unverdaulich.

Martin zog Shorts und ein Sporthemd an, und die Familie verzehrte ihr Mahl fast schweigend. Faith erzählte ihrem Vater, daß sie mit ihrer Mammi einkaufen gewesen sei. »Heute hatten wir übrigens einen Brief von Tante Dorothee«, bemerkte Laura bei einer Gelegenheit. Martin zog die Brauen in die Höhe und sagte pikiert: »Du bist in einer widerlichen Laune, und ich denke nicht daran, sie zu ignorieren.« Bleich und trotzig machte Laura sich über ihr Schweinskotelett her und hoffte, daß ihr nicht schlecht werden würde, wenn sie es in ganz kleine Stücke zerschnitt.

Sofort nach dem Essen brachte sie Faith nach oben und ins Bett. Draußen vor Faiths Kinderzimmerfenster ging die Sonne glutrot zerfließend unter. Laura legte das Kind in sein Bettchen, stellte die Klimaanlage ein und ging auf Zehenspitzen aus dem Zimmer.

Sie hatte ein Strandkleid an, doch plötzlich konnte sie den Anblick ihrer nackten Arme nicht mehr ertragen. Sie lief zum Wandschrank in ihrem Schlafzimmer und holte den Karton mit ihren alten Umstandskleidern herunter. Sie waren zerknittert und sahen verschossen aus. Schließlich waren sie ja auch vier Jahre alt, und sie hatte noch nicht so viel an Umfang zugenommen, daß sie schon Umstandskleider hätte tragen müssen. Außerdem ignorierte sie ihre Schwangerschaft vorläufig noch, damit sie ihr weniger lang vorkäme.

Kritisch sah sie alle Kleider im Karton durch und zog schließlich eins heraus, das ihr Lieblingskleid gewesen war – ihr Partykleid, mit hohem weißem Kragen, langen Ärmeln und Falten. Jetzt hing es lose an ihr herunter und roch nach Mottenkugeln; aber das war ihr gleich. Feierlich stieg sie die Treppe hinunter und wusch, im vollen Umstandsornat schwitzend, das Geschirr ab.

Martin hatte sich hinter das Haus in einen Gartenstuhl zurückgezogen und trank einen Whisky Soda. Laura löschte alle Lichter in der Wohnung und ging hinaus. An der Häuserreihe entlang brannten verschiedene der gelben Lampen über den Haustüren, ein Zeichen dafür, daß die Bewohner sich in ihre Gärtchen zurückgezogen und das Licht nur brennen gelassen hatten, für den Fall, daß das Telefon läuten sollte.

Der Abend war nicht kühler, als es am Tage gewesen war. »Es ist so heiß«, sagte sie. »Ich habe genug von dieser Hitze.«

Martin nahm einen Schluck aus seinem Whiskyglas. In der schummrigen Dunkelheit verfolgte Laura die Bewegung seines Adamsapfels und kletterte dann schwerfällig in die Hängematte. Dort lag sie in ihrem Umstandskleid, eine groteske Gestalt, und tupfte sich mit einem Kleenex den Schweiß von der Stirn.

»Ich wäre froh, wenn ich das Geräusch einer menschlichen Stimme hören könnte«, sagte sie schließlich. »So etwas ähnliches wie die Rufe der Rettungsequipe.«

Martin bewegte sich in seinem Gartenstuhl. »Entschuldige vielmals. Ich dachte, das Schweigen sei dir lieber.«

Laura gab einen höchst unpassenden Laut von sich – ein Prusten. »Tu doch nicht so – du bist doch böse mit mir.«

Martin erwiderte nichts.

»Ich gäbe was drum, wenn ich wüßte, was du jetzt denkst, du Hund«, sagte Laura nach einer Weile.

Martin lachte plötzlich offensichtlich gequält auf. »Warum willst du das wissen? Du wirst ja doch nur böse auf mich, weil ich nicht an dich gedacht habe.«

Diese Bemerkung und daß er nicht an *sie* gedacht hatte, gab Laura einen Stich. »Nein, bestimmt nicht«, entgegnete sie. »Sag's nur.«

»Ich habe an Ferguson gedacht.« Ferguson war der Bürovorsteher.

»Jetzt, im August? Wenn alle Welt in den Ferien ist?« fragte Laura ungläubig.

»Ja«, antwortete Martin seufzend, nahm sein Whiskyglas auf und schwenkte die restlichen Eisstücke klirrend im Glas herum. Das Geklirr blieb in der Luft hängen, und Laura sagte: »Ach, tu doch das noch mal, Martin, bitte. Das hat so hübsch geklungen.«

Martin lachte und tat es noch einmal. Dann hob er das Glas und saugte die Eiswürfel mit den Lippen ein und zerkleinerte sie knirschend mit den Zähnen. Dieses Geräusch klang in der Dunkelheit scharf und durchdringend. Kein Blättchen rührte sich.

Sie war noch immer gekränkt, daß er an sein Büro gedacht hatte.

»Du bist doch ein Biest«, sagte sie und zerpflückte dabei ihr Kleenex in kleine Stückchen, die sie ins Gras fallen ließ.

»Ich!« Martin war fassungslos. Er hatte geglaubt, daß sie ihre schlechte Laune überwunden hätte und wieder friedlich sei.

»Du quälst mich«, sagte Laura. »Du spielst mit meinen Gefühlen. Gott, mußt du mich hassen!« Sie streckte im Dunkeln einen Arm aus.

»Oh, Laura«, sagte Martin flehend.

»Und das Baby; dieses arme Kind, das ich im Leibe trage. Ich kann direkt fühlen, was du ihm antust. Es ist ganz durcheinander. Wenn du wüßtest, wie unglücklich es ist.«

»Jetzt mach's aber halblang, zum Donnerwetter!« sagte Martin. »Mach dir doch mal klar, Laura, daß dein sogenanntes Baby in diesem Moment kaum größer ist als ein Fisch.«

»Oh, du bist so unmenschlich«, jammerte Laura. »Also wirklich!«

»Und du bist die dunkle Frau aus den Sonetten«, sagte

Martin und riß eine Handvoll Gras aus. Er stand auf, hatte das Glas in einer Hand und ließ das Gras aus der anderen auf Lauras Haar rieseln. »Hör auf, an mir herumzukritisieren, Schatz«, sagte er und ging ins Haus. Laura lag in der Hängematte und das Gras kitzelte sie im Ohr. Plötzlich überkam sie eine schreckliche Angst, und sie war gar nicht mehr sicher, ob Martin wieder zurückkäme. Am Ende zog er sich an und verließ das Haus. Möglicherweise fände er irgendwo eine andere Frau. Laura hätte gerne geweint, doch die Tränen weigerten sich zu kommen.

Sie glitt aus der Hängematte. Langsam und wie betäubt ging sie ins Haus. Martin stand über den offenen Kühlschrank gebeugt.

»Ich muß irgendeine Krankheit haben«, sagte er. »Meine Finger – Donnerwetter!« sagte er bewundernd, als Laura etwas Geheimnisvolles tat, das die Eisschale lockerte.

Martin nahm sie heraus und machte die Kühlschranktüre wieder zu. »Mir gefällt deine Art, wie du so etwas machst«, sagte er zu ihr. »Es ist wirklich ein Vergnügen, dir zuzusehen – wirklich beinahe im Handumdrehen. Alle Achtung!«

»Du hältst mich wohl für einen Clown, was?« Laura hörte sich unendlich leidend und mitleiderregend an. »Ich sollte riesige Latschenschuhe tragen und Purzelbäume schlagen, glaube ich. Wärst du traurig, wenn ich nie mehr töricht aussähe?«

»Nein, natürlich nicht«, antwortete Martin zerstreut, während er das heiße Wasser über den Boden der Eisschale laufen ließ.

»Wenn nur –« Laura faltete die Hände über ihrem Busen – eine groteske, schwitzende Gestalt in ihrem ballonähnlichen Umstandskleid, mit dem Geruch von Mottenkugeln, der von ihr ausströmte, und einem Gesichtsausdruck von einer so unbeschreiblich ruhigen Nachdenklichkeit, daß man unmöglich annehmen konnte, sie meine es ernst. »Weiß der Himmel, Martin, ich versuche intelligent zu sein. Wenn schon nichts anderes, könntest du wenigstens den Versuch respektieren, den ich mache, und –« Aber sie wußte nicht, wie sie fortfahren sollte.

»Hat Tante Dorothee irgendwas Besonderes geschrieben?« fragte Martin und seufzte tief, als er die Eiswürfel in sein Glas fallen ließ.

»Sie wollen nächste Woche in die Stadt kommen«, antwortete Laura resigniert und wandte sich um. »Sie möchten gern, daß ich dann zu ihnen komme und Faith mitbringe.«

»Na, mach doch das.«

›Wie süß das Schweigen dieses heißen Abends ist‹, dachte Laura. Es schien wie eine große schwarze Katze um das Haus zu liegen.

»Ja, wahrscheinlich werd' ich das auch tun«, murmelte sie. »Aber für Kinder ist es zu heiß, und sie könnten sich irgendwo anstecken. Ach, ich bin eine schreckliche Mutter. Ich möchte sie mitnehmen, wenn ich Tante Dorothee besuche, aber zu den meisten andern Leuten würde ich sie nicht mitnehmen. Zu meiner Kusine Eleanor würde ich sie zum Beispiel nicht mitnehmen. Ich mache mit dem Kind, was *mir* paßt.«

»Deine Kusine Eleanor kannst du ja auch nicht leiden«, setzte ihr Martin auseinander, während er die Eisschale wieder in den Kühlschrank schob. »Und Tante Dorothee hast du gern. Übrigens finde ich das alles offengestanden gar nicht so tragisch.« Er bemühte sich, rationell und freundlich, aber nicht zu mitfühlend zu sprechen, weil er Angst hatte, welche Gefühle durch Mitleid in ihr geweckt werden könnten.

»Ja, natürlich«, bekräftigte Laura und legte die Hand an ihre Wange. »Das hatte ich vergessen. Manchmal rege ich mich wirklich wegen Nichtigkeiten entsetzlich auf.« Sie fühlte die Ernüchterung wie Wellen in ihrer Brust hin- und herschwanken. »Ich glaube, ich nehme Faith doch nicht mit. Diese vielen Krankheiten …«

»Dann nimm sie eben nicht mit«, pflichtete Martin ihr bei. Er füllte den Scotch, den er sich bereits eingegossen hatte, mit Wasser auf.

»Aber dann wird doch Tante Dorothee sehr enttäuscht sein.« Laura rang ihre Hände, in der Hoffnung, daß sie sich jetzt auf der richtigen Fährte zu ihrem wahren Elend befände und von ihrem Ziel nicht mehr allzuweit entfernt sei.

»Laura«, sagte Martin, »Tante Dorothee kann auch ohne Faith leben, wie übrigens alle andern Menschen auch, mit Ausnahme von uns.«

Laura unterbrach ihn. »Du bist ja eifersüchtig auf sie«, bezichtigte sie ihn. »Schrecklich!« fügte sie albern hinzu und ging zur Hintertüre hinaus und über den Rasen auf die wunderbar tröstliche Hängematte zu, die in der Dunkelheit hing. Martin ging hinter ihr, und als Laura in die Hängematte klettern wollte, merkte sie, daß er sie für sie hielt. Sie sank auf den Kanvas und lag mit geschlossenen Augen da. Als sie sie aufschlug, sah sie, daß Martin auf sie herunterblickte.

»Wo fehlt's denn, mein Herz?« fragte er.

»Ich weiß es nicht«, erwiderte Laura. »Das ist es ja gerade. Ich weiß es absolut nicht. Alles erscheint mir so schrecklich, so traurig – besonders ich. Wahrscheinlich habe ich etwas Schreckliches getan, und mein Unterbewußtsein oder was es sonst sein mag, rächt sich an mir, nur weiß ich nicht, weswegen. Ich weiß es beim besten Willen nicht. Ich begreife überhaupt nichts mehr, was immer ich auch tue.«

»Aber du mußt doch ungefähr wissen, warum«, meinte Martin. »Bitte sag mir's doch. Ich verspreche dir, daß ich nicht böse werde. Bitte sag mir's doch, Laura, mein Liebling. Laß mich dir helfen. Ich kann es nicht ertragen, wenn du so bist.«

»Ach, es ist ein gräßliches Gefühl... einfach gräßlich.«

Irgend jemand in der Häuserreihe der Garten-Apartments hatte das Radio sehr laut eingestellt, und die Töne eines Violinquartetts schwammen in der heißen, stagnierenden Luft. Jemand anders hatte einen japanischen Lampion in seinem Gärtchen aufgehängt, und er leuchtete wie ein blasser Mond durch das dunkle Laub der Sträucher und Bäume. Und inmitten dieser ganzen Szenerie beugte Martin sich über die Hängematte und schaute hilflos auf die seltsame, unförmige Gestalt seiner Frau hinunter, die in diesem grotesken Umstandskleid steckte.

»Ich tauge nichts, Martin«, klagte Laura. »Ich bin eine entsetzliche Person.« Sie hielt inne, kam aber dem, was sie empfand, dadurch auch nicht näher. »Ich werde immer älter«, flüsterte sie, »aber ich benehme mich nicht dementsprechend, und ich schäme mich.« Doch das hatte gar nichts mit allem zu tun; und in der Dunkelheit seufzte Laura und verschränkte die Arme über ihrer Stirn und bedeckte ihre Augen. »Du, Martin, ich weiß wirklich nicht, was mit mir los ist. Ist das nicht albern?«

Martin hatte sich hinuntergebeugt und hielt Laura mit der ganzen Hängematte umschlungen. So vornüber gebeugt, sah er ganz unglücklich aus, und Laura schlang plötzlich ihre Arme um seinen Kopf und preßte ihn fest an ihre Brust. »Du darfst nicht sprechen, Laura«, flüsterte Martin. »Wenn du irgendwelche Dinge sagst, fängst du an, daran zu glauben. Ich kenne dich doch. Sag einfach gar nichts. Liege nur hier und ruh dich aus. Morgen früh wird dieses Gefühl wieder verschwunden sein, das kann ich dir versichern. Aber ich kann es nicht aushalten, dich so sprechen zu hören. Es bringt mich um, Laura. Wahrhaftig. Ich glaube, es ist die Hitze, die dich so deprimiert. Herrgott, ich bin ganz verzweifelt!« Er löste seinen Kopf aus ihrer Umarmung und küßte ihre tränenüberströmten Wangen. »Wenn du wüßtest, wie mir zumute ist, wenn du so redest, würdest du es sein lassen.«

Laura wandte sich ab. Über Martin zu sprechen, war das allerletzte, das sie wollte.

»Hör mal«, sagte er, »ich muß einen Moment hineingehen. Ich bin sofort wieder da, und ich will nicht, daß du dich aufregst, während ich weg bin.«

»Gut«, sagte Laura. Sie lächelte ihn an, aber es war ein schmerzliches Lächeln; und sie war froh, daß es dunkel war und er sie nicht so deutlich sehen konnte.

In ihrer Hängematte liegend, legte sie den Arm über ihre Augen und horchte auf Martins Schritte, die sich eilig auf das Haus zubewegten. Dann klappte die Fliegenfenstertüre, und dieses Geräusch verlor sich langsam in der Nachtluft. ›Ach, warum kann ich mich nur nicht besser fühlen?‹ dachte Laura. ›Warum bin ich so untröstlich?‹

Und eilig brachte ihr Verstand Anklagen hervor, die sie an ihre Reizbarkeit, ihre Albernheiten und ihren Egoismus erinnerten. Sie unterdrückte ein Stöhnen und wand sich in der Hängematte. Sie war minderwertig, sie war schrecklich, und nie würde sie imstande sein, Martin zu zeigen, daß sie ihn wirklich liebte und gut sein wollte, weil ihre böse Natur ihr immer einen Strich durch die Rechnung machte. Und dafür wurde sie bestraft; denn als er versuchte, sie zu trösten, fühlte sie sich nicht getröstet. ›Ich werde nie genau wissen,wie sehr er mich liebt‹, dachte sie. ›Es gibt auch gar kein Mittel, das zu erfahren. Ich kann es nur vermuten.‹ In dem Moment fingen ihre Tränen an zu fließen, und es schien ihr, als hätte sie eine der verborgenen Quellen der Traurigkeit gefunden, welche die ganze Welt bewässern. So dumm war sie denn doch nicht, wegen nichts traurig zu sein.

Sie weinte hauptsächlich Martins wegen. ›Armer Martin!‹ dachte sie. ›Arme Faith!‹ Um ihrer selbst willen konnte sie nicht weinen, weil sie so gar nicht mit sich zufrieden war. ›Sie haben sich die gräßlichste Person aufgehalst, und wir werden niemals erfahren, wie sehr wir einander lieben, nie, nie, nie.‹ Und jedesmal, wenn sie das dachte, flossen ihre Tränen reichlicher.

Martin kam aus dem Haus, er sah die Hängematte sanft hin und her schwingen und lächelte. Er wußte sofort, daß Laura sich besser fühlte, und er war ernst und stolz, daß er sie getröstet hatte. Nicht, daß er sich klar darüber gewesen wäre, wie er es getan hatte. Ja, als er über den Rasen ging, kam er sich sogar ganz klein vor und empfand eine ehrfurchtsvolle Scheu vor den Geheimnissen, die sich zwischen Ehepaaren abspielten.

»Fühlst du dich besser?« fragte er ganz leise.

»Ja«, flüsterte Laura tränenvoll.

»Möchtest du an meiner Schulter weinen oder lieber allein?«

»Lieber allein«, antwortete sie. »Aber geh nicht zu weit weg.« ›Ach, wie ist die Welt doch traurig‹, dachte sie. ›Wie schrecklich, diese Isoliertheit der Menschen. Mein Gott, wie unbeholfen man doch als Frau ist.‹

Martin saß in seinem Gartenstuhl und trank seinen Whisky Soda. Sein Herz war voll. Und Laura, die friedlich lächelnd im Dunkeln lag, weinte.

Sławomir Mrożek
Hamlet

Der Intendant rief mich zu sich und sagte: »Ich gratuliere, wir haben beschlossen, Ihnen die Rolle des Hamlet anzuvertrauen.«

Wie jeder Schauspieler hatte ich immer davon geträumt, diese Rolle zu spielen. Also konnte ich mich vor Glück gar nicht fassen. Überschwenglich dankte ich dem Intendanten und versprach, alle Anstrengungen zu unternehmen, um mich der mir anvertrauten großen Aufgabe würdig zu erweisen.

Ich sollte schon mit den Proben beginnen, als mich der Intendant wieder zu sich rief. Er schien mir etwas bekümmert zu sein.

»Es ist ein gewisser Umstand eingetreten. Das Ensemble meint, daß es Begünstigung eines Individuums wäre, wenn man Ihnen die Rolle des Hamlet anvertraute.«

»Das heißt, daß jetzt jemand anderes den Hamlet spielt?«

»Nein, das wäre auch Begünstigung eines Individuums. Aber wir haben einen Ausweg gefunden. Hamlet spielen Sie und noch acht weitere Schauspieler. Mehr als neun Personen, die mehr oder weniger wie Hamlet aussehen können, haben wir zum Glück nicht im Ensemble.«

»Ich verstehe, das heißt, ich und noch acht andere spielen abwechselnd.«

»Nein, alle gleichzeitig.«

»Was? Gleichzeitig? Aber doch nicht in derselben Vorstellung?«

»Doch, in derselben, jeden Abend.«

»Aber das ist doch unmöglich! Neun Hamlets in einem Stück!«

»Ja.«

»Aha. Das heißt, der erste tritt ab, der zweite tritt auf, tritt ab, der dritte tritt auf und so weiter.«

»Nein, denn dann entstünde das Problem der Reihenfolge, und es ergäbe sich eine Verletzung der Gleichberechtigung. Niemand sollte der erste sein, niemand der zweite und auch nicht der neunte. Sie vergessen, daß alle gleiche Chancen haben müssen.«

»Wie dann also?«

»Im Chor.«

Ich fiel auf den Stuhl. Der Intendant stand auf, kam hinter dem Schreibtisch hervor und legte mir die Hand auf die Schulter.

»Kopf hoch! Gesellschaftlich ist das bestens, aber auch künstlerisch kann das eine große Errungenschaft werden. Wir haben schon einen Regisseur, der sich dessen annimmt, ein sehr interessantes, avantgardistisches Experiment. Die Verteilung Hamlets auf neun Persönlichkeiten, Sie verstehen.«

»Ich verstehe. Die Psychologie von unten.«

»Wunderbar haben Sie das erfaßt.«

Dann beugte er sich zu mir nieder und fügte mit leiser Stimme hinzu: »Aber unter uns gesagt, niemand verbietet Ihnen, lauter zu sprechen als die anderen.«

Die Proben fingen an. Es war ein bißchen eng in der Garderobe, und auf der Bühne stolperten wir übereinander, aber dafür entwickelte sich ein starker Kollektivgeist.

So kam es zur Premiere. Der erste Akt ging irgendwie über die Bühne, aber bei der Szene auf dem Friedhof fehlte für mich der Schädel des Yorick, weil der Requisiteur sich geirrt hatte und nur acht davon vorbereitet hatte. Also wollte ich einem Kollegen auf der linken Seite den Schädel wegnehmen, aber der wollte ihn mir nicht geben. So fielen wir gemeinsam ins Grab. Währenddessen begannen die oben sich auch zu schlagen, denn unser Schädel war oben geblieben, also waren da weiter acht Schädel, aber sie waren zu siebt, und jeder wollte zwei haben.

Es gab neun Fälle von allgemeinen Prellungen, fünf Gesichtsverletzungen und drei Fälle von Stichwunden. Wer wollte da behaupten, daß Hamlet die Tragödie eines Individuums sei?

Woody Allen
Manhattan

Yale: Das ist Mary Wilke. (zu Mary) Isaac Davis und Tracey.

Ike und Mary geben sich die Hand.

Mary: Hallöchen.

Ike: Hallo, guten Tag.

Mary: Nett, euch kennenzulernen.

Ike: Find ich auch, find ich auch.

Mary (zu Tracey): Hallo.

Tracey: Hallöchen.

Ike (lachend): Wir waren eben unten in der Castelli Gallery. Haben uns die Fotoausstellung angesehen. Toll, einfach toll!

Tracey: Wirklich gut!

Mary: Hats euch wirklich gefallen?

Ike: Die, äh, Fotos unten…

Mary (off): Ja, unten.

Ike: … in der Castelli Gallery… Spitze, absolut Spitze. (zu Mary und Yale) Was meint ihr?

Mary: Hach. Also ich, ich fands ziemlich epigonal. Für mich war das ein Abklatsch von Diane Arbus, aber ohne ihren Witz. Ich fand…

Ike: Wirklich? Also wissen Sie, uns hats nicht so gut gefallen wie die Plexiglas-Skulptur, das muß ich zugeben. Ich meine, es…

Ike schaut zu Mary, dann zu Yale.

Mary: Ach, euch hat also das Plexiglas-Ding gefallen?

Ike: Die Plexiglas-Skulptur hat Ihnen auch nicht gefallen?

Mary (mit einem Seufzer): Na ja, interessant wars schon. Ich, äh, ich … äh …

Ike: Es war jedenfalls verdammt viel besser als dieser, dieser Würfel aus Stahl. Habt ihr den Würfel aus Stahl gesehen?

Tracey: O ja, ja, das war das Wahnsinnigste.

Ike lacht nervös.

Mary (off): Also, das fand ich großartig, absolut großartig.

Ike: Den Würfel aus Stahl? Großartig?

Mary: Ja. Also, äh, für mich wars reine Struktur. Verstehen Sie, was ich meine? Es war völlig in sich geschlossen und strahlte eine, eine, eine wunderbar negative Potenz aus. Den Rest von dem Zeug da unten kann man echt vergessen. Eine Scheiße.

Ike hebt die Augenbrauen.

Außen. Straße. Tag.

Yale (zu Ike): Hast du Lust, mit zu den Sol Lewitts zu kommen?

Ike: Klar, gerne. (zu Tracey) Und du? Willst du die Sol Lewitts auch sehen?

Mary: Wißt ihr schon, daß er bald ne Vernissage im Modern Art haben wird? Ich soll, äh, über Sol was für »Insights« schreiben. Ihr, ihr kennt doch die Zeitschrift. Eine von diesen, äh, kleinen Zeitschriften. Mensch, das sind vielleicht Säcke da (kichert). Die stecken noch voll im Radikalismus der dreißiger Jahre.

Mary schaut Tracey an.

Mary: Und du, was treibst du so?

Tracey: Ich geh auf die High School.

Mary: Ach. (kichert) Wirklich, hm?

Mary schaut Yale an.

Mary: Irgendwie liegt ein Hauch von Nabokov in der Luft, wenn du weißt, was ich meine.

Yale schaut Ike an.

Yale (lachend): Ich halte die Sachen von Lewitts für überschätzt. Für mich ist er beinah Akademie-verdächtig.

Mary: Wirklich? Findest du? (kichert) Ja, stimmt. Wir...

Yale (fällt ihr ins Wort): Mary und ich haben uns eine, äh, Akademie der Überschätzten ausgedacht.

Mary: Genau. (kichert)

Yale: Für solche Geistesheroen wie...

Mary: Solche Leute wie...

Yale (kichert): Gustav Mahler...

Mary: und Isak Dinesen und CeGe Jung...

Yale: Scott Fitzgerald und... (kichert)

Mary: Lenny Bruce. Wir dürfen auf keinen Fall Lenny Bruce vergessen. Stimmts?

Yale (lacht): Lenny Bruce.

Mary: Und was ist mit Norman Mailer? Und Walt Whitman?

Ike (unterbricht sie): Ich finde diese Leute alle großartig. Alle, die Sie genannt haben.

Mary: Was? Was?

Yale (zu Mary): Wer war doch gleich der Typ, den du noch hattest? Letzte Woche hattest du einen wirklich tollen…

Mary: Nein, nein, nicht ich, du hattest ihn. Es war Heinrich Böll, oder?

Yale: O Gott!

Ike: Überschätzt?

Yale: Wir dürfen den alten Heinrich auf keinen Fall vergessen.

Mary sagt etwas Undeutliches.

Ike (fällt ihr ins Wort): He, und was ist mit Mozart? Ihr könnt doch Mozart nicht auslassen, ich meine, wo ihr doch dabei seid, Leute auf den Müll zu schmeißen.

Mary (kichert): Und was ist mit Vincent van Gogh? (Sie spricht es ›Choch‹ aus) Oder mit Ingmar Bergman?

Ike sieht Tracey an.

Ike: Van Choch! (zu Tracey) Hat sie van Choch gesagt?

Mary: Was ist mit Ingmar Bergman?

Ike (gleichzeitig): Van Choch!

Yale blickt Mary an.

Yale (zu Mary): Du, mit Bergman wirst du Schwierigkeiten bekommen (seufzt).

Mary: Wie meinst du das?

Ike sieht Mary an.

Ike: Bergman? Bergman ist das einzige Genie des zeitgenössischen Kinos, würde ich sagen… ich meine…

Yale (zu Mary): Er ist ein großer Bergman-Fan, weißt du!

Mary sieht Ike an.

Mary: Ich bitte dich… (zu Isaac) Gott, Sie sind doch das genaue Gegenteil. Ich meine, Sie schreiben doch diese wahnsinnig tollen Fernsehshows. Die sind irrsinnig komisch, und sein Standpunkt ist so skandinavisch. So düster, mein Gott. Ich meine, dieser ganze Kierkegaard und so. Wirklich pubertär, verstehn Sie, dieser ganze modische Pessimismus. Ich meine, das Schweigen! Gottes Schweigen! Okay, okay, okay, ich meine, als ich noch in Radcliffe zur Schule ging, fand ich das ganz toll, aber, ich meine, da wächst man drüber hinaus. Und zwar vollkommen.

Yale: Ich glaube, ich bin auf seiner und Ingmars Seite (lacht).

Ike sieht Tracey an.

Ike (zu Tracey): Schaff sie mir vom Hals. Ich glaub nicht, daß ich sie noch länger ertragen kann. Sie ist echt grauenhaft.

Mary: O nein, nein, nein, nein. Begreift ihr nicht, begreift ihr Kerle denn nicht, daß da nur die eigenen psychologischen und sexuellen Wehwehchen aufgemotzt werden, indem man sie mit solch großen philosophischen Fragen in Zusammenhang bringt? Darum geht es doch.

Ike räuspert sich.

Sie bleiben stehen.

Yale: Da wären wir also.

Ike: Also hör mal, ich…

Mary: Oh…

Ike (zu Mary): Nett, daß wir uns kennengelernt haben.

Mary: Also.

Ike schüttelt Mary die Hand.

Ike: Es war mir ein Vergnügen und…

Yale: Oh…

Ike: …Wirklich aufregend, aber wir müssen jetzt gehen.

Mary: Ja also…

Ike: …Weil wir nämlich noch was, wir müssen nämlich noch was besorgen. Fast hätt ichs vergessen.

Mary: Hören Sie mal. Hören Sie doch mal! Ich hab dieses (kichert) komische Gespräch nicht gewollt. Ich meine, wirklich, ich meine, ich komm nur aus Philadelphia. Wissen Sie, ich meine, wir glauben noch an Gott und so, äh, äh, verstehen Sie?

Ike: Was zum Teufel soll denn das nun wieder heißen?

Mary: Ist was?

Ike: Was soll das… was, was wollen Sie, was haben Sie, was meint, was meint sie denn damit?

Mary: Also was…

Ike: »Ich komm aus Philadelphia.« »Ich glaube an Gott?« Was … was soll…

Mary lacht nervös. Ike schaut Tracey an.

Ike (zu Tracey): Was will sie eigentlich? Hast du das kapiert?

Viktorija Tokarjewa
Zickzack der Liebe

Die wissenschaftliche Assistentin Irina Dubrowskaja kam vom Rendezvous nach Hause. Ohne abzulegen, wie sie war, in Pelz und Stiefeln, durchquerte sie das Zimmer, blieb am Fenster stehen und heulte los.

Im Treppenhaus wurde endlos renoviert. Die Hausverwaltung hatte beschlossen, alles neu weißen und streichen zu lassen. Die Treppenaufgänge waren dick mit Schlämmkreide bespritzt und mit grüner Farbe bekleckert. Es schien, daß es ewig so bleiben würde.

Im Haus gegenüber waren einzelne Fenster erleuchtet, insgesamt vier im ganzen Block. Die Menschen schliefen zu dieser Jahreszeit rund um die Uhr, während Irina, allein ihrem Unglück überlassen, dastand und weinte. Keiner, der das Unglück hätte bannen und selbst an seine Stelle treten können. Einen solchen Menschen gab es nicht, es würde ihn wohl nie geben, und sie brauchte ihn auch nicht. Sie brauchte überhaupt nichts, weil ihr Leben eine einzige, endlose Renovierung war: Dauernd ging etwas in die Brüche, etwas anderes wurde aufgebaut, und im nachhinein stellte sich heraus, sie hätte das Alte besser nicht kaputtmachen und das Neue besser bleiben lassen sollen.

Irina sah sich gleichsam mit den Augen eines Außenstehenden, wie sie so einsam und verlassen vor sich hin weinte, sie tat sich nun doppelt leid. Sie heulte in den Pelzärmel, um die Nachbarn nicht zu wecken. Da klingelte das Telefon. Irina nahm den Hörer ab und hielt den Atem an.

»Ja bitte …«

»Ist da Igor Nikolajewitsch?« fragte eine ferne Männerstimme.

»Falsch verbunden.«

Irina knallte den Hörer auf die Gabel und wollte sich schon wieder ihrem Unglück hingeben, da klingelte das Telefon abermals.

»Ist dort Igor Nikolajewitsch?« fragte die Männerstimme wieder.

»Ist es wirklich so schwer zu begreifen, daß ich nicht Igor Nikolajewitsch bin?« parierte Irina gereizt. »Klingt meine Stimme vielleicht so?«

»Wieso regen Sie sich so auf?« Der Unbekannte wunderte sich.

»Und wieso rufen Sie dauernd an?«

»Habe ich Sie geweckt?«

»Nein. Ich schlafe nicht.«

»Sind Sie erkältet?«

»Wie kommen Sie darauf?«

»Sie haben so eine verschnupfte Stimme.«

»Ich weine.«

»Wollen Sie, daß ich jetzt zu Ihnen komme?«

»Ja«, sagte Irina. »Wer sind Sie eigentlich?«

»Sie kennen mich nicht, mein Name wird Ihnen nichts sagen. Ihre Adresse …«

»Festivalstraße sieben Strich neun, Wohnung elf.«

»Leicht zu merken, lauter ungerade Zahlen.«

»Wo sind Sie denn?« fragte Irina.

»Ich stehe jetzt auf der Gorkistraße, und gerade fahren Panzer vorbei, in jedem sitzt ein Panzerfahrer mit Helm. Hören Sie's?«

Irina lauschte. In der Ferne grollte es tatsächlich, als wären große Manöver im Gange. Moskau bereitete sich auf die Parade vor.

Zwanzig Minuten später war er da. Irina sah ihn an und war erfreut, daß er so und nicht anders aussah. Ein anderer, selbst wenn er hübscher gewesen wäre, hätte ihr nicht so gefallen.

Er trug eine Brille, die seine Augen größer machte, was seinem Gesicht einen wunderbar-seltsamen Ausdruck verlieh. Er sah sie an, wie sie da im Mantel saß wie auf dem Bahnhof, und entschied: »Sie sollten nicht hierbleiben. Sie brauchen einen Tapetenwechsel. Kommen Sie mit mir.«

Irina erhob sich und folgte ihm. Wohin? Wozu?

Auf der Straße hielt er ein Taxi an und fuhr mit ihr zum Flughafen. Dort kaufte er zwei Tickets, bestieg mit ihr eine Maschine, und in Riga stiegen sie aus.

Es war vier Uhr morgens. Sie fuhren zu einem Hotel.

Allein im Zimmer, trat sie ans Fenster. Der Morgen graute, man spürte die Nähe des Meeres. Vielleicht kam dieses Gefühl auch nur von dem Wissen, daß das Meer nahe war und sich irgendwie bemerkbar machen mußte.

Irina stand und wartete. Seinen überraschenden nächtlichen Anruf und diese unerwartete Reise deutete sie als eine geschickt eingefädelte Werbung. Und wo ein Anfang ist, muß auch eine Fortsetzung sein, und wenn es nach der üblichen Logik ging, so hätte *er* in ein paar Minuten vorsichtig und einschmeichelnd an ihre Tür klopfen müssen. Aber entweder stimmte die Logik nicht, oder es war gar kein männliches Interesse vorhanden, jedenfalls klopfte niemand. Irina wartete noch ein wenig, ratlos, wie sie sich verhalten sollte. Dann beschloß sie, sich nicht weiter den Kopf zu zerbrechen, sondern sich einfach auszuziehen und hinzulegen.

Die Straßenbahn rasselte so, als schlüge jemand die Alarmglocke der Feuerwehr. Irina aber schlief fest und glücklich und lächelte im Schlaf.

Morgens rief *er* an und schlug vor, am Büfett zu frühstücken. Sie aßen Piroggen, gefüllt mit Geräuchertem, und dann Schlagsahne und wunderten sich, weshalb man so etwas nur im Baltikum bekam. Ein Gericht selber auszudenken ist wie eine Entdeckung – man muß erst einmal darauf kommen. Aber wenn schon jemand auf Piroggen mit Geräuchertem gekommen war, warum wurde es nicht aufgegriffen? Schlagsahne gehörte allerdings zum Baltikum so wie Lobio zum Kaukasus, Spaghetti zu Italien, Zwiebelsuppe zu Frankreich und Borschtsch zu Rußland.

Nach dem Frühstück setzten sie sich in den Vorortszug und fuhren nach Dzintari, dem Rigaer Strand.

Zuerst gingen sie ins ›Kinderstädtchen‹ und gaben sich kindlichen Vergnügungen hin. Sie schaukelten, sausten mit federnden Knien eine Holzrutschbahn hinunter. Sie kreischten vor Vergnügen und Angst. Dann machten sie an einem Balken Klimmzüge. Irina konnte ihre eigene Schwerkraft nicht überwinden und hing wie ein Mehlsack da. Er versuchte, sie um die Knie zu fassen und anzuheben, aber sie lachte nur lauthals, bis sie nicht mehr konnte.

Dann unternahmen sie einen Strandbummel. Das Meer war noch nicht zugefroren. Graue Wellen mit weißen Schaumkronen schlugen ans Ufer. Die Luft war jodgetränkt. Direkt am Wasser lagen auf dem entblößten Sand reihenweise kleine, runde, rosige Muscheln. Man fühlte sich versucht, darauf zu treten, damit es knirschte. Sie trat wirklich darauf, und sie knirschten wirklich. Und plötzlich schien ihr, sie habe das schon einmal erlebt. Aber wann und wo? Vielleicht in frühester Kindheit? Vielleicht noch früher? Ihr ferner Vorfahre war vielleicht als Echse dem Meer entstiegen und hatte die Muschelbänke erblickt. Er hatte sie entdeckt, sie dagegen hatte sie wiedererkannt…

Die Kiefern am Ufer standen mit rötlichen, vom Wind gekrümmten Stämmen da. Die Silhouetten der Kiefernzweige vor dem Hintergrund des grauen Himmels erinnerten an japanische Postkarten.

Später fuhren sie zum Rigaer Dom, hörten das *Requiem* von Mozart. Während des ersten Satzes war Irina nicht bei der Sache, sie betrachtete alles um sich her: die Mauern des Doms, die Chorsänger, die ihr wie Altersgenossen des Doms vorkamen, jeder an die siebenhundert Jahre alt. Selbst die jungen Sopranstimmen sahen aus, als hätte man sie aus einer Mottenkiste hervorgeholt. Irina schielte zu *ihm* hinüber, um Anzeichen seines Interesses an ihr zu entdekken – etwa im Blick, in einer leichten, zufälligen Berührung. Doch nichts dergleichen. Er saß in den Holzstuhl zurückgelehnt, lauschte der Musik und schien in sich versunken. Er war fern und unerreichbar, gehörte niemandem.

Irina war leicht verwundert und leicht gekränkt. Doch auf einmal waren Verwunderung und Kränkung vergessen. Der Chor sang das *Lacrimosa.* Und das waren schon nicht mehr sechzig verschiedene Menschen, die nach Noten sangen, es war Mozart selbst, der klagte, sein ›göttliches Ich‹. Irina weinte, die Tränen rannen ihr über die Wangen, und mit ihnen schien der Schmerz aus dem Herzen zu weichen. Daher waren die Tränen so salzig, und das Herz wurde leicht.

Am Abend kehrten sie nach Moskau zurück.

Er begleitete sie bis an die Tür und nahm die Mütze ab.

»Geht es Ihnen besser?« fragte er.

»Natürlich«, sagte Irina. »Wenn es das Meer, Mozart und Sie gibt, muß man nicht nur leben, es ist auch schön.«

Er küßte ihr die Hand und stieg die Treppe hinunter.

Irina stand da und sah, wie seine Spuren gleich gigantischen Bohnen auf den kreidebedeckten weißen Stufen zurückblieben.

Er fuhr mit der Metro bis zur Station Jugo-Sapadnaja, dann mit dem Bus bis zur Haltestelle 44. Quartal, dann mit dem Fahrstuhl bis vor seine Wohnung. Er öffnete die Tür mit seinem Schlüssel.

Im Flur stand seine Frau mit der einjährigen Tochter auf dem Arm. Tochter und Frau waren beide rundgesichtig, beide ungekämmt, mit Haarbüscheln, die nach allen Seiten standen, und ähnelten bezaubernden Wilden.

»Bist du wieder auf Zickzackkurs gewesen?« fragte die Frau und richtete ihre kleinen, runden Knopfaugen auf ihn.

Er gab keine Antwort, zog sich schweigend aus.

Das ›wieder‹ bezog sich auf seinen Abstecher nach Sibirien in die Bijsker Vitaminfabrik. Irgendwer hatte dringend Sanddornöl gebraucht, und er war natürlich in der Rolle eines Zauberers erschienen.

»Dir gefällt es zu bluffen«, sagte die Frau. »Ein schöner Menschenfreund bist du! Und ich hocke hier allein mit dem Kind… Rotiere wie ein Hund beim Übersetzen einer Fähre.«

Er sah die Frau an und versuchte sich vorzustellen, wie ein Hund das wohl anstellt. In der Ungewißheit, ob sie ihn auch mitnehmen, rennt er umher und bellt. Er hat Angst, sein Herrchen zu verlieren.

»Du hast unrecht«, sagte er weich. »Du bist mein Hund, und ich bin dein Herrchen. Das weißt du.«

»Ganz egal«, sagte die Frau. »Ich bin müde. Du willst die ganze Menschheit glücklich machen, nur für mich machst du nichts. Dafür bist du zu träge, es langweilt dich.«

»Was soll ich denn für dich machen?«

»Wenn du wenigstens den Eimer runterbringen würdest. Der Müll quillt schon über. Ich habe ihn viermal mit dem Fuß festgestampft.«

»Kannst du ihn denn nicht selber runterbringen?« fragte er verwundert. »Du siehst doch, daß ich müde bin.«

Er setzte sich in den Sessel, nahm die Brille ab und schloß die Augen.

Die Frau sah ihn mitfühlend an.

»Ich habe ja nichts gegen deine Wunder«, sagte sie. »Sollen die Leute mit deiner Hilfe gesund und glücklich werden. Aber warum auf meine Kosten?«

Er öffnete die weitsichtigen Augen.

»Auf wessen Kosten werden denn die Wunder in Märchen vollbracht?«

Die Frau dachte nach. »Auf Kosten der Fee«, fiel ihr ein.

»Na also. Du bist demnach meine Fee.«

Die Frau wollte etwas entgegnen, aber bevor sie noch einen Gedanken gefaßt hatte, war er eingeschlafen. Er war wirklich müde.

Die Fee brachte die Tochter zu Bett, danach den Mann. Dann trug sie den Eimer hinaus. Dann wusch sie das Geschirr. Dann kochte sie Makkaroni, damit man sie früh schnell aufwärmen konnte.

Die wissenschaftliche Assistentin Irina Dubrowskaja erwachte am Morgen früh um halb acht Uhr. Sie sah an die Decke und überlegte: Hatte es nun ein Gestern in ihrem Leben gegeben oder nicht? Einerseits erinnerte sie sich so deutlich an den Geschmack der Schlagsahne, an die Kiefernzweige vor dem grauen Himmel, daß es anders nicht sein konnte. Natürlich hatte es das gegeben. Andererseits existierten keine greifbaren Spuren, nicht mal der Kofferanhänger vom Flughafen. Da fielen ihr die Fußspuren auf der Treppe ein.

Sie sprang aus dem Bett, lief in den Flur, riß die Tür zum Treppenhaus auf und... So etwas gibt es nur in der Kindheit, wenn man aus der Schule kommt, ins Zimmer tritt, und in der Ecke steht eine Neujahrstanne. Oder wenn man einen ausgetretenen Waldpfad entlanggeht und auf einmal ein Steinpilz dasteht.

Es gab keinerlei Spuren. Weder von Fußabdrücken noch von Schlämmkreide, noch von Malerarbeiten. Die Renovierung war abgeschlossen, und Tante Mascha hatte schon in der Frühe die Treppe gewischt. Die Karos auf dem Boden zeigten ein frisches Rotbraun gleich der Farbe der Scheuerleiste. Die Wände waren zartgrün, die Decken weißblau.

Das Treppenhaus wirkte festlich wie eine Neujahrstanne, wie ein unvermutet dastehender Steinpilz. Und es schien, daß es ewig so bleiben würde.

John Irving
Die Pension Grillparzer

Mein Vater arbeitete für das Österreichische Fremdenverkehrsamt. Und meine Mutter war auf die Idee gekommen, daß doch die ganze Familie mitreisen solle, wenn er als Spion für seinen Arbeitgeber unterwegs war. So kam es, daß meine Mutter, mein Bruder und ich ihn auf seinen geheimen Missionen begleiteten, deren Zweck es war, Unhöflichkeiten, staubige Winkel, schlechtes Essen und Sparmaßnahmen aller Art aufzuspüren, die sich österreichische Restaurants, Hotels und Pensionen zuschulden kommen ließen. Wir waren gehalten, Schwierigkeiten zu machen, wann immer es ging, nie genau das zu bestellen, was auf der Karte stand, ausgefallene Wünsche anzumelden, wie sie für Gäste aus dem Ausland typisch sind – etwa zu ungewöhnlichen Zeiten baden zu wollen, dringend ein Aspirin zu benötigen oder sich den Weg zum Tiergarten beschreiben zu lassen. Wir waren gehalten, uns anständig zu benehmen, aber lästig zu fallen; und wenn der Aufenthalt beendet war, erstatteten wir Vater auf der Autofahrt Bericht.

Dann sagte Mutter zum Beispiel: »Der Friseur hat am Vormittag immer geschlossen. Dabei wird draußen eigens auf ihn hingewiesen. Dagegen wäre ja nichts einzuwenden, wenn das Hotel nicht behaupten würde, einen eigenen Friseur zu haben.«

»Aber genau das behaupten sie«, sagte Vater dann und hielt das in seinem dicken Notizbuch fest.

Ich war stets der Chauffeur und berichtete aus meiner Sicht: »Das Auto war zwar nicht auf der Straße geparkt, sondern in der Hotelgarage, aber seit wir es dem Portier übergeben haben, ist jemand vierzehn Kilometer damit gefahren.«

»Das sollte man der Hotelleitung direkt melden«, sagte Vater und machte sich eine Notiz.

»Die Toilette war undicht«, sagte ich.

»Ich hab die Toilettentür nicht aufgebracht«, sagte mein Bruder Robo.

»Du hast immer Schwierigkeiten mit Türen, Robo«, meinte Mutter.

»War das denn Klasse C?« fragte ich.

»Ich fürchte, nein«, sagte Vater. »Es ist noch immer als B-Hotel eingestuft.« Eine Zeitlang fuhren wir schweigend weiter; die Frage, ob ein Hotel oder eine Pension neu kategorisiert werden mußte, nahmen wir sehr ernst. Wir schlugen nie leichtfertig die Einstufung in eine andere Klasse vor.

»Ich finde, das schreit nach einem Brief an die Hoteldirektion«, meinte Mutter. »Er sollte nicht zu freundlich ausfallen, aber auch nicht richtig grob. Teile einfach die Fakten mit.«

»Einverstanden. Ich fand den Mann ganz sympathisch«, sagte Vater. Er legte stets Wert darauf, die Hoteldirektoren kennenzulernen.

»Vergiß nicht zu erwähnen, daß jemand mit unserem Auto gefahren ist«, sagte ich. »Das ist wirklich unverzeihlich.«

»Und die Eier waren schlecht«, sagte Robo. Er war noch keine zehn, und sein Urteil wurde nicht wirklich ernst genommen.

Weit unerbittlicher als Bewertungsteam wurden wir, als mein Großvater starb und uns Großmutter hinterließ – die Mutter meiner Mutter, die uns von da an auf unseren Reisen begleitete: Johanna, eine alte Dame mit majestätischem Auftreten, die es gewohnt war, in erstklassigen Hotels abzusteigen, während mein Vater weit häufiger B- und C-Unterkünfte unter die Lupe zu nehmen hatte. Kein Wunder, denn die meisten Touristen waren an Hotels (und Pensionen) in dieser Preislage interessiert. Mit den Restaurants erging es uns etwas besser. Auch Touristen, die es sich nicht leisten konnten, in erstklassigen Hotels abzusteigen, legten sehr wohl Wert auf Spitzenrestaurants.

»Ich gebe mich nicht dazu her, zweifelhafte Lokale zu testen«, erklärte uns Großmutter. »Mag sein, daß euch diese merkwürdige Betätigung in Hochstimmung versetzt, weil das wie kostenloser Urlaub ist, aber ich sehe schon, daß man dafür einen unzumutbaren Preis zahlen muß: Man weiß nie, in was für einem Quartier man landet. Amerikaner mögen es ja durchaus bezaubernd finden, daß es bei uns noch immer Zimmer ohne Bad und Toilette gibt, aber ich bin eine alte Frau, und ich finde es überhaupt nicht bezaubernd, einen öffentlichen Flur entlanglaufen zu müssen, wenn ich mich waschen oder die Toilette aufsuchen möchte. Und das ist noch lange nicht alles. Man kann sich da auch Krankheiten holen – und nicht nur vom Essen. Wenn mir das Bett dubios erscheint, werde ich mich nicht hineinlegen, das garantiere ich euch. Abgesehen davon sind die Kinder noch klein und leicht zu beeinflussen; denkt doch bloß an das Publikum, das in einigen dieser Absteigen verkehrt, und fragt euch dann ernsthaft, ob das der richtige Umgang ist.« Mutter und Vater nickten, sagten aber nichts. »Fahr nicht so schnell!« herrschte Großmutter mich an. »Du bist ein junger Spund, der nur angeben will.« Ich fuhr langsamer. »Wien«, seufzte Großmutter. »In Wien habe ich immer im Ambassador gewohnt.«

»Das Ambassador steht nicht zur Überprüfung an, Johanna«, sagte Vater.

»Das möchte ich auch meinen«, entgegnete Großmutter. »Gehe ich recht in der Annahme, daß wir überhaupt kein A-Hotel ansteuern?«

»Tja, es ist eben eine B-Reise«, räumte Vater ein. »Jedenfalls weitgehend.«

»Ich hoffe doch«, sagte Großmutter, »das bedeutet, daß es auf unserer Route wenigstens ein erstklassiges Hotel gibt.«

»Nein«, gestand Vater. »Es gibt ein Haus der Klasse C.«

»Das macht gar nichts«, meinte Robo. »In C-Häusern wird viel gestritten.«

»Das kann ich mir denken«, meinte Großmutter.

»Es ist eine C-*Pension*, eine sehr kleine«, sagte Vater, als seien Streitereien in Anbetracht der Größe verzeihlich.

»Und sie bewerben sich für B«, sagte Mutter.

»Aber es hat Beschwerden gegeben«, fügte ich hinzu.

»Davon bin ich überzeugt«, sagte Großmutter.

»Und Tiere«, ergänzte ich. Mutter warf mir einen warnenden Blick zu.

»Tiere?« fragte Großmutter.

»Tiere«, bestätigte ich.

»Es besteht lediglich ein Verdacht«, stellte Mutter richtig.

»Ihr dürft nicht voreingenommen sein«, sagte Vater.

»Ach, das ist ja reizend!« sagte Großmutter. »Überall Tierhaare auf den Teppichen! Ekelhafte Haufen in den Ecken! Wißt ihr, daß ich sofort Asthmabeschwerden bekomme, wenn ich ein Zimmer betrete, in dem zuvor eine Katze war?«

»Bei der Beschwerde ging es nicht um Katzen«, sagte ich. Mutter stieß mir ihren Ellbogen in die Rippen.

»Hunde?« fragte Großmutter. »Tollwütige Hunde! Die einen auf dem Weg ins Bad beißen.«

»Nein«, sagte ich. »Keine Hunde.«

»Bären!« rief Robo.

Aber Mutter sagte: »Das mit den Bären wissen wir nicht genau, Robo.«

»Das kann doch nicht euer Ernst sein«, meinte Großmutter.

»Natürlich ist es nicht ernst!« sagte Vater. »Wie könnte es in einer Pension Bären geben?«

»Aber genau das stand in einem Brief«, sagte ich. »Natürlich dachte das Fremdenverkehrsamt, die Beschwerde käme von einem Spinner. Aber dann hat noch jemand das Tier gesehen – es kam ein zweiter Brief, in dem es hieß, daß es da einen Bären gibt.«

Vater warf mir über den Rückspiegel mißbilligende Blicke zu, aber nachdem wir alle an dieser Überprüfung beteiligt waren, hielt ich es für ratsam, dafür zu sorgen, daß Großmutter vorgewarnt war.

»Wahrscheinlich ist es gar kein richtiger Bär«, sagte Robo hörbar enttäuscht.

»Ein Mann in einem Bärenkostüm!« rief Großmutter. »Welch unerhörte Perversion! Eine Bestie von einem Mann, der verkleidet umherschleicht! Wer weiß, was er im Schilde führt? Bestimmt ist es ein Mann in einem Bärenkostüm, ganz bestimmt«, sagte sie. »In diese Pension will ich zuerst. Wenn ich auf dieser Reise schon Bekanntschaft mit Klasse C machen muß, dann wollen wir es möglichst rasch hinter uns bringen.«

»Aber wir haben keine Zimmer für heute reserviert«, sagte Mutter.

»Stimmt, aber wir können den Leuten ebensogut eine Chance geben, sich von ihrer besten Seite zu zeigen«, meinte Vater. Obwohl er seine Opfer nie darüber aufklärte, daß er vom Fremdenverkehrsamt kam, hielt er Zimmerreservierungen schlicht für eine anständige Art, dem Personal die Möglichkeit zu geben, sich möglichst gut vorzubereiten.

»Ich bin überzeugt, daß man in einer Pension, in der Männer absteigen, die sich als Tiere verkleiden, nicht im voraus Zimmer reservieren muß«, meinte Großmutter. »Ich bin überzeugt, daß da immer was frei ist. Außerdem bin ich überzeugt, daß dort regelmäßig Gäste in ihren Betten sterben – aus Angst oder weil ihnen dieser Verrückte in seinem abgeschmackten Bärenkostüm irgend etwas Unaussprechliches zufügt.«

»Wahrscheinlich ist es ein echter Bär«, sagte Robo hoffnungsvoll, denn angesichts der Wendung, die das Gespräch nahm, wurde ihm wohl klar, daß ein echter Bär Großmutters eingebildetem Unhold allemal vorzuziehen war. Vor einem echten Bär hätte Robo vermutlich keine Angst gehabt.

Ich fuhr so unauffällig wie möglich zu der düsteren, unscheinbaren Ecke Planken- und Seilergasse, wo wir Ausschau nach der C-Pension hielten, die in Klasse B aufrücken wollte.

»Nirgends Platz zum Parken«, sagte ich zu Vater, der das bereits in seinem Notizbuch vermerkte.

Ich parkte in zweiter Reihe, und vom Auto aus ließen wir unsere Blicke an der Fassade der Pension Grillparzer emporwandern; vier schmalbrüstige Stockwerke zwischen einer Konditorei und einer Tabak-Trafik.

»Seht ihr?« sagte Vater. »Keine Bären.«

»Hoffentlich auch keine Männer«, sagte Großmutter.

»Die kommen in der Nacht«, sagte Robo und blickte argwöhnisch die Straße hinauf und hinunter.

Wir betraten die Pension und wurden vom Inhaber, einem Herrn Theobald, begrüßt, der sogleich Großmutters Mißtrauen erweckte.

»Drei Generationen, die zusammen verreisen!« rief er. »Wie in alten Zeiten«, fügte er hinzu, wobei er vor allem Großmutter ansprach, »bevor es diese vielen Scheidungen gab und die jungen Leute ihre eigenen Wohnungen wollten. Das hier ist eine Familienpension! Ich wünschte nur, Sie hätten im voraus bestellt – dann hätte ich Sie näher beisammen unterbringen können.«

»Wir sind es nicht gewohnt, im selben Zimmer zu schlafen«, erklärte ihm Großmutter.

»Natürlich nicht!« rief Theobald. »Ich meinte nur, ich

hätte Ihnen gerne Zimmer gegeben, die näher beisammen sind.«

Großmutter sah man die Besorgnis an.

»Wie weit liegen sie denn auseinander?« fragte sie.

»Na ja, ich habe nur zwei Zimmer frei«, sagte er. »Und nur eines davon ist groß genug für die beiden Jungen und die Eltern.«

»Und wie weit ist es bis zu meinem Zimmer?« fragte Großmutter kühl.

»Ihr Zimmer liegt genau gegenüber der Toilette!« erklärte Herr Theobald, als wäre das ein Vorteil.

Doch als er uns die beiden Zimmer zeigte – wobei Großmutter, die voller Verachtung das Schlußlicht machte, sich an Vaters Seite hielt –, hörte ich sie murmeln: »So habe ich mir mein Dasein im Alter nicht vorgestellt. Gegenüber der Toilette, so daß ich wohl oder übel sämtliche Gäste hören muß.«

»Hier ist jedes Zimmer anders eingerichtet«, erläuterte Herr Theobald. »Die Möbel stammen samt und sonders aus meiner Familie.« Das glaubten wir sofort. Das große Zimmer, das Robo und ich uns mit den Eltern teilen sollten, war ein Museumssaal voller Schnickschnack, in dem jede Kommode Beschläge in einem anderen Stil hatte. Andererseits waren die Wasserhähne am Waschbecken aus Messing, und das Bett hatte ein geschnitztes Kopfteil. Ich sah Vater an, daß er diese Einzelheiten, die er in seinem dicken Notizbuch festhalten würde, sorgfältig gegeneinander abwog.

»Das kannst du später machen«, erklärte ihm Großmutter. »Wo schlafe ich?«

Brav folgte die ganze Familie Herrn Theobald und meiner Großmutter durch einen langen, gewundenen Gang; Vater zählte die Schritte bis zur Toilette. Der Gangläufer war fadenscheinig und verblichen. An den Wänden hingen alte Fotografien von Eisschnellaufmannschaften – mit eigenartigen Gleitern an den Füßen, die vorn aufgebogen waren wie Hofnarrenschuhe oder die Kufen uralter Schlitten.

Robo, der vorausgelaufen war, verkündete, er habe die Toilette entdeckt.

Großmutters Zimmer war voller Porzellan, blankem Holz und roch leicht schimmlig. Die Vorhänge fühlten sich klamm an. Das Bett hatte in der Mitte einen beunruhigenden Wulst, der an das gesträubte Rückenfell eines Hundes erinnerte; fast sah es so aus, als läge unter der Bettdecke ein graziler Körper.

Großmutter sagte kein Wort, und als Herr Theobald aus dem Zimmer wirbelte wie ein Schwerverletzter, der soeben erfahren hat, daß er überleben wird, fragte sie meinen Vater: »Wie kommt die Pension Grillparzer bloß dazu, sich ein B zu erhoffen?«

»Ganz entschieden C«, sagte Vater.

»Ist und bleibt C«, sagte ich.

»Ich persönlich«, erklärte Großmutter, »plädiere für E oder F.«

Im düsteren Teesalon sang ein Mann ohne Krawatte ein ungarisches Lied. »Das bedeutet nicht, daß er Ungar ist«, versicherte Vater unserer Großmutter, die jedoch mißtrauisch blieb.

»Ich würde sagen, die Wahrscheinlichkeit spricht eher gegen ihn«, meinte sie. Sie wollte weder Tee noch Kaffee. Robo aß ein Stück Kuchen, das ihm angeblich schmeckte. Mutter und ich rauchten eine Zigarette. Sie versuchte mit dem Rauchen aufzuhören, ich versuchte es mir anzugewöhnen; deshalb teilten wir uns eine Zigarette – wir hatten einander sogar versprochen, nie eine allein zu rauchen.

»Er ist ein wunderbarer Gast«, flüsterte Herr Theobald meinem Vater zu und deutete dabei auf den Sänger. »Er kennt Lieder aus aller Welt.«

»Zumindest aus Ungarn«, sagte Großmutter, doch sie lächelte.

Ein kleiner Mann, glattrasiert, aber mit jenem dauerhaft metallischgrauen Bartschatten auf dem hageren Gesicht, sprach Großmutter an. Er trug ein sauberes weißes (vom Alter und vom vielen Waschen jedoch vergilbtes) Hemd, eine Anzughose und ein nicht dazu passendes Sakko.

»Wie bitte?« sagte Großmutter.

»Ich sagte, ich erzähle Träume«, erläuterte der Mann.

»Sie erzählen also Träume«, sagte Großmutter. »Heißt das, Sie haben diese Träume?«

»Ich habe sie, und ich erzähle sie«, sagte er geheimnisvoll. Der Sänger hörte zu singen auf.

»Egal, welchen Traum Sie hören wollen«, sagte der Sänger, »er kann ihn erzählen.«

»Ich bin ganz sicher, daß ich keinen Traum hören will«, sagte Großmutter. Voller Mißfallen betrachtete sie den breiten Streifen dunkler Haare, die aus dem offenen Hemdkragen des Sängers quollen. Sie würde den Mann, der Träume »erzählte«, künftig ignorieren.

»Wie ich sehe, sind Sie eine Dame«, sagte der Traummann zu Großmutter. »Sie reagieren nicht auf jeden Traum, der einfach so daherkommt.«

»Ganz bestimmt nicht«, sagte Großmutter. Sie warf Vater einen ihrer Blicke zu, die besagten: Wie kannst du zulassen, daß jemand mir das antut.

»Aber einen kenne ich«, sagte der Traummann und schloß die Augen. Der Sänger zog einen Stuhl heran und saß auf einmal ganz dicht neben uns. Robo hockte auf Vaters Schoß, obwohl er dafür viel zu alt war. »In einem großen Schloß«, hob der Traummann an, »lag eine Frau neben ihrem Mann. Mitten in der Nacht wurde sie plötzlich hellwach. Sie hatte nicht die geringste Ahnung, wovon sie aufgewacht war, und fühlte sich so munter, als sei sie seit Stunden auf. Gleichzeitig spürte sie – ohne daß es eines Blickes oder eines Wortes oder einer Berührung bedurft hätte –, daß ihr Mann ebenfalls hellwach war und ebenso plötzlich aufgewacht war.«

»Hoffentlich ist das für Kinderohren auch geeignet, haha«, meinte Herr Theobald, aber niemand würdigte ihn eines Blickes. Großmutter faltete ihre Hände im Schoß und starrte sie an – Knie fest beisammen, Fersen unter den Stuhl mit der geraden Lehne geschoben. Mutter hielt Vaters Hand.

Ich saß neben dem Traummann, dessen Jackett wie ein ganzer Zoo roch. Er erzählte weiter: »Die Frau und ihr Mann lagen wach in ihren Betten und lauschten den Geräuschen im Schloß, das sie nur gemietet hatten und nicht besonders gut kannten. Sie lauschten den Geräuschen draußen im Hof, den abzuschließen sie sich nie die Mühe machten. Die Leute aus dem Dorf gingen immer beim Schloß spazieren, und die Dorfkinder durften am großen Hoftor hin- und herschwingen. Wovon waren sie nur aufgewacht?«

»Bären?« meinte Robo, aber Vater legte seinen Zeigefinger auf Robos Mund.

»Sie hörten Pferde«, fuhr der Traummann fort. Großmutter, die mit geschlossenen Augen und gesenktem Kopf dasaß, schien auf ihrem harten Stuhl zu erschauern. »Sie hörten das Schnauben und Stampfen von Pferden, die sich ruhigzuhalten versuchten«, sagte der Traummann. »Der Mann streckte die Hand aus und berührte seine Frau. ›Pferde?‹ fragte er. Die Frau stieg aus dem Bett und trat ans Fenster. Sie würde bis zum heutigen Tag beschwören, daß der Hof voller berittener Soldaten war – aber was für Soldaten! Sie trugen Rüstungen! Die Visiere ihrer Helme waren heruntergelassen, und ihr Stimmengemurmel klang so blechern und schwer verständlich wie Stimmen von einem schwächer werdenden Rundfunksender. Ihre Rüstungen schepperten, wenn die Pferde unruhig auf der Stelle traten.

Im Schloßhof befand sich das alte, leere Becken eines ehemaligen Brunnens, doch nun bemerkte die Frau, daß der Brunnen lief; Wasser schwappte über den verwitterten Rand, und die Pferde tranken. Die Ritter waren wachsam, nicht einer saß ab; sie blickten zu den dunklen Fenstern des Schlosses empor, als wüßten sie, daß sie an dieser Wasserstelle nicht willkommen waren.

Die Frau sah ihre großen Schilde im Mondlicht aufblitzen. Sie schlüpfte wieder ins Bett und drückte sich steif an ihren Mann.

›Was ist denn da?‹ fragte er.

›Pferde‹, antwortete sie.

›Das hab ich mir gedacht‹, sagte er. ›Die werden die Blumen abfressen.‹

›Wer hat eigentlich dieses Schloß bauen lassen?‹ erkundigte sie sich. Daß es ein sehr altes Schloß war, wußten sie beide.

›Karl der Große‹, sagte er. Damit schlief er wieder ein.

Aber die Frau lag wach und horchte; das Wasser schien jetzt durch das ganze Schloß zu fließen und in allen Rohren zu gurgeln, als zöge der alte Brunnen Wasser aus allen verfügbaren Quellen. Und man hörte die verzerrten Stimmen der flüsternden Ritter – der Krieger Karls des Großen, die ihre tote Sprache sprachen! Auf die Frau wirkten ihre Stimmen so schauerlich wie das achte Jahrhundert und das damals herrschende Volk der Franken. Die Pferde tranken weiter.

Die Frau lag lange wach und wartete darauf, daß die Soldaten abzogen. Sie hatte keine Angst, angegriffen zu werden, denn sie war überzeugt, daß sich die Männer auf dem Marsch befanden und nur an einer Stelle, die sie von früher her kannten, Rast gemacht hatten. Aber solange das Wasser lief, hatte sie das Gefühl, die Stille und die Dunkelheit im Schloß nicht stören zu dürfen. Als sie einschlief, kam es ihr vor, als wären die Männer Karls des Großen noch immer da.

Am Morgen fragte ihr Mann: ›Hast du auch Wasser laufen hören?‹ Ja, natürlich hatte sie es gehört. Aber der Brunnen war trocken, und vom Fenster aus sah man, daß keine Blumen abgerupft waren; dabei weiß jeder, daß Pferde Blumen fressen.

›Da siehst du's‹, sagte ihr Mann; er ging mit ihr hinunter in den Hof. ›Da sind keine Hufabdrücke und auch keine Pferdeäpfel. Wir müssen geträumt haben, daß wir Pferde gehört haben.‹ Sie erwähnte weder, daß sie auch Soldaten gesehen hatte, noch sagte sie, daß sie es für höchst unwahrscheinlich halte, daß zwei Menschen denselben Traum träumen. Und sie erinnerte ihn auch nicht daran, daß er als starker Raucher es nie roch, wenn die Suppe vor sich hin köchelte; der schwache Pferdegeruch in der frischen Luft war zu fein für seine Nase.

Sie sah – oder träumte – die Ritter noch zweimal während ihres Aufenthalts im Schloß, aber ihr Mann wachte nicht mehr gleichzeitig mit ihr auf. Es geschah immer ganz plötzlich. Einmal erwachte sie mit einem metallischen Geschmack auf der Zunge, als hätte sie ein Stück altes, verrostetes Eisen an die Lippen gehalten – ein Schwert, einen Brustschild, ein Kettenhemd, eine Beinschiene. Sie waren wieder draußen im Hof, diesmal bei kälterem Wetter. Dichter Nebel, der vom Wasser im Brunnen aufstieg, hüllte sie ein; die Pferde waren mit Reif bedeckt. Beim zweitenmal waren es nicht mehr so viele, als hätten der Winter oder die Scharmützel ihre Reihen gelichtet. Und beim letztenmal kamen ihr die Pferde ausgemergelt vor und die Männer fast wie leere Rüstungen, die sich nur mit knapper Not im Sattel halten konnten. Über den Mäulern der Pferde hingen längliche Masken aus Eis. Das Atmen bereitete ihnen (und den Männern) Mühe.

»Ihr Mann«, schloß der Traummann, »starb später an einer Infektion der Atemwege. Aber das wußte die Frau nicht, als sie diesen Traum träumte.«

Großmutter blickte von ihrem Schoß auf und schlug den Traummann in das bartgraue Gesicht. Robo richtete sich auf Vaters Schoß kerzengerade auf; meine Mutter ergriff die Hand ihrer Mutter. Der Sänger stieß seinen Stuhl zurück und sprang verängstigt oder auch kampfbereit auf, aber der Traummann verbeugte sich nur vor Großmutter und verließ den düsteren Teesalon. Es war, als hätte er mit Großmutter einen Pakt geschlossen, der zwar lebensnotwendig war, aber keinem von beiden große Freude bereitete. Vater schrieb etwas in sein dickes Notizbuch.

»Na, war das nicht eine grandiose Geschichte?« fragte Herr Theobald. »Haha.« Er wuschelte Robo durchs Haar, was Robo nicht ausstehen konnte.

»Herr Theobald«, sagte Mutter, die noch immer Großmutters Hand hielt, mit einiger Schärfe, »mein Vater ist an einer Infektion der Atemwege gestorben.«

»Ach du Schande«, sagte Herr Theobald. »Tut mir leid, gnädige Frau«, sagte er zu Großmutter, aber die alte Dame weigerte sich, mit ihm zu sprechen.

Wir führten Großmutter in ein erstklassiges Restaurant, aber sie rührte ihr Essen kaum an. »Dieser Mensch war ein Zigeuner«, erklärte sie uns, »ein teuflisches Geschöpf und obendrein ein Ungar.«

»Bitte, Mutter«, sagte meine Mutter. »Das mit Vater konnte er nicht wissen.«

»Er weiß mehr, als du ahnst«, herrschte Großmutter sie an.

»Das Schnitzel ist hervorragend«, sagte Vater und vermerkte das in seinem dicken Notizbuch. »Und der Gumboldskirchner paßt ausgezeichnet dazu.«

»Die Kalbsnieren sind prima«, sagte ich.

»Die Eier sind in Ordnung«, sagte Robo.

Großmutter sagte nichts, bis wir in die Pension Grillparzer zurückkehrten, wo wir bemerkten, daß die Toilettentür mindestens dreißig Zentimeter hoch über dem Boden hing – wie die Türen amerikanischer Toilettenabteile oder die Saloontüren, die man aus Western kennt. »Ich bin heilfroh, daß ich die Toilette im Restaurant aufgesucht habe«, sagte Großmutter. »Wie abstoßend! Ich werde versuchen, die Nacht zu überstehen, ohne mich an einem Ort zur Schau zu stellen, wo jeder, der vorbeigeht, meine Fesseln beäugen kann!«

In unserem Familienzimmer sagte Vater: »Hat Johanna nicht einmal in einem Schloß gewohnt? Ich glaube, sie und Großvater haben vor langer Zeit mal ein Schloß gemietet.«

»Ja, das war vor meiner Geburt«, sagte Mutter. »Da haben sie das Schloß Katzelsdorf gemietet. Ich kenne es von Fotos her.«

»Also deshalb hat sie sich über den Traum des Ungarn so aufgeregt«, sagte Vater.

»Jemand fährt auf dem Gang Fahrrad«, sagte Robo. »Ich habe ein Rad vorbeirollen sehen – unten durch den Türspalt.«

»Schlaf jetzt, Robo«, sagte Mutter.

»Es hat quietsch-quietsch gemacht«, sagte Robo.

»Gute Nacht, ihr zwei«, sagte Vater.

»Wenn ihr noch reden dürft, dürfen wir auch reden«, sagte ich.

»Dann redet miteinander«, sagte Vater. »Ich rede mit eurer Mutter.«

»Ich möchte schlafen«, sagte Mutter. »Mir wäre es am liebsten, niemand würde mehr reden.«

Wir versuchten es. Vielleicht schliefen wir auch ein. Irgendwann flüsterte Robo mir zu, er müsse aufs Klo.

»Du weißt ja, wo es ist«, sagte ich.

Robo ging aus dem Zimmer und ließ die Tür einen Spaltbreit offen; ich hörte ihn den Flur hinuntergehen, wobei er mit einer Hand an der Wand entlangstreifte. Er war sehr bald wieder zurück.

»Da ist jemand drin«, sagte er.

»Dann warte, bis er fertig ist«, sagte ich.

»Das Licht war nicht an«, sagte Robo, »aber ich konnte unter der Tür was sehen. Da ist jemand drin, im Dunkeln.«

»Mir ist es im Dunkeln auch lieber«, sagte ich.

Aber Robo bestand darauf, mir genau zu erzählen, was er gesehen hatte. Er sagte, unter der Tür seien zwei Hände zu sehen gewesen.

»Hände?« fragte ich.

»Ja, da, wo die Füße hingehören«, sagte Robo. Er behauptete, er habe zu beiden Seiten der Toilettenschüssel eine Hand gesehen – statt eines Fußes.

»Raus mit dir, Robo!« sagte ich.

»Bitte, komm mit und schau selber«, flehte er mich an. Ich ging mit ihm den Gang hinunter, aber die Toilette war leer. »Er ist weg«, sagte er.

»Bestimmt ist er auf den Händen weggelaufen«, sagte ich. »Und jetzt geh pinkeln. Ich warte auf dich.«

Er ging in die Toilette und pinkelte betrübt im Dunkeln. Wir waren fast an unserer Zimmertür angelangt, als ein kleiner, dunkelhaariger Mann mit der gleichen Haut und genauso gekleidet wie der Traummann, der Großmutter brüskiert hatte, an uns vorbeikam. Er zwinkerte uns zu und lächelte; ich konnte nicht umhin zu bemerken, daß er auf Händen ging.

»Siehst du?« flüsterte Robo mir zu. Wir gingen in unser Zimmer und schlossen die Tür ab.

»Was ist los?« fragte Mutter.

»Da ist ein Mann, der auf Händen geht«, sagte ich.

»Ein Mann, der auf Händen pinkelt«, ergänzte Robo.

»Klasse C«, murmelte Vater im Schlaf. Vater träumte oft, daß er sich Notizen in sein dickes Buch machte.

»Wir reden morgen früh darüber«, sagte Mutter.

»Wahrscheinlich war es nur ein Akrobat, der dir imponieren wollte, weil du ein Kind bist«, erklärte ich Robo.

»Wie kann er wissen, daß ich ein Kind bin, wenn er im Klo war?« fragte Robo.

»Schlaft jetzt endlich«, flüsterte Mutter.

Dann hörten wir Großmutter am anderen Ende des Flurs schreien.

Mutter schlüpfte in ihren hübschen grünen Morgenmantel; Vater schlüpfte in seinen Bademantel und setzte die Brille auf. Ich zog eine Hose über meinen Schlafanzug. Robo war als erster auf dem Gang. Wir sahen Licht unter der Toilettentür. Drinnen stieß Großmutter rhythmische Schreie aus.

»Wir sind schon da!« rief ich ihr zu.

»Was ist denn los, Mutter?« fragte meine Mutter.

Wir versammelten uns in dem breiten Lichtstreif. Unter der Tür sahen wir Großmutters malvenfarbene Pantoffeln und ihre porzellanweißen Knöchel. Sie hörte zu schreien auf. »Als ich im Bett lag, habe ich jemanden flüstern hören.«

»Das waren Robo und ich«, erklärte ich.

»Dann, als ich den Eindruck hatte, daß sie fort sind, bin ich in die Toilette gegangen«, sagte Großmutter. »Ohne das Licht anzumachen. Alles war still«, berichtete sie. »Und dann habe ich das Rad gesehen und gehört.«

»Welches Rad?« fragte Vater.

»Vor der Tür ist mehrere Male ein Rad vorbeigefahren«, sagte Großmutter. »Es ist vorbeigerollt und zurückgekommen und wieder vorbeigerollt.«

Vater ließ einen Zeigefinger wie ein Rad neben seiner Schläfe kreiseln und schnitt eine Grimasse in Mutters Richtung. »Da braucht jemand ein paar neue Räder«, flüsterte er, aber Mutter warf ihm einen bösen Blick zu.

»Dann habe ich das Licht angemacht«, sagte Großmutter, »und das Rad ist verschwunden.«

»Ich hab euch doch gesagt, daß ein Fahrrad auf dem Gang war«, sagte Robo.

»Halt den Mund, Robo«, sagte Vater.

»Nein, es war kein Fahrrad«, widersprach Großmutter. »Es war nur ein einzelnes Rad.«

Vater ließ beide Zeigefinger wild neben seinem Kopf kreiseln. »Und bei ihr sind ein paar Rädchen locker«, zischelte er Mutter zu, aber die gab ihm einen Klaps, daß ihm die Brille halb von der Nase rutschte.

»Und dann ist jemand gekommen und hat unter der Tür durchgeschaut«, sagte Großmutter. »Und da habe ich geschrien.«

»Jemand?« fragte Vater.

»Ich habe seine Hände gesehen, es waren Männerhände – mit Haaren an den Fingerknöcheln«, sagte Großmutter. »Seine Hände waren auf dem Teppich vor der Tür. Er muß zu mir raufgeschaut haben.«

»Nein, Großmutter«, sagte ich. »Ich glaube, er stand einfach nur da draußen auf seinen Händen.«

»Werd nicht frech«, sagte Mutter.

»Aber wir haben einen Mann gesehen, der auf Händen gegangen ist«, sagte Robo.

»Unsinn«, sagte Vater.

»Doch, das stimmt«, sagte ich.

»Wir wecken noch alle Leute auf«, beschwichtigte uns Mutter.

Die Klospülung ging, und Großmutter kam, das letzte Restchen Würde wahrend, herausgeschlurft. Sie trug drei Morgenmäntel übereinander; mit ihrem langen Hals und dem weiß eingecremten Gesicht sah sie aus wie eine aufgescheuchte Gans. »Er ist böse und gemein«, sagte sie zu uns. »Und er verfügt über schreckliche magische Kräfte.«

»Der Mann, der dich angeschaut hat?« fragte Mutter.

»Der Mann, der meinen Traum erzählt hat«, sagte Großmutter. Eine Träne bahnte sich den Weg durch die Furchen ihrer Gesichtscreme. »Das war mein Traum«, sagte sie, »und er hat ihn allen erzählt. Es ist unerhört, daß er ihn überhaupt kennt«, zischte sie empört. »*Meinen* Traum von den Pferden und den Kriegern Karls des Großen –, dabei dürfte den nur ich kennen, sonst niemand. Ich hatte diesen Traum vor deiner Geburt«, sagte sie zu meiner Mutter. »Und dieser böse, gemeine Zauberer hat meinen Traum erzählt, als wäre er was völlig Neues. Ich habe deinem Vater nie den ganzen Traum erzählt. Ich war auch nie ganz sicher, ob es überhaupt ein Traum war. Und jetzt gibt es hier Männer, die auf Händen gehen und haarige Fingerknöchel haben, und verzauberte Räder. Ich möchte, daß die Jungen bei mir im Zimmer schlafen.«

So kam es, daß Robo und ich uns das große Familienzimmer weit weg von der Toilette mit Großmutter teilten, die mit ihrem eingecremten, feucht glänzenden Gespenstergesicht auf Vaters und Mutters Kissen lag. Robo war wach und beobachtete sie. Ich glaube nicht, daß sie sehr gut schlief; vermutlich träumte sie wieder ihren Todestraum – erlebte noch einmal die frierenden Soldaten Karls des Großen mit ihren seltsamen, reifbedeckten Kettenhemden und den eingefrorenen Rüstungen in ihrem letzten Winter.

Als ich wohl oder übel auf die Toilette mußte, folgten mir Robos runde, glänzende Augen bis zur Tür.

In der Toilette war jemand. Unter der Tür kam kein Licht hervor, aber draußen an der Wand lehnte ein Einrad. Der Fahrer saß in der dunklen Toilette und betätigte wie ein Kind ein ums andere Mal die Spülung – ohne abzuwarten, bis der Wasserbehälter vollgelaufen war.

Ich trat näher, um unter der Tür durchzulugen, aber der oder die Betreffende stand nicht auf den Händen. Ich erkannte deutlich ein Paar Füße, fast in der erwarteten Stellung, nur berührten sie den Boden nicht; die Fußsohlen, dunkelviolett und wulstig, zeigten schräg zu mir nach oben. Es waren riesige Pfoten, die an kurzen, pelzigen Schienbeinen hingen: Bärentatzen, allerdings ohne Krallen. Ein Bär kann seine Krallen nicht einziehen wie eine Katze; wenn er Krallen hat, sieht man sie auch. Folglich war das hier ein Schwindler in einem Bärenkostüm oder ein Bär ohne Krallen. Ein zahmer Bär vielleicht. Zumindest ein stubenreiner Bär, wie man aus der Tatsache schließen durfte, daß er die Toilette benutzte. Am Geruch erkannte ich, daß es sich nicht um einen Mann in einem Bärenkostüm handelte, denn es roch eindeutig nach Bär. Es war ein echter Bär.

Ich wich zurück und knallte gegen die Tür des ursprünglichen Zimmers meiner Großmutter, hinter der Vater auf weitere Störungen lauerte. Er riß die Tür auf, und ich fiel ins Zimmer, so daß wir beide erschraken. Mutter schoß im Bett hoch und zog sich das Federbett über den Kopf. »Ich hab ihn!« rief Vater und warf sich auf mich. Der Boden bebte; das Einrad des Bären rutschte an der Wand ab und fiel gegen die Toilettentür, hinter der plötzlich der Bär zum Vorschein kam; er stolperte über sein Einrad und torkelte noch ein Stück weiter, bis er sich gefangen hatte. Besorgt blickte er durch die offene Tür auf Vater, der auf meiner Brust hockte. Dann hob er mit den Vorderpfoten das Einrad auf. »*Grauf?*« sagte der Bär. Vater knallte die Tür zu.

Vom anderen Ende des Flurs hörten wir eine Frau rufen. »Wo bist du, Duna?«

»*Harf!*« sagte der Bär.

Vater und ich hörten die Frau näher kommen. »Ach, Duna, übst du schon wieder?« sagte sie. »Immer mußt du üben! Aber bei Tageslicht geht es besser.« Der Bär sagte nichts. Vater machte die Tür auf.

»Laß ja niemand rein«, sagte Mutter, ohne unter ihrem Federbett hervorzukommen.

Auf dem Flur stand eine hübsche ältere Frau neben dem

Bären, der jetzt, eine riesige Pfote auf ihrer Schulter, mit dem Einrad auf der Stelle balancierte. Sie trug einen leuchtendroten Turban und ein langes Wickelkleid, das an einen Vorhang erinnerte. Auf ihrem hohen Busen ruhte eine Kette aus aufgefädelten Bärenkrallen; ihre Ohrringe reichten bis auf die eine Schulter des Vorhangkleides und die andere nackte Schulter mit einem entzückenden Leberfleck, den Vater und ich anstarrten. »Guten Abend«, sagte sie zu Vater. »Es tut mir leid, wenn wir Sie gestört haben. Natürlich darf Duna nachts nicht üben, aber er liebt eben seine Arbeit.«

Der Bär murmelte etwas und radelte von der Frau weg. Er hielt hervorragend die Balance, war aber unachtsam, streifte an den Wänden entlang und berührte die Fotos der Eisschnelläufer mit den Tatzen. Die Frau verbeugte sich vor Vater und folgte dem Bären den Gang hinunter, wobei sie »Duna, Duna« rief und im Vorbeigehen die Fotos geraderückte.

»*Duna* ist das ungarische Wort für Donau«, erklärte uns Vater. »Dieser Bär ist nach unserer geliebten Donau benannt.« Zuweilen schien es meine Familie zu überraschen, daß auch Ungarn einen Fluß lieben konnten.

»Ist der Bär ein echter Bär?« fragte Mutter – noch immer unter dem Federbett –, aber ich überließ es Vater, ihr alles zu erklären. Ich wußte, daß Herr Theobald am nächsten Morgen viel zu erklären haben würde, und dann hörte ich die ganze Geschichte ohnehin noch einmal.

Ich ging über den Flur zur Toilette. Der in der Luft hängende Bärengeruch und der Verdacht, daß überall Bärenhaare herumlagen, trieben mich zur Eile an; es war wirklich nur ein Verdacht, denn der Bär hatte alles sehr reinlich hinterlassen – oder zumindest sauber für einen Bären.

»Ich habe den Bären gesehen«, flüsterte ich Robo zu, als ich wieder ins Zimmer zurückkehrte, aber Robo war in Großmutters Bett gekrochen und neben ihr eingeschlafen. Großmutter jedoch war wach.

»Von Mal zu Mal habe ich weniger Soldaten gesehen«, sagte sie. »Beim letztenmal waren es nur noch neun. Und alle sahen ausgehungert aus; bestimmt haben sie die überzähligen Pferde gegessen. Es war bitter kalt. Natürlich wollte ich ihnen helfen! Aber sie lebten nicht in derselben Zeit wie ich. Wie hätte ich ihnen helfen können, wo ich noch nicht einmal geboren war? Natürlich wußte ich, daß sie sterben würden, aber es dauerte furchtbar lange. Als sie das letzte Mal kamen, war der Brunnen zugefroren. Mit ihren Schwertern und ihren langen Speeren schlugen sie das Eis in Stücke. Sie schichteten Holz für ein Feuer auf und ließen das Eis in einem Topf schmelzen. Dann holten sie Knochen aus ihren Satteltaschen – alle möglichen Knochen – und warfen sie in die Suppe. Es muß eine sehr dünne Suppe gewesen sein, weil die Knochen schon vor langer Zeit blank genagt worden waren. Ich weiß nicht, woher die Knochen stammten. Vermutlich von Hasen, vielleicht auch von einem Hirsch oder einem Wildschwein. Oder auch von den überzähligen Pferden. Ich möchte mir lieber nicht ausmalen«, sagte Großmutter, »daß es die Knochen der anderen Soldaten waren.«

»Schlaf jetzt, Großmutter«, sagte ich.

»Mach dir keine Sorgen wegen des Bären«, sagte sie.

Im Frühstücksraum der Pension Grillparzer stellten wir Herrn Theobald samt seiner Menagerie sonderbarer Gäste, die unsere Nachtruhe gestört hatten, zur Rede. Ich wußte, daß mein Vater vorhatte, sich (was noch nie vorgekommen war) als Kundschafter des Fremdenverkehrsamtes zu erkennen zu geben.

»Hier gibt es Männer, die auf Händen herumlaufen«, sagte Vater.

»Männer, die unter der Toilettentür durchschauen«, sagte Großmutter.

»Das ist der Mann«, sagte ich und deutete auf den kleinen Burschen, der mit seinen Freunden – dem Traummann und dem ungarischen Sänger – schmollend am Tisch in der Ecke beim Frühstück saß.

»Er tut das, um seinen Lebensunterhalt zu verdienen«, erklärte uns Herr Theobald, und als wollte er demonstrieren, daß es stimmte, stellte sich der Mann, der auf Händen gegangen war, auf seine Hände.

»Sagen Sie ihm, daß er aufhören soll«, sagte Vater. »Wir wissen, daß er es kann.«

»Aber wußten Sie auch, daß er überhaupt nur so gehen kann?« fragte unvermittelt der Traummann. »Wußten Sie, daß seine Beine nicht zu gebrauchen sind? Er hat keine Schienbeine. Es ist phantastisch, daß er auf Händen gehen kann! Sonst könnte er sich überhaupt nicht fortbewegen.« Der Mann nickte, obwohl es ihm sichtlich schwerfiel, solange er auf den Händen stand.

»Bitte, setzen Sie sich doch«, sagte Mutter.

»Es ist völlig in Ordnung, wenn man ein Krüppel ist«, meinte Großmutter ziemlich kühn. »Aber Sie sind böse«, warf sie dem Traummann vor. »Sie wissen Dinge, die zu wissen Sie kein Recht haben. – Er kannte meinen Traum«, sagte sie zu Herrn Theobald, als hätte sie einen Diebstahl in ihrem Zimmer zu melden.

»Ich weiß, daß er ein bißchen böse ist«, gab Herr Theobald zu. »Aber normalerweise nicht! Und er benimmt sich zunehmend besser. Er kann nichts für das, was er weiß.«

»Ich habe nur versucht, Ihnen den Kopf ein bißchen zurechtzurücken«, sagte der Traummann zu Großmutter. »Ich dachte, es würde Ihnen guttun. Schließlich ist Ihr Mann seit geraumer Zeit tot, und Sie sollten allmählich aufhören, soviel Aufhebens um diesen Traum zu machen. Sie sind nicht der einzige Mensch, der so einen Traum gehabt hat.«

»Schluß damit«, sagte Großmutter.

»Ich fand nur, Sie sollten es wissen«, meinte der Traummann.

»Kein Wort mehr davon, bitte«, sagte Herr Theobald zu ihm.

»Ich bin vom Fremdenverkehrsamt«, verkündete Vater, wahrscheinlich weil ihm sonst nichts einfiel.

»Ach du Schreck!« rief Herr Theobald.

»Es ist nicht Theobalds Schuld«, sagte der Sänger. »Es ist allein unsere Schuld. Er ist so freundlich, uns hier zu dulden, obwohl er damit seinen Ruf aufs Spiel setzt.«

»Sie haben meine Schwester geheiratet«, erklärte uns Herr Theobald. »Sie gehören zur Familie, verstehen Sie? Was kann ich da schon machen?«

»Was soll das heißen, *Sie* haben Ihre Schwester geheiratet?« fragte Mutter.

»Na ja, erst hat sie mich geheiratet«, sagte der Traummann.

»Und dann hörte sie mich singen!« sagte der Sänger.

»Mit dem da war sie nie verheiratet«, sagte Herr Theobald, und alle sahen voller Bedauern den Mann an, der nur auf Händen gehen konnte.

»Früher einmal sind sie im Zirkus aufgetreten«, sagte Herr Theobald, »aber die politischen Umstände haben sie in Bedrängnis gebracht.«

»Wir waren die besten in ganz Ungarn«, sagte der Sänger. »Haben Sie je vom Zirkus Szolnok gehört?«

»Nein, tut mir leid«, sagte Vater ernst.

»Wir sind in Miskolc, in Szeged und in Debrecen aufgetreten«, sagte der Traummann.

»In Szeged sogar zweimal«, sagte der Sänger.

»Wir hätten es bis nach Budapest geschafft, wenn uns nicht die Russen in die Quere gekommen wären«, sagte der Mann, der auf Händen ging. – »Ja, und die haben ihm auch die Schienbeine rausgenommen!« sagte der Traummann.

»Sag die Wahrheit«, sagte der Sänger.

»Er ist ohne Schienbeine auf die Welt gekommen. Aber daß wir mit den Russen nicht klargekommen sind, das stimmt.«

»Sie wollten den Bären ins Gefängnis sperren«, sagte der Traummann.

»Sag die Wahrheit«, sagte Herr Theobald.

»Wir haben seine Schwester vor ihnen gerettet«, sagte der Mann, der auf Händen ging.

»Also mußte ich sie natürlich aufnehmen«, sagte Herr Theobald, »und sie arbeiten, so hart sie können. Aber wer interessiert sich in diesem Land schon für ihre Zirkusnummer? Es ist eine ungarische Nummer. Bären, die auf Einrädern fahren, haben hier einfach keine Tradition«, erklärte uns Herr Theobald. »Und die verfluchten Träume bedeuten uns Wienern gar nichts.«

»Sag die Wahrheit«, sagte der Traummann. »Es liegt daran, daß ich die falschen Träume erzählt habe. Wir sind in einem Nachtclub in der Kärntner Straße aufgetreten, bekamen aber Hausverbot.«

»Diesen einen Traum hättest du auch nie erzählen dürfen«, sagte der Sänger feierlich.

»Deine Frau war mit daran schuld!« sagte der Traummann.

»Damals war sie deine Frau«, entgegnete der Sänger.

»Bitte, hört auf«, bat Herr Theobald.

»Wir treten bei Wohltätigkeitsveranstaltungen zugunsten kranker Kinder auf«, sagte der Traummann. »Und ab und zu in staatlichen Krankenhäusern, vor allem an Weihnachten.«

»Wenn ihr nur mehr mit dem Bären machen würdet«, meinte Herr Theobald.

»Das mußt du mit deiner Schwester bereden«, sagte der Sänger. »Der Bär gehört ihr. Sie hat ihn abgerichtet, sie hat zugelassen, daß er faul und nachlässig wird und schlechte Gewohnheiten annimmt.«

»Er ist der einzige, der sich nie über mich lustig macht«, sagte der Mann, der nur auf Händen gehen konnte.

»Ich möchte gern weg von hier«, sagte Großmutter. »Für mich ist das alles schrecklich.«

»Bitte, liebe gnädige Frau«, sagte Herr Theobald, »wir

wollten Ihnen nur klarmachen, daß wir es nicht böse gemeint haben. Es sind harte Zeiten. Ich brauche die Einstufung in Klasse B, um mehr Touristen anzulocken, und ich bringe es einfach nicht übers Herz, den Zirkus Szolnok hinauszuwerfen.«

»*Er bringt es nicht übers Herz,* daß ich nicht lache!« sagte der Traummann. »Er hat Angst vor seiner Schwester. Er denkt nicht im Traum daran, uns rauszuwerfen.«

»Würde er davon träumen, würdest du es wissen!« rief der Mann, der auf Händen ging.

»Ich habe Angst vor dem Bären«, sagte Herr Theobald. »Das Tier macht alles, was sie ihm sagt.«

»Sag nicht ›das Tier‹, sag ›er‹«, wies der Mann, der auf Händen ging, ihn zurecht. »Er ist ein braver Bär, und er hat noch nie jemand etwas zuleide getan. Er hat keine Krallen, das weißt du ganz genau, und Zähne hat er auch kaum mehr.«

»Der arme Kerl tut sich furchtbar schwer mit dem Fressen«, räumte Herr Theobald ein. »Er ist ziemlich alt und macht ziemlich viel Dreck.«

Ich schaute meinem Vater über die Schulter und sah ihn in sein dickes Notizbuch schreiben: »Ein depressiver Bär und ein arbeitsloser Zirkus. Im Mittelpunkt der Familie steht die Schwester.«

In dem Augenblick bemerkten wir sie draußen auf dem Gehsteig mit dem Bären. So früh am Morgen war auf der Straße noch nicht viel Betrieb. Natürlich hatte sie den Bären vorschriftsmäßig an der Leine, aber die war nur symbolisch. Mit ihrem auffallenden roten Turban ging die Frau auf dem Gehsteig auf und ab und folgte den trägen Bewegungen des Bären auf dem Einrad. Er fuhr mühelos von Parkuhr zu Parkuhr, stützte sich nur ab und zu mit einer Tatze ab, wenn er kehrtmachte. Man sah auf Anhieb, daß er ein großes Talent zum Einradfahren besaß, merkte aber auch, daß das Einrad für ihn eine Sackgasse war. Und man sah ihm an, daß er selbst spürte, daß ihn das Einradfahren nicht weiterbrachte.

»Sie sollte ihn lieber wieder ins Haus schaffen«, meinte Herr Theobald gereizt. »Die Leute von der Konditorei nebenan beschweren sich ständig«, berichtete er. »Sie behaupten, der Bär würde ihre Kunden verscheuchen.«

»Dabei lockt der Bär die Kunden an!« sagte der Mann, der auf Händen ging.

»Einige Leute lockt er an, andere vergrault er«, sagte der Traummann. Plötzlich wurde er melancholisch, als hätte ihn diese profunde Erkenntnis deprimiert.

Die Kapriolen des Zirkus Szolnok hatten unsere ganze Aufmerksamkeit beansprucht, so daß wir gar nicht auf Großmutter geachtet hatten. Als Mutter bemerkte, daß sie leise vor sich hin weinte, hieß sie mich den Wagen vorfahren.

»Es war zuviel für sie«, flüsterte Vater Herrn Theobald zu. Die Angehörigen des Zirkus Szolnok wirkten beschämt.

Draußen auf dem Gehsteig radelte der Bär auf mich zu und überreichte mir die Autoschlüssel; der Wagen war am Randstein geparkt. »Nicht jeder mag es, wenn man ihm die Schlüssel auf diese Weise aushändigt«, sagte Herr Theobald zu seiner Schwester.

»Ach, ich dachte, ihm gefällt das«, sagte sie und wuschelte mir durchs Haar. Sie war reizvoll wie eine Bardame, was heißen soll, daß sie abends reizvoller aussah; bei Tageslicht sah man, daß sie älter war als ihr Bruder und auch älter als ihre Männer – und vermutlich würde sie mit der Zeit aufhören, ihnen Schwester oder Geliebte zu sein, und für sie alle eine Art Mutter werden. Für den Bären war sie bereits eine Mutter.

»Komm her«, sagte sie zu ihm. Er trat auf seinem Einrad lustlos auf der Stelle und stützte sich auf eine Parkuhr. Er leckte das kleine Sichtfenster der Parkuhr ab. Sie zog an der Leine. Er starrte sie an. Sie zog noch einmal. Mit überheblicher Miene fuhr der Bär los – erst in die eine Richtung, dann in die andere. Anscheinend machte es ihm mehr Spaß, als er feststellte, daß er Publikum hatte. Jetzt begann er anzugeben.

»Mach keinen Unsinn«, ermahnte ihn die Schwester, aber der Bär trat schneller und schneller in die Pedale, sauste hin und her, fuhr scharfe Schlenker und kurvte zwischen den Parkuhren hindurch; die Schwester hatte die Leine längst losgelassen. »Hör auf, Duna!« rief sie, aber der Bär war außer Rand und Band. Er geriet mit dem Rad zu nahe an den Randstein, so daß es abrutschte und der Bär heftig gegen den Kotflügel eines parkenden Autos prallte. Er hockte auf dem Gehsteig, neben sich das Einrad. Verletzt hatte er sich offensichtlich nicht, aber er wirkte sichtlich verlegen. Niemand lachte. »Ach, Duna», sagte die Schwester vorwurfsvoll, ging aber zu ihm hin und setzte sich neben ihn auf den Randstein. »Duna, Duna«, tadelte sie ihn liebevoll. Er schüttelte den großen Kopf, sah sie aber nicht an. Seitlich am Maul hing ihm ein Speichelfaden herunter, den sie mit der Hand wegwischte. Er schob ihre Hand mit der Pfote weg.

»Beehren Sie uns wieder!« rief Herr Theobald uns kläglich nach, als wir einstiegen.

Mutter saß mit geschlossenen Augen im Auto und massierte sich mit beiden Händen die Schläfen; auf diese Weise hörte sie angeblich nicht, was wir redeten. Sie behauptete, nur so könne sie sich auf den Reisen mit einer derart streitsüchtigen Familie schützen.

Ich wollte nicht wie üblich über den nachlässigen Umgang mit dem Auto berichten, sah aber, daß Vater versuchte, Ruhe und Ordnung aufrechtzuerhalten; er hatte sein riesiges Notizbuch auf dem Schoß aufgeschlagen, als hätten wir soeben eine routinemäßige Überprüfung abgeschlossen. »Was sagt der Tacho?« fragte er.

»Jemand ist fünfunddreißig Kilometer gefahren«, sagte ich.

»Dieser schreckliche Bär war hier drin«, sagte Großmutter. »Auf dem Rücksitz sind Haare von diesem Untier, und riechen kann ich es auch.«

»Ich rieche nichts«, sagte Vater.

»Und das Parfum dieser Zigeunerin mit dem Turban«, fügte Großmutter hinzu. »Es hängt unter dem Autodach.« Vater und ich schnüffelten. Mutter massierte weiterhin ihre Schläfen.

Auf dem Boden neben Brems- und Kupplungspedal entdeckte ich ein paar minzgrüne Zahnstocher, von denen der ungarische Sänger immer einen – wie eine Narbe – im Mundwinkel hatte. Ihr Anblick genügte mir, um mir auszumalen, wie die ganze Bagage in unserem Auto eine

Spritztour machte. Am Steuer der Sänger, neben ihm der Mann, der auf Händen ging – und mit den Füßen zum Fenster hinauswinkte. Und auf dem Rücksitz, zwischen dem Traummann und seiner ehemaligen Frau – mit dem großen Kopf das gepolsterte Autodach streifend, die malträtierten Tatzen entspannt im breiten Schoß – lümmelte der alte Bär wie ein gutmütiger Betrunkener.

»Diese armen Menschen«, sagte Mutter, noch immer mit geschlossenen Augen.

»Lügner und Verbrecher«, sagte Großmutter. »Schwärmer und Flüchtlinge und verwahrloste Tiere.«

»Sie haben sich große Mühe gegeben«, sagte Vater, »aber es hat ihnen nichts genützt.«

»Im Zoo wären sie besser aufgehoben«, sagte Großmutter.

»Mir hat es gut gefallen«, sagte Robo.

»Es ist schwer, aus Klasse C herauszukommen«, sagte ich.

»Die sind jenseits von Z«, sagte Großmutter. »Die haben das menschliche Alphabet längst hinter sich gelassen.«

»Ich meine, da ist ein Brief fällig«, sagte Mutter.

Aber Vater hob die Hand, als wollte er uns segnen, und wir verstummten. Er schrieb in sein dickes Notizbuch und wollte dabei nicht gestört werden. Seine Miene war finster. Ich wußte, daß Großmutter seinem Urteil voller Zuversicht entgegensah. Mutter wußte, daß es sinnlos war zu diskutieren. Robo langweilte sich bereits. Ich kutschierte uns durch die winzigen Straßen, durch die Spiegelgasse zum Lobkowitzplatz. Die Spiegelgasse ist so schmal, daß, man in den Schaufenstern der Geschäfte, an denen man vorbeifährt, das Spiegelbild des eigenen Autos sehen kann; dadurch entstand bei mir der Eindruck, als würde unsere Fahrt durch Wien in das Stadtbild eingeblendet – ein Kameratrick, der uns die Illusion verschaffte, eine Märchenreise durch eine Spielzeugstadt zu machen.

Sobald Großmutter eingenickt war, sagte Mutter: »Vermutlich spielt es bei dieser Pension keine große Rolle, ob sie anders eingestuft wird, egal, ob rauf oder runter.«

»Nein«, sagte Vater, »überhaupt keine.« Er hatte recht. Allerdings sollte es Jahre dauern, bis ich wieder in der Pension Grillparzer abstieg.

Als Großmutter starb, ganz plötzlich und im Schlaf, verkündete Mutter, sie habe das Umherreisen satt. Der eigentliche Grund war jedoch, daß Großmutters Traum nun auch sie heimsuchte. »Die Pferde sind so mager«, erzählte sie mir eines Tages. »Ich meine, ich habe immer gewußt, daß sie dürr sind, aber doch nicht so klapperdürr. Und daß die Soldaten gottserbärmlich dran waren, hab ich auch nicht gewußt«, sagte sie.

Vater kündigte beim Fremdenverkehrsamt und bekam eine Anstellung bei einer Detektei in der Stadt, die sich auf Hotels und Kaufhäuser spezialisiert hatte. Er war mit seiner Arbeit zufrieden, weigerte sich allerdings, in der Weihnachtszeit zu arbeiten – denn da, fand er, sollte es einigen Leuten erlaubt sein, ein bißchen zu klauen.

Ich hatte den Eindruck, daß meine Eltern mit zunehmendem Alter gelöster wurden, und spürte deutlich, daß sie eigentlich ganz glücklich und zufrieden waren, als es dem Ende zuging. Der Einfluß von Großmutters Traum

»Das ist eine lange Geschichte«, mußte ich zugeben.

Ich dachte darüber nach, daß mir an Herrn Theobalds Schwester der eigenartige Mangel an Begeisterung, aber auch an Bitterkeit aufgefallen war, mit dem sie von ihrer kleinen Welt berichtet hatte. Ihre Erzählung war irgendwie lustlos gewesen – wie man das von Geschichtenerzählern kennt, die sich mit traurig endenden Geschichten abgefunden haben –, so als hätte sie persönlich ihr Leben und ihre Gefährten nie als exotisch empfunden, als wäre der lächerliche und zum Scheitern verurteilte Versuch, eine Klasse aufzurücken, immer nur Theater gewesen.

Donna Leon
Commissario Brunettis erster Fall

Der dritte Gong tönte diskret durch die Foyers und Bars des Teatro La Fenice und rief zum letzten Akt der Oper. Zigaretten wurden ausgedrückt, Gläser leer getrunken, Gespräche beendet, und langsam drängte das Publikum zurück ins Theater. Der zwischen den Akten hellerleuchtete Saal war erfüllt von gedämpftem Stimmengewirr. Hier blitzte ein Diamant, dort wurde auf nackter Schulter ein Nerzcape zurechtgerückt, da ein unsichtbares Stäubchen von einem Satinrevers geschnipst. Zuerst füllten sich die Ränge, dann das Parkett, zuletzt die drei Reihen der Logen.

Langsam verloschen die Lichter, bis es ganz dunkel war im Saal, und es breitete sich jene erwartungsvolle Spannung aus, die ein Opernhaus erfüllt, kurz bevor die Vorstellung weitergehen soll und der Dirigent auf sein Podium zurückkehrt. Das Stimmengesumm ebbte allmählich ab, die Orchestermusiker rutschten nicht länger auf ihren Stühlen herum, und die allgemeine Stille verkündete, daß man bereit war für den dritten Akt.

Die Stille dehnte sich, wurde schwer. Aus dem ersten Rang hörte man plötzlich ein Husten, jemand ließ ein Buch oder eine Handtasche fallen, doch die Tür zum Korridor hinter dem Orchestergraben blieb zu.

Die Orchestermusiker waren die ersten, die leise zu reden anfingen. Ein zweiter Geiger lehnte sich zu der Frau neben ihm hinüber und erkundigte sich, wo sie dieses Jahr ihren Urlaub verbringen wolle. In der zweiten Reihe informierte eine Fagottistin ihre Nachbarin, daß bei Benetton morgen der Schlußverkauf beginne. Die Leute in den Seitenlogen schlossen sich dem Getuschel der Musiker als erste an, denn sie konnten direkt in den Orchestergraben sehen und sich ein Beispiel nehmen. Die Ränge zogen nach, dann die ersten Parkettreihen, als wollten die Reichen sich als letzte von solchem Benehmen anstecken lassen.

Das Summen steigerte sich zum Gemurmel. Minuten verstrichen. Plötzlich wurden die Falten des steifen grünen Samtvorhanges energisch auseinandergeschlagen, und Amadeo Fasini, der Intendant des Theaters, trat etwas linkisch durch den schmalen Spalt. Der Beleuchter an seinem Schaltpult über dem zweiten Rang hatte keine Ahnung, was los war, und entschied sich endlich dafür, einen grellen weißen Kreis auf die Gestalt auf der Bühne zu richten. Geblendet hob Fasini den Arm vors Gesicht, und so, den Arm wie zur Abwehr eines Schlages erhoben, begann er zu sprechen: »Meine Damen und Herren –« Er hielt inne und gestikulierte wild mit der Linken zu dem Beleuchter, der seinen Irrtum bemerkte und den Scheinwerfer wieder ausschaltete. Fasini, von seiner vorübergehenden Blindheit erlöst, fing noch einmal von vorn an: »Meine Damen und Herren, leider muß ich Ihnen mitteilen, daß Maestro Wellauer die Vorstellung nicht zu Ende leiten kann.« Fragendes Geraune drang ihm aus dem Publikum entgegen, Köpfe wandten sich unter Seidengeraschel, aber er sprach weiter. »Maestro Longhi wird seinen Platz am Pult einnehmen.« Und schnell, ehe das Raunen so laut werden konnte, daß seine Worte darin untergingen, fragte er mit betont ruhiger Stimme: »Ist ein Arzt im Saal?«

Lange Stille; dann begannen die Leute sich umzusehen, ob jemand sich melden würde. Fast eine Minute verging. Endlich hob vorn im Parkett zögernd jemand die Hand, und eine Frau stand langsam von ihrem Platz auf. »Dottoressa, könnten Sie bitte hinter die Bühne kommen?« Fasini winkte einem der uniformierten Platzanweiser im Hintergrund, und der junge Mann eilte ans Ende der Reihe, wo die Ärztin nun stand. »Wenn Sie so freundlich wären«, sagte Fasini, wobei er einen so schmerzlichen Unterton in seine Stimme legte, als brauchte er selbst den ärztlichen Beistand, »und dem Platzanweiser folgen würden …«

Er warf einen Blick in den hufeisenförmigen, immer noch abgedunkelten Saal, versuchte zu lächeln, erfolglos, und gab es auf. »Bitte entschuldigen Sie die kleine Verzögerung, meine Damen und Herren. Die Vorstellung geht jetzt weiter.«

Er drehte sich um, kämpfte mit den Vorhangfalten und fand die Öffnung nicht mehr. Unsichtbare Hände teilten endlich von hinten den Vorhang für ihn, er schlüpfte hindurch und stand mitten in der kargen Mansarde, wo gleich Violetta sterben sollte. Aus dem Saal hörte er den verhaltenen Applaus, der den neuen Dirigenten begrüßte.

Von allen Seiten bedrängten die Sänger, Chormitglieder und Bühnenarbeiter ihn jetzt ebenso neugierig, aber viel stimmgewaltiger als zuvor das Publikum. Sonst schützte seine Stellung ihn vor Kontakten mit solch minderen Mitgliedern des Ensembles, hier aber konnte er ihnen nicht entgehen, ihren Fragen, ihrem Flüstern. »Es ist nichts weiter«, sagte er zu niemand Bestimmtem und wedelte mit den Armen, um sie von der Bühne zu treiben, auf der sie sich zusammendrängten. Draußen ging das Vorspiel zum dritten Akt seinem Ende entgegen; gleich würde der Vorhang aufgehen und den Blick auf die Violetta des heutigen Abends freigeben, die nervös auf dem Bett in der Bühnenmitte saß. Fasini verdoppelte die Heftigkeit seiner Gebärden, und sie zogen sich langsam zurück, um aber in den Seitenkulissen stehenzubleiben und dort weiterzutuscheln. Er fauchte ein wütendes »*Silenzio*« und wartete die Wirkung ab. Als er sah, daß sie still wurden und der Vorhang langsam die Bühne freigab, ging er rasch nach rechts zum Inspizienten, neben dem jetzt die Ärztin stand, eine kleine, dunkelhaarige Frau. Unmittelbar unter dem Schild »Rauchen verboten« hielt sie eine nicht angezündete Zigarette in der Hand.

»Guten Abend, Dottoressa«, sagte er mit einem gezwungenen Lächeln. Sie ließ die Zigarette in ihre Jackentasche gleiten und gab ihm die Hand. Falls sie sich wunderte, wie wenig eilig er es auf einmal hatte, so ließ sie es sich jedenfalls nicht anmerken.

»Worum geht es?« fragte sie schließlich, während Violetta hinter ihnen Germonts Brief zu lesen begann.

Fasini rieb sich, bevor er antwortete, energisch die Hände, als könnte ihm dies bei der Suche nach dem richtigen Wort helfen. »Maestro Wellauer ist...«, begann er, wußte dann aber nicht, wie er den Satz passend beenden sollte.

»Ist er krank?« fragte die Ärztin mit kaum verhohlenem Unmut über sein Verhalten.

»Nein, nein, krank ist er nicht«, erwiderte Fasini, und wieder fehlten ihm die Worte. Er rieb sich erneut die Hände.

»Ich sollte vielleicht besser zu ihm gehen«, sagte sie, ließ es aber wie eine Frage klingen. »Ist er hier im Theater?«

Und als Fasini stumm blieb, fragte sie: »Hat man ihn irgendwohin gebracht?«

Da fand Fasini seine Sprache wieder. »Nein, nein. Er ist in der Garderobe.«

»Sollten wir dann nicht hingehen?«

»Ja, natürlich, Dottoressa«, stimmte er zu und schien dankbar für den Vorschlag. Er führte sie nach rechts, vorbei an einem Flügel und einer Harfe, die mit einem mattgrünen Tuch abgedeckt war, in einen schmalen Gang. An dessen Ende blieb er vor der Tür zur Garderobe des Dirigenten stehen. Die Tür war geschlossen, und davor stand ein großer Mann.

»Matteo«, sagte Fasini, »der Hilfsinspizient …« und wandte sich dann höflich der Ärztin zu. »Das ist Dottoressa …«

»Zorzi«, sagte sie knapp. Es schien kaum der rechte Moment für förmliche Vorstellungen zu sein.

Bei der Ankunft seines Vorgesetzten und dieser Frau, die offenbar eine Ärztin war, trat der Hilfsinspizient nur allzugern beiseite. Fasini ging an ihm vorbei, stieß die Tür ein Stück weit auf, blickte über die Schulter und trat zur Seite, um die Ärztin an sich vorbei in das kleine Zimmer zu lassen.

Der Tod hatte die Züge des Mannes verzerrt, der in dem Sessel mitten im Zimmer lag. Seine Augen waren starr ins

Leere gerichtet und die Lippen zu einer gräßlichen Grimasse verzogen. Der Körper hing schwer zur einen Seite, der Kopf war gegen den Sesselrücken gepreßt. Auf der gestärkten, blendendweißen Hemdbrust waren Spritzer einer dunklen Flüssigkeit. Einen Augenblick dachte die Ärztin, es sei Blut. Sie trat näher und roch mehr, als daß sie es sah, den Kaffee. Der andere Geruch, der sich mit dem des Kaffees vermischte, war ebenso eindeutig. Es war der durchdringende, säuerliche Geruch nach bitteren Mandeln, über den sie bislang nur gelesen hatte.

Sie hatte so oft mit dem Tod zu tun gehabt, daß sie nicht erst nach dem Puls des Mannes tasten mußte, dennoch legte sie die Finger ihrer rechten Hand unter sein hochgerecktes Kinn. Nichts, aber die Haut war noch warm. Sie trat zurück und sah sich um. Vor ihm auf dem Boden lagen die Untertasse und die kleine Tasse, worin der Kaffee gewesen war, der ihm auf die Hemdbrust gespritzt war. Sie hockte sich hin und berührte mit der Rückseite ihrer Finger die Tasse, doch die fühlte sich kalt an.

Dann erhob sie sich wieder und wandte sich an die beiden Männer, die noch immer an der Tür standen und die Beschäftigung mit dem Tod gern ihr zu überlassen schienen. »Haben Sie schon die Polizei verständigt?« fragte sie.

»Ja, ja«, murmelte Fasini, als habe er die Frage gar nicht aufgenommen.

»Signore«, sagte sie, nun mit klarer lauter Stimme, damit er sie auch richtig verstand. »Ich kann hier nichts machen. Das ist eine Angelegenheit für die Polizei. Ist sie schon benachrichtigt?«

»Ja«, wiederholte Fasini, ließ aber noch immer nicht erkennen, daß er sie gehört oder verstanden hatte. Er starrte auf den Toten hinunter und versuchte zu begreifen, welchen Schrecken und Skandal das bedeutete, was er da sah.

Abrupt drängte die Ärztin sich an ihm vorbei in den Korridor. Der Hilfsinspizient folgte ihr. »Rufen Sie die Polizei«, wies sie ihn energisch an. Als er nickte und ging, griff sie in ihre Jackentasche, holte die Zigarette heraus, drückte sie zurecht und zündete sie an. Sie tat einen tiefen Zug und sah auf ihre Armbanduhr. Mickeys linke Hand stand zwischen der Zehn und der Elf, seine rechte genau auf der Sieben. Sie lehnte sich an die Wand und wartete auf die Polizei.

Paulo Coelho
Der Alchimist

Verschiedene schwarzgekleidete Frauen kamen zum Brunnen, um Wasser zu holen, und der Jüngling sprach sie nicht an, sosehr ihn der Engländer auch drängte. Bis endlich ein Mann auftauchte. »Kennt Ihr jemanden, der die Krankheiten im Dorf heilt?« fragte der Jüngling.

»Allah heilt alle Krankheiten«, antwortete der Mann, den die Fremden sichtlich erschreckten. »Ihr seid auf der Suche nach Zauberern.« Und nachdem er ein paar Verse aus dem Koran zitiert hatte, ging er eilig weiter.

Ein anderer Mann näherte sich. Er war älter und hatte nur einen kleinen Eimer bei sich.

Der Jüngling wiederholte seine Frage.

»Wozu wollt ihr diesen Mann kennenlernen?« stellte der Araber die Gegenfrage.

»Weil mein Freund viele Monate gereist ist, um ihn zu treffen.«

»Wenn dieser Mann in der Oase lebt, muß er sehr mächtig sein«, sagte der Alte, nachdem er einige Minuten nachgedacht hatte. »Nicht einmal die Oberhäupter könnten ihn rufen, wenn sie ihn brauchten. Nur wenn er selber es bestimmen würde. Wartet, bis der Krieg zu Ende ist. Und dann reist mit der Karawane weiter. Versucht nicht, in das Leben der Oase einzudringen«, schloß er und ging seines Weges.

Aber der Engländer freute sich. Sie waren auf der richtigen Spur. Endlich tauchte ein Mädchen auf, das nicht schwarzgekleidet war. Sie trug einen Tonkrug auf der Schulter, der Kopf war von einem Schleier umhüllt, doch das Gesicht war frei. Der Jüngling näherte sich, um nach dem Alchimisten zu fragen.

Dann war es, als würde die Zeit plötzlich stillstehen und die Weltenseele allgewaltig vor dem Jüngling auftauchen. Als er in ihre schwarzen Augen blickte, auf ihre Lippen, die sich nicht zwischen Lächeln und Schweigen entscheiden konnten, verstand er den wichtigsten und weisesten Teil der Sprache, die die Welt sprach, die alle Menschen dieser Erde in ihren Herzen verstehen konnten. Und der nannte sich Liebe, jene Kraft, die älter war als der Mensch oder selbst die Wüste, die aber immer mit der gleichen Gewalt wiedererstand, überall dort, wo sich zwei Augenpaare begegnen, wie sich nun diese beiden Augenpaare vor dem Brunnen begegneten. Die Lippen entschieden sich endlich für ein Lächeln, und das war ein Zeichen, das Zeichen, worauf er, ohne es zu wissen, so lange in seinem Leben gewartet hatte, welches er bei den Schafen und in den Büchern, bei dem Kristall und in der Stille der Wüste gesucht hatte.

Hierin drückte sich die Welt in ihrer reinsten Form aus, die keiner Erklärungen und Erläuterungen bedurfte, damit der Weltenlauf seinen Fortgang nahm. Alles, was der Jüngling plötzlich erkannte, war, daß vor ihm die Frau seines Lebens stand, und ohne Worte zu gebrauchen, mußte auch sie das erkannt haben. Das hielt er für sicherer als alles sonst auf der Welt, selbst wenn seine Eltern und die Eltern seiner Eltern behaupteten, man müsse seine Liebe erklären, sich verloben, sich erst richtig kennenlernen und dann genug Geld haben, um zu heiraten. Wer so denkt, hat wohl nie die universelle Sprache kennengelernt, denn wenn man in die eintaucht, ist es ein leichtes zu verstehen, daß es auf der Welt immer einen Menschen gibt, der auf einen wartet, sei es inmitten der Wüste oder mitten in einer Großstadt. Und wenn diese Menschen einander begegnen und ihre Augen sich finden, dann verliert die ganze Vergangenheit und die ganze Zukunft an Gewicht, und es gibt nur noch diesen Augenblick und diese absolute Gewißheit, daß alle Dinge unter der Sonne von ein und derselben Hand geschrieben wurden, von der Hand, welche die Liebe erweckt und die eine Zwillingsseele für jeden Menschen vorgesehen hat, der unter der Sonne arbeitet, ausruht und Schätze sucht. Denn sonst hätten die Träume der Menschen nicht den geringsten Sinn.

›Maktub‹, dachte der Jüngling.

Der Engländer erhob sich und schüttelte den Jüngling am Arm. »Los, frag sie!«

Der Jüngling näherte sich dem Mädchen. Sie lächelte wieder. Er lächelte zurück.

»Wie heißt du?« fragte er.

»Ich heiße Fatima«, sagte sie und sah verlegen zu Boden.

»Das ist ein Name, den auch einige Frauen in dem Land, aus dem ich komme, tragen.«

»Es ist der Name der Tochter des Propheten«, sagte Fatima. »Unsere Krieger haben ihn dorthin gebracht.«

Das zarte Mädchen sprach mit Stolz von den Kriegern,

doch der Engländer an seiner Seite wurde ungeduldig, und der Jüngling fragte nach dem Mann, der alle Krankheiten heilt.

»Es ist ein Mann, der die Geheimnisse der Welt kennt. Er unterhält sich mit den *Dschinn* der Wüste«, antwortete sie.

Die Dschinn waren die Dämonen. Und das zierliche Mädchen zeigte in Richtung Süden, dorthin, wo dieser seltsame Mann wohnte.

Dann füllte sie ihren Krug und ging fort. Der Engländer machte sich sogleich auf den Weg zum Alchimisten. Der Jüngling aber blieb noch lange neben dem Brunnen sitzen und erkannte, daß es der Levante-Wind gewesen war, der ihm vor einiger Zeit den Duft dieser Frau zugetragen hatte, und daß er sie schon geliebt hatte, noch bevor er von ihrer Existenz wußte, und daß er dank seiner Liebe zu ihr alle Schätze dieser Welt zu finden vermochte.

Anne Fine
Killjoy

Der Tag, nach dem Sie fragen, war in keiner Weise ungewöhnlich. Es hatte sich nichts Außergewöhnliches ereignet, bis das Nachmittags-Seminar Auflösungserscheinungen zu zeigen begann. Wir waren zu fünft. Wer? Lassen Sie mich überlegen. Davie, wie Sie sie andauernd nennen, natürlich. Warner, MacFaddyen, McKinley und ich. Scott-Watson hätte da sein müssen, aber er war krank, oder hatte zumindest gesagt, er sei es. Wir besprachen McKinleys Referat, ich saß ruhig und bequem hinter meinem Schreibtisch, und McKinley verteidigte sich übertrieben wortreich gegen Kritik, die an einer seiner weniger wichtigen Aussagen geübt worden war. Uns allen zuliebe wartete ich auf eine Möglichkeit, ihm das Wort abzuschneiden; bei der ersten Gelegenheit, die sich bot, unterbrach ich ihn:

»Ganz recht. Ganz recht.«

Sie gab ein kaum hörbares Geräusch von sich – ja, sie. Dieses Geräusch, ein merkwürdiger Ton, kam wie eine Art sanft knallende Explosion weit hinten aus ihrem Rachen. Ich hielt es natürlich für ein Niesen und stand auf, um das Fenster zu schließen. Als ich mich abwandte, fuhr McKinley augenblicklich mit seiner ausgesprochen lahmen Argumentation fort, und ich sagte nochmals, etwas schärfer:

»Ganz recht. Ganz recht.«

Als ich mich wieder herumdrehte, zuckten ihre Schultern. Ich konnte es genau sehen. Da saß sie, in ihren abgewetzten Jeans und ihrer hübschen, geblümten Bluse und bemühte sich, nicht zu lachen. Es gibt nicht so oft einen Grund zur Heiterkeit in ›Vergleichende Regierungslehre II‹, daß mir das jetzt nicht aufgefallen wäre.

Ich ließ McKinley noch ein wenig durch sein Dickicht von Verfassungsbanalitäten trampeln, blickte sie an und zog warnend eine Augenbraue hoch. Sie holte tief Luft, aber das führte lediglich dazu, daß ihre Augen vor Anstrengung noch gefährlicher leuchteten. Am einfachsten bändigt man Studenten mit Fragen, und so sagte ich:

»Alicia, mich würde Ihre Meinung zu dem, was Stuart gesagt hat, interessieren.«

Nein, das ist nicht ungewöhnlich. Ich nenne sie alle beim Vornamen, schon seit Jahren. Ich glaube, die meisten von uns tun das heute. Ich erinnere mich sogar, einmal in einem pädagogischen Lehrbuch gelesen zu haben, daß es sie mitteilsamer macht, daß sie so eher zu Diskussionen bereit sind. Nicht, daß es in diesem Falle etwas genutzt hätte. Sie riß sich nur soweit zusammen, daß sie ein ersticktes Hüsteln zustande brachte.

Wenn man einmal angefangen hat, muß man konsequent bleiben, sonst denken die anderen, sie kämen auch mit Kreischen und Grunzen und so weiter durch. Ich bin kein Spielverderber, aber das hier ist eine Universität. Wir haben schließlich Ziele und ein gewisses Niveau.

»Alicia?«

Ihre Augen leuchteten immer noch ungewöhnlich, ihre Wangen waren gerötet, aber sie holte nochmals tief Luft und riß sich zusammen. »Er hat wohl recht. Ich glaub aber nicht, daß das wichtig ist, verglichen mit dem anderen Zeug, das wir bis jetzt durchgenommen haben.«

Ich sagte es, ohne nachzudenken:

»Ganz recht. Ganz recht.«

Nun brach all die Heiterkeit, die sie so angestrengt zurückzuhalten versuchte, aus ihr hervor. Diesmal war es keine sanft hervorblubbernde Fröhlichkeit, kein kaum wahrnehmbares Schulterzucken. Sie mußte nach Luft ringen, so sehr lachte sie. Ihre Augen glänzten und füllten sich mit Tränen. Ihr ganzer Körper schüttelte sich. Wir alle starrten sie an, doch es gelang ihr nicht, sich zu beherrschen. Sie rang mit sich, wurde, während ihr Tränen über die Wangen flossen, immer schwächer, bis es schließlich auch ihr selbst klar wurde, daß sie nicht dagegen ankam. Sie senkte den Kopf, als wolle sie sich entschuldigen, doch ihre Schultern zuckten nur um so heftiger. Sie verbarg ihr Gesicht in den Händen, und die Tränen quollen zwischen ihren Fingern hervor. Schließlich gab das arme Ding auf. Sie ließ die Hände in den Schoß fallen, saß da, tränenblind, und lachte, lachte mir ins Gesicht. Nein, das störte mich nicht. Warum hätte es mich auch stören sollen? Ich hatte gesehen, wie sie alles daransetzte, gar nicht erst damit anzufangen, und dann, als das nicht gelang, wieder aufzuhören. Sie hatte versucht, sich zu beherrschen. Es ging ganz einfach nicht.

Wir anderen saßen wie von einem Schauspiel gefesselt da. McKinley grinste, allerdings ein wenig betreten. Der dumme Junge glaubte wohl, sie lache ihn aus. Die anderen lächelten, höflich, geduldig. Ich aber, ich starrte sie an. Sie werden es vielleicht nicht glauben, aber bis zu diesem Moment hatte ich vollkommen vergessen, wie es ist, wenn man an einem anderen menschlichen Wesen Gefallen findet. Ist das ungewöhnlich? Ich kann nicht für andere sprechen. Ich weiß nur, daß ich mich zum ersten Mal in all den Jahren – als ich so dasaß und sie beobachtete, schien es mir fast, als sei es das erste Mal überhaupt – großartig fühlte. Das hatte sie geschafft.

Ian McEwan
Psychopolis

Mary arbeitete in Venice in einem Frauenbuchladen, dessen Teilhaberin sie auch war. Ich lernte sie dort gegen Mittag an meinem zweiten Tag in Los Angeles kennen. Am selben Abend waren wir ein Paar und nicht lange danach auch Freunde. Am folgenden Freitag kettete ich sie für das ganze Wochenende mit dem Fuß an mein Bett. Es sei, erklärte sie, etwas, »auf das ich mich einlassen muß, um es hinter mich zu bringen«. Ich weiß noch, wie sie mir (später, in einer überfüllten Bar) das feierliche Versprechen entlockte, nicht auf sie zu hören, falls sie befreit werden wollte. Bemüht, meiner neuen Freundin zu gefallen, kaufte ich eine dünne Kette und ein kleines Vorhängeschloß. Mit Messingschrauben befestigte ich einen Stahlring an dem hölzernen Bettrahmen, und dann war es soweit. Schon nach ein paar Stunden forderte sie ihre Freilassung. Ich war zwar ein wenig unsicher, stieg aber aus dem Bett, duschte mich, zog mich an, streifte meine Hausschuhe über und brachte ihr eine große Bratpfanne zum Urinieren.

Daraufhin versuchte sie es in einem bestimmten, vernünftigen Ton: »Schließ auf«, sagte sie. »Mir reicht's.« Ich gebe zu, sie machte mir angst. Ich goß mir einen Drink ein und eilte auf den Balkon, um den Sonnenuntergang anzusehen. Die Situation war nicht gerade begeisternd. Wenn ich die Kette aufschließe, dachte ich, verachtet sie mich wegen meiner Schwäche. Und wenn sie gefangen bleibt, haßt sie mich womöglich, aber ich habe wenigstens mein Versprechen gehalten. Die orangefarbene Sonne leuchtete fahl in der Dämmerung, und ich hörte Mary durch die Schlafzimmertür rufen. Ich schloß die Augen und konzentrierte mich darauf, daß sie mir keinen Vorwurf machen konnte.

Doch mir war langweilig. Ich schlenderte von Zimmer zu Zimmer, knipste das Licht an, lehnte gegen Türrahmen und starrte auf Dinge, die mir bestens vertraut waren. Ich stellte den Notenständer auf und nahm meine Flöte zur Hand. Vor Jahren hatte ich mir selber das Spielen beigebracht, und ich machte viele, durch Gewohnheit verhärtete Fehler, zu deren Korrektur mir der nötige Wille fehlte. Vor allem aber fehlt mir jeglicher Ehrgeiz, etwas anderes als stets dasselbe halbe Dutzend Stücke zu spielen, und ich mache immer wieder die gleichen Fehler.

Ich spielte das erste Stück bereits einige Minuten, als ich daran dachte, daß sie im Schlafzimmer zuhörte, und der Ausdruck »gefesseltes Publikum« fiel mir ein. Beim Spielen überlegte ich mir Möglichkeiten, wie ich diese Worte beiläufig in einen Satz einflechten könnte, um durch einen harmlosen, heiteren Scherz die Situation vielleicht ein wenig aufzulockern. Ich legte die Flöte beiseite und ging zur Schlafzimmertür. Doch noch ehe ich mir einen Satz zurechtgelegt hatte, stieß meine Hand durch eine Art unbewußten Automatismus die Tür auf, und ich stand vor Mary. Sie saß auf der Bettkante und kämmte sich das Haar, die Kette dezent von Decken verhüllt. In England hätte man eine so redegewandte Frau wie Mary sicher für aggressiv gehalten, dabei war sie von sanfter Natur, klein, aber massig. Ihr Gesicht vermittelte einen Eindruck von Rot und Schwarz, tiefrote Lippen, schwarze, schwarze Augen, dunkle, apfelrote Wangen und Haar so schwarz und seidig glatt wie Teer. Ihre Großmutter war Indianerin.

»Was willst du?« fragte sie scharf und ohne die Bewegung ihrer Hand zu unterbrechen.

»Ach«, sagte ich, »gefesseltes Publikum!«

»Was?« Als ich mich nicht wiederholte, sagte sie, daß sie allein gelassen werden wolle. Ich setzte mich auf das Bett und dachte: Wenn sie mich bittet, sie zu befreien, mache ich es sofort. Doch sie sagte nichts. Als sie mit dem Haar fertig war, legte sie sich hin, die Hände hinter dem Kopf verschränkt. Ich saß da, sah sie an und wartete. Der Gedanke, sie zu fragen, ob sie losgemacht werden wolle, kam mir komisch vor, und sie einfach ohne ihre Erlaubnis freizulassen wäre entsetzlich. Ich wußte nicht mal, ob es hier um etwas Ideologisches oder um was Psychosexuelles ging. Ich kehrte zu meiner Flöte zurück, trug den Notenständer aber diesmal ans hinterste Ende der Wohnung und schloß alle Zwischentüren. Ich hoffte, sie könne mich nicht hören.

Sonntag abend, nach mehr als vierundzwanzig Stunden ununterbrochenen Schweigens, ließ ich Mary frei. Als das Schloß aufschnappte, sagte ich: »Ich bin noch keine Woche in Los Angeles und komme mir schon wie ein völlig anderer Mensch vor.«

Zwar war die Bemerkung teilweise wahr, doch sollte sie vor allem Mary erfreuen. Mit einer Hand auf meiner Schulter, mit der anderen ihren Fuß massierend, sagte sie: »Das hat Los Angeles so an sich, ist eben eine Stadt am Ende der Skala.«

»Quer durch neunzig Kilometer!« stimmte ich zu.

»Und tausend Kilometer tief!« rief Mary begeistert und schlang ihre braunen Arme um meinen Hals. Sie schien gefunden zu haben, was sie sich erhofft hatte.

Sie geizte jedoch mit Erklärungen. Später aßen wir in einem mexikanischen Restaurant, und ich wartete darauf, daß sie auf ihr Wochenende in Ketten zu sprechen kam, aber als ich ihr schließlich eine Frage stellte, unterbrach sie mich: »Stimmt es tatsächlich, daß England vor dem totalen Zusammenbruch steht?«

Ja, sagte ich und redete lange, ohne an das zu glauben, was ich sagte. Der einzige totale Zusammenbruch, mit dem ich Erfahrung hatte, war ein Freund, der sich umgebracht hatte. Anfangs wollte er sich nur selbst bestrafen. Er schluckte ein wenig zermahlenes Glas mit Grapefruitsaft. Als die Schmerzen einsetzten, lief er zur Untergrundbahn, kaufte sich den billigsten Fahrschein und warf sich vor einen Zug. Die brandneue Victoria-Line. Was käme dem auf nationaler Ebene gleich? Ohne zu reden gingen wir Arm in Arm aus dem Restaurant. Es war schwül, wir küßten uns und hielten uns auf dem Bürgersteig neben dem Auto umschlungen.

»Nächsten Freitag dasselbe noch mal?« fragte ich ironisch, als sie einstieg, doch schnitt mir die zuschlagende Tür das Wort ab. Hinter dem Fenster winkte sie mir mit den Fingern zu und lächelte. Ich sah sie eine ganze Weile nicht.

Ich wohnte in Santa Monica in einem großen Apartment über einem Laden, der sich darauf spezialisiert hatte, Partyzubehör und – seltsamerweise – auch Ausstattungen für

›Krankenzimmer‹ zu verleihen. Weingläser, Cocktailshaker, Gästeliegestühle, eine Festtafel und eine tragbare Discoanlage nahmen die eine Seite des Geschäfts ein, die andere Rollstühle, verstellbare Betten, Pinzetten, Bettpfannen, glänzende Stahlrohre und bunte Gummischläuche. Während meines Aufenthaltes fielen mir solche Läden überall in der Stadt auf. Der Geschäftsführer war tadellos gekleidet, wirkte anfangs aber trotz seiner Freundlichkeit eher einschüchternd. Bei unserer ersten Begegnung sagte er, er sei »gerade mal neunundzwanzig«. Er war untersetzt und hatte einen dieser mächtigen Hängeschnäuzer, wie sie in England und ganz Amerika von ehrgeizigen jungen Männern getragen wurden. An meinem ersten Tag kam er die Treppe herauf, stellte sich als George Malone vor und machte mir ein nettes Kompliment. »Die Briten«, sagte er, »stellen verdammt gute Rollstühle her. Die allerbesten.«

»Kann sich nur um Rolls-Royce handeln«, sagte ich. Malone packte mich am Arm.

»Wollen Sie mich verscheißern? Rolls-Royce macht...«

»Nein, nein«, sagte ich nervös. »Ein... ein Scherz.« Sein Gesicht blieb einen Moment wie erstarrt, der Mund offen und schwarz, und ich dachte: Gleich schlägt er zu. Aber er lachte.

»Rolls-Royce! Ist ja klasse!« Und als ich ihn das nächste Mal traf, zeigte er auf die Krankenzimmerseite seines Geschäftes und rief mir nach: »Wollen Sie nicht ’nen Rolls kaufen?« Manchmal gingen wir mittags in eine rotbeleuchtete Bar abseits der Colorado Avenue, wo George mich dem Barkeeper mit »ein Spezialist für abstruse Bemerkungen« vorstellte.

»Was darf's sein?« fragte der Barkeeper.

»Schweinefett mit einer Kirsche«, sagte ich und hoffte inbrünstig, meinem Ruf gerecht zu werden. Doch der Barkeeper runzelte nur die Stirn und wandte sich mit einem Seufzer an George.

»Was darf's sein?«

Zumindest am Anfang fand ich es aufregend, in einer Stadt voller Narzißten zu leben. An meinem zweiten oder dritten Tag folgte ich Georges Wegbeschreibung und ging zum Strand. Es war Mittag. Eine Million regloser, urzeitlicher Statuetten lag verstreut auf feinem, blaßgelbem Sand und wurde irgendwann Richtung Norden und Süden vom heißen, luftverschmutzten Dunst verschlungen. Außer den fernen, trägen Riesenwellen regte sich kaum etwas, und das Schweigen war überwältigend. Ganz in meiner Nähe sah ich am äußersten Strandrand einige, nebeneinander angeordnete Reckstangen, trist und leer, deren simple Geometrie die Stille noch unterstrich. Nicht einmal der Klang der Wellen drang bis zu mir vor, kein Stimmengewirr, die ganze Stadt lag wie im Traum. Als ich zum Meer lief, ertönte in der Nähe ein leises Gemurmel, und es war, als hörte ich einem Schlafwandler zu. Ich sah einen Mann die Hand bewegen, die Finger im Sand weit spreizen, um die Sonne einzufangen. Wie ein Grabstein stand am Kopf einer lang hingestreckten Frau eine Eisbox ohne Deckel. Im Vorbeigehen warf ich einen Blick hinein und sah leere Bierdosen und ein Paket orangefarbenen Käse im Wasser schwimmen. Erst als ich die Sonnenbadenden erreichte, fiel mir auf, wie weit die einzelnen Leute auseinander lagen.

Der Weg von einem zum nächsten kam mir minutenlang vor. Eine Perspektivtäuschung hatte mich glauben lassen, sie lägen dicht gedrängt nebeneinander. Außerdem fiel mir auf, wie viele rüstige alte Männer mit knorrigen, muskulösen Körpern es gab und wie schön die Frauen waren, die wie Seesterne ihre braunen Glieder streckten. Das Schauspiel ihres gemeinsamen Strebens begeisterte mich, und zum ersten Mal in meinem Leben wünschte ich mir sehnlich, braune Haut und ein braunes Gesicht zu haben, damit die Zähne weiß aufblitzten, wenn ich lächelte. Ich zog Hemd und Hose aus, breitete mein Handtuch aus, legte mich auf den Rücken und dachte, ich werde frei sein und mich so verändern, daß mich keiner wiedererkennt. Doch nach wenigen Minuten wurde mir zu heiß, und ruhelos wartete ich darauf, die Augen wieder aufschlagen zu können. Ich lief zum Meer und schwamm dorthin, wo einige Leute Wasser traten, um sich von einer besonders großen Welle ans Ufer schleudern zu lassen.

Als ich eines Tages vom Strand zurückkam, hing ein Zettel von meinem Freund Terence Latterly an der Tür. »Warte auf Dich«, stand dort, »im Doggie Diner gegenüber.« Ich hatte Latterly vor Jahren in England kennengelernt, als er an einer noch heute unvollendeten Doktorarbeit über George Orwell saß, doch erst als ich nach Amerika kam, wurde mir klar, was für ein ungewöhnlicher Amerikaner er war. Terence war schlank, ziemlich blaß, hatte feines, schwarzes Lockenhaar, Rehaugen wie eine Renaissance-Prinzessin, eine lange gerade Nase mit schmalen schwarzen Schlitzen und war auf fast ungesunde Weise schön. Er wurde oft von Schwulen angesprochen, und einmal, in der Polk Street in San Francisco, von ihnen regelrecht bestürmt. Er stotterte, doch nur so wenig, daß liebenswert fand, wer so etwas liebenswert finden konnte, und er nahm seine Freundschaften derart ernst, daß er ihretwegen auch schon mal auf unnahbare Art schmollen konnte. Ich brauchte eine Weile, bis ich mir eingestand, daß ich Terence eigentlich nicht mochte, doch da gehörte er bereits zu meinem Leben, und ich fand mich schließlich mit der Tatsache ab. Wie allen zwanghaften Monologisierern fehlte es ihm an Neugier für die Gedanken anderer Menschen, doch seine Geschichten waren gut, und er wiederholte sich nie. Er verliebte sich regelmäßig, vertrieb die Frauen aber mit seiner labyrinthischen Umständlichkeit und alles verschlingenden Hingabe wieder, was ihm neuen Stoff für seine Monologe bot. Mittlerweile waren schon zwei-, dreimal stille, einsame, fürsorgliche Mädchen hoffnungslos auf Terence und seine Art hereingefallen, doch hatte er sich bezeichnenderweise nicht für sie interessiert. Er stand auf langbeinige, starke, unabhängige Frauen, die ihn rasch langweilig fanden. Einmal bekannte er mir, er onaniere jeden Tag.

Er war der einzige Kunde im Doggie Diner und beugte sich verdrießlich über eine leere Kaffeetasse, das Kinn in die Hände gestützt.

»In England«, erzählte ich ihm, »bedeutet *dog's dinner* soviel wie ungenießbarer Fraß.«

»Setz dich«, sagte Terence. »Dann sind wir hier genau richtig. Ich bin vielleicht gedemütigt worden.«

»Sylvie?« fragte ich zuvorkommend.

»Ja, stimmt. Unglaublich gedemütigt.« Das war nichts

genseitig fertigzumachen, weil man vom Alleinsein ganz irre ist.«

Irgendwas an dieser Bemerkung gefiel mir, und ich lud Terence zu mir ein, einen Joint mit mir zu rauchen. Wir standen einige Augenblicke auf dem Bürgersteig, während er zu entscheiden versuchte, ob er mitkommen wollte oder nicht. Wir schauten durch den Verkehr auf die andere Straßenseite und in den Laden, in dem George einer Schwarzen die Discoanlage vorführte. Dann schüttelte Terence den Kopf und sagte, wenn er schon in dieser Gegend der Stadt sei, wolle er lieber eine Frau besuchen, die er in Venice kenne.

»Nimm saubere Unterwäsche mit«, riet ich ihm.

»Klar doch«, rief er über die Schulter zurück. »Bis dann!«

Es gab lange, sinnlose Tage, an denen ich dachte: Überall ist es gleich auf der Welt. Los Angeles, Kalifornien, die ganzen Vereinigten Staaten kamen mir wie ein sehr feiner und zerbrechlicher Schorf auf der grenzenlosen, unterirdischen Welt meiner Langeweile vor. Ich könnte überall sein, ich hätte mir die Mühe und das Geld für das Ticket sparen können. Dabei wollte ich eigentlich, ich wäre nirgendwo, jenseits aller Verpflichtungen. Morgens wachte ich wie betäubt nach zu langem Schlaf auf. Obwohl ich weder hungrig noch durstig war, frühstückte ich, weil ich mich nicht traute, nichts zu tun. Ich brachte zehn Minuten mit dem Putzen meiner Zähne zu, da ich wußte, wenn ich fertig war, würde ich mich entschließen müssen, etwas anderes zu tun.

War ich krank? Ich legte mich auf das Bett und stierte

ohne einen Gedanken im Kopf an die Decke. Dann stand ich auf und starrte mit den Händen in den Taschen die Wand an. Vielleicht sollte ich sie anders streichen, auch wenn ich hier nur vorübergehend wohnte. Mir fiel wieder ein, daß ich in einer fremden Stadt war, also eilte ich auf den Balkon. Langweilige, weiße, kastenförmige Geschäfte und Häuser, parkende Autos, zwei Rasensprenger, überall Telefonkabelgirlanden, eine vor dem Himmel schwankende Palme, und das Ganze beschienen von der brutalen, weißen Glut einer hinter Luftverschmutzung und hohen Wolken verdeckten Sonne. Das da war so klar und unmittelbar verständlich wie eine Reihe Bungalows in einer englischen Vorstadt. Was konnte ich dagegen tun? Woanders hinfahren? Bei diesem Gedanken hätte ich fast laut aufgelacht.

Eher, um mir meine Stimmung zu bestätigen, als um sie zu ändern, kehrte ich ins Schlafzimmer zurück und griff entschlossen nach meiner Flöte. Die Noten, die ich spielen wollte, lagen schon fleckig und eselsohrig auf dem Ständer: Bachs Sonate Nr. 1 in a-Moll. Das herrliche, einführende Andante, eine Reihe trällernder Arpeggios, verlangt eine tadellose Atemtechnik, soll die Phrasierung harmonisch klingen. Doch schon am Anfang schnappe ich nach Luft, verstohlen wie ein Dieb im Supermarkt, und der Zusammenhang des Stückes besteht allein in der Vorstellung, die Erinnerung an Schallplattenaufnahmen wird der Gegenwart übergestülpt. Bei Takt fünfzehn, nach viereinhalb Takten Presto, verpatze ich die Oktavsprünge, haste aber weiter wie ein ehrgeiziger Athlet ohne Chancen und beende den ersten Satz außer Atem und unfähig, den letzten Ton in voller Länge zu halten. Da ich die meisten richtigen

Töne in der richtigen Reihenfolge hinkriege, halte ich das Allegro für mein Vorspielstück. Ich gebe es mit ausdrucksloser Aggression wieder. Das Adagio, eine liebliche, besinnliche Melodie, führt mir bei jedem Spiel vor, wie weit meine Töne danebenliegen, manche zu schrill, andere zu matt, keiner lieblich, und die Achteltriller sind nie im Takt. Und so geht es weiter zu den beiden Menuetts am Ende, die ich mit nüchterner, strenger Beharrlichkeit wie eine Dreh-orgel spiele, an der ein Affe sitzt. Das war meine Darbietung der Bachsonate, und schon so lange ich mich erinnern kann, klingt sie immer bis in alle Einzelheiten gleich.

Ich setzte mich auf den Bettrand und stand fast sofort wieder auf. Ich ging auf den Balkon, um noch einmal auf die fremde Stadt zu sehen. Auf einem Rasen hob ein kleines Mädchen ein noch kleineres Mädchen hoch und taumelte mit ihm einige Schritte vorwärts. Noch mehr Vergeblichkeit. Ich ging wieder hinein und sah auf den Wecker im Schlafzimmer. Elf Uhr vierzig. Mach was, schnell! Ich stand neben dem Wecker und hörte auf das Ticken. Ich ging von Zimmer zu Zimmer, ohne irgendeine Absicht, und stellte manchmal überrascht fest, daß ich wieder in der Küche war und mit dem rissigen Plastikgriff des Dosenöffners an der Wand spielte. Ich ging ins Wohnzimmer und trommelte zwanzig Minuten mit den Fingern auf einen Buchrücken. Am Nachmittag rief ich dann die Zeitansage an und stellte den Wecker. Ich saß lange auf dem Klo und beschloß, mich nicht vom Fleck zu rühren, bis ich entschieden hatte, was ich als nächstes tun wollte. Ich blieb über zwei Stunden sitzen, starrte auf die Knie, bis sie jede Bedeutung verloren hatten. Ich dachte daran, mir die Fingernägel zu schneiden, das wäre ein Anfang. Aber ich hatte keine Schere! Wieder tigerte ich von Zimmer zu Zimmer, und dann, früh am Abend, schlief ich, von mir selbst erschöpft, im Sessel ein.

George schien mein Spiel immerhin zu gefallen. Einmal kam er nach oben, weil er mich im Laden gehört hatte, und wollte meine Flöte sehen. Er sagte, er hätte wirklich noch nie eine in der Hand gehalten. Er staunte über die Kompliziertheit und Präzision von Hebeln und Klappen und bat mich, einige Noten für ihn zu spielen, damit er sah, wie man sie hält. Dann sollte ich ihm zeigen, wie er selbst einen Ton hervorbringen konnte. Er betrachtete die Noten auf dem Ständer und sagte, er fände es »klasse«, wie Musiker aus einem solchen Gewirr von Linien und Punkten Musik machen könnten. Daß Komponisten sich ganze Symphonien mit Dutzenden verschiedener, gleichzeitig spielender Instrumente ausdenken konnten, fände er einfach unfaßbar. Ich auch, sagte ich.

»Musik«, sagte George mit einer weiten Armbewegung, »ist eine heilige Kunst.«

Wenn ich nicht gerade auf meiner Flöte spielte, ließ ich sie meist herumliegen und Staub ansammeln, zusammengesetzt und spielbereit. Jetzt ertappte ich mich dabei, wie ich sie in ihre drei Teile zerlegte, sorgfältig trocknete und jedes Stück wie eine Lieblingspuppe in den mit Filz ausgeschlagenen Kasten legte.

George wohnte draußen in Simi Valley, einer Gegend, die erst vor kurzem der Wüste abgetrotzt worden war. Sein

Haus, beschrieb er, sei »leer« und röche noch »nach frischer Farbe«. Er lebte von seiner Frau getrennt, und an zwei Wochenenden im Monat kamen seine Kinder zu ihm, zwei Jungen im Alter von sieben und acht Jahren. Beinahe unmerklich wurde George in Los Angeles zu meinem Gastgeber. Mit zweiundzwanzig Jahren war er ohne einen Penny aus New York hergekommen. Inzwischen verdiente er fast vierzigtausend Dollar im Jahr und fühlte sich verantwortlich für die Stadt und die Erfahrungen, die ich damit machte. Manchmal fuhr George mich in seinem neuen Volvo kilometerweit über den Freeway.

»Ich möchte, daß du ein Gefühl dafür kriegst, für diese irrsinnigen Ausmaße.«

»Was ist das für ein Gebäude?« konnte ich ihn dann fragen, als wir etwa an einem beleuchteten Dritte-Reich-Koloß auf einem frisierten, grünen Hügel vorbeibrausten. George warf einen kurzen Blick aus dem Fenster.

»Keine Ahnung, eine Bank oder ein Tempel oder so.« Wir gingen in Bars, in Bars für Filmsternchen, Bars für »Intellektuelle«, in der Drehbuchautoren tranken, in Lesbenbars und in eine Bar, in der die geschmeidigen, glattgesichtigen jungen Kellner wie viktorianische Serviererinnen gekleidet waren. Wir aßen in einem 1947 eröffneten Diner, der nur Hamburger und Apfelkuchen anbot, ein bekanntes, vornehmes Lokal, in dem wartende Gäste wie hungrige Geister im Rücken der Sitzenden standen.

Wir gingen in einen Klub, in dem Sänger und Komiker auftraten, weil sie entdeckt werden wollten. Ein mageres Mädchen mit leuchtendrotem Haar und pailettenbesetztem T-Shirt ließ ihren leidenschaftlich hingeflüsterten Song auf einem schrillen, unmöglich hohen Ton ausklingen. Alle Unterhaltung verstummte. Jemand ließ, womöglich aus Gehässigkeit, ein Glas fallen.

»Die wollen alle Barbra Streisand oder Liza Minnelli sein«, erklärte George, während er mit rosafarbenem Plastikstrohhalm an einem riesigen Cocktail nuckelte. »Dabei mag kein Mensch mehr so was hören.«

Ein Mann mit schiefen Schultern und wirrem, zerzaustem Haar schlurfte auf die Bühne. Er nahm das Mikrofon vom Ständer, hielt es sich dicht an die Lippen, ohne daß ein Ton kam. Offenbar brachte er kein Wort heraus. Er trug eine zerschlissene, dreckige Jeansjacke auf nackter Haut, die Augen waren fast zugeschwollen, und unter dem rechten verlief eine lange Narbe, die im Mundwinkel endete und ihm das Aussehen eines halb geschminkten Clowns verlieh. Die Unterlippe zitterte, und ich dachte, gleich fängt er an zu weinen. Die Hand, in der er kein Mikro hielt, befummelte unruhig eine Münze, und als ich genauer hinsah, entdeckte ich Flecken auf seiner Jeans, selbst frische Kotze hing daran. Die Lippen waren geöffnet, brachten aber keinen Laut hervor. Das Publikum wartete geduldig. Irgendwo hinten im Lokal wurde eine Weinflasche geöffnet. Als er endlich was sagte, redete er in leisem, krächzendem Flüstern zu seinen Fingernägeln.

»Mann, bin ich kaputt!«

Das Publikum johlte und bog sich vor Lachen, um gleich darauf mit den Füßen zu stampfen und rhythmisch in die Hände zu klatschen. George und ich, jeder wohl durch die Gesellschaft des anderen gehemmt, lächelten nur. Kaum war der letzte Beifall verklungen, trat der Mann wieder ans

Mikrofon. Er redete rasch, die Augen immer noch auf die Finger gerichtet. Manchmal blickte er unruhig zum hinteren Teil der Bar, und wir konnten das Weiß seiner Augen aufblitzen sehen. Er sagte, er habe sich gerade von seiner Freundin getrennt, und als er von ihrem Haus weggefahren sei, hätte er plötzlich weinen müssen und zwar so heftig, daß er nichts mehr sehen konnte und anhalten mußte. Er überlegte, sich umzubringen, aber erst wollte er sich noch von *ihr* verabschieden. Also fuhr er zu einer Telefonzelle, aber die funktionierte nicht, deshalb mußte er wieder weinen. Das Publikum, das bis jetzt still geblieben war, lachte an dieser Stelle leise. Er rief seine Freundin dann aus einem Drugstore an. Kaum hatte sie den Hörer abgenommen und seine Stimme gehört, fing auch sie an zu weinen. Aber sie wollte ihn nicht sehen. Sie sagte: »Ist doch sinnlos, wir können nichts mehr ändern.« Er hatte aufgelegt und vor Kummer geheult. Ein Verkäufer aus dem Drugstore bat ihn zu gehen, weil sich die Kunden über ihn aufregten. Er ging die Straße hinunter und dachte über Leben und Tod nach. Es begann zu regnen, er warf sich ein paar Popper ein und versuchte, seine Uhr zu verkaufen. Das Publikum wurde unruhig, viele hörten nicht mehr zu. Er schnorrte fünfzig Cents von einem Schnorrer. Durch seine Tränen glaubte er eine Frau zu sehen, die in der Gosse einen Fötus abtrieb, doch beim Näherkommen entdeckte er, daß es nur Pappkartons und jede Menge alter Lumpen waren. Mittlerweile mußte sich der Mann anstrengen, das stetige Gemurmel der Gespräche zu übertönen. Kellnerinnen kreisten mit silbernen Tabletts um die Tische. Plötzlich hob er eine Hand und sagte: »Tja, bis dann«, und war verschwunden. Ein paar Leute klatschten, aber den meisten fiel nicht einmal auf, daß er gegangen war.

Kurz vor meiner Abreise aus Los Angeles lud George mich ein, den Samstag abend bei ihm zu Hause zu verbringen. Am nächsten Tag würde ich, wenn auch spät, nach New York fliegen. Er wollte, daß ich ein paar Freunde für eine Abschiedsparty mitbringe, außerdem sollte ich die Flöte nicht vergessen.

»Ich würde nur zu gern«, sagte George, »mit einem Glas Wein in der Hand in meinem eigenen Haus sitzen und zuhören, wie du dieses Ding spielst.« Mary war die erste, die ich anrief. Seit unserem Wochenende hatten wir uns bloß sporadisch gesehen. Manchmal war sie in meine Wohnung gekommen, um dort den Nachmittag zu verbringen. Sie hatte noch einen Liebhaber, mit dem sie so gut wie zusammenlebte, aber da sie ihn kaum erwähnte, war er für uns kein Thema. Sobald sie zugesagt hatte, wollte Mary wissen, ob Terence auch kommen wollte. Ich hatte ihr von seinem Abenteuer mit Sylvie erzählt und mein eigenes, zwiespältiges Verhältnis zu ihm beschrieben. Terence war nicht wie vorgesehen nach San Francisco zurückgekehrt. Er hatte jemanden mit einer Freundin »aus der Drehbuchbranche« kennengelernt, und jetzt wartete er darauf, ihr vorgestellt zu werden. Als ich anrief, antwortete er mit einer nicht besonders überzeugenden Parodie semitischer Empfindlichkeit: »Fünf Wochen in dieser Stadt, und schon werde ich eingeladen?« Ich beschloß, George hätte es mit seinem Wunsch, mich auf meiner Flöte spielen zu hören, ernst gemeint. Ich übte meine Tonleitern und Arpeggios, arbeitete hart an den Stellen der Sonate Nr. 1, die ich immer verpatzte, und stellte mir beim Spielen vor, wie Mary, George und Terence mir gebannt und ein wenig betrunken zuhörten, und mein Herz raste.

Mary kam am frühen Abend, und ehe wir losfuhren, um Terence abzuholen, setzten wir uns auf meinen Balkon, schauten in die Sonne und rauchten einen kleinen Joint. Bevor sie kam, hatte ich daran gedacht, ein letztes Mal mit ihr ins Bett zu gehen. Doch nun, wo sie da war und wir beide für einen Abend auswärts angezogen waren, schien es mir passender, sich zu unterhalten. Mary fragte, was ich so getrieben hätte, und ich erzählte ihr von dem Auftritt im Nachtklub. Ich war mir nicht sicher, ob ich den Mann als Komiker mit einer Nummer darstellen sollte, die so raffiniert war, daß sie niemand lustig fand, oder als jemanden, der von der Straße hereingeschneit war und die Bühne in Beschlag genommen hatte.

»Ich habe solche Aufführungen schon erlebt«, sagte Mary. »Wenn es klappt, geht es darum, dich soweit zu bringen, daß dir das Lachen im Hals steckenbleibt. Was lustig war, wird dann ziemlich entsetzlich.« Ich fragte Mary, ob sie glaube, daß an der Geschichte des Mannes etwas dran sei. Sie schüttelte den Kopf.

»Alle hier«, sagte sie mit einer Handbewegung zur untergehenden Sonne, »haben hier so eine Nummer laufen.«

»Klingt beinahe stolz, wenn du das sagst«, erwiderte ich, während wir aufstanden. Sie lächelte, und einen vagen Augenblick lang, in dem wie aus dem Nichts ein deutliches Bild der nebeneinander angeordneten Reckstangen am

Strand vor mir auftauchte, hielten wir uns an der Hand; dann drehten wir uns um und gingen hinein.

Terence erwartete uns auf dem Bürgersteig vor dem Haus, in dem er wohnte. Er hatte einen weißen Anzug an, und als wir hielten, steckte er sich gerade eine rosafarbene Nelke ins Revers. Marys Wagen war zweitürig. Ich mußte aussteigen, damit Terence einsteigen konnte, aber durch irgendeine Kombination geschickter Bewegungen seinerseits und einer arglosen Höflichkeit meinerseits sah ich mich plötzlich meine beiden Freunde vom Rücksitz aus miteinander bekannt machen. Als wir auf den Freeway einbogen, begann Terence, Mary eine Reihe höflicher, eindringlicher Fragen zu stellen, und von meinem Platz aus, nämlich direkt hinter Mary, war nicht zu übersehen, daß er sich, noch während sie antwortete, schon die nächste Frage überlegte oder sich fast überschlug, um allem zuzustimmen, was sie sagte.

»Ja, ja«, sagte er, beugte sich eifrig vor und verschränkte die langen, blassen Finger, »wirklich gut gesagt.« Was für eine Anbiederei, dachte ich, was für ein Herumscharwenzeln. Wieso ertrug Mary das nur? Mary sagte, sie halte Los Angeles für die aufregendste Stadt der USA. Und noch ehe sie ausgeredet hatte, überbot Terence sie mit verschwenderischem Lob.

»Ich dachte, du haßt die Stadt«, warf ich verdrießlich ein. Doch Terence hantierte nur an seinem Sitzgurt und stellte Mary eine weitere Frage. Ich lehnte mich zurück, starrte aus dem Fenster und versuchte, meinen Ärger zu unterdrücken. Kurz darauf reckte Mary den Hals und versuchte, mich in ihrem Spiegel zu finden.

»Bist ja ziemlich still da hinten«, rief sie fröhlich, doch packte mich plötzlich eine wütende Lust, Terence nachzuäffen.

»Ja, ja, wirklich gut gesagt.« Weder von Terence noch von Mary kam darauf eine Reaktion. Meine Worte hingen über uns, als würden sie immer wieder aufs neue ausgesprochen. Ich machte das Fenster auf. Als wir Georges Haus erreichten, lagen fünfundzwanzig Minuten ungebrochenen Schweigens hinter uns.

Nachdem wir uns gegenseitig vorgestellt hatten, standen wir zu dritt mitten im riesigen Wohnzimmer, während George sich an der Bar um unsere Drinks kümmerte. Ich hielt Flötenkasten und Notenständer wie Waffen unter dem Arm. Bis auf die Bar gab es an Mobiliar nur zwei gelbe Plastiksitzsäcke, leuchtendhell auf der weiten Wüstenei eines braunen Teppichs. Schiebetüren nahmen die ganze Länge einer Wand ein und öffneten sich auf einen kleinen Hof mit Sand und Steinen, in dessen Mitte, in Beton eingelassen, eine dieser baumähnlichen Vorrichtungen zum Trocknen von Wäsche stand. In einer Hofecke wuchs ein struppiger Beifuß, Überbleibsel der echten Wüste, die hier noch vor einem Jahr gewesen war. Terence, Mary und ich wandten uns mit Bemerkungen an George, sagten zueinander aber kein Wort.

»Also«, sagte George, wie wir dort zu viert standen und uns ansahen, »kommt mit, ich zeige euch die Kinder.«

Gehorsam trotteten wir in einer Reihe hinter George her und folgten ihm über einen schmalen Flur mit dickem Teppich. Wir warfen einen Blick durch eine Schlafzimmertür, hinter der zwei kleine Jungen in einem Etagenbett lagen und Comics lasen. Gleichgültig sahen sie hoch und lasen dann weiter.

Zurück im Wohnzimmer sagte ich: »Sie wirken irgendwie bedrückt, George. Was machst du mit ihnen? Schlägst du sie?« George nahm meine Frage ernst, und es entspann sich eine Unterhaltung über körperliche Züchtigung. George sagte, wenn sie es allzu wild trieben, gebe er den Jungs schon mal einen Klaps hinten auf die Beine. Nicht um ihnen weh zu tun, sagte er, sondern eher um ihnen zu zeigen, daß er es ernst meinte. Mary sagte, sie sei strikt dagegen, Kinder zu schlagen, und Terence wollte wohl eine gute Figur machen, oder er mußte mir unbedingt beweisen, daß er anderer Meinung als Mary sein konnte, jedenfalls sagte er, eine gute Tracht Prügel hätte noch niemandem geschadet. Mary lachte, aber George, der offensichtlich für diesen etwas dandyhaften, träge auf seinem Teppich hingestreckten Gast nicht viel übrig hatte, schien zum Angriff übergehen zu wollen. Er gab sich jedenfalls alle Mühe. Selbst auf dem Sitzsack hielt er den Rücken durchgedrückt.

»Bist du als Kind verprügelt worden?« fragte er, während er den Scotch herumreichte.

Terence zögerte und antwortete dann: »Ja.« Das überraschte mich. Der Vater starb, bevor Terence geboren wurde, weshalb er bei seiner Mutter in Vermont aufgewachsen war.

»Deine Mutter hat dich geschlagen?« wollte ich wissen, ehe er Zeit hatte, einen großmäuligen Tyrannen von Vater zu erfinden.

»Ja.«

»Und du glaubst nicht, daß es dir geschadet hat?« fragte George. »Das kann ich mir nicht vorstellen.«

Terence streckte die Beine aus. »Kein bißchen«, sagte er mit einem Gähnen, das möglicherweise nur vorgetäuscht war. Er deutete auf seine rosafarbene Nelke. »Schließlich bin ich doch hier.«

Es folgte ein kurzes Schweigen, doch dann fragte George: »Und du hast beispielsweise nie irgendwelche Probleme im Umgang mit Frauen gehabt?«

Ich mußte unwillkürlich lächeln.

Terence richtete sich auf. »Doch«, sagte er. »Unser englischer Freund hier kann das bestätigen.« Damit spielte Terence auf meinen Gefühlsausbruch im Auto an. Aber ich sagte zu George: »Terence erzählt gern lustige Geschichten über seine sexuellen Mißerfolge.«

George beugte sich vor, um Terences volle Aufmerksamkeit zu erlangen. »Woher willst du wissen, ob der Grund dafür nicht darin liegt, daß du von deiner Mutter verprügelt worden bist?«

Terence sprach sehr rasch. Ich weiß nicht, ob er aufgeregt oder wütend war. »Zwischen Männern und Frauen wird es immer irgendwelche Probleme geben, und alle leiden irgendwie. Ich halte mich nur weniger zurück als andere Leute. Vermutlich ist dir dein Hintern nie von deiner Mutter versohlt worden, aber heißt das, daß du keine Probleme mit dem anderen Geschlecht hast? Ich meine, wo ist denn deine Frau …?«

Marys Unterbrechung erfolgte mit der Präzision eines Skalpells.

»Ich bin als Kind nur einmal geschlagen worden, von

meinem Vater, und wißt ihr warum? Ich war zwölf. Wir saßen beim Abendessen um den Tisch, die ganze Familie, und ich habe erzählt, ich würde zwischen den Beinen bluten. Ich habe meine Fingerspitze ins Blut getaucht und hochgehalten, damit alle es sehen konnten. Und mein Vater hat sich über den Tisch gebeugt und mir ins Gesicht geschlagen. Ein dreckiger Schmutzfink sei ich, hat er gebrüllt und mich nach oben auf mein Zimmer geschickt.«

George stand auf, um mehr Eis für unsere Gläser zu holen, und murmelte im Fortgehen: »Einfach ungeheuerlich.« Terence streckte sich auf dem Boden aus, die Augen gen Decke wie ein Toter. Aus dem Schlafzimmer hörte man die Jungen singen oder vielmehr vor sich hin leiern, da die Melodie nur aus einem einzigen Ton bestand. Ich sagte Mary irgendwas der Art, daß solch ein Gespräch unter Leuten, die sich gerade erst kennengelernt hatten, in England niemals möglich gewesen wäre.

»Und? Findest du das gut?« wollte Mary wissen.

Terence sagte: »Die Engländer erzählen sich überhaupt nichts.«

Ich erwiderte: »Zwischen nichts und alles erzählen gibt es nicht viel Auswahl.«

»Habt ihr die Jungs gehört?« fragte George, als er zurückkam.

»Wir haben so einen Gesang gehört«, erwiderte Mary. George schenkte Scotch nach und löffelte Eis in die Gläser.

»Das war kein Gesang. Das war ein Gebet. Ich habe ihnen das Vaterunser beigebracht.« Vom Boden gab Terence ein Stöhnen zum besten, und George fuhr zu ihm herum.

»Ich habe gar nicht gewußt, George, daß du ein Christ bist«, sagte ich.

»Ach, na ja, weißt du …« George versank in seinem Sessel. Es folgte eine Pause, in der wir alle vier unsere Kräfte für eine weitere Runde fragmentarischer Unstimmigkeit zu sammeln schienen.

Mary saß jetzt in dem zweiten Sitzsack, George gegenüber. Terence lag zwischen ihnen wie eine niedrige Mauer, und ich saß mit überkreuzten Beinen etwa einen Meter neben den Füßen von Terence. Es war George, der als erster redete und über Terence hinweg zu Mary sprach.

»Ich bin selbst nie ein großer Kirchgänger gewesen, aber …« Seine Stimme sackte ab; er hatte was getrunken, dachte ich. »Aber ich habe immer gewollt, daß die Jungs möglichst viel davon mitkriegen, solange sie noch klein sind. Später können sie sich davon ja wieder lösen, wenn sie wollen. Doch bis dahin haben sie wenigstens ein klares Wertesystem, das bestimmt so gut wie irgendein anderes ist, außerdem hören sie jede Menge Geschichten, richtig gute Geschichten, exotische Geschichten, glaubhafte Geschichten.«

Niemand sagte etwas, also fuhr George fort: »Ihnen gefällt die Vorstellung von einem Gott. Und von Himmel und Hölle, von den Engeln und dem Teufel. Sie reden jede Menge darüber, dabei bin ich mir nie ganz sicher, was es für sie eigentlich bedeutet. Ich nehme an, es ist ein bißchen wie mit dem Weihnachtsmann, halb glauben sie dran, halb nicht. Das mit dem Beten gefällt ihnen, auch wenn sie um die verrücktesten Sachen bitten. Beten ist für sie eine Art Verlängerung ihres … ihres Innenlebens. Sie beten, weil sie was wollen oder weil sie sich vor was fürchten. Und sie gehen jede Woche zur Kirche; das war so ungefähr das einzige, worin Jean und ich uns einig waren.«

George richtete sich damit an Mary, die bei seinen Worten nickte und seinen Blick feierlich erwiderte. Terence hatte die Augen geschlossen. Nun, da George fertig war, schaute er uns alle der Reihe nach an und wartete auf Widerspruch. Wir regten uns. Terence stützte sich auf den Ellbogen auf. Niemand sagte etwas.

»Kann mir nicht vorstellen, daß ihnen das schadet, so ein bißchen Religion«, beharrte George.

Mary redete zum Fußboden. »Also, ich weiß nicht. Es gibt eine Menge, was man gegen das Christentum einwenden könnte. Und da du selbst nicht daran glaubst, sollten wir uns besser drüber unterhalten.«

»Okay«, sagte George. »Laß hören.«

Mary redete anfangs mit großer Entschiedenheit. »Tja, zuerst einmal ist die Bibel ein von Männern geschriebenes Buch, das sich an Männer richtet und einen ziemlich männlichen Gott in den Mittelpunkt stellt, der auch noch wie ein Mann aussieht, da er den Mensch nach seinem Bilde schuf. Das klingt mir verdächtig nach einer typischen Männerphantasie…«

»Moment mal«, sagte George.

»Außerdem«, fuhr Mary fort, »kommen Frauen im Christentum ziemlich schlecht weg. Wegen der Erbsünde macht man sie seit dem Garten Eden für alles auf der Welt verantwortlich. Frauen sind schwach, unrein, als Strafe für Evas Sünden dazu verdammt, unter Schmerzen Kinder zu gebären, sie sind die Versucherinnen, die das Denken der

Männer von Gott ablenken, als ob die Frauen stärker für die sexuellen Gefühle der Männer verantwortlich wären als sie selbst! Wie Simone de Beauvoir sagt, sind Frauen immer das ›andere‹ Geschlecht, denn die eigentlichen Geschäfte werden zwischen einem Mann im Himmel und den Männern auf Erden abgewickelt. Eigentlich gibt es Frauen sowieso nur, weil Gott noch so was wie einen nachträglichen Einfall hatte, geformt aus einer überflüssigen Rippe, um den Männern Gesellschaft zu leisten und ihre Hemden zu bügeln, doch können sie der Christenheit keinen größeren Gefallen erweisen, als sich nicht mit Sex zu besudeln und keusch zu bleiben, und wenn sie es dann gleichzeitig noch schaffen, ein Kind zur Welt zu bringen, entsprechen sie dem weiblichen Ideal der christlichen Kirche – der heiligen Maria.« Mary hatte sich in Wut geredet und funkelte George an.

»Moment mal«, sagte er, »du kannst doch nicht dieses ganze feministische Zeugs auf jahrtausendealte Gesellschaften anwenden. Christentum drückt sich durch verfügbare…«

Ungefähr gleichzeitig sagte Terence: »Ein weiterer Einwand gegen das Christentum ist der, daß es zu passiver Akzeptanz sozialer Ungleichheit führt, da der wahre Lohn erst im…«

Und Mary übertönte Georges Protest: »Das Christentum verbreitet eine sexistische Ideologie, und der Kapitalismus…«

»Bist du etwa Kommunist?« wollte George wütend wissen, doch war ich mir nicht sicher, wen er eigentlich meinte. Terence fuhr laut mit seiner Rede fort. Ich hörte ihn die Kreuzzüge und die Inquisiton ins Feld führen.

»Das hat doch nichts mit Christentum zu tun.« George brüllte fast, das Gesicht rot angelaufen.

»Im Namen von Christus wurden mehr Untaten begangen… das hat nichts mehr mit… bis hin zur Verfolgung von Kräuterfrauen als Hexen… Blödsinn. Ist doch unwichtig… Korruption, Gaunerei, Tyrannen unterstützen, am Altar Reichtümer anhäufen… Fruchtbarkeitsgöttin… Blödsinn… Phalluskult… denk an Galileo… das hat gar nichts damit…« Was anderes konnte ich kaum mehr hören, weil ich jetzt selbst meine Auffassung über das Christentum hinausschrie. Keiner konnte mehr ruhig bleiben. George stieß wütend mit dem Zeigefinger in Terences Richtung. Mary beugte sich vor, um George am Ärmel zu zupfen und ihm was zu sagen. Die Whiskeyflasche lag auf dem Boden, leer, und jemand hatte das Eis umgeworfen. Zum ersten Mal in meinem Leben merkte ich, daß ich entschiedene Ansichten über das Christentum hatte, über Gewalt, über Amerika, über alles, und ich verlangte Gehör, bevor mir meine Gedanken wieder entglitten.

»…fang lieber an, mal objektiv drüber nachzudenken… auf ihre Kanzeln, um gegen die Arbeiter und ihre Streiks zu wettern… objektiv? Männlich meinst du. Alle Realität ist heute männliche Rea… immer ein gewalttätiger Gott… der große Kapitalist im Himmel… protektionistische Ideologie der herrschenden Klasse leugnet den Konflikt zwischen Mann und Frau… Scheiße, totale Scheiße…«

Plötzlich klang mir eine andere Stimme in den Ohren. Es war meine eigene. Ich redete in eine kurze, erschöpfte Stille hinein: »… fahr durch die Staaten und sehe in Illinois dieses Schild an der Interstate 70, auf dem steht ›Gott, Gewehre und Mumm haben Amerika groß gemacht. Bleiben wir dabei.‹«

»Ha!« riefen Mary und Terence triumphierend aus. George war aufgesprungen, ein leeres Glas in der Hand.

»Stimmt«, rief er. »Stimmt genau. Lästert ruhig, aber es stimmt. Dieses Land hat eine blutige Vergangenheit, viele tapfere Männer sind dafür gestorben ...«

»Männer!« höhnte Mary.

»Na schön, auch viele tapfere Frauen. Amerika wurde mit der Waffe geschaffen. Daran gibt es nichts zu rütteln.« George stolzierte durch das Zimmer zur Bar in der Ecke, um hinter den Flaschen etwas Schwarzes hervorzuziehen. »Ich hab hier eine Pistole«, sagte er und hielt das Ding hoch, damit wir es uns ansehen konnten.

»Wozu?« fragte Mary.

»Wenn man Kinder hat, entwickelt man eine ganz andere Einstellung zu Leben und Tod. Bevor die Kinder kamen, hab ich nie eine Waffe gewollt. Aber ich glaube, heute würde ich jeden erschießen, der ihr Leben bedroht.«

»Ist die echt?« fragte ich. George kam zu uns zurück, die Pistole in der einen und eine volle Flasche Scotch in der anderen Hand. »Klar ist die echt!« Sie war sehr klein, nicht größer als die Hand, in der sie lag.

»Laß mal sehen«, sagte Terence.

»Ist geladen«, warnte ihn George, während er sie ihm aushändigte. Die Pistole schien besänftigend auf uns zu wirken. Wir brüllten nicht mehr, sondern sprachen leise in ihrer Gegenwart. Während Terence die Pistole untersuchte, füllte George unsere Gläser nach. Während er sich wieder setzte, erinnerte er mich an mein Versprechen, Flöte zu spielen. Darauf folgte ein, zwei Minuten lang ein müdes Schweigen, nur unterbrochen von George, der meinte, daß wir nach diesem Drink etwas essen sollten. Mary war in Gedanken versunken. Langsam drehte sie ihr Glas zwischen Daumen und Zeigefinger. Ich lag auf den Ellbogen und stückelte in Gedanken das Gespräch wieder zusammen, das wir gerade geführt hatten. Ich versuchte mich zu erinnern, wie wir zu diesem plötzlichen Schweigen gelangt waren.

Dann entsicherte Terence die Pistole und richtete sie auf Georges Kopf.

»Hände hoch, du Christ«, sagte er dumpf.

George rührte sich nicht. Er sagte: »Man spielt nicht mit einer Waffe.« Terence faßte die Pistole noch fester. Natürlich machte er bloß Spaß, doch konnte ich von meinem Platz sehen, wie er den Finger um den Abzug legte und langsam krümmte.

»Terence!« flüsterte Mary und berührte mit dem Fuß sanft seinen Rücken. Den Blick auf Terence gerichtet, nippte George an seinem Drink. Terence hob die andere Hand, um die Pistole ruhiger zu halten. Er zielte George mitten ins Gesicht.

»Tod allen Waffenbesitzern«, sagte Terence ohne eine Spur von Humor. Ich wollte seinen Namen rufen, doch kam kein Laut aus meiner Kehle. Als ich es noch einmal versuchte, sagte ich in meiner wachsenden Panik irgendwas, das ziemlich unwichtig war.

»Wer ist das?« Terence drückte den Abzug.

Von diesem Augenblick an zerfiel der Abend in konventionelle, labyrinthische Nettigkeiten, womit die Amerikaner, wenn sie denn wollen, die Engländer noch übertreffen können. George war als einzigem nicht entgangen, daß Terence die Kugeln aus der Pistole genommen hatte, was Mary und mich in unserem leichten, doch anhaltenden Schockzustand miteinander verbündete. Wir aßen Salat und kalten Aufschnitt von Tellern, die wir auf den Knien balancierten. George fragte Terence nach seiner Doktorarbeit über Orwell und den Aussichten auf eine Lehrerstelle. Terence fragte George, wie das Geschäft mit dem Verleih von Partyzubehör und Krankenzimmerbedarf lief. Mary wurde über ihre Arbeit im feministischen Buchladen befragt, und sie gab ausweichende Antworten, mit denen sie sorgsam alles vermied, was eine Diskussion auslösen könnte. Schließlich bat man mich, von meinen Reiseplänen zu erzählen, was ich ausführlich und in allen langweiligen Einzelheiten tat. Ich erklärte, ich wolle eine Woche in Amsterdam verbringen, ehe ich nach London zurückkehrte. Das veranlaßte Terence und George, sich minutenlang lobend über Amsterdam auszulassen, obwohl ziemlich klar war, daß beide offenbar ganz verschiedene Städte gesehen hatten.

Während die anderen Kaffee tranken und gähnten, spielte ich auf der Flöte. Ich spielte Bachs Sonate nicht schlechter als sonst, vielleicht sogar etwas selbstbewußter, weil ich betrunken war, doch meine Gedanken sperrten sich gegen die Musik. Ich war dieses Stück leid, auch mein Spiel. Während sich die Noten vom Blatt auf meine Fingerspitzen übertrugen, dachte ich: Spiel ich schon wieder *das*? Ich hörte noch das Echo unserer laut gewordenen Stimmen, ich sah die schwarze Pistole auf Georges offener

Hand, ich sah mich selbst vor vielen Monaten von San Francisco nach Buffalo fahren, einen Wagen überführen, sah, wie ich vor Freude gegen den Wind anbrüllte, der durch die offenen Fenster rauschte: Ich bin's, ich bin's, hier komme ich... wo war die Musik dafür? Warum suchte ich nicht mal danach? Warum tat ich immer noch, was ich nicht konnte, spielte Musik aus einer anderen Zeit und Kultur, deren Gewißheit und Vollkommenheit für mich Verstellung und Lüge waren, so sehr, wie sie für andere Wahrheit bedeuteten oder einst bedeutet hatte. Wonach sollte ich suchen? (Wie eine Klavierwalze spulte ich den zweiten Satz runter.) Nach was Schwierigem und Freiem. Ich dachte an die Geschichten von Terence, sein Spiel mit der Pistole, Marys Experiment mit sich selbst, daran, wie meine Finger in einer leeren Wohnung auf einen Buchrücken trommelten, an die riesige, fragmentierte Stadt ohne Zentrum, ohne Stadtbewohner, eine Stadt, die nur in der Vorstellung existierte, ein Knotenpunkt der Veränderung oder Stagnation im Leben von Individuen. Betrunken, wie ich war, zerplatzten nacheinander Bild und Idee, Takt um Takt verwandelte sich Mißklang in vermeintliche Harmonie und unerbittliche Logik. Einen Taktschlag lang schaute ich an den Noten vorbei zu meinen Freunden, die ausgestreckt auf dem Boden lagen. Dann glühte ihr Nachbild noch kurz über dem Notenblatt. Gut möglich, sogar wahrscheinlich, daß wir vier uns nie wieder sehen würden, und angesichts solch gewöhnlicher Vergänglichkeit war meine Musik geistlos in ihrer Rationalität, belanglos in ihrer Überdeterminiertheit. Überlaß es den anderen, den Berufsmusikern, die alten Tage ihrer Wahrheit heraufzubeschwören. Für mich bedeutet sie nichts, nichts, von dem ich wußte, daß ich es wollte. Diese vornehme Realitätsflucht… wie ein ausgefülltes Kreuzworträtsel, ich konnte nicht mehr weiterspielen.

Im langsamen Satz brach ich ab und blickte auf. Ich wollte gerade sagen: »Ich kann nicht mehr weiter«, als die drei aufsprangen, klatschten und mich breit anlächelten. George und Terence taten, als wären sie Konzertbesucher, legten die Hände an den Mund und riefen: »Bravo! Bravissimo!« Mary kam, küßte mich auf die Wange und reichte mir einen imaginären Blumenstrauß. Überwältigt von Sehnsucht nach einem Land, das ich noch nicht verlassen hatte, konnte ich nur die Füße zusammenstellen, mich verbeugen und die Blumen an die Brust drücken.

Dann sagte Mary: »Gehen wir. Ich bin müde.«

Meir Shalev
Judith

Es war gegen Ende des Weltkriegs, als eines Nachts ein seltsamer fremder Mann in Jakob Scheinfelds Haus erschien.

»Er war ein sehr merkwürdiger Gast, aber einer, der nicht zufällig kommen kann. Sofort begriff ich, daß man ihn ausgesandt hatte. Ebenso wie Judith und wie die Schlange und wie den albinotischen Buchhalter. Und genau wie sie alle kam er von den Feldern her und nicht von der Hauptstraße.«

Wie dem auch sein mag, ein Finger hatte hastig und flehentlich an seine Haustür geklopft, und als Jakob öffnete, stand ein dicker, häßlicher Riese in der Dunkelheit, das schüttere Haar zurückgekämmt, die Augen klein und verschreckt wie die einer Maus.

Der Mann trug ein blaues Kleidungsstück, das Jakob sofort erkannte. Es war der Overall der italienischen Gefangenen aus dem Lager, das die Engländer in der Nähe des Dorfes errichtet hatten. Häufig sah man die blau gewandeten Gefangenen in den Feldern spazierengehen. Sie hatten ein Loch im Zaun, das alle schon kannten, schlüpften dort hinaus, pflückten sich würzige Kräuter für ihre Küche und spielten wie Kinder.

Aber die Augen dieses Gefangenen rollten unstet in ihren Höhlen, und seine Haut war schweißüberströmt. Er fiel auf die Knie und sagte angstvoll schnaufend in gutem Hebräisch: »Ich werde verfolgt. Bitte verstecken Sie mich bei Ihnen.«

»Von wem werden Sie verfolgt?« fragte Jakob.

»Verstecken Sie mich, mein Herr«, sagte der Gefangene erneut, »nur eine Nacht, bitte.«

»Wer sind Sie? Sind Sie Jude? Woher können Sie Hebräisch?« fragte Jakob mißtrauisch.

»Ich kann jede Sprache sprechen, die ich höre«, sagte der Mann, worauf Jakob staunte, denn jetzt sprach der Gast mit seiner Stimme. »Wenn Sie möchten, bring ich's Ihnen auch bei. Nur lassen Sie mich eintreten und schließen Sie die Tür, dann erzähle ich Ihnen drinnen alles.«

»Man kann nicht einfach so einen Menschen hereinlassen«, beharrte Jakob, »ich muß es jemandem melden.«

Der Mann richtete sich zu voller Größe auf, drängte Jakob behutsam, aber energisch ins Innere, folgte ihm hinein und machte die Tür zu.

»Melden Sie nichts, sagen Sie nichts«, flehte er.

»Und weißt du, Sejde, warum ich mich seiner erbarmt habe? Nicht, weil er aus dem Gefangenenlager geflohen war, und nicht, weil er plötzlich mit meiner Stimme redete. Sondern weil er sich an den Tisch gesetzt, drei Finger in den Salznapf gesteckt und sich daraus was auf die andere Handfläche gestreut hat, und von dort hat er's dann mit der Zunge aufgeleckt, genau wie die Kuh von ihrem Stein in der Raufe. Ich hab das sehr gut gekannt. Ein Mensch, der das tut, ist wirklich in einem verzweifelten Schwächezustand. Meine Mutter war so im letzten Jahr, bevor sie starb. Immer hatte sie einen kleinen Salzstein auf dem Tisch und einen noch kleineren in der Tasche. Wenn solchen Menschen schwach wird, nehmen sie ein wenig Salz in den Mund, wie andere Menschen Zucker brauchen, sonst werden ihnen die Knie weich. Immer hab ich geträumt, daß ich eines Tages mal so viel Geld verdienen würde, daß ich meiner Mutter feines weißes Salz, wie es die Reichen haben, kaufen könnte und nicht so einen grauen Stein zum Lecken wie bei den Kühen. Und als ich diesen armen Italiener nun dasselbe tun sah, hab ich begriffen, daß er wirklich Hilfe brauchte.«

Jakob schnitt dem entflohenen Gefangenen Brot und Käse ab, machte ihm Rühreier, beobachtete ihn beim Essen und nahm ihn dann in die alte Kanarienbaracke mit.

Er brachte ihm zwei alte Sägemehlsäcke aus dem Kükenhaus und sagte: »Legen Sie sich hierhin. Morgen früh reden wir weiter.«

Am nächsten Morgen wachte Jakob früher als gewohnt auf, weil die Kanaris aus vollem Halse sangen. Ein paar Minuten lag er wach, dann stand er auf. Ein Gedanke, halb Wunsch, halb Beschluß, reifte in seinem Herzen und ließ ihn nicht wieder einschlafen.

Er ging ins Kanarienhaus und sah, daß der italienische Gefangene bereits aufgewacht war, mit offenen Augen auf den Sägemehlsäcken lag und mit zwei semmelgroßen Fingern die Vögel dirigierte.

»Wie heißen Sie?« fragte er.

»Salvatore.« Der Italiener kam auf die Füße und machte eine Verbeugung.

»Salvatore was?« fragte Jakob.

»Nur Salvatore. Wer Vater und Mutter schon tot weiß, keine Frau hat und nie Kinder haben wird, braucht keinen Familiennamen.«

»Salvatore«, sagte Jakob, »setzen Sie sich bitte hin. Mir ist unbehaglich, wenn Sie stehen.«

Der Gefangene setzte sich, füllte aber auch so den Raum aus.

»Wo wohnen Sie in Italien?«

»In einem kleinen Dorf, im Süden, in Kalabrien.«

»Dann wissen Sie ja, Salvatore, wie es in einem kleinen Dorf zugeht? Daß man niemandem was verheimlichen kann und jeder weiß, was der andere im Kochtopf hat? Verstecken kann ich Sie hier nicht mal in der Erde. Aber Sie sprechen hebräisch, sehen aus wie alle anderen hier, wir geben Ihnen einen hebräischen Namen, stecken Sie in hiesige Kleidung und sagen, Sie seien mein Arbeiter.«

So wurde aus dem italienischen Gefangenen Salvatore ohne Familiennamen ein hebräischer Arbeiter namens Jehoschua Baer.

Kein Mensch wußte, wer er war, denn Salvatore war ein wunderbarer Imitator, der, abgesehen von seiner Muttersprache, gut Hebräisch, Deutsch, Englisch, Russisch, Jiddisch und Arabisch sprach. Mit Jakob unterhielt er sich nur auf hebräisch, wobei er ihn mit »Scheinfeld« anredete, und als Jakob das monierte, antwortete er, er wage es nicht, ihn mit dem Vornamen anzureden, »weil ich nur dein Arbeiter bin, aber auch wegen dem Namen selbst.«

Jakob kaufte Jehoschua Arbeitskleidung, damit er nicht mit seinem blauen Gefangenenoverall herumlaufen mußte.

Der Mann konnte melken, Reben beschneiden, Beton gießen, mit der Sense mähen, Baumschädlinge vernichten und Klempnerarbeiten ausführen, und nach einigen Wochen wußten alle im Dorf, daß Scheinfelds neuer Arbeiter goldene Hände hatte. Gelegentlich rief man ihn für ein paar Groschen zur Arbeit auf einen anderen Hof.

Vor lauter Dankbarkeit wollte er Jakob nach besten Kräften in allem helfen und dienen. Er kochte, spülte Geschirr, putzte das Haus und pflegte den Garten. Bald fand er die Reste der Rosenstöcke, die der Albino an Jakobis und Jakobas Baracke gezogen hatte, rettete sie aus der tödlichen Umschlingung der Kletterpflanzen und pfropfte ihnen neue Sorten auf.

Alles staunte, als er seine Fähigkeit im Töten von Wühlmäusen demonstrierte, die er blindlings mit einem Forkenstich in ihren unterirdischen Gängen erlegen konnte. Die Leute dachten, er hätte reiche landwirtschaftliche und technische Erfahrung, und begriffen nicht, daß sein Imitationstalent, das ihm beim Sprachenlernen half, auch auf diesen Gebieten wirkte. Salvatore-Jehoschua brauchte nur kurz einem anderen beim Melken, Schneiden, Bauen oder Ernten zuzusehen, um dann dieselben Arbeiten und Bewegungen mit überraschender Fertigkeit auszuführen. Sogar schwere Handwerkstätigkeiten wie Fliesenlegen oder die Pflege von Rinderhufen erlernte er mit einem Blick und übte sie wie ein alter Meister aus.

Nur Naomi Rabinowitz hegte Verdacht. Eines Tages sagte sie, Scheinfelds Arbeiter sei »sonderbar«, und als man sie fragte, was sie meinte, sagte sie: »Er sieht nicht wie ein Jehoschua aus, eher wie ein Ischua.«

Damit hatte er den Namen »Ischua« weg, und alle nannten ihn so.

Einmal gelang es Ischua, Globermann zuvorzukommen und auf jiddisch und mit der Stimme des Sojchers das genaue Gewicht einer zum Verkauf stehenden Kuh anzugeben.

»Wie hast du das denn gemacht?« fragte Jakob ihn nachher, als sie allein zu Hause waren.

»Ich habe seine Miene imitiert, als er die Kuh anschaute, und da ist es mir so rausgerutscht, Punkt«, sagte Ischua.

»Mach so was nicht wieder«, warnte Jakob, »Globermann ist ein gefährlicher Mann, kein kleiner Junge. Er hat viel Verstand, aber Mitleid nicht die Bohne. Wenn er dich irgendwie in Verdacht kriegt, kann das nicht gut enden.«

Doch er selbst fragte Ischua wieder und wieder über sein Imitationstalent aus. Zum Schluß lachte der Arbeiter und gab zur Antwort, er selbst habe gar kein echtes Imitationstalent, er imitiere nur das Imitationstalent seines Vaters, der »ein großer Künstler« gewesen sei und ein Wanderpuppentheater gehabt habe.

Er war ein sentimentaler Mann, dieser Gefangene, und die Tränen, die ihm bei der Erwähnung seines toten Vaters aus den Augen rannen, waren so groß, daß sie ihm über die Wangen strömten und auf die Schenkel tropften.

»Auch den hohen Wuchs habe ich von ihm geerbt, aber er war schlank, und ich bin so dick.«

Auf Jakobs Frage,wieso er denn so dick geworden sei, erzählte Ischua, als junger Mann habe er einmal einen Liebhaber gehabt.

»Jede Nacht habe ich für ihn und mich eine Portion Zabaione gemacht, von wegen der Kraft und der Liebe. Dann haben wir uns getrennt, aber ich habe weiter die nächtliche Zabaione zubereitet, von wegen der Erinnerung, und gegessen habe ich sie von wegen der Sehnsucht. Und so bin ich dick geworden.«

Jakob war verlegen. Er hatte noch nie einen Menschen von Männerliebe reden hören und kannte auch nicht das Wort »Zabaione«, das ihm lächerlich, vulgär und seltsam klang. Doch da holte Ischua zwei Eier, fand ein bißchen Süßwein, trennte die Dotter auf der Handfläche, fügte Zucker hinzu, brachte Wasser zum Kochen, schlug die Masse darüber steif und ließ Jakob probieren.

»Das ist gut«, sagte Jakob begeistert und staunte, daß so einfache Zutaten und so wenig Arbeit ein derart großartiges Ergebnis zeitigen konnten.

»Wenn du mal guten Wein da hast, Scheinfeld, wird das noch köstlicher«, schwärmte Ischua.

»Erzähl mir noch mehr von deinem Vater«, bat Jakob.

Darauf erzählte Ischua ihm, sein Vater sei derart in seine Imitationen versunken gewesen, daß er seine eigene Stimme vergessen habe und immer mit der Stimme des Menschen sprach, mit dem er zuletzt geredet hatte. Auf diese Weise hätten sich seiner Frau all seine Abenteuer und Affären offenbart, denn wenn er spät nachts nach Hause kam, redete er im Schlaf mit den Stimmen ihrer besten Freundinnen.

»Er war nicht wie ich«, sagte er. »Er liebte Frauen, und Frauen liebten ihn, weil er ihnen jeden Mann imitieren konnte, den sie wollten.«

»Wen hat er ihnen imitiert?« fragte Jakob begierig, in Erwartung einer glänzenden Antwort, die den Nebel über seiner eigenen Liebe zerstreuen würde.

»Du meinst sicher, Scheinfeld, er hätte ihnen Casanova nachgeahmt? Nein, sie wollten alle, daß er ihnen ihre Ehemänner imitierte.«

Jakob begriff nicht, warum.

»Sie hofften, es würde ihm nicht so ganz gelingen, nur ein bißchen ähnlich und nicht genau dasselbe«, sagte Ischua lachend. »Jede Frau liebt ihren Ehemann, sie wünscht sich bloß ein paar leichte Verbesserungen.«

»Und woran ist er gestorben?« erkundigte sich Jakob.

»A nafka mina – was macht das aus«, antwortete Ischua, und seine Stimme war die Stimme Jakobs, »eines Tages kam er von der Beerdigung eines Freundes zurück, redete mit niemandem, ging ins Bett und starb selber. Anfangs hat es kein Mensch geglaubt, man dachte, er würde den Freund imitieren, und hat ihn nicht gestört. Erst als er anfing zu stinken, wußten wir, daß es diesmal echt war.«

Ich war seinerzeit drei oder vier Jahre alt und kann mich noch verschwommen an ihn erinnern. Manchmal kam Scheinfelds Arbeiter in den Kindergarten, schnitt für uns bunte kleine Papierfiguren aus und imitierte die dummen Chöre der Truthähne, die Anweisungen der Kindergärtnerin und das Kriegstrompeten der Gänse in Dorfpapischs Hof.

Sein Imitationstalent war bald allseits bekannt. Manche hatten ihre Freude daran und baten ihn, sein Können vorzuführen, anderen sprengten seine Imitationen die Rinderzäune ihrer Welt, so daß sie fuchsteufelswild wurden.

Seine Imitationen waren so authentisch, daß sie sogar Vieh und Geflügel überraschten. Ischua versetzte die Hühner mit hungrigem Katzenjammer in Panik und lullte sie mit langgezogenen Hitzeklagen halb ohnmächtiger Legehennen ein. Den Milchkühen blieb bei perfekten Globermann-Zitaten die Milch weg. Die Färsen ließ er mit Gordons und Blochs vereint gutem Zureden heißlaufen. Und der Höhepunkt war erreicht, als er anfing, die Rufe der Krähen nachzuahmen, der lautesten und frechsten aller Vogelbanden.

Schon zehn Jahre waren vergangen, seitdem die Krähen in schrillem blauem Zigeunerzug aus dem Gehölz ins Dorf geflattert waren. Sie lebten sich mit Leichtigkeit am neuen Ort ein, klauten Nahrungsmittel, beobachteten und lernten und übernahmen schnell das Monopol in allem, was Schabernack, Imitation und Täuschung anbetraf: Sie stießen mütterliche Angstschreie aus, pfiffen die Erkennungspfiffe von Liebespärchen und schrien in falschen Augenblicken ›hü‹ und ›hott‹ über den Köpfen der Pferde.

Doch nun kam der italienische Gefangene und zahlte ihnen mit gleicher Münze heim: Er störte ihren Lebensablauf durch Lock- und Werberufe, die er mitten in der Legezeit vom Stapel ließ, beunruhigte sie am hellen Mittag mit dem hohlen, dumpfen Todesstöhnen des Uhus und erschreckte sie beim Paaren durch Alarmschreie von Jungvögeln.

Oded bewahrt immer noch seinen Führerschein aus der Mandatszeit auf. Als er ihn mir nun mitten auf der Fahrt zeigte und erneut erzählte, wie er ihn als Kind durch Globermann erhalten hatte, weckte das bei mir Heiterkeit, aber auch eigenartige Sehnsucht nach dem Viehhändler, den ich, ebenso wie meine Mutter, zugleich verabscheute und mochte.

»Er war ein cleverer Gauner, dieser Dreckskerl. Schade, daß du nur die Füße und nicht auch den Kopf von ihm geerbt hast«, schrie Oded.

Wenn ich nachts um halb zwei zur Molkerei komme, ist Oded schon dort, schraubt Schläuche ab, schließt Ventile, springt den hohen Buckel des Tankbehälters entlang und dreht die Deckel fest.

Dann starten wir und machen uns auf den Weg. Der scharfe Geruch von Zahnpasta und Rasierseife erfüllt die Kabine. Odeds Wange ist noch rot von der mitternächtlichen Rasur, und ich frage mich im stillen, ob seine linke Wange wohl genauso aussieht. So viele Jahre sitze ich schon auf der Fahrt rechts neben ihm, daß mir sein anderes Profil so verborgen ist wie die Rückseite des Mondes.

Er ist nicht so stark wie sein Vater – nur wenige Menschen können sich an Kraft mit Mosche Rabinowitz messen –, hat aber andeutungsweise ein paar Körpermerkmale von ihm geerbt, und, wie häufig bei Vater und Sohn, kann der Betrachter nicht sagen, ob der Sohn eine verfeinerte Ausgabe seines Vaters ist oder ob er dessen Klasse nicht erreicht. Oded gehörte zu den Dorfchampions im Armdrücken, aber Mosches Felsblock vermochte er nicht aufzuheben. Er versuchte es immer wieder, und als die Leute anfingen, ihren Senf dazuzugeben, verlegte er seine Bemühungen in die Nachtstunden, vor Antritt seiner Touren.

Einmal sah ihn Scheinfelds Arbeiter und fragte, was er denn da vorhabe.

»Diesen Felsbrocken anheben«, sagte Oded.

»Kein Mensch kann so einen Felsen heben«, sagte Ischua.

Oded zeigte Ischua das verblichene Schild seiner Mutter, das noch am Felsen stand, aber da das Imitationstalent nicht die Fähigkeit zum Lesen verleiht und der italienische Gefangene fürchtete, sein Geheimnis preiszugeben, rannte er nach Hause und fragte Jakob, was dort geschrieben stehe.

Jakob deklamierte den Satz, den jeder im Dorf auswendig wußte – HIER WOHNT MOSCHE RABINOWITZ, DER MICH VOM BODEN AUFGEHOBEN HAT –, worauf Ischua begeistert sagte, dann würde auch er diesen Felsbrocken von der Erde aufheben.

»Das ist aussichtslos«, wehrte Jakob ab, »viele haben's schon versucht, und alle sind sie gescheitert.«

Ischua ging zu dem Felsen zurück, probierte ein paarmal, scheiterte ebenfalls, ließ sich dadurch aber seine gute Laune nicht verderben. Sein neues Leben war schon mit der täglichen Routine eines Dorfbewohners gesegnet, der er nun noch den alltäglichen Versuch, Rabinowitz' Felsen zu heben, anfügte. Er stand morgens auf, trank ein rohes Ei und eine Tasse Blümchenkaffee, zog Arbeitskleidung an und machte sich auf Feld und Hof zu schaffen. Gegen Mittag schlüpfte er in ein Kleid, das er aus alten Sachen von Rivka selbst genäht hatte, band eine Schürze um und kochte das Essen. Nachmittags stieg er wieder in die Arbeitsklamotten, um erneut auf dem Hof zu arbeiten, und gegen Abend trank er ein weiteres Ei, ging zum Felsen, vermochte ihn aber nicht anzuheben.

Philippe Djian
Sechshundert Seiten

Wir lagen in unseren Liegestühlen, Edith und ich. Durch die Erdrutsche im Winter hatten wir gut drei Meter unseres Grundstückes verloren, und die kleine Hütte, in der ich mein Gartengerät abgestellt hatte, war mitsamt meinem Rasenmäher, einem 7-PS-Sabo, der mich vor ein paar Jahren ein Heidengeld gekostet hatte, vom Ozean verschlungen worden. Die Vorstellung, mich auf diesem Sektor erneut in Unkosten stürzen zu müssen, begeisterte mich zwar nicht sonderlich, aber ich war einem gewissen Druck seitens meiner Umgebung ausgesetzt, um so mehr, als sich der Typ nebenan gerade einen AS-Motor-Quattro mit 10 PS und drei Gängen zugelegt hatte, den er nun übertrieben zur Schau stellte.

Ediths Waden waren mit weißen Kratzern gestrichelt. Die Disteln waren über unsere Lieblingsecke hergefallen, ganz so, als wären beim Einsturz der Steilküste irgendwelche Eier aufgeplatzt und als hätten wir seitdem unter der Invasion einer Armee von kleinen, stacheligen Biestern zu leiden, die unser Grundstück enterten und sich unter unseren Liegestühlen hindurch zum Haus hin ausbreiteten. Wenn man sich über die Kante beugte, stach einem das Ausmaß des Phänomens ins Auge, ein Behang in Mauve und Silber, der bis zum Meeresufer wallte, gut dreißig Meter tief, und sich bis zur spanischen Grenze zu erstrecken schien.

Geoffroy S. Dazatte, der Typ, der sich den AS-Motor geleistet hatte, grinste mich an, wenn er mich sah. Ediths Waden waren das einzige Wölkchen am Himmel. Eigentlich hatte ich keine Lust, einen neuen Rasenmäher zu kaufen, aber die Luft war dermaßen lau, daß ich mir über meine Empfindungen nicht mehr so ganz im klaren war. Dieses Gefühl von Schwäche befiel mich regelmäßig gegen sieben Uhr abends, wenn ich mich an Ediths Seite in meinem Liegestuhl postierte und im Licht einer stillen Sonne den Meeresdunst mit einigen Fingerbreit Glenfiddich mischte.

Dieser Spätnachmittag war nicht strahlender als all die anderen auch, die wir in dieser Woche hatten genießen dürfen. Es lag nichts in der Luft, nicht mehr als an den Tagen zuvor. Trotzdem zog ich einen ganzen Satz Reservierungen für die *Rencontres internationales de Piano* aus meiner Tasche. Und bevor sie mir um den Hals fiel, verkündete ich ihr, ich wolle diese Sache mit dem Rasenmäher in Ordnung bringen, sie habe recht, das sei dringender als der Lack meines Aston Martin. Ihr fiel die Zeitung aus den Händen.

In diesem Augenblick hörten wir ein dunkles Rufen, das vom Haus zu uns herüberschallte, ein entfernt menschliches Schreien. Edith warf mir einen angsterfüllten Blick zu. Eine Mutter erkennt stets die Stimmen ihrer Kinder. Ich auch, aber sie hatte ihre Sandalen anbehalten und kam schneller voran. Als ich in der Küche eintraf, kniete sie bereits vor dem Verwundeten. Maxime saß auf einem Stuhl und schnitt Grimassen. Blut war zu sehen, und ein Hosenbein war zerrissen, dann begegneten sich unsere Blicke.

»Mensch, ich sag dir, das sieht übel aus …!« stieß er mit tonloser Stimme hervor.

Ganz so schlimm war die Sache auch wieder nicht. Die Zähne waren glatt eingedrungen, ohne das Fleisch zu zerfetzen, und er blutete auch nicht mehr. Edith hatte die Wunden sorgfältig desinfiziert, während ich mich in seinem Impfpaß vergewisserte, daß der Schutz noch anhielt.

Ich setzte mich neben ihn, als sie ihm den Verband anlegte. Mit Hilfe einer Pinzette machte ich mich daran, die zahlreichen Stacheln zu entfernen, die in meinen Füßen staken.

»Hab ich dir nicht hundertmal gesagt, du sollst dich vor diesem Hund in acht nehmen...? Und ich hab dir verboten, da drüben Skateboard zu fahren. Jetzt siehst du, was du davon hast... Und du hattest noch Glück, daß er dich überhaupt hat laufen lassen... Verdammt, Maxie, so'n Schnauzer, der beißt glatt 'nem Ochsen die Kehle durch...!«

»Eben. Ich hätte Lust, die Polizei zu rufen...«, erklärte Edith und blickte mich durchdringend an.

»Nein. Kommt nicht in Frage.«

Sie ging auf den Apparat zu.

»Hör zu, Edith... Ich weiß nicht, ob ich sehr erpicht darauf bin, eine Geldstrafe wegen unbefugten Betretens von Privatgelände zu zahlen. Ich wette, die fragen uns als erstes, was unser Sohn bei unseren Nachbarn zu suchen hatte.«

Sie hielt den Hörer fest in der Hand. Ihr Gesicht war wie versteinert, aber sie zögerte, die Nummer zu wählen. Wahrscheinlich sagte sie sich, daß ich ausnahmsweise recht hatte. Trotzdem, ich war auf der Hut, bereit, mich im nächsten Moment auf den Apparat zu stürzen. Erneut blickten wir uns an.

»Lou… die Kinder spielen da drüben, seit sie auf der Welt sind…!« wimmerte sie beinahe.

»Meine Güte! Wann geht euch endlich in den Kopf, daß dieses Grundstück nun mal *eingezäunt* ist und daß ihr da nichts mehr verloren habt…?!«

Maxime humpelte auf seine Mutter zu und schlang seine Arme um ihre Taille. Ich wußte im voraus, was sie mir entgegnen würde, mir war, als hagelten ihre Worte schon auf meine Brust: »Und wenn schon… Ist das ein Grund, unsere Kinder auffressen zu lassen…?!«

Mathias war zwar schon sechzehn, aber ich machte mir trotzdem Sorgen. Er kam oft nach Einbruch der Dunkelheit zurück, und ich war überzeugt, daß er dann diese Abkürzung quer über das Grundstück der Dazattes nahm, auch wenn er mir stets das Gegenteil versicherte. Nun denn, mit Gottes Hilfe würde ich diesem dämlichen Köter ordentlich eins überziehen, jedenfalls fest genug, um ihm den Spaß ein für allemal zu verderben, dazu brauchte ich keine Polizei.

Ich schwang meinen Hockeyschläger einige Male durchs Zimmer. Edith wirkte ein bißchen beunruhigt, aber ihre Augen leuchteten. Es war zwar zwanzig Jahre her, daß ich mein Trikot an den Nagel gehängt hatte. Wenn ich auch Bobby Hull niemals gleichgekommen war, hatte ich mich doch in der Universitätsmannschaft achtbar geschlagen. Edith hatte keines meiner Spiele versäumt, und ich trug ihre Lieblingsnummer, die 4. Ich wußte nicht, was mir von meiner einstigen Geschicklichkeit geblieben war, aber einen Schnauzer im Flug zu erwischen, traute ich mir schon noch zu.

Ich zwinkerte Maxime zu – er konnte es nicht fassen, daß dieser behelmte Hüne sein Vater war – und küßte Edith auf den Mund, dann entschwand ich nach draußen. Der Tag ging zur Neige. Eine leichte Brise wehte vom Meer herauf, mein Rasen wogte sanft mit einem leisen Geräusch wie von zerknülltem Papier, und die Disteln raschelten und knisterten, je nachdem wie der Wind sich drehte. Die Luft glitzerte, der Mond schien, es herrschte eine erhabene Ruhe, von den zarten Empfindungen, die mich wegen dieser Geschichte mit der Nummer 4 beschlichen, ganz zu schweigen. Aber ich durfte mich nicht gehenlassen.

Geduckt schlich ich den Weg entlang, der uns von den Dazattes trennte. Es brannte Licht bei ihnen. Hätte ich es mit einem normalen Typen zu tun gehabt, wäre ich zu ihm gegangen, um mit ihm zu reden, und wir hätten die Sache auf die eine oder andere Weise aus der Welt geschafft, aber Geoffroy S. Dazatte hatte keine Kinder, und er haßte mich. Ich hatte vor einigen Jahren einen Artikel über seinen letzten Roman geschrieben. Nun ja, über einen Schriftsteller etwas Gutes zu schreiben, bringt einem in diesem Metier überhaupt nichts ein, aber sagt man auch nur ein Wort, das er in den falschen Hals bekommen kann, dann macht man ihn sich todsicher zum Feind. Ich war für eine ganze Reihe von denen nur ein kleiner Mistkerl, ein Neidhammel, ein Kretin, ein gescheiterter Schreiberling. Für Dazatte war ich jedoch noch einiges mehr. Ich war ihm ein Greuel, jemand, den er am liebsten auf kleiner Flamme geröstet hätte.

Mein Grundstück endete auf halber Höhe, seines reichte bis zur Straße, ungefähr noch zwei Hektar weit. Als die Gemeinde einige Parzellen zum Verkauf anbot, hatte Dazatte zugegriffen. Es hatte schon immer Rasenmäher in meinem Leben gegeben, na ja, Sachen halt, die einem sämtliche Pläne über den Haufen werfen. Nun gut, ich war nicht da, um das Land neu zu verteilen. Ich warf einen raschen Blick in die Runde, dann setzte ich kühn über des Schriftstellers Hecke.

Das war wirklich ein wunderbarer Ort zum Skateboardfahren. Früher hatte hier ein kleiner geteerter Weg mitten durch die Pinien zur Steilküste hinabgeführt, und es gab immer noch, wenn man sich setzen wollte, einige Bänke aus Beton in Form von Ästen. Dazatte würde sie sicherlich früher oder später beseitigen. Ich war vielleicht einer der letzten, der von diesen Bänken profitieren konnte, und ich wollte gerade eine davon ausprobieren, als ich ein Knurren vernahm.

Ich fuhr in die Höhe, triefend vor eiskaltem Schweiß. Sämtliche Härchen meines Körpers waren wie elektrisiert, und das Blut wich mir aus dem Gesicht. »Wo bist du, du dämliches ...?! Komm raus, verdammter Sch...köter!« ereiferte ich mich, an Leib und Seele zitternd. Wo steckte es nur, dieses verfluchte Viech? Statt gleich über mich herzufallen, knurrte der tumbe Hund von neuem, und da erblickte ich ihn. Die Kinnladen eines Krokodils, mochte man meinen, die Lefzen schienen von Wäscheklammern hochgezogen. Ich hob den Schläger über die Schulter. Es fehlte nur noch das Publikum, um die alte Nummer 4 wieder auferstehen zu lassen.

Als ich am nächsten Morgen vor die Tür ging, erkannte ich den Wagen des Tierarztes. Ich stellte mich an die Hecke meines Nachbarn und sah den Schnauzer, er lag unter einem Sonnenschirm, in einem Weidenkorb und eingewickelt wie eine Mumie. Im nächsten Moment schoß Dazatte auf seine Freitreppe hinaus, als hätten seine Rockschöße Feuer gefangen.

»Was wollen Sie…?! Was starren Sie hier rein?!!« Er war derart aufgebracht, daß sich kleine rote Flecken auf seinem Gesicht und seinem Hals bildeten.

»Ich stehe hier auf einem öffentlichen Weg«, entgegnete ich. Dann drehte ich mich um und schlenderte auf meinen Wagen zu.

»Verdammt…! So kommen Sie mir nicht davon…!« explodierte er. Er lief herbei und warf mir alles mögliche an den Kopf, aber ich nahm keine Notiz von ihm. Er konnte noch so laut schreien, er wisse, daß ich das gewesen sei, er war nicht in der Lage, es zu beweisen. Es war ein schöner Tag.

Als ich losfuhr, sprang er in seinen Wagen und kurvte neben mich, mit heruntergelassenen Fenstern, um mich weiter zu beschimpfen. Ich wollte, seine Leser hätten ihn hören können, als er da fluchte wie ein Kutscher. Ich für mein Teil beschleunigte ein wenig.

Erneut tauchte der schwere Mercedes – ein nagelneuer 500 SE – neben mir auf. Trotz der Schlaglöcher und der relativ schmalen Fahrbahn lenkte er mit einer Hand und drohte mir mit geballter Faust, dabei schrie er sich die Lunge aus dem Hals. Hinter uns stieg eine dichte Staubsäule gen Himmel. Schließlich warf ich ihm einen sibyllinischen Blick zu. Bildete er sich etwa ein, ich säße am Steuer einer Schrottmühle? 1956 hatte Stirling Moss mit dem gleichen Modell die 24 Stunden von Le Mans bestritten. Ich setzte mich wieder vor ihn.

Die meisten Schriftsteller sind Choleriker. Folglich raste auch Geoffroy S. Dazatte mit krankhafter Wut hinter mir her. Er hupte wie ein Irrer und drangsalierte mich mit seinen Scheinwerfern, während ich ihn in den flirrenden Dunst meiner Staubwolke hüllte und ihm damit die Sicht nahm. Mir schien, er ließ es an der elementarsten Vorsicht fehlen. Für alle Fälle legte ich den Sitzgurt an, denn am Ende des Wegs erwartete uns ein Stopschild.

Ich ließ mich gar nicht erst auf eine Diskussion ein. Ich angelte mir meine Polaroid aus dem Handschuhfach und stieg aus, um die erforderlichen Aufnahmen zu machen. Der Aufprall hatte ihn ernüchtert. Er war weiß wie eine Wand, vor allem des Staubes wegen.

»Sie wissen, wen Sie vor sich haben…?« fragte ich ihn. »Ich schicke Ihnen meinen Versicherungsvertreter.«

Damit ließ ich ihn stehen. Er guckte ein wenig belemmert, aber ich empfand nicht das geringste Mitleid mit ihm. Solche Kindereien verdienten keine Beachtung und erst recht nicht, daß man ihren Urheber bedauerte, auch wenn er noch so baff war, daß ihn jemand derart geleimt hatte.

Ich hatte also eine Gratislackierung gewonnen – ich kannte einen Karosserieschlosser in Bayonne, der früher einmal bei Zagato in Italien gearbeitet hatte und mich sehr mochte. Plötzlich erschien mir der Kauf eines neuen Rasenmähers gar nicht mehr wie ein einziger Jammer. Den linken Arm auf der Fahrertür, kurvte ich in die Stadt hinab.

Auf dem Rückweg sah ich den Wagen des Hausarztes

vor der Einfahrt der Dazattes. Dicke Wolken zogen dichtgedrängt am Himmel, aber ich sah darin kein böses Omen. Geoffroy S. Dazatte spürte mindestens ein-, zweimal im Jahr den Tod nahen, und zwar mit Vorliebe, wenn die Dinge nicht so liefen, wie er sich das vorstellte. Mit dem Unwetter, das sich in der Ferne zusammenbraute, war allerdings nicht zu scherzen. Es wehte nicht das geringste Lüftchen, und der Ozean wechselte die Farbe und ballte sich zusehends zusammen. Das rief unangenehme Erinnerungen in mir wach. Beim letzten Mal war eine ganze Ecke Steilküste in den Fluten versunken, und mit ihr meine Hütte und ein guter Teil meines Grundstücks.

»Sie haben meinen Mann umgebracht! Sie haben meinen Mann ummm-geee-bracht...!!« Diesmal war es Laurie-Laure Dazatte, die mit Volldampf über den Rasen auf mich zurauschte und ein Heidenspektakel veranstaltete. Sie war noch recht ansehnlich. Wenn sie ein Sonnenbad nahm, setzte ich manchmal meine Sonnenbrille auf und fing an, meine Hecke zu schneiden, und meine beiden Söhne drängelten neben mir, bis uns ihre Mutter zur Ordnung rief. Als ich sie so auf mich zustürzen sah, stellte ich eilends den Rasenmäher ab, um mich ihr zu widmen.

Ich erwischte ihre Handgelenke gerade noch rechtzeitig. Die Dazattes waren das schlimmste Paar von Hitzköpfen, das man sich auf Erden nur denken konnte, und sie waren meine Nachbarn. Es war nicht zu fassen. Bei einem Abenteuer mit einer Frau von ihrem Kaliber, stellte ich mir vor, da ging es bestimmt auf Leben und Tod.

»Hören Sie auf mit dem Stuß... Ich habe niemanden umgebracht«, entgegnete ich ihr und starrte auf das giftige

Licht, das in ihren Augen glomm, als ich ihre Arme zurückbog. Zum Glück war ihr der Arzt auf den Fersen und erlöste mich von ihr, nachdem er die Augen gen Himmel verdreht hatte. Jeder hier wußte, was er von den Dazattes zu halten hatte. Ich kannte weit und breit niemanden, der bereit gewesen wäre, mir meine Bude abzukaufen, und sei es für ein halbes Butterbrot. Nicht, solange die Dazattes keinen Steinwurf weit weg wohnten.

Edith fand mich beklommen vor. Ich erzählte ihr von der Sache mit dem Lack und dem noch frischen, hitzigen Gefecht Marke Laurie-Laure. Dann umarmte ich sie, um auf andere Gedanken zu kommen, ich stützte mein Kinn auf ihre Schulter und beobachtete reglos den Himmel, den rußigen Horizont und den mit bleiernem Schaum bedeckten Ozean. Ich wußte, was da im Anzug war. Ein dichtgedrängter Schwarm Möwen strich auf der Flucht landeinwärts über unser Dach.

Ich ging raus, um die Liegestühle und die Sonnenschirme in Sicherheit zu bringen, um alles zu vertäuen, was wegfliegen konnte, und den Wagen in die Garage zu fahren. Danach spielte ich mit Maxime ein wenig Mikado, aber ich achtete mehr auf das leichte Beben des Fußbodens – der Aufprall der Wellen pflanzte sich durch den Stein bis unter meine nackten Füße fort – als auf die Launen der Stäbchen. Mathias sah fern. Edith machte uns etwas zu essen und summte dabei *Die Ballade der Mary Sanders.* Das Licht draußen wurde wahrlich düster, und ein paar heftige Windstöße rammten das Haus. Doch wer außer mir scherte sich unter diesem Dach schon darum? Spürten sie denn nicht die unermeßliche Gewalt der entfesselten Elemente, hatten sie nicht das Bild eines Hundes vor Augen, der seine Flöhe abschüttelt …?

Ich verzog mein Gesicht zu einem befriedigten Lächeln, als eine unserer Fensterscheiben barst und wir einträchtig mit großen Augen zusammenzuckten. Ich glaubte dennoch nicht, daß Anlaß bestand, sich zu beunruhigen, nur eine etwas empfindliche Natur würde sich deswegen gleich in die Hosen machen … Mein Gott, und was sagten sie nun …?!

»Halb so schlimm. Keine Panik …!« stieß ich hervor und schnellte von meinem Stuhl in die Höhe, die Haare standen mir zu Berge wegen des Luftzugs. Um uns herum tanzten die Vorhänge, kleinere Gegenstände wirbelten durch den Raum, andere schwankten oder kippten gar auf den Boden. »Ich glaube, es wird Zeit, die Fensterläden zu schließen.«

Fünf Minuten zuvor hätte ich mir mit einem solchen Vorschlag lediglich ein paar witzige Bemerkungen eingehandelt, jetzt war niemand dagegen. Durch das bedauerliche Vorhandensein der Scherben auf dem Boden in meinem Schwung gebremst, schritt ich gemächlich auf das Fenster zu, durch das der Minitornado hereinfegte.

In diesem Moment zerplatzte eine zweite Scheibe. Ich fand das merkwürdig. Blitzartig fing ich an, mir Gedanken zu machen.

Dann kam mir eine dritte entgegen. »Wie das …? Was soll das heißen …??!« murmelte ich.

»Lou, was ist los …?«

Ediths angstvoller Zuruf rüttelte mich auf.

»Runter auf den Boden …!« kreischte ich.

Ich stieß den Tisch um und brachte uns in Sicherheit.

»Lou…«, setzte sie an, dann biß sie sich auf die Lippen.

Ich beruhigte sie, streichelte ihr über die Wange und wiederholte, wir bräuchten keine Polizei, das gäbe nur unnötige Komplikationen. Ich bat die Jungen, gut auf sie aufzupassen, denn ich liebte diese Frau mehr, als erlaubt war. Dann stahl ich mich mit meinem Schläger zur Tür hinaus.

Mein Rasen hatte die ideale Höhe, um einen Mann, der flach auf der Erde lag, zu verbergen. Wären nicht die Disteln gewesen, die mich beim Vorwärtskriechen zerstachen und meinen Jubel dämpften, ich hätte mir zu meiner bisherigen Nachlässigkeit gratulieren können. Der Wind heulte, der Ozean zerschellte an den Klippen, am Himmel schien nur noch ein schwaches, graugrünes, quasi höllisches Licht, aber mich packte eine solche Wut, daß ich mich in meinem Element fühlte.

Ich bemerkte die beiden hinter der Hecke, und ein Fiepen entrang sich meiner Brust. Zum Glück herrschte ein solcher Lärm, daß ich hätte grölen können, ohne daß sie mich gehört hätten, zumal sie sich um das Gewehr stritten, sie zog am einen, er am andern Ende.

Ich schloß für einen kurzen Moment die Augen, übermannt von den heftigsten Empfindungen, die man sich vorstellen kann. Dann kroch ich weiter, über die Steine des Wegs hinweg, meinen Schläger ließ ich zurück, um das Schlimmste zu verhüten.

Laurie-Laure legte gerade an, als ich mich neben ihr aufrichtete, Geoffroy war erregt, er stampfte vor Ungeduld regelrecht mit den Füßen und wettete, sie werde es nicht schaffen, meine Fernsehantenne herunterzuholen. Ich wurde bleich vor Wut. Obwohl sie eine Frau war, verpaßte ich ihr eine Gerade ans Kinn, und sie schlug der Länge nach ins Gras. Geoffroy erstarrte. Weniger vor Angst denn vor bitterer und schmerzlicher Überraschung klappte ihm der Kiefer herunter. Ich nutzte dies aus, um ihm an die Gurgel zu springen.

Beide Hände fest um seinen Hals geschlossen, schüttelte und rüttelte ich ihn, überhäufte ihn mit Beleidigungen, die von dem wütenden Wind verweht wurden, noch ehe sie ihn erreichten. Er verzog das Gesicht, rollte mit den Augen, hängte sich an meine Handgelenke, während ich ihn hin und her riß. Das tat gut. Ich wurde nicht müde, ihn vor dieser finsteren Szenerie zu würgen. Von Zeit zu Zeit gönnte ich ihm ein wenig Luft, um das Vergnügen zu verlängern, dann legte ich von neuem los.

Bis sich plötzlich etwas Furchtbares ereignete. Ich ließ auf der Stelle von Geoffroy ab. Wir blickten uns an, als hätte uns eine Lanze durchbohrt, reglos, atemlos, die Augen tränend im Wind. Dann blickten wir erneut auf seine Hütte beziehungsweise auf das, was davon noch übrig war.

»Herrgott, nein, nicht...! Nicht meine Bibliothek...!!!«

Noch nie in meinem Leben hatte ich ein solch herzzerreißendes Heulen gehört. Er sank vor mir auf die Knie und krümmte sich auf dem Boden, drückte die Stirn ins Gras. Ich wußte nicht, was tun. Ich starrte einen Augenblick auf das schwarze Loch, das gerade die Hälfte seines Hauses und einen Teil des Felsens verschlungen hatte. Eine brennende Laterne schaukelte über dem Nichts, und ein Teppich flatterte im Wind. Ich hockte mich neben ihn, streckte zögernd eine Hand nach seiner Schulter aus.

»Kopf hoch...!« schrie ich ihm ins Ohr. »Ich leihe Ihnen ein paar Bücher...!«

»Wieso Bücher...?« zeterte er. »Mein Manuskript ist davongeflogen. Sechshundert handgeschriebene Seiten...!«

Ich mußte zugeben, das war hart. Persönlich konnte ich mich nicht dazu aufraffen, einen Roman in Angriff zu nehmen, ich hatte keine Lust, bekloppt zu werden. Ich riß ihm das Gewehr aus der Hand, als er sich den Lauf in den Mund schob, und schleuderte es über Bord.

Und als es anfing zu regnen und er sich wieder auf den Boden legte, nötigte ich ihn aufzustehen und sprach beruhigend auf ihn ein, und gemeinsam kümmerten wir uns um seine Frau, jeder nahm sich einen Arm, um ihr beim Gehen zu helfen, und wir kehrten ihrem Haus den Rücken, und obendrein peitschten uns auch noch die Tropfen ins Gesicht, und halb erstickt hasteten wir zu mir, o Edith, die Dazattes bleiben heute zum Essen, und vielleicht, Liebling, bleiben sie auch über Nacht.

Andrea De Carlo
Arcodamore

Gegen sieben Uhr abends kam ich in Ferrara an. Ich hatte das Gefühl, tagelang am Steuer gesessen zu haben, und konnte die Heizungsluft und die geschlossenen Fenster und die Musik aus der Stereoanlage und das mechanische Dröhnen auf der schier endlosen Fahrt durch eine Landschaft, von der so gut wie nichts zu sehen war, nicht mehr ertragen.

Zu Fuß ging ich um das Theater herum und unter dem Bogen hindurch, der zum Künstlereingang führte, überquerte den kleinen Hof. Doch die Eisentür am anderen Ende war verschlossen; ich klingelte an der Sprechanlage, eine häßlich krächzende Stimme fragte: »Wer da?«

»Leo Cernitori«, antwortete ich. »Ich muß zu Manuela Duini.«

»Sie ist in der Probe«, tönte es aus dem Lautsprecher; die Eisentür blieb verschlossen und verriegelt.

Ich ging wieder um das Theater herum und trat in eine Bar, rief im Theater an und fragte nach Manuela. Ich mußte ihre Stimme hören, auch wenn sie mich haßte und mich wirklich nie mehr sehen wollte; ich mußte mit ihr sprechen und ihr die Sache mit Cerino erzählen und wenigstens versuchen, ihr klarzumachen, was ich für sie empfand. Aber es nahm niemand ab: Ich ließ es fünf Minuten klingeln, verzweifelt wie selten in meinem Leben; die Stimmen und das

Gelächter der Gäste und der Rauch ihrer Zigaretten riefen eine solch schwindelerregende Leere in mir hervor, daß mir übel wurde.

Ich ging unter den Arkaden spazieren und betrachtete die Fenster und die alten Türen der Häuser, versuchte mir vorzustellen, wie es sein mußte, in einer Stadt zu leben, die so viel ruhiger und überschaubarer war als die Städte, die ich kannte. Ich sah mir die Schaufenster der Geschäfte für Bekleidung, Möbel und Haushaltsgeräte an, die Auslagen der Lederwarengeschäfte, Apotheken und Lebensmittelläden, die hell erleuchtet und mit allem gefüllt waren, was eine ordentliche und fröhliche Familie zum Leben braucht. Ich beobachtete die jungen Mütter mit ihren Kinderwagen und die Jungen und Mädchen vor den Bars sowie die Arm in Arm schlendernden Pärchen, und obwohl ich dicht an ihnen vorbeiging, glaubte ich sie aus einer ungeheuren Entfernung zu sehen, wie ein Außerirdischer mit einem Teleskop, durch das er jedes noch so kleine Detail auf der Erde vergrößert sieht, ohne irgend etwas greifen zu können.

Ich kehrte zur Bar am Theater zurück, aber nicht einmal in deren wohliger Wärme vermochte ich mich der Trostlosigkeit zu entziehen; dann, als ich gerade bestellen wollte, sah ich unter den Arkaden Manuela kommen, mit Priore, dem Dirigenten, und zwei, drei anderen.

Priore hielt ihr die Glastür auf, sagte dabei irgend etwas, das sie und die anderen in der kleinen Gruppe zum Lachen brachte, ganz eingenommen von seiner Rolle und seinem Lächeln und seinen Schäkereien, von den Drehungen seines langen Oberkörpers und gleitenden Schritten auf seinen kurzen Beinen. Manuela hörte ihm zu und lachte und bewegte den Kopf auf ihre elegante und natürliche Weise, sie ging neben ihm her wie eine Gazelle neben einem hohe Wertschätzung genießenden Pony.

Sie sah mich erst, als sie wenige Schritte vor mir war: ihre Augen leuchteten überrascht auf, und ich konnte nicht erkennen, was sonst noch für Gefühle in ihrem Blick lagen, aber die schreckliche Distanz wie bei unserem Streit in ihrer Wohnung glaubte ich nicht mehr darin zu sehen. Ich gab ihr die Hand, obwohl ich sie lieber umarmt und geküßt und weggezogen hätte, fragte: »Wie geht's?« obwohl ich tausend andere Fragen an sie gehabt hätte.

Sie sagte: »In einer halben Stunde ist Generalprobe.« Sie hielt sich auf gleicher Distanz zwischen mir und den anderen, lebhaft, angeregt und schön frisiert, in einem grauen Mantel über einem eleganten Hosenanzug.

Ich hatte keine Lust, eine halbe Stunde lang mit ihnen herumzustehen; ich fragte Manuela: »Können wir beide nicht woandershin gehen?« Sie sah sich um, nickte zustimmend, wandte sich an Priore, um ihm Bescheid zu sagen. Priore machte eine gespielt zerstreute und gespielt herzliche kleine Grußgeste.

Draußen gingen wir ein Stück unter den Arkaden, und es fiel mir immer noch schwer, sie zu berühren oder etwas zu sagen. Ich legte ihr eine Hand auf die Hüfte und zog sie gleich wieder weg, ich spürte die Spannung des Gesagten und des Nichtgesagten zwischen uns wie elektrischen Strom. Stumm überquerten wir den Platz und traten in eine Konditorei mit Spiegeln und viel Messing und schön gepflegtem alten Holz.

Drinnen standen nur ein paar Einheimische, die an der

Theke ohne Hast ihren Aperitif tranken und sich unterhielten, bis es Zeit zum Abendessen war; wir setzten uns an einen kleinen Ecktisch, bestellten Schnittchen und Mandarinenpunsch, um uns zu stärken. Wir saßen uns schweigend gegenüber, sahen uns in die Augen und wieder weg. Schließlich zündete sich Manuela eine Zigarette an, fragte: »Wieso hast du mich nicht angerufen?«, blies mit einem fragend-trotzigen Blick den Rauch hinaus, bewegte nervös die Beine unter dem Tisch.

»Du warst so voller Haß, als du mich aus deiner Wohnung rausgeworfen hast. Ich dachte, wir würden uns nie wiedersehen.« Der Kellner brachte die Gläser mit dem Punsch, der noch zu heiß zum Trinken war; ich hatte eine Hand auf dem Tisch liegen und wußte nicht, ob ich sie zu Manuelas Hand hinüberschieben sollte oder nicht, ich wußte nicht einmal, ob ich es gekonnt hätte, selbst wenn ich gewollt hätte.

»Hat es dir überhaupt nicht leid getan?« fragte sie, und der Trotz in ihrem Blick wurde immer schwächer, das Fragende immer deutlicher.

»Und wie.« Ich berührte ihre Hand und rutschte zu ihr hinüber, als ließe ich mich fallen, und umarmte sie und drückte sie so fest ich konnte an mich, küßte sie auf die Haare und auf die Stirn und überallhin. »Es hat mir wahnsinnig leid getan. Ich war wie gelähmt vor Kummer, wenn du es wissen willst.«

Sie atmete mir entgegen, sagte »Mir auch« und wischte sich mit zwei Fingern ein paar Tränen aus den Augenwinkeln. »Aber du warst so gnadenlos. Du hast mich am Boden zerstört mit deinen Urteilen.«

»Du warst gnadenlos«, widersprach ich. »Ich versuche doch nur, dich zu verstehen. Ich wollte verstehen, warum du so bist wie du bist.«

Der Ober brachte die Schnittchen und ein paar kleine Hefebrötchen mit Schinken und Sardellen; wir verschlangen sie mit der Gefräßigkeit von Wölfen, jetzt wieder ohne miteinander zu reden, ganz Blicke und mahlende Kiefer.

Nach mindestens fünf Minuten fragte ich sie: »Was hast du danach vor? Wenn die Opernaufführungen zu Ende sind?« Ich wollte ihr von Cerino erzählen, aber es schien mir nicht der richtige Augenblick, ich wollte ja vor allem etwas von ihr erfahren.

»Ich will weg von hier«, sagte Manuela. »Irgendwohin ans Meer, wo es warm und hell ist und man den ganzen Tag nackt sein kann. Ich halte es nicht mehr aus in diesem Gefängnis, ich habe es satt, immer so angespannt zu sein.«

»Allein?« fragte ich, denn aus ihrem Ton ging es nicht hervor.

»Auch mit dir, wenn du willst.« Und in ihrem Blick war kein Widerstand und kein Vorbehalt mehr, sie drückte meinen Arm, rückte noch dichter zu mir und rieb ihren Kopf an meiner Schulter, schmiegte sich an mich. »Du hast mir so gefehlt, Leo. Wo warst du bloß, verdammte Scheiße? Immer, wenn ich mich für eine Art Irre hielt, die wer weiß was vom Leben verlangt? Immer, wenn ich mich fehl am Platz fühlte und fehl in der Zeit?«

»Und wo warst du?« fragte ich, jetzt wirklich vollkommen rückhaltlos. »Als ich fast umkam vor Öde und Leere und Enge und Antriebslosigkeit?«

Wir umarmten uns in dem altmodischen Café aus Holz

und Messing, glücklich, uns zu spüren, glücklich über die Wärme und Geborgenheit. Wir verstanden uns ohne alle Worte, und es schien mir unmöglich, daß ich erst vor zwei Tagen so rasend mit ihr gestritten hatte. Es schien mir unmöglich, daß sie jemals so feindselig gewesen war und ihr Groll auch mich angesteckt und einen wahren Abgrund aufgerissen hatte. Doch ich dachte nicht weiter darüber nach, es waren nur Gedankenfetzen, wie ein von jemand anders erzählter böser Traum, und ich genoß um so mehr die warme Woge von Empfindungen, die mir jetzt entgegenströmte.

Dann schaute Manuela auf meine Armbanduhr, sagte: »Ich muß weg, wir fangen in fünf Minuten an.« Ich merkte, daß die Aufregung wegen der bevorstehenden Opernaufführung sie die ganze Zeit nicht losgelassen hatte, sie war in jeder Geste, in jedem ihrer Gesichtszüge zu spüren, ließ ihre Augen funkeln, als sähe man darin Musik gespiegelt. Aber sie wollte mich nicht ausschließen, sie löste sich nicht von mir, während wir hinausgingen. »Du kommst mit hinein und hörst zu, ja? Du kannst dich in eine Loge setzen, und dann sagst du mir, ob ich nicht zu schlecht gespielt habe.«

Manuela blickte geradeaus nach vorn, sagte: »Gott im Himmel, das ist mein erster öffentlicher Auftritt seit vier Monaten.«

»Nur keine Aufregung«, sagte ich, selber aufgeregt. »Du bist die Beste von allen, sei ganz unbesorgt.«

Sie hörte mir kaum zu. »Es fällt mir immer schwerer, mich in die richtige Stimmung zu versetzen.«

Doch je näher wir zum Theater kamen, desto weniger

konnte sie sich auf mich konzentrieren, obwohl sie meine Hand festhielt: Ich spürte die beiden widerstreitenden Interessen in ihr, auf der einen Seite ein ganzes Bauwerk und Dutzende von Leuten als Begleitung, auf der anderen nur ich, der ihr folgte und mit ihr Schritt zu halten suchte.

Dann waren wir beim Theater angelangt, Manuela klingelte an der Gegensprechanlage, nannte ihren Namen; von oben ließ jemand die Tür aufschnappen, die mir verschlossen geblieben war. Oben auf den Korridoren ging es doppelt so lebhaft zu wie vor ein paar Tagen: Techniker und Assistenten, Choristen und Ballerinas eilten hin und her, jeder suchte irgend etwas oder irgendwen, jeder wollte Gehör finden oder Erklärungen geben.

Ich ging mit Manuela zwischen ihnen hindurch, dicht neben ihr und doch aus dem Spiel ausgeschlossen, erstaunt, wie die Spannung der vielen einzelnen eine kollektive Spannung erzeugte, sie nährte und mit wechselnder Intensität durchströmte, und wie auch Manuela Teil der Gesamtatmosphäre war, wie sie sich herauszuhalten suchte und doch mit einer Art unwiderstehlicher Kraft hineingezogen wurde. Sie bemerkte es selbst und war verwirrt und reagierte darauf, indem sie sich distanziert gab. »Siehst du, was für eine Hysterie?« flüsterte sie mir zu. »Kannst du dir vorstellen, daß wir bald im Jahr zweitausend sind, Menschenskind?«

Sie brachte mich durch einen schräg aufwärts führenden Durchgang zu dem Korridor, an dem die Logen lagen, öffnete eine der kleinen Türen. Es war eine Seitenloge nahe der Bühne, ausgepolstert wie eine Bonbonniere, mit vergoldetem Stuck und samtbezogenen dunkelroten Sesseln und Bänken. »Setz dich«, forderte Manuela mich auf und nahm für einen Augenblick mir gegenüber Platz, um zur Bühne und zum Orchestergraben hinabzuschauen, wo bereits einzelne Geiger und Cellisten und Oboisten auf ihre Plätze gingen. »Wie schön, daß du hier bist. Ich hatte noch nie einen Mann, der an meiner Arbeit Anteil genommen hat. Das waren immer zwei so getrennte Bereiche.«

Ich spürte jedoch, wie die Spannung in ihr weiter wuchs, so sehr es sie auch freute, mich dabeizuhaben. »Vielleicht solltest du besser gehen«, schlug ich vor.

Sie hob die Schultern, wie um zu sagen: »Laß die doch warten«, doch sie spähte in immer kürzeren Abständen zu ihren Kollegen im Orchestergraben hinunter; nach wenigen Sekunden stand sie auf, sagte: »Ich gehe.«

Ich blieb still auf meinem Sessel sitzen wie ein blinder Passagier und verfolgte die letzten hektischen Handgriffe der Bühnenarbeiter und Techniker, das aufgeregte Hin und Her zwischen Regisseur und Bühnenbildner, das Eintreffen der Orchestermusiker. Manuela setzte sich an die Harfe, zog sie an sich mit der natürlichen, fließenden Bewegung, die ich genau kannte, seit ich sie fotografiert hatte, prüfte deren Stimmung. Auch die Streicher begannen ihre Instrumente zu stimmen, erzeugten dabei ein Zirpen wie von großen Insekten, das in das Rund des Opernhauses aufstieg und es in Schwingungen versetzte.

Dann kam Priore herein, einen leichten gelben Kaschmirpullover um die Schultern, schlaff, fast unartikuliert in seinen Bewegungen; er setzte sich auf den Dirigentenschemel, wechselte ein paar Worte mit den Orchesterleuten und gab das Zeichen: das gesamte Orchester setzte zusammen ein. Es war seltsam, im leeren Theater von der Loge aus zuzuhören, zu spüren, wie der große Saal den Klang aufnahm und ihm Resonanz gab und vibrierte wie eine große Spieldose aus Holz und Stuck, die vor einem Jahrhundert zu diesem Zweck entworfen und gebaut worden war. Man fühlte sich wirklich der Welt enthoben, wie Manuela sagte, aber es war auch eine komplexe und faszinierende eigene Welt aus Klängen und Farben in ständig wechselnder Dichte und Lautstärke.

Nach der Ouvertüre kamen mit steifen Bewegungen die Sänger herein, wie zweidimensionale Wesen, obwohl sie fast alle recht dick und rund waren, postierten sich auf der Bühne, pumpten Luft in ihre Lungen und stießen die Töne in nur teilweise verständlichen Sätzen hinaus. Sie blähten den Brustkorb zum Zuschauerraum hin, starr und aufrecht, als hätten sie einen Stock an der Stelle der Wirbelsäule, schleuderten mit Zwerchfellstößen und Bauchmuskelkontraktionen die Töne hervor, hielten sie mit den Muskeln von Brust und Hals, stets darauf bedacht, sich nie von der Seite oder von hinten zu zeigen. Sie sangen mit ihren gepreßten oder gehauchten oder tunnelartig langgezogenen oder wie Maschinengewehre donnernden Stimmen, gekleidet wie Clowns oder bunte alte Marionetten in dem halb ernsten, halb komischen Bühnenbild, und das Orchester unterstützte sie mit seiner ständig wechselnden Klangflut, die dicht und melancholisch, süß und eindringlich, bald rasch, bald langsam war, drängend und drohend wie ein Meer, das unter Kontrolle und doch nicht ganz kontrollierbar ist.

Dann verstummte das Orchester auf ein Zeichen von Priore, und in diese jähe und seltsame akustische Leere hinein erklangen ganz allein die Töne von Manuelas Harfe. Es waren die gleichen Arpeggios, die sie mir in meinem Studio mit so viel ironischer und unduldsamer Leichtigkeit vorgespielt hatte, hier jedoch wirkten sie schwindelerregend und prekär wie ein Drahtseilakt ohne Sicherheitsnetz. Ich lauschte in meiner Loge mit angehaltenem Atem und glaubte die exakt bemessene Anstrengung zu spüren, mit der sie jede einzelne Saite anschlug, die blitzschnelle Tonabfolge in ihrem Geist, die sie eine Note um der folgenden willen sofort wieder vergessen ließ, die Mischung aus Präsenz und Abwesenheit, die ich in ihrem Blick bemerkt hatte, als ich sie fotografierte, ihre bis ins Detail gehende äußerste Exaktheit, die Musikalität, die sie im Blut hatte.

Dann setzte wieder das ganze Orchester ein, weitere Sängerstimmen kamen hinzu, und Manuelas Harfe verschwand nach und nach im dichten Gewirk der anderen, volltönenderen Instrumente, bis man sie kaum noch heraushörte, selbst wenn man genau achtgab.

Ich versuchte, in diesem vielfältigen und doch einheitlichen Ganzen aus Bewegungen und Schwingungen und Resonanzen mit ihr in Verbindung zu bleiben, und hatte das Gefühl, daß sie hoffnungslos von mir weggetragen wurde. Ich wußte nicht, wie ich ihr je eine ebenso reiche Welt zum Leben hätte bieten können, oder wie sie je die Musik aufgeben konnte, trotz allem, was ihr daran unerträglich war und ihrem Freiheitsdrang entgegenstand. Ich wußte nicht, ob es ein Freundschaftsakt oder eine Art Verbrechen wäre, wenn ich sie ermuntern würde, mit dem Spielen aufzuhören, so wie sie es wollte; ob sie mir dafür einmal dankbar sein oder mich hassen würde.

So in Gedanken versunken, achtete ich nicht weiter auf die junge Frau im Pelzmantel, die sich auf die Bank neben meinem Sessel gesetzt hatte, um mit der gleichen gewissermaßen unbefugten Anteilnahme der Musik zuzuhören wie ich. Ihre stumme Gegenwart in dem engen, geschlossenen Raum war mir unangenehm, ich spürte ihren Blick aus den geschminkten Augen und roch ihren Waschbär- oder Dachspelzmantel, den sie auf einen der samtbezogenen Hocker gelegt hatte. Ich dachte jedoch nicht weiter an sie, ich war zu sehr mit den Eindrücken der Musik und mit Manuela beschäftigt, die hingebungsvoll und für mich fast unsichtbar mit den anderen Musikern spielte und in der vielschichtigen Klangwoge weit von mir fortgetrieben wurde.

Die Musik regte meine Gedanken an, mit ihren wiederkehrenden Motiven bot sie genügend Raum für alle möglichen Überlegungen. Ich verfolgte weder den Text noch die Melodie, ich ließ mich von den Tönen und Akkorden nur inspirieren, schwamm in den Strudeln von Heiterkeit und Langeweile, Abgedroschenheit und Verspieltheit, Beklemmung und Schmachten wie ein Delphin im trüben Wasser. Ich fragte mich, ob ich wohl eine Arbeit würde finden können, die mich mehr begeisterte als meine jetzige; ob ich irgendwann schöner wohnen und eine bessere Möglichkeit haben würde, mit meinen Kindern zusammenzusein; wie lange der rauschhafte und überreizte Zustand, in dem Manuela und ich uns befanden, wohl andauern würde; ob ich von ihr und von ihrer Arbeit auf Dauer so fasziniert sein würde oder ob ich ihre Launen und Ansprüche irgendwann lästig finden könnte; ob ich mich weiterhin so aus ihrem Leben ausgeschlossen fühlen würde wie jetzt oder ob ich mich selbst zurückziehen würde, so wie ich es bisher mit den Frauen gemacht hatte.

Dann ging die Logentür auf, und Manuela stand, am ganzen Leib bebend, da; leise, aber mit vor Anspannung zitternder Stimme stieß sie hervor: »Kannst du mal kurz rauskommen?«

Ich sprang auf und stürzte im Sog ihres flammenden Blicks auf den halbkreisförmigen Korridor hinaus, und kaum war ich draußen und die Tür wieder geschlossen, fuhr sie mich an: »Was zum Teufel tust du mit der da drinnen?«

»Machst du Witze?« fragte ich mit der Betroffenheit von jemandem, den man zu Unrecht eines Mordes verdächtigt, eines Diebs, der etwas aus Versehen hat mitgehen lassen. »Ich hab nicht mal mit ihr gesprochen«, stammelte ich und fand es absurd, mich zu rechtfertigen, und gleichzeitig riefen ihr Blick und ihr Ton ein merkwürdiges Schwindelgefühl in mir hervor, das meinen Herzschlag beschleunigte: »Sie ist reingekommen und hat sich gesetzt, ich hab sie nicht mal angeschaut.«

»Und wie du sie angeschaut hast«, sagte Manuela. »Ich hab von unten ganz deutlich gesehen, wie du sie mit deinem Blick verschlungen hast.« Ihre Augen waren dunkel vor Erregung, flackerten vor Eifersucht und Leidenschaft, vor Wut und Unerbittlichkeit, maßen die geringe Entfernung zwischen uns, aufgebracht und erwartungsvoll, aggressiv, unschuldig und unbezähmbar, mit scheinbar grenzenlosem Ungestüm.

»Das hast du geträumt«, verteidigte ich mich. »Ich hab nur an dich gedacht und an die Musik, ich hab sie nicht mal bemerkt.« Aber ich wirkte hin und her gerissen, wie jemand, der einem Abgrund ausweichen will, von dem er gleichzeitig angezogen ist; mit dem ruhigsten und ehrlichsten Blick, den ich zustande brachte, stand ich vor ihr, während mir innerlich nach einem hilflosen Schulterzucken, einem feigen und verunsicherten Zurückweichen mit zitternden Knien zumute war.

»Wieso machst du dann so ein schuldbewußtes Gesicht?«

»Weil jeder Schuldgefühle kriegt, wenn er so aus heiterem Himmel verdächtigt wird«, sagte ich. »Weil es absoluter Unsinn ist. Siehst du denn nicht, daß in meinem Kopf für nichts anderes Platz ist als für dich?«

»Ich hab doch gesehen, wie dieses Flittchen mit dir geturtelt hat. Wie sie dich angeschaut und dicht neben dir gekeucht hat.« In ihr glühte ein regelrechtes Feuer, so wie ich es in Romanen gelesen, aber in der Wirklichkeit nie erlebt hatte: eine Leidenschaftlichkeit, die jeden vernünftigen Gedanken aus dem Feld schlug, ihren Körper und ihren Blick durchlief und mit unwiderstehlicher Macht auf mich übersprang. Ich spürte das gleiche wilde Feuer auch in mir auflodern; ich fuhr sie an: »Wenn du mir nicht glaubst, dann geh zum Teufel. Geh zum Teufel, du blödes, hysterisches Miststück, und laß mich in Ruhe!«

Wir standen uns zwischen den Wänden des schmalen, von der Musik widerhallenden Korridors gegenüber, überwältigt von der unkontrollierbaren Hitze in unseren Blikken und unseren zornig flüsternden Stimmen, vom wilden Aufruhr der Gefühle dicht darunter, und ich wußte, daß zwischen uns jetzt alles passieren konnte, daß es keine Schranken mehr gab. Wir hätten uns in diesem Augenblick endgültig trennen können oder uns lieben oder uns ernsthaft weh tun, je nachdem, welches Licht auf das fallen würde, was in uns war; auf jeden Fall standen wir an einem gefährlichen Abgrund.

Manuela lächelte. »Gibt es in deinem Kopf wirklich keinen Platz für eine andere?«

»Nein«, sagte ich, obwohl ich am liebsten gesagt hätte: »Doch, jede Menge«, nur um sie zu ärgern; und sie kam mit gesenktem Kopf auf mich zu, und wir küßten uns auf den Mund, ohne uns in die Augen zu sehen, und die wütende Spannung löste sich keineswegs, sondern wurde noch stärker und unbezähmbarer. Ich packte Manuela am Arm, öffnete die erstbeste der vielen, kleinen Türen und zog sie in eine leere Loge, drückte sie zwischen meinen Armen mit dem rasenden Verlangen, sie gewaltsam in Gleichklang mit mir zu bringen.

Das Orchester spielte wie ein rauschendes Meer, und die Sänger sangen mit der vollen Kraft ihrer Lungen und ihres Zwerchfells und ihrer Stimmbänder. Ich küßte Manuela und drückte sie an die Wand der Loge und hatte das Gefühl, bis zum Grund der Musik vordringen zu können, dorthin, wo die Kontrabässe und Hörner unter dem Klangteppich der Violoncelli und Violinen ihre tiefen Frequenzen erzeugten. Ich zwängte meine Zunge in ihren Mund, um ihre Zunge und ihren Gaumen zu spüren, und versank immer tiefer in den Klangwellen, jetzt mehr Haifisch als Delphin, und meine Sehnsucht nach ihr vermischte sich mit Ratlosigkeit und Unverständnis und mit der Bestürzung über ihre Vorwürfe und der Wut wegen meiner mangelnden Kontrolle über sie und dem Grauen vor Cerinos Leiche, während Ungewißheit, Unsicherheit und das, was ich gerade tat, mein Inneres aufwühlten. Ich knöpfte ihre Hose aus weichem Wollstoff auf, zog sie mitsamt dem Höschen hinunter, so wie man eine Frucht schält; meine Finger fühlten die Konsistenz des Stoffes und ihre warmen, glatten, vollen Körperformen und die Feuchtigkeit in der Spalte zwischen ihren Schenkeln, und ich nahm sie und drückte sie rücklings auf den mit dunkelrotem Samt ausgelegten Fußboden der Loge. Mit einer Hand hielt ich sie am Nacken, um ihr den Kopf zu stützen und ihr in die Augen und auf die halb geöffneten Lippen zu sehen, mit der anderen fuhr ich ihr über den Busen unter der Jacke und der Bluse und über die Taille und die Hüften und die Außen- und Innenseiten der Beine, und wir bewegten uns mit den Wellen der Musik, das Holzgehäuse der Loge bebte von den Schwingungen, die von außen kamen und sich vermischten und eins wurden mit dem Beben, das immer überwältigender aus unserem Inneren kam.

Dann rollten wir zur Seite und schauten uns an, rot im Gesicht und schwitzend von der heftigen Erregung und wegen der Kleider und der Hitze im Opernhaus, während die Streicher und zwei oder drei Tenorstimmen eine Art Wirbel erzeugten wie von einem großen, auf die niedrigste Stufe eingestellten Ventilator. Wir waren verwirrt und froh und belustigt wie zwei plötzlich wieder unschuldige und einfache und leicht durchschaubare Kinder. »Um Himmels willen, in fünf Minuten muß ich spielen«, sagte Manuela und sammelte ihre Hose und ihr Höschen und ihre Schuhe vom Boden auf, und ihre langen Beine waren fast weiß und so schön geformt, und ich fragte mich, ob uns jemand gesehen hatte, aber es war mir egal.

Leon de Winter
Der Schmetterlingsfänger

Vor fünfzehn Jahren, als ich gerade mein erstes Buch veröffentlicht hatte, wollte ich nach Odessa, in die Stadt des von mir bewunderten Isaak Babel. Meine Reise sollte mich über Frankfurt, Wien und Bukarest in den rumänischen Küstenort Constanta bringen, von wo aus ich versuchen wollte, per Schiff nach Odessa zu gelangen.

Von den vielen Unbilden so einer Reise per Anhalter schützten die Kleider in meinem Rucksack Babels *Briefe*, Čechovs *Die Braut*, Tolstois *Kindheit, Knabenjahre, Jugendzeit* und Puškins *Die Hauptmannstochter*.

Am ersten Tag kam ich in drei Etappen bis zum Frankfurter Flughafen, der drauf und dran war, in einem sintflutartigen Wolkenbruch zu ertrinken. Ich verbrachte die Nacht in einem Sessel in einer der großen, lauten Hallen und erhielt erst am Morgen die nächste Mitfahrgelegenheit, von einem Schweizer. Er mußte nach Bern, und ich stieg dankbar ein, obwohl ich damit von meiner Idealroute abwich. Aber meine langen Haare, die geflickten Jeans und die verschlissenen Turnschuhe machten mich nicht gerade zu einem begehrten Mitfahrer.

Mit Hilfe des Schweizers tüftelte ich eine neue Route aus: Mailand, Triest, Zagreb, und dann über Belgrad nach Bukarest. In Bern bekam ich ziemlich schnell eine Mitfahrgelegenheit nach Vevey am Genfer See, wo ich abends ankam und mir für viel Geld ein Zimmer in einem teuren Hotel nehmen mußte.

Am nächsten Tag wurde ich gegen zwölf Uhr, nachdem ich im Speisesaal die vom Frühstück übriggebliebenen Brötchen und Konfitüredöschen in eine Papierserviette gewickelt hatte, von einem niederländischen Ehepaar mitgenommen, das mich im dort sehr breiten und dichtbewachsenen Rhônetal nahe Martigny absetzte. In Vevey hatte ich mir vor der Weiterfahrt eine Plastikflasche Evian gekauft, und ich verließ nun die stark befahrene Straße mit der Absicht, irgendwo am Rhôneufer meine Hotelbrötchen zu essen und mit der Lektüre von *Die Hauptmannstochter* zu beginnen. Ich folgte einem Pfad, der sich zwischen den Bäumen hindurchschlängelte, und fand eine rundum von Bäumen und Gebüsch eingerahmte Lichtung, auf der ich es mir gemütlich machte. Ich öffnete ein Marmeladedöschen, bestrich mir ein Brötchen und schlug das Buch auf:

»Mein Vater Andrej Petrowitsch Grinjow hatte in seiner Jugend unter dem Grafen Münich gedient und nahm im Jahre 17.. seinen Abschied als Major 1. Klasse. Seit jener Zeit lebte er in seinem Dorfe im Gouvernement Simbirsk, wo er dann auch die Jungfrau Awdotja Wassiljewna J. heiratete, die Tochter eines dortigen armen Edelmannes.«

Nach wenigen Zeilen fiel ein Klecks Marmelade vom Brötchen auf das Buch, den ich vorsichtig mit dem Finger wegzuwischen versuchte, was natürlich nicht gelang und in einem Fluch, einem ekligen Fleck und klebrigen Fingern resultierte.

Als ich die Seite gerade umschlagen wollte, setzte sich plötzlich ein Schmetterling darauf, von einer Größe und

Farben, wie ich noch keinen gesehen hatte. Der Schmetterling nahm die gesamte obere Hälfte des Buches ein und war von einem dunklen, aber dennoch transparenten Blau. Die hauchdünnen Flügel zitterten, als spürte der Schmetterlingsgeist die Gefahr von dem nahen Lebewesen, welches das Buch mit einer simplen Handbewegung zuschlagen und den Schmetterling ein für allemal in einer Erzählung von Puškin gefangenhalten konnte.

Der Schmetterling ließ sich die Marmelade schmecken, die die Angst vor mir offenbar hinlänglich kompensierte, und staunend betrachtete ich seinen zarten, feingliedrigen Bau und die Zeichnung auf seinen Flügeln. Da hörte ich einen Zweig knacken, schaute auf und sah zwischen den Stämmen der Bäume einen älteren Mann näher kommen. Er war hochgewachsen und trug eine bräunliche Strickjacke, weite, graue kurze Hosen, deren Beine oberhalb der Knie endeten, und schwere Wanderschuhe. In der rechten Hand hielt er ein großes Schmetterlingsnetz.

Er keuchte, und sein kahler Schädel glänzte vor Schweiß. Auf englisch flüsterte er mir zu, ich solle mich ja nicht bewegen, schlich mit einer für seine Größe und sein Alter erstaunlichen Eleganz heran und fing mit einer blitzschnellen Bewegung, bei der er mich schmerzlich am Handgelenk traf, *Die Hauptmannstochter* samt dem vergebens aufflatternden Schmetterling.

Der Mann lächelte, wandte sich mit seiner Beute von mir ab, als dürfe ich nicht zum Augenzeugen einer solchen Intimität werden, und barg den Schmetterling in einer Dose, die er aus einer Art Knappsack genommen hatte, welchen er auf dem Rücken trug. Dann wandte er sich wieder zu mir um und fragte mich, während er sich mit einem Taschentuch den Schweiß von Stirn und Nacken wischte, ob ich verletzt sei. Ich antwortete, daß es nicht so schlimm sei, woraufhin er auf die Plastikflasche Evian zeigte und fragte, ob er einen Schluck Wasser nehmen dürfe. Ich reichte ihm die Flasche. Er bedankte sich und setzte die Flasche an den Mund. Gierig tanzte sein Adamsapfel unter den dicken Falten seines Halses. Er vergoß etwas Wasser, das ihm an den Mundwinkeln entlang auf die Strickjacke hinuntertropfte, und er nahm prustend die Flasche vom Mund und beugte sich vor, um die Tropfen von seinem Kinn auf das trockene Moos fallen zu lassen. Mit dem Rücken der linken Hand wischte er sich über die Lippen und gab mir die Flasche zurück.

»Tut mir leid, daß ich dich bei der Lektüre deines Science-fiction-Romans so überfallen habe, aber das ist ein … (den lateinischen Namen verstand ich nicht), den ich unbedingt haben mußte«, sagte er auf englisch.

»Ich kenne mich mit Schmetterlingen nicht aus«, erwiderte ich, »aber er war schön. Er ist von der Marmelade angelockt worden, die ich auf meinen russischen Science-fiction-Roman gekleckert hatte. *Die Hauptmannstochter* von Puškin.«

Er blickte auf den Bucheinband und danach mit einem ironischen Lächeln auf mich. Ich schätzte ihn auf etwa sechzig.

»Seit wann lesen Hippies Puškin?« fragte er mit kumpelhaftem Spott und ließ sich aufseufzend im Moos nieder.

»Keine Ahnung. Ich weiß nicht, ob Hippies Puškin lesen. Ich jedenfalls lese Puškin.«

Ich sah ihn an, und wir grinsten beide. Er hob den Kopf, blinzelte mit zugekniffenen Augen in den Himmel über der Lichtung und setzte zu einer heftigen Tirade gegen eine Reihe von Dingen an, die ich – ich war damals Anfang zwanzig – für selbstverständlich hielt: lange Haare, Popmusik, die Kofferradiokultur, das Fernsehen, den Massentourismus. Hin und wieder schaute er mich dabei triumphierend an, als wolle er mich herausfordern. Ich widersprach in einem fort und versuchte dem Schmetterlingsfänger vor Augen zu führen, daß alle von ihm angegriffenen Phänomene durchaus verständlich und plausibel seien. Ein paarmal strich ich mir dabei meine mehr als schulterlangen Haare hinter die Ohren.

Dann fragte er mich, wohin ich unterwegs sei, und zu meinem großen Erstaunen (man begegnet in einem Schweizer Wald ja nicht alle Tage einem Schmetterlingsfänger, der Odessa kennt) stellte sich heraus, daß er in Odessa gewesen war – in früher Jugend, noch vor der Revolution. Er schaltete, ohne sich merklich an unseren Meinungsverschiedenheiten gestört zu haben, auf einen entspannten Tonfall um und erzählte von seinen Erinnerungen an diese Stadt. Dann zeigte er auf das Brot und fragte mich, ob ich gerade zu Mittag hatte essen wollen. Ich nickte und bot ihm von dem Brot an, woraufhin er mich lachend zu einem richtigen Mittagessen in einem Restaurant an der Straße einlud.

Rund zweieinhalb Stunden habe ich in der Gesellschaft dieses Mannes verbracht. Er hatte alles gelesen, was noch in turmhohen Stapeln auf mich wartete (und wartet), und füllte alle meine Wissenslücken in puncto russische Schriftsteller mit wunderbaren Anekdoten auf. Manchmal lachte er über seiner gebratenen Ente in Himbeersauce schallend auf vor Spaß an der eigenen Geschichte oder legte sich lautstark mit mir an. Ich erinnere mich noch an die mißbilligenden Blicke der steif gekleideten Gäste in dem noblen Restaurant ob der durch seinen Überschwang verursachten Störung der gedämpften Ordnung.

Beim Kaffee schaute er auf seine Armbanduhr und sagte, daß er jetzt wegmüsse. Ich könne ruhig noch sitzen bleiben und mir die *profiteroles* schmecken lassen, die ich bestellt hatte. Ich bedankte mich bei ihm und sagte ihm auf Wiedersehen, und ich hätte in diesem Zusammenhang wohl kaum mehr als eine allmählich verblassende Anekdote zu erzählen gehabt, wenn ich nicht, nachdem er gegangen war, neben seinem Stuhl vier klein zusammengefaltete, beschriebene Seiten Papier auf dem Teppich entdeckt hätte. Hatte er sie beim Bezahlen mit aus der Hosentasche oder seinem Knappsack gezogen? Ich las die vier Seiten. Sie enthielten den schönsten Text, den ich je vor mir gehabt hatte.

Schon viele Male habe ich versucht, den Text nachzuerzählen, aber es gelingt mir nicht, verzweifelt taste ich nach den Nuancen, nach den Glanzlichtern, die mich damals völlig blendeten und die tiefe Sehnsucht in mir entfachten, irgendwann in meinem Leben auch einmal einen solchen Text zu schreiben. Eine Geschichte über die Sehnsucht.

Ich verfügte über den schönsten Text, der je geschrieben wurde, und hätte mich ohrfeigen können, daß ich nicht nach dem Namen des Mannes gefragt hatte – und er nicht nach meinem.

Zwei Tage später wurde mir in Triest der Rucksack geklaut, und ich mußte meiner Reise nach Odessa und dem Text des Schmetterlingsjägers ade sagen.

Im Jahr nach diesem Sommer las ich zum erstenmal etwas von Vladimir Nabokov, *Lolita,* woraufhin ich binnen eines halben Jahres alles verschlang, was ich nur von ihm auftreiben konnte. Ich brachte ihn aber zunächst nicht mit dem unwahrscheinlichen Erlebnis in jenem absurden Sommer in Verbindung, das mir immer unglaubwürdiger und lächerlicher erschien. Wenn ich Freunden erklären wollte, was dieser Text denn nun ausgedrückt hatte, verfiel ich in ohnmächtiges Gestottere. Er handelte von einem Sommertag, sagte ich dann, von einem Jungen mit Schmetterlingsnetz, der in einem Haus die Treppe herunterkommt und in den Garten hinausgeht. Ist das alles? fragten sie dann. Ja, antwortete ich, das ist alles, dieser Junge, an diesem Tag, in diesen Worten.

1977 sah ich ein Foto von Nabokov neben der Meldung von seinem Tod. Natürlich hatte ich auch früher schon Bilder von ihm gesehen, aber dieses, auf dem er ein Schmetterlingsnetz in der Hand hielt, schuf einen neuen Bezug. Auf der Stelle schlug eine bange, überwältigende Vermutung bei mir ein. Es war natürlich unmöglich. Es war wahnwitzig. Es war das gestörte Wunschbild eines Kranken. Es war das leere Konstrukt eines Phantasten.

Seither laufe ich mit einer fixen Idee herum. Ich habe die schönste Erzählung gelesen, die je ein Mensch geschrieben hat. Aber ich kann sie niemandem zeigen, niemanden nachempfinden lassen. Sie ist in meinem Kopf, flattert dort herum, singt, macht Sturzflüge, kreist wie ein Adler, tanzt wie ein Kolibri.

Ich habe den schönsten Text im Kopf, ohne daß ich ihn nacherzählen oder aufschreiben könnte. Ob sich ein Duplikat dieses Textes in Nabokovs Nachlaß befindet? Ob Vera, seine Witwe, ihn je zur Veröffentlichung freigibt? Oder gibt es irgendeinen unbekannten, sonderlichen Schmetterlingsfänger, der die Gaben Homers, Shakespeares und Joyces in sich vereint, und wird er seine Schönheit ein für allemal mit sich nehmen, wenn er stirbt?

Ich habe eine Geschichte im Kopf wie einen Schmetterling in einem Glas, und ihre unberührbare Schönheit quält mich.

Connie Palmen
Der Philosoph

Der Eingang von Hörsaal 211 lag ganz oben. Von dort schaute ich in die Tiefe auf einen Halbmond aus Stühlen und durchgehenden Tischreihen. Ich war reichlich früh dran, aber der Saal war schon mehr als zur Hälfte mit Menschen gefüllt. Sie wandten mir den Rücken zu, und ich konnte in aller Ruhe nachsehen, ob ich den Rücken von Daniel Daalmeyer erkannte. Ich wußte noch nicht, was ich tun würde, falls ich ihn wirklich entdeckte – auf ihn zugehen oder ihn meiden. Ich trug jetzt genau die gleiche Motorradjacke wie er und fürchtete seine spöttische, zweifellos scharfsinnige Interpretation meiner Anschaffung.

Immer mehr Menschen glitten durch die Tür an mir vorbei, und der Saal wurde allmählich voll. Ich gab die Suche nach Daniel auf und ging zur nächstbesten Reihe, in der noch niemand saß. Platz zu nehmen in einem Saal und dort sein, um einem Erzähler zuzuhören, ist an sich schon ein Genuß, den ich von früher kenne. Damals ging ich oft allein in die Kirche und setzte mich in eine Bank. Jeder versammelte sich dort, um mit derselben Sache allein zu sein. Es ist ein Ereignis, das mit nichts zu vergleichen ist. Vom Theater hatte ich es ursprünglich auch erwartet, aber im Theater spürte ich nichts. Und auch nirgendwo sonst; nur in der Kirche und im Hörsaal.

Die Vorlesung sollte um Viertel nach elf beginnen; um

fünf vor halb zwölf war das Podium immer noch leer. Im Saal blieb es erstaunlich ruhig. Man hörte zwar leises Stimmengewirr, aber es wurde gedämpft von einer erwartungsvollen Stille, die ich bei Vorlesungen noch nie erlebt hatte. Hier kam man her, um zuzuhören, nicht zum Vergnügen oder um Leute zu treffen. Der Saal wartete auf den Mann, den Daniel einen Mythos genannt hatte, ein wahres Wunder an Eloquenz und Gelehrsamkeit.

»Er vertritt nicht einmal so sehr eine eigene Philosophie, aber innerhalb von zwei Stunden kann er dir Welten auftun, dich auf eine Fährte setzen, dich mit mehr Autoren und Büchern bekannt machen, als du in deinem ganzen Leben lesen kannst. Er stellt Zusammenhänge her zwischen den unterschiedlichsten Dingen, und trotzdem hat man immer das Gefühl, persönlich angesprochen zu sein, und zwar genau zu den Themen, mit denen man sich selbst gerade beschäftigt.«

»Und was macht diesen Philosophen zum Mythos?«

»De Waeterlinck ist ein Mensch, der einfach zum Mythos werden *muß*. Er ist schwer faßbar. Ich weiß nicht, wie er es schafft, aber er weigert sich, auch nur ein Wort zu Papier zu bringen. Seit er Professor ist, hat er keine Silbe mehr veröffentlicht, und es heißt, er hätte Himmel und Hölle in Bewegung gesetzt, um jedes gedruckte Exemplar seiner Doktorarbeit wieder an sich zu bringen, um sie alle zu vernichten. Sogar gegen die eigene Unterschrift scheint er einen Widerwillen zu haben. Seminarscheine unterschreibt er mit einem einzigen unleserlichen Krakel, und auch der sieht jedesmal anders aus.«

Durch eine Seitentür betrat De Waeterlinck jetzt das Podium. Ein paar Leute im Saal klatschten. Er war ein großer kräftiger Mann mit kantigem Kopf und dichtem grauem Haar. Ich weiß nicht, ob ich es schon erwartet hatte, seit Daniel mir von ihm erzählte, oder ob der Mythos seine Wirkung tat – jedenfalls sah ich ohne Verblüffung: De Waeterlinck hatte das Gesicht.

Es ist ein Gesicht, das er mit noch anderen Männern teilt, gleichsam ein einziges Gesicht, immer dasselbe. Ich kenne es und begegne ihm ab und zu: dem Gesicht eines Mannes mit Publikum – und ich, Teil dieses Publikums, will von ihm bemerkt werden. Er soll mich auserwählen von allen anderen, mich herausheben, zu etwas Besonderem machen, mich aus der Menge herausziehen, in der ich mich befinde und die mir von dem Augenblick an, da ich ihn gesehen habe, nicht mehr genügt. Ein Carmen-Syndrom. Weiß Gott, wo ich das herhabe.

Er nahm Platz am Tisch, räusperte sich und hieß uns willkommen. Ich traute meinen Ohren nicht, als ich ihn Flämisch sprechen hörte.

»Es freut mich, daß Sie auch diesmal wieder so zahlreich erschienen sind. Aber vielleicht sollte ich das gar nicht sagen. Wenn Nietzsche recht hat und Schmerz, Verzweiflung, Melancholie und bitteres Leid die Conditio sine qua non des eigenständigen Denkens sind, dann ist meine Freude womöglich fehl am Platz. Wer weiß, ob Sie nicht alle, wie Sie da sitzen, zutiefst enttäuscht sind und ständig das paranoide Gefühl haben, alle Welt wolle Ihnen Fallen stellen, Sie anlocken, um Ihnen dann die kalte Schulter zu zeigen, ob Sie sich selbst nicht vollkommen lächerlich finden und von den schrecklichsten Zweifeln an Ihrer Charakterstärke geplagt werden; ob Sie nicht auf Rache sinnen, um andere für ihren ewigen Verrat zu strafen. Das alles ist durchaus denkbar, oder nicht?

Aber trösten Sie sich: Sie sind in jedem Fall auf dem richtigen Weg, denn derselbe Nietzsche sagt, daß Ihnen all dies ohnehin nicht erspart bleiben würde, wenn Sie die Kunst des Denkens ausüben wollen. Beherrschen Sie sie erst einmal, verspricht er Ihnen höchstes Glück. Seien Sie mir aber bitte nicht böse, wenn ich mich Nietzsche hier nicht anschließe und Ihnen dieses Versprechen nicht gebe.

Ich verspreche Ihnen nicht das Glück. Ich verspreche nicht einmal, Ihnen die Kunst des Denkens beizubringen. Ich wüßte gar nicht, wie ich das anfangen sollte. Ich kann Sie höchstens mit den Männern bekannt machen, die sich selber zutrauten, anderen ihr Dasein zu erleichtern, aber viel mehr kann ich nicht tun. Die Bemühungen dieser Männer zeugen in meinen Augen von großem Edelmut, aber ihre Unterschiede und Widersprüchlichkeiten geben Ihnen womöglich eher das verzweifelte Gefühl, durch einen finsteren Wald philosophischer Ideen irren zu müssen, als daß sie Ihnen zu dem verheißenen Glück verhelfen. Ich will nicht, daß Sie sich verirren.

Wie gesagt, mehr, als Sie ein wenig durch diesen Wald zu führen, kann ich nicht tun. Um das Glück zu finden – sofern Sie noch daran glauben –, werden Sie andere Wege beschreiten müssen.«

Im Saal wurde leise gelacht. Nicht von mir. Das Gefühl, endlich gefunden zu haben, wonach ich schon Jahre vergeblich gesucht hatte, machte mich eher weinerlich und sentimental.

Kann man etwas suchen, ohne zu wissen, was es ist?

Ich suchte, ohne zu wissen, was.

Wenn ich es finde, erkenne ich es, ohne daß ich weiß, was es ist. Ich erkenne es, weil es mir stets in derselben Gestalt begegnet, in der gleichen Umhüllung, in Form von Worten, gesprochenen Worten des Mannes mit dem Gesicht oder gedruckten Worten auf Papier, hinter denen sich ebenfalls das Gesicht verbirgt. Der Mann und die Worte wecken ein Verlangen, das ich stillen und doch nicht missen will, das mich leiden läßt und das ich genieße, das ich ergründen und zugleich als Mysterium bewahren will. Manchmal denke ich, es ist das Leben selbst, dann wieder, es wären doch nur Worte und sonst nichts, und daß es ohne diese Worte nichts ist, nicht existiert.

Pause.

Die Zuhörer drängten aus dem Saal, in Richtung Cafeteria. Ich blieb sitzen.

Auch in der ersten Reihe blieben ein paar Leute sitzen, ältere Leute, wie ich jetzt sah. De Waeterlinck war die Stufen vom Podium heruntergekommen und schüttelte ihnen nacheinander die Hand. Er sprach mit ihnen, hörte ihnen zu, lachte sie freundlich an. Er war erreichbar.

Ich schaute. Ich war glücklich. Heute hatte etwas angefangen, das Bestand haben würde, etwas Besonderes und Einmaliges, woran ich jetzt schon, während es noch andauerte, zurückdachte.

Susanna Tamaro
Geh, wohin dein Herz dich trägt

Opicina, 16. November 1992

Du bist vor zwei Monaten abgereist, und seit zwei Monaten habe ich, abgesehen von einer Postkarte, auf der du mir mitteilst, daß du noch lebst, keine Nachricht von dir. Heute morgen bin ich im Garten lange vor deiner Rose stehengeblieben. Obgleich es schon Spätherbst ist, hebt sie sich mit ihrem Purpurrot noch einsam und eitel von den anderen Pflanzen ab, die längst die Farbe verloren haben. Weißt du noch, wie wir sie gepflanzt haben? Du warst zehn Jahre alt und hattest gerade *Der kleine Prinz* gelesen. Ich hatte ihn dir als Belohnung für deine Versetzung geschenkt. Du warst von der Geschichte begeistert. Am liebsten von allen Gestalten hattest du die Rose und den Fuchs; den Affenbrotbaum, die Schlange, den Piloten und all die beschränkten, eingebildeten Menschen, die auf ihren winzigen Planeten sitzend durchs All schwebten, mochtest du dagegen nicht. So sagtest du eines Morgens beim Frühstück: »Ich will eine Rose.« Auf meinen Einwand, wir hätten doch schon so viele Rosenstöcke, hast du geantwortet: »Ich will eine, die nur mir gehört, ich will sie pflegen, sie großziehen.« Natürlich wolltest du außer der Rose auch einen Fuchs. Mit der Schlauheit der Kinder hattest du den einfachen Wunsch vor dem fast unerfüllbaren geäußert. Wie sollte ich dir den Fuchs abschlagen können, nachdem ich dir die Rose zugestanden hatte? Darüber haben wir lange gestritten und uns schließlich auf einen Hund geeinigt.

In der Nacht, bevor wir ihn holten, hast du kein Auge zugetan. Alle halbe Stunde hast du an meine Tür geklopft und gesagt: »Ich kann nicht schlafen.« Morgens um sieben warst du schon mit dem Frühstück fertig, gewaschen und angezogen; im Mantel bist du im Sessel gesessen und hast auf mich gewartet. Um halb neun standen wir vor dem Eingang des Tierheims, es war noch zu. Zwischen den Gittern hindurchspähend, sagtest du: »Woran werde ich merken, welcher genau der Richtige für mich ist?« Große Besorgnis lag in deiner Stimme. Ich beruhigte dich. »Mach dir keine Sorgen«, sagte ich, »denk daran, wie der Kleine Prinz den Fuchs gezähmt hat.«

Drei Tage lang gingen wir immer wieder hin. Es gab mehr als zweihundert Hunde dort drinnen, und du wolltest sie alle sehen. Du bliebst vor jedem Käfig stehen, regungslos und scheinbar unbeteiligt, in Gedanken versunken. Die Hunde warfen sich alle gegen das Gitter, bellten, sprangen hoch und versuchten, mit den Pfoten den Maschendraht zu zerreißen. Eine Wärterin des Tierheims begleitete uns. Da sie dich für ein kleines Mädchen wie alle anderen hielt, zeigte sie dir, um dich zu verlocken, die schönsten Tiere: »Schau den Cockerspaniel«, sagte sie. Oder: »Was hältst du von dem Lassie dort?« Als einzige Antwort gabst du eine Art Grunzen von dir und gingst weiter, ohne ihr zuzuhören.

Buck haben wir am dritten Tag dieses Leidenswegs gefunden. Er befand sich in einer der Boxen auf der Rückseite, wo die kranken Hunde untergebracht wurden. Als wir ans Gitter traten, sprang er uns nicht mit allen anderen entgegen, sondern blieb auf seinem Platz sitzen und hob nicht einmal den Kopf. »Den«, hast du gerufen und auf ihn gezeigt. »Den da will ich!« Erinnerst du dich noch an das entsetzte Gesicht der Frau? Sie konnte einfach nicht begreifen, wieso du ausgerechnet diesen häßlichen Köter mitnehmen wolltest. Denn Buck war zwar ein kleiner Hund, aber in seiner Kleinheit mischten sich fast alle Rassen der Welt. Er hatte den Kopf eines Schäferhundes, die weichen Schlappohren eines Jagdhundes, die krummen Beine eines Dackels, einen buschigen Schwanz wie ein Spitz und das schwarze glatte Fell eines Dobermanns. Als wir ins Büro gingen, um die Papiere zu unterschreiben, erzählte uns die Angestellte seine Geschichte: Er war zu Beginn des Sommers aus einem fahrenden Auto geworfen worden. Beim Fall hatte er sich schwer verletzt, und seitdem hing eines der Hinterbeine wie leblos herab.

Buck sitzt jetzt hier neben mir. Während ich schreibe, seufzt er ab und zu und stupst mich mit der Nasenspitze am Bein. Die Schnauze und die Ohren sind mittlerweile fast ergraut, und über seine Augen hat sich seit einiger Zeit jener Schleier gelegt, der immer die Augen alter Hunde trübt. Es rührt mich, wenn ich ihn ansehe. Es ist, als hätte ich einen Teil von dir hier neben mir, den Teil, den ich am meisten liebe, den, der dich vor so vielen Jahren unter den zweihundert Insassen im Tierheim den unglücklichsten und häßlichsten auswählen ließ.

Seit ich ziellos durch die Einsamkeit des Hauses wandere, sind die Jahre, in denen unser Zusammenleben von

Unverständnis und schlechter Laune geprägt war, wie ausgelöscht. Die Erinnerungen, die mich in diesen Monaten umgeben, sind die Erinnerungen an dich als Kind, als verletzliches, ausgesetztes kleines Tierchen. An dieses Kind schreibe ich, nicht an die gepanzerte überhebliche Person der letzten Zeit. Die Rose hat mich dazu angeregt. Heute morgen, als ich an ihr vorbeiging, hat sie mir zugeflüstert: »Setz dich hin und schreib ihr einen Brief.« Ich weiß, daß wir bei deiner Abreise unter anderem vereinbart haben, wir würden uns nicht schreiben, und schweren Herzens halte ich mich daran. Diese Zeilen werden nie den Flug nach Amerika antreten, um zu dir zu kommen. Wenn ich bei deiner Rückkehr nicht mehr da sein sollte, werden sie hier auf dich warten. Warum ich das sage? Weil ich vor weniger als einem Monat zum ersten Mal in meinem Leben schwer krank gewesen bin. So weiß ich jetzt, daß es unter allen Möglichkeiten auch diese gibt: In sechs oder sieben Monaten könnte ich nicht mehr hier sein, um dir die Türe zu öffnen und dich zu umarmen. Eine Freundin sagte vor einiger Zeit, daß bei Menschen, die nie krank waren, die Krankheit plötzlich und heftig auftritt, wenn sie dann kommt. Genau so ist es bei mir gewesen: Eines Morgens, während ich die Rose goß, hat auf einmal jemand das Licht ausgeknipst. Wenn Frau Razman mich nicht durch den Zaun gesehen hätte, der unsere Gärten voneinander trennt, wärst du jetzt höchstwahrscheinlich Waise. Waise? Sagt man das, wenn eine Großmutter stirbt? Ich bin mir nicht sicher. Vielleicht werden Großeltern als etwas so Nebensächliches betrachtet, daß man kein besonderes Wort braucht, um ihren Verlust zu bezeichnen. Nach ihrem Tod ist man weder Waise noch verwitwet. Man läßt sie wie selbstverständlich am Wegrand zurück, so wie man unterwegs zerstreut einen Regenschirm liegenläßt.

Als ich im Krankenhaus aufwachte, erinnerte ich mich an nichts mehr. Mit noch geschlossenen Augen hatte ich das Gefühl, mir wäre ein langer, schmaler, zweigeteilter Schnurrbart gewachsen, ähnlich wie die Schnurrhaare einer Katze. Als ich die Augen aufschlug, wurde mir klar, daß es sich um zwei dünne Plastikschläuche handelte; sie kamen aus meiner Nase und liefen die Lippen entlang. Um mich herum standen überall seltsame Apparate. Nach einigen Tagen wurde ich in ein normales Zimmer verlegt, in dem schon zwei andere Personen lagen. Dort besuchte mich dann eines Nachmittags Herr Razman mit seiner Frau. »Daß Sie noch leben«, sagte er zu mir, »verdanken Sie Ihrem Hund, der wie verrückt gebellt hat.«

Als ich schon wieder aufstehen konnte, kam ein junger Arzt ins Zimmer, den ich auch mehrmals während der Visite gesehen hatte. Er nahm einen Stuhl und setzte sich an mein Bett. »Da Sie keine Verwandten haben, die für Sie sorgen und entscheiden können«, sagte er, »werde ich ohne Vermittlung eines Dritten offen mit Ihnen selbst reden müssen.« Ich sah ihm mehr zu, während er sprach, als daß ich ihm zuhörte. Er hatte schmale Lippen, und wie du weißt, haben mir Menschen mit schmalen Lippen noch nie gefallen. Seinen Worten zufolge war mein Gesundheitszustand so ernst, daß er mir nicht erlaubte, nach Hause zurückzukehren. Er nannte mir zwei oder drei Einrichtungen mit Pflegeabteilung, in die ich hätte gehen können. An meinem Gesichtsausdruck muß er mir etwas angesehen haben, denn er fügte sofort hinzu: »Denken Sie nicht an die Altersheime von früher, heute ist alles anders, die Zimmer sind hell, und rundherum gibt es große Parks, in denen man spazierengehen kann.« – »Herr Doktor«, habe ich daraufhin zu ihm gesagt, »kennen Sie die Eskimos?« – »Natürlich«, antwortete er, während er aufstand. »Nun, sehen Sie, so will ich sterben«, und da er nicht zu verstehen schien, habe ich hinzugefügt: »Ich falle lieber mit dem Gesicht nach unten zwischen die Zucchini in meinem Garten, als daß ich in einem Zimmer mit weißen Wänden noch ein Jahr lang ans Bett gefesselt lebe.« Aber da war er schon an der Tür. Er lächelte bösartig: »So reden viele«, sagte er, bevor er verschwand, »doch im letzten Moment kommen sie alle angerannt, um sich behandeln zu lassen, und zittern wie Espenlaub.«

Drei Tage später unterschrieb ich ein lächerliches Formular, in dem ich erklärte, daß ich, ich allein, die Verantwortung dafür trüge, falls ich demnächst sterben sollte. Das übergab ich einer jungen Krankenschwester mit kleinem Kopf und riesigen goldenen Ohrringen, und dann machte ich mich mit meinen wenigen, in einer Plastiktüte verstauten Habseligkeiten auf den Weg zum Taxistand.

Kaum sah Buck mich am Gartentor auftauchen, fing er an, wie ein Verrückter im Kreis herumzuspringen; danach verwüstete er noch, um seine Freude zu betonen, bellend zwei oder drei Blumenbeete. Diesmal hatte ich nicht das Herz, ihn auszuschimpfen. Als er mit erdverschmierter Schnauze auf mich zukam, habe ich zu ihm gesagt: »Siehst du, mein Alter, wir sind wieder beisammen!« und ihn hinter den Ohren gekrault.

Jessica Durlacher
Das war's

Es ging allmählich bergab mit uns. Wir hatten einander ohnehin schon nicht so furchtbar oft gesehen, aber jetzt kam es vor, daß Samuel mehr als eine Woche nichts von sich hören ließ und auch nicht zu erreichen war. Abendelang hockte ich neben dem Telefon und konnte im Vorgefühl des drohenden Unheils nur noch keuchend Luft holen.

Ich konnte mich auf nichts anderes mehr konzentrieren als auf die verfluchte Parodie einer Beziehung, um die es sich hier handelte. Ich war mir sicher, daß Samuel mich nicht mehr wollte, mich eigentlich nie gewollt hatte, und ich glaubte sogar erkannt zu haben, daß er höchstens deswegen je mehr von mir gewollt hatte, weil ich so offenkundig für ihn zu haben gewesen war.

Diese bittere Erkenntnis färbte mein Verhalten. Es war ein gekränktes, fatalistisches Verhalten, das wußte ich, und ich versuchte auch nach Kräften, dagegen anzukämpfen. Aber es war eine so präzise Übersetzung meiner Ängste, daß ich machtlos dagegen war. Ich wurde ganz davon beherrscht. Alles, was nett an uns beiden war, wurde von meiner Angst kahlgerupft und in Argwohn und Unbehagen umgewandelt.

Ganz gelegentlich ließ ich mich zu häppchenweisen vertraulichen Mitteilungen an Flippa verleiten. Dann stürzte sie sich mit vollem Gewicht auf Samuels Unmöglichkeit, wie sie es nannte. Ich dürfe mir das nicht gefallen lassen, sie sehe sehr wohl, was los sei, ich müsse ihm sagen, was Sache sei. *Dieser Knabe* – sie nannte ihn immer so, ein Wort, das ich unmöglich mit der Person Samuels in Einklang bringen konnte –, dieser Knabe sei ganz einfach kontaktgestört und habe keine Ahnung von Frauen.

Frauen?

Viel zu sehr mit sich selbst beschäftigt. Und wenn ich ihn trotzdem wolle, um jeden Preis? Tja, dann müsse ich ihn an mich binden. (Was bedeutete das? Was für einen Leim gab es dafür? Dieser seltsame Glanz in ihren Augen, als sie das sagte. Als wisse sie etwas, was ich nicht wußte und von dem sie auch hoffte, daß ich es nicht wußte. Ein unheimliches, wissendes Frauenlächeln, das war es.)

Ich hätte mich umbringen können, daß ich ihr überhaupt etwas anvertraut hatte.

Aber sie war noch nicht fertig. Wer er denn schon sei? Was er sich denn einbilde? Er sei doch nichts weiter als ein verwöhnter Knabe, dem mal eine gehörige Tracht Prügel hätte verpaßt werden müssen, und sonst nichts! Wieso mir das nicht in den Schädel gehe?

Natürlich sagte ich mir all das auch, wenn ich mir Mut machen wollte. Aber letztlich war es irrelevant, es hatte nichts mit dem Samuel in mir zu tun. So, wie sie darüber sprach, zog sie mein Leid auf das Niveau anderer, Fremder, eine billige Nivellierung, die mich noch einsamer machte. Und ich traute ihr nicht. Welches Interesse verfolgte sie?

Nachdem sie das alles feurig verkündet hatte, stellte sie mir auch noch Fragen, für die ich inzwischen, wider Willen und so pampig und abwehrend ich auch tat, mürbe genug war. Anfangs wahrte ich noch den Schein (»Wie oft seht ihr euch denn?« – »Och, schon ziemlich oft, und wir telefonieren viel.«), aber nach und nach, je mehr ich mich aufregte, wurde ich expliziter. Obwohl ich sehr wohl wußte, daß meine Illusionen in ihren Händen samt und sonders zu Staub und Asche zerfallen würden.

Jedes Bekenntnis war eine Demaskierung. Daß er mich nie seiner Familie vorgestellt habe, zum Beispiel. Daß er manchmal vergesse, mich anzurufen, wenn er nicht kommen könne, und dann hinterher – erstaunt – so tue, als wären wir »seines Wissens« gar nicht verabredet gewesen. Daß ich mich so klein fühlte, ja sogar immer kleiner, immer unsicherer, und daß es den Anschein habe, als verstecke er sein Leben deswegen noch mehr vor mir. Daß wir manchmal nicht wüßten, was wir zueinander sagen sollten, obwohl mir so vieles auf den Nägeln brenne. Er habe mich schweigen gelehrt, weil er das so oft tue. Ich traute meiner eigenen Stimme nicht mehr und schwiege daher auch lieber. Sicherheitshalber. Wütend eigentlich. Kochend.

»Worüber reden du und Tammo denn die ganze Zeit?« Tammo war Flippas neuer Freund nach Izra.

»Ach, Gott, über alles. Über uns.«

»Über euch? Was kann man denn schon über sich reden? Wir reden nie über uns. Wenn ich das versuchen würde, würde es gleich furchtbar peinlich und unbehaglich.«

»Wirklich? Das ist nicht gut.« Flippa klang beunruhigend entschieden. »Tam und ich lesen einander im Bett vor.« (Verflucht.) »Und wir erzählen uns immer gegenseitig, wie wir einander zu Anfang fanden, was wir damals dachten... Und dann reden wir darüber, was wir inzwischen voneinander wissen und was wir miteinander wollen.«

»Wieso? Wißt ihr das denn jetzt schon so genau? Du meine Güte. Das geht doch gar nicht! Ist das nicht ein bißchen früh?« Ich merkte, wie sich meine Stimme überschlug.

»Wie meinst du das? Das ist doch gerade am schönsten. Wir haben sogar schon über Kinder gesprochen.«

»Waaaaas? Nein!«

»Wenn die Beziehung auch nur halbwegs gut ist, redet man doch über die Zukunft, oder?«

Flippas Stimme klang so autoritär, daß ich ihr am liebsten eine runtergehauen hätte.

»Die Zukunft ist für Sam und mich kein Thema«, sagte ich daher ein bißchen von oben herab, schade nur, daß meine Stimme dabei zitterte. »Die Gegenwart ist schon kompliziert genug. Und wir reden nicht so viel, weil wir so genau spüren, was im anderen vorgeht, eigentlich.«

»Nur taucht er einfach nicht auf, wenn ihr verabredet seid.« Konstatierte Flippa unerbittlich.

»Ach, das kommt ganz selten vor, weißt du. Eigentlich war es nur gestern so. Kann doch passieren, oder?«

Flippa schüttelte ganz kurz den Kopf, mit geschlossenen Augen. Flüsterte: »Ed, das ist nicht gut für dich. Du solltest doch so langsam daran denken, Schluß mit ihm zu machen. Das ist doch keine Beziehung.« (Auch das Wort noch. Schmutzig und besudelt. Samuel haßte solche Wörter, und ich auch.)

Ob ich denn keine Selbstachtung hätte, fragte sie und nagelte mich mit ihren durchdringenden Augen fest.

»Aber klar.«

Energisch trat sie für mich ein, eine Furie, die ihre kleine schwache Freundin beschützen würde: »Laß diesen Knaben doch sausen!« rief sie laut. »Dann geht ihm vielleicht endlich mal ein Licht auf! Wirklich, Ed!«

Ich duckte mich, als schlüge sie mich.

Flippas Seelenmassage und ihre so gutgemeint klingenden Ratschläge waren lebensgefährlich, davon war ich überzeugt. Nicht, weil die Ratschläge an sich nichts getaugt hätten – im Gegenteil! –, sondern weil deren Befolgung, ja sogar schon die Tatsache, daß ich sie mir angehört hatte, ihr eine Macht verliehen, die ich ihr nicht zugestand. Das gab ihr nämlich die Gelegenheit, mir ein leuchtendes Beispiel erwachsenen Lebens und Liebens vorzusprühen. Sich in ihren eigenen Glanzleistungen zu sonnen.

Warum sonst vergrößerte sie mein Elend während unserer Gott sei Dank seltenen Zusammentreffen noch, indem sie sich so entsetzlich angeregt mit Samuel unterhielt? Warum sonst schloß sie mich vollkommen aus, wenn sie uns beiden Gesellschaft leistete?

Sie mißbrauchte mein Gelähmtsein, um auf meine Kosten zu glänzen, dessen war ich mir sicher. Demütigung auf Demütigung häufend. Ich machte ganz offenkundig etwas falsch.

Aber was war es? Was? Und was war überhaupt schön zwischen Samuel und mir? Warum wollte ich ihn denn unbedingt? Selbst das fragte ich mich schließlich irgendwann.

Genau konnte ich es nicht erklären. So gut wie alles an ihm und was zu ihm gehörte, rührte mich schlicht und ergreifend zu Tränen und machte mich ohnmächtig vor Glück – so sehr ich mich auch dagegen zu wappnen versuchte. Kann Glück etwas Ästhetisches sein? Glück als eine Art Schönheitsempfinden, weil alles zum erstenmal stimmt, erlaubt ist und der WAHRHEIT entspricht?

Er rührte mich so sehr, daß es mir manchmal physische Schmerzen bereitete. Ich fand ihn schön. Ich tat alles für sein Lachen, dieses ansteckende Kinderlachen, das alles gutmachte. Die kurzen, gierigen, heftigen kleinen Bewegungen seiner Kiefer, wenn er sein Essen kaute, entzückten mich, seine Hände, mit denen er sich linkisch am Bein zupfte, wenn er etwas sagte, dessen er sich nicht ganz sicher war, rührten mich, und seine Art zu sprechen – immer klar und schön formulierend – stimulierte mich.

Ich wußte: Sich seiner selbst genauso bewußt wie ich, sah er permanent eine Kamera auf sich gerichtet, formulierte er innerlich Kritik an demjenigen, der er ohne dieses kritische Auge sein würde. Niemals arglos, genau wie ich. Gut, vielleicht etwas öfter als ich. Seine dunklen Augen weiteten sich manchmal aufgeschreckt und kindlich, wenn er etwas Neues hörte, das ihn interessierte oder erstaunte.

Ich war wirklich unheimlich glücklich, wenn er mich mit Bemerkungen zum Lachen brachte, die mir bestätigten, wie gleichartig unsere Einschätzung der Welt war – vor allem bei der Entlarvung anderer, die alles weniger gut durchblickten als wir: Dozenten, Schriftsteller, Journalisten, Kommilitonen. Unter dem Deckmäntelchen von Rechtschaffenheit und Intelligenz entdeckte er die geheimen Systeme, den dreckigen Betrug, die Dummheit.

Ich platzte schier vor Glück, wenn er über die Dinge

lachte, die *ich* sagte, ihn mit meiner Analyse von Erlebnissen unterhielt, die kritischer und gnadenloser war, als ich die Welt eigentlich sah. Und dann war da auch noch die Illusion, in der ich mich wiegte, wenn wir zusammen im Bett lagen, meist schweigend zwar, aber doch zusammen.

Die Illusion der totalen, vollkommenen, universalen Richtigkeit dieses Zusammenseins.

Er war die Stimme, die ich von meinem Vater in Wirklichkeit nie so klar und präzise gehört hatte, sondern nur erspürt, vermutet. Mein Vater hatte nie Samuels Präzision erreicht, weil er diese Vergangenheit hatte. Vielleicht war Samuel ja für mich der Vater-in-der-Gegenwart, was immer das auch an Ungesundem bedeuten mochte.

Doch ich sah jetzt, daß ich ihn bei mir allmählich zum Verdorren brachte, daß alle seine Eigenschaften bei mir blaß und stumpf wurden. Ich litt mit ihm darunter, daß es ihm bei mir an Freude mangelte, so blöd das auch klingen mag. Zugleich war ich damals schon wütend, daß er sich von mir zum Verdorren bringen ließ. Warum tat er nicht mehr, was fiel ihm eigentlich ein, sich wie ein Prinz aufzuführen, der nicht unterhalten wird? Wir verblaßten füreinander, zwei seelenverwandte Schemen ohne Text und Mumm, wobei ich diejenige war, die innerlich in einem fort laut aufheulte vor Bedauern. Und Angst.

Angst vor allem, wird mir jetzt klar.

Wenn ich nicht in Samuels Welt paßte, würde ich auch nicht mehr wissen, wer ich war oder zu sein hatte. Ohne ihn würde ich gleichsam mich selbst verlieren. Denn Samuel war ich, und seine Anerkennung machte mich ganz, zu jemandem, der eine *Daseinsberechtigung* hatte.

Ich wäre nie auf die Idee gekommen, daß vielleicht auch Samuel nach einer Daseinsberechtigung suchte. Und natürlich konnte ich beim besten Willen nicht ahnen, daß diese Suche auf seinen Tod hinauslaufen würde.

Ich machte Schluß. An einem Januarmorgen, nachdem ich eine Nacht lang vor lauter Angst, er könne bei einer anderen Frau sein, mit den Zähnen geklappert hatte, rief ich ihn an. Ich konnte mich nicht beherrschen. Ich schrie Vorwürfe. Mit eisiger Stimme sagte er, daß er nicht wisse, wovon ich redete, und hierzu keine Lust habe. Schließlich zur Ruhe gekommen, bat ich ihn, sich abends mit mir in einer Kneipe zu treffen, weil ich mit ihm sprechen müsse. Ich hatte nichts mehr zu verlieren.

Wir saßen in einem düsteren Lokal, in dem wir noch nie gewesen waren.

»Samuel.«

Ich würde jetzt kein Pathos scheuen, ich würde nicht ironisch sein, nicht schwadronieren und nichts relativieren.

»Samuel.«

Er starrte auf den Tisch.

»Ich liebe dich.«

Es war sehr befreiend, plötzlich einen Text aus dem Film in meinem Kopf sprechen zu können, den ich schon so lange lautlos geprobt hatte. Es machte mich mit einem Mal erwachsen und reif. Ich war reifer und reicher als er, denn ich liebte ihn. Er war arm, arm in seiner Unwissenheit, arm in seinem Mangel an Empfindungen.

»Es ist gräßlich und theatralisch, aber es ist nun einmal so: Ich liebe dich, und daran wird sich nie etwas ändern.

Dessen bin ich mir so absolut sicher, weil ich mir noch nie einer Sache sicher war. Aber so geht es nicht. Ich mache mich verrückt. Du liebst mich nicht, und damit kann ich nicht leben.«

Jetzt wurde aufbegehrendes Gemurmel laut – das ich autoritär überhörte.

»Ich bin todunglücklich, und ich kann mich nicht mehr normal verhalten, wenn ich mit dir zusammen bin. Ich bin viel zu nervös und zu ängstlich.«

Ich nahm seine Hand, er ließ es zu, er streichelte die meine sogar kurz und starrte dann wieder düster vor sich hin. Als würde ein Urteil über ihn gefällt. Er schien mehr oder weniger beeindruckt. Oder bemühte sich zumindest, mir das Gefühl zu vermitteln, als wäre er beeindruckt. Bis jetzt hatte er noch nichts gesagt.

»Ich kenne dich so unheimlich gut, und ich weiß es so genau, wenn du dich ärgerst, daß ich mich die ganze Zeit durch deine Augen betrachten muß. Ich ärgere mich über mich selbst, und ich bremse dich, indem ich dir jedesmal sage, wieso du dies oder jenes nicht tust oder zu tun wagst. Alles kehrt sich bei uns immer ins Negative, scheint es.«

Er hatte noch immer nichts gesagt.

»Jetzt sag doch mal was«, forderte ich ihn auf.

»Mich macht das auch nicht glücklicher«, sagte er.

Irgendwie hatte ich doch noch gehofft, daß meine Bekenntnisse einen Sturm gegenteiliger Beteuerungen nach sich ziehen würden. Daß Verzweiflung aufkommen würde. Daß er sich die Haare raufen und vor mir auf die Knie fallen würde, vor Liebe.

So erlebte ich es denn doch als grauenvoll, daß er mir einfach beipflichtete.

Er sagte: »Du bist so unsicher und so abhängig. Das kann ich nicht ertragen. Du siehst etwas in mir, was ich gar nicht bin. Du verherrlichst mich. Ich habe nicht irgendeinen tiefen Kern. Ich bin nicht der, den du in mir siehst. Ich bin vollkommen leer, ich bin ein Niemand.«

Das war es also, ach, der Ärmste.

Samuel fiel nun in den schwärzesten aller Abgründe, und ich entbrannte einen Moment in Mitleid. Einen ganz kurzen Moment nur.

»Ich weiß, daß du so denkst, ich weiß es ganz genau, und ich kenne das so gut«, verkündete ich leidenschaftlich. Und schon ging es wieder mit mir durch. »Aber es stimmt nicht! Du *bist* jemand, du bist so sehr ein Jemand, daß ich dich einfach liebe!« Ich lachte jetzt, ich hatte wahrhaftig den richtigen Ton erwischt. »Und abhängig muß man doch sein, wenn man jemanden liebt, was ist denn da so Schlimmes dabei!«

»Nein«, sagte Samuel. »Abhängig? Warum? Jeder muß doch sein eigenes Leben leben können, man muß sich doch gegenseitige Freiheiten lassen, oder?«

O Gott, die siebziger Jahre, wie sie leibten und lebten. Und ich würde ihm natürlich auch noch recht geben.

»Ich ertrage das nicht«, sagte Samuel. »Ich fühle mich so sehr als ein Niemand. Da kann doch nicht auch noch irgendwer von mir abhängig sein! Das macht mich fertig, das zieht mich runter.«

»Ich weiß, das sehe ich«, seufzte ich, und dann strömten mir die Tränen übers Gesicht, endlich. Ich hatte noch nie in seinem Beisein weinen können, als stünde alles Echte zwischen uns unter Beobachtung. Spielzeugleben.

»Oh, wein doch bitte nicht.«

Er klang mit einem Mal sehr lieb, erleichtert, als wäre er ganz angetan von den Naturgewalten, die hier Tränen erzeugten, von der *Echtheit* des Ganzen. Das gab mir Hoffnung.

»Doch«, sagte ich, »denn es ist eine Katastrophe.« Lachend. Weinend. Er lachte auch kurz, wie lange war das her!

Dann preßte er die Lippen zusammen. Um sich durch die peinliche Situation an diesem öffentlichen Ort hindurchzubeißen oder weil er selbst mit Emotionen kämpfte?

Derartiges durfte ich mich nicht mehr fragen. Das war jetzt vorbei. Es hatte für einen Moment etwas Beruhigendes, daß es so war.

Ich erhob mich, plötzlich sicher und kühl.

»Tja, dann geh ich jetzt mal.«

Erschrocken hob er den Kopf, den er auf den Tisch hatte sinken lassen.

»Ja? Wirklich?«

»Ja. Wirklich.«

Ich ging auf ihn zu.

»Ade, Samuel.«

Er starrte wieder auf den Tisch, als wolle er sich in Deckung bringen, falls ich jetzt etwas Peinliches täte.

Ich streichelte ihm nur kurz über den Kopf, mütterlich, groß und erwachsen.

»Ade«, murmelte er.

Ich schwieg jetzt, wartete.

Schnell blickte er auf, flehend, schien es. Um Vergebung flehend, daß er mich so einfach gehen ließ.

Ich nickte reserviert.

Und das war's.

Andrej Kurkow
Die letzte Landung

Es war ein kalter Frühling im fünften Jahr nach der Unabhängigkeit der Ukraine. Ich kehrte von einer Reise nach Deutschland zurück. Die alte Boeing der ukrainischen internationalen Fluglinie war mit schablonenhaften chinesischen Hieroglyphen bemalt, die offensichtlich erklären sollten, was im Falle einer Notlandung zu tun sei. Ihre Duraluminiumflügel erzitterten, als sie sich der Landebahn des Borispolskij-Flughafen näherte. Eine rundliche Stewardeß verteilte Zollformulare. Ich bekam auch eines, und wieder einmal schmunzelte ich über die Aufforderung, die Menge der aus dem Ausland eingeführten fremden Währung anzugeben.

Der große Vorraum der Zollabfertigung füllte sich, es knisterten die Blätter der Zollerklärungen. Die Passagiere teilten sich in zwei Warteschlangen auf. Aus Gewohnheit stellte ich mich in die linke Schlange. Sie bewegte sich langsam, aber ich hatte es nicht eilig.

Schließlich kam ich bei der Stelle an, wo die Radioaktivität gemessen wird. Ein Mann im Schutzanzug fuhr mit einem Geigerzähler an meinem Körper entlang und nickte schließlich, in Ordnung, alles okay. Dann mußte ich noch durchleuchtet werden – die Zöllner suchten Opiumkuriere, und wie ich wußte, schluckten diese das Opium in kleinen Säckchen vor dem Grenzübertritt. Ich betrat eine metallene Box und legte meine Brust gehorsam auf eine quadratische Platte. Etwas Unsichtbares klirrte in der Box, und mir lief ein Schauer den Rücken hinunter.

»Den Paß bitte«, sagte der Zöllner höflich, schon über den Tisch mit dem Gepäck gebeugt.

Mit einem Lächeln zog ich meinen Sowjetpaß hervor, der inzwischen schon ein Relikt geworden war.

»Andrej Jurjewitsch?« las der Zöllner laut und sah mich dabei an, als warte er auf mein die Wahrheit bestätigendes Nicken. »Sie haben nur diese eine Tasche?«

Ich nickte.

»Bitte, gehen Sie dort hinüber, durch diese Tür!« sagte er und begleitete seine Worte mit einer weit ausladenden Geste, die die Richtung anzeigte. »Und die Tasche nehmen Sie bitte auch mit!«

Hinter der eleganten schwarzen Tür entdeckte ich eine Art Aufenthaltsraum, bequem mit Polstermöbeln ausgestattet. Es war niemand da. Ich ging zum nächstbesten Sessel und setzte mich.

Die Tür öffnete sich lautlos. Ein Mann von ungefähr fünfundvierzig Jahren kam herein. Er trug einen dunkelblauen, teuren Anzug, zu dem die grellrote Krawatte und das einfache, ebenfalls rötliche Gesicht nicht recht passen wollten. In der Hand hielt er eine Röntgenaufnahme.

Er kam zu mir und setzte sich in den nebenstehenden Sessel.

»Andrej Jurjewitsch?« fragte er.

Ich nickte.

Er sah mich an, dann hob er das Röntgenbild auf seine Augenhöhe an und betrachtete es eingehend.

»Sind Sie Arzt?« fragte ich.

»Nein, aber ich mußte Kurse in Röntgenologie machen…«, sagte er in scherzhaftem Ton. »Sie haben gesundheitliche Probleme…«, fuhr er fort und zeigte mir auf der Röntgenaufnahme etwas, das mit rotem Filzstift markiert war.

Mein namenloser Gesprächspartner seufzte tief. »Wissen Sie, Andrej Jurjewitsch, ich mag keine ruhigen Gespräche. Ich bin an handfeste Streitereien gewöhnt, mit richtigem Geschrei und viel Emotionen… So wie früher. Aber jetzt ist alles nicht mehr so, wie's mal war, jetzt macht man alles viel zu intellektuell… Wenn Sie verstehen, was ich meine…«

»Nein«, gestand ich.

»Na gut, wenn Sie so widerspenstig sind, dann erzähle ich Ihnen eine interessante Geschichte. Vor einem halben Jahr, Sie erinnern sich vielleicht, es wurde viel darüber in den Zeitungen geschrieben, verschwand ein Kandidat für das Amt als Parlamentsabgeordneter, ein Kandidat der Opposition… Na ja, er verschwand eben. Keine Leiche – kein Fall. Und nun, fünf Monate später, fährt ein Kiewer Schriftsteller nach Deutschland zu einer ernsthaften medizinischen Behandlung. In seiner Jugend hatte er dem Kognak ganz schön zugesprochen – damals war der Kognak billig und, na klar, die Leber hat das nicht ausgehalten. Die Leber ist ein sensibles Organ. So fährt also unser Herr Schriftsteller nach Deutschland und bringt seine kranke Leber zur Behandlung mit. Gut, daß der Schriftsteller dort Freunde hat, die für ihn eine Krankenversicherung organisiert haben, und die tun so, als sei die Leber des Herrn

Schriftsteller erst in Deutschland krank geworden. Sollen doch die deutschen Steuerzahler für ihn aufkommen, oder soll doch die Versicherung mit den Beiträgen aufschlagen… unwichtig. Wichtig ist nur, daß die deutschen Ärzte die vom Kognak verdorbene Leber untersuchten, die Köpfe schüttelten und sagten, daß man eine solche Leber nicht mehr heilen kann. Man muß eine neue Leber einsetzen. Na gut, was Neues ist immer besser als etwas Altes, nicht wahr? So war denn unser Herr Schriftsteller gern zur Operation bereit. Man setzte dem Herrn Schriftsteller eine neue Leber ein, man ließ ihn sich regenerieren, quartierte ihn einen Monat lang in einer Pension ein, hübsch am Wasser gelegen. Ein Monat ging vorbei, die deutschen Kollegen kamen ihn besuchen, nahmen ihn mit nach Köln… Dann übernachtete der Herr Schriftsteller im Hotel Engelbert, und am nächsten Morgen ging's ab zum Flughafen. – Na, Andrej Jurjewitsch, sind Sie immer noch so ruhig? Vielleicht ist Ihnen nicht gut?« fragte mein Gesprächspartner mit hoffnungsvoller Stimme.

»Nein, nein, alles in Ordnung«, sagte ich, obwohl mir langsam aufging, daß die Geschichte, die er da erzählte, ziemlich genau war. Es war meine eigene Geschichte. »Na endlich werden Sie nachdenklich!« sagte mein Gesprächspartner zufrieden. »Vorher saßen Sie so ruhig da, als ob Sie rein gar nichts auf dem Kerbholz hätten! Na gut, jetzt ruhen Sie sich ein wenig aus. Ich muß nur kurz weg.«

Er stand auf und ging Richtung Tür.

Im Raum war es sehr still, eine Stille, die mir geradezu steril erschien, fast medizinisch, irgendwie künstlich. Im normalen Leben gab es so was nicht.

Wieder klickte das Türschloß, und eine junge Stewardeß kam herein. Sie streckte mir ein Tablett hin, auf dem genau das gleiche Essen stand, das ich vor kurzem im Flugzeug erhalten hatte.

»Guten Appetit!« sagte sie und ging hinaus.

Ich saß im Sessel mit dem Tablett auf den Knien. Hunger hatte ich eigentlich nicht, aber die Stille erforderte irgendeine Art der Tätigkeit. Also zog ich die Alufolie von meinem Airline-Essen, packte das in Zellophan verpackte Besteck aus und fing an zu essen.

Nach ungefähr fünfzehn Minuten brachte dieselbe Stewardeß den Kaffee. Eigentlich hatte ich ja aufgehört, Kaffee zu trinken, meine frühere Leber vertrug es nicht, aber in diesem Moment war es mir unangenehm abzulehnen, und meine Leber war ja jetzt ganz neu, so daß ich darauf keine Rücksicht nehmen mußte.

Kurz darauf kam mein Gesprächspartner wieder.

»Na, haben Sie sich gestärkt?« fragte er. Und ohne eine Antwort abzuwarten, fuhr er fort: »Ich habe auch eine Kleinigkeit zu mir genommen, jetzt sind wir beide wieder frisch, und ich erzähle Ihnen noch eine sehr interessante Geschichte... Erinnern Sie sich an den verschwundenen Parlamentskandidaten, den ich erwähnte? Er war ein ruhiger Mensch, ein stiller Typ, obwohl er ziemlich extreme Ansichten vertrat. Er trank sehr gern Kaffee... mit einem Wort, er war ein typischer Westukrainer und ein aufrichtiger Nationalist. Tja, und dann verschwand er von der Bildfläche... Nicht aus freien Stücken, natürlich. Man suchte lange nach ihm. Da war er noch am Leben. Gewisse Leute, nennen wir sie Gangster, hatten ihn entführt und hielten ihn zuerst in einem Haus auf dem Land fest, nicht weit entfernt von Kiew. Dann, als die erste Welle der Nachforschungen vorbei war, transportierten sie ihn gefesselt in einem Auto in die Karpaten, dort hatten sie eine Verabredung mit einem Offizier des Grenzschutzes…

Der Offizier flog sie mit einem Militärhubschrauber nach Polen, das ist nicht teuer, kostet gerade dreihundert Dollar, aber Sie verstehen, die Soldaten verdienen zur Zeit so wenig, daß sie sich über jeden Nebenverdienst freuen… Dort in Polen wartete schon ein Auto auf sie, und sie fuhren Richtung Norden. Kurz bevor sie Szczecin erreichten, bogen sie auf einen Feldweg ein und erreichten schließlich ein abseits gelegenes Gehöft. Dieses Gehöft wurde vor fünf Jahren von einem Kiewer gekauft, er war Präsident eines Investmentfonds, der inzwischen schon nicht mehr existiert. Sie müssen sich doch noch erinnern, daß Ihr Vater all sein Geld in drei Aktienfonds angelegt hatte und alles verlor! Dieses also war einer der Fonds. Der Kiewer lebt jetzt in Prag, und in dem Gehöft wohnt sein Bruder. Er hat dort alles umgekrempelt, hat teure medizinische Geräte gekauft. Irgendwann einmal hat er einen Abschluß in Medizin gemacht und ein paar Jahre als Arzt bei der Ambulanz gearbeitet. Später hat er beim Schnapsgroßhandel Geld gemacht, vor kurzem aber ist er zur Medizin zurückgekehrt, und nun blüht sein Geschäft… Auf dieses Gehöft hin also hat man unseren verschwundenen Kandidaten gebracht, ihn sozusagen aufs Krankenbett gelegt und sorgfältig untersucht. Man entdeckte ein paar Probleme, die in Ordnung gebracht werden sollten. Man behandelte seine Leber, ich hatte ja schon erwähnt, daß sie etwas angegriffen war, weil er zuviel Kaffee trank. Man heilte auch ein paar andere Organe. Eine interessante Gesetzmäßigkeit: Intelligente Leute kümmern sich fast nie um ihre Gesundheit. Sie beispielsweise ja auch nicht... Als man den Kandidaten zu Ende behandelt hatte, stellte der Besitzer dieses Gehöfts sozusagen eine Inventarliste zusammen von all den mehr oder weniger gesunden Organen des Kandidaten, danach setzte er eine genaue Liste dieser Organe mit detaillierter Beschreibung auf. Er faxte diese Liste an verschiedene Nummern in Europa. Schon eine halbe Stunde später bekam er Rückantworten. Damit war das Schicksal des Kandidaten besiegelt. Am nächsten Abend operierte man ihn, sozusagen unter Vollnarkose. Man entnahm ihm verschiedenste Organe und legte sie in spezielle Gefäße mit einem Lösungsmittel. In einer derartigen Lösung läßt sich eine Leber lange aufbewahren, und auch die Nieren... Unweit von dem Gehöft liegt ein Privatflugplatz. Den flogen mehrere kleine Flugzeuge an, um die Organe abzuholen. Das Herz, beispielsweise, flog nach Frankreich, es schlägt jetzt in der Brust eines uralten Bankiers. Eine Niere wurde einer österreichischen Opensängerin eingesetzt... Und die Leber... ja, die Leber haben jetzt Sie. Verstehen Sie, was das heißt?«

Ich erschrak. Um die Wahrheit zu sagen, in Deutschland hatte ich gar nicht daran gedacht und auch nicht danach gefragt, wer der Spender meiner Leber war. Man hatte mir nur gesagt, daß die Organe normalerweise von Menschen stammen, die bei einem Autounfall umgekommen sind. Außerdem war es auch nicht gerade angenehm, daran überhaupt zu denken.

»Und was jetzt?« fragte ich. »Sie werden mir wohl kaum die Leber wieder herausschneiden wollen? Und wozu sollten Sie die auch brauchen?«

»Wozu? Na, sagen wir mal so... Die Sache ist delikat. Verstehen Sie, die Leber, das ist der körperliche Beweis, ein Teil des Körpers. Und wenn wir den Körper haben, haben wir auch einen Fall, den wir dann abschließen können... Man muß das Volk beruhigen, sonst verbreiten die Zeitungen noch, daß dies ein politischer Fall ist. Dabei handelt es sich um ganz normale Kriminelle... Sie sehen es ja selbst! Und auch die Familie des Verstorbenen wird sich endlich beruhigen – lieber eine bittere Gewißheit als völlige Unklarheit. Ich glaube, die Verwandten des Kandidaten wollten auch ein Grab, so daß es völlig möglich ist, daß sie von Ihnen die Leber zurückfordern, um sie zu begraben... Sehen Sie, in was Sie sich da reingeritten haben! Tiefer geht's kaum.«

»Moment mal!« sagte ich und sah meinem Gesprächspartner aufmerksam in die Augen. »Das heißt doch, daß Sie alles im voraus gewußt haben. Sie haben genau gewußt, wohin und zu welchem Zweck man diesen Menschen entführt hat?«

»Ich persönlich? Nein, ich beschäftige mich nur mit den Auslandsbeziehungen des Organhandels. Wie es von Polen aus weitergeht. Meine Kollegen wußten natürlich schon etwas. Aber wir sind nicht die Miliz, in unser Aufgabengebiet fällt lediglich das Sammeln konkreter Informationen und ihre Nutzung in Notfällen. Wenn man Ihnen beispielsweise in Deutschland die Leber eines Stepan Sacharowitsch Kuprinenko implantiert hätte – den gab's wirklich, ein Waldarbeiter in den Karpaten –, würden Sie jetzt gemütlich zu Hause sitzen und mit Ihrer Frau Tee trinken. Aber die Leber von Kuprinenko wurde einem anderen Herrn eingesetzt, einem deutschen Professor aus Köln. Die Leber von Kuprinenko war übrigens sogar besser als Ihre neue. Allerdings auch teurer. Aber so, da Sie eine Leber mit, sagen wir mal, politischer Färbung bekommen haben, tja, da ist nichts zu machen … Nun gut, bald bekommen Sie ein Abendessen, und für mich ist es Zeit, nach Hause zu gehen. Also dann, bis morgen!«

Wieder blieb ich allein in der sterilen Stille dieses Raumes ohne Fenster. Mein Befinden verschlechterte sich mit einem Mal. Ich hatte leichte Kopfschmerzen und spürte deutlich die Leber. Nicht, daß sie weh tat, aber es war, als hätte sie stark an Gewicht und Größe zugenommen, und sie fühlte sich an wie etwas Fremdes, das man schleunigst loswerden sollte … Ich stand vom Sessel auf und legte mich auf das Sofa mit dem Velourbezug, das daneben stand. Allmählich wurde mir besser.

Ein paar Stunden später brachte mir eine andere Stewardeß ein Tablett mit dem Flugzeugessen, die Mahlzeit war genau die gleiche wie die vorherige. Und wieder kam die Stewardeß nach etwa fünfzehn Minuten zurück und brachte mir starken Kaffee, diesmal in einer großen Thermoskanne, die sie mir daließ.

Der Kandidat hatte sehr gern Kaffee getrunken, erinnerte ich mich, und berührte meine neue Leber, deren Geschichte ich nun im Detail kannte.

Trotz des äußerst unbequemen Sofas schlief ich tief und fest. Doch beim Aufwachen fühlte ich mich wieder nicht wohl. Kurz darauf brachte mir eine große, etwa fünfunddreißigjährige Stewardeß ein Flugzeugfrühstück und eine neue Thermoskanne mit Kaffee.

Nun schon mit einem leichten Anflug von Ekel packte ich das Plastiktellerchen aus, auf dem warmes Bohnenpüree und zwei verschrumpelte Würstchen lagen, die ziemlich zerquält ausschauten. Als ich mein Einwegfrühstück gegessen hatte, schenkte ich mir Kaffee aus der Thermoskanne in die Plastiktasse ein. Sofort stieg mir intensivster Kaffeeduft in die Nase. Dieser Kaffee war entschieden stärker als der gestrige. Ich stellte mir vor, wie schädlich er für die Gesundheit war, besonders für meine neue Leber. Aber gleichzeitig ergriff mich ein vorher nie gekannter ›Kaffeedurst‹, und ich leerte die ganze Kanne, die viereinhalb Tassen enthielt.

Danach spürte ich in meinem Inneren die Bewegung der Flüssigkeit. Nicht, daß mir das früher nie passiert wäre, aber jetzt geschah es irgendwie anders. Als wenn sich die Richtung der Bewegung geändert hätte. Und wieder empfand ich meine Leber als ein Gewicht, als wolle sie extra meine Aufmerksamkeit auf sich lenken.

›Wahrscheinlich vertragen sich meine anderen Organe nicht besonders gut mit der neuen Leber‹, dachte ich. ›Sie müssen sich erst noch an sie gewöhnen, sich aneinander anpassen … Aber, egal, sie werden sich schon aufeinander einstellen …‹

Die Tür ging auf, und ins Zimmer kam mein gestriger Gesprächspartner.

»Guten Morgen, Andrej Jurjewitsch. Wie haben Sie geschlafen?«

Ich nickte zur Antwort.

Er kam heran und setzte sich in den Sessel neben mich.

»Wie geht's der Leber?« fragte er.

»Ganz gut...«

Er nickte nachdenklich.

»Ja«, seufzte er, »Sie sind nicht zu beneiden. Die Verwandten des Kandidaten sind schon benachrichtigt worden. Die Angelegenheit geht ihrem Ende zu. Mein Sohn kennt Sie übrigens. Er sagt, daß er ein paarmal bei Ihren Lesungen war. Es hat ihm gefallen, hat er gesagt. – Aber gut, kehren wir zu unserer Geschichte zurück. Eigentlich wissen Sie ja schon alles. Wir können nur noch hier sitzen und die Entscheidung abwarten«, sagte er mit nach oben gerichtetem Zeigefinger, »was die Leber des Kandidaten betrifft...«

In diesem Moment klopfte es. Mein Gesprächspartner erhob sich und ging zur Tür. Ich hörte ein undeutliches, aber aufgeregtes Flüstern. Die Tür klickte ins Schloß, und ich war wieder allein.

›Vielleicht ist über meine Leber schon entschieden worden?‹ fragte ich mich nicht ohne Schrecken.

Die sterile Stille reizte mich. Meine gestrige Selbstbeherrschung war dahin.

›Nein, kein Grund zur Aufregung‹, versuchte ich mich selbst zu beruhigen. ›Es wird schon nichts Schlimmes passieren. Schließlich leben wir am Ende des zwanzigsten Jahrhunderts und nicht im blutigen Mittelalter...‹

Nichtsdestotrotz wuchs die nervliche Anspannung und wurde zum Schmerz. Es tat irgendwo im Bauch weh. Der Schmerz kam in Wellen, und ich fühlte die Richtung, in die sie gingen. Die Wellen breiteten sich aus, und der Schmerz wurde stärker. In mir braute sich ein regelrechter Schmerzsturm zusammen. Mich interessierte nur noch eines: Hatte das mit meiner neuen Leber zu tun oder nicht?

An einem bestimmten Moment schlug die Schmerzwelle über mir zusammen, und ich verlor die Besinnung.

Ich wachte in einem gewöhnlichen Krankenzimmer wieder auf und blinzelte. Ich blinzelte nicht lange.

Da hörte ich schon die bekannte Stimme meines letzten Gesprächspartners.

»Verzeihen Sie, Andrej Jurjewitsch... Man hat Sie auf meine Bitte hin zu Bewußtsein gebracht. Ich habe hier eines Ihrer Bücher gekauft. Ein Kinderbuch. Nicht schlecht, wirklich lustig. Geben Sie mir doch ein Autogramm zur Erinnerung...«

Der Nebel vor meinen Augen lichtete sich ein wenig, und ich erblickte das bekannte rötliche Gesicht.

»Unterschreiben Sie! Ich heiße Taras Belonenko...«

Er drückte mir einen Filzstift in die Hand und richtete mich auf, indem er mich zur Seite drehte. Vor mir sah ich mein neuestes Kinderbuch.

»Am besten hier, auf der zweiten Seite...«

Ich schrieb mit zittrigen Buchstaben: ›Dem lieben Taras vom Autor‹.

»Schreiben Sie kein Datum hin«, bat der Gesprächspartner.

Ich ließ mich wieder auf den Rücken fallen und schloß die Augen.

»Danke, Andrej Jurjewitsch«, hörte ich. »Ihre Angelegenheit ist noch nicht entschieden. Vielleicht geht ja alles vorbei. Und bitte, denken Sie nicht, daß wir Sie wirklich beschattet haben, so wie in früheren Zeiten. Sie haben ja selbst alles am Telefon Ihrer Frau erzählt.«

Am Morgen des nächsten Tages starb ich. Die Autopsie ergab einen generellen Infarkt des Herzmuskels. Die Leber war in Ordnung, wenn auch ein wenig vergrößert.

Meine Frau fand schnell eine gemeinsame Sprache mit der Witwe des Kandidaten, und Gott sei Dank beschlossen sie, mich am Stück zu bestatten.

Bei meiner Beerdigung versammelten sich viele mir unbekannte Leute. Es erklang die reine ukrainische Sprache. An meinem Grab wurde ein Meeting abgehalten.

Auf der Marmortafel über meinem Grab wurden zwei Nachnamen eingemeißelt, so hatten sich die beiden Witwen geeinigt, und seit dieser Zeit werden immer frische Blumen an das Denkmal gebracht. Am Grab versammeln sich sympathische junge Leute und reden lange über die Zukunft.

Ich fühle mit ihnen, aber im Grunde habe ich mit der Sache nichts zu tun.

Und auch die Blumen sind nicht für mich, sondern für meine letzte Leber.

Yael Hedaya
Liebe pur

Der Mann sah die Frau in den ausgebleichten Jeans und dem Top auf dem Sofa sitzen und dachte an das kleine Mädchen, das vom Fahrrad gefallen war. Er wollte sie in die Arme schließen. Er setzte sich neben sie auf das Sofa, und sie begannen zusammen das Fell des Hundes nach Zecken abzusuchen. Ihre Finger wühlten im Fell, begegneten einander und verhakten sich, und ein sanfter Augenblick von Stille, Aussöhnung und Zuhause lag in der Luft, zumindest aus der Sicht des Hundes, der in ihrem Schoß einschlief.

Sie konnten keine Parasiten entdecken und verschwanden abermals im Schlafzimmer. Als sie wieder herauskamen, war es schon sehr spät.

»Wir sind nicht essen gegangen«, stellte der Mann fest, setzte sich neben den Hund auf das Sofa und schaltete den Fernseher ein.

»Runter mit dir«, sagte die Frau und schubste den Hund weg. Sie setzte sich neben den Mann und streichelte mit den Fingerspitzen seinen Oberschenkel.

»Soll ich etwas zu essen machen?«

Der Mann nickte. Er hatte Hunger.

Die Frau ging ins Schlafzimmer und kam in ihrer Unterhose und dem lila T-Shirt des Mannes zurück. Der Mann fragte nach, ob er ihr irgendwie behilflich sein könne, und sie erwiderte: »Bleib sitzen. Ich sage dir Bescheid, wenn es soweit ist.« Der Hund lief ihr hinterher in die Küche.

Sie holte eine große Zwiebel, Tomaten, schwarze Oliven und ein Gläschen Anchovis aus dem Kühlschrank. Sie schnitt die Zwiebel klein, schälte einige Knoblauchzehen, stellte eine Pfanne aufs Feuer und erhitzte darin Olivenöl. Dann entnahm sie dem Tiefkühlfach eine kleine Tüte mit Basilikumblättern, die sie vor einigen Monaten – vielleicht länger, sie wußte nicht mehr, wieviel Zeit verstrichen war, seit sie das letzte Mal auf den Markt gegangen war – eingefroren hatte. Früher war sie immer auf den Markt gegangen, um das frischeste Gemüse und Obst und die frischesten Kräuter auszusuchen. Immer hatte sie mit den Händlern ein geheimnisvolles Lächeln ausgetauscht, als wären auch sie zu den großen Abendessen eingeladen, die sie früher regelmäßig für ihre Freunde gegeben hatte. Sie waren immer in Paaren gekommen.

Manchmal hatten die Paare vorher angerufen und gefragt, ob sie einen Freund mitbringen könnten – jemanden, der aus dem Ausland zu Besuch gekommen war, jemanden, der unverhofft bei ihnen hereingeschneit war, jemanden, den sie extra für sie hervorzauberten –, und sie hatte dann für den ihr Zugedachten ein zusätzliches Gedeck aufgelegt. Schon im Verlauf des ersten Gangs hatte sie erkannt, daß nichts daraus werden würde. Ob winterliche Vorspeisen wie Pflaumen mit Fleischfüllung, gebratene Auberginen gespickt mit Pinienkernen oder überbackene Tomaten auf provençalische Art, ob sommerliche Hors d'œuvres wie Feigen mit Ziegenkäsefüllung, Saubohnensalat mit Knoblauch oder gegrillte Gemüsepaprika in Balsamico – sie hatte immer gleich gewußt, daß doch nichts daraus werden würde.

Die Frau stand vor der Spüle und hielt das Basilikumtütchen unter den Warmwasserstrahl. Sie hörte den Fernseher im Wohnzimmer laufen – im Kabelfernsehen wurde ein altes Musical ausgestrahlt – und sah, wie das Tütchen unter dem Wasser die Farbe veränderte und transparent wurde, wie die grünen Blätter zum Vorschein kamen und die Eisschicht schmolz und ins Becken gespült wurde, und sie spürte, daß sie auch die Köchin in ihr auftaute, die eines Tages die Nase voll gehabt und rebelliert hatte und in einen langen Schlaf verfallen war.

»Wie sollen wir ihn nennen?« fragte die Frau, nachdem sie gegessen und die Spaghettireste in den neuen Napf des Hundes gekippt hatten.

»Keine Ahnung«, antwortete der Mann. »Zuerst mußt du sicher sein, daß du ihn überhaupt haben willst. Es wäre doch absurd, ihm erst einen Namen zu geben und ihn dann auszusetzen.«

»Aber wir könnten uns wenigstens ein paar Namen ausdenken«, meinte die Frau und räumte das Geschirr vom Tisch ab. »Damit wir einen haben. Wenn wir uns entscheiden.«

Die Freude am Kochen überfiel die Frau wie der aggressive Schub einer unheilbaren Krankheit. Am Morgen erwachte sie früh, sprang aus dem Bett, schloß leise die Schlafzimmertür hinter sich und nahm den Hund mit in die Küche, damit er den Mann nicht störte. Durch die Balkontür drang ein weiches Licht. Der Welpe tummelte sich in der Küche und beschnupperte die Ritzen zwischen den Schränken, den Spalt unter dem Kühlschrank und die Holzbeine der Stühle, auf denen der Mann und die Frau in der Nacht gesessen hatten. Sie beobachtete ihn und wurde plötzlich von Liebe für ihn durchflutet. Schon immer hatte sie sich gewünscht, einen Hund zu haben. Immer hatte sie gedacht: Wenn ich einmal ein richtiges Zuhause habe, hole ich mir einen Hund. Jetzt aber fand sie, daß es auch umgekehrt funktionieren könne. Sie holte Wurst und Käsereste aus dem Kühlschrank und legte sie dem Hund in seinen Napf. Den Aluminiumtopf mit seinem Wasser leerte sie in die Spüle und goß Milch hinein. Dann setzte sie Wasser für einen Kaffee auf und betrachtete, an die Arbeitsplatte gelehnt, den Hund, der, seiner neuen Aufgabe nicht bewußt, gierig fraß und trank. Sie dachte: Der Kühlschrank muß aufgefüllt werden. Heute ist Großeinkauf angesagt. Der Hund hatte inzwischen aufgefressen und machte sich daran, den Napf auf dem Fußboden umherzuschieben. Die Frau nahm den Napf und stellte ihn auf die Arbeitsplatte, damit der Lärm den Mann nicht weckte. Sie setzte sich an den Tisch und trank ihren Kaffee. Der Hund saß auf seinem Hinterteil und schielte hinauf zu seinem Napf. Der Mann, die Frau und sein Plastiknapf waren jetzt seine ganze Welt.

Plötzlich wurde die Frau von Panik erfaßt. Der gestrige Morgen fiel ihr wieder ein. Daß sie jetzt in vollen Zügen die Stille, das weiche Licht und den Hund sowie die imaginäre Einkaufsliste genießen und hier in der Küche herumhocken konnte, dieser Umstand hing, wie sie sich jetzt bewußt wurde, allein von dem Mann ab, der nebenan auf dem Bauch lag und fest schlief.

Vielleicht hatte er andere Pläne. Wenn er aufwachte, würde er sich hastig anziehen und sodann verkünden, daß er schon wieder zu spät zur Arbeit komme, vielleicht würde er diesmal aus Höflichkeit einwilligen, einen Kaffee zu trinken, und derweil schon seine Flucht planen. Er würde in der Küche sitzen und ein wenig mit dem Hund spielen, Kaffee trinken und eine ihrer Zigaretten rauchen, und sie würde genau wissen, daß er sich nicht auf den Kaffee und auch nicht auf den Hund konzentrierte, sondern auf das, was er zu ihr sagen würde, falls sie es wagte, ihn mit möglichst ruhiger Stimme – aber eine solche Stimme, der jahrelange Erfahrung die entsprechende Gleichgültigkeit verliehen hatte, kannte er natürlich – zu fragen: »Sehen wir uns dann heute abend?«

Als sie jünger gewesen war, hatte sie sich vorgenommen, niemals Spielchen zu spielen. In ihren Zwanzigern hielt sie sich meisterhaft daran. Sie hatte einige kurze Romanzen, die sie selbst beendete, immer mit einer Geradlinigkeit und Aufrichtigkeit, die diejenigen, von denen sie sich trennte, fassungslos machten, und immer mit einer gewissen Grausamkeit. »Ich bin nicht bereit, Spielchen zu spielen«, erklärte sie ihren Freundinnen, die sie deswegen tadelten. Später dann lernte sie den jungen Rechtsanwalt und den geschiedenen Maler kennen. Sie waren Spielchen in ihren Augen, aber Spielchen, deren Ziel es war, so hoch wie möglich zu verlieren. Darin war sie gut. Sie fand es beängstigend, in etwas derart Miesem zu brillieren.

Nach dem jungen Rechtsanwalt und dem geschiedenen Maler hatte die Frau zu einer gründlichen Untersuchung von Beziehungskisten angesetzt. Sie hatte ihre Freundinnen – diejenigen, die glücklich verheiratet zu sein schienen – über deren Anfänge befragt: Wie sie die Männer kennengelernt, was sie getan und gesagt hatten, wie sie gekleidet gewesen waren, was sie empfunden hatten –, als wollte sie sie um ein Rezept bitten. Das Wissen, daß jede Köchin bei der Weitergabe eines Rezepts traditionsgemäß eine geheime Zutat unterschlägt, hatte sie geflissentlich ignoriert.

Die Frau sperrte den Hund ins Badezimmer und betrat auf Zehenspitzen das Schlafzimmer. Der Mann schlief tief und fest, bis zum Hals vom Leintuch bedeckt, nur ein Fuß lugte heraus. Sie öffnete die Schranktür, holte eine Bluse heraus und hob ihre Jeanshose und ihren BH vom Fußboden auf. Sie trug die Kleidungsstücke ins Wohnzimmer und zog sich an. Auf dem Sofa fand sie ihr zusammengeknülltes schwarzes Top. Sie mußte wieder daran denken, wie der Mann sie in der Nacht ausgezogen hatte, er hatte sie gebeten, die Arme hochzustrecken, und hatte ihr das Top über den Kopf gezogen, so wie man ein Baby auszieht. Während sie auf dem Sofa saß und sich ankleidete, fand sie, daß zwischen der ersten und der zweiten Nacht ein himmelweiter Unterschied bestand. Wie er ihr das Top ausgezogen und ihr durcheinandergeratenes Haar glattgestrichen hatte, das war geradezu väterlich gewesen. Sie dachte zurück an die Nacht im Turm mit dem jungen Rechtsanwalt und an die halbe Nacht auf diesem Sofa mit dem geschiedenen Maler. Sie hatte den jungen Rechtsanwalt nicht berührt, der Maler hatte sie nicht berührt, und bei beiden hatte sie im voraus gewußt, daß sie sie nicht wiedersehen wollte. Das war bei dem Mann nicht so.

Sie ging ins Badezimmer, wo der Hund sie mit freudigem Gejaule begrüßte, putzte die Zähne und wusch sich das Gesicht. Dann ging sie wieder hinaus, schloß die Tür hinter sich und hörte, wie der Hund daran kratzte. Sie ging in die Küche, nahm Papier und Stift zur Hand und setzte sich, um dem Mann einen Zettel zu schreiben. Sie liebte es, Zettel zu schreiben. Es gab ihr das Gefühl von Kontrolle. Sie schrieb:

»Guten Morgen! Es ist Viertel nach sieben. Ich mußte los, tut mir leid. Ich wollte dich nicht wecken. Mach's dir bequem. Ich bin am Nachmittag wieder da. Es wäre gut, wenn Du mit dem Hund Gassi gehen könntest. Ich hab's zeitlich nicht mehr geschafft. Einen Schlüssel habe ich Dir hingelegt. Nimm ihn mit, die Tür fällt nämlich ins Schloß. Der Hund ist im Badezimmer. Ich habe ihn eingesperrt, damit er Dich nicht stört. Ich hoffe, Du hast gut geschlafen. Tschüß.«

Sie konnte sich nicht entscheiden, ob sie ›bis nachher‹ oder ›bis heute abend‹ oder ›bis irgendwann‹ schreiben sollte, doch das ›Tschüß‹ sollte so selbstverständlich klingen, daß keine Notwendigkeit bestünde, es weiter auszuführen. In letzter Sekunde fügte sie hinzu: »P.S. Die Milch ist alle.« In der Schublade ihres Arbeitstischs fand sie den Zweitschlüssel, legte ihn auf den Zettel, nahm ihre Tasche, verließ die Wohnung und zog leise die Tür hinter sich zu.

Der Mann erwachte und fand sich in einem verschlossenen Raum mit heruntergelassenen Jalousien wieder, in dem es nach Schlaf roch. Ein Blick auf den Wecker, der auf der Kommode stand, sagte ihm, daß es kurz vor zehn war. Bei dem Gedanken, heute nicht arbeiten zu müssen – der geniale Regisseur war krank –, kam Freude in ihm auf. Er dachte: ›Ich frühstücke mit der Frau, danach könnten wir ein wenig spazierengehen, dann kommen wir wieder her, schlafen vielleicht miteinander, plaudern noch ein wenig, und dann gehe ich nach Hause.‹ Rein aus Prinzip beunruhigte es ihn, daß er schon seit zwei Tagen nicht zu Hause geschlafen hatte. Aber jetzt war der heutige Tag aus seiner Sicht perfekt geplant: Er könnte den einen Teil des Tages mit der Frau verbringen, und den anderen ohne sie.

Er stieg aus dem Bett, zog seine Unterhose an und trat in den Flur. Die Frau war nicht im Wohnzimmer, also ging er in die Küche und fand statt ihrer den Zettel mit dem Schlüssel. Er setzte sich an den Tisch, um den Zettel zu lesen, und wurde zunehmend wütend. Die Frau hatte eine schöne, runde Handschrift, die von Intelligenz zeugte, doch seine Wut war viel zu groß, um etwas davon wahrzunehmen. Er war sauer, daß sie ihn allein gelassen hatte und gegangen war. Es ärgerte ihn, daß sie ihn bat, den Hund auszuführen, gerade als ob es sich hier um ihrer beider Hund handelte. Und er war wütend über die Sache mit dem Schlüssel.

Seiner Ansicht nach hatte er drei Möglichkeiten: Erstens, den Zettel – den Zettel *und* den Hund – zu ignorieren, sich anzuziehen, die Wohnung zu verlassen und die Tür hinter sich ins Schloß fallen zu lassen. Zweitens, die Anweisungen auszuführen, allerdings nur ausschnitthaft: mit dem Hund hinausgehen – denn ob der Hund ihnen beiden gehörte oder nur der Frau, er sollte nicht leiden müssen –, dann den Schlüssel auf dem Zettel zu hinterlassen – und zwar genau da, wo er vorher gelegen hatte – und die Tür hinter sich ins Schloß fallen zu lassen. Oder aber die Anweisungen, auch diejenigen, die ihm zwischen den Zeilen aufgehalst wurden, aufs i-Tüpfelchen genau auszuführen: mit dem Hund hinunterzugehen und ihn wieder nach oben zu bringen, dann zu gehen, die Wohnungstür abzuschließen und den Schlüssel zu behalten. Er beschloß, seine Entscheidung zu vertagen, bis er einen Kaffee getrunken hätte, doch da fiel ihm wieder ein, daß die Frau geschrieben hatte, die Milch sei alle. Das war der Punkt, der ihn letztendlich am meisten ärgerte.

Banana Yoshimoto
Dornröschenschlaf

Wann hat das bloß angefangen, daß ich immer so viel schlafe, wenn ich alleine bin?

Der Schlaf überschwemmt mich wie die Flut den Meeresstrand: zu spät – Widerstand zwecklos. Dieser Schlaf ist so unendlich tief, daß weder das Klingeln des Telefons noch der Straßenlärm von draußen an mein Ohr dringen. Dort, in dieser anderen Welt, ist nichts, was mich bedrücken könnte, keine Trauer, keine Einsamkeit, nichts als tiefer, tiefer Schlaf.

Nur der Augenblick des Aufwachens fühlt sich ein wenig verlassen an. Ein Blick in den leicht bewölkten Himmel sagt mir, daß geraume Zeit vergangen sein muß, seit ich eingeschlafen bin. Ich wollte doch gar nicht schlafen, und jetzt hab ich wieder den ganzen Tag verpennt..., denke ich benommen. Die Reue lastet bleischwer wie eine schmachvolle Niederlage auf mir, und plötzlich läuft mir ein kalter Schauer über den Rücken.

Wann habe ich bloß angefangen, mich mit Haut und Haar dem Schlaf zu überlassen? Wann habe ich jeden Widerstand aufgegeben...? Wie lange liegt die Zeit zurück, in der ich putzmunter, quicklebendig und immer hellwach war? So unwahrscheinlich weit liegt das zurück – es muß in grauer Vorzeit gewesen sein. Erinnern kann ich mich daran nur noch in nebulösen Bildern, wie aus tiefster Vergangenheit, auf denen Farne und Dinosaurier mir wild und grell ins Auge blitzen.

Einzig und allein den Anruf meines Liebsten erkenne ich auch im Schlaf.

Das Klingeln des Telefons hört sich deutlich anders an, wenn Iwanaga anruft. Keine Ahnung, wieso, aber ich kann das nun mal genau unterscheiden. Im Gegensatz zu allen anderen Geräuschen, denen man anhört, daß sie von außen kommen, klingt sein Telefonläuten mir angenehm im Kopf drinnen, als hätte ich Kopfhörer auf. Und wenn ich dann aufstehe und den Hörer abnehme, nennt er mit dieser unheimlich tiefen Stimme, bei der einem heiß und kalt wird, meinen Namen.

»Terako?«

Ich sage:»Ja«, worauf er ein wenig über meine ausnehmend hohl klingende Stimme lacht, und dann kommt jedesmal dieselbe Frage:

»Madame haben wohl wieder geruht?«

Ich liebe es so sehr, wenn er, der mir gegenüber sonst absolut keine Höflichkeitsfloskeln benutzt, plötzlich so mit mir redet, daß es mir beim Klang dieser Worte immer vorkommt, als bräche die Welt über mir zusammen. Mir wird schwarz vor den Augen, als würden die Rolläden heruntergelassen. Ich horche dem Nachhall seiner Worte noch ewig lange hinterher.

Wenn ich dann wieder zu mir gekommen bin, sage ich schließlich: »Ja, ich hab geschlafen.«

Das letztemal rief er an einem verregneten Abend an. Es goß in Strömen, und unter der Glocke aus prasselndem Regen und bleischwerer Himmelsfarbe, die über der Stadt lag, bekam das Telefon als einzige Verbindung zur Außenwelt plötzlich eine ungeheure Bedeutung für mich.

Sobald seine Stimme anfängt, mir Uhrzeit und Treffpunkt für unsere Verabredung mitzuteilen, überkommt mich Unmut. Statt dessen sollte er lieber noch mal mein geliebtes »Madame haben wohl wieder geruht?« zum besten geben! Während ich den Fan markiere, der mit den Füßen auf den Boden stampft und: »Zu-ga-be! Zu-ga-be!« brüllt, greife ich zu Papier und Bleistift. Okay, um soundsoviel Uhr, ja, an demunddem Ort, alles klar.

Wenn mir jemand garantieren könnte, daß das, was zwischen uns beiden gerade abläuft, die wahre Liebe ist, dann würde ich demjenigen wahrscheinlich vor lauter Erleichterung die Füße küssen. Falls es aber irgendwann aus und vorbei sein wird, dann will ich auch bitte schön sein Telefonklingeln nicht mehr erkennen können, denn dann möchte ich auf der Stelle einschlafen und nie mehr aufwachen. Ich wünschte dann unverzüglich, in Ruhe gelassen zu werden.

Erschöpft und müde vor lauter Ungewißheit sehe ich unserem zweiten gemeinsamen Sommer entgegen, anderthalb Jahre nachdem wir uns kennengelernt haben.

»Meine Freundin ist gestorben.«

Seit fast zwei Monaten drücke ich mich nun schon davor, diesen Satz auszusprechen. Obwohl ich sicher bin, daß er mir ganz ernst zuhören würde, wenn ich es täte, habe ich es ihm immer noch nicht sagen können – ich weiß selbst nicht, warum.

Jede Nacht zerbreche ich mir den Kopf: Soll ich es sagen? Soll ich damit anfangen, jetzt sofort?

Ich gehe neben ihm her und suche nach Worten.

Meine Freundin ist gestorben. Du hast sie nie kennengelernt. Sie war meine beste Freundin, Shiori hieß sie. Nach der Uni ist sie in einen total verrückten Job eingestiegen. Hmmh, wie soll ich sagen, sie war im Dienstleistungsgewerbe… eine Art verfeinerte Prostitution sozusagen. Sie war aber wirklich in Ordnung, wir haben zusammen gewohnt, als wir zur Uni gingen, in der Wohnung, in der ich jetzt alleine lebe. Einfach perfekt war das, echt. Wir hatten Spaß ohne Ende. Es gab nichts, was uns hätte Angst einjagen können, wir haben immer über alles mögliche geredet, die Nächte zusammen durchgemacht, uns total besoffen und so. Auch wenn einer von uns draußen was Schlimmes passiert war – sobald sie oder ich zur Tür reinkam, wurde zuerst Zeter und Mordio geschrien, dann wurde die Sache durch den Kakao gezogen, und schon war sie vergessen. Einfach klasse war das! Über dich hab ich mich auch oft mit ihr beratschlagt. Na ja, beratschlagen kann man das vielleicht nicht nennen, das war schon eher lästern, schimpfen und so… Und vorgeschwärmt habe ich ihr von dir! Was man halt so macht… Wir haben uns immer alles erzählt. – Zwischen dir und mir, das ist was anderes, du weißt schon – Frauen und Männer können sowieso nie richtige Freunde werden, oder? Und wen man endlich soweit ist, daß es gemütlich wird miteinander, ist die Liebe futsch. – Shiori und ich, wir haben uns richtig gut verstanden. Wenn ich mit ihr zusammen war… ach, ich kann das schlecht beschreiben, also ... wenn einem die Last des Lebens gerade mal wieder so richtig die Schultern runterdrückte, verstehst du?, dann ... mit Shiori erschien sie einem plötzlich nur noch halb so schwer. Es wurde einem leicht ums Herz, ohne daß sie groß was zu tun brauchte, und ganz gleich, wie nah man sie an sich ranließ, nie klebte sie an einem, sie hielt immer genau den richtigen Abstand und tat einfach nur gut. Es war schön, eine richtige Freundin zu haben. Du warst da, und Shiori war da – ich hab zwar zu der Zeit immer unheimlich gelitten, aber das waren nur so Kinderwehwehchen. Wenn ich heute daran zurückdenke, kommt's mir vor wie ein einziges großes Fest! Himmelhoch jauchzend, zu Tode betrübt, jeden Tag. Shiori war schon eine tolle Frau, eine echte Freundin; wenn sie einem aufmerksam zuhörte, hat sie immer genickt und so ein bißchen aus den Mundwinkeln heraus gelächelt. Und dabei bekam sie diese Grübchen. Aber Shiori hat sich umgebracht. Da war sie längst schon bei mir ausgezogen und lebte alleine in so einer Luxusbude. Gestorben ist sie aber in ihrem kleinen Einzelbett, nachdem sie massenweise Schlaftabletten genommen hatte. Wo doch in ihrem Arbeitszimmer so ein riesengroßes Himmelbett stand, weißt du, so eins mit luftig weichen Plumeaus, in denen die Fürsten im Mittelalter geschlafen haben – wieso bloß hat sie sich zum Sterben nicht *das* ausgesucht? Ich weiß einfach keine Antwort darauf, obwohl ich ihre Freundin war! So wie ich sie kannte, hätte sie selbst garantiert für das große plädiert, nach dem Motto: »Weil man darin bestimmt bessere Chancen hat, in den Himmel zu kommen.« Von ihrem Tod erfuhr ich am Telefon, durch ihre Mutter, die aus ihrem Heimatort hergeflogen war. Ich traf sie dann zum ersten Mal – die Ähnlichkeit mit Shiori war verblüffend, mir wurde ganz warm ums Herz, und dann hat sie mich auch noch nach Shioris Arbeit gefragt – aber darauf konnte ich ihr einfach keine Antwort geben.

Ach, hat doch alles keinen Zweck, Mensch! Nicht mal annähernd vernünftig ausdrücken kann ich es. Ich weiß genau, je mehr ich versuche, meine Gedanken rüberzubringen, desto schneller sprudeln die Wörter aus mir heraus, zerfallen zu Staub und werden in alle Winde verweht – deshalb lasse ich sie erst gar nicht über die Lippen kommen. Nichts kann ich auf diese Weise rüberbringen, rein gar nichts. Letztlich zählt sowieso nur, daß meine Freundin tot ist. Was in aller Welt kann ich denn sagen, um meine ganze Trauer auszudrücken …

… denke ich unter einem Nachthimmel, dem man schon den nahen Sommer anmerkt. Während wir über die große Fußgängerbrücke vor dem Bahnhof gehen, sagt er:

»Morgen muß ich erst mittags in der Firma sein.«

In langen, glänzenden Schlangen winden sich in weiter Ferne Autos um eine Kurve. Auf einmal kommt mir die Nacht schier unendlich vor, und ich bin glücklich. Das mit Shiori ist wie weggeblasen.

»Dann können wir ja irgendwo übernachten zusammen«, sage ich ausgelassen und nehme seine Hand, worauf er, wie immer mit einem kleinen Lächeln von der Seite, sagt: »Ja, genau.«

Ich bin überglücklich. Ich liebe die Nacht. Zum Wahnsinnigwerden. In der Nacht sieht immer alles machbar aus, und deswegen werde ich kein bißchen müde.

Zusammen mit ihm bekomme ich von Zeit zu Zeit das »Ende der Nacht« zu Gesicht. Ein Anblick, den ich nie zuvor erlebt habe.

Nicht während*dessen*, das meine ich nicht. Während*dessen* verliert sich nur der Abstand zwischen uns, auch unsere Seelen schweifen nicht mehr ab. Er ist jemand, der beim Sex kein Wort sagt, also absolut keinen Ton; deshalb versuche ich zwar immer, irgend etwas aus ihm herauszulocken, um ihn zu ärgern, aber eigentlich mag ich sein Schweigen richtig gern. Ich habe dann das Gefühl, als schliefe ich durch ihn hindurch mit der riesigen Nacht. Solange er nichts sagt, fühle ich nicht nur ihn in meinen Armen, sondern sein ganzes wahres Wesen, vom tiefsten Grunde seines Herzens. Bis er »Wollen wir allmählich schlafen?« sagt und sich von mir löst, brauche ich an nichts zu denken. Ich brauche nichts weiter zu tun, als die Augen zu schließen und sein wahres Wesen zu fühlen.

Es passiert später, tief in der Nacht.

Es ist immer gleich, egal, ob wir in einem großen Hotel sind oder in einer billigen Absteige hinterm Bahnhof. Mitten in der Nacht werde ich plötzlich mit dem Gefühl wach, Wind oder Regen zu hören.

Und weil ich dann immer unbedingt hinaussehen möchte, öffne ich das Fenster. Leise streicht ein kühler Wind ins stickige Zimmer, und ich sehe die Sterne funkeln. Oder es fängt sachte an zu regnen.

Und wenn dann zufällig, nachdem ich mir das eine Weile angesehen habe, mein Blick auf ihn an meiner Seite fällt, hat er, von dem ich geglaubt habe, daß er fest schläft, die Augen weit offen. Aus unerfindlichen Gründen fehlen mir die Worte, ich schaue ihm nur still und tief in die Augen. Obwohl er im Liegen wohl kaum hinaussehen kann, ist sein Blick hell und klar, so als würde er die Aussicht und die Geräusche von draußen wahrnehmen.

»Was gibt's da draußen?« fragt er mich ganz ruhig und leise.

»Regen«, antworte ich, oder: »Wind«, oder: »Es ist ganz klar, und man kann die Sterne sehen.« Irgendwie fühle ich mich einsam und verlassen dabei, und meine Stimmung droht umzukippen. Warum bin ich nur so einsam, wenn ich mit ihm zusammen bin? Vielleicht wegen dieser komplizierten Situation, in der wir uns befinden; vielleicht liegt es auch daran, daß mir zu allem, was uns beide betrifft – mit Ausnahme meiner Liebe zu ihm –, das eindeutige Gefühl fehlt: Ich kann nicht sagen, was ich von unserer Beziehung erwarte. Das einzige, worüber ich mir die ganze Zeit schon im klaren bin, ist, daß unsere Liebe auf Einsamkeit gebaut ist. Still geduckt sitzen wir beide in strahlend öder Finsternis und können uns nicht lösen aus der bleiernen, lähmenden Gemütlichkeit dort.

Dort ist das Ende der Nacht.

Das Telefonklingeln, das sich plötzlich in meinen Schlaf bohrt, holt mich wieder ins Bewußtsein zurück. *Er* ist es, denke ich und stehe mit einem Blick zur Uhr auf: Nicht mal zehn Minuten sind vergangen, seit ich eingeschlafen bin. Wäre es jemand anders, nie und nimmer hätte ich etwas gehört, ich hätte einfach weitergepennt. – Würde einem so was als übersinnliche Fähigkeit angerechnet, ich glaube, ich könnte ein klasse Medium abgeben.

»Terako?« sagt er, als ich den Hörer abnehme.

»Ja, ich bin's.«

»Madame haben wohl wieder geruht?« sagt er irgendwie froh. Und weil ich mich beim Klang dieser Worte immer gut fühle, muß auch ich unwillkürlich vor mich hin lächeln.

»Ja, aber ich war gerade dabei aufzustehen.«

»Wer's glaubt, wird selig! Apropos: Was hältst du davon, wenn wir heute abend zusammen was spachteln gehen?«

»Gute Idee!«

»Tja, dann bis nachher, da, wo wir uns immer treffen, um halb acht, ja?«

»Okay.«

Ich lege auf; das Zimmer ist nach wie vor lichtüberflutet und still. Alles wirft dunkle, klar umrissene Schatten auf den Boden: ausgeschnittene Zeit. Ich schaue mir das eine Weile an, bekomme aber zu nichts Lust und gehe einfach wieder ins Bett. Vorm Einschlafen denke ich noch ein bißchen über Shiori nach.

Der Mann, den Shiori zuletzt geliebt hatte – hat mich gefragt, ob sie sich »wegen der Arbeit« umgebracht hätte. Geantwortet habe ich, ich wüßte es nicht, aber gedacht habe ich im Grunde meines Herzens, daß das wohl doch die richtige Erklärung war.

Shiori war wie besessen von ihrer Arbeit, sie war verrückt danach. Wegen der Arbeit ist sie damals auch bei mir ausgezogen. Und in gewissem Sinn handelte es sich sicher auch um eine Tätigkeit, die nur sie allein beherrschte, die man vielleicht als ihre Berufung hätte bezeichnen können. Beschäftigt war sie bei einer Art Geheimclub, nein, bei einer Organisation für eine recht merkwürdige Form von

Prostitution; wie sie sagte, war sie dort durch einen Gast eingeführt worden, der sie in der Bar abwarb, wo sie auf Vermittlung eines Freundes gejobbt hatte. Was sie zu tun hatte, war »Bei-Schlaf« im wörtlichen Sinne, das heißt, der Kunde durfte lediglich neben ihr schlafen. Ich war völlig geplättet, als ich das erste Mal davon hörte.

Von ihrem Arbeitgeber und Patron hatte sie eine eigene Wohnung zugewiesen bekommen; ihr Arbeitszimmer befand sich im selben Haus, nur ein Stockwerk tiefer, und dort stand das bereits erwähnte riesige Doppelbett, in dem man so wunderbar schlafen konnte. Ich hab es selbst nur ein einziges Mal gesehen. Der Raum sah weniger nach Hotelzimmer aus, sondern wirkte eher wie irgendwo im Ausland. Es war ein richtiges *Schlaf*-Zimmer, so wie ich es zuvor nur im Kino gesehen hatte. Und dort teilte Shiori mehrere Male in der Woche mit einem ihrer Kunden das Bett bis zum Morgen.

»Waaas?«! Kein Geschlechtsverkehr?« fragte ich. Shiori hatte sich immer mehr verstrickt in ihre Arbeit, und es war der Abend, an dem sie mir schließlich eröffnete, daß sie aus meiner Wohnung ausziehen und in das Haus einziehen würde, wo auch ihr Arbeitszimmer war.

»Quatsch, natürlich nicht! Leute, die *das* wollen, gehen in andere Etablissements!« sagte Shiori bloß dazu und lächelte ihr rundes Lächeln.

»Was es nicht alles gibt auf dem Arbeitsmarkt! Scheint wirklich nur eine Sache von Angebot und Nachfrage zu sein.« Ich konnte nicht verhindern, daß sie auszog. Außerdem hatte ich begriffen, daß Shiori, aus welchem Grund auch immer, diesem wunderlichen Job längst verfallen war. »Du wirst mir fehlen«, sagte ich.

Sie antwortete: »Ach, ich bekomme doch auch noch ein ganz normales Apartment zum Wohnen, komm mich einfach besuchen!« Sie hatte nicht mal angefangen zu packen – ich konnte einfach nicht begreifen, daß sie weggehen würde, so sehr gehörte sie in meine Wohnung.

Es war schon spät in der Nacht; wir saßen wie immer auf dem Boden und sahen uns eigentlich Musikvideos an, das heißt, wir quatschten und gaben zwischendurch Kommentare ab wie: »Das Stück ist gut« oder »Die Typen sehen aber beschissen aus«. Wenn ich mit Shiori zusammen war, kam mir die Zeit schon immer seltsam verzerrt vor. Weil die schmalen Augen in ihrem Gesicht mit den überaus liebevollen Zügen immer dunkel verschleiert waren wie blaue Monde.

Sie schlief in einem Futon auf dem Boden neben meinem Bett, und beim Verdunkeln des Zimmers sah ich ihre schneeweißen Arme im Mondlicht glänzen. Bei unseren Gesprächen im Dunkeln kannten wir absolut keine Grenzen, und ich glaube, wir haben unheimlich oft so gequatscht wie in jener Nacht. Aber damals erzählte Shiori besonders viel von ihrer Arbeit. Ich lag in der Dunkelheit und hörte ihrem Redefluß zu, ihr zartes Stimmchen klang wie eine kleine Nachtmusik.

»Also, ich darf die ganze Nacht kein Auge zutun. Stell dir mal vor, der Typ neben mir würde mitten in der Nacht aufwachen, und ich würde pennen wie ein Murmeltier – dann wäre meine Arbeit ja überhaupt nichts wert, hm, wie soll ich sagen? Das wäre einfach nicht professionell, verstehst du? Weil… sie dürfen nie das Gefühl bekommen, allein zu sein. Meine Kunden – es kommen natürlich nur Leute auf Empfehlung – stammen allesamt aus geordneten Verhältnissen. Alle sind sie auf höchst subtile Weise verletzt worden und total erschöpft, am Ende ihrer Kräfte. So sehr, daß nicht mal sie selbst mehr merken, wie unendlich erschöpft sie sind. Deshalb – und man kann sich wirklich darauf verlassen – wachen sie nachts plötzlich auf. In so einem Fall ist es wichtig, daß ich ihnen bei gedämpftem Licht mein strahlendstes Lächeln schenke. Dann reiche ich ihnen ein Glas Eiswasser. Einige wollen auch einen Kaffee oder so, dafür gehe ich dann extra in die Küche, um ihn frisch aufzubrühen. Damit kann man die meisten beruhigen, so daß sie bald wieder tief und fest schlafen; so sind die Menschen halt. Ich glaube, sie brauchen alle bloß jemanden, der einfach nur neben ihnen schläft. Es sind auch Frauen darunter, und sogar Ausländer. Trotzdem, da ich halt auch nur ein Mensch bin, kommt es schon mal vor, daß ich doch einschlafe… – Ja, genau, und ob man's glaubt oder nicht, wenn man neben so einem total erschöpften Menschen schläft, wenn sich also das eigene Atmen allmählich an den gleichmäßigen Rhythmus des anderen anpaßt, dann atmet man wahrscheinlich die Finsternis seiner Seele mit ein. Du darfst nicht einschlafen, nur nicht einschlafen! sage ich mir die ganze Zeit, und dann habe ich oft im Halbschlaf diese furchtbaren Alpträume. Ganz surrealistisch: Ich sitze auf einem sinkenden Schiff fest; ich verliere alle Münzen, die ich gesammelt habe; die Dunkelheit kommt zum Fenster hereingekrochen; jemand schnürt mir die Kehle zu… Ich schrecke hoch, mein Herz klopft wie verrückt. Ich habe undefinierbare Angst. Ich schaue auf den Menschen, der neben mir schläft, und denke, ich habe gerade in seine Seele gesehen, und dieser Anblick war so schlimm, so einsam, so brutal ... Ach, mir wird angst und bange, wenn ich nur daran denke!«

Im Mondschein lag Shiori da und starrte an die Decke. Matt glänzte das Weiße in ihren Augen, und ich dachte: Und wenn es in Shioris Seele genauso aussähe ... Aber irgend etwas hielt mich davor zurück, dies laut zu sagen. Ich war jedoch überzeugt, daß ich mit meiner Vermutung recht hatte. Zum Heulen fest überzeugt.

Amélie Nothomb
Metaphysik der Röhren

Endlich kam mein dritter Geburtstag – der erste, dessen ich mir bewußt war. Er schien mir ein Ereignis von planetarischer Bedeutung zu sein. Morgens beim Erwachen dachte ich mir, daß ganz Shukugawa mich feiern würde.

Ich sprang ins Bett meiner Schwester, die noch schlief, und schüttelte sie wach:

– Ich möchte, daß du die erste bist, die mir zum Geburtstag gratuliert.

Ich fand, sie müßte sich dadurch hoch geehrt fühlen. Murrend gab sie ihren Glückwunsch von sich und drehe sich mit verdrossener Miene auf die andere Seite.

Ich ließ die Undankbare allein und ging in die Küche hinunter. Nishio-san war untadelig: Sie kniete nieder vor der Kindgöttin, die ich war, und gratulierte mir zu meinem Erfolg. So war es richtig: Drei Jahre alt zu werden, das schafft nicht jeder.

Dann fiel sie mir zu Füßen. Ich empfand lebhafte Befriedigung.

Ich fragte sie, ob die Dorfbewohner zu uns kommen würden, um mir zuzujubeln, oder ob ich die Straße entlanggehen müsse, um ihren Beifall entgegenzunehmen. Verdutzt zögerte sie einen Moment, ehe sie die Antwort fand:

– Es ist Sommer. Da sind die Leute alle in die Ferien gefahren. Sonst hätten sie ein Fest für dich veranstaltet.

Ich sagte mir, daß es auch besser so war. Diese Festlichkeiten hätten mich sicher nur ermüdet. Nichts Schöneres, als den Triumph in aller Stille zu feiern. In dem Augenblick, wenn ich meinen Plüsch-Elefanten empfinge, würde der Tag den Gipfel seines Glanzes erreichen.

Die Eltern kündigten an, daß ich mein Geschenk am Nachmittag bekäme. Hugo und André versprachen, daß sie für den heutigen Tag ausnahmsweise darauf verzichten würden, mich zu ärgern. Kashima-san sagte nichts zu mir.

Ich verbrachte die nächsten Stunden in halluzinierender Ungeduld. Dieser Elefant war das fabelhafteste Geschenk, das man mir machen konnte. Ich fragte mich, wie lang wohl sein Rüssel sein und wieviel er in meinen Armen wiegen würde.

Um vier Uhr rief man mich herbei. Ich kam zum Geburtstagstisch mit einem Herzklopfen des achten Stärkegrads auf der Richter-Skala. Nirgendwo sah ich ein Paket. Es mußte irgendwo versteckt sein.

Zeremoniell. Der Kuchen. Drei Kerzen brannten, die ich schleunigst ausblies, um endlich zur Sache zu kommen. Gesang.

– Wo ist mein Geschenk? fragte ich endlich.

Die Eltern setzten ein verschmitztes Lächeln auf.

– Es ist eine Überraschung.

– Nicht, was ich mir gewünscht habe?

– Etwas viel Besseres!

Etwas Besseres als ein Dickhäuter aus Plüsch? Das gab es nicht. Ich ahnte das Schlimmste.

– Was ist es?

Man führte mich zu dem kleinen steinernen Teich im Garten.

– Schau mal da ins Wasser!

Drei lebende Karpfen schwammen darin herum.

– Wir haben gemerkt, daß du eine Vorliebe für Fische hast, und ganz besonders für Karpfen. Darum schenken wir dir drei, einen für jedes Jahr. Ist doch eine gute Idee, nicht?

– Ja, antwortete ich verzweifelt höflich.

– Der erste ist orange, der zweite grün, der dritte silbrig. Findest du das nicht allerliebst?

– Doch, sagte ich und fand es abscheulich.

– Und du selbst wirst dich um sie kümmern. Wir haben für dich einen Vorrat an Reiswaffeln besorgt. Die zerbröckelst du zu kleinen Stücken und wirfst sie ihnen hin, so! Zufrieden?

– Sehr.

Hölle und Verdammnis! Hätten sie mir doch lieber gar nichts geschenkt!

Es war nicht nur aus Artigkeit, daß ich gelogen hatte. Es war auch, weil keine bekannte Sprache den Ton meines Verdrusses im entferntesten getroffen hätte, weil kein Ausdruck die Tiefe meiner Enttäuschung hätte ausloten können.

In die unendliche Liste unbeantworteter Fragen über die Menschheit wäre noch die folgende einzutragen: Was geht in den Köpfen wohlmeinender Eltern vor, die, nicht damit zufrieden, sich die aberwitzigsten Vorstellungen von ihren Kindern zu machen, sich auch noch herausnehmen, an ihrer Stelle die Initiative zu ergreifen?

Öfter fragt man jemanden, was er einmal werden wollte, als er noch klein war. In meinem Falle wäre es interessanter, diese Frage nicht mir, sondern meinen Eltern zu stellen. Die Abfolge ihrer Antworten zu verschiedenen Zeiten ergibt ein genaues Bild alles dessen, was ich niemals habe werden wollen.

Als ich drei war, priesen sie »meine« Begeisterung für die Karpfenzucht. Als ich sieben war, verkündeten sie »meinen« feierlichen Entschluß, die Diplomatenlaufbahn einzuschlagen. Als ich zwölf war, wuchs in ihnen die Überzeugung, eine große Politikerin in die Welt gesetzt zu haben. Und mit siebzehn wurde mir verheißen, daß ich einmal die Anwältin unserer Familie sein würde.

Es konnte geschehen, daß ich sie fragte, wie sie auf diese sonderbaren Gedanken kämen. Worauf sie jedesmal im Brustton der Überzeugung antworteten, das sehe man doch, oder das sagten doch alle. Und wenn ich dann wissen wollte, wer »alle« seien, sagten sie:

– Na, einfach alle!

Ihrem guten Glauben durfte man nicht widersprechen.

Zurück zu der dreijährigen Fischzüchterin. Da mein Vater und meine Mutter nun einmal diese Leidenschaft in mir entdeckt zu haben meinten, ließ ich es mir als brave Tochter angelegen sein, die äußeren Symptome der Ichthyophilie zu simulieren.

In meinen Malheften schuf ich mit Buntstiften Fische zu Tausenden, mit großen, kleinen, vielen oder gar keinen Flossen, grün oder rot beschuppt, blau mit gelben Tupfen oder orange mit blaßrosa Streifen.

– Da haben wir doch das Richtige getroffen, als wir ihr

die Karpfen schenkten, sagten meine Eltern und betrachteten meine Werke mit Entzücken.

Diese Geschichte wäre vielleicht noch komisch gewesen, hätte sie es mir nicht zur täglichen Pflicht gemacht, besagte Wasserfauna zu füttern.

Ich ging dazu in den Geräteschuppen und holte mir ein paar Reiswaffeln. Dann stellte ich mich an den steinernen Rand des Teichs, zerbröselte die gepreßten Scheiben und warf popkorngroße Stücke ins Wasser.

So weit ganz lustig. Das Problem waren nur diese widerlichen Biester von Karpfen, die nun mit offenen Mäulern an die Oberfläche kamen, um sich ihren Imbiß zu holen.

Beim Anblick dieser drei körperlosen Mäuler, die in Erwartung des Fraßes aus dem Teich auftauchten, packte mich lähmender Ekel.

Meine Eltern, um eine gute Idee nie verlegen, sagten mir:

– Dein Bruder, deine Schwester und du, ihr seid doch auch drei, wie die Karpfen. Du könntest den orangenen André nennen, den grünen Juliette, und der silbrige bekäme deinen Namen.

Ich fand einen freundlichen Vorwand, um diese onomastische Katastrophe abzuwenden.

– Nein, da wäre Hugo traurig.

– Stimmt. Aber wir könnten ja noch einen vierten Karpfen kaufen?

Schnell, schnell etwas erfinden, egal was!

– Nein, ich hab ihnen schon Namen gegeben.

– Ah, und wie nennst du sie?

»Was gibt es denn noch, was zu dritt ist?« überlegte ich blitzschnell. Und ich antwortete:

– Jesus, Maria und Josef.

– Jesus, Maria und Josef? Findest du die Namen nicht ein bißchen komisch für Fische?

– Nein, versicherte ich.

– Und wer heißt wie?

– Der orangene heißt Josef, der grüne Maria, der silbrige Jesus.

Ein Karpfen namens Josef – über den Gedanken mußte meine Mutter schließlich lachen. Die Taufe wurde akzeptiert.

Ich gewöhnte mir an, jeden Mittag, wenn die Sonne am höchsten stand, die Dreieinigkeit füttern zu gehen. Als Priesterin der Fischzucht segnete ich zuerst die Reiswaffel, zerbrach sie und warf sie ins Wasser mit den Worten:

– Dies ist mein Leib, der für euch hingegeben wird.

Sofort waren Jesus, Maria und Josef mit ihren widerlichen Mäulern zur Stelle. Mit lautem Getöse peitschten ihre Flossen das Wasser, sie stürzten sich auf ihr täglich Brot, schlugen sich, um soviel wie möglich von diesem Kotzzeug abzubekommen. Oder schmeckte es vielleicht so gut, daß solche Auseinandersetzungen sich lohnten? Ich biß probeweise in die styroporähnliche Masse: keine Spur von Geschmack; ebensogut hätte man Pappe essen können.

Trotzdem, wie die stupiden Fische um dieses Manna stritten, das mit Wasser vollgesogen geradezu ekelhaft sein mußte, war sehenswert. Sie flößten mir eine grenzenlose Verachtung ein.

Beim Ausstreuen des Fraßes bemühte ich mich, möglichst wenig auf die Mäuler dieser Sippschaft zu sehen. Schon die Freßwerkzeuge menschlicher Artgenossen bieten bei der Betätigung einen peinlichen Anblick, aber das war noch gar nichts gegen die meiner Schutzbefohlenen Jesus, Maria und Josef. Ein offener Gully wäre im Vergleich zu ihnen appetitlich gewesen. Der Durchmesser der Maulöffnung war fast gleich dem Durchmesser ihres Körpers, so daß es an eine Röhre hätte erinnern können, wären ihre Fischlippen nicht gewesen, die mich mit ihrem Lippenblick anblickten, schleimige Lippen, die mit einem obszönen Geräusch auf- und zugingen, Freßklappen in Form von Fallgruben, die meinen Fraß fraßen, bevor sie mich fraßen.

Ich gewöhnte mich daran, meine Pflicht mit geschlossenen Augen zu erfüllen. Das war überlebenswichtig. Blindlings zerkrümelten meine Hände die Waffeln und verstreuten das Zeug irgendwohin. Eine Salve »Pluffpluff-Gluppglupp«-Laute verriet mir, daß die Dreieinigkeit, die hungernde Bevölkerung des Teiches, meine Ernährungsballistik genau verfolgt hatte. Auch diese Geräusche waren widerwärtig, aber ich konnte mir ja nicht auch noch die Ohren zuhalten.

Es war mein erstes Ekelerlebnis, seltsamerweise, denn ich erinnere mich, daß ich, schon bevor ich drei wurde, überfahrene Frösche betrachtet, mit meinen Ausscheidungen getöpfert, den Inhalt des Taschentuchs meiner verschnupften Schwester genau untersucht und den Finger auf ein Stück rohe Kalbsleber gelegt hatte – alles ohne jede Spur von Abscheu, vielmehr angezogen von edler wissenschaftlicher Neugier.

Vom Gott des Tamtams beflügelt, wollte ich seine Priesterin werden. Eine plötzliche Stille riß mich aus meinen Gedanken. Die Tamtams schwiegen, der Kampf war vorüber. Der Mond besann sich auf seine Pflicht und folgte weiter seiner Bahn. Ich hatte in meiner Versunkenheit den Tanz der Kämpfer verpaßt. Aber ich war nicht traurig, ich konnte ja morgen hingehen.

Als ich mein Hotel betrat, kam der Portier, der anscheinend auf mich gewartet hatte, mit einem mitleidheischenden Lächeln auf mich zu.

»Guten Abend, gnädige Frau«, begrüßte er mich. »Sie können das sicher verstehen. Meine Frau hat gerade ein Baby bekommen. Sie liegt im Krankenhaus, es geht ihr nicht gut. Sie braucht Medikamente, aber ich habe nicht genug Geld. Also, wenn gnädige Frau vielleicht helfen könnten… Sie würden damit Ihre Schwester retten. Und wir würden aus Dankbarkeit das Mädchen nach Ihnen benennen, Sie haben ja so einen schönen Namen.«

Ich lachte schallend auf, er sah zu komisch aus mit seinem Dackelblick. »Sind Sie Muslim?«

»O ja, wie die meisten Senegalesen.«

»Und es ist Ihr erstes Kind?«

»Ja, das allererste!«

»Und Sie wollen behaupten, daß Sie ihm diesen Vornamen meinetwegen geben? Heben Sie sich solche Schmeicheleien für die Touristen auf!«

Da mußten wir beide lachen. Mein Vorname ist einer der gängigsten in Senegal, er wird in der Regel der ältesten Tochter einer muslimischen Familie gegeben. Er ist so geläufig und leicht auszusprechen, daß auch die Entwicklungshelfer ihre Zimmermädchen so nennen. Der Portier lachte ebenfalls aus vollem Hals: Sein Spielchen war ihm ziemlich mißglückt. Das Tremolo in der Stimme, das Krankenhaus, die Medikamente… damit konnte er nur Dummköpfe beeindrucken.

Er war nicht der einzige, der solche Tricks versuchte, um mir mein bißchen Geld aus der Tasche zu ziehen. Für ihn war ich stinkreich, weil ich aus Frankreich kam! Ein Kollege auf meiner Insel hatte sich als der bessere Schauspieler erwiesen. Der hatte mich eines schönen Morgens mit Tränen in den Augen um Geld gebeten: Er brauche ein Rezept für seinen bettlägerigen Sohn. Ich glaubte ihm. Bis ich nachmittags den armen Kranken sah. Er flitzte gerade über das Fußballfeld und säte im gegnerischen Lager Angst und Schrecken.

»In zwei Tagen, wenn ich abreise, werde ich sehen, ob mir noch etwas für Sie übrigbleibt«, beschied ich dem Portier.

»Okay, Gnädigste, das ist nett«, sagte er und wünschte mir beschämt eine gute Nacht.

Er hatte mir erst gar kein Zimmer geben wollen. Als ich am frühen Nachmittag angekommen war, hatte er mich angeschnauzt: »Ausweis? Sag deinem Kunden, er muß das Zimmer im voraus bezahlen!«

»Welchem Kunden? Dir geht's wohl nicht gut!« rief ich und riß mich gleich wieder zusammen: »Ich bin hier auf Urlaub, da ist mein Ausweis und die Aufenthaltserlaubnis.«

»Oha, eine *Francenabé*! Verzeihen Sie, Madame. Willkommen in unserem Land. Geben Sie mir Ihre Tasche, ich zeige Ihnen Ihr Zimmer.«

Arnon Grünberg
Phantomschmerz

Robert G. Mehlman ist mein Vater. Auch wenn er das in seinen Anfällen wilder Raserei immer wieder abstritt. »Ich – dein Vater?« rief er dann. »Du weißt doch, was deine Mutter für eine ist!«

Als ich geboren wurde, hatte der Ruhm Robert G. Mehlmans seinen Höhepunkt erreicht. Er war mehr als ein großes Talent. Doch nach fünf Jahren war von diesem Ruhm nicht mehr viel übrig, meine Mutter verglich meinen Vater oft mit einem Strauß Rosen, der zu lange ohne Wasser in der Vase gestanden hat.

Wahrscheinlich wurde ich gezeugt, weil mein Vater ein einziges Mal in seinem Leben ein Versprechen halten wollte. Weil meine Erzeuger sich in einer Krise befanden und nicht wußten, was sie taten. Doch wichtig ist nur, daß ich gezeugt wurde, warum, spielt keine Rolle. Obwohl mein Vater das natürlich auch wieder abstreiten würde. »Jedes Detail ist wichtig«, würde er sagen, »nichts darf unserer Aufmerksamkeit entgehen.«

Aber so ist es natürlich nicht. Viele Details sind unwichtig. Die meisten, um genau zu sein. Was hier eine Rolle spielt, ist nur, daß ich an einem kalten Januartag in einem Hotel in Long Island geboren wurde.

Am Anfang der Schwangerschaft hatten meine Eltern noch über die Vorteile einer Abtreibung gesprochen, doch diese Gespräche dauerten so lange, daß es schließlich zu spät dafür war. Meiner Mutter, die unbedingt ein Kind wollte, waren plötzlich Zweifel gekommen. Eine Geburt schien ihr ein Alptraum, doch eine Abtreibung auch, und zu guter Letzt fand sie, daß eine Geburt dann immer noch der erträglichere Alptraum war.

Meine Eltern waren gerade für ein paar Tage auf Urlaub in Montauk. Mein Vater liebte es, in Hotels zu arbeiten. Die Wehen kamen früher als erwartet. Sie wollten ins Krankenhaus, doch es war schon zu spät. Man holte eine Hebamme. Sehr viel hat die auch nicht mehr tun können.

Während der Geburt betrank sich mein Vater im Hotelrestaurant. Mit Aussicht aufs Meer. Der Rechnung zufolge, die er für mich aufhob und mir an meinem vierzehnten Geburtstag – mit Rahmen und allem Drum und Dran – überreichte, muß er an jenem Abend zwei Flaschen Chianti, vier Gläser Grappa und zwei Flaschen Champagner bestellt haben. Ich vermute, daß der Chianti und der Grappa vor meiner Geburt und der Champagner danach bestellt wurden.

Auch scheint er an jenem Abend – doch hierzu gehen die Meinungen auseinander – eine Kellnerin um ihre Hand gebeten zu haben. Meine Mutter heulte, ich kreischte wie besessen, die Hebamme schlug mir auf den Hintern, und zwei Stockwerke unter uns machte mein Vater einer anderen einen Heiratsantrag.

Bei meiner Beschneidung fiel mein Vater in Ohnmacht. Nicht wegen des Bluts oder weil er es nicht ertragen konnte, daß mir Schmerzen zugefügt wurden, sondern einfach, weil es für ihn der bequemste Ausweg war. Eine Freundin von ihm – meine Mutter konnte sie nicht ausstehen und nannte sie »die hohle Nuß« – war auch zu meiner Beschneidung gekommen. Dem Vernehmen nach hat meine Mutter gerufen: »Wenn die hohle Nuß kommt, findet die Beschneidung nicht statt.« Doch da saß die hohle Nuß schon lange in ihrer Bank.

Kurz darauf fiel mein Vater in Ohnmacht. Sie haben ihn mit süßem Rotwein wieder zu sich gebracht. Und meine Oma, die angesichts des Todes eine Vitalität entwickelte, die ihr heute so schnell keiner nachmacht, rief, sie sollten vorsichtig sein, weil mein Vater ein sehr empfindsamer Mensch sei. Als er wieder zu sich kam, versuchte er, so gut es ging, die hohle Nuß und meine Mutter voneinander entfernt zu halten. Meine Beschneidung war offenbar die erste in einer Kette kleinerer und größerer Katastrophen, obwohl vor allem meine Mutter davon überzeugt gewesen war, daß ein Kind eine heilende und beruhigende Wirkung auf meinen Vater ausüben würde.

Während der Arzt das Messer an meinem Geschlecht ansetzte, flüsterte meine Mutter: »Welcher Teufel hat dich geritten, diese hohle Nuß einzuladen, hast du denn gar keinen Respekt mehr vor mir?« Und mein Vater flüsterte: »Das ist nicht der richtige Moment, laß uns ein andermal darüber sprechen.« Aber das flüsterte er immer.

David, der beste Freund meines Vaters, mit dem er schon zusammen zur Schule gegangen war, versuchte die Wogen zu glätten, doch umsonst. »Ich habe wenig Verständnis für dein Verhalten, und bewundern kann ich's schon gar nicht«, soll er meinem Vater ins Ohr geflüstert haben.

»Worauf hast du dich da eingelassen, warum läßt du dir so auf der Nase herumtanzen?« Und meine Mutter soll gerufen haben: »Hör auf, David, mach ihn nicht noch verrückter, als er schon ist.«

So gingen meine Eltern völlig in einer Diskussion über eine hohle Nuß auf, während ich beschnitten wurde.

In den ersten Jahren meines Lebens wohnten wir in New York. Es war die Idee meines Vaters, mich Harpo zu nennen. Und weil meine Mutter auch noch einen normalen Namen wollte, kam Saul dazu. Harpo Saul Mehlman, so heiße ich.

Auf die Geburtsanzeigen hatte mein Vater folgenden Text drucken lassen: »Harpo Saul Mehlman gibt sich die Ehre, Ihnen sein Entree in die Welt bekanntzugeben, und sendet Ihnen viele Küßchen«, was meine Mutter nachträglich betrachtet doch nicht so eine gelungene Idee fand.

Daß es schlicht tierisch ist, sein Kind Harpo zu nennen, steht außer Frage. Natürlich gibt es noch viel mehr tierische Namen, aber Harpo ist doch so ziemlich der schlimmste.

Mein Vater arbeitete an seinem Opus magnum, meine Mutter in einer Tagesklinik für psychisch Gestörte. Ihr berühmtester Patient war ein Mann, der mit der Wand redete, in der Annahme, dem Geheimdienst auf diesem Wege Nachrichten zu übermitteln. Als der Geheimdienst nicht auf seine Berichte einging, wurde er destruktiv. So landete er bei meiner Mutter. Über diesen Mann hat sie promoviert. Dank meiner Mutter erkannte er, daß er zwanzig Jahre lang umsonst mit einer Wand geredet hatte. Diese Erkenntnis war zu viel für ihn, und er stürzte sich in einen Fahrstuhlschacht. Das war ein Wermutstropfen in der Promotionsfeier meiner Mutter, schließlich war er dort als Ehrengast geladen worden. Nach diesem Vorfall veröffentlichte sie einige Artikel, in denen sie die Frage aufwarf, ob es wirklich vernünftig sei, Menschen völlig von ihren Wahnideen zu heilen.

Die Psychiatrie hat sich mein Vater immer vom Hals gehalten. Obwohl er jahrelang dreimal wöchentlich zu einem Therapeuten ging, und zwar – wie er sagte – zu keinem anderen Zweck als dem, den Therapeuten zum Lachen zu bringen. Hatte der Therapeut mindestens einmal gelacht, war die Sitzung gelungen. Als er kurz nach der Scheidung den Therapeuten einmal nicht zum Lachen bringen konnte, brach mein Vater die Therapie abrupt ab und versank in eine tiefe Depression.

Übrigens wußte meine Mutter, daß mein Vater seinen Therapeuten als Versuchskaninchen für die Geschichten benutzte, die er später aufschrieb und in die Welt schickte. Verständlicherweise hatte sie ihre Zweifel, ob man einen Therapeuten für diesen Zweck benutzen sollte, doch mein Vater fand es eine geniale Idee. Außerdem, sagte er, heilige der Zweck die Mittel.

Meiner Mutter zufolge war die Psychiatrie Robert G. Mehlman gegenüber machtlos. Jeder andere hätte dies wahrscheinlich als eine Beleidigung aufgefaßt, mein Vater hielt es für ein Kompliment. »Den Therapeuten, der mich heilen kann, nehme ich in mein Testament auf«, hörte ich ihn oft sagen. Dann trommelte er mit den Fingern auf dem Tisch.

Nach seinen Worten würde ein Therapeut, der ihn zwei Jahre lang intensiv behandelte, selbst im Irrenhaus landen. Nach Meinung meiner Mutter, die schließlich doch fast zwanzig Jahre mit ihm die Wohnung geteilt hatte, war er damit ausnahmsweise einmal ganz nahe an der Wahrheit.

Morgens arbeitete mein Vater, nachmittags gingen wir ins Kino. Fast nirgends bin ich in den ersten zehn Jahren meines Lebens so oft gewesen wie im Kino. Oft sahen wir mehrere Filme am selben Tag, manche sogar zwei- oder dreimal.

Dies sind meine ersten Erinnerungen: Mein Vater und ich rennen von Film zu Film, während meine Mutter Patienten heilt, die sich mit der Wand unterhalten.

Mein Vater war Schriftsteller. Meine Achtung vor Literatur und Schriftstellern ist noch kleiner als die vor Männern im allgemeinen. Wer in der Küche eines Restaurants aufwächst, hat von Restaurants vermutlich auch eine andere Meinung. Und der Sohn eines Glasbläsers wird ein Stück Glas nie genauso betrachten können wie irgendein unwissender Laie.

Während jeder glaubte, daß mein Vater an seinem Opus magnum schrieb, und ich vor ihm auf dem Boden mit Bergen von Spielsachen beschäftigt war, schrieb er in Wirklichkeit Briefe. Briefe an mich, Briefe an die Gasversorgungsgesellschaft, Briefe an die Bank, Briefe an die hohle Nuß, Briefe an Leute, von denen er glaubte, daß sie ihn übers Ohr hauen wollten, Briefe an Unbekannte, denen er in Kneipen begegnet war und denen er auf hinterhältige Weise die Adresse abgeluchst hatte.

Später, als der Verleger ungeduldig wurde, weil der Liefertermin für das Opus magnum immer wieder verschoben wurde, entschloß sich mein Vater, seine Briefe an mich zu publizieren, und zwar unter dem Titel *Briefe an Harpo.* Übrigens ohne mich hierfür um Erlaubnis zu fragen.

Seinen ersten Brief an mich schrieb er, als ich ungefähr fünf Monate alt war.

Lieber Harpo,

wenn Du dies liest, bin ich ein alter Mann, höchstwahrscheinlich kahlköpfig, und das wird noch das geringste von allen Übeln sein, die mich erwarten. Möglicherweise bleiben nicht mal Haare auf dem Rücken mir erspart. Trotzdem möchte ich Dich schon jetzt, wo Du noch keine fünf Monate alt bist, dazu ermahnen, Dir später immer die Zeit für einen guten Lunch zu nehmen. Anderthalb Stunden Lunch sind kein Luxus, sondern eine Lebensnotwendigkeit. Welche Arbeitsbedingungen Dich in der Zukunft auch immer erwarten, bestehe auf mindestens anderthalb Stunden Mittagspause. Ein langer Lunch bricht dem Tag das Genick, und das ist, glaub mir, das mindeste, was man tun kann, denn die Tage sind auch so schon lang genug.

Hier muß ich aufhören, denn gleich kommt Deine Mutter, und wir wollen ja wenigstens, daß die Wohnung auf den ersten Blick ein bißchen aufgeräumt aussieht und ich meine Schuhe wie versprochen beim Reinkommen ausgezogen habe, damit die Putzfrau nicht umsonst gewischt hat. Auch dies laß Dir bereits jetzt von mir gesagt sein: Wischen ist immer umsonst. Wenn Du Dir das schon mal merkst, kommt der Rest von allein.

Dies war der erste von ungefähr fünfhundert Briefen an mich, die mein Vater später, als er in Geldnot war, versteigern ließ, mit dem Versprechen, sie innerhalb weniger Monate wieder für mich zurückzukaufen.

Ab meinem sechsten Lebensjahr nahm mein Vater mich in Kneipen, Bars, Kaffeehäuser und Hotelfoyers mit, wo wir irgendwelche Leute trafen. Fast immer waren es Frauen.

Für eine kauften wir einmal ein Kleid. Sie hatte lange, braune Locken, und alle fünf Minuten fiel sie meinem Vater um den Hals. Ich mußte sie Tante nennen.

Wir gingen in viele Geschäfte. Überall wurden Kleider anprobiert. Irgendwann hatte ich genug davon. Ich wollte nach Hause. Doch mein Vater sagte: »Paß gut auf, das hier ist lehrreich.«

Später, als wir nach Hause gingen, fragte ich: »Warum hast du der Tante ein Kleid gekauft?«

»Ist dir das nicht aufgefallen?« fragte mein Vater. »Sie brauchte unbedingt ein Sommerkleid.«

An dem Tag schrieb mir mein Vater:

Lieber Harpo,

heute haben wir ein Sommerkleid für die Frau gekauft, die Deine Mutter »die hohle Nuß« nennt. Irgendwann einmal wirst Du begreifen, daß diese Frau keine Nuß und auch längst nicht so hohl ist, wie Deine Mutter behauptet. Natürlich hat Deine Mutter ein paar gute Gründe, diese Frau so zu nennen, doch ich kann ein paar ebenso gute Argumente aufzählen, die das Gegenteil beweisen. Auch das wirst Du wahrscheinlich irgendwann einmal begreifen.

Es gibt Leute, die finden, daß ich Dich nicht mitnehmen sollte, wenn ich der hohlen Nuß Kleider kaufe. Abgesehen von dem praktischen Problem, wo ich Dich dann lassen sollte, kann ich Dir versichern, daß Du Dich, was immer irgendwelche Therapeuten Dir später auch einmal weismachen werden, heute ausgezeichnet amüsiert hast. Du bist auf Regale geklettert, in Umkleidekabinen eingedrungen, wo Frauen teure Kleider anprobierten, und hast alte Damen bezaubert, als wolltest Du einmal Deinen Beruf daraus machen.

Es gibt auch Leute, die finden, daß ich der hohlen Nuß überhaupt keine Kleider kaufen sollte, egal, ob Du nun dabei bist oder nicht. Mein Buchhalter zum Beispiel. Es ist noch keine drei Tage her, da schrieb er mir: »Lieber Freund, wie Du sicher gemerkt haben wirst, sind Deine Einkünfte nicht mehr das, was sie einmal waren. Wäre es nicht vernünftig, Deine Konsumgewohnheiten dieser neuen Situation – die zweifellos nur vorübergehender Natur ist – ein wenig anzupassen?«

Lieber Harpo Saul, falls Du später auch einmal solche Briefe von Deinem Buchhalter bekommen solltest, versprich mir, Sommerkleider zu kaufen, als ob Dein Leben davon abhinge. Ich hoffe natürlich, daß Dir diese Art Briefe erspart bleibt, daß Du gar keinen Buchhalter brauchst oder wenigstens einen hast, der sich nicht in Deine Konsumgewohnheiten einmischt.

Jetzt schläfst Du im Nebenzimmer, endlich, nachdem Du massenweise Vanilleeis in die Gardinen geschmiert hast. Das gibt wieder Ärger, wenn Deine Mutter das sieht! Sie hat wieder den ganzen Tag versucht, Patienten von ihren Wahnvorstellungen zu befreien. Was für ein Leben. Zum Glück habe ich sie rechtzeitig wissen lassen, daß sie von meinen Wahnvorstellungen die Finger lassen soll und von Deinen auch. Wenn Du schon welche haben solltest. Das weiß ich ja nicht. Aber ich glaube schon. Jedenfalls hat sie feierlich versprochen, von unseren Wahnvorstellungen die Finger zu lassen.

Vier kleine, zärtliche Küßchen, zwei auf die Füße, einen auf den Nabel und einen auf die kleine Stirn.

Beim Abendessen erzählte ich meiner Mutter, daß wir ein Kleid gekauft hatten.

»Lieber Gott«, sagte sie, »bestimmt wieder für die hohle Nuß!«

Es war das erste Mal, daß ich mitbekam, wie meine Mutter sie nannte. Daß sie schon bei meiner Beschneidung gegen die hohle Nuß gewütet hatte, weiß ich nur aus den Erzählungen meines Vaters. Ab und zu sprach sie auch von »diesem Troll« oder »dieser Schlampe«, doch sie meinte immer dieselbe Person.

»Warum nimmst du unser Kind mit, wenn diese hohle Nuß dabei ist?« rief meine Mutter und schob den Teller Mozzarella von sich.

Ich nehme einfachheitshalber mal an, daß sie gerade Mozzarella aß, denn das war ihre Lieblingsvorspeise, und sie bestellte sie fast jeden Tag.

»Wo soll ich den Jungen denn sonst lassen?« rief mein Vater. »Soll ich ihn vielleicht in eine Irrenanstalt stecken? Irrenanstalt hat er schon zu Hause genug!«

»Ich will nicht, daß unser Kind und die hohle Nuß einander begegnen«, fuhr meine Mutter unerschütterlich fort und packte meinen Vater am Arm.

»Sie sind einander nicht begegnet«, sagte mein Vater triumphierend. »Die hohle Nuß hat das Kind völlig ignoriert.«

»Um so schlimmer«, rief meine Mutter. »Man darf Kinder nicht ignorieren. Es ist eine Schande, daß sie Harpo nicht mal ein bißchen Aufmerksamkeit gewidmet hat.«

Hieran merkt man, daß meine Eltern – obwohl sie es gesellschaftlich ziemlich weit gebracht hatten – beide nicht ganz bei Trost waren.

»Hat die Tante dich ignoriert?« fragte meine Mutter.

Die Tante war vollkommen mit Kleideranprobieren beschäftigt gewesen, doch es schien mir klüger, nichts darüber zu sagen. »Es geht«, murmelte ich.

»Ich will nicht, daß das Kind und die hohle Nuß einander jemals wieder begegnen«, sagte meine Mutter und packte meinen Vater zum zweiten Mal fest am Arm, so fest, daß er einen blauen Fleck bekam.

Darauf sagte mein Vater in einer Lautstärke, daß das ganze Lokal ihn hören konnte: »Es ist mir unbegreiflich, daß nicht noch viel mehr gesunde, intelligente Leute denken, sie wären Jesus persönlich.«

In all den Jahren, die meine Eltern zusammenwohnten, haben wir, glaube ich, nur ein einziges Mal zu Hause gegessen. Wir aßen in Restaurants, in Bars, in U-Bahn-Stationen, in Kaffeehäusern, Bowlingcentern, Kinos, Parks, auf Sportplätzen, in Stadien, in Zügen, Flugzeugen, Hotels, aber nie zu Hause. Mein Vater hatte die Küche mit Büchern vollgestopft, mit Papieren, Zeitungsausschnitten und Zeitschriften, und den Backofen benutzte er zum Aufbewahren von Wörterbüchern.

Als wieder einmal einer von den Patienten meiner Mutter Selbstmord begangen hatte, flehte sie meinen Vater an, nur dieses eine Mal zu Hause kochen zu dürfen, weil sie das beruhigen würde. Mein Vater weigerte sich, und meine Mutter sagte: »Du hast mir nichts zu verbieten.« Darauf begann sie, Butter in einem Kochtopf zu zerlassen, und mein Vater drehte durch. Er nahm mich auf den Arm und rannte auf die Straße. Während wir auf dem Bürgersteig standen, öffnete meine Mutter das Fenster und warf mit einer Hand ein paar Bücher hinunter. In der anderen hielt sie noch immer den Topf mit der Butter.

»Nicht, Mama«, schrie ich, »nicht, bitte, bitte nicht.«

Meine Mutter war mindestens so dickköpfig wie mein Vater. Wenn sie es sich einmal in den Kopf gesetzt hatte, mit etwas zu werfen, war sie nicht mehr davon abzubringen.

Einmal hat sie meinen Vater ernsthaft verletzt, als sie ihm einen Schlüsselbund an den Kopf schleuderte. Ein andermal sah ich, wie sie mit einem Messer ein großes Loch in ein Wörterbuch bohrte.

Ohne ein Wort zu sagen, sammelte mein Vater seine Bücher wieder ein und legte sie mit einem kleinen Zettel in die Eingangshalle: »Eigentum von Robert G. Mehlman. Bitte Hände weg!«

Im Taxi auf dem Weg zum Kino sagte mein Vater: »Aggression ist ein Phänomen, das nicht nur in der Tierwelt, sondern auch beim Menschen vorkommt. Deine Mutter hat sechs Jahre studiert, um die menschliche Aggressivität beherrschen zu lernen.« Mein Vater schüttelte mich am Arm und sagte: »Sechs Jahre Studium, um die menschliche Aggressivität beherrschen zu lernen, verstehst du, was das heißt?«

Seit ich begriffen hatte, daß meine Eltern nicht ganz bei Trost waren und ich der einzige Normale in der Familie war, fühlte ich mich für sie verantwortlich. Obwohl ich nicht besonders religiös erzogen wurde, schrieb ich an jenem Abend einen Brief an Gott, in dem ich ihm erklärte, daß meine Eltern mich Harpo genannt hatten, daß sie Bücher aus dem Fenster warfen, nicht ganz bei Trost waren und es nicht einmal merkten, kurzum: daß seine Hilfe dringend erwünscht war. Später hat mein Vater den Brief gefunden und benutzt. So wie er alles benutzte.

An jenem Abend schrieb mir mein Vater:

Lieber Harpo Saul, mein kleiner, lieber, verrückter Sohn,

offenbar ist es der Wille des Allmächtigen, alle Mehlmänner in einem Irrenhaus aufwachsen zu lassen. Schon ich wuchs in einem Irrenhaus auf, und jetzt also auch Du. Falls Du je Kinder haben solltest, würde es mich nicht wundern, wenn auch sie in einem Irrenhaus aufwachsen.

Nimm es Dir nicht so zu Herzen, wenn Deine Mutter ab und zu Bücher aus dem Fenster wirft, auch nicht, wenn Du dies später einmal liest und Dich noch vage an den bewußten Abend erinnerst, als sie das Fenster öffnete und meine Bücher wie Herbstlaub auf die Straße wirbelten. Bücher aus dem Fenster zu werfen ist eine relativ unschuldige Beschäftigung: Bedenke, daß sie auch mit Möbeln hätte werfen können oder mit kostbaren Vasen.

Außerdem überleben Bücher einen Sturz aus zehn Metern Höhe, Menschen meistens nicht. Du mußt wissen, daß viele Patienten Deiner Mutter sich in Fahrstuhlschächte stürzen, eine Überdosis Ichweißnichtwas schlukken oder sich vor die U-Bahn werfen, und das geht ja nicht spurlos an einem vorüber. Obwohl ich ihr oft genug erklärt habe, daß man niemanden zurückhalten kann, wenn er sich wirklich in einen Fahrstuhlschacht stürzen will.

Ich habe Deine Mutter in einem Nachtgeschäft kennengelernt, wo ich zu später Stunde Lebensmittel verkaufte. Sie war Werkstudentin und ich Selbstmordkandidat, auch wenn ich das sorgfältig geheimhielt. Damals machte ich kaum etwas anderes, als durch die Straßen zu laufen und Briefe zu schreiben, die ich fast alle als Einschreiben verschickte, weil ich an der Wahnvorstellung litt, die Post würde sie sonst verschlampen. So lernten wir uns kennen. Den Rest erzähle ich Dir ein andermal.

Viele Jahre später, als ich in einer New Yorker Kneipe mit einer Fernsehjournalistin Kaffee trank, die acht Stunden geflogen war, um mir Fragen zu stellen, auf die ich keine Antwort wußte, stellte ich sie Deiner Mutter vor. Kaum war Deine Mutter auf der Toilette, flüsterte die Frau mir ins Ohr: »Sie ist auch nicht Ihre große Liebe, was?« Einen Moment war ich sprachlos, dann antwortete ich: »Nein, natürlich nicht, meine große Liebe, das sind Sie.«

Morgen gehen wir Sandalen kaufen, damit Du wie ein kleiner Prinz durch die Straßen stolzieren kannst. Denn das ist wichtig.

Einmal pro Jahr kam Oma Mehlman auf Besuch. Sie wohnte immer im Sheraton, zwei Minuten zu Fuß von unserer Wohnung. Wenn sie ein Zimmer zur Straße hatte, klagte sie über den Lärm von draußen, wohnte sie nach hinten, klagte sie über laute Nachbarn. Tagsüber putzte sie unsere Wohnung oder paßte auf mich auf und klagte darüber, daß meine Mutter keine gute Hausfrau sei und daß es typisch für ihren Sohn war, solch eine Dreckwanze auch noch zu heiraten.

Meinen Großvater habe ich nie gekannt. Er scheint ein berühmter Tennisspieler gewesen zu sein. Meine Oma sprach immer von ihrem Mann, »dem berühmten Tennisspieler Aron Mehlman«. In Wirklichkeit jedoch hatte er es nie weiter gebracht als auf Platz 268 der Weltrangliste. Als er wieder einmal kurz davor war, schon in der ersten Runde in Wimbledon auszuscheiden, verlor er die Beherrschung, kletterte übers Netz und rückte seinem Gegner, einem jungen Mann aus Chile, mit dem Tennisschläger zu Leibe. Als sein Gegner sich losriß und wegrennen wollte, warf mein Opa sich auf den Rasen und biß ihn in die Wade. Der Chilene mußte mit einer geplatzten Lippe und einem Wadenbiß ins Krankenhaus, und mein Opa wurde vom Tennisverband auf Lebenszeit gesperrt.

Bei einer Pressekonferenz erklärte er, daß ihm der Tennisverband Betäubungsmittel in den Tee getan hätte und eine Verschwörung gegen ihn im Gange sei. Es war das einzige Mal, daß er auf den Titelseiten einiger Zeitungen erschien, unter Überschriften wie: »Tennisspieler wird zum tollwütigen Hund.«

Wenn ihm später mal etwas danebenging, rief er immer:

»Ha, da steckt sicher wieder der Tennisverband dahinter!«

Mein Vater scheint mit dem Mythos aufgewachsen zu sein, daß sein Vater ein wichtiger und berühmter Tennisspieler war. Bis er schließlich dahinterkam, daß jener es nie weiter gebracht hatte als auf Platz 268 der Weltrangliste, den Kassiererinnen im Warenhaus aber trotzdem ständig verkündete: »Ich bin Aron Mehlman, der berühmte Tennisspieler aus den dreißiger Jahren.«

Als mein Vater sein erstes richtiges Buch *Platz 268 der Weltrangliste* publizierte, das ihn mit einem Schlag berühmt machte, war mein Großvater zum Glück innerlich schon vollkommen von seiner Demenz zerfressen. Er saß in einem Lehnstuhl am Fenster, und die Welt war ein fernes Rauschen. Dank seines Altersschwachsinns hat er nicht mehr zu lesen brauchen, daß sein Sohn ihn in dem Buch als Tyrannen und Mythomanen schilderte, der seiner Familie in Restaurants Befehle erteilte wie: »Sagt ihnen, daß ich Aron Mehlman bin, der berühmte Tennisspieler aus den dreißiger Jahren, und daß ich keine angebrannten Kartoffeln mag.«

Meine Oma meinte oft: »Ach, dieses Buch! Sie sagen ja, es wäre Literatur. Na, ich weiß nicht! Mir ist es zu düster. Die Leute haben doch schon Jammer genug bei sich zu Hause. Auf jeden Fall ist es von vorn bis hinten erlogen. Dein Großvater war der Borg der dreißiger Jahre, der McEnroe der Vorkriegszeit. Ein eleganter Spieler – als schwebte er über den Platz.«

Dann griff sie wieder zu ihrem Schwamm und machte mit dem Putzen weiter. Meine Oma glaubte an das Glück vollkommener Hygiene. So führte sie einen lebenslangen Kreuzzug gegen Staub, Bazillen und andere Krankheitserreger. Meine Oma war besessen vom Staub und vom Tod. In einem fort drohte sie zu sterben, während des einen Monats, den sie jährlich bei uns verbrachte. Mindestens sechsmal während eines Aufenthalts mußten wir den Notarzt rufen, und unzählige Male haben wir sie wegen nichts ins Krankenhaus gebracht.

Auch Tennis genoß verständlicherweise ihr besonderes Interesse. Wenn wir im Fernsehen ein Match sahen, sagte sie oft: »Ach, das hätte dein Großvater viel besser gemacht.« Über jenen Eklat wahrte sie eisernes Stillschweigen. Als ich eines Tages danach fragte, nannte sie es eine Lüge.

Im Haus meiner Oma wimmelte es von Siegestrophäen obskurer und unbedeutender Turniere aus den dreißiger Jahren. Im Wohnzimmer hing ein großes Gemälde von Aron Mehlman in voller Aktion, und an der Wand im Flur hingen fünf Tennisschläger. Die Schnüre waren schon lange gerissen, das Holz zerfiel, doch sie mußten dort hängen bleiben. Das Haus glich einem Tennismuseum.

Außer Staub, Tod und Tennis galt ihre Obsession der Ehre der Familie. Wie oft hörte ich sie zu meinem Vater sagen: »Achte auf deine Schuhe, glaubst du, daß Aron Mehlman je solche Schuhe getragen hätte? Mach deiner Familie bloß keine Schande.« Zu meiner Mutter sagte sie regelmäßig: »Achte auf deine Frisur – du ziehst unsere Familie in den Dreck.« Und zu mir sagte sie: »Streng dich nur ja in der Schule an, sonst ziehst du unsere Familie in den Schmutz!«

Ein paar Wochen Besuch meiner Oma genügten, und man dachte unweigerlich, daß es das beste sei, sich unters Bett zu verkriechen und nie mehr hervorzukommen oder sich in einen Schrank einzuschließen. Sich langsam in Nichts aufzulösen. Denn Selbstmord war natürlich auch eine Schande.

»Na ja«, sagte sie immer wieder, »die Leute denken ja, dein Vater wäre wer, aber dein Opa, das war erst ein großer Mann! Der berühmte Tennisspieler Aron Mehlman, von dem stammst du ab!«

Als der Wahnsinn ein Jahr vor ihrem Tod endgültig von ihr Besitz ergriff, ließ sie eine große Plakette an ihrer Haustür anbringen, auf der stand: HIER LEBTE DER BERÜHMTE TENNISSPIELER ARON MEHLMAN. Darunter hing immer noch das Schild: FÜSSE ABTRETEN!

Joey Goebel
Vincent

Tut mir leid, daß Du es ausgerechnet von mir erfährst, aber Du wirst nie glücklich sein.

Ich will Dir damit nicht weh tun, ich will es Dir einfach sagen, weil ich es nur anständig finde, daß ich ehrlich zu Dir bin, ehe wir anfangen. Ich hoffe, Du weißt das zu schätzen, denn von nun an wird keiner mehr anständig oder ehrlich zu Dir sein. Darum hier gleich noch einmal: Du wirst nie glücklich sein. Jetzt hast Du's schriftlich, und gern geschehen, echt.

Ich möchte, daß Du an dem sonnigsten, schwülsten Tag des Jahres nach draußen gehst und es gelassen laut ausprichst: »Ich werde nie glücklich sein.« Sogar in der Hitze müßtest Du dann die kalte Wolke Deines Atems sehen können, die Deine Aussage bestätigt. Und Deinen Atem wirst Du nur dann nicht sehen können, wenn Du es stolz sagst, wie ein weiser alter Mann: »Ich werde nie glücklich sein!« Probier es irgendwann mal.

Wenn ich an Dich denke, dann sehe ich wie in einem Comic eine Wolke über Deinem Kopf schweben, die Dir und nur Dir einen Wolkenbruch beschert. Ich sehe Dich naß bis auf die Knochen, mit hängendem Kopf und ganz geknickt, und Du bist dauernd krank, weil Du immer im Regen stehst. Tief bedrückt vom schlechten Wetter weinst Du Dir die Augen aus, doch Deine Tränenbäche verdunsten und werden zur nächsten Wolke, aus der es noch heftiger auf Dich niederregnet. Du kannst nur verlieren!

Traurige Aussichten. Du wirst nie das Mädchen kriegen. Du wirst die Welt nicht retten. Du wirst nie die wahre Liebe finden. Und auch keinen vertrauenswürdigen Freund. Du wirst nie zufrieden sein. Du wirst nie genug bekommen. Die Kirschen der andern werden immer größer sein. Und Deine holen die Vögel. Deine Tage werden lang sein und freudlos. Deine Nächte werden einsam sein und kaum mehr. Stets wirst Du auf bessere Zeiten warten, die nie kommen. Und Seelenfrieden kannst Du komplett abschreiben.

Es wird Tage geben, da wirst Du auf die Knie fallen und laut schreiend Dein Leid klagen, wem auch immer. Doch Das-Ding-das-wir-Gott-nennen kann und wird nicht helfen. Ich stelle mir den Himmel als eine funkelnde Kristallstadt vor, und dort, in ihrem höchsten, glitzernden Wolkenkratzer, verhandelt der Bürgermeister, immer vielbeschäftigt, hinter einer Tür ohne Klinke. Er ist nie zu sprechen, Anrufe werden nicht durchgestellt. Und dann sehe ich die vielen makellosen blonden Engel ohne Genitalien und ohne Füße vor mir, wie sie sich versammeln und auf uns alle hier unten zeigen, uns auslachen und kichernd sagen: »Die armen Kleinen!« Sie werden einen Heidenspaß an Dir haben.

Deine Gebete werden eher wir erhören als sie. Oder auch nicht. *Wir* werden Dein Schicksal lenken und über Dich wachen, nicht Götter oder Engel. Auch nicht die Toten. Wir. Männer und Frauen. Erwachsene mit verworrenen Beziehungsgeflechten und geheimen Plänen. Ehemalige Kinder.

Wir werden Dir geben, was Du brauchst, aber versagen, was Du willst. Wir werden dafür sorgen, daß alles, was Du für Dein Glück brauchst, knapp außerhalb Deiner Reichweite bleibt. Solltest Du aus Versehen ein Glücksgefühl verspüren, dann halte es fest, mit aller Macht. Genieße es, solange Du kannst, denn es bleibt garantiert ein kurzes Vergnügen.

Noch einmal, es tut mir leid. Es stimmt, was die Leute sagen – das Leben ist ungerecht, vor allem zu Dir. Und ich kann Dir nur einen Trost bieten: Was Du in all dem Leid und der Einsamkeit zustande bringst, wird Deine Verzweiflung und unsere Grausamkeit bei weitem überdauern. Unsere Folter ist vergänglich, Dein Werk währt ewig. So gesehen, werden wir auf lange Sicht alle gewinnen.

Und deshalb entschuldige ich mich im Namen aller, denen Du je begegnen wirst, im voraus für allen Kummer, den wir Dir bereiten werden. Dir stehen harte Zeiten bevor, Kleiner. Du bist gewarnt.

Nichts für ungut
Harlan

– Ein Brief, den ich Vincent schrieb, als er sieben war

Ich muß stockbesoffen gewesen sein, um einen so ernüchternden Brief zu schreiben. Es war erbärmlich spät, gegen halb drei morgens vielleicht, und ich schrieb ihn als letztes, bevor ich ins Bett ging. Das Gefühl mußte einfach raus, solange ich es noch spürte, also setzte ich mich hin und rotzte den ganzen Sermon auf Hotelbriefpapier.

Dieser Brief gab Vincent eine Ahnung von den kommenden fünfzehn Jahren unserer gemeinsamen Arbeit. In diesen Jahren litt er unter unglücklicher, nicht erwiderter Liebe, unter Krankheit und Depression, neben anderem Kummer, für den meistens ich verantwortlich war, direkt oder indirekt. Eine innovationsfreudige Firma der Unterhaltungsbranche namens New Renaissance stellte mich ein, um ihm dieses Leid zuzufügen, damit Vincent stets inspiriert war, große Kunst zu schaffen.

Am Tag nachdem ich diesen Brief geschrieben hatte, ließ ich ihn mir von Vincent laut vorlesen. Wir waren zu dritt: er, ich und der Welpe, den ich später töten würde, im Wohnzimmer des Hauses, das ich später niederbrennen würde. Der Junge war zwar erst sieben, konnte den Brief aber fehlerfrei vorlesen und jedes Wort richtig aussprechen, die »Genitalien« eingeschlossen. Wenn er manchmal ins Stocken geriet, so lag das an meiner besoffenen Klaue.

Ich hätte so einen Brief nicht schreiben dürfen. Hätte Mr. Lipowitz davon Wind bekommen, wäre ich gefeuert worden, mindestens. Aber wegen jenes Briefs kann ich immer sagen, Vincent habe von Anfang an gewußt, was ihn erwartete. Die meisten Kinder erfahren solche Ehrlichkeit von Erwachsenen nie. Ich wünschte, mir hätte jemand so einen Brief geschrieben, als ich ein Kind war.

Aber ich glaube nicht, daß die Warnungen in meinem Brief eine echte Chance hatten, sich Vincents bemerkenswertem Gehirn einzuprägen. Kaum hatte er zu Ende gelesen, warf er das Blatt achtlos neben sich auf das Secondhandsofa und fing an, wie närrisch um mich herumzutanzen. Er wollte mich mit aller Macht zum Lachen bringen, weil er merkte, daß ich jeden Moment weinen würde, denn ich hatte aus einem Kindermund die bedrückenden Worte eines verbitterten alten Mannes vernommen. Eines verbitterten alten Mannes von damals achtundzwanzig.

W. Somerset Maugham
Die Kunst des Romans

Ist der Roman eine Form von Kunst oder nicht? Will er belehren oder unterhalten? Wenn er belehren will, dann ist er keine Kunst. Kunst will nämlich unterhalten. Darüber sind sich Dichter, Maler und Philosophen einig. Diese Wahrheit finden viele Menschen schockierend, da die christliche Religion sie gelehrt hat, das Vergnügen mißtrauisch als Fallstrick zu betrachten, in dem sich die unsterbliche Seele verheddert. Sinnvoller dürfte es sein, das Vergnügen als etwas Gutes zu betrachten, ohne dabei zu vergessen, daß gewisse Vergnügungen schädliche Auswirkungen haben und daher am besten vermieden werden. Es gibt eine allgemeine Tendenz, sich unter Vergnügen etwas rein Sinnliches vorzustellen, und das ist verständlich, da sinnliche Freuden lebhafter sind als die geistigen; das aber ist zweifellos ein Irrtum, denn Vergnügungen des Geistes gibt es ebenso wie die des Leibes, und wenn sie auch nicht so intensiv sind, so haben sie doch längeren Bestand.

Ich werde nun darzulegen versuchen, welche Eigenschaften ein guter Roman meines Erachtens haben sollte. Er sollte ein weithin interessantes Thema haben, und darunter verstehe ich ein Thema, das nicht nur für eine kleine Gruppe interessant ist, seien es Kritiker, Professoren, Intellektuelle, Busschaffner oder Barkeeper, sondern von so allgemeinem Interesse, daß es Männer und Frauen insgesamt anspricht. Das Thema sollte von bleibendem Interesse sein; der Schriftsteller ist voreilig, der über Dinge zu schreiben beschließt, die nur Tagesaktualität besitzen. Sobald sie diese nicht mehr haben, ist sein Roman so unlesbar wie eine Zeitung von letzter Woche. Die Geschichte, die der Autor zu erzählen hat, sollte schlüssig und überzeugend sein; sie sollte einen Anfang, eine Mitte und einen Schluß haben, und das Ende sollte das natürliche Ergebnis des Anfangs sein. Die Episoden sollten plausibel sein und nicht nur das Thema fortführen, sondern sich aus der Geschichte ergeben. Die Phantasiefiguren des Autors sollten differenziert beobachtet werden, und ihre Handlungen sollten sich aus ihren Charakteren ergeben; der Leser darf keinesfalls sagen: »X würde sich nie so verhalten«; im Gegenteil, er sollte sagen müssen: »Ich habe erwartet, daß X sich genau so verhält.« Ich denke, es empfiehlt sich, die Figuren an sich möglichst interessant zu gestalten. Ich sollte erklären, warum ich sage, daß die Figuren differenziert beobachtet werden sollten: Man kann von einem Autor nicht erwarten, daß er völlig neue Figuren schafft. Sein Material ist die menschliche Natur, und obwohl es alle möglichen Arten von Menschen und Verhältnissen gibt, ist die Zahl der Typen nicht unendlich, und Romane, Erzählungen, Bühnenstücke, Epen werden seit so vielen Jahrhunderten geschrieben, daß die Chance, ein Autor könnte einen völlig neuen Charakter erfinden, ziemlich gering ist. Wenn ich vor meinem geistigen Auge die gesamte Romanliteratur Revue passieren lasse, dann erscheint mir Don Quijote als das einzig originale Geschöpf, und ich wäre nicht überrascht, wenn ich erführe, daß irgendein gelehrter Kritiker auch für ihn einen fernen Ahnen entdeckt hat. Der Autor kann von Glück reden, wenn er seine Figuren durch seine eigene Persönlichkeit betrachten kann und wenn sein Charakter hinreichend ungewöhnlich ist, daß er ihnen eine täuschende Aura von Originalität verleihen kann.

Aus dem Charakter der Figuren sollte sich nicht nur ihr Verhalten ergeben, sondern auch ihre Ausdrucksweise. Eine Dame der Gesellschaft sollte wie eine Dame der Gesellschaft reden, ein Straßenmädchen wie ein Straßenmädchen, ein Spion wie ein Spion und ein Jurist wie ein Jurist. (Es ist Meredith und Henry James gewiß vorzuwerfen, daß ihre Figuren stets wie Henry James beziehungsweise Meredith reden.) Die Dialoge sollten weder zu unzusammenhängendem Gerede ausarten noch vom Autor dazu mißbraucht werden, die eigenen Ansichten an den Mann zu bringen. Sie sollten dazu dienen, die Sprecher zu charakterisieren und die Handlung voranzutreiben. Die erzählerischen Passagen sollten lebhaft, konkret und nicht länger sein, als notwendig ist, um die Motive der beteiligten Personen und die jeweiligen Situationen, in denen sie sich befinden, klar und überzeugend vorzuführen. Die Sprache sollte so einfach sein, daß jeder halbwegs gebildete Mensch sie mühelos versteht, und der Stil sollte so gut zum Inhalt passen wie ein richtig zugeschnittener Schuh auf einen wohlgeformten Fuß. Und schließlich sollte ein Roman unterhalten. Ich habe diesen Punkt an letzter Stelle erwähnt, aber es ist die wesentliche Eigenschaft, ohne die alle anderen Eigenschaften nichts nützen. Und je intelligenter ein Roman unterhält, desto besser ist er. Unterhaltung ist ein Wort mit vielen Bedeutungen. Es meint, unter anderem, das, was Interesse erweckt oder Vergnügen bereitet. Es ist ein verbreiteter Irrtum zu glauben, daß Unterhaltung nur Vergnügen heißt. *Sturmhöhe* oder *Die Brüder Karamasow* unterhalten genauso wie *Tristram Shandy* oder *Candide*. Die Faszination ist anders, aber genauso legitim. Selbstverständlich hat der Romancier das Recht, sich mit den großen Themen der Menschheit zu beschäftigen – der Existenz Gottes, der Unsterblichkeit der Seele, der Bedeutung und dem Sinn des Lebens –, doch er wäre gut beraten, sich an den weisen Ausspruch Dr. Johnsons zu erinnern, daß zu diesen Themen nichts Neues mehr gesagt werden kann, was wahr ist, oder nichts Wahres, was neu wäre.

Ich habe seinerzeit, in der Hoffnung dazuzulernen, mehrere Bücher über den Roman gelesen. Deren Verfasser sind im großen und ganzen ebenso abgeneigt wie H. G. Wells, den Roman als Mittel zur Entspannung zu betrachten. Ziemlich einig ist man sich darin, daß die Handlung von untergeordneter Bedeutung ist, ja daß sie den Leser daran hindert, sich mit dem zu beschäftigen, was angeblich die wichtigsten Elemente des Romans sind. Ihnen ist offenbar nicht klar, daß die Geschichte, die Handlung, gewissermaßen eine Rettungsleine ist, die der Autor dem Leser zuwirft, um seine Aufmerksamkeit zu fesseln. Sie betrachten das Erzählen einer Geschichte um ihrer selbst willen als eine mindere Form des Erzählens. Das finde ich merkwürdig, denn das Bedürfnis, sich Geschichten anzuhören, ist im Menschen doch ebenso tief verwurzelt wie das Besitzstreben. Seit frühester Zeit haben die Menschen am Lagerfeuer gesessen oder sich auf dem Marktplatz versammelt, um einem Geschichtenerzähler zu lauschen. Daß dieses Bedürfnis so stark ist wie eh und je, beweist die erstaunliche Popularität von Kriminalromanen in unserer Zeit. Es bleibt dabei – einen Schriftsteller als Geschichtenerzähler zu bezeichnen ist eine Geringschätzung. Ich wage zu behaupten, daß es so jemanden gar nicht gibt. Durch die Ereignisse, die er erzählt, die Figuren, die er aussucht, und die Haltung, die er ihnen gegenüber einnimmt, präsentiert der Autor eine kritische Sicht auf das Leben. Es mag keine besonders originelle oder sehr tiefschürfende Sicht sein, aber sie ist vorhanden, und folglich ist er, auch wenn er es vielleicht nicht weiß, auf seine bescheidene Weise ein Moralist. Im Gegensatz zur Mathematik aber ist die Moral keine exakte Wissenschaft. Moral steht nicht unabänderlich fest, denn sie hat mit dem Verhalten von Menschen zu tun, und die Menschen sind bekanntlich eitel, veränderlich und schwankend.

Wir leben in einer unruhigen Welt, und es ist fraglos die Aufgabe des Romanciers, sich damit auseinanderzusetzen. Die Zukunft ist ungewiß. Unsere Freiheit ist bedroht. Ängste, Sorgen und Enttäuschungen beherrschen uns. Werte, die lange als selbstverständlich galten, erscheinen jetzt zweifelhaft. Doch dies sind ernste Angelegenheiten, und es ist den Schriftstellern nicht entgangen, daß der Leser einen Roman, der sich damit beschäftigt, womöglich etwas mühsam findet. Aufgrund der Erfindung von Verhütungsmitteln spielt die Keuschheit, der einst große Bedeutung beigemessen wurde, heute keine so wichtige Rolle mehr. Daß dies zu einem veränderten Verhältnis zwischen den Geschlechtern geführt hat, haben auch die Schriftsteller durchschaut, und daher lassen sie, wann immer das Interesse des Lesers zu erlahmen droht, ihre Figuren kopulieren. Ich bin nicht sicher, daß das eine kluge Entscheidung ist. Vom Geschlechtsakt sagte Lord Chesterfield, daß das Vergnügen kurz sei, die Stellung lächerlich und der Aufwand abscheulich; hätte er lange genug gelebt, um die modernen Romane lesen zu können, hätte er vielleicht hinzugefügt, daß dem Akt eine gewisse Monotonie eignet, wodurch er ein denkbar langweiliges Erzählsujet abgibt.

Ein Roman ist aber dazu da, mit Vergnügen gelesen zu werden. Wenn er das nicht bietet, ist er, aus Sicht des Lesers, wertlos. Insofern ist jeder Leser sein bester Kritiker, denn er allein weiß, was ihm gefällt und was nicht. Meines Erachtens darf der Romancier jedoch behaupten, daß man ihm nicht gerecht wird, solange man nicht zugibt, daß er von seinen Lesern etwas verlangen darf. Er darf fordern, daß sie das bißchen Aufmerksamkeit aufbringen, das nötig ist, um ein Buch von drei- , vierhundert Seiten zu lesen. Er darf fordern, daß sie genügend Vorstellungkraft haben, um sich für das Leben, die Freuden und Leiden, Sorgen, Gefahren und die Abenteuer der Geschöpfe seiner Phantasie zu interessieren. Wenn der Leser nicht bereit ist, etwas von sich zu geben, kann ihm der Roman nicht das Beste geben, was er zu geben hat. Und wenn er dazu nicht imstande ist, sollte er ihn gar nicht erst lesen. Niemand ist verpflichtet, einen Roman zu lesen.

Nach- und Hinweise

AIKEN JOAN, 4.9.1924 Rye (Sussex) – 4.1.2004, Petworth (Sussex)
Die jüngste Miss Ward. Aus dem Englischen von Renate Orth-Guttmann. Auszug aus dem gleichnamigen Roman (detebe 23350); Diogenes, Zürich 2003.
• Von Joan Aiken sind im Diogenes Verlag erschienen:
Ärger mit Produkt X. Roman. 1987 ***
Anderland. Roman. 1994 ***
Angst und Bangen. Roman. 1991 ***
Du bist Ich. Roman. 1989
Elizas Tochter. Roman. 1996 ***
Emma Watson. Roman. 1997 ***
Fanny und Scylla oder Die zweite Frau. Roman. 1990
Die Fünf-Minuten-Ehe. Roman. 1993 ***
Der Geist von Lamb House. Roman. 1995 ***
Haß beginnt daheim. Roman. 1988 ***
Jane Fairfax. Roman. 1993 ***
Die Kristallkrähe. Roman. 1974
Das Mädchen aus Paris. Roman. 1985
Die jüngste Miss Ward. Roman. 2000
Mitternacht ist ein Ort. Roman. 1994 ***
Die Party-Köchin. Roman. 1996 ***
Der letzte Satz. Roman. 1989
Schattengäste. Roman. 1990 ***
Der Schmuck der Lady Catherine. Roman. 2001
Der eingerahmte Sonnenuntergang. Roman. 1986 ***
Stimmen in einem leeren Haus. Roman. 1994 ***
Tote reden nicht vom Wetter. Roman. 1986
Wie es mir einfällt. Geschichten. 1991 ***
• Kinderbücher:
Prinz Koriander und die Trolle aus der Tiefkühltruhe. 1998 ***
Der Winterschlafwandler. 2000
Das letzte Stück vom Regenbogen. 1987 ***

ALLEN WOODY, eigentlich Allen Stewart Konigsberg, 1.12.1935, New York, lebt in New York
Manhattan. Aus dem Amerikanischen von Hellmuth Karasek und Armgard Seegers. Auszug aus dem gleichnamigen Drehbuch von Woody Allen und Marshall Brickman (detebe 20821); Diogenes, Zürich 1981.

*** = zur Zeit nicht lieferbar. Stand: Februar 2006

• Von Woody Allen sind im Diogenes Verlag folgende Drehbücher erschienen:
Bullets over Broadway. Eine Komödie. 1995 ***
Ehemänner und Ehefrauen. 1993 ***
Hannah und ihre Schwestern. 1986 ***
Interiors. 1981 ***
Manhattan. 1981 ***
Manhattan Murder Mystery. 1994 ***
Schatten und Nebel. 1992 ***
Der Stadtneurotiker. Drehbuch von Woody Allen und Marshall Brickman. 1981
Stardust Memories. 1981 ***
Verbrechen und andere Kleinigkeiten. 1991 ***
Was Sie schon immer über Sex wissen wollten, aber nie zu fragen wagten. 1985 ***
Zelig. 1983 ***
• Außerdem erschienen:
Woody Allen im Gespräch mit Jean-Michel Frodon. 2005

AMBLER ERIC, 28.6.1909, London – 22.10.1998, London
Arthur Abdel Simson (Titel von den Herausgebern). Aus dem Englischen von Elsbeth Herlin und Nikolaus Stingl. Auszug aus dem Roman *Topkapi* (detebe 20536); Diogenes, Zürich 1978.
• Von Eric Ambler sind im Diogenes Verlag erschienen:
Die Angst reist mit. Roman. 1975
Anlaß zur Unruhe. Roman. 1979 ***
Eine Art von Zorn. Roman. 1975
Die Begabung zu töten. 1988
Besuch bei Nacht. Roman. 1978
Bitte keine Rosen mehr. Roman. 1978
Doktor Frigo. Roman. 1975
Der Fall Deltschev. Roman. 1975
Ungewöhnliche Gefahr. Roman. 1979
Schmutzige Geschichte. Roman. 1968
Der dunkle Grenzbezirk. Roman. 1979 ***
Das Intercom-Komplott. Roman. 1971
Der Levantiner. Roman. 1973
Die Maske des Dimitrios. Roman. 1974
Mit der Zeit. Roman. 1981
Nachruf auf einen Spion. Roman. 2002
Schirmers Erbschaft. Roman. 1975
Topkapi. Roman. 1969 ***
Waffenschmuggel. Roman. 1970
• Autobiographische Bücher:
Ambler by Ambler. Eric Amblers Autobiographie. 1986
Wer hat Blagden Cole umgebracht? Lebens- und Kriminalgeschichten. 1995
• Außerdem erschienen:
Über Eric Ambler. 1979 ***
Eric Ambler. Eine Biographie von Stefan Howald. 2002

BRADBURY RAY(MOND), 22.8.1920, lebt in Los Angeles
Qualvolle Teilung. Aus dem Amerikanischen von Otto Bayer. Aus: *Die Laurel & Hardy-Liebesgeschichte* und andere Erzählungen (detebe 22478); Diogenes, Zürich 1992.

• Von Ray Bradbury sind im Diogenes Verlag erschienen:
Die goldenen Äpfel der Sonne. Erzählungen. 1981 ***
Das Böse kommt auf leisen Sohlen. Roman. 1981
Fahrenheit 451. Roman. 1981
Familientreffen. Erzählungen. 1986 ***
Friedhof für Verrückte. Roman. 1992 ***
Geisterfahrt. Erzählungen. 2000
Halloween. Roman. 1994 ***
Das Kind von morgen. Erzählungen. 1984 ***
Lange nach Mitternacht. Erzählungen. 1997 ***
Die Laurel & Hardy-Liebesgeschichte und andere Erzählungen. 1990 ***
Löwenzahnwein. Roman. 1983 ***
Der illustrierte Mann. Erzählungen. 1962
Die Mars-Chroniken. Roman in Erzählungen. 1981
Die Mechanismen der Freude. Erzählungen. 1985 ***
Medizin für Melancholie. Erzählungen. 1981 ***
Schneller als das Auge. Erzählungen. 2006
Space-Opera in 6 Bänden in Kassette. 1981 ***
Der Tod ist ein einsames Geschäft. Roman. 1987 ***
Der Tod kommt schnell in Mexico. Erzählungen. 1988 ***

BRODKEY HAROLD, eigentlich Aaron Roy Weintraub, 25.10.1930, Staunton (Illinois) – 26.1.1996, New York
Die dunkle Frau aus den Sonetten. Aus dem Amerikanischen von Elizabeth Gilbert. Aus: *Erste Liebe und andere Sorgen.* Erzählungen (detebe 20774); Diogenes, Zürich 1980.

COELHO PAULO, 24.8.1947, Rio de Janeiro, lebt in Rio de Janeiro
Der Alchimist. Aus dem Brasilianischen von Cordula Swoboda Herzog. Auszug aus dem gleichnamigen Roman; Diogenes, Zürich 1996.
• Von Paulo Coelho sind im Diogenes Verlag erschienen:
Der Alchimist. Roman. 1996
Am Ufer des Rio Piedra saß ich und weinte. Roman. 1997
Auf dem Jakobsweg. Tagebuch einer Pilgerreise nach Santiago de Compostela. 1999
Der Fünfte Berg. Roman. 1998
Der Dämon und Fräulein Prym. Roman. 2001
Elf Minuten. Roman. 2003
Handbuch des Kriegers des Lichts. 2001
Unterwegs / Der Wanderer. Gesammelte Geschichten. 2004
Veronika beschließt zu sterben. Roman. 2000
Der Zahir. Roman. 2005
Auch als Diogenes Hörbuch, gelesen von Christian Brückner. 2005
• Außerdem erschienen:
Bekenntnisse eines Suchenden. Juan Arias im Gespräch mit Paulo Coelho. 2001

DE CARLO ANDREA, 11.12.1952, Mailand, lebt in Mailand und Urbino
Arcodamore. Aus dem Italieni-

schen von Renate Heimbucher. Auszug aus dem gleichnamigen Roman (detebe 22959); Diogenes, Zürich 1997.
• Von Andrea De Carlo sind im Diogenes Verlag erschienen:
Arcodamore. Roman. 1995
Creamtrain. Roman. 1988
Guru (vorm.: *Uto*). Roman. 1998
Macno. Roman. 1987
Techniken der Verführung. Roman. 1993 ***
Vögel in Käfigen und Volieren. Roman. 1984 ***
Wir drei. Roman. 1999
Yucatan. Roman. 1991 ***
Zwei von zwei. Roman. 1991 ***

De Crescenzo Luciano, 20.8.1928, Neapel, lebt in Rom
Anwalt Tanucci. Aus dem Italienischen von Linde Birk. Aus: *Geschichte der griechischen Philosophie* I. Die Vorsokratiker (detebe 21912); Diogenes, Zürich 1990.
• Von Luciano De Crescenzo sind im Diogenes Verlag erschienen:
Also sprach Bellavista. Neapel, Liebe und Freiheit. 1986
Bellavistas Neapel. 1990 ***
oi dialogoi. Von der Kunst, miteinander zu reden. 1987
Geschichte der griechischen Philosophie I. Die Vorsokratiker. 1985
Geschichte der griechischen Philosophie II. Von Sokrates bis Plotin. 1988
Sokrates. Sein Leben und Denken. 1995 ***
Zio Cardellino. Der Onkel mit dem Vogel. Roman. 1988 ***

Diome Fatou, 1968, Niodior (Senegal), lebt in Straßburg
Der Bauch des Ozeans. Aus dem Französischen von Brigitte Große. Auszug aus dem gleichnamigen Roman (detebe 23521); Diogenes, Zürich 2006.

Djian Philippe, 3.6.1949, Paris, lebt in Paris
Sechshundert Seiten. Aus dem Französischen von Michael Mosblech. Aus dem Erzählband *Krokodile* (detebe 22738); Diogenes, Zürich 1994.
• Von Philippe Djian sind im Diogenes Verlag erschienen:
Betty Blue. 37,2° am Morgen. Roman. 1986
Blau wie die Hölle. Roman. 1990
Erogene Zone. Roman. 1987
Heißer Herbst. Roman. 1999
In der Kreide. Die Bücher meines Lebens. Über Salinger, Céline, Cendrars, Kerouac, Melville, Henry Miller, Faulkner, Hemingway, Brautigan, Carver. 2004
Kriminelle. Roman. 1998
Krokodile. Sechs Geschichten. 1993
Matador. Roman. 1995
Mörder. Roman. 1998
Pas de deux. Roman. 1994
Reibereien. Roman. 2005
Rückgrat. Roman. 1991
Schwarze Tage, weiße Nächte. Roman. 2002
Sirenen. Roman. 2003
Verraten und verkauft. Roman. 1988

Durlacher Jessica, 6.9.1961, lebt in Bloemendaal bei Amsterdam und in Los Angeles
Das war's (Titel von den Herausgebern). Aus dem Niederländischen von Hanni Ehlers. Auszug aus dem Roman *Das Gewissen* (detebe 23278); Diogenes, Zürich 2001.
• Von Jessica Durlacher sind im Diogenes Verlag erschienen:
Emoticon. Roman. 2006
Das Gewissen. Roman. 1999
Die Tochter. Roman. 2001

Faulkner William, eigentlich William Falkner, 25.9.1897, New Albany (Mississippi) – 6.7.1962, Oxford (Mississippi)
Brandstifter. Aus dem Amerikanischen von Elisabeth Schnack. Aus dem gleichnamigen Erzählband (detebe 20040); Diogenes, Zürich 1972.
• Von William Faulkner sind im Diogenes Verlag erschienen:
Absalom, Absalom! Roman. 1974 ***
Als ich im Sterben lag. Roman. 1973
Brandstifter. Erzählungen. 1972
Briefe. 1980
Das Dorf. Roman. 1982 ***
Frankie und Johnny. Uncollected Stories. 1992
Die Freistatt. Roman. 1973
Go down, Moses. Chronik einer Familie. 1974 ***
Griff in den Staub. Roman. 1974
Das Haus. Roman. 1982 ***
Rotes Laub. Erzählungen. 1972 ***
Eine Legende. Roman. 1982 ***
Licht im August. Roman. 1981
Meistererzählungen. 1993
Moskitos. Roman. 1978
Schwarze Musik. Erzählungen. 1972
New Orleans. Skizzen und Erzählungen. 1982 ***
Wilde Palmen und *Der Strom.* Doppel-Roman. 1982
Requiem für eine Nonne. Roman in Szenen. 1982
Eine Rose für Emily. Erzählungen. 1972
Sartoris. Roman. 1973 ***
Schall und Wahn. Roman. 1973
Dürrer September. Neun Erzählungen. 1968 ***
Sieg im Gebirge. Erzählungen. 1972 ***
Soldatenlohn. Roman. 1978 ***
Die Spitzbuben. Roman. 1982 ***
Der Springer greift an. Kriminalgeschichten. 1974 ***
Die Stadt. Roman. 1982 ***
Die Unbesiegten. Roman. 1973
Der große Wald. Vier Jagdgeschichten. 1974 ***
Wendemarke. Roman. 1978 ***
Werke, Briefe und Materialien in 29 Bänden in Kassette. 1982 ***
• Außerdem erschienen:
Faulkner in West Point. Von Joseph L. Fant und Robert Ashley. 1990 ***
Über William Faulkner. 1973 ***
William Faulkner. Sein Leben. Sein Werk. Von Stephen B. Oates. 1990

Fellini Federico, 20.1.1920, Rimini – 31.10.1993, Rom
Mein Rimini. Aus dem Italieni-

schen von Alice Vollenweider. Aus: *Aufsätze und Notizen* (detebe 20125); Diogenes, Zürich 1974.
• Von Federico Fellini sind im Diogenes Verlag erschienen:
Aufsätze und Notizen. 1974
Casanova. Federico Fellinis Film- und Frauenheld. 1977 ***
Federico Fellini. 1995
Fellini's Faces. Vierhundertachtzehn Bilder aus Fellinis Fotoarchiv. 1981
Fellini's Filme. Die vierhundert schönsten Bilder aus 15 1/2 Filmen. 1976 ***
Fellini über Fellini. Ein intimes Gespräch mit Giovanni Grazzini. 1993
Fellini's Zeichnungen. 1976 ***
Giulietta. Roman. 1989 ***
Denken mit Federico Fellini. 2005
• Werkausgabe der Drehbücher und Schriften. Herausgegeben von Christian Strich. Jeder Band mit zahlreichen Szenenfotos, dem Treatment und Äußerungen Fellinis:
8 1/2. 1974
Amarcord. 1974 ***
Casanova. 1977 ***
La Dolce Vita. Das süße Leben. 1974 ***
E la nave va. 1984 ***
Die Gauner. 1988
Ginger und Fred. 1986 ***
Intervista. 1987
Julia und die Geister. 1974
Die Nächte der Cabiria. 1977
Orchesterprobe. 1979 ***
Die Reise des G. Mastorna. 1995 ***
Roma. 1972 ***
Satyricon. 1983 ***
Der weiße Scheich. 1988 ***
Die Stadt der Frauen. 1980 ***
Die Stimme des Mondes. 1990
La Strada. 1977 ***
I Vitelloni. 1977 ***
• Außerdem erschienen:
Carissimo Simenon – Mon cher Fellini. Der Briefwechsel zwischen Federico Fellini und Georges Simenon. 1997 ***
Fellini. Eine Biographie von Tullio Kezich. 1989

FINE ANNE, 7.12.1947, Leicester, lebt in County Durham
Killjoy. Aus dem Englischen von Jürgen Bauer und Edith Nerke. Auszug aus dem gleichnamigen Roman (detebe 21917); Diogenes, Zürich 1991.
• Von Anne Fine sind im Diogenes Verlag erschienen:
Auf Wolke sieben. Roman. 2003
Das Baby-Projekt. Roman. 1995
Familien-Spiel. Roman. 1999 ***
Familienkrieg. Roman. 1994 ***
Killjoy. Roman. 1988
Die Lügenbande. Roman. 1996 ***
Miss Charming. Roman. 2001
Mrs. Doubtfire (vorm.: *Madame Mirabilis*). Roman. 1994 ***
Mutterglück. Eine schwarze Komödie. Roman. 1996
Der Neue. Roman. 1992 ***
Das Oma-Projekt. Roman. 1990 ***
Schwesternliebe. Roman. 1998
Die Steinmenagerie. Roman. 1989 ***

Typisch Tulipa. Roman. 1998
Wer dem Teufel glaubt. Roman. 1991
Böse Träume. Roman. 2004
Zuviel des Guten. Roman. 2002
• Kinderbücher:
Der Schreibkünstler. 2001
Bills neues Kleid. 1993 ***
Ein Engel in der Schule. 1996 ***
Flip will raus. 2003
Goldnebel. 1999
Ein total verrücktes Huhn. 1997
Kuh-Lotto. 1993
Punky Mami. 1998
Quassel-Philipp. 2002 ***
Robby und Bobby. 2004
Die Rückkehr der Killer-Katze. 2005
Tagebuch einer Killer-Katze. 1996
Zaubernebel. 1995

FITZGERALD F. SCOTT, 24.9.1896, St. Paul (Minnesota) – 21.12.1940, Hollywood
Drei Stunden zwischen zwei Flügen. Aus dem Amerikanischen von Renate Orth-Guttmann. Aus dem gleichnamigen Erzählband; Diogenes, Zürich 2006.
• Von F. Scott Fitzgerald sind im Diogenes Verlag erschienen:
• Die Romane:
Der große Gatsby. Roman. 2006
Diesseits vom Paradies. Roman. 2006
Die Schönen und Verdammten. Roman. 2006
Die Liebe des letzten Tycoon. Roman. 2006
Zärtlich ist die Nacht. Roman. 2006.
• Die Erzählungen:
Ein Diamant – so groß wie das Ritz. Erzählungen. 1980 ***
Drei Stunden zwischen zwei Flügen und andere Meistererzählungen. 2006
Das Liebesschiff. Erzählungen. 1984 ***
Meistererzählungen. 1988 ***
Pat Hobby's Hollywood-Stories. Erzählungen. 1978 ***
Der Rest von Glück. Erzählungen. 1980 ***
Der gefangene Schatten. Erzählungen. 1980 ***
Der ungedeckte Scheck. Erzählungen 1931–1935. 1985 ***
Die letzte Schöne des Südens. Erzählungen. 1980 ***
Wiedersehen mit Babylon. Erzählungen. 1980 ***
• Außerdem erschienen:
Drei Stunden zwischen zwei Flügen und andere Meistererzählungen. Diogenes Hörbuch, 2006

FORD FORD MADOX (eigentlich Ford Hermann Hueffer), 17.12.1873 in Merton (Surrey) – 26.6.1939, Deauville
Die allertraurigste Geschichte. Aus dem Englischen von Fritz Lorch und Helene Henze. Auszug aus dem gleichnamigen Roman (detebe 20532); Diogenes, Zürich 1978.

GOEBEL JOEY, 2.9.1980, lebt in Henderson (Kentucky)
Vincent. Aus dem Amerikanischen von Hans M. Herzog und Matthias Jendis. Auszug aus dem gleichnamigen Roman; Diogenes, Zürich 2005.

Grünberg Arnon, 22.02.1971, Amsterdam, lebt in New York
Phantomschmerz. Aus dem Niederländischen von Rainer Kersten. Auszug aus dem gleichnamigen Roman (detebe 23472); Diogenes, Zürich 2005.
• Von Arnon Grünberg sind im Diogenes Verlag erschienen:
Blauer Montag. Roman. 1997
Gnadenfrist. Roman. 2006
Phantomschmerz. Roman. 2003
Statisten. Roman. 1999 ***
Der Vogel ist krank. Roman. 2005
• Unter dem Pseudonym Marek van der Jagt sind erschienen:
Amour Fou. Roman. 2002
Monogam. Roman. 2003

Hedaya Yael, 9.10.1964, Jerusalem, lebt in einem kleinen Dorf zwischen Tel Aviv und Jerusalem
Liebe pur. Aus dem Hebräischen von Ruth Melcer. Auszug aus der gleichnamigen Erzählung (detebe 23307); Diogenes, Zürich 2001.
• Von Yael Hedaya ist im Diogenes Verlag erschienen:
Liebe pur. Erzählungen. 2001
Zusammenstöße. Eine Liebesgeschichte. Roman. 2003

Highsmith Patricia, 19.1.1921, Fort Worth (Texas) – 4.2.1995, Locarno (Tessin)
Der Mann, der Bücher im Kopf schrieb. Aus dem Amerikanischen von Anne Uhde. Aus: *Meistererzählungen* (detebe 21723); Diogenes, Zürich 1989.
• Von Patricia Highsmith sind im Diogenes Verlag erschienen:
Der Geschichtenerzähler. Roman. 1974 ***
Kleine Geschichten für Weiberfeinde. Eine weibliche Typenlehre in siebzehn Beispielen. 1975
Geschichten von natürlichen und unnatürlichen Katastrophen. 1988 ***
Leute, die an die Tür klopfen. Roman. 1986 ***
Katzen. Drei Stories, drei Gedichte, ein Essay und zwölf Zeichnungen. 2005
Meistererzählungen. 1989 ***
Suspense oder Wie man einen Thriller schreibt. 1985 ***
Zeichnungen. 1995
• Werkausgabe. Romane und Stories. Vollständig neuübersetzt. Herausgegeben von Paul Ingendaay und Anna von Planta in Zusammenarbeit mit Ina Lannert, Barbara Rohrer und Kate Kingsley Skattebol:
Die Augen der Mrs. Blynn. Stories 1952–1980. 2002
Ediths Tagebuch. Roman. 2003
Elsies Lebenslust. Roman. 2004
Die zwei Gesichter des Januars. Roman. 2003
Der Junge, der Ripley folgte. Roman. 2004
Keiner von uns. Stories. 2005
Leise, leise im Wind. Zwölf Geschichten. 2004
Lösegeld für einen Hund. Roman. 2002
Kleine Mordgeschichten für Tierfreunde / Kleine Geschichten für Weiberfeinde. Stories. 2004

Die stille Mitte der Welt. Stories 1938–1949. 2002
Nixen auf dem Golfplatz. Stories. 2005
Ripley Under Ground. Roman. 2002
Ripley Under Water. Roman. 2004
Ripley's Game oder Ein amerikanischer Freund. Roman. 2003
Salz und sein Preis (vorm: *Carol*). Roman. 2005
Der Schneckenforscher. Stories. 2003
Der Schrei der Eule. Roman. 2002
›Small g‹ – eine Sommeridylle. Roman. 2006
Ein Spiel für die Lebenden. Roman. 2005
Der Stümper. Roman. 2005
Der süße Wahn. Roman. 2003
Der talentierte Mr. Ripley. Roman. 2003
Tiefe Wasser. Roman. 2005
Venedig kann sehr kalt sein. Roman. 2004
Die gläserne Zelle. Roman. 2005
Das Zittern des Fälschers. Roman. 2003
Zwei Fremde im Zug. Roman. 2002
• Außerdem erschienen:
Patricia Highsmith. Leben und Werk (vorm.: *Über Patricia Highsmith*). 1996 ***
Meine Jahre mit Pat. Erinnerungen an Patricia Highsmith. Von Marijane Meaker. 2005
Der talentierte Mr. Ripley. Drehbuch mit Filmfotos. Von Anthony Minghella. 2000 ***
Kleine Mordgeschichten für Tierfreunde. Diogenes Hörbuch, gelesen von Alice Schwarzer. 2006

Irving John, 2.3.1942, Exeter (New Hampshire), lebt in Vermont
Die Pension Grillparzer. Aus dem Amerikanischen von Irene Rumler. Auszug aus der gleichnamigen Erzählung (detebe 70167); Diogenes, Zürich 2001.
• Von John Irving sind im Diogenes Verlag erschienen:
Bis ich dich finde. Roman. 2006 Auch als Diogenes Hörbuch, gelesen von Rufus Beck. 2006 Ein Auschnitt aus dem Roman erscheint als Hörbuch: *Bis ich dich finde / live.* Liveaufnahmen von der Lesetour 2006. Englisch gelesen von John Irving. 2006
Deutschlandreise. 2002 ***
Die wilde Geschichte vom Wassertrinker. Roman. 1989
Gottes Werk und Teufels Beitrag. Roman. 1988
Die vierte Hand. Roman. 2002
Das Hotel New Hampshire. Roman. 1982
Laßt die Bären los! Roman. 1985
Eine Mittelgewichts-Ehe. Roman. 1986
Owen Meany. Roman. 1990
Die Pension Grillparzer. Eine Bärengeschichte. 2001 ***
Rettungsversuch für Piggy Sneed. Sechs Erzählungen und ein Essay. 1993
Witwe für ein Jahr. Roman. 1999

Zirkuskind. Roman. 1997
• Kinderbücher:
Ein Geräusch, wie wenn einer versucht, kein Geräusch zu machen. 2003
• Außerdem erschienen:
Die imaginäre Freundin. Vom Ringen und Schreiben. 1996
Gottes Werk und Teufels Beitrag. Drehbuch mit zahlreichen Fotos aus dem Film. 2000 ***
My Movie Business. Mein Leben, meine Romane, meine Filme. 2000

KURKOW ANDREJ, 23.4.1961, Sankt Petersburg, lebt in Kiew
Die letzte Landung. Aus dem Russischen von Angelika Schneider. Aus: *Tintenfaß Nr. 24* (detebe 22024); Diogenes, Zürich 2000.
• Von Andrej Kurkow sind im Diogenes Verlag erschienen:
Ein Freund des Verblichenen. Roman. 2001
Die letzte Liebe des Präsidenten. Roman. 2005
Petrowitsch. Roman. 2000
Picknick auf dem Eis. Roman. 1999
Pinguine frieren nicht. Roman. 2003

LARDNER RING, 6.3.1885, Niles, (Michigan) – 25.9.1933, New York
Wie man Geschichten schreibt. Aus dem Amerikanischen von Walter E. Richartz und Peter Naujack. Aus: *Meistererzählungen aus Amerika* (detebe 22749); Diogenes, Zürich 1995.
• Von Ring Lardner ist im Diogenes Verlag erschienen:
Das Liebesnest und andere Geschichten (vorm.: *Geschichten aus dem Jazz-Zeitalter*). 1992 ***

LAWRENCE DAVID HERBERT, 11.9.1885, Eastwood (Nottinghamshire) – 2.3.1930, Bandol (bei Toulon)
Zwei blaue Vögel. Aus dem Englischen von Elisabeth Schnack. Aus: *Meistererzählungen* (detebe 21907); Diogenes, Zürich 1991.
• Von D. H. Lawrence sind im Diogenes Verlag erschienen:
Briefe. 1979 ***
Der Hengst St. Mawr. Roman. 1975
John Thomas & Lady Jane. Roman. 1975
Liebe, Sex und Emanzipation. Essays. 1982 ***
Ein moderner Liebhaber und andere Erzählungen. 1996 ***
Meistererzählungen (vorm.: *Die besten Geschichten …*). 1991
Mr. Noon. Roman. 1985 ***
Die gefiederte Schlange. Roman. 1986 ***
Zwei blaue Vögel. Erzählungen. 1965 ***
• Die Erzählungen und Kurzromane:
Sämtliche Erzählungen und Kurzromane in 8 Bänden in Kassette. 1976 ***
England, mein England. Erzählungen. 1975
Die Frau, die davonritt. Erzählungen. 1975
Der Fremdenlegionär. Erzählungen. 1975

Die Hauptmanns-Puppe. Erzählungen. 1990 ***
Liebe im Heu. Erzählungen. 1975
Der Mann, der Inseln liebte. Erzählungen. 1975
Der preußische Offizier. Erzählungen. 1975
• Reisetagebücher:
Italienische Dämmerung. 1985 ***
Etruskische Stätten. 1985 ***
Das Meer und Sardinien. 1985 ***
Mexikanischer Morgen. 1985
• Außerdem erschienen:
Frieda von Richthofen. Ihr Leben mit D. H. Lawrence, dem Dichter der *Lady Chatterley*. Von Robert Lucas. 1985 ***

LEON DONNA, 28.9.1942, New Jersey, lebt in Venedig
Commissario Brunettis erster Fall. Aus dem Amerikanischen von Monika Elwenspoek. Auszug aus dem Roman *Venezianisches Finale.* Commissario Brunettis erster Fall (detebe 22780); Diogenes, Zürich 1995.
• Von Donna Leon sind im Diogenes Verlag erschienen.
• Die Commissario-Brunetti-Romane:
Venezianisches Finale. Commissario Brunettis erster Fall. Roman. 1993
Endstation Venedig. Commissario Brunettis zweiter Fall. Roman. 1995
Venezianische Scharade. Commissario Brunettis dritter Fall. Roman. 1996
Vendetta. Commissario Brunettis vierter Fall. Roman. 1997
Acqua alta. Commissario Brunettis fünfter Fall. Roman. 1997
Sanft entschlafen. Commissario Brunettis sechster Fall. Roman. 1998
Nobiltà. Commissario Brunettis siebter Fall. Roman. 1999
In Sachen Signora Brunetti. Der achte Fall. Roman. 2000
Feine Freunde. Commissario Brunettis neunter Fall. Roman. 2001
Das Gesetz der Lagune. Commissario Brunettis zehnter Fall. Roman. 2002
Die dunkle Stunde der Serenissima. Commissario Brunettis elfter Fall. Roman. 2003
Verschwiegene Kanäle. Commissario Brunettis zwölfter Fall. Roman. 2004
Beweise, daß es böse ist. Commissario Brunettis dreizehnter Fall. Roman. 2005
Blutige Steine. Commissario Brunettis vierzehnter Fall. Roman. 2006
Auch als Diogenes Hörbuch, gelesen von Achim Höppner. 2006
• Außerdem erschienen:
Eine Amerikanerin in Venedig. Geschichten aus dem Alltag. 2000 ***
Latin Lover. Von Männern und Frauen. 1999 ***
Über Venedig, Musik, Menschen und Bücher. 2005
Mein Venedig. Diogenes Hörbuch, gelesen von Hannelore Hoger. 2005

Lu Wenfu, 23.3.1928, China, im Kreis Taixing (Provinz Jiangsu), lebt in Suzhou
Der Gourmet. Aus dem Chinesischen von Ulrich Kautz. Auszug aus dem gleichnamigen Roman (detebe 22785); Diogenes, Zürich 1995.

Lurie Alison, 3.9.1926, Chicago (Illinois), lebt in New York, Florida und London
Zwei Welten (Titel von den Herausgebern). Aus dem Amerikanischen von Otto Bayer. Aus dem Roman *Affären.* Eine transatlantische Liebesgeschichte (detebe 21600); Diogenes, Zürich 1988.
• Von Alison Lurie sind im Diogenes Verlag erschienen:
Affären. Eine transatlantische Liebesgeschichte. 1986
Frauen und Phantome. Erzählungen. 1996
Ein ganz privater kleiner Krieg. Roman. 1988 ***
Liebe und Freundschaft. Roman. 1987
Nowhere City. Roman. 1991 ***
Sommer in Key West. Roman. 2000
Varna oder Imaginäre Freunde. Roman. 1988
Von Kindern und Leuten. Roman. 1994
Die Wahrheit über Lorin Jones. Roman. 1990

Maugham William Somerset, 25.1.1874, Paris – 16.2.1965, Saint-Jean-Cap Ferrat (Nizza)
Der verkaufte Brief. Aus dem Englischen von Ulrike Muehlon. Aus: *Notizbuch eines Schriftstellers*; Diogenes, Zürich 2004. *Die Kunst des Romans.* Aus dem Englischen von Matthias Fienbork. Aus: *Zehn Romane und ihre Autoren* (detebe 23312); Diogenes, Zürich 2002.
• Von W. S. Maugham sind im Diogenes Verlag erschienen:
• Die Erzählungen:
Gesammelte Erzählungen in zwei Bänden in Kassette. Band 1: Ost und West. Band 2: Der Rest der Welt. 2005
Gesammelte Erzählungen in 10 Bänden in Kassette. 1976 ***
Gesammelte Erzählungen I. 1972 ***
Gesammelte Erzählungen II. 1972 ***
Gesammelte Erzählungen III. 1972 ***
Gesammelte Erzählungen IV. 1972 ***
Ashenden oder Der britische Geheimagent. Erzählungen. 1976
Fata Morgana. Erzählungen. 1976 ***
Honolulu (später: *Regen*). Erzählungen. 1976 ***
Die Leidenschaft des Missionars. Erzählung. 1995 ***
Lord Mountdrago. Erzählungen. 1976
Die Macht der Umstände. Erzählungen. 1976
Meistererzählungen (vorm: *Die besten Geschichten…*). 1989 ***
Das ewig Menschliche (vorm.: *Fußspuren im Dschungel*). Erzählungen. 1985 ***
Das glückliche Paar. Erzählungen. 1976 ***

Vor der Party.
Erzählungen. 1976
Entlegene Welten.
Erzählungen. 1976
Winter-Kreuzfahrt.
Erzählungen. 1976
• Die Romane:
Auf Messers Schneide.
Roman. 1973
Damals und heute.
Roman. 1975
Don Fernando oder Eine Reise in die spanische Kulturgeschichte. 1987 ***
Der Menschen Hörigkeit.
Roman. 1972
Liza von Lambeth.
Ein Liebesroman. 1985
Der Magier. Ein parapsychologischer Roman. 1975
Mrs. Craddock. Roman. 1975
Oben in der Villa. Ein kriminalistischer Liebesroman. 1975
Rosie und die Künstler.
Roman. 1973
Der bunte Schleier.
Roman. 1986
Silbermond und Kupfermünze.
Roman. 1973
Südsee-Romanze.
Roman. 1982 ***
Theater. Ein Schauspieler-Roman. 1975
• Außerdem erschienen:
Regen und andere Meistererzählungen. Diogenes Hörbuch. 2005
Die halbe Wahrheit. Keine Autobiographie. 1997
Notizbuch eines Schriftstellers. 2004
Zehn Romane und ihre Autoren. 1994

McCullers Carson, 19.2.1917, Columbus (Georgia) – 29.9.1967, Nyack (New York)
Ein Baum, ein Felsen, eine Wolke. Aus dem Amerikanischen von Elisabeth Schnack. Aus: *Gesammelte Erzählungen* (detebe 23502); Diogenes, Zürich 2005.
• Von Carson McCullers sind im Diogenes Verlag erschienen:
Sämtliche Erzählungen.
1970 ***
Der Marsch. Novelle. 1968 ***
Gesammelte Werke in 8 Bänden in Kassette. 1977 ***
Die Ballade vom traurigen Café. Novelle. 1961
Frankie. Roman. 1965
Das Herz ist ein einsamer Jäger.
Roman. 1963
Madame Zilensky und der König von Finnland.
Erzählungen. 1974
Meistererzählungen. 1991
Spiegelbild im goldnen Auge.
Roman. 1966
Uhr ohne Zeiger.
Roman. 1962 ***
Wunderkind.
Erzählungen. 1974 ***
• Außerdem erschienen:
Über Carson McCullers. Elf Essays, Aufsätze und Rezensionen. 1974 ***
Carson McCullers. Eine Biographie von Oliver Evans. 1970 ***

McEwan Ian, 24.6.1948, Aldershot, lebt in Oxford
Psychopolis. Aus dem Englischen von Bernhard Robben. Aus: *Letzter Sommertag.* Stories; Diogenes, Zürich 2005.

• Von Ian McEwan sind im Diogenes Verlag erschienen:
Abbitte. Roman. 2002
Amsterdam. Roman. 1999
Ein Kind zur Zeit. Roman. 1988
Erste Liebe – letzte Riten. Erzählungen. 1980
Liebeswahn. Roman. 1998
Oder müssen wir sterben? Ein Oratorium. 1984 ***
Psychopolis. Abschied aus L. A. 2000 ***
Saturday. Roman. 2005
Auch als Diogenes Hörbuch, gelesen von Jan Josef Liefers. 2005
Letzter Sommertag. Stories. 2005
Schwarze Hunde. Roman. 1994
Der Tagträumer. Erzählung. 1995
Der Trost von Fremden. Roman. 1983
Unschuldige. Eine Berliner Liebesgeschichte. Roman. 1990
Der Zementgarten. Roman. 1982
Zwischen den Laken. Erzählungen. 1982 ***

MILLAR MARGARET, 5.2.1915, Kitchener (Ontario) – 26.3.1994, Santa Barbara
Eine wunderschöne Vorstellung. Aus dem Amerikanischen von Barbara Rojahn-Deyk. Aus: *Tintenfaß Nr. 19* (detebe 22019); Diogenes, Zürich, 1988.
• Von Margaret Millar sind im Diogenes Verlag erschienen:
Banshee die Todesfee. Roman. 1987
Blinde Augen sehen mehr. Roman. 1990
Da waren's nur noch neun. Roman. 1996
Ein Fremder liegt in meinem Grab. Roman. 1969 ***
Es liegt in der Familie. Roman. 1997
Fast wie ein Engel. Roman. 1984
Die Feindin. Roman. 1965
Fragt morgen nach mir. Roman. 1978
Gesetze sind wie Spinnennetze. Roman. 1989
Kannibalen-Herz. Roman. 1988 ***
Letzter Auftritt von Rose. Roman. 1994
Liebe Mutter, es geht mir gut ... Roman. 1967
Der Mord von Miranda. Roman. 1981
Nymphen gehören ins Meer! Roman. 1984
Die Süßholzraspler. Roman. 1972
Das eiserne Tor. Roman. 1983 ***
Stiller Trost. Roman. 1994
Umgarnt. Roman. 1995
Von hier an wird's gefährlich. Roman. 1974
Die lauschenden Wände. Roman. 1986
Wie du mir. Roman. 1992

MOORE BRIAN, 25.8.1921, Belfast – 11.1.1999, Malibu (Kalifornien)
Judith Hearne (Titel von den Herausgebern). Aus dem Englischen von Hermann Stiehl. Auszug aus dem Roman *Die einsame Passion der Judith Hearne* (detebe 21856); Diogenes, Zürich 1990

• Von Brian Moore sind im Diogenes Verlag erschienen:
Die Antwort der Hölle. Roman. 1991 ***
Dillon. Roman. 1991
Der Eiscremekönig. Roman. 1996
Es gibt kein anderes Leben. Roman. 1994
Die Farbe des Blutes. Roman. 1989
Die Frau des Arztes. Roman. 1992
Die Frau des Zauberers. Roman. 1998 ***
Ginger Coffey sucht sein Glück. Roman. 1994
Hetzjagd. Roman. 1997
Kalter Himmel. Roman. 1992
Ich bin Mary Dunne. Roman. 1991
Katholiken. Roman. 1978
Mangans Vermächtnis. Eine irische Familiengeschichte. Roman. 1999
Die einsame Passion der Judith Hearne. Roman. 1988
Saturnischer Tanz. Roman. 1995
Schwarzrock. Roman. 1987
Strandgeburtstag. Roman. 1996
Die Versuchung der Eileen Hughes. Roman. 1995
Die Große Viktorianische Sammlung. Roman. 1990

MROŻEK SŁAWOMIR, 29.6.1930, Borzęcin bei Krakau, lebt in Krakau
Hamlet. Aus dem Polnischen von Christa Vogel. Aus: *Das Leben für Anfänger*; Diogenes, Zürich 2004.
• Von Sławomir Mrożek sind im Diogenes Verlag erschienen:
• Das erzählerische Werk:
Der Doppelgänger und andere Geschichten. 2000
Emigranten. Schauspiel in einem Akt. 1994
Mein unbekannter Freund und andere Geschichten. 1999
Die Geheimnisse des Jenseits und andere Geschichten. 1993
Die Giraffe und andere Erzählungen. 1992
Lolo und andere Geschichten. 2000
Der Perverse und andere Geschichten. 1995
• Das dramatische Werk:
Auf hoher See. Zwei Einakter. 1994 ***
Lauter Sünder / Schöne Aussicht. Zwei Stücke. 2002
Das dramatische Werk in sieben Bänden in Kassette. 2000
Alle Bände auch als Einzelausgaben:
Amor und andere Stücke. 1998
Der Botschafter und andere Stücke. 1993
Emigranten und andere Stücke. 1994
Liebe auf der Krim. Eine tragische Komödie in drei Akten. 1994
Striptease und andere Stücke. 1992 ***
Tango und andere Stücke. 1993 ***
Watzlaff und andere Stücke. 1994
• Außerdem erschienen:
Das Leben für Anfänger. Ein zeitloses ABC. 2004

Nothomb Amélie, 13.8.1967, Kobe (Japan), lebt in Brüssel und in Paris
Metaphysik der Röhren. Aus dem Französischen von Wolfgang Krege. Auszug aus dem gleichnamigen Roman (detebe 23399); Diogenes, Zürich 2004.
• Von Amélie Nothomb sind im Diogenes Verlag erschienen:
Attentat. Roman. 2006
Böses Mädchen. Roman. 2005
Im Namen des Lexikons. Roman. 2003
Kosmetik des Bösen. Roman. 2004
Liebessabotage. Roman. 1995
Metaphysik der Röhren. Roman. 2002
Der Professor. Roman. 1996
Quecksilber. Roman. 2001
Die Reinheit des Mörders. Roman. 1994
Mit Staunen und Zittern. Roman. 2000

O'Connor Frank, eigentlich Michael O'Donovan, 17.9.1903, Cork – 10.3.1966, Dublin
Und freitags Fisch. Aus dem Englischen von Elisabeth Schnack. Aus: *Meistererzählungen* (detebe 22451); Diogenes, Zürich 1992.
• Von Frank O'Connor sind im Diogenes Verlag erschienen:
Einziges Kind. Autobiographie I. 1964 ***
Meines Vaters Sohn. Autobiographie II. 1970 ***
Ausgewählte Erzählungen. 1971 ***
Geschichten von Frank O'Connor. 1967 ***
Hochzeit. Eine Liebesgeschichte. 1971 ***
Meistererzählungen. 1992
Die Reise nach Dublin. Roman. 1961
Die lange Straße nach Ummera. Elf Meistererzählungen aus Irland. 1959 ***
Gesammelte Erählungen in 6 Bänden in Kassette. 1977 ***
Brautnacht. Erzählungen. 1977 ***
Don Juans Versuchung. Erzählungen. 1977
Eine unmögliche Ehe. Erzählungen. 1977 ***
Eine selbständige Frau. Erzählungen. 1977 ***
Mein Ödipus-Komplex. Erzählungen. 1977 ***
Und freitags Fisch. Sieben Geschichten von irischen Liebes- und Ehepaaren. 1958 ***

O'Faolain Sean, eigentlich John Whelan, 22.2.1900, Cork – 20.4.1991, Dun Laoghaire
Gottlos leben und beinah sterben. Aus dem Englischen von Elisabeth Schnack. Aus: *Sünder und Sänger* (detebe 20231); Diogenes, Zürich 1976.
• Von Sean O'Faolain sind im Diogenes Verlag erschienen:
Dividenden. Neun Liebesgeschichten. 1969 ***
Der Einzelgänger. Roman. 1963 ***
Lügner und Liebhaber. Erzählungen. 1980 ***
Ein Nest voll kleiner Leute. Roman. 1966 ***
Sünder und Sänger. Erzählungen. 1960 ***

Trinker und Träumer.
Erzählungen. 1980

Orwell George, eigentlich Eric Arthur Blair, 25.6.1903, Bengalen – 21.1.1950, London
Einen Elefanten schießen. Aus dem Englischen von Felix Gasbarra. Aus: *Meistererzählungen* (detebe 21935); Diogenes, Zürich 1991.
• Von George Orwell sind im Diogenes Verlag erschienen:
Charles Dickens.
Ein Essay. 1986 ***
Denken mit George Orwell. 2005
Farm der Tiere. Ein Märchen. Mit Zeichnungen von F. K. Waechter. 2005
Meistererzählungen. 1991
• Werkausgabe in 11 Bänden:
Auftauchen, um Luft zu holen. Roman. 1981 ***
Erledigt in Paris und London. 1978 ***
Farm der Tiere.
Ein Märchen. 1973
Im Innern des Wals.
Erzählungen und Essays. 1975
Mein Katalonien. Bericht über den Spanischen Bürgerkrieg. 1975
1984. Roman. 1983 ***
Eine Pfarrerstochter.
Roman. 1983 ***
Rache ist sauer. Essays. 1975
Tage in Burma. Roman. 1982
Der Weg nach Wigan Pier. 1982
Die Wonnen der Aspidistra. Roman. 1983 ***
• Außerdem erschienen:
Das George Orwell Lesebuch. 1981 ***
Über George Orwell. 1981 ***
George Orwell. Eine Biographie von Michael Shelden. 1993
Der Hellseher. George Orwells Werk und Wirken. Von George Woodcock. 1985 ***

Palmen Connie, 25.11.1955, St. Odilienberg (Niederlande), lebt in Amsterdam
Der Philosoph (Titel von den Herausgebern). Aus dem Niederländischen von Barbara Heller. Auszug aus dem Roman *Die Gesetze* (detebe 22786); Diogenes, Zürich 1995.
• Von Connie Palmen sind im Diogenes Verlag erschienen:
Die Erbschaft. Roman. 2001
Die Freundschaft. Roman. 1996
Die Gesetze. Roman. 1993
Ganz der Ihre. Roman. 2004
Idole und ihre Mörder. 2005
I. M. Ischa Meijer – In Margine, In Memoriam. 1999

Shalev Meir, 29.7.1948, Nahalal (Israel), lebt in Jerusalem
Judith (Titel von den Herausgebern). Aus dem Hebräischen von Ruth Achlama. Auszug aus dem Roman *Judiths Liebe* (detebe 23119); Diogenes, Zürich 1999.
• Von Meir Shalev sind im Diogenes Verlag erschienen:
Esaus Kuß. Roman. 1994
Fontanelle. Roman. 2004
Im Haus der Großen Frau. Roman. 2000
Judiths Liebe. Roman. 1998
Ein Russischer Roman. 1991
Der Sündenfall – ein Glücksfall? Alte Geschichten aus der Bibel neu erzählt. 1997

• Kinderbücher:
Hannahs Grübchen. 1995
Luzie, die Laus. 1996
Papa nervt. 1994
Der Traktor im Sandkasten. 1999
Wie der Neandertaler den Kebab erfand. 1997

SILLITOE ALAN, 4.3.1928, Nottingham, lebt in London
Die Einsamkeit des Langstreckenläufers. Aus dem Englischen von Günther Klotz. Auszug aus der gleichnamigen Erzählung (detebe 20413); Diogenes, Zürich 1981.
• Von Alan Sillitoe sind im Diogenes Verlag erschienen:
Der brennende Baum. Roman. 1975 ***
Die Einsamkeit des Langstreckenläufers. Erzählung. 1975
Die Flamme des Lebens. Roman. 1982 ***
Fußball. Erzählungen II. 1981 ***
Guzman, Go Home. Erzählung. 1971 ***
Die Lumpensammlerstochter. Erzählungen III. 1973 ***
Der Mann, der Geschichten erzählte. Roman. 1983 ***
Männer, Frauen und Kinder. Erzählungen. 1981 ***
Meistererzählungen. 1991 ***
Mimikry. Erzählungen IV. 1981 ***
Reise nach Nihilon. Roman. 1992 ***
Samstagnacht und Sonntagmorgen. Roman. 1970
Der Sohn des Witwers. Roman. 1981 ***
Ein Start ins Leben. Ein Schelmenroman. 1971 ***
Der Tod des William Posters. Roman. 1969 ***

SIMENON GEORGES, 13.2.1903, Lüttich – 4.9.1989, Lausanne
Die Frau des Lotsen. Aus dem Französischen von Angela von Hagen und Linde Birk. Aus dem Erzählband *Emil und sein Schiff* (detebe 21318); Diogenes, Zürich 1985.
• Von Georges Simenon sind im Diogenes Verlag erschienen:
• Autobiographische Schriften:
Als ich alt war. Tagebücher 1960–1963. 1977
Brief an meine Mutter. 1978 ***
Briefwechsel mit André Gide. 1977 ***
Intime Memoiren und *Das Buch von Marie-Jo.* 1982 ***
Ein Mensch wie jeder andere. Mein Tonband und ich. 1978 ***
Simenon auf der Couch. Fünf Ärzte verhören den Autor sieben Stunden lang. 1985
Stammbaum. Pedigree. Autobiographischer Roman. 1982
• Reportagen:
Die Pfeife Kleopatras. Reportagen aus aller Welt. 1984 ***
Zahltag in einer Bank. Reportagen aus Frankreich. 1984 ***
• Romane und Erzählungen:
Die beiden Alten in Cherbourg. Erzählungen. 1990 ***
Am Maultierpaß. Roman. 1991 ***
Der Amateur. Roman. 1992 ***

Ankunft Allerheiligen.
Roman. 1979 ***
Antoine und Julie.
Roman. 1983 ***
Auf großer Fahrt.
Roman. 1987 ***
Der Ausbrecher.
Roman. 1979 ***
Der Bananentourist.
Roman. 1988 ***
Das Begräbnis des Monsieur Bouvet. Roman. 1989 ***
Die Beichte. Roman. 1993 ***
Bellas Tod. Roman. 1977
Der Bericht des Polizisten.
Roman. 1987 ***
Betty. Roman. 1983
Betty / Die Tür. Zwei Romane in einem Band. 1978 ***
Der große Bob. Roman. 1978
Brief an meinen Richter.
Roman. 1977
Der ältere Bruder.
Roman. 1992
Die Brüder Rico.
Roman. 1983 ***
Der Bürgermeister von Furnes.
Roman. 1984
»... die da dürstet«.
Roman. 1989 ***
Der kleine Doktor.
Drei Erzählungen. 1971 ***
Doktor Bergelon.
Roman. 1992 ***
Doppelleben. Roman. 1994 ***
Die Eisentreppe.
Roman. 1988 ***
Emil und sein Schiff.
Erzählungen. 1985 ***
Die Erbschleicher.
Roman. 1991 ***
Der Erpresser.
Roman. 1991 ***
Gesammelte Erzählungen.
Erste Folge. 1980 ***
Es gibt noch Haselnußsträucher.
Roman. 1984 ***
Exotische Novellen. 1985 ***
Die Fantome des Hutmachers.
Roman. 1982 ***
Das Fenster der Rouets.
Roman. 1987 ***
Die grünen Fensterläden.
Roman. 1977
Die Ferien des Monsieur Mahé.
Roman. 1993 ***
Die Flucht der Flamen.
Roman. 1991 ***
Die Flucht des Monsieur Monde. Roman. 1991
Fremd im eigenen Haus.
Roman. 1991 ***
45 Grad im Schatten.
Roman. 1987 ***
Das Gasthaus im Elsaß.
Roman. 1986
Das Gefängnis.
Roman. 1990 ***
Der Glaskäfig.
Roman. 1991 ***
Die Glocken von Bicêtre.
Roman. 1974
Der Grenzgänger.
Roman. 1994 ***
Die Großmutter.
Roman. 1978 ***
Das große Los. Drei Geschichten. 1994
Das Haus am Kanal.
Roman. 1986
Das Haus am Quai Notre-Dame. Roman. 1990 ***
Das Haus der sieben Mädchen.
Roman. 1992 ***
Der kleine Heilige.
Roman. 1979

Hochzeit in Poitiers.
Roman. 1992 ***
Im Falle eines Unfalls.
Roman. 1977
Die Katze. Roman. 1985 ***
Die Komplizen. Roman. 1980
Sieben Kreuzchen in einem Notizbuch. Zwei Weihnachtsgeschichten. 1992 ***
Die schwarze Kugel.
Roman. 1982 ***
Das zweite Leben.
Roman. 1991 ***
Die Leute gegenüber.
Roman. 1985 ***
Malétras zieht Bilanz.
Roman. 1990 ***
Der Mann aus London.
Roman. 1981
Der Mann, der den Zügen nachsah. Roman. 1981 ***
Der Mann mit dem kleinen Hund. Roman. 1978
Der kleine Mann von Archangelsk. Roman. 1978 ***
Der reiche Mann.
Roman. 1989 ***
Manuela. Roman. 1993 ***
Die schielende Marie.
Roman. 1990 ***
Die Marie vom Hafen.
Roman. 1989
Meistererzählungen. 1988
Der Mörder. Roman. 1977
Monsieur La Souris.
Roman. 1988 ***
Der Neger. Roman. 1983 ***
Der Neger / Das blaue Zimmer.
Zwei Romane in einem Band.
1979 ***
Der Neue. Roman. 1990 ***
Neues vom kleinen Doktor.
Drei Geschichten. 1994 ***
Der Outlaw. Roman. 1979 ***
Der Passagier der Polarlys.
Roman. 1986 ***
Die Pitards. Roman. 1990 ***
Der Präsident. Roman. 1979
Schwarzer Regen.
Roman. 1993 ***
Drei große Romane: Der Mörder / Drei Zimmer in Manhattan / Der große Bob. 1988 ***
Der Rückfall. Roman. 1991 ***
Sackgasse. Roman. 1991 ***
Das Schicksal der Malous.
Roman. 1991 ***
Schlußlichter. Roman. 1982
Der Schnee war schmutzig.
Roman. 1977 ***
Der Schwager. Roman. 1993 ***
Die Schwarze von Panama.
Roman. 1986 ***
Die schwanzlosen Schweinchen.
Erzählungen. 1985 ***
Die bösen Schwestern von Concarneau. Roman. 1988 ***
Die Selbstmörder.
Roman. 1990
Der Sohn Cardinaud.
Roman. 1988 ***
Der verlorene Sohn.
Roman. 1993 ***
Sonntag. Roman. 1977
Der Stammgast.
Roman. 1992 ***
Striptease. Roman. 1986
Die verlorene Stute.
Roman. 1992 ***
Die letzten Tage eines armen Mannes. Roman. 1991 ***
Tante Jeanne.
Roman. 1990 ***
Der Teddybär. Roman. 1989
Das Testament Donadieu.
Roman. 1985

Die verschwundene Tochter.
Roman. 1992 ***
Der Tod des Auguste Mature.
Roman. 1980
Tropenkoller. Roman. 1979
Die Tür. Roman. 1983
Die Überlebenden der Téléma-que. Roman. 1981 ***
Der Uhrmacher von Everton.
Roman. 1991 ***
Der Umzug.
Roman. 1990 ***
Das Unheil. Roman. 1992 ***
Der Untermieter.
Roman. 1984 ***
Das ungesühnte Verbrechen.
Roman. 1992 ***
Die Verbrechen meiner Freunde. Ein autobiographischer Roman. 1994 ***
Der Verdächtige.
Roman. 1977 ***
Die Verlobung des Monsieur Hire. Roman. 1978
Der fremde Vetter.
Roman. 1989
Vor Gericht. Roman. 1989 ***
Die Wahrheit über Bébé Donge.
Roman. 1978.
Weder ein noch aus.
Roman. 1985 ***
Weißer Mann mit Brille.
Roman. 1988 ***
Wellenschlag. Roman. 1979
Die Witwe Couderc.
Roman. 1982
Der Witwer. Roman. 1992 ***
Der Wucherer.
Roman. 1994 ***
Die Zeit mit Anaïs.
Roman. 1987
Die Zeugen.
Roman. 1980 ***
Das blaue Zimmer.
Roman. 1983 ***
Drei Zimmer in Manhattan.
Roman. 1978
Der Zug. Roman. 1986
Der Zug aus Venedig.
Roman. 1988 ***
Zum Roten Esel.
Roman. 1994 ***
Zum Weißen Roß.
Roman. 1980 ***

• Maigret-Romane und -Erzählungen:

Der goldene Gelbe 88. Maigret amüsiert sich / Mein Freund Maigret / Maigret und die junge Tote. 1988 ***
Hier irrt Maigret. Roman. 1979
Madame Maigrets Freundin.
Roman. 1979
Madame Maigrets Liebhaber.
Vier Fälle für Maigret. 1989 ***
Maigret als möblierter Herr.
Roman. 1979
Maigret am Treffen der Neufundlandfahrer. Roman. 1980
Maigret amüsiert sich.
Roman. 1978 ***
Maigret auf Reisen.
Roman. 1988 ***
Maigret bei den Flamen.
Roman. 1980
Maigret beim Coroner.
Roman. 1981 ***
Maigret contra Picpus.
Roman. 1982
Maigret erlebt eine Niederlage.
Roman. 1983 ***
Maigret gerät in Wut.
Roman. 1983 ***
Maigret gerät in Wut / Maigret verteidigt sich. Zwei Maigret-Romane in einem Band. 1979 ***

Maigret-Geschichten.
Erste Folge. 1980 ***
Maigret hat Angst.
Roman. 1983 ***
Maigret hat Angst / Maigret erlebt eine Niederlage. Zwei Maigret-Romane in einem Band. 1978 ***
Maigret hat Skrupel.
Roman. 1989 ***
Maigret im Haus des Richters.
Roman. 1984 ***
Maigret in Künstlerkreisen.
Roman. 1990 ***
Maigret in Kur. Roman. 1989
Maigret in der Liberty Bar.
Roman. 1986.
Maigret in New York.
Roman. 1985 ***
Maigret in Nöten.
Roman. 1987 ***
Maigret kämpft um den Kopf eines Mannes. Roman. 1979 ***
Maigret läßt sich Zeit.
Roman. 1982 ***
Maigret, Lognon und die Gangster. Roman. 1981
Maigret macht Ferien.
Roman. 1987
Maigret regt sich auf.
Roman. 1981
Maigret stellt eine Falle.
Roman. 1985 ***
Maigret, die Tänzerin und die Gräfin. Roman. 1986 ***
Maigret und die Affäre Saint-Fiacre. Roman. 1986 ***
Maigret und die Bohnenstange.
Roman. 1998 ***
Maigret und der Clochard.
Roman. 1989 ***
Maigret und die alte Dame.
Roman. 1978
Maigret und der faule Dieb.
Roman. 1988 ***
Maigret und das Dienstmädchen. Roman. 1984
Maigret und der Fall Nahour.
Roman. 1985 ***
Maigret und der hartnäckigste Gast der Welt. Sechs Fälle für Maigret. 1987 ***
Maigret und der Gehängte von Saint-Pholien. Roman. 1981 ***
Maigret und das Gespenst.
Roman. 1989 ***
Maigret und der gelbe Hund.
Roman. 1979
Maigret und sein Jugendfreund.
Roman. 1988 ***
Maigret und der geheimnisvolle Kapitän. Roman. 1984
Maigret und die Keller des ›Majestic‹. Roman. 1982
Maigret und die schrecklichen Kinder. 1987 ***
Maigret und die kleine Landkneipe. Roman. 1986
Maigret und die kopflose Leiche. Roman. 1980 ***
Maigret und die alten Leute.
Roman. 1984 ***
Maigret und die braven Leute.
Roman. 1988 ***
Maigret und der Mann auf der Bank. Roman. 1978 ***
Maigret und der einsame Mann.
Roman. 1990
Maigret und der Messerstecher.
Roman. 1990 ***
Maigret und der Minister.
Roman. 1978 ***
Maigret und Monsieur Charles.
Roman. 1990 ***
Maigret und der verstorbene Monsieur Gallet. Roman. 1981

Maigret und sein Neffe.
Roman. 1989 ***
Maigret und Pietr der Lette.
Roman. 1978
Maigret und sein Revolver.
Roman. 1988
Maigret und sein Rivale.
Roman. 1987 ***
Maigret und der Samstags-klient. Roman. 1985 ***
Maigret und das Schattenspiel.
Roman. 1982 ***
Maigret und der Spion.
Roman. 1986 ***
Maigret und der Spitzel.
Roman. 1990
Maigret und Stan der Killer.
Vier Fälle für Maigret. 1989 ***
Maigret und die junge Tote.
Roman. 1978
Maigret und sein Toter.
Roman. 1981 ***
Maigret und der Treidler der ›Providence‹.
Roman. 1983
Maigret und das Verbrechen in Holland. Roman. 1980
Maigret und der Verrückte von Bergerac. Roman. 1986 ***
Maigret und der Weinhändler.
Roman. 1990
Maigret und die verrückte Witwe. Roman. 1988 ***
Maigret und die widerspensti-gen Zeugen. Roman. 1980
Maigret verliert eine Verehre-rin. Roman. 1987 ***
Maigret verteidigt sich.
Roman. 1983 ***
Maigret vor dem Schwurgericht.
Roman. 1979 ***
Maigret zögert.
Roman. 1982 ***
Maigrets Geständnis.
Roman. 1982 ***
Maigrets Memoiren.
Roman. 1978 ***
Maigrets Nacht an der Kreu-zung. Roman. 1983 ***
Maigrets Pfeife. Eine Meister-detektiv-Geschichte. 1983 ***
Maigrets erste Untersuchung.
Roman. 1978
Der Mann auf der Straße
und andere Maigret-Geschich-ten. 1995 ***
Mein Freund Maigret.
Roman. 1978
Sechs neue Fälle für Maigret.
Erzählungen. 1985 ***
Weihnachten mit Maigret.
Zwei Romane und eine Erzäh-lung. 1986 ***
Weihnachten mit Maigret.
Erzählung. 1994 ***
• Außerdem erschienen:
Carissimo Simenon – Cher Fel-lini. Der Briefwechsel zwischen Federico Fellini und Georges Simenon. 1997 ***
Das Simenon Lesebuch.
Erzählungen / Reportagen / Erinnerungen / Briefwechsel mit André Gide / Brief an meine Mutter. 1982
Über Simenon. Essays, Auf-sätze und Zeugnisse von André Gide bis Alfred Andersch. 1978
Simenon. Eine Biographie von Stanley G. Eskin. 1989 ***

SINOWJEW ALEXANDER (Alexan-drowitsch), 29.10.1922, Pachtino (Kostroma), lebt in München und Moskau
Ich (Titel von den Herausge-bern). Aus dem Russischen von

Franziska Funke und Eberhard Storeck. Auszug aus dem Roman *Lichte Zukunft* (detebe 21133); Diogenes, Zürich 1983.
• Von Alexander Sinowjew sind im Diogenes Verlag erschienen:
Der Arm des Kremls. Komödie. 1986 ***
Gähnende Höhen. Roman. 1981
Homo sovieticus. Roman. 1984 ***
Ich bin für mich selbst ein Staat. Betrachtungen eines russischen Kosmopoliten. 1987
Kommunismus als Realität. Essay. 1981 ***
Ohne Illusionen. Interviews, Vorträge, Aufsätze. 1981
Der Staatsfreier oder Wie wird man Spion. Roman. 1986
Wir und der Westen. Interviews, Vorträge, Aufsätze. 1983 ***
Lichte Zukunft. Roman. 1979

SPARK MURIEL, 1.2.1918, Edinburgh, lebt in der Nähe von Arezzo (Toskana)
Die Blütezeit der Miss Jean Brodie. Aus dem Englischen von Peter Naujack. Auszug aus dem gleichnamigen Roman (detebe 21055); Diogenes, Zürich 1983.
• Von Muriel Spark sind im Diogenes Verlag erschienen:
Die Äbtissin von Crewe. Roman. 1993 ***
Die Ballade von Peckham Rye. Roman. 1961
Bitte nicht stören. Roman. 1990
Die Blütezeit der Miss Jean Brodie. Roman. 1983
Curriculum Vitae. Selbstportrait der Künstlerin als junge Frau. 1994
Frau Dr. Wolfs Methode. Roman. 2001
Hoheitsrechte. Roman. 1988
Hundertundelf Jahre ohne Chauffeur. Geschichten. 2002
»Ich bin Mrs. Hawkins«. Roman. 1989 ***
In den Augen der Öffentlichkeit. Roman. 1992
In sturmzerzauster Welt. Die Brontës. 2003
Junggesellen. Roman. 1961
Mädchen mit begrenzten Möglichkeiten. Roman. 1986
Das Mandelbaumtor. Roman. 1986
Meistererzählungen (vorm.: *Portobello Road*). 1996.
Memento Mori. Roman. 1960 ***
Päng päng, du bist tot und andere Geschichten. 1987
Das einzige Problem. Roman. 1985
Robinson. Roman. 1962
Der letzte Schliff. Roman. 2005
Symposion. Roman. 1992 ***
»Töte mich!« Roman. 1990
Träume und Wirklichkeit. Roman. 1998
Das Treibhaus am East River. Roman. 1991
Die Tröster. Roman. 1963
Übernahme. Roman. 1992
Vorsätzlich Herumlungern. Roman. 1982

SZCZYPIORSKI ANDRZEJ, 3.2.1928, Warschau – 16.5.2000, ebenda
Geschichte aus Wilna. Aus dem Polnischen von Klaus

Staemmler. Aus: *Notizen zum Stand der Dinge* (detebe 22565); Diogenes, Zürich 1992.
• Von Andrzej Szczypiorski sind im Diogenes Verlag erschienen:
Europa ist unterwegs. Essays und Reden. 1996
Feuerspiele. Roman. 2000
Die schöne Frau Seidenman. Roman. 1991
Eine Messe für die Stadt Arras. Roman. 1988
Nacht, Tag und Nacht. Roman. 1991
Notizen zum Stand der Dinge. 1990
Den Schatten fangen. Roman. 1993
Selbstportrait mit Frau. Roman. 1994
Der Teufel im Graben. Roman. 1993
Amerikanischer Whiskey. Erzählungen. 1991

TAMARO SUSANNA, 12.12.1957, Triest, lebt bei Orvieto
Geh, wohin dein Herz dich trägt. Aus dem Italienischen von Maja Pflug. Auszug aus dem gleichnamigen Roman (detebe 23030); Diogenes, Zürich 1998.
• Von Susanna Tamaro sind im Diogenes Verlag erschienen:
Anima mundi. Roman. 1997
Cara Mathilda. Briefe an eine Freundin. 1999
Die Demut des Blicks. Wie ich zum Schreiben kam. 1995 ***
Geh, wohin dein Herz dich trägt. Roman. 1995
Eine Kindheit. Erzählung. 1996 ***
Kopf in den Wolken. Roman. 1995
Love. Fünf Erzählungen. 1992 ***
Der Zauberkreis. Ein Märchen für große und kleine Kinder. 1996 ***
• Kinderbücher:
Leopoldo und der Bücherberg. 1999
Tobias und der Engel. 2000
Der kugelrunde Roberto. 1993

TOKARJEWA VIKTORIJA, 20.11.1937, St. Petersburg (Leningrad), lebt in Moskau
Zickzack der Liebe (Auszug). Aus dem Russischen von Monika Tantzscher. Aus dem gleichnamigen Erzählband (detebe 21859); Diogenes, Zürich 1990.
• Von Viktorija Tokarjewa sind im Diogenes Verlag erschienen:
Die Diva. Zehn Geschichten über die Liebe. 1995 ***
Glücksvogel. Roman. 2005
Happy-End. Erzählung. 1991
Lampenfieber. Künstlergeschichten. 1999
Eine Liebe fürs ganze Leben. Erzählung. 2003
Lebenskünstler und andere Erzählungen. 1992
Mara. Erzählung. 1991
Der Pianist. Erzählungen. 1997
Sentimentale Reise. Erzählungen. 1997 ***
Sag ich's oder sag ich's nicht? Erzählungen. 1993
Zickzack der Liebe. Erzählungen. 1990

Tschukowskaja Lydia, 24.3.1907, Helsinki – 8.2.1996, Moskau
Sofja Petrowna. Aus dem Russischen von Eva Mathay. Auszug aus dem gleichnamigen Roman, früher unter dem Titel *Ein leeres Haus* erschienen (detebe 21896); Diogenes, Zürich 1990.
• Von Lydia Tschukowskaja ist im Diogenes Verlag außerdem erschienen:
Untertauchen. Roman. 1975 ***

West Nathanael, eigentlich Nathan Wallenstein Weinstein, 17.10.1902, New York – 21.12.1940, bei El Centro (Kalifornien)
Miss Lonelyhearts, hilf mir, hilf mir. Aus dem Amerikanischen von Fritz Güttinger. Auszug aus dem Roman *Schreiben Sie Miss Lonelyhearts* (detebe 20058); Diogenes, Zürich 1972.
• Von Nathanael West sind im Diogenes Verlag erschienen:
Eine glatte Million oder die Demontage des Mister Lemuel Pitkin. Roman. 1972 ***
Schreiben Sie Miss Lonelyhearts. Roman. 1961
Tag der Heuschrecke. Ein Hollywood-Roman. 1964

Winter Leon de, 26.2.1954, ‘s-Hertogenbosch, lebt in Bloemendaal bei Amsterdam und in Los Angeles
Der Schmetterlingsfänger (Titel von den Herausgebern). Aus dem Niederländischen von Hanni Ehlers. Auszug aus dem Roman *Leo Kaplan* (detebe 23317); Diogenes, Zürich 2002.
• Von Leon de Winter sind im Diogenes Verlag erschienen:
Der Himmel von Hollywood. Roman. 1998
Hoffmans Hunger. Roman. 1994
Leo Kaplan. Roman. 2001
Malibu. Roman. 2003
Place de la Bastille. Roman. 2005
Serenade. Roman. 1996
SuperTex. Roman. 1994
Sokolows Universum. Roman. 1999
Zionoco. Roman. 1997

Yoshimoto Banana, eigentlich Mahoko Yoshimoto, 24.7.1964, Tokio, lebt in Tokio
Dornröschenschlaf (Auszug). Aus dem Japanischen von Annelie Ortmanns. Aus dem gleichnamigen Erzählband (detebe 23264); Diogenes, Zürich 2001.
• Von Banana Yoshimoto sind im Diogenes Verlag erschienen:
Amrita. Roman. 2000
Dornröschenschlaf. Drei Erzählungen von der Nacht. 1998
Eidechse. Erzählungen. 2005
Hard-boiled. Hard Luck. Zwei Erzählungen. 2004
Kitchen. 1992
N. P. Roman. 1995
Sly. Roman. 2002
Tsugumi. Roman. 1996

Bitte beachten Sie
auch die folgenden Seiten

Diogenes Reader

Einfach nur Geschichten

Deutschsprachige Erzähler

»Erscheint ein Buch bei Diogenes, signalisiert das fast so etwas wie ein Programm: Es ist milieusicher, spannend erzählt, unterhaltsam und sinnlich.« *Die Woche, Hamburg*

Stories

Erzähler aus aller Welt

»Ein anspruchsvolles, internationales literarisches Verlagsprogramm.« *Neue Zürcher Zeitung*

Unerhörte Begebenheiten

Klassische Geschichten und Gedichte

»Die Diogenes Taschenbuch-Klassiker: eine verdienstvolle Reihe.« *Norddeutscher Rundfunk, Hannover*

Erlesene Verbrechen

Kriminalgeschichten

»Im Diogenes Verlag wird die Crème de la crème der Krimiautoren verlegt.« *Frankfurter Allgemeine Zeitung*

Denkanstöße

Lebensweisheiten

»Die Weltliteratur ist ein bunter Garten voller guter, schöner, nachdenklicher, aufmüpfiger, witziger Gedanken und Empfindungen. Man muß die Blüten nur pflücken. Der Diogenes Verlag hat es getan.« *BuchJournal, Frankfurt*

Erlebte Geschichten

Biographisches

»Die Diogenes-Produktion wirkt auch heute noch so frisch und spontan, daß man glaubt, es mit einem ganz jungen Verlag zu tun zu haben.« *Frankfurter Allgemeine Zeitung*

Wahrscheinlich liest wieder kein Schwein

Satirisches

»Diogenes' Begriff von Literatur läßt tolles Treiben zu, wenn nur schriftstellerische Brillanz und Witz dabei zugange sind.« *Frankfurter Rundschau*

Muriel Spark im Diogenes Verlag

»Diese Mischung von spannender Unterhaltung und ernsteren Erörterungen, die an Graham Greene erinnert, gelingt nur wenigen Autoren.«
Matthias Wegner / Frankfurter Allgemeine Zeitung

Junggesellen
Roman. Aus dem Englischen von Elisabeth Schnack

Die Ballade von Peckham Rye
Roman. Deutsch von Elisabeth Schnack

Robinson
Roman. Deutsch von Elizabeth Gilbert

Die Tröster
Roman. Deutsch von Peter Naujack

Vorsätzlich Herumlungern
Roman. Deutsch von Hanna Neves

Die Blütezeit der Miss Jean Brodie
Roman. Deutsch von Peter Naujack

Das einzige Problem
Roman. Deutsch von Otto Bayer

Mädchen mit begrenzten Möglichkeiten
Roman. Deutsch von Kyra Stromberg

Das Mandelbaumtor
Roman. Deutsch von Hans Wollschläger

Päng päng, du bist tot
und andere Geschichten. Deutsch von Matthias Fienbork

Hoheitsrechte
Roman. Deutsch von Mechthild Sandberg

Bitte nicht stören
Roman. Deutsch von Otto Bayer

»Töte mich!«
Roman. Deutsch von Matthias Fienbork

Das Treibhaus am East River
Roman. Deutsch von Otto Bayer

Symposion
Roman. Deutsch von Otto Bayer

Übernahme
Roman. Deutsch von Mechthild Sandberg

In den Augen der Öffentlichkeit
Roman. Deutsch von Christian Ferber

Curriculum Vitae
Selbstportrait der Künstlerin als junge Frau. Deutsch von Otto Bayer. Mit einem Bildteil

Träume und Wirklichkeit
Roman. Deutsch von Hans-Christian Oeser

Frau Dr. Wolfs Methode
Roman. Deutsch von Hans-Christian Oeser

Hundertundelf Jahre ohne Chauffeur
Geschichten. Deutsch von Hans-Christian Oeser

In sturmzerzauster Welt
Die Brontës
Deutsch von Gottfried Röckelein

Der letzte Schliff
Roman. Deutsch von Hans-Christian Oeser

Meistererzählungen
Deutsch von Peter Naujack und Elisabeth Schnack (vormals: *Portobello Road* und andere Erzählungen)

Andrzej Szczypiorski im Diogenes Verlag

»Ich beschreibe die totalitäre Herausforderung des zwanzigsten Jahrhunderts, weil das mein Leben, meine Erinnerung und meine Erfahrung ist.«
Andrzej Szczypiorski

»Andrzej Szczypiorski belegt, daß der Roman keineswegs tot ist, daß menschliche Schicksale im doppelten Sog der Geschichte und der Zeit noch immer, und zwar auf höchstem Niveau, in der Romanform darstellbar sind.« *Neue Zürcher Zeitung*

Die schöne Frau Seidenman
Roman. Aus dem Polnischen von Klaus Staemmler

Eine Messe für die Stadt Arras
Roman. Deutsch von Karin Wolff

Amerikanischer Whiskey
Erzählungen. Deutsch von Klaus Staemmler. Mit einem Vorwort des Autors zur deutschen Ausgabe

Notizen zum Stand der Dinge
Deutsch von Klaus Staemmler

Nacht, Tag und Nacht
Roman. Deutsch von Klaus Staemmler

Der Teufel im Graben
Roman. Deutsch von Anneliese Danka Spranger

Den Schatten fangen
Roman. Deutsch von Anneliese Danka Spranger

Selbstportrait mit Frau
Roman. Deutsch von Klaus Staemmler

Europa ist unterwegs
Essays und Reden. Deutsch von Klaus Staemmler und Winfried Lipscher

Feuerspiele
Roman. Deutsch von Barbara Schaefer

Außerdem erschienen:

Marta Kijowska
Andrzej Szczypiorski
Eine Biographie

Viktorija Tokarjewa im Diogenes Verlag

Viktorija Tokarjewa, 1937 in Leningrad geboren, studierte nach kurzer Zeit als Musikpädagogin an der Moskauer Filmhochschule das Drehbuchfach. 15 Filme sind nach ihren Drehbüchern entstanden. 1964 veröffentlichte sie ihre erste Erzählung und widmete sich ab da ganz der Literatur. Sie lebt heute in Moskau.

»Ihre Geschichten sind seit jeher von großer Anmut, allesamt Kunst-Stückchen, die einem die Vorstellung von Leichthändigkeit suggerieren. Nicht jedoch von Leichtgewichtigkeit. Wenn sie uns ein Schmunzeln entlocken, dann liegt das daran, daß Viktorija Tokarjewa über einen ausgeprägten Humor verfügt und diese Gabe durchweg einsetzt. Es ist kein Humor der satirischen Art, eher eine sanfte Ironie, gewürzt mit einer Prise Traurigkeit und einem vollen Maß an mitmenschlichem Erbarmen.« *FAZ*

»Viktorija Tokarjewa erzählt ihre Liebesgeschichten mit einem solchen Witz und einer solchen Lebendigkeit, daß ich ganz entzückt davon bin.«
Elke Heidenreich

Zickzack der Liebe
Erzählungen. Aus dem Russischen von Monika Tantzscher

Mara
Erzählung. Deutsch von Angelika Schneider

Happy-End
Erzählung. Deutsch von Angelika Schneider

Lebenskünstler
und andere Erzählungen. Deutsch von Ingrid Gloede

Sag ich's oder sag ich's nicht?
Erzählungen. Deutsch von Angelika Schneider, Monika Tantzscher und Elsbeth Wolffheim

Der Pianist
Erzählungen. Deutsch von Angelika Schneider

Lampenfieber
Erzählungen. Deutsch von Angelika Schneider

Eine Liebe fürs ganze Leben
Erzählung. Deutsch von Angelika Schneider

Glücksvogel
Roman. Deutsch von Angelika Schneider

John Irving im Diogenes Verlag

»John Irving ist ein Phänomen. Er hat nicht nur Leser, er hat Fans. John Irving, so scheint's, hat überhaupt alles. Literarische Reputation und grenzenlose Popularität, seine Romane sind in über 30 Sprachen übersetzt.« *Brigitte Neumann/ Norddeutscher Rundfunk, Hamburg*

»Seine Bücher sind herrliche Schmöker über das pralle Leben, in denen er zarte poetische Töne, derbe Satire und tiefere Bedeutung vereint.«
Frankfurter Rundschau

Das Hotel New Hampshire
Roman. Aus dem Amerikanischen von Hans Hermann

Lasst die Bären los!
Roman. Deutsch von Michael Walter

Eine Mittelgewichts-Ehe
Roman. Deutsch von Nikolaus Stingl

Gottes Werk und Teufels Beitrag
Roman. Deutsch von Thomas Lindquist

Die wilde Geschichte vom Wassertrinker
Roman. Deutsch von Edith Nerke und Jürgen Bauer

Owen Meany
Roman. Deutsch von Edith Nerke und Jürgen Bauer

Rettungsversuch für Piggy Sneed
Sechs Erzählungen und ein Essay. Deutsch von Dirk van Gunsteren

Zirkuskind
Roman. Deutsch von Irene Rumler

Die imaginäre Freundin
Vom Ringen und Schreiben. Deutsch von Irene Rumler

Witwe für ein Jahr
Roman. Deutsch von Irene Rumler

My Movie Business
Mein Leben, meine Romane, meine Filme. Mit zahlreichen Fotos aus dem Film *Gottes Werk und Teufels Beitrag*. Deutsch von Irene Rumler

Die vierte Hand
Roman. Deutsch von Nikolaus Stingl

Bis ich dich finde
Roman. Deutsch von Dirk van Gunsteren und Nikolaus Stingl

Außerdem erschienen:

Ein Geräusch, wie wenn einer versucht, kein Geräusch zu machen
Eine Geschichte von John Irving. Mit vielen Bildern von Tatjana Hauptmann. Deutsch von Irene Rumler

Ian McEwan im Diogenes Verlag

»Ian McEwan ist das, was man so einen geborenen Erzähler nennt. Man liest ihn mit Spannung, mit Genuß, mit Vergnügen, mit Gelächter, man kann sich auf sein neues Buch freuen. McEwans Literatur verwandelt die Qualen der verworrenen Beziehungsgespräche in Unterhaltung, er setzt sie literarisch auf einer Ebene fort, wo man über sie lachen kann. Wie sollte man sich einen zivilisatorischen Fortschritt bei diesem Thema sonst vorstellen?«
Michael Rutschky / Der Spiegel, Hamburg

»Er hat einen eigenwilligen, reinen Stil, der mich manchmal an Borges und García Márquez erinnert.«
The Standard, London

Der Zementgarten
Roman. Aus dem Englischen von Christian Enzensberger

Erste Liebe – letzte Riten
Erzählungen. Deutsch von Harry Rowohlt

Zwischen den Laken
Erzählungen. Deutsch von Michael Walter, Wulf Teichmann und Christian Enzensberger

Der Trost von Fremden
Roman. Deutsch von Michael Walter

Ein Kind zur Zeit
Roman. Deutsch von Otto Bayer

Unschuldige
Eine Berliner Liebesgeschichte. Roman. Deutsch von Hans-Christian Oeser

Schwarze Hunde
Roman. Deutsch von Hans-Christian Oeser

Der Tagträumer
Erzählung. Deutsch von Hans-Christian Oeser

Liebeswahn
Roman. Deutsch von Hans-Christian Oeser

Amsterdam
Roman. Deutsch von Hans-Christian Oeser

Abbitte
Roman. Deutsch von Bernhard Robben

Saturday
Roman. Deutsch von Bernhard Robben
Auch als Diogenes Hörbuch erschienen, gelesen von Jan Josef Liefers

Letzter Sommertag
Stories. Deutsch von Harry Rowohlt, Bernhard Robben und Michael Walter

Meir Shalev im Diogenes Verlag

Meir Shalev, geboren 1948 in Nahalal, studierte Psychologie und arbeitete viele Jahre als Journalist und Fernsehmoderator. Er wohnt heute in Jerusalem. Neben seinen Romanen für Erwachsene schreibt er auch Kinderbücher.

»Israels großer Fabulierer. Seine Romane gleichen den Bildern Chagalls. In einer Ecke noch eine kleine Episode, am Rand noch eine Figur, und der Fiedler schwebt ganz selbstverständlich über dem Dach.«
Anita Pollak/Kurier, Wien

Ein Russischer Roman
Aus dem Hebräischen von Ruth Achlama

Esaus Kuß
Eine Familiensaga. Deutsch von Ruth Achlama

Der Sündenfall – ein Glücksfall?
Alte Geschichten aus der Bibel neu erzählt. Deutsch von Ruth Melcer

Judiths Liebe
Roman. Deutsch von Ruth Achlama

Im Haus der Großen Frau
Roman. Deutsch von Ruth Achlama

Fontanelle
Roman. Deutsch von Ruth Achlama

Kinderbücher:

Papa nervt
Mit Bildern von Jossi Abulafja. Deutsch von Naomi Nir-Bleimling, Vera Loos und Angelika Schneider

Hannahs Grübchen
Mit Bildern von Jossi Abulafja. Deutsch von Naomi Nir-Bleimling und Vera Loos

Luzie, die Laus
Mit Bildern von Jossi Abulafja. Deutsch von Ruth Melcer

Wie der Neandertaler den Kebab erfand
Mit Bildern von Jossi Abulafja. Deutsch von Ruth Melcer

Der Traktor im Sandkasten
Mit Bildern von Jossi Abulafja. Deutsch von Naomi Nir-Bleimling und Vera Loos

Philippe Djian im Diogenes Verlag

»Keiner macht ihm diesen Ton nach, voller Humor, Selbstironie und Kraft.« *Frédéric Beigbeder*

»Djian schreibt glasklar und in einem Tempo, dem ältere Herren wie Grass und Walser schon längst durch Herzinfarkt erlegen wären.« *Plärrer, Nürnberg*

Betty Blue
37,2° am Morgen. Roman. Aus dem Französischen von Michael Mosblech

Erogene Zone
Roman. Deutsch von Michael Mosblech

Verraten und verkauft
Roman. Deutsch von Michael Mosblech

Blau wie die Hölle
Roman. Deutsch von Michael Mosblech

Rückgrat
Roman. Deutsch von Michael Mosblech

Krokodile
Sechs Geschichten. Deutsch von Michael Mosblech

Pas de deux
Roman. Deutsch von Michael Mosblech

Matador
Roman. Deutsch von Ulrich Hartmann

Mörder
Roman. Deutsch von Ulrich Hartmann (vormals: *Ich arbeitete für einen Mörder*)

Kriminelle
Roman. Deutsch von Ulrich Hartmann

Heißer Herbst
Roman. Deutsch von Ulrich Hartmann

Schwarze Tage, weiße Nächte
Roman. Deutsch von Uli Wittmann

Sirenen
Roman. Deutsch von Uli Wittmann

In der Kreide
Die Bücher meines Lebens. Über Salinger, Céline, Cendrars, Kerouac, Melville, Henry Miller, Faulkner, Hemingway, Brautigan, Carver. Deutsch von Uli Wittmann

Reibereien
Roman. Deutsch von Uli Wittmann

Leon de Winter
im Diogenes Verlag

Leon de Winter wurde 1954 in ’s-Hertogenbosch als Sohn niederländischer Juden geboren und begann als Teenager, nach dem Tod seines Vaters, zu schreiben. Er arbeitet seit 1976 als freier Schriftsteller und Filmemacher in Holland und den USA. Seine Romane erzielen nicht nur in den Niederlanden überwältigende Erfolge; einige wurden für Kino und Fernsehen verfilmt, so 2000 *Der Himmel von Hollywood* (Regie: Sönke Wortmann) und 2003 *SuperTex* unter der Regie von Jan Schütte.

»Leon de Winter ist ein wunderbar phantasievoller Erzähler. Er liebt seine Figuren, hat ein herrliches Gespür für deren Entwicklungen und Abgründe und erzählt immer leicht und lakonisch.«
Joachim Knuth / Norddeutscher Rundfunk, Hamburg

»Leon de Winter, mittlerweile zum Kultautor avanciert, ist ein gewiefter Erzähler, der dem Leser die Tür nur einen Spaltbreit öffnet und in ihm eine unstillbare Neugierde auf das weitere Geschehen erweckt.«
Hans Christian Kosler

Hoffmans Hunger
Roman. Aus dem Niederländischen von Sibylle Mulot

SuperTex
Roman. Deutsch von Sibylle Mulot

Serenade
Roman. Deutsch von Hanni Ehlers

Zionoco
Roman. Deutsch von Hanni Ehlers

Der Himmel von Hollywood
Roman. Deutsch von Hanni Ehlers

Sokolows Universum
Roman. Deutsch von Sibylle Mulot

Leo Kaplan
Roman. Deutsch von Hanni Ehlers

Malibu
Roman. Deutsch von Hanni Ehlers

Place de la Bastille
Roman. Deutsch von Hanni Ehlers

Andrej Kurkow im Diogenes Verlag

Andrej Kurkow, geboren 1961 in St. Petersburg, lebt seit seiner Kindheit in Kiew. Er studierte Fremdsprachen (er spricht insgesamt elf Sprachen), arbeitete als Redakteur und während des Militärdienstes als Gefängniswärter. Danach wurde er Kameramann und schrieb zahlreiche Drehbücher. Seit 1996 ist er freier Mitarbeiter bei Radio und Fernsehen und freier Schriftsteller. Er lebt in Kiew und London.

»Kurkow beweist, daß man auch in Rußland wieder frische Geschichten erzählen darf: intelligent, witzig, weder die Realität verkleisternd noch sie ausblendend, nicht angestrengt antirealistisch, aber auch nicht wirklich traditionell.«
Thomas Grob/Neue Zürcher Zeitung

Picknick auf dem Eis
Roman. Aus dem Russischen
von Christa Vogel

Petrowitsch
Roman. Deutsch von Christa Vogel

Ein Freund des Verblichenen
Roman. Deutsch von Christa Vogel

Pinguine frieren nicht
Roman. Deutsch von Sabine Grebing

Die letzte Liebe des Präsidenten
Roman. Deutsch von Sabine Grebing

Banana Yoshimoto im Diogenes Verlag

»Eine Romanautorin als Jugendidol – bei uns unvorstellbar. In Japan jedoch hat Banana Yoshimoto genau das geschafft.« *Petra, Hamburg*

»Was für ein Talent! Banana Yoshimoto schreibt wunderbar subtile, wundersam verstörende Bücher, in denen Japans Jugend endlich Stimme bekommt.«
Stern, Hamburg

»Yoshimoto schildert nicht die äußere, sondern die innere Wirklichkeit ihrer Personen. Die Farbe des Himmels und die Form des Mondes sind sichtbar gemachte Gefühle.« *Der Tagesspiegel, Berlin*

Kitchen
Aus dem Japanischen von Wolfgang E. Schlecht. Mit einem Essay von Giorgio Amitrano

N.P.
Roman. Deutsch von Annelie Ortmanns-Suzuki

Tsugumi
Roman. Deutsch von Annelie Ortmanns

Dornröschenschlaf
Drei Erzählungen von der Nacht. Deutsch von Annelie Ortmanns, Gisela Ogasa und Anita Brockmann

Amrita
Roman. Deutsch von Annelie Ortmanns

Sly
Roman. Deutsch von Anita Brockmann

Hard-boiled. Hard Luck
Zwei Erzählungen. Deutsch von Annelie Ortmanns

Eidechse
Erzählungen. Deutsch von Anita Brockmann und Annelie Ortmanns